El Español

JORGE MOLIST

El Español

Grijalbo

Papel certificado por el Forest Stewardship Council®

Primera edición: mayo de 2025

© 2025, Jorge Molist
© 2025, Penguin Random House Grupo Editorial, S. A. U.
Travessera de Gràcia, 47-49. 08021 Barcelona
© 2025, Ricardo Sánchez, por los mapas del interior y de las guardas
ACI / © Vladimir Kosov. *La batalla de Chesma de 1770*

Penguin Random House Grupo Editorial apoya la protección de la propiedad intelectual. La propiedad intelectual estimula la creatividad, defiende la diversidad en el ámbito de las ideas y el conocimiento, promueve la libre expresión y favorece una cultura viva. Gracias por comprar una edición autorizada de este libro y por respetar las leyes de propiedad intelectual al no reproducir ni distribuir ninguna parte de esta obra por ningún medio sin permiso. Al hacerlo está respaldando a los autores y permitiendo que PRHGE continúe publicando libros para todos los lectores. De conformidad con lo dispuesto en el artículo 67.3 del Real Decreto Ley 24/2021, de 2 de noviembre, PRHGE se reserva expresamente los derechos de reproducción y de uso de esta obra y de todos sus elementos mediante medios de lectura mecánica y otros medios adecuados a tal fin. Diríjase a CEDRO (Centro Español de Derechos Reprográficos, http://www.cedro.org) si necesita reproducir algún fragmento de esta obra.
En caso de necesidad, contacte con: seguridadproductos@penguinrandomhouse.com

Printed in Spain – Impreso en España

ISBN: 978-84-253-6998-8
Depósito legal: B-4.574-2025

Compuesto en Llibresimes

Impreso en Liberdúplex
Sant Llorenç d'Hortons (Barcelona)

GR 69988

A Jordi o Jorge Ferragut,
también llamado George Farragut,
héroe, menorquín y español olvidado

PRIMERA PARTE

1

Madrid, marzo de 1766

Lorenzo Román terminó de recoger los últimos pliegos de papel y se sentó, a la luz del único candil prendido en el taller, a contar lo que tenía en caja. Era poco. Apoyó, apenado, los codos en la mesa cubriendo su rostro con las manos. Con treinta y dos años cumplidos había logrado su sueño tras abrir aquella humilde imprenta en la calle de los Latoneros. Pero andaba corto de trabajo, el precio del pan subía día a día de forma escandalosa y apenas tenía para dar de comer a su familia, pagar el alquiler y a su ayudante. Un rato antes el muchacho se había ido después de limpiar la prensa. No sabía qué más podía hacer y, de no producirse un milagro, tendría que prescindir del chico.

Se incorporó con lentitud y se disponía a subir al piso de arriba, donde le esperaban su esposa y su hija para cenar, cuando unos golpes en la puerta le detuvieron con el pie ya en el primer escalón. Lorenzo se alarmó, era noche cerrada y fuera estaba oscuro después de que alguien rompiera a pedradas los faroles de aceite de la calle. ¿Quién sería? No era prudente abrir y dudaba, pero la curiosidad le pudo cuando los golpes, perentorios, se repitieron.

—¿Quién es? —inquirió tras la puerta.

Y oyó un murmullo.

—¿Quién es? —preguntó de nuevo.

—Abrid, señor Lorenzo —pudo entender con dificultad.

El visitante debía de conocerle, y si aparecía a aquella hora, hablando quedo y sin presentarse, era porque quería pasar desapercibido.

Sin quitar la cadena para evitar que pudiera entrar de un empellón, y guareciéndose tras la fuerte hoja de madera de la puerta, abrió con precaución.

—¿Qué se os ofrece?

—Abrid, señor Lorenzo. Tengo algo que os ha de interesar.

La voz era autoritaria pero tranquila y con un dulce acento andaluz. La curiosidad le venció de nuevo e iluminó el exterior con el candil para ver al personaje.

Era la misma noche oscura; un hombre alto, con ropas negras, un sombrero calado de ala ancha y embozado hasta los ojos con una capa. Aquella era la vestimenta que Esquilache acababa de prohibir, levantando airadas protestas. A las que el ministro del rey no solo hizo caso omiso, sino que reaccionó ordenando a la guardia requisar y recortar con tijeras las capas y coser las alas anchas de los sombreros.

—No pienso abrir si no me dais vuestro nombre y os descubrís —dijo firme.

—Tomad.

Y a través de la rendija le dio algo que resplandecía en la penumbra. Acercó el candil y el brillo le deslumbró. ¡Era un escudo de oro! ¡Nada menos que treinta y dos reales de plata! No recordaba la última vez que tuvo en su poder semejante moneda. Y notó cómo, sin poder evitarlo, su mano, dedo a dedo, se cerraba sobre aquella fortuna.

—Abrid, señor Lorenzo —repitió por tercera vez el desconocido.

El impresor, sopesando la moneda, se dijo que aquel hombre sin duda era un caballero, que no tenía intención de robarle y que, si su voz era convincente, el escudo de oro, que prometía más, resultaba el colmo de la seducción. De modo que obedeció.

El hombre entró y el impresor vislumbró a otros detrás, en la oscuridad, pero ninguno hizo amago de franquear la entrada y se quedaron aguardando. El personaje, sin descubrirse, le entregó un papel con un escrito y le dijo:

—El viernes tendréis listas doscientas copias de este tamaño, con tipos de imprenta que permitan una buena lectura a cuatro pies de distancia. Espero el trabajo con la calidad que acostumbráis.

¿Cómo conocía qué calidad tenía su trabajo?

—Y os advierto, por vuestro bien y el de vuestra familia, que debéis mantener lo hablado en secreto. Ni siquiera vuestro aprendiz puede enterarse.

—Pero...

—Junto con el encargo terminado entregaréis el documento original que os acabo de dar —le cortó el embozado.

Y de un bolsillo oculto extrajo un par de tintineantes monedas de un escudo. ¡Qué dulce sonaba el oro! Aquello era una fortuna.

Aquel hombre oscuro desapareció en las tinieblas de la noche a la que parecía pertenecer, sin añadir más y sin permitir al impresor reaccionar. Su mano cerrada se deleitaba sopesando el oro.

Sentía que el mismísimo diablo le acababa de comprar el alma.

2

—¿Qué ha ocurrido? —le preguntó su esposa cuando subió al piso.

Lorenzo observó a su familia con ternura y se dijo que lo tenía que hacer, por ellas. Merecían vivir mejor de lo que él era capaz de proporcionarles.

Almudena, su hija de diez años, le miraba impaciente sentada a la mesa mientras balanceaba las piernas, que no le llegaban al suelo. Tenía unos vivaces ojos verdes de mirada curiosa, muy semejantes a los suyos propios, y una preciosa melena azabache al igual que su madre. Su naricilla era algo respingona y él la veía como la niña más bonita del mundo. Francisca, su mujer, a la que llamaban Paca, esperaba una respuesta con los brazos en jarras, extrañada por su tardanza. Era la viva imagen de su hija solo que con veinte años más y los ojos castaños. Le encantaba su hermosa cabellera, que ella cubría con una mantilla en misa o un pañuelo cuando salía a la calle. A pesar de los once años de matrimonio, y de la moderación que el paso del tiempo imponía, él la seguía amando con pasión.

La estancia hacía las veces de comedor y cocina, y comunicaba con los dos dormitorios que completaban aquella casa de planta baja y piso. Una ventana daba a la calle y sus únicos lujos en las paredes eran un pequeño cuadro con una pobre representación de la Virgen de la Almudena, a la que la familia era muy devota, y un humilde crucifijo.

Sobre un recosido mantel a cuadros reposaba el puchero de barro, que desprendía un apetitoso aroma. Era un cocido con lo de siempre: patatas, garbanzos, acelgas o repollo y un poco de tocino para dar sabor. También había una hogaza de pan, una botella de vino y tres manzanas de postre. Una cena humilde que cada día salía más cara.

—No ha pasado nada —repuso él.

—He oído unos golpes en la puerta.

—Se habían equivocado.

Paca arrugó el cejo.

—Pues he mirado por la ventana y he visto a unos hombres en la calle.

—¿Con esta oscuridad?

—Pues sí. Estaban callados, pero de seguro que eran varios.

—No sé —dijo él dando por terminada la charla.

Se sentó, bendijo la mesa, la familia rezó un padrenuestro y acto seguido la mujer llenó el plato de su marido, después el de la niña y al final el suyo.

—Dime, Paca, qué es lo que se contaba hoy en el taller. —El impresor deseaba cambiar de conversación.

Francisca ayudaba a la economía familiar trabajando de modista, tenía buenas manos y cosía uniformes para los soldados del rey en un caserón cercano a la puerta de Toledo. Allí se juntaban muchas mujeres, que hacían más llevadera la jornada cantando o contando sobre sus vidas, las del prójimo o lo último sucedido en Madrid. El lugar era un excelente mentidero.

—Lo de siempre.

—¿Que si el precio del pan?

—Del pan y de lo demás. —La mujer se exaltó—. Y que Esquilache y Grimaldi, esos ministros extranjeros, están llevando al país a la ruina. Y que el colmo de los colmos es lo de las capas y los sombreros. Están contra España.

—¿Y no se culpa al rey? Él es quien los puso allí y quien allí los mantiene.

—Al rey ni mentarlo.

—Ni al rey ni a Dios —murmuró Lorenzo negando ligeramente con la cabeza antes de llevarse la cucharada a la boca.

—Los ministros los pone el rey. Pero al rey lo pone Dios —afirmó ella.

—Ah, ¿sí? —inquirió él, escéptico. Y al poco murmuró—: Así será si todo el mundo lo dice.

Cuando terminaron, mientras la niña recogía la mesa y su esposa limpiaba los cacharros, él se quedó sentado, ensimismado, pensando.

Antes de subir a cenar había leído el texto que el misterioso embozado le entregó. Se trataba de un pasquín, un escrito anónimo que, con tono guasón y rimando, atacaba a Esquilache y le culpaba no solo del asunto de las capas, que tildaba de antiespañol, sino también de la subida de los alimentos. Además, sin faltarle el respeto, mencionaba al rey, pero de forma poco elogiosa. Imprimir aquello conllevaba un riesgo. No le gustaba.

No dejaba de darle vueltas; tenía dos opciones: hacerlo o no. Pero bajo ninguna instancia se planteaba devolver el oro que guardaba en el bolsillo.

Aunque el embozado con acento andaluz le intimidaba. Si se negaba a imprimirlo, le exigiría como mínimo el oro de vuelta, e incluso podía hacerle matar para evitar que le denunciara. Se veía asaltado por un par de tipos, con capa larga y chambergo, el sombrero ancho prohibido, destripándolo sin piedad en cualquier esquina oscura.

Definitivamente, imprimir era su mejor opción, aun a riesgo de acabar mal. Sus visitantes nocturnos parecían gente que no andaba a tontas y a locas. No les atraparían con facilidad. Y si le hacían más encargos, habría más oro. Se convenció a sí mismo de que el contenido del pasquín reflejaba la verdad. Y que aquellos extranjeros se llenaban la bolsa a costa del país, que se iba a la ruina. Cada vez había más necesitados y más hambre.

Y se dijo que, a pesar del peligro, haría el trabajo, no solo por su familia, sino también por la pobre gente de España. Las cosas tenían que cambiar y alguien debía hacer algo.

3

Madrid, 23 de marzo, día de Ramos

Aquel Domingo de Ramos, la primavera se exhibía alegre con un día brillante en Madrid, y Almudena se sentía muy feliz. Estrenaba un hermoso delantal blanco con puntillas y sus padres le habían comprado una palma blanca con unos curiosos trenzados, que decían que venía de un lugar lejano lleno de palmeras llamado Elche. Era un lujo del todo inusual, tal como la comida que su madre había preparado para celebrar la llegada de Nuestro Señor Jesucristo a Jerusalén.

La familia, acompañada de don Ignacio, hermano mayor del padre y jesuita, acudía a la iglesia ataviada con sus mejores galas, luciendo ella su fastuosa palma, envidia de sus amigas, y ellos con ramas de olivo y laurel. Una sonrisa iluminaba su rostro y su ondulado pelo azabache, que su madre le había recogido en una trenza, destacaba a pesar de la mantilla blanca con que se cubría.

Después de la misa, frente a la iglesia, se formaban corrillos, y la familia se puso a charlar con los vecinos allí congregados. Un poco más allá, un hombre indignado por la carestía de los alimentos y por el decreto sobre capas y chambergos se puso a gritar secundado por sus contertulios, que también alzaban la voz.

—Los ánimos están muy caldeados —comentó don Ignacio.

Acostumbraba a ir con la familia a todas las fiestas. Vestía una elegante sotana y era un reputado educador de la Orden que daba clases en el Colegio Imperial de San Pedro y San Marcos.

—Hace unos días los hombres se quejaban solo en las tabernas —repuso Lorenzo—. Hoy, hombres y mujeres chillan en plena calle.

—Y corean los versos de los pasquines —añadió el jesuita—. Esto va a terminar mal.

El impresor tragó saliva. A pesar de su inquietud no le había contado nada a su mujer sobre el embozado, y menos a su hermano. Temía que ambos lo desaprobaran. Cuando Paca le preguntaba por la repentina bonanza del negocio, él respondía que le había llegado un trabajo especial muy bien pagado y ella se conformaba con la explicación.

Poco después de aquel primer encargo Lorenzo contempló, con una mezcla de orgullo y temor, su obra pegada en las paredes sobre el edicto de Esquilache.

Y empezaba así:

> *Yo, el gran Leopoldo Primero,*
> *Marqués de Esquilache Augusto,*
> *rijo la España a mi gusto*
> *y mando en Carlos Tercero.*

Los madrileños se arremolinaban frente a los pasquines, los que sabían leer recitaban su contenido para beneficio de los que no y los más exaltados discutían acaloradamente. Los aguaciles se precipitaban sobre aquellos carteles anónimos y, después de dispersar a la gente, los arrancaban. Sin embargo, de madrugada, aparecían otros distintos sobre lo mismo. Había varios tipos de pasquín, por lo que

Lorenzo supo que no era el único que los imprimía. Pensaba que su cliente lo tenía todo muy bien organizado para lograr aquello y salir impune. Debía de tratarse de alguien muy poderoso.

Hacía ya tres meses de su primer trabajo para el hombre oscuro, que aparecía por la imprenta, una y otra vez, dejando atrás más tarea y más oro, para esfumarse después en la noche con el mismo misterio de la primera ocasión. Lorenzo iba identificándose cada vez más con el contenido de los pasquines y le daba un buen empleo a aquel dinero caído del cielo. O de dondequiera que viniese.

En la mesa, aquel día de fiesta, no solo se sentaban los Román, sino también el padre Andrés, el cura de la iglesia de la Santa Cruz, que pese a la diferencia de edad era muy amigo de don Ignacio y, por ende, de la familia. El sacerdote superaba ya los cincuenta años, mostraba canas en un pelo escaso coronado por la tonsura y tenía unos ojos oscuros de mirada bondadosa. Como buen pastor, se esforzaba en recobrar el rebaño de su parroquia, ya que el edificio de la iglesia tenía mala fama. Había sufrido dos incendios que requirieron una reconstrucción total, el último hacía solo diez años. Pero lo peor ocurrió cuarenta años antes, en 1726, cuando en plena misa se derrumbó el techo del altar mayor sepultando a ochenta feligreses. Aunque con su bonhomía y arduo trabajo don Andrés hacía olvidar el gafe que pesaba sobre el templo, que volvía a ser frecuentado.

A pesar de la carestía, la comida en la casa era ahora abundante y aquello, junto con el espléndido día que vivían, no solo les llenaba el estómago sino también el corazón de alegría. Los Román eran muy religiosos y, al ser vísperas de Semana Santa, Lorenzo quiso compartir su fortuna y le entregó al padre Andrés una de sus áureas monedas de un escudo para las necesidades de la iglesia y el socorro de los pobres. El cura se mostró muy agradecido al tiempo que sorprendido; de repente, su más querido parroquiano aparecía como un hombre de posibles cuando jamás había dado muestras de serlo.

Terminada la comida, Almudena pidió permiso para salir a jugar a la calle con sus amigas y, una vez lo obtuvo, bajó las escaleras dando saltitos. Y los adultos se dispusieron a disfrutar de la sobremesa frente a una botella de aguardiente.

—Dios te lo ha de agradecer, Lorenzo —dijo el padre Andrés recordando el donativo—. No sabes lo difícil que es socorrer a nuestros vecinos que empiezan a pasar hambre. Los jornales no suben y la comida está cada día más cara.

—Eso es verdad —ratificó Francisca—. Hay muchas vecinas que lo pasan mal.

—Paca y yo nos sentimos felices de ayudar, hoy que podemos —repuso el impresor con una sonrisa. Pero frunció el cejo antes de proseguir—: La culpa la tiene ese italiano, Esquilache, que parece mandar más que el rey. Con lo que él llama «reformas» ha logrado que la onza de pan cueste catorce cuartos cuando hace unos pocos años costaba siete.

—No tiene toda la culpa él —dijo Ignacio, que gracias al Colegio Imperial gozaba de muchos amigos en posiciones importantes y tenía acceso a distintas opiniones y noticias—. Quiere modernizar España para que pueda competir con Inglaterra y Francia. Pero hay cosas que le salen bien y otras que no tanto. Quiso liberalizar el mercado para que la competencia hiciera bajar los precios, pero el tiro le salió por la culata. No contaba con el dominio que tienen los grandes terratenientes, los nobles y la Iglesia sobre los productos agrícolas. Saben que cuando hay mala cosecha y escasez, los precios suben. Y que, si acumulan trigo en sus graneros para soltarlo poco a poco, ganan mucho más. Y eso es lo que hacen.

—¡Y la gente pasa hambre! —se indignó Paca.

—Además, ese extranjero nos obliga a los vecinos a poner faroles y mantenerlos. Los hay que por pagar la luz de la calle tienen que estar a oscuras en casa —se lamentó Lorenzo—. Y ahora nos viene con lo de las capas y los chambergos.

—Eso no está tan mal —intervino el padre Andrés—. Sin alumbrado y con embozados corriendo por ahí no se podía salir de noche. Ni para darle los últimos sacramentos a los moribundos. Y menos aún siendo mujer.

—También quiere que la gente deje de tirar sus inmundicias por la ventana gritando «agua va» —insistió Ignacio—. Y eso está bien. A algunos no les importa quién pasa por debajo, y cuando la porquería le llueve a alguien se produce una trifulca. Es una cochinada.

—No lo defenderás, ¿verdad, hermano? —murmuró Lorenzo, ceñudo.

—¡Hay gente corriendo y gritando en la calle! —les interrumpió Almudena, jadeando después de subir las escaleras a la carrera.

Los contertulios se miraron unos a otros.

—Lo que me temía —dijo el jesuita.

Lorenzo también se lo temía, a la vez que lo deseaba, y se levantó de un salto.

—¡Voy a verlo!

—¡Por el amor de Dios, Lorenzo! —le gritó su esposa—. ¡No salgas!

—Es mejor que no vayas —le recomendó Ignacio—. Nunca se sabe cómo terminan los alborotos.

Pero Lorenzo no les hizo caso y se encasquetó el tricornio. Almudena le miró alarmada; su padre iba a exponerse a un peligro desconocido que asustaba tanto a su madre como a su tío. Le agarró con fuerza de los bajos de la casaca.

—¡No vayas, papá! —dijo llorosa.

—¡Suéltame, cariño! —repuso él, enérgico.

Acto seguido, cogió las manos de su hija, le dio un beso y se precipitó escaleras abajo. La niña observó ansiosa a los adultos, tratando de entender en sus expresiones lo que ocurría. No se tranquilizó y se quedó junto a ellos, deseando que su padre se diera la vuelta y regresara sano y salvo.

—Un hombre, embozado y con chambergo calado, empezó a provocar a los alguaciles del cuartelillo de la plazuela de Antón Martín —le explicó un vecino a Lorenzo—. Los guardias se pasmaron al ver su osadía y cuando el oficial se encaró al chulo, este, sacando una espada de debajo de la capa, pegó un silbido y unos hombres que estaban a la espera se lanzaron a por ellos. Parece que muchos vecinos se les unieron y que los alguaciles, sorprendidos, salieron huyendo. La gente ha asaltado el cuartelillo y se ha llevado las armas.

—Estaba todo preparado —murmuró Lorenzo.

—Se ha juntado una multitud en la plaza Mayor y ahora marchan hacia el palacio de Esquilache destrozando a pedradas todos los faroles que encuentran y despuntando los tricornios de los que se cruzan para que parezcan chambergos —siguió el vecino mirando el que llevaba Lorenzo.

El impresor sacó su navaja, se quitó el tricornio y cortó los puntos que sujetaban las alas hacia arriba, con lo que su sombrero de tres picos quedó con el aspecto redondo de un chambergo.

—¡Bien hecho! —aprobó el vecino.

Lorenzo alcanzó a la multitud y se unió a los gritos de «Viva el rey y muera Esquilache» y «Abajo el mal gobierno». Sin embargo, se mantuvo a distancia cuando la turba asaltaba la casa del ministro. Y al correr la voz de que habían matado a un criado que quiso impedir el saqueo, el impresor se llevó las manos a la cabeza, asustado, y decidió contemplar los acontecimientos desde lejos. Hasta el momento esa revuelta le había parecido un juego, incluida su participación excitando los ánimos de la gente con los panfletos que imprimía para el embozado. Pero estaba siendo testigo de a dónde conducía todo aquello. Y se estremeció. Él deseaba que las cosas cambiaran, que el pueblo viviera mejor, pero no quería sangre. Y ahora la había.

Esquilache había huido y la multitud tuvo que conformarse con quemar su retrato y apedrear la casa de Grimaldi, otro de los ministros italianos. Lorenzo se dijo que aquello iba muy en serio. Demasiado. Daba miedo.

El embozado reapareció aquella misma noche para encargar más trabajos. Lorenzo no dijo nada, pero su preocupación crecía. Había habido violencia y un muerto. Aquello le inquietaba cada vez más.

4

La mañana del lunes 24 de marzo, alguien hizo correr el rumor de que Esquilache estaba reunido con el rey y una gran multitud se dirigió al Palacio Real. La guardia española no quiso saber nada, pero la valona se interpuso, hubo tiros y una mujer murió. Y gritando «¡Mueran Esquilache y los extranjeros!», los sublevados se lanzaron a una lucha cuerpo a cuerpo donde cayeron soldados y civiles. Los cadáveres de los guardias valones fueron mutilados, arrastrados por las calles y algunos hasta quemados. La gente estaba enfurecida.

—Cierra el taller y manda al chico a casa —le dijo Paca a su marido—. La cosa no está para imprentas y los alborotos se aprovechan para saquear.

—Razón tienes, mujer —murmuró él.

Y Lorenzo terminó el encargo del embozado a puerta cerrada.

Esa noche, el padre Andrés explicó a la familia lo sucedido:

—La muchedumbre se congregó frente al palacio gritando y al rato el rey salió al balcón junto con el padre Eleta, su confesor y consejero, con intención de calmarla. Y desde la calle, un cochero exigió al monarca en nombre del pueblo, a voces, lo mismo que antes se le hizo llegar por carta. El rey no dijo nada, pero pareció aceptar afirmando con la cabeza y se retiró. Aunque la multitud siguió gritando hasta que la guardia valona se metió en el interior del palacio. Y entonces se pusieron a lanzar los chambergos y las gorras al aire clamando victoria.

Al día siguiente, martes, se supo que el rey había huido por la noche a Aranjuez junto con su familia. Los madrileños lo interpretaron como que no tenía intención de cumplir o que iba a mandar al ejército contra la villa. Los más exaltados se lanzaron a la calle en rebelión abierta y asaltaron cuarteles, cárceles y almacenes de trigo y otros comestibles.

—La huida del rey y su familia por un túnel secreto, ayer noche, fue patética —contaba Ignacio por la tarde, en voz baja, después de recoger noticias de unos y otros—. Llevaban a su madre, la antes todopoderosa Isabel de Farnesio, en una silla de manos que portaba la guardia valona y esta se rompió, dando la ilustre señora con sus huesos en el suelo.

—¡Nooo! —exclamó Paca.

El padre Andrés, que también se encontraba en casa de los Román, se santiguó. La pequeña Almudena le imitó al momento.

—¡Sííí! —repuso el jesuita—. Pero guardadlo en confidencia.

—¿Y qué ocurrió entonces? —quiso saber Lorenzo.

—Que los valones se turnaron para llevarla en brazos mientras ella le gritaba en francés a su hijo que la culpa de todo aquello la tenían sus malditas reformas.

—¿En francés? —se sorprendió Paca—. ¿Y por qué no en español?

—Entre ellos hablan en francés —aclaró Ignacio.

—¿Y cómo es eso? —inquirió Lorenzo.

—El padre del rey, Felipe V, era francés. Y Luis XVI, el

rey de Francia, es su primo, con el que tiene una alianza. La lengua de la familia es el francés.

—¿Lo mismo que la guardia valona? —Paca arrugaba el cejo.

—Lo mismo.

—¿No saben los reyes hablar español? —interrumpió Almudena, entre sorprendida y curiosa, aun sabiendo que su madre la regañaría por meterse en la conversación de los mayores.

—Pues claro —repuso su tío, sonriente—. Pero lo hablan con otros.

—¿Y qué importa eso? —cortó el párroco—. ¿Qué pasó después?

Lorenzo pensó que sí que importaba cuando el pueblo de Madrid clamaba para echar a los extranjeros del gobierno, pero guardó silencio.

—Pues que a trancas y barrancas salieron de los túneles en un lugar secreto donde los esperaban unos carruajes para llevarlos a Aranjuez. Y allí permanece el rey rodeado de su guardia valona.

—Su guardia valona... —repitió Lorenzo en un gruñido.

—¡Qué deslucido y poco digno! —exclamó Paca, decepcionada.

—¿Y qué va a ocurrir ahora? —inquirió don Andrés.

—Pues que la reina madre se les muere del susto y del disgusto —aventuró el jesuita.

—Sí, ya, pero aparte de eso... —dijo Lorenzo.

Ignacio compuso una expresión seria, cuando antes parecía divertido contando la huida. Se tomó unos momentos de reflexión antes de responder.

—El rey está asustado, pero también muy ofendido. Piensa que se ha pisoteado su dignidad real. Que un simple cochero le gritara las condiciones de los revoltosos cuando salió al balcón es inadmisible para él. Cree que su imagen ha sido gravemente dañada.

—¿Y qué pasará? —insistió Lorenzo.

—Los que le conocen piensan que cederá para calmar los ánimos, de momento.

—¿Y después? —quiso saber Paca.

—Pues que tomará venganza. Pero de forma selectiva para evitar otra revuelta. Buscará responsables a los que castigar y mucho me temo que terminarán pagando justos por pecadores.

Cuando Ignacio se iba, Lorenzo quiso acompañarle un tramo.

—¡Quédate en casa! —le suplicó Paca—. ¿Pero no ves que es peligroso salir?

—¡No te vayas, papá! —le pedía llorando Almudena.

—Tranquilas, que Ignacio va y viene sin que le pase nada.

—¡La sotana le protege!

Pero Lorenzo salió con su hermano. El aspecto de las calles era desolador. Los niños y las mujeres que habitualmente las abarrotaban estaban escondidos en sus casas y grupos de exaltados, con capas y chambergos, muchos embozados, las recorrían. Gritaban «¡Viva el rey, muera el mal gobierno» mientras buscaban extranjeros. Iban armados con palos y mostraban en sus fajas las empuñaduras de cuchillos e incluso espadas. Los comercios estaban cerrados y algunos derribaban sus puertas para saquearlos. Los alguaciles habían desaparecido y la guardia española protegía solo los palacios.

Lorenzo, temeroso, no pudo contener más su angustia y compartió con Ignacio su secreto.

—¡Por el amor de Dios! —se escandalizó su hermano al saberlo—. ¡Dile a ese hombre que no imprimes más! Devuélvele todo el dinero. ¡No sabes la que te puede caer!

—Pero ¿qué está ocurriendo de verdad? El embozado

no pertenece al pueblo, ni siquiera es de Madrid. Hay alguien de poder detrás de todo esto.

—¡Pues claro, hombre! ¿Dices que habla con acento andaluz? Pues ya lo tienes.

—¿Qué tengo? Yo no tengo nada.

—Una de las medidas tomadas por Esquilache fue abolir, hará un par de años, el monopolio de Cádiz. Ahora otros seis o siete puertos españoles pueden comerciar con América. Y como los ministros italianos pretenden modernizar esa y otras cosas en España, hay grupos muy poderosos que ven amenazados sus privilegios y están decididos a acabar con las reformas y con los reformistas. Se trata de una lucha de poder en las altas esferas. ¡Deja de imprimir pasquines, que te la juegas!

Aquella noche, le dijo al embozado que ya no aceptaba más encargos.

—Es tarde, Lorenzo —repuso el hombre en tono pausado y tranquilo—. No debiste aceptar el primer oro que te di. Ahora estás hasta el cuello.

—Ni cogeré más oro ni imprimiré más.

—Tu hija se llama Almudena, es muy de misa y va a la iglesia a rezar el rosario y a que don Andrés, el cura, le enseñe lectura, escritura, catecismo y otras cosas. Bueno, pues un día puede no volver.

A Lorenzo se le erizó el vello solo de pensarlo, adoraba a su hija y ella le correspondía. No tenía duda alguna; aquel hombre lo sabía todo, le hacía espiar.

—¿Cómo os atrevéis? —inquirió desafiante a pesar del terror que sentía.

—A tu mujer la llaman Paca, y no solo sale a la compra y para ir a misa, sino que va a coser uniformes…

—¡Basta! —No podía resistirlo.

—Bien, pues —concluyó el hombre—. Aquí está el oro y esto es lo que quiero para mañana.

Lorenzo no podía verle el rostro, que se cubría con la capa, pero intuyó en su voz una sonrisa. A aquel hombre le divertía que quisiera rebelarse. Y le divertía aún más someterle.

—En qué lío me he metido —murmuró agobiado en cuanto se marchó.

Sentía que le faltaba el aire. Temía por su familia si a él le pasaba algo. Lo único que pretendía imprimiendo los pasquines era darles una mejor vida, pero bien podía ocurrir lo contrario. No dejaba de pensar en ello. Y se puso a rezar.

5

Al día siguiente, el miércoles 26 por la tarde, los pregoneros recorrieron las calles de Madrid voceando una carta del rey en la que concedía mucho de lo que habían exigido los revoltosos. Las dos medidas principales fueron fijar el precio de la onza de pan a ocho reales, cuando estaba a catorce, y el destierro de Esquilache.

Al oírlo, los madrileños se dieron por satisfechos y de nuevo lanzaron sombreros al aire y profirieron gritos de júbilo y vivas al rey. Y la ciudad recobró la calma, la guardia española salió a la calle y los alguaciles se dejaron ver donde de costumbre.

—La gente está contenta, pero preocupada porque el rey dice que no regresa —comentaba el padre Andrés en tertulia con Lorenzo e Ignacio dos días después.

—Quiere asegurarse de que la villa esté del todo tranquila antes de volver —aventuró Lorenzo.

—No. Quiere mucho más que eso —aseguró Ignacio.

—¿Y qué más quiere? —quiso saber sorprendido el cura.

—Castigar a Madrid.

—¿Y eso? —se extrañó Lorenzo.

—¿No os dais cuenta de que Madrid vive en gran medida no solo del rey, sino también de los grandes nobles que siempre le rodean? Al quedarse en Aranjuez, el enorme gasto de la corte se va allí —advirtió el jesuita—. Mucha gente se verá afectada. Carlos III piensa que así los madrileños sabrán que es mejor quererle. Está muy enfadado, se plantea incluso establecer la capital en Sevilla, que está mucho más cerca de América.

—Pero si la gente lo aclamaba a gritos —murmuró el sacerdote.

—Sí, pero el rey, aquí en España, lo decide todo, mi querido párroco. Y si sus ministros hacen o deshacen es porque él quiere. Puede poner una ley, quitarla o saltársela tranquilamente. Y también decide los impuestos. Nadie le puede llevar la contraria. Incluso usted está a las órdenes del rey.

—¿Yo?

—Sí, amigo mío. —El jesuita sonreía—. Porque usted como clérigo secular depende del obispo, ¿verdad?

—Así es.

—¿Y quién nombra al obispo?

—El papa.

—No, se equivoca. Al obispo lo nombra el rey, porque el papa acepta siempre el candidato que él le propone. Todo el poder del país está en manos de un solo hombre: el rey.

—Entonces tú también, hermano, dependes del rey —intervino Lorenzo.

—No, yo dependo de la Orden. —Ignacio volvía a sonreír—. El superior de la Compañía de Jesús es elegido por nosotros y él solo responde ante el papa, no ante el rey. Y eso no le gusta al monarca.

—No me extraña que alguien tan poderoso se molestara cuando un simple cochero le gritó el martes las exigencias del pueblo de Madrid —murmuró Paca.

—Así es —reconoció el jesuita—. Y se rumorea que se va a iniciar una pesquisa secreta.

—¿Y qué es eso? —inquirió don Andrés.

—La búsqueda de culpables, lo sean o no, para desagraviar al rey y restaurar su dignidad, al tiempo que se purga a la población para evitar que los disturbios se repitan. —Hizo una pausa y frunciendo el cejo añadió—: Habrá ejecuciones, no tengáis dudas.

Lorenzo se estremeció. Miró a su esposa, ignorante de su gran inquietud, y después a la pequeña Almudena. Sintió una inmensa ternura. ¡Cuánto las quería! ¿Qué sería de ellas sin él? Pasaba noches de insomnio tratando de encontrar una forma de escapar del embozado. Pero no la hallaba. Estaba atrapado.

6

Almudena se despertó sobresaltada. Eran altas horas de la noche y alguien aporreaba la puerta de la calle. Asustada, corrió a tientas en la oscuridad hasta la habitación de sus padres. Allí su madre trataba de encender un candil con la llama de la pequeña luz de aceite que siempre mantenía en el alféizar de la ventana.

—¿Qué pasa, mamá? —preguntó.

—No sé, cariño.

En aquel mismo momento la mecha del candil prendió y su tenue luz alumbró la estancia. El temor de la niña creció al ver la expresión de su padre. Se había quedado inmóvil en la cama agarrado a la sábana como si esta le pudiera proteger. Hacía dos meses que el embozado había desaparecido de su vida y, con el tiempo, el temor de ser apresado a causa de la famosa pesquisa secreta estaba casi enterrado. Creía haberse librado, pero en ese momento, de pronto, en plena noche, el miedo regresaba y su peor pesadilla parecía a punto de hacerse realidad. Los golpes, aún más fuertes, se repitieron.

—¡Abrid! —se oyó que gritaban desde abajo.

Paca miró a su marido, que solo entonces pareció reaccionar. Se levantó y, trémulo, se dirigió a la única ventana de la habitación para asomarse.

—Espera —le dijo Paca, y le ofreció el candil.

No hacía falta. Un grupo de hombres iluminaba la calle con sus antorchas.

—Abrid a la Santa Inquisición —tronó el que parecía mandar.

—¿La Inquisición? —se asombró Lorenzo, y miró extrañado a su esposa.

—¡No se os ha perdido nada aquí! —gritó Paca asomándose junto a su marido—. Somos cristianos viejos, católicos, apostólicos y romanos, fieles cumplidores con la Santa Madre Iglesia.

—¡Abrid o echamos la puerta abajo!

Y acompañaron la amenaza dando con una especie de ariete un golpe todavía más fuerte.

—¡Van a tirar la puerta! —exclamó Paca alarmada.

—Voy a abrir —gritó Lorenzo, y se puso los calzones y una camisa.

Madre e hija se cubrieron con unos chales y le siguieron. Si los adultos parecían no entender nada, la niña aún menos. Sabía lo que era la Inquisición, la gente hablaba bien de ella porque cuidaba de que todos fueran buenos católicos. Y los Román lo eran, tanto que a veces ella decía que quería ser monja para vivir en santidad. Y jugaba con sus amigas a preguntarse el catecismo. Entonces ¿por qué venía la Inquisición a su casa y a aquellas horas? Siempre había creído que cumplían todos los preceptos de la religión. Y que irían al cielo.

Lorenzo entreabrió la puerta con la cadena.

—¿Qué se os ofrece, señores? —inquirió cauteloso.

La luz de las antorchas le permitió ver que, efectivamente, los alguaciles vestían como los de la Inquisición.

—¡Abrid de una vez! —tronó, potente, la voz del que mandaba.

El impresor oyó un gemido asustado de su hija. No dudó más y abrió. El alguacil le empujó hacia dentro. Entraron tres y otros dos se quedaron fuera.

—¿Eres tú Lorenzo Román? —inquirió el primer alguacil.

Era un tipo alto con tricornio y capa corta que, sin ni siquiera esperar respuesta, le agarró de la pechera de la camisa. A la niña se le revolvieron las tripas. ¿Cómo se atrevía aquel individuo a hacerle aquello a su padre?

—Sí, señor —respondió el impresor.

—¡Suelta a mi padre! —gritó Almudena con los ojos inundados de lágrimas.

Entonces aquel hombretón zarandeó a Lorenzo, que le miraba con los ojos desorbitados, aterrorizado. La niña nunca había visto miedo en el rostro de su padre, no podía entenderlo y una gran angustia la embargó. Pero no pudo soportar presenciar aquel maltrato y su temor pasó de inmediato a enfado y a una rabia intensa.

Salió de detrás de su madre, donde se refugiaba, para propinarle una patada al hombre. El alguacil, sin soltar a Lorenzo, le arreó a la niña un zurdazo.

—¡Quitádmela de encima o la aplasto como a una cucaracha! —gritó.

Almudena esquivó el golpe, pero en lugar de arredrarse, agarró el antebrazo del hombre y le mordió la mano con todas sus fuerzas. El alguacil aulló a la vez que liberaba a Lorenzo.

—¡Deja a mi padre! —gritó de nuevo la pequeña.

La sorpresa inmovilizó unos instantes a todos. Menos a Paca, que, conociendo el carácter de su hija, aprovechó para tirar de ella y protegerla poniéndola a sus espaldas.

—¡Perdonad a la niña, señor! —suplicó—. Adora a su padre. No os molestará más.

El alguacil se mantuvo dubitativo un momento mirando primero su mano, donde tenía unos dientes marcados, y después a la madre tras la cual asomaba la mocosa. En el rostro de los hombres que le acompañaban, sin duda subordinados suyos, apareció media sonrisa. La furia inicial del oficial se aplacó a pesar del dolor. Él también tenía una hija de edad parecida y le gustó la actitud valiente de la pequeña defendiendo a su padre. Sus modos se suavizaron.

—Lorenzo Román —dijo sin agarrarle—. Date preso por la Inquisición.

—Pero si yo no he hecho nada, señor —murmuró Lorenzo—. En esta casa somos buenos católicos. Preguntadle al padre Andrés en la parroquia.

Y por el rabillo del ojo vio cómo los otros empezaban a registrar la imprenta.

—Has cometido un gran pecado.

—¿Qué ha hecho? —inquirió Paca.

—Esto se imprimió aquí —dijo el alguacil sacando de un bolsillo de su casaca un pasquín.

Y se lo mostró. Lorenzo ni quiso mirarlo. El cartel rezaba:

Lo pasado fue un amago,
como tal no fue atendido.
¡Cuidado! Que el ofendido
oculta un mayor estrago.

—Se colgó en Aranjuez, donde reside nuestro querido monarca, amenazándole con mayores desmanes.

—¡Eso jamás lo haría mi marido! —exclamó Paca—. ¿Y a qué viene la Inquisición? ¡Como si fuéramos herejes!

—Nuestro soberano es rey por la gracia de Dios, y por lo tanto ese pasquín va contra el Ser divino.

—Yo nunca quise... —murmuró Lorenzo, incapaz de reaccionar.

Paca lo miró alarmada, su esposo no lo negaba. No podía creerlo y se quedó sin palabras, paralizada. ¿De verdad lo había impreso él? ¿Puso a la familia en peligro? No, no era posible.

—Tiene que haber un error —musitó cuando pudo hablar.

—Lorenzo Román —concluyó el alguacil—. Date preso.

Y le empujó hacia los hombres que esperaban fuera. Mientras, los otros revolvían la imprenta en busca de pruebas. Aunque la Inquisición no las necesitaba.

Almudena se escapó de detrás de su madre, se fue hacia el oficial que salía con Lorenzo y le tiró de la capa.

—¡Suelta a mi padre! —repitió llorosa.

El hombre quiso apartarla y ella le arañó el dorso de la mano herida. Al alguacil le enternecía la defensa que aquella niña de pelo azabache y ojos verdes hacía de su padre y se limitó a empujarla en dirección a la madre.

Paca, con el corazón roto, los vio partir en la oscuridad de la noche llevándose a su marido. Llorando, sujetaba a Almudena para que no pudiera ir tras ellos. La niña no lo intentó, se agarraba a las manos de su madre, necesitaba su contacto. Empezó a sollozar en alto, las lágrimas surcaban sus mejillas a borbotones y al poco el llanto la privaba de la respiración. Adoraba a su padre, era más de la mitad del mundo para ella. Y sentía que con él perdía para siempre todos aquellos momentos felices vividos en familia. Paca olvidó su propia angustia tratando de consolarla. Temía que las lágrimas la ahogaran.

7

Paca pasó una triste noche confortando a su hija, que no dejaba de llorar y de rezar pidiendo que su padre volviera. Y ella seguía sin entender cómo su marido había podido comprometerse de tal manera. Aquel debía de ser el origen de la inesperada bonanza vivida los últimos meses.

—¡Dios mío! —murmuraba angustiada—. ¿Qué podemos hacer?

Amanecía cuando los inquisidores se marcharon con algunos papeles dejando el taller revuelto. La pequeña cayó rendida de sueño y su madre se arregló para presentarse en la iglesia tan pronto como don Andrés abriera.

—Padre, ¡no sabéis lo que nos ha pasado esta noche! —le dijo entre lágrimas.

—Todo tiene arreglo menos la muerte —repuso él al verla tan apurada, e inició una sonrisa para calmarla.

—¡Pues casi, padre!

Y le contó lo ocurrido.

—Es cosa de política —dijo el buen hombre, pensativo—. Y yo entiendo poco de eso, hay que hablar con tu cuñado.

Al mediodía se reunían los tres en casa de Francisca, junto a una llorosa Almudena. La expresión del jesuita era grave.

—Nuestro Lorenzo es víctima de la pesquisa secreta —explicó—. Y es secreta porque no quieren que el pueblo sepa que se están tomando represalias. Buscan eliminar a los líderes de la revuelta para evitar que se repita y de paso tomar venganza. Lo cierto es que había hambre y eso es lo que movilizó a la gente, pero quienes alentaron el odio contra los ministros extranjeros, incluidos los pasquines, fueron los poderosos que se ven amenazados por las reformas. A esos no pueden, ni quieren, tocarlos.

—¿Y qué le pasará a mi Lorenzo? —inquirió Paca angustiada—. Él no es ningún líder. ¿Por qué se lo llevó la Inquisición? Somos buenos católicos.

—Porque así los vecinos creerán que lo han detenido por algo de religión y no por la revuelta.

—Pero la Inquisición no está para eso —dijo el párroco—. Sirve a la fe.

—La Inquisición está al servicio del rey antes que de la religión —afirmó Ignacio—. No solo es un arma política, sino también una fuente de ingresos para la Corona. Una tercera parte de lo que recauda al confiscar los bienes de los condenados va a engrosar sus arcas. Y el resto sirve para cubrir los gastos de su engranaje, incluidas las recompensas a los confidentes.

—¿Qué podemos hacer? Tú, cuñado, que tienes tantos contactos en la corte sabrás con quién hablar.

—Tengo amigos allí que confían en mí y me cuentan cosas, pero soy jesuita, Paca. Y los jesuitas, hoy en día, no somos bien vistos en la corte. En especial por la persona que mueve los hilos en la sombra.

—¿Quién es? —quiso saber el párroco.

—La gente cree que es don Manuel de Roda. Pero él sigue instrucciones; hay alguien detrás que no da la cara y es más poderoso.

—¿Quién?

—Seguro que habéis oído hablar de él. Es fray Joaquín de Eleta.

—¡Fray Alpargatilla, el confesor del rey! —exclamó el padre Andrés.

Ignacio les había contado que aquel era el mote que le daban en la corte.

—No solo es el confesor del rey, sino también el inquisidor general —prosiguió—. Y eso le otorga un poder enorme. Es un franciscano que dicen que solo estudió en su pueblo y que presume de austero paseándose por la corte con un hábito de lana burda y en alpargatas. Tiene al rey en el bolsillo. El destino de tu esposo, querida cuñada, depende de él.

—Si no vas tú, iré a hablarle yo —dijo Paca decidida.

—Yo no puedo. Empeoraría las cosas. Fray Eleta odia a los jesuitas, dice que vamos de finos y sabios. Y lo mismo me ocurre con don Manuel de Roda. —Hizo una pausa y observó el rostro angustiado de su cuñada—. Y a ti no te recibirá, Paca; ni lo intentes. A quien sí recibiría sería a un párroco de prestigio en Madrid como don Andrés. Un cura también tiene poder gracias a sus sermones, a la confesión y al consejo que da a los fieles. Y eso lo sabe bien él. Además, ¿qué mejor testigo para certificar la buena salud espiritual de nuestro querido Lorenzo?

Ambos se quedaron mirando al sacerdote.

—Iré —dijo—. Haré todo lo que pueda por Lorenzo.

Almudena, que lo escuchaba todo, respiró aliviada. Se sentía esperanzada. Don Andrés, su confesor, conseguiría que su padre volviera a casa. Y se puso a rezar por que así fuera.

Le tomó dos semanas al párroco ser recibido por fray Eleta. El encuentro se produjo en el convento de Santo Domingo, situado en la calle de la Inquisición. En sus sótanos estaba

Lorenzo, preso e incomunicado. Paca había tratado de visitarlo muchas veces, para toparse solo con enérgicas negativas. Y siempre terminaban echándola a empujones, sin que lograra verle.

Condujeron al párroco hasta una habitación donde se encontró al fraile sentado tras una austera mesa de madera. A sus espaldas, pintada en la pared, había una gran cruz que parecía estar hecha con dos troncos burdos, flanqueada por una espada a su derecha y un ramo de olivo a su izquierda. Don Andrés sabía bien lo que significaban: el castigo para el hereje y, con suerte, el perdón para los arrepentidos.

—Dios os guarde, fray Eleta —saludó el párroco.

—Y también a vos, padre Andrés.

El confesor del rey vestía su hábito de lana basta, y el sacerdote, con su humilde sotana, pero de mejor tela, se sintió incómodo ante la ostentación de pobreza de alguien que poseía tanto poder. En la habitación no había otra silla, así que supo que tendría que permanecer de pie.

—Gracias por recibirme. Vengo a interesarme por un muy estimado feligrés de mi parroquia —dijo yendo directo al asunto—. Lorenzo Román.

El fraile tenía rasgos afilados, iba afeitado del día y, antes de hablar, le observó con una penetrante mirada de ojos oscuros.

—Lo sé.

—Respondo plenamente por él. Su familia es muy cristiana, de misa y rosario.

—Ha cometido un grave pecado: participar en una conjura contra el rey.

—Él no sabía de qué se trataba. Nunca quiso ir contra el rey.

El fraile soltó una risita cáustica.

—¿Un impresor que no sabe leer?

—Fue la necesidad, fray Eleta. No tiene nada contra el rey ni contra sus ministros. No ganaba suficiente, tiene una familia que mantener y le tentaron con oro.

—¿El famoso embozado andaluz? —inquirió el franciscano con sorna.

—Pues sí. Así fue.

El confesor del rey movió la cabeza con desaprobación.

—¿Le habéis torturado? —inquirió el párroco, alarmado de repente.

—¡No! ¿Qué os habéis creído? —repuso el fraile, irritado—. Sabemos cómo tratar a los detenidos y hacerles decir la verdad. En la mayoría de los casos, hablan sin necesidad de eso. A este le enseñamos los instrumentos y los aparatos que usamos para que suelten la lengua, explicándole para qué sirve cada uno, y casi se mea encima. Nada más tiene que contar. Es la misma historia que han repetido otros.

—Pues ya sabéis que no actuó con mala fe.

—Con buena o mala fe, atentó contra el rey y contra Dios —repuso el franciscano con voz tronante—. Y pagará por ello.

—No veo que Dios tenga nada que ver con eso —contestó el párroco desafiante.

—¿Cómo que no? Tendréis que volver al seminario, padre Andrés. Imprimiendo esos pasquines ha subvertido el orden establecido por Dios. Arriba está el rey, porque Nuestro Señor lo ha decidido así. Y debajo estamos todos los demás, incluidos curas, obispos y cardenales. Rebelarse contra el rey es hacerlo contra Dios. Mejor os irá si hacéis caso a quienes más sabemos.

Ante la irritación del inquisidor, el párroco decidió no seguir por aquel camino y mostrarse humilde e ignorante como él le sugería.

—No pretendía molestaros, fray Eleta. No sé tanto como

vos y estoy aquí para suplicaros piedad por un buen hombre, padre de familia, cumplidor con la Santa Madre Iglesia y muy querido en el barrio. Estoy seguro de que se arrepiente mil veces de haber caído en la tentación y haber cogido ese oro del diablo. Mostrad generosidad, os lo ruego.

El franciscano arrugó el cejo.

—Tendrá su castigo.

—Dejadle volver con su familia, que le espera. Os lo suplico.

El confesor del rey pareció pensar.

—Tendré en cuenta vuestros ruegos antes de tomar la decisión, padre Andrés. Os la haré saber en su momento. —Y moviendo la mano para que saliera, añadió—: Podéis iros.

El párroco, que seguía de pie, no se movió. No quería presionar para no estropear lo que parecía una actitud positiva. Sin embargo, una pregunta le quemaba en la lengua y no pudo evitar formularla.

—¿Habéis detenido al caballero embozado? Él es el responsable.

—Eso no es de vuestra incumbencia. Id con Dios.

Don Andrés salió con un amargo sabor de boca, pues no tenía la seguridad de la libertad de su amigo. Además, le dio la impresión de que el fraile no hacía nada por descubrir al embozado. Ni la verdad. Quizá porque ya sabía quién era. O porque el resultado de todo aquello, la expulsión de los reformistas del gobierno, le agradaba.

8

Transcurrieron casi tres meses sin que tuvieran noticias de Lorenzo, y todos los esfuerzos por saber de él, tanto del párroco como de Paca, fueron inútiles. El buen cura trató en un principio de dar ánimos a la familia pidiendo que rezaran y confiaran, pero conforme pasaba el tiempo su propia fe se debilitaba. Hasta que, a comienzos de septiembre, el padre Andrés recibió una breve nota de fray Eleta:

> Honrando vuestra petición he accedido a acortar la pena que merece Lorenzo Román de doce a ocho años, que cumplirá en el Arsenal de la Carraca. He ordenado que se limite su trabajo en las bombas de achique. Quedad con Dios.

El Arsenal de la Carraca se estaba construyendo en la isla del León, cerca de Cádiz. El rey precisaba de barcos modernos y había ordenado edificar grandes arsenales. La Carraca se ubicaba en unas marismas pantanosas, las filtraciones de agua en los cimientos eran constantes y las bombas tenían que funcionar día y noche. El trabajo de bombeo resultaba extenuante y constituía la principal causa de muerte de los condenados.

El cura se echó las manos a la cabeza. Estaba consternado y tuvo que apoyarse en la mesa que tenía delante porque le faltaban las fuerzas. La pena era del todo excesiva. Temía que Lorenzo, que no estaba acostumbrado al trabajo físico duro, falleciera antes de cumplir la condena. Pidió una nueva cita con fray Eleta, pero no recibió respuesta.

Cuando se encontró con el jesuita y la mujer de Lorenzo, el cura les leyó la nota. Paca rompió a llorar desconsolada. El desánimo y la tristeza la embargaban.

—¡Ya no lo veré más! —murmuró.

Ignacio se puso el dedo en los labios para reclamarle silencio. Almudena parecía distraída en la cocina, pero escuchaba.

—¿Qué le harán a papá? —quiso saber al momento.

—Lo han condenado a trabajos forzados —repuso el párroco acariciándole la cabeza—. Pero no te preocupes, que volverá.

—No me dijisteis eso, mamá. —Y también se puso a llorar.

—Es mucho mejor que la condena a galeras de antes —informó el jesuita tratando de confortarlas—. Ni se entra en combate ni hay que dormir encadenado a un banco de madera. Y es mejor que un presidio de ultramar.

—Se limita el trabajo que tendrá que hacer de achique —añadió el párroco—. Esa es muy buena noticia.

—¡Y a mí qué me importa! —chilló Almudena—. No me importa nada de eso. Lo único que quiero es que vuelva mi padre.

La niña era lista y lo había entendido todo. No había modo de consolarla.

Una cuerda de veinte presos, maniatados con grilletes y cadenas, en fila y unidos con una soga al cuello al convicto que les precedía, salió del convento de Santo Domingo tres días más tarde. En ella iba Lorenzo. La noticia llegó a la casa cuando la triste comitiva alcanzaba la plaza Mayor. Todos corrieron a verle. A la pena de prisión se sumaba el escarnio público. Nadie pensaría que Lorenzo era un represaliado del motín, sino que había pecado contra la fe.

Los familiares y amigos se agolparon junto a los curiosos a lo largo del trayecto. Dos alguaciles montados abrían paso, luego venía un tambor que sonaba destemplado y lúgubre, al que seguía un dominico portando el pendón de la Inquisición con la cruz, la espada y el ramo de olivo. Y después la cuerda de presos, vigilada por varios alguaciles armados.

Almudena vio a su padre por primera vez en tres meses. Iba el tercero, había adelgazado y arrastraba los pies. Estaba desaliñado y parecía abatido. Se le partió el corazón.

—¡Papá! —gritó lanzándose hacia él seguida de Paca.

Lorenzo las vio acercarse y se le llenaron los ojos de lágrimas. Era un hombre de familia y las adoraba. Se detuvo, con lo que paró la cuerda y recibió un culatazo de mosquete de uno de los alguaciles. Profirió un aullido de dolor.

—¡Sigue! —le gritó el alguacil—. No te pares.

Almudena se arrojó como una fiera contra aquel hombre y le golpeó con los puños.

—¡Deja a mi padre!

Ante el inesperado ataque y la furia de la niña, el alguacil retrocedió unos pasos sin saber cómo reaccionar. Los curiosos rieron. Y él, ofendido, levantó el mosquete para propinarle un golpe con la culata que podía ser mortal para la pequeña.

—¡No la toques! —gritó Paca.

Se lanzó contra el hombre y empezaron a forcejear sin que Almudena dejara de pegarle. Don Andrés no sabía cómo actuar y vio que mucha gente acudía a la carrera para no perderse la pelea. También vio que los demás alguaciles salían en ayuda de su compañero, pero el primero en llegar fue uno de los de a caballo, que sujetó, sin bajarse, a Almudena por el brazo.

—¡Alto! —gritó con una voz potente que resonó en toda la plaza Mayor.

El alguacil y Paca detuvieron su lucha sin soltar ninguno el arma y se quedaron mirando al oficial. Ella le reconoció, era el mismo que irrumpió en su casa aquella noche que se llevaron a su marido.

—¡Dejad que la niña y su madre se despidan del preso! —ordenó.

Los curiosos soltaron un clamor de contento y varios aplaudieron mientras Almudena y Paca abrazaban a Lorenzo. La pequeña había sido advertida de que no podría impedir la partida de su padre y se resignaba. Pero quería abrazarlo y besarle, darle su amor. Los familiares de otros presos siguieron su ejemplo y la cuerda se detuvo.

Desde lo alto de su caballo, el oficial observó los besos, las caricias y los llantos que madre e hija dedicaban a su ser querido. Y pensó que aquella niña valiente bien merecía despedirse de su padre.

—¡Hay que seguir! —dijo al cabo de unos minutos.

Y los alguaciles empezaron a gritar empujando a los reos para que la cuerda se pusiera en marcha. Sin embargo, Almudena no soltaba a su padre.

—Que la niña le acompañe —ordenó de nuevo.

Y así, agarrada a las manos encadenadas de su padre, Almudena siguió el camino. Al poco, cruzada la plaza Mayor, la cuerda se detuvo delante de la Cárcel Real, en la plaza de la Provincia, donde se encontraba la iglesia de la Santa Cruz, a la que acudía la familia Román y de la que era párroco don Andrés. Allí les esperaba una cuerda de casi trescientos hombres y varias mujeres. Eran presos por delitos comunes, en su mayoría condenados por vagancia, y una buena parte eran gitanos. Quien no podía demostrar una ocupación fija era considerado un vago, aunque estuviera buscándola, y se le condenaba a trabajos forzados para reformarlo.

—No es justo —dijo un compungido Ignacio que, gracias a un recado del párroco, pudo llegar a tiempo a la plaza Mayor para despedirse de su hermano—. Ni lo que le hacen a Lorenzo ni a muchos de esa segunda cuerda. Son jóvenes llegados del campo en busca de trabajo y terminan en una de esas cuerdas antes de poder encontrarlo.

—El rey necesita gente que construya astilleros y barcos —murmuró el párroco—. Pero esos chicos tienen suerte; solo les caen dos o tres años.

—¿Y os parece poco?

—Demasiado. No es justo, pero el rey los necesita.

—Pues viva el rey —dijo con sorna el jesuita.

Y la triste comitiva continuó su itinerario por las calles de Madrid hasta la puerta de la cerca que daba al camino de Andalucía. Allí se permitió una última despedida y el párroco bendijo a Lorenzo, le dio a besar un escapulario de la Santísima Trinidad y le abrazó. Después le siguieron el resto. Almudena le sujetaba con todas sus fuerzas diciéndole entre sollozos:

—Vuelve, papá. Por favor, vuelve.

A partir de ese momento los soldados, con la bayoneta calada, impidieron a los familiares acercarse a la cuerda. Esta se movía como larga culebra sobre el polvo del camino, bajo un sol cálido e indiferente. Paca, Almudena, Ignacio y don Andrés la contemplaron, abatidos y en llanto, hasta que se perdió de vista.

El jesuita murmuró al oído del cura de forma que solo él pudiera oírlo:

—Eso es una condena a muerte.

Tras despedirse, Lorenzo no volvió la vista atrás. Había tenido mucho tiempo para arrepentirse de haber aceptado aquel oro del diablo. Y se reprochó de nuevo el mal que le había causado a las dos personas que más quería. Con los ojos inundados de unas lágrimas que le hacían ver borroso y un dolor que le atenazaba el corazón, se dijo que debía mirar hacia delante, hacia el duro camino que le llevaba a Cádiz y a su negro futuro. Arrastraba los pies. Los tres meses de oscuro encierro entre cuatro paredes y la desgarradora despedida le habían dejado sin fuerzas. Pero debía sacarlas de donde fuera. Tenía que resistir, tenía que sobrevivir, por ellas. Por Almudena y Paca. Lo daría todo con tal de volver a verlas.

9

La vida de Francisca y Almudena cambió de forma brusca con la detención y posterior condena de Lorenzo. Al dolor y la angustia por su ausencia se sumó una precaria situación económica. La Inquisición requisó la imprenta y los utensilios para imprimir. Pero pudieron esconder el dinero que Lorenzo guardaba en la vivienda. Aunque era poco. El único medio de subsistencia de madre e hija residía en su habilidad para la costura. Paca se vio obligada a poner más horas en su trabajo y Almudena pasó a ayudarla. A la niña le gustaba coser y su madre le enseñó a dibujar y confeccionar patrones de sastrería.

Tanto Ignacio como don Andrés trataban de darles ánimos, y el jesuita las apoyaba con algo de dinero de su sueldo de profesor, pero tuvieron que abandonar la casa y buscar otra más económica. En la decisión intervinieron tanto Ignacio como el párroco.

—En el barrio de La Latina hay una corrala con una vivienda libre de dos habitaciones, una es comedor y la otra, dormitorio —informó un día don Andrés—. Conozco bien a la portera. Es una mujer de moral intachable y enérgica. No solo es estricta manteniendo las buenas costumbres, sino que obliga a los vecinos a cumplir con la limpieza de corredores, patios y retretes cuando les llega el turno. Es un lugar bastante presentable.

—Es importante la buena reputación de la corrala —añadió Ignacio—. Hay que tener en cuenta que son dos mujeres solas.

—Pues iremos a ver la vivienda —dijo Paca—. Nos acompañaréis, ¿verdad?

Dos días después trasladaban sus enseres a su nuevo hogar. Aparte de trabajar en el taller de uniformes, cargaban telas para cortarlas según los patrones establecidos y coser en casa. Muchas veces lo hacían en el corredor que daba al patio para aprovechar la última luz de la tarde. La vida no era fácil antes, pero desde entonces resultó aún más dura.

No fue hasta pasados casi dos meses de la partida de Lorenzo que recibieron su primera carta. Contaba que aquello no era tan malo, que gracias a Dios no le habían enviado a un penal de África a construir fortificaciones y que era poco el tiempo que le obligaban a bombear agua durante la larga jornada. El trabajo en las bombas del Arsenal era matador. Ellas le contestaron de inmediato diciéndole que se encontraban bien, pero los reos tenían el correo limitado, y el tiempo antes de recibir respuesta se hacía eterno.

Otro infortunio les llegó a madre e hija cuando, pocos días después del primer aniversario del motín en Madrid, se produjo la expulsión de los jesuitas. Sus casas fueron cercadas por el ejército durante la noche y por la mañana se les comunicó su destierro inmediato y la incautación de sus bienes. Apenas pudo Ignacio despedirse de Almudena, a la que adoraba, y de Paca.

—¡Te echaremos mucho de menos! —lloraba la niña—. ¡No solo nos quitan a papá, sino que ahora se te llevan a ti!

—Es una infamia —clamaba el jesuita—. El rey nos echa del país alegando la suprema autoridad que el Todopoderoso ha puesto en sus manos. Y dice que lo hace por el bien del pueblo y de la Corona. Sin más explicaciones y por encima de cualquier ley o razón. Detrás de todo esto hay una conjura contra la Compañía de Jesús y la famosa pesquisa secreta de fray Eleta en busca de a quién culpar por el motín. Pero la culpa la tuvo el hambre. Y os aseguro que somos inocentes, que todo es falso.

—¿Y de qué vais a vivir en un país extranjero si os vais sin nada? —inquirió Paca.

—No lo sé. El rey quiere enviarnos a Roma, ya que el papa es la máxima autoridad de la Orden. Pero no puede acoger a tantos miles, porque también nos expulsaron hace poco de Francia. El despotismo de los Borbones no nos soporta.

—¿Y qué destino tendrán todas las propiedades de la Orden? —quiso saber don Andrés.

—Anticipo que pasarán a engrosar el tesoro real. Nosotros nos vamos sin nada —murmuró Ignacio.

—La mejor educación de las Españas la dais vosotros. ¿Qué ocurrirá con ella?

—El país retrocederá cien años —aseguró el jesuita.

—Rezaré por usted —le dijo don Andrés después de darle un fuerte abrazo.

—Se lo agradezco. Lo voy a necesitar.

A Almudena la escena le recordaba la cuerda de presos que se llevó a su padre. Aquello le desgarraba el corazón. Y con abrazos, besos y lágrimas, madre e hija despidieron a su pariente y valedor. Ignacio tendría que caminar, junto a sus hermanos, hasta Cartagena, donde embarcaría rumbo a algún lugar desconocido del Mediterráneo. Se sentían solas, muy solas.

—No tenemos más familia —murmuró Paca, desmoralizada y sumida en la tristeza.

—Aún nos queda don Andrés —le dijo Almudena tratando de animarla.

La madre la abrazó y, después de un largo rato calladas, la niña musitó:

—Papá volverá. Y mientras, nos tenemos la una a la otra, mamá.

10

Bahía de Chesme, Turquía
Madrugada del 7 de julio de 1770

A Jaume le dolía la mano de sujetar con tanta fuerza las cuerdas de las jarcias. Era la tensión. El miedo le agitaba la respiración y sentía su corazón oprimido por un puño de hierro. Quince años no era edad para morir, pensaba. Veía cómo la proa de la goleta abría un mar oscuro donde los cadáveres flotantes se alternaban con maderos aún en llamas. A través de la noche y de una nauseabunda neblina que olía a pólvora y humo, podía distinguir, al frente, las tenues luces rojas de su objetivo. Dejaban atrás el purgatorio para ir al infierno. Se imaginaba a la muerte, un esqueleto con largas alas blancas, que sujetaba una guadaña y chillaba como una gaviota, revoloteando en la oscuridad por encima de su embarcación. Muchos murieron en los días anteriores, pero en unos instantes caerían muchos más y rezaba pidiendo un milagro: que ni él, ni su padre, ni sus camaradas y amigos, que tripulaban la goleta, estuvieran entre ellos.

—*Send the spaniards on the fireship!* —Fue la orden que les condenó al infierno.

Cuando se pronunció, se encontraban en un navío de

línea, un enorme buque de tres puentes integrado en la flota zarista del Báltico que había penetrado en el Mediterráneo para sorprender a los turcos. Aquella era una nave británica, al mando del capitán Samuel Creig, que se unió a la flota en Menorca y operaba bajo enseña rusa con el nombre de Sviatoi.

The spaniards, «los españoles», eran ellos, los diez menorquines que tripulaban una pequeña goleta llamada Coloma, de dos palos verticales y otro inclinado en la proa, el bauprés. *The fireship* era un brulote, un barco incendiario, también llamado «barco bomba», y la misión encomendada era cercana al suicidio: prender fuego a la nave capitana de la flota turca.

El chico se estremeció al oír la orden y su mirada fue hacia su padre, el capitán Cesc Ferrer. Tenía la barba canosa y con frecuencia lucía una blanca sonrisa que resaltaba en su rostro curtido. Pero en aquel momento mostraba, en la penumbra, sorpresa y temor. Sus miradas se cruzaron y el joven leyó en su expresión la gravedad de la situación.

Observó entonces el mar tenebroso al que les querían lanzar. A lo lejos, más allá del alcance de la artillería, se hallaba la armada otomana, de la que solo se distinguían unas luces difuminadas por la neblina.

La batalla había comenzado dos días antes, en la mañana del 5 de julio, cuando una flota rusa de menor tamaño, pero mejor artillada y tripulada, atacó a unos sorprendidos turcos. Después de un fiero intercambio de cañonazos, varias naves de ambos bandos sucumbieron envueltas en llamas o volaron en pedazos cuando el fuego alcanzó sus santabárbaras. La armada musulmana, aun con superioridad numérica, buscó refugio en la bahía de Chesme, al amparo de sus baterías de costa. Pero allí se encontró encajonada con solo una parte de sus naves, las de primera fila, en situación de responder al fuego ruso, y el día 6 se inició un prolongado duelo artillero. Y no fue hasta las dos de la madrugada del día siguiente, en una pausa en la que los contendientes se lamían las heridas, cuando los menorquines supieron el destino que les tenía reservado el teniente Wolf.

Menorca era posesión británica desde 1713, cuando el primer rey Borbón de España la cedió, junto con Gibraltar, en el Tratado de Utrecht, y de eso hacía ya cincuenta y siete años. La armada británica tenía su base en el excepcional puerto de Maó y dos meses antes sus naves apresaron a la *Coloma* bajo la acusación de contrabando, ya que comerciaba con la isla de Mallorca, perteneciente a la monarquía española. Las relaciones mercantiles entre las islas se producían desde tiempo inmemorial y sus habitantes no comprendían cómo aquel intercambio entre hermanos podía estar prohibido. Que aquellos invasores se apropiaran de la goleta con la que se ganaban la vida y les castigaran parecía inmoral, del todo injusto.

La nave fue requisada y sus diez tripulantes, Cesc, su hijo Jaume y los ocho marinos, encarcelados. Fue entonces cuando apareció el teniente Daniel Wolf, un tipo alto y delgado, con unos ojillos de un azul desvaído y sonrisa torcida. Era arrogante y poseía una fama de duro que le gustaba fomentar.

—Si no os alistáis, os pudriréis en la cárcel por contrabandistas —amenazó a Cesc—. Allí se come mal y se muere fácil —añadió, siniestro.

El capitán de la *Coloma* sabía que su única opción era negociar con aquel individuo prepotente, que no se reprimía al hacer ostentación de su superioridad.

—Preferimos la cárcel a la muerte a la que nos queréis

enviar, señor —repuso tratando de mantenerse tranquilo y aparentar indiferencia—. No queremos saber nada de vuestras guerras.

Sabía que la nave británica se uniría a la flota rusa para combatir al otro extremo del Mediterráneo.

—¿Y dejarás que tu hijo y tus amigos se pudran en la cárcel por tu cobardía? —repuso el teniente con una mueca de desprecio—. Sabes que no duraréis mucho.

Cesc lo sabía. Ya había estado encerrado allí unos días y pudo sobrevivir gracias a la comida que le llevaba su mujer. Y la pobre iba desde Ciutadella, a nueve horas de camino. Y también sabía que la familia lo había invertido todo en la construcción de la Coloma bajo la dirección de un maestro de hacha. No le quedaban opciones.

—No moriremos en una guerra que no es nuestra, señor —insistió Cesc—. No afrontaremos peligros. Mejor es la cárcel.

—No seas estúpido —insistió el oficial mostrando su media sonrisa torcida—. Los rusos pagan bien y precisan marinos expertos.

—La vida de mi gente es más valiosa.

—Si os enroláis, no cumpliréis más funciones que las marineras, las propias de un velero comercial, e intercederé por vosotros para que os devuelvan vuestra nave.

Cesc evaluó la situación. Sin la Coloma estaban en la miseria, y la insistencia del arrogante teniente para completar la tripulación del navío de línea le hacía sospechar que no era solo en aras de la alianza de su rey Jorge III con la zarina Catalina II. Wolf obtenía provecho personal.

—Dadme vuestra palabra de caballero de que así será —le exigió el menorquín—. De que no nos expondréis a situaciones bélicas.

El teniente le lanzó una mirada cáustica.

—Huelo el miedo. La nuestra es una nave de guerra y va

a luchar. Me sorprende que renunciéis a la libertad, a vuestra goleta y a la paga que dan los rusos.

Cesc se dijo que aquel hombre conocía bien su necesidad y que jugaba con ella.

—Esa no es mi guerra ni la de mis hombres. Dadme vuestra palabra de caballero.

—Os puedo reclutar a la fuerza. Como se hace en Inglaterra.

—Pero no en Menorca.

Los ingleses tenían órdenes de no encrespar a los menorquines, como sin duda lo haría un reclutamiento forzoso. Carlos III deseaba recuperar la isla, las costas españolas estaban muy cerca y una revuelta ayudaría al monarca en su propósito.

—Dadme vuestra palabra de caballero y negociemos un acuerdo —presionó el menorquín ante el silencio del teniente y su expresión de disgusto.

Wolf elevó la barbilla, movió la mano con gesto desdeñoso y murmuró:

—Tienes mi palabra.

—De caballero —insistió—. De que no participaremos en los combates.

—De caballero —murmuró el británico afirmando.

Cesc confiaba plenamente en el sentido del honor de los oficiales. La palabra dada por un caballero se cumplía. A menudo los oficiales presos, tanto españoles como británicos o franceses, eran liberados tras dar su palabra de que no volverían a luchar en la misma guerra contra el país que les concedía la libertad. Y siempre cumplían. El honor de un oficial era algo sagrado. Con ese convencimiento, Cesc aconsejó a sus hombres que se enrolaran en el navío británico camuflado como ruso. Y ellos aceptaron.

Que el teniente faltara a su palabra era algo inaudito. Y el joven Jaume se preguntaba, tan angustiado como sorprendido, qué haría ahora su padre.

Cesc estaba pasmado. ¿Cómo podía aquel hombre mancillar su honor de aquella forma?

—Señor —dijo cuando pudo reaccionar, acercándose al oficial que, escoltado por dos fusileros, bayoneta calada, se mostraba impávido—. Tenemos vuestra garantía de que no se nos expondría al combate directo.

—Ya no.

—¡Distéis vuestra palabra de caballero! —exclamó con furia el menorquín, dando otro paso hacia Wolf—. ¡Estáis obligado!

El teniente le propinó una sonora bofetada y los soldados le apartaron a punta de bayoneta. Atónito, Cesc se cubrió con la mano la mejilla golpeada y retrocedió sin ofrecer resistencia. Jaume no podía creer que aquel individuo le hiciera aquello a su padre. Y el temor que sentía se tiñó de rabia. Pero sabía que debía contenerse y tragársela.

—Cuida tus modos, isleño —le advirtió el británico a Cesc con desprecio—. No estoy obligado a nada. La palabra de un oficial inglés solo es válida para otro oficial o para un ciudadano británico.

—Pero...

—¡Es una orden! Y si oigo más peros te haré ahorcar. —Dirigiéndose al grupo de menorquines, gritó—: ¡Horca para todos! Si no le prendéis fuego a ese navío turco, os hago colgar de las gavias del barco. No aceptaré excusas. Quien vuelva sin haberlo logrado será ahorcado. —Y mirando a Jaume, el más joven, insistió—: No me importa quién sea. Además, ya sabéis que, si tratáis de escapar y os capturan los turcos, os degollarán de inmediato.

El joven miró desconsolado a su padre, que se había quedado mudo, con los brazos caídos, abatido. Después contempló, interrogante, a sus camaradas. Todos entendían el inglés a la perfección y lo hablaban.

—No puedes hacer nada más, patrón —le dijo David, el segundo de a bordo, en menorquín—. Ese bastardo es un miserable sin honor.

—Me ha engañado —murmuró Cesc—. Siento mucho que os encontréis aquí por mi culpa. Mejor hubiera sido la cárcel.

—No lo sabías —intervino Pep, otro de sus marinos—. Tú buscabas lo mejor para todos.

Pero aquello no consolaba al veterano capitán.

—¿Qué queréis que le diga? —inquirió arrastrando las palabras—. Decidme qué queréis que haga.

Jaume se le acercó para sujetarle la mano y darle ánimos.

—¡Dejad de hablar en vuestra jerga y hacedlo en cristiano! —gritó el teniente—. ¡Quiero saber qué decís!

—Nada puedes hacer —dijo otro de los marinos aún en menorquín—. Lo único es capitanearnos, como siempre has hecho, cumplir la misión y traernos de vuelta en la chalupa sanos y salvos.

Los demás aprobaron con un murmullo y afirmando con la cabeza.

—¡Hablad inglés de una maldita vez! —aulló el teniente.

—Iremos, señor, pero el chico se queda —dijo Cesc—. La nave se tripula bien con solo nueve…

—Ni pensarlo —cortó el británico—. Así me aseguro de que hacéis un buen trabajo. Y que sepas que, si no cumplís, al que me dará más gusto ahorcar será a tu hijo.

El chico aún sujetaba la mano de su padre y lo miró. Cesc siempre tenía salida para todo, pero ahora se mostraba impotente y abatido. Nunca le había visto así. Después observó con un escalofrío el tenebroso mar. Allí, oculto entre las brumas y la oscuridad, se hallaba su destino.

11

El riesgo de morir en aquella misión suicida no era el único de sus infortunios, ni la única de las infamias cometidas por Wolf. La nave que el teniente había decidido sacrificar era su querida Coloma. Cuando aceptaron su reclutamiento a cambio de la libertad, estaba requisada bajo la acusación de contrabando y Wolf les esperanzó diciéndoles que la recuperarían si cumplían sus obligaciones en el navío de línea. Y con esa ilusión partieron. Pero cuando la flota se reunió al completo, ya cerca de las costas turcas, vieron con desesperación que su goleta, tripulada por británicos, se encontraba junto a las naves auxiliares.

—Nos ha mentido —murmuró Jaume entonces.

Su padre afirmó con la cabeza.

—¡Miserable! —gruñó David, el segundo.

Cesc fue a pedirle explicaciones al teniente, quien se limitó a decir que era una nave requisada y que eran órdenes superiores. Que no se preocupara, que seguramente la armada británica le compensaría si la goleta sufría algún daño.

Pero después del bofetón ya no guardaban ninguna esperanza. Aquel hombre les había mentido en todo, desobedecer sus órdenes sería considerado motín y el castigo era la horca. La tripulación británica acercó la Coloma al flanco de la gran nave y pudieron presenciar cómo, con rapidez y eficiencia, los artilleros cargaban la goleta con pólvora, fósforo y otros materiales inflamables, dejando largas mechas que surgían de la escotilla de la bodega. Sería sacrificada sin remedio.

Su misión era pilotar la goleta hasta abordar la nave designada. Entonces la Coloma, ya en llamas, gracias a unos garfios que habían sujetado en la proa, los costados y los extremos de las vergas, se adheriría al casco de la nave capitana turca y la incendiaría.

—Es un trabajo delicado —les dijo el teniente en tono conciliador y a modo de arenga—. No es nada fácil, pero me consta que sois unos grandes marinos y conocéis vuestra nave hasta la última jarcia y el último palmo de vela. ¡Lo lograréis!

Jaume miró a su padre, que se mantenía impasible y sin pronunciar palabra. Sabía que suplicar no serviría de nada y que rebelarse era la muerte. Y el chico también. Su semblante y el del resto de la tripulación era hosco. Lo que les pedían, bajo fuego enemigo, era una maniobra complicada y muy peligrosa. Los ingleses habían esperado a que el viento soplara hacia tierra, pero era irregular y el mínimo cambio podía desbaratarlo todo. Había casos en que un brulote había terminado incendiando la propia nave nodriza que lo lanzaba.

—Si lo lográis, la armada os compensará con otra nave —prosiguió el oficial—. Y si no, con la horca.

Al poco, empujada por aquel viento inestable, la Coloma avanzaba hacia la entrada de la bahía de Chesme. Allí, refugiada junto al resto de la armada enemiga, se encontraba la nave capitana turca, un imponente navío de tres puentes y casi cien cañones. Cesc manejaba el timón flanqueado por dos infantes de la marina inglesa con sus mosquetes cargados, amartillados y la bayoneta calada. El teniente se aseguraba así de que los menorquines cumplieran con su misión, evitando que se sintieran tentados de huir con la nave. Los soldados se encargarían de encender las mechas en el momento oportuno para escapar después con los demás en la chalupa, cuando la Coloma estuviera ya en llamas, camino de su objetivo.

Jaume, junto al resto, seguía las órdenes de su padre tirando y recogiendo cabos para orientar las velas y aprovechar el vientecillo al máximo. Tenía el corazón oprimido y lo invadía una mezcla de miedo y rabia. Observó en la penumbra el semblante sereno pero duro de su padre, concentrado en dirigir la nave, pero cuando sus miradas se cruzaron, la faz del capitán se iluminó con una sonrisa amorosa. Quería tranquilizarle, infundirle ánimo.

—Padre —le dijo en menorquín, elevando la voz para que sus compañeros le oyeran—. Librémonos de esos dos y huyamos con nuestra Coloma. No nos alcanzarán.

Los soldados le miraron inquietos. Intuían la conversación.

—Están alerta —repuso David—. Antes de rajarles la garganta habrán matado o herido a varios. Y no nos han dejado ni un mísero cuchillo.

—Quizá merezca la pena —insistió Jaume—. La libertad tiene un precio.

—¡Hablad en inglés, malditos! —gritó el que parecía mandar.

—No tenemos agua, ni comida, ni armas, ni dinero —intervino Cesc, sereno, ignorando al soldado—. No hay forma de que podamos llegar a casa, en el otro extremo del Mediterráneo.

—Si nos cargamos a estos y nos pillan los ingleses nos ahorcarán —dijo Pere a continuación—. Si nos atrapan los turcos nos degollarán, y lo mismo pasará si caemos en manos de piratas.

—Todas las opciones son malas —concluyó Cesc—. La única posibilidad que tenemos de salir vivos es hundir ese maldito barco, hijo. Y eso haremos.

Se hizo el silencio y Jaume observó atento el entorno. Era lúgubre, presagiaba muerte. La sucia neblina persistía, cargada del olor a pólvora y el humo de los incendios, pero el viento empezaba a disiparla y pudo distinguir que, flanqueando su nave, a distancia, había otras dos parecidas que se dirigían a la flota turca.

—No somos los únicos —murmuró.

—Mejor —gruñó David—. Cuantos más seamos, más dispersarán los turcos sus disparos. Estamos a punto de situarnos al alcance de sus cañones.

—Con la bruma tardarán en vernos. —Cesc quería tranquilizarles—. Y a esta distancia no pueden precisar los tiros.

—Pero lo harán cuando estemos cerca —murmuró David.

Jaume apenas distinguía a sus compañeros, pero supuso que estarían tan tensos como él. Contemplaba cómo la proa de la Coloma abría las oscuras aguas cuando vio una luz rojiza en el costado de la nave a la que se dirigían. Un surtidor de agua se alzó en la proa de la goleta y de inmediato le siguió un estampido.

—Nos han visto —dijo Pere—. Empecemos a rezar.

—Yo no he dejado de hacerlo —repuso David.

—Saben que venimos, nos esperan —razonó Cesc—. Pero no pueden vernos bien.

Más luces rojizas, más surtidores, más estampidos. Los cañonazos parecían levantar muros de agua en la oscuridad que salpicaban a la Coloma cuando los cruzaba. Los británicos ordenaron encender las mechas, pero Cesc se negó.

—Nos verían demasiado bien y estaríamos a tiro antes de tiempo —explicó en inglés para que lo entendieran.

—Esos quieren largarse lo antes posible —comentó David—. Tienen más miedo que nosotros.

Jaume distinguió una luz amarilla que procedía del brulote que los acompañaba por el costado derecho.

—¡Los de estribor han encendido las mechas! —gritó.

—Falta cerca de una milla —dijo el capitán—. Se están evidenciando demasiado y estamos a tiro. Hay que alejarse.

Y ordenó recoger una de las velas; iba a dejar que se adelantaran. La tripulación cumplió la orden al instante.

—Les caerá todo a ellos —murmuró Pere.

Poco tardó la nave que les flanqueaba por babor en mostrar también una luz amarillenta y Jaume vio cómo los otros dos brulotes tomaban la delantera al retrasarse la Coloma. Las detonaciones y las columnas de agua se sucedían, pero los proyectiles ya no solo caían al frente, sino por todos lados. Aunque Jaume tenía el corazón en un puño, no se perdía detalle y vio que alguna de las balas de cañón dejaba una traza de una mortecina luz rojiza en el cielo oscuro.

De repente, la embarcación que tenían a babor estalló en mil pedazos iluminando la noche y esparciendo maderos incendiados que llovieron sobre el mar. El muchacho respiró al ver que ninguno prendía sus velas y se alegró de que su padre los hubiera hecho distanciarse. Pero se estremeció al pensar que parte de lo que llovía eran los cuerpos de los desdichados de aquella nave. Y que de un momento a otro les podía ocurrir lo mismo a ellos. Las aguas se llenaron de restos que flotaban en llamas.

—Eso ha sido una bala incendiaria —gruñó David—. De un barco muy grande, un navío de línea.

Solo las grandes embarcaciones, o las baterías de tierra, podían disparar una bala incendiaria, ya que se precisaba de un horno que calentara el metal del proyectil hasta ponerlo al rojo vivo. Además de provocar incendios, si alcanzaban la santabárbara de un buque, este estallaba. Como acababan de presenciar.

Jaume observó a su padre. Le admiraba. A pesar de lo ocurrido, y de la lluvia de proyectiles que los turcos lanzaban, se mantenía firme, inmutable y decidido al timón de la nave, conduciéndola a través de aquel infierno a su fatal destino.

12

Faltaba menos de media milla y podían distinguir ya la silueta de la nave de línea vomitando fuego por las troneras de su costado. Cesc ordenó entonces encender las mechas y un resplandor amarillo surgió de la bodega a través de las escotillas. El sacrificio de la Coloma había empezado. Los estampidos de los cañonazos eran atronadores y las columnas de agua que levantaban las balas los rodeaban por todas partes. Era un milagro que no les hubieran alcanzado.

Los británicos le pedían a gritos a Cesc que sujetara el timón con una cuerda para que la goleta siguiera sola. Querían que se arriera la chalupa para escapar de aquel infierno y le amenazaban con las bayonetas.

—Yo estoy al mando —les dijo con voz firme—. Este viento es irregular y no abandonaremos la nave aún.

—Esos tienen prisa —gruñó Pere.

—Claro, a ellos no les ahorcarán si no quemamos esa nave —recordó David.

Los británicos insistían amenazantes ante la indiferencia del capitán, y nadie de la tripulación hizo el menor gesto de dirigirse a la chalupa, a pesar de lo mucho que deseaban escapar de allí. Llevaban años navegando con Cesc y depositaban en él toda su confianza.

Las llamas tenían ya un resplandor rojo y Jaume vio

aliviado que, al brotar de la bodega, iban hacia delante, empujadas por el viento de popa. Eso les daría unos minutos más de margen. Pero otro estallido frente a ellos, seguido de una nueva lluvia de materiales en llamas, le recordó lo suicida de la misión y le hizo dar un respingo.

—El otro brulote —murmuró David—. Ahora todo el fuego caerá sobre nosotros.

Fuego dentro y fuego fuera, se dijo Jaume al tiempo que observaba a su padre, admirado por la serenidad que mostraba. Al chico le parecía imposible salir de allí con vida.

De repente el viento cambió, tal como Cesc temía, las velas se deshincharon y aletearon unos momentos. Los marinos se apresuraron a seguir las órdenes para reorientarlas, pero al cesar el viento las llamas ya no iban hacia delante, sino que ascendían en vertical, amenazando al conjunto de velas y jarcias y a sus tripulantes. La goleta aminoró la marcha. Era cuestión de minutos que los turcos les hicieran saltar por los aires de un cañonazo. Ya podían distinguir a la infantería en la cubierta de la enorme nave enemiga; en cuanto estuvieron al alcance de sus mosquetes empezaron a dispararles.

El viento regresó y de nuevo tuvieron que reorientar las velas. Pero justo cuando lo habían logrado se oyó un estruendo y el palo de mesana, el mástil trasero de la nave, alcanzado por una bala de cañón, estalló en pedazos lanzando astillas como puñales. Jaume sintió dolor, un trozo de madera le había herido en un brazo, pero aún podía moverlo a pesar de la sangre. No se le había clavado. Por entre las llamas miró a su padre y un escalofrío le recorrió el cuerpo.

—¡No! —exclamó horrorizado.

Cesc tenía una astilla enorme ensartada en el vientre, la sangre corría por sus calzones y se sujetaba a la rueda del timón para no caer a la vez que soltaba un lamento apagado.

—¡Padre! —gritó angustiado.

Y olvidándose de su herida corrió a socorrerle.

—¡Cortad los cabos de mesana! —ordenó Cesc dando una potente voz, que se impuso a la confusión de sus hombres.

Estos obedecieron de inmediato, a hachazos, liberando a la nave de la rémora que representaba la vela caída.

—¡Y ahora arriad el bote y salid de inmediato!

—Vamos, padre —le dijo Jaume sujetándolo del brazo—. Atemos con un cabo la rueda del timón para asegurar el rumbo. En el barco os curarán.

La sangre brotaba abundante de sus tripas. Cesc observó la gran astilla que le había atravesado como un gigantesco puñal. Sorprendía que siguiera vivo.

—No, hijo, esto no tiene cura —dijo con un rictus de dolor—. Moriré en la Coloma. Sal de aquí de inmediato.

—No me iré sin vos, padre.

—¡Nooo! —aulló el capitán—. ¡Sal de aquí! Yo me quedo al timón para mantener el rumbo. La Coloma cumplirá su última misión y yo con ella. Si estáis aquí es por mi culpa y no dejaré que ese miserable inglés os ahorque. ¡Vete!

—¡Padre!

—¡Obedéceme! Es mi última voluntad, hijo —murmuró Cesc con una voz que se apagaba—. Dile a tu madre y a tu hermana que las quiero y que muero pensando en ellas. También te quiero a ti. Muchísimo. Dame un abrazo y vete.

—¡Padre...!

Jaume oía que le llamaban, la chalupa estaba arriada. Los maderos de la cubierta de proa crujían y se abombaban por el calor dejando salir las llamas por las juntas que se descosían. La goleta parecía a punto de reventar. El infierno se les venía encima.

—¡Vete, que se marchan!

—Os quiero, padre —le dijo. Y le dio un fuerte abrazo cuidando no tocar la astilla para no dañarle más.

Cesc correspondió sin soltar el timón.

—Que Dios te proteja, hijo... —murmuró.

A los disparos de cañón se les unían los de los mosquetes de la infantería turca desde las cubiertas del navío. Pero la Coloma, a pesar de lo variable del viento y de la pérdida de un mástil y su vela, se les aproximaba, fatal como una maldición. El fuego se había extendido por toda la proa y empezaba a prender el foque y la cangreja. La Coloma crujía y crepitaba temblando con las llamas y el mar se llenó de reflejos rojizos. Ahora veían con todo detalle la gigantesca nave turca con la que iban a impactar. Cuatro cubiertas erizadas de amenazantes cañones y mosquetes que escupían fuego.

El chico se demoró en el abrazo hasta notar que su padre le empujaba para deshacerlo.

—¡Corre! —le dijo.

Salió disparado hacia la borda, pero tuvo que saltar por encima de un cuerpo con astillas clavadas. Era Pere. Un pedazo de mástil parecía haberle partido el cráneo. Se detuvo un segundo dudando si auxiliarle, pero se dijo que si sus camaradas le habían abandonado era porque ya estaba muerto.

—¡Jaume! —le llamaban.

Sus amigos ya estaban abajo, a los remos, y tan pronto como le vieron empujaron la chalupa para separarla de la nave.

—¡Salta! —le gritó David.

Jaume dirigió una última mirada hacia el puente. Allí seguía su padre, sujetando el timón al tiempo que se apoyaba en él. Su expresión era serena y firme. El joven conservaría aquella imagen toda su vida. Luego saltó y los brazos de sus compañeros amortiguaron la caída. Apenas se habían distanciado unos metros cuando una bala de cañón cayó tan cerca de ellos que hizo volar un remo y les lanzó tanta agua que por poco zozobran. Los menorquines se pusieron a remar y a achicar con desesperación. Sin embargo, no podían apartar la vista de la Coloma, que lenta pero implacable se aproximaba a su destino.

—Está tan cerca que los cañones ya no la pueden alcanzar —dijo David—. Es imposible inclinarlos tanto.

La proa de la Coloma era una bola de fuego y las velas que quedaban habían prendido. Pero la inercia la hacía avanzar. La enorme masa de madera del navío de línea era incapaz de maniobrar, no podía escapar de lo que se le venía encima y cundió el pánico. Desde la chalupa veían correr a los turcos por las cubiertas y oían sus gritos angustiados. Eran conscientes de lo inevitable. Y muchos saltaron al mar, incluso sin saber nadar, lo más lejos posible de donde la Coloma iba a impactar.

El choque contra la nave turca se produjo con un enorme crujido. La cubierta de la Coloma se abrió y soltó una gigantesca llama al costado de su enemiga, que prendió su maderamen, los mástiles y las velas recogidas en cubierta, y el navío empezó a arder como una antorcha. Los restos de la Coloma viraron hasta quedar en paralelo a la nave turca, unidos a ella por los garfios que le colocaron, con lo que aún se extendió más el fuego. Fue entonces cuando las llamas alcanzaron el polvorín que la menorquina llevaba en sus tripas y se produjo una fuerte explosión que la hizo volar, junto con parte de la embarcación turca, en mil pedazos y lanzar fuego a cien metros de altura.

—¡Hurra! —gritaron los soldados dejando de achicar agua.

Los demás guardaron un silencio compungido.

—Era un gran capitán —murmuró David a modo de epitafio—. El mejor que ha habido nunca. Lo tenía todo calculado al milímetro y lo logró. —Y con la voz ahogada, añadió—: Y era también el mejor de los amigos.

Los menorquines lloraban y fue entonces cuando, por

fin, las lágrimas acudieron a los ojos de Jaume, que los acompañó desconsolado, sin poder contenerse. Los sollozos le sofocaban. Jamás lo olvidaría, jamás podría recuperarse de aquello.

De repente, instantes después de la primera explosión, se produjo una segunda cien veces mayor. Estallaba la santabárbara del navío de línea turco. A pesar de la distancia, el chico sintió el impacto de la onda expansiva en el pecho y cómo la chalupa parecía avanzar de un salto. Grandes pedazos del maderamen volaban en llamas en todas direcciones y por un instante la noche se convirtió en un día rojizo.

—¡Hurra! —clamaron de nuevo los británicos.

Jaume, al oírlos, olvidándose de su brazo herido y del dolor, se levantó de un salto y, agarrando de la pechera a uno de ellos, un tipo pelirrojo que le doblaba en tamaño y sin reparar en su bayoneta, le gritó a la cara:

—¡Malditos seáis, ingleses de mierda! ¡He de matar a tu puto teniente! ¡Juro que le he de matar!

El hombre no le entendió, pero le apartó de un empujón. Sus amigos le sujetaron, le hicieron sentarse y el chico rompió de nuevo en llanto. David, viéndolo herido, cortó con su navaja un trozo de su camisa y le hizo un torniquete en el brazo.

Los grandes buques turcos, en posición de combate, formaban una línea que cerraba la bahía y mostraban al exterior sus costados erizados de cañones. De esa formación les venía el nombre de «navíos de línea». Otras naves menores se protegían detrás. Los maderos en llamas de la capitana se esparcieron por toda la zona y fragmentos de todos los tamaños fueron cayendo, como bombas incendiarias, sobre el resto de las embarcaciones. Fuegos imparables se propagaron por toda la escuadra y al poco casi toda ella ardía.

Jaume no disfrutaba del espectáculo. Le habían arrebatado a su padre y habían perdido a Pere y a la Coloma. Miraba el fondo de la chalupa con los ojos llenos de lágrimas.

—¡He de matar al maldito! —murmuraba—. Le he de matar.

13

La chalupa arribó al navío inglés sin demasiadas complicaciones y la tripulación fue saludada con hurras y efusivas felicitaciones por parte de los marinos británicos. El teniente se mostró más circunspecto y los recibió flanqueado por dos infantes de marina, bayoneta calada, al igual que cuando les envió a la muerte. A su aspecto altivo y desdeñoso de siempre se le sumaba la satisfacción. Él se llevaría los honores de la proeza de Cesc y los suyos.

—Habéis hecho un buen trabajo —les dijo como si solo hubieran izado una vela con destreza—. Felicidades.

Jaume había llorado desconsolado gran parte de la travesía de vuelta, al igual que alguno de sus camaradas. Adoraba a su familia. Su madre, con su amor y desvelo, representaba las raíces que le unían a su tierra menorquina y su refugio, mientras que su padre le había abierto las puertas del mundo, enseñándole a moverse en él. Cesc le dio alas para volar y le profesaba, al igual que a su madre, un inmenso amor. Acababa de perder la mitad de su vida y sin él se sentía desvalido. Aquel maldito no solo había asesinado a su padre, sino que había destruido a su familia. Lo más hermoso que tenía en la vida. No quería ni podía pensar en el momento en que tuviera que darles la noticia a su madre y a su hermana. Se veía incapaz. Tenía el corazón destrozado. Ni siquiera reparaba en el dolor que le producía la herida ni en la sangre de su brazo. Su querido y admirado padre estaba muerto, víctima de una traición, al tiempo que con su heroísmo les había salvado a todos. Era una pérdida terrible.

Cuando vio al arrogante teniente, su llanto se interrumpió de inmediato y su pena y su desconsuelo mudaron en rabia al oír sus palabras.

—¡Mi padre y uno de los nuestros han muerto! —le espetó en inglés—. Por vuestra culpa. ¿Y eso es todo lo que tenéis que decir? ¿Felicidades? ¡Sois un miserable sin escrúpulos, sin palabra y sin honor!

Wolf, sin inmutarse, le lanzó una fría mirada. Los amigos de Jaume le sujetaron y le taparon la boca mientras le alejaban del teniente. Compartían su dolor y su rabia, pero sabían que insultar a un oficial conllevaba un castigo muy severo y querían al muchacho como a un hijo.

—Lamento vuestra pérdida —prosiguió el teniente sin darse por enterado—. Recibiréis la compensación adecuada.

—Y tú una medalla y un montón de oro —murmuró por lo bajo David en menorquín—. Cuando todo lo hicimos nosotros. ¡Hijo de puta!

Wolf no entendió las palabras, aunque sí el significado, pero tampoco se dio por aludido. Fue entonces cuando Jaume, al que no le importaba ya nada, en un descuido de sus compañeros, se escapó, se fue hacia el teniente y, antes de que los soldados reaccionaran, le escupió en la cara.

—Hijoputa —le espetó en inglés.

Sus amigos le agarraron y lo apartaron antes de que las bayonetas le hirieran. Wolf sacó un pañuelo, se limpió y dijo:

—Te ahorcaré por esto.

Jaume le taladró con la mirada, desafiante.

Sin embargo, el teniente no tenía poder para cumplir su amenaza y el capitán Creig le dijo, cuando se lo propuso, que no creía oportuno ejecutar a un muchacho de quince años que acababa de perder a su padre, y menos cuando había contribuido de forma decisiva a la victoria rusa. Además, tampoco lo aceptarían los marinos británicos testigos de aquella proeza.

—He decidido perdonarle la vida —le dijo Wolf a David al día siguiente, como si fuera producto de su generosidad—. Recibirá unos simples azotes.

Parecía esperar una muestra de agradecimiento del que había sido la mano derecha de Cesc, pero esta no se produjo.

Al mediodía, a la hora de los castigos, a pesar de su aparatoso vendaje en el brazo, Jaume fue atado sin calzones a uno de los mástiles frente al resto de la tripulación y un marino le propinó diez varazos en las nalgas. Aunque uno de ellos le hizo sangrar, el verdugo se mostró clemente y se los dio con especial suavidad. Todos conocían la hazaña de la Coloma y que el chico había desafiado al teniente Daniel Wolf, un personaje detestado por la marinería.

El navío británico permaneció junto a la flota rusa cuatro meses más, hasta noviembre. Se dedicó a la captura, o a la destrucción a cañonazos, de pequeñas naves otomanas y a fomentar la rebelión de los cristianos de los Balcanes contra el Imperio turco. Durante ese tiempo los menorquines no fueron expuestos a combate, porque tampoco hubo ninguno que conllevara riesgo. Y gozaban de la simpatía de los marinos británicos, que los invitaban a ron y les informaban de lo que ocurría. Supieron que la batalla de Chesme había supuesto la mayor derrota de la armada turca desde la de Lepanto. Y aunque los oficiales británicos se atribuyeron el mérito, la marinería sabía que los españoles eran los verdaderos héroes. Se enviaron cuatro brulotes y solo la

Coloma llegó a su destino. Dos fueron alcanzados por la artillería turca y estallaron tal como ellos presenciaron, y el tercero, más alejado, se dio la vuelta alegando vientos contrarios, rotura del aparejo y que la nave menorquina ya había alcanzado a la capitana enemiga antes de que ellos pudieran actuar.

—Seguro que eran ingleses —sentenció Jaume—. A ellos no les ahorcan.

—Les habrán felicitado por salvar el brulote —rio David.

El chico soñaba con acuchillar al teniente, y sus amigos trataban de disuadirle.

—No podrás llegar a él y al final terminarán ahorcándote —le decía Pep.

—Que tú te suicides no les devolverá la vida ni a tu padre ni a Pere —añadía David—. No querrás que le tenga que decir a tu madre que también te mataron a ti.

Ese era el mejor argumento para contenerle.

Aquellos meses fueron de dura penitencia para Jaume. No solo sufría el profundo dolor por la muerte de su padre y de Pere, sino también la inquietud por el futuro. Temía que no les resarcieran por la pérdida de la Coloma, con lo que la familia quedaría en la ruina. A todo ello se añadía el acoso inmisericorde al que le sometía el maldito teniente. Le asignaba las peores tareas, entre ellas la de vaciar y limpiar las bacinas de los oficiales. Hasta el punto de que el sargento que le transmitía las órdenes se disculpaba a veces.

—Lo siento —le decía—. No es cosa mía.

—Ya sé de dónde viene —respondía él ceñudo.

Le caía bien al hombre y, casi en un susurro, le advirtió:

—Te está provocando. Mantente en calma y no cometas estupideces. De lo contrario nunca regresarás a Menorca.

Parecía que Wolf le buscara para burlarse de él. En ocasiones, cuando limpiaba la cubierta arrodillado, se le quedaba mirando con la barbilla alta y la sonrisa torcida en los labios.

—Esto no está limpio —le indicaba señalando con la punta de la bota, para después tumbar el cubo de una patada. Y añadía—: *Spaniard* de mierda.

—Quiere hacerte saltar —le decían sus compañeros, al igual que el sargento—. Contente, por favor, que esta vez te ahorca de verdad.

Nunca antes pensó Jaume que se pudiera odiar tanto a alguien.

Cuando el joven divisó su isla le dio un vuelco el corazón y se le llenaron los ojos de lágrimas pensando en el infausto momento en que tuviera que darles la noticia a su madre y a su hermana. Contempló cómo sus compañeros mostraban su júbilo saltando y vitoreando, pero él no podía compartir su alegría. El recuerdo de su padre no le abandonaba.

Allí estaba la bocana de la bahía de Maó, uno de los mejores puertos naturales del Mediterráneo, cuya entrada guardaba la fortaleza de San Felipe, una imponente construcción militar en forma de estrella de ocho puntas. Tras los cañonazos de saludo, la nave se dirigió hacia la ciudad de Maó, que se encontraba casi al fondo de la profunda bahía y era de un tamaño mucho menor que el de aquella formidable fortificación.

Al llegar a la pasarela para desembarcar, Jaume, con su bolsa marinera a la espalda, vio a Wolf, que los contemplaba con los brazos sobre el pecho y el tricornio calado, sonriente, orgulloso, vencedor. Sus miradas se cruzaron y el chico se detuvo.

—Te mataré, lobo inmundo —dijo a media voz mirándole con rabia—. Te buscaré en los confines de la Tierra, y juro por Dios y la Virgen que te he de matar.

El teniente vio que se dirigía a él, pero no entendió lo que dijo por la distancia y porque le hablaba en menorquín. Sin embargo, comprendió claramente la intención.

—Y lo haré cara a cara, mirándote a los ojos —prosiguió—. Para que sepas que mueres por mi padre y por tu traición.

Y cruzando los dedos índices de ambas manos hizo una cruz y, sin apartar la mirada del inglés, la besó para sellar su juramento.

—¡Déjate de historias! —le dijo David, que le había oído, tirando de él hacia el muelle—. Que aún te puede perjudicar.

Pero Jaume siguió murmurando.

Al pisar el embarcadero, los menorquines se arrodillaron para besar la tierra de su querida isla y después rezaron dando gracias. Pero tuvieron que esperar unos días, impacientes, a que les pagaran antes de regresar a su hogar en Ciutadella.

Mientras, el teniente Wolf presumía de cómo había hecho volar la nave capitana otomana, propiciando la destrucción de la escuadra turca. Y recibía las felicitaciones de los caballeros y las sonrisas y los elogios de las damas en las fiestas de sociedad británicas. Él, junto con su capitán, eran los héroes del momento.

—Tenéis una gratificación especial —les dijo el pagador a los menorquines en la oficina de la comandancia—. Y agradecedle al teniente Wolf que os haya librado de los cargos de contrabando.

Los marinos contaron las monedas recibidas.

—Esto es poco más del sueldo establecido —gruñó David.

—¿Y qué hay de nuestra goleta? —inquirió Jaume—. El teniente dijo que nos compensaríais por ella.

—Bueno… —dijo el hombre—. No os impacientéis. Se hará una solicitud al almirantazgo.

—¿Al almirantazgo británico? —inquirió extrañado Pep—. Si el asunto era con los rusos y esos habrán pagado ya.

—Tranquilos —respondió el oficial moviendo los dedos en un gesto entre cómico e indiferente—. Eso lo arreglarán los embajadores.

—¡O sea que nada! —le gritó Jaume.

—Vamos, muchacho —dijo David—. No te metas en problemas.

Y lo sacaron de allí.

—Lo he de matar —gruñó.

Vengar a su padre y a Pere, y castigar a aquel miserable arrogante se había convertido en una obsesión para él. Una obsesión que se extendía a todo lo inglés y a todo lo británico. No se lo podía sacar de la cabeza, pensaba en ello, soñaba con ello.

El grupo llegó a Ciutadella tras más de diez horas de andar por el camino que la unía a Maó, y todos cargaban con su saco marinero a la espalda. La ciudad se hallaba también al fondo de una profunda cala, que miraba a la España peninsular y se internaba un kilómetro hacia el interior de la isla. Ofrecía un buen puerto, pero nada que ver con Maó, cuya bahía tenía cinco kilómetros, era mucho más ancha y miraba al oriente. Esa era la razón por la que los británicos habían instalado allí su base naval, cambiando la capitalidad de la isla de Ciutadella a Maó, lo que provocó la decadencia, o más bien el estancamiento, de la primera.

Había muchos resentidos en Ciutadella con los ocupantes extranjeros por aquella decisión. Allí se encontraban la catedral de Santa María, la nobleza y las autoridades eclesiásticas de la isla, que eran muy poderosas y gozaban de una gran influencia sobre sus feligreses. Les disgustaba profundamente que los nuevos señores de Menorca fueran protestantes, que hubieran convertido algún templo católico en anglicano, que eliminaran la Inquisición y que fomentaran la masonería. La antipatía de los sacerdotes hacia los ingleses era compartida por buena parte de los habitantes de Ciutadella.

Mientras, Maó prosperaba gracias al trabajo que ofrecía la flota británica, la protección que proporcionaba al comercio menorquín con otros puertos mediterráneos, las nuevas plantas cultivables y las técnicas importadas.

Ciutadella estaba bien amurallada y protegida por ocho baluartes, y cuando los marinos divisaron sus muros la vitorearon. Caía la tarde y se apresuraron para no quedarse fuera cuando cerraran las puertas. Jaume se encaminó de inmediato a su casa, que estaba próxima a la catedral. David quiso acompañarle.

La familia Ferrer, al igual que sus vecinos, no cerraba la puerta de la calle hasta antes de acostarse, y después de golpear con la aldaba, Jaume entró, dejó su saco marinero en el banco del zaguán y subió a la cocina, que hacía las veces de comedor, situada en el primer piso. Sabía que era la hora en que madre y su hermana cenaban.

—¿Quién es? —gritaron desde arriba.

No dio tiempo a contestar, Jaume ya estaba allí y se plantó frente a ellas.

—¡Madre! ¡Llúcia!

Ambas se quedaron con la cuchara camino de la boca, pero la soltaron y se levantaron de un salto.

—¡Jaume!

Marina, la madre, le abrió los brazos con una sonrisa feliz, pero al ver su rostro con lágrimas en los ojos y que detrás venía David, en lugar de Cesc, lo supo. El joven no tenía palabras, sentía un agobio que le privaba de respirar y miraba a su madre desencajado. Ella quedó unos instantes paralizada con los brazos en cruz a la vez que la expresión feliz de su faz mudaba a la desolación más profunda. Rompió a llorar mientras abrazaba a Jaume y a Llúcia, que, tras comprenderlo, se había unido al abrazo y al llanto. David contemplaba la escena cabizbajo y con los ojos húmedos, acompañando el inmenso dolor de la familia con su silencio. Cuando se serenaron lo suficiente, se sentaron los cuatro y los recién llegados se alternaron en el relato. Los sollozos interrumpían a Jaume con frecuencia y entonces era su amigo quien continuaba. El joven volvía a rememorar todos los detalles, tal como lo había hecho mil veces durante el viaje. Veía a su padre, sereno, soportando impávido el dolor del pedazo de madera que lo atravesaba, al timón de su querida Coloma, convertida en una bola de fuego, mientras la conducía a su destrucción y a la del navío turco para salvar a su hijo y a sus camaradas de la horca.

—¡He de matar a ese maldito teniente! —exclamó al terminar—. Madre, ¡te juro que mataré a ese miserable!

Marina, a sus cuarenta años, era una mujer hermosa a pesar de estar entrada en carnes. Tenía, al igual que Jaume, los ojos castaño claro y los cabellos oscuros, que acostumbraba a cubrir con una pañoleta. Y al oír a su hijo, se levantó de un salto y le espetó con potente voz:

—¡No quiero ese juramento! ¡No lo acepto, hijo! ¡Tú no tienes que matar a nadie! Lo que tienes que hacer es vivir. Ese fue el último deseo de tu padre y también es el mío. ¡Vive, hijo!

Jaume permaneció sentado mirándola a los ojos para bajar después la cabeza abatido. Aquel propósito le había dado fuerzas los últimos meses. David apoyó su mano en el hombro del chico tratando de confortarlo.

—Cuánta razón tenéis, Marina —dijo—. De eso hemos querido convencerle todo el tiempo. —Y dirigiéndose al muchacho, prosiguió—: Tu deber con tu madre y tu padre es ese: vivir. Olvídate de tu obsesión.

—Hazles caso, Jaume —intervino Llúcia—. Por favor, te lo suplico.

La joven era un calco de su madre a los dieciocho años, solo que con los ojos de color verde irisado. Su hermano la adoraba.

Vivir, sí, pensó Jaume. Pero no podría hacerlo como si nada hubiera pasado. Tenía una cuenta pendiente. Al recordar a su padre, la pena le partía el corazón; pero cuando se trataba de Wolf, la rabia y el odio le retorcían las entrañas.

14

Madrid, julio de 1771

—Ave María Purísima.

—Bendita sea siempre —respondió el padre Andrés.

Almudena, cubierta con su mantilla, se encontraba arrodillada en el lateral del confesionario, separada del sacerdote, como era preceptivo, por una rejilla de madera.

—¿De qué pecados quieres confesarte, niña?

—¡Ay, padre! —exclamó ella suspirando.

—¿Qué tienes, hija?

—Es que no sé cómo explicarlo.

—Seguro que encontrarás el modo.

—Los muchachos me miran por la calle y me dicen cosas, padre.

—¿Y?

—Pues algunos son guapos, educados y amables. Quieren que hable con ellos y no me puedo aguantar las ganas.

—¿Lo has hecho?

—No, porque mi madre dice que me guarde, que no es decente ir dando palique a los hombres por la calle. Pero mis amigas me llaman estirada y tonta por no contestarles.

Al párroco no se le había escapado que, con quince años, Almudena tenía ya cuerpo de mujer. Poseía buen porte, intensos ojos verdes, una ondulada melena azabache y una alegre sonrisa de hermosos dientes. Sin duda, muchos la deseaban. Pero también era una chica muy devota que cumplía con todas sus obligaciones religiosas, y él tenía la seguridad de que permanecía casta. Aun así, tenía un temperamento fogoso y era natural que se sintiera atraída por los hombres. Mala combinación. El diablo esperaba tras cada esquina. Ya llevaba un tiempo dándole vueltas al peligro que eso representaba para la muchacha y ella se lo acababa de confirmar.

—¿Tienes malos pensamientos?

—¡Sí, padre! Mis compañeras de trabajo, tanto casadas como solteras, no se muerden la lengua. Y cuando presumen en voz alta de que hacen esto o aquello con sus hombres, a mí me da como una cosa…

—¿Cometes actos impuros?

Almudena sintió que enrojecía.

—¿Qué queréis decir con eso?

—¿Te tocas o te tocan?

—¡No, padre! ¡Por el amor de Dios!

Don Andrés sabía que la chica decía la verdad. Pero su sobrada experiencia escuchando historias en el confesionario apuntaba a que incluso la mayor virtud se podía ir al garete en un momento de calentón.

—Así, ¿de qué te confiesas?

—De esos pensamientos impuros, padre. Me traen por la calle de la amargura.

—¿De algo más?

—No, padre. ¿Qué me aconsejáis?

—Que reces un avemaría en honor a la Virgen cada vez que los tengas.

—¿Y algo más?

—No, hija.

Don Andrés se contuvo para no decirle lo que pensaba.

Había que buscarle un marido. Pero antes tenía que hablar con Paca.

—Te absuelvo de tus pecados y de penitencia te pongo el rezo de siete padrenuestros.

Le dio la bendición y ella se santiguó.

—¡Espera! —dijo cuando Almudena ya se levantaba.

—¿Sí, padre?

—¿Cómo está tu madre?

—Bueno, sigue con la tos y la veo cada día más cansada.

Razón de más para casar a la niña, se dijo don Andrés. Temía que Paca no durara mucho. El disgusto de la pérdida de Lorenzo y luego de su cuñado, sumado al esfuerzo de sacar adelante sola a su hija, la habían minado.

—Rezaré por ella. ¿Y qué sabes de tu padre?

—Le escribo dos veces por semana, pero sus cartas llegan muy de tarde en tarde. Dice que está bien, pero no le creemos. Aquel lugar mata a los hombres.

—Los hay peores.

Estaba decidido. Iba a buscarle a Almudena un joven de una buena familia cristiana que le aplacara esos ardores y le diera una vida mejor. Su virtud y su hermosura compensarían su pobreza. Además, sabía leer, escribir y las cuatro reglas que su padre y él mismo le enseñaron. No es que esas cualidades en una mujer se cotizaran demasiado en el mercado matrimonial, pero todo ayudaba.

A los pocos días, el bueno de don Andrés le explicó a Paca lo que él creía que tenían que hacer y el porqué.

—¡Ay, por Dios! —exclamó ella—. ¿Tan pronto? Si es una niña inocente.

—Olvídate de que hace unos años Almudena fuera diciendo que quería ser monja. Está destinada a ser madre. Es muy cumplidora de todos los preceptos, pero está muy claro que es una chica fogosa. Y no podemos dejar que caiga en la tentación y se pierda. Además, tiene ya la edad.

—Si me quedo sola, se me romperá el corazón.

—No te dejará. O su marido se viene a vivir contigo o tú con ellos. Conozco bien a tu hija.

Una vez Paca dio su consentimiento, don Andrés empezó a evaluar, sin descanso, a todos los muchachos casaderos y sin compromiso de su parroquia, así como de las parroquias vecinas.

Y un mes después aprovechó que Paca fue a confesarse para hacerle una propuesta.

—Mira, hay un joven de dieciocho años de una buena familia —le explicó—. La madre es viuda y tiene dos hijos mayores que él. Llegaron hace muchos años a Madrid y los chicos nacieron aquí. Son muy trabajadores. Poseen una casa de comidas en la Cava Baja muy frecuentada. Se llama La Fonda del Dragón. ¿La conoces?

—He pasado por delante, pero yo no tengo para comer fuera.

—Se ganan bien la vida, le conviene a Almudena. He hablado con la madre y estaría encantada de que su hijo menor se casara con una buena chica. Ya sabes que los varones tardan más en madurar que las chicas. Una mujer hermosa, piadosa y simpática como tu hija le hará sentar la cabeza.

—A mí me parece bien si vos estáis de acuerdo —repuso Paca—. Pero le tiene que gustar a Almudena.

—Por descontado.

Las madres tuvieron un primer encuentro, auspiciado por el padre Andrés, en la sacristía de la iglesia de la Santa Cruz. Y el siguiente se produciría en el mismo lugar, esa vez con la presencia de los futuros novios.

—¿Crees que le voy a gustar? —le preguntó Almudena nerviosa a su madre durante el camino.

Paca la observó de la cabeza a los pies. Estaba muy hermosa.

—Seguro, hija —repuso con una sonrisa.

Julio resultó ser un muchacho alto de pelo castaño y ojos claros. Nada más verlo, Almudena lo reconoció: era uno de los que, junto con sus amigos, iba a veces a requebrar a las modistillas a la salida del taller. Eran educados y graciosos, y las chicas observaban la cara que ponían sus compañeras ante sus ingeniosos piropos y se reían mirándose entre ellas. Algunas les respondían con desparpajo e iniciaban una charla, cosa que Almudena nunca hizo a pesar de morirse de ganas. El chico tenía la sonrisa fácil y, al contrario que Almudena, no se mostró cohibido en ningún momento.

—Vaya, yo te conozco —le dijo a modo de saludo.

—Y yo a ti.

—Solo que eres un poco estirada —prosiguió él—. Nunca me quisiste hablar.

—Que yo sepa, nunca me lo pediste como se debe —contestó ella levantando la barbilla, decidida a no dejarse intimidar.

—Vaya con la princesa —dijo él y se rio.

—Es lo que hay —repuso muy digna.

—Eres la más guapa de las modistillas —prosiguió Julio, sin importarle que lo escucharan las madres y el cura—. Una hermosa moza.

—Muchas gracias. —Almudena se ruborizó.

No quiso corresponder al elogio, pero aquel joven le gustaba mucho.

Quedó claro que la pareja congeniaba y, en cuanto todos manifestaron su satisfacción, se inició el noviazgo.

Los encuentros ocurrían siempre en lugares públicos y bajo la supervisión de Paca, que observaba atenta al joven. Julio era muy lanzado, Almudena no le paraba los pies y era ella quien, enérgica, establecía los límites. «Todo lo más cogerse de las manos», les decía. Pero le era muy difícil mantener el orden y la pareja se saltaba las normas en cada cita. Él se la comía con los ojos y ella ansiaba besarle y abrazarle. Aun así, había que esperar.

La madre también se informó en el barrio sobre la familia Marcial. Habían levantado con esfuerzo un buen negocio, eran trabajadores y poseían sólidos principios. Y Paca, que no andaba bien de salud, sentía que de pasarle algo a ella, Dios no lo quisiera, dejaría a su hija en buenas manos.

Todos parecían tener prisa y la boda, oficiada por el padre Andrés, se celebró tres meses después del primer encuentro. Los novios pudieron, al fin, dar rienda suelta a su pasión una fría noche de noviembre, ya convertidos en marido y mujer.

15

Maó, noviembre de 1771

—Esto no equivale ni a la mitad del valor de nuestra goleta —gruñó Jaume.

Se encontraba en la fortaleza de San Felipe, frente a la mesa de un oficial del almirantazgo británico. Hacía casi un año desde su regreso de Turquía cuando por fin recibieron aviso para que acudieran a la capital para recibir la indemnización por su goleta. Jaume había hecho el largo camino de Ciutadella a Maó varias veces para reclamar lo que era de su familia ante la burocracia británica. Incluso Marina, su madre, lo recorrió en una ocasión cuando él se encontraba embarcado. Siempre se habían topado con actitudes altaneras, con la indiferencia e incluso con el menosprecio. Eso no hizo más que avivar el rencor del chico.

—Es la cantidad que propuso el teniente Wolf —respondió el oficial.

—El teniente nos prometió el valor total de la goleta —repuso David.

El hombre se encogió de hombros.

—Eso es lo que ha sido aprobado —sentenció—. No hay vuelta de hoja.

—¿Dónde está el teniente? —inquirió Jaume indignado—. Quiero hablar con él.

El británico rio.

—No creo que él quisiera hablar contigo, mocoso —repuso el hombre ante el tono del chico—. Además, tendrías que ir muy lejos. Ha recibido los galones de capitán por su gran actuación en la batalla de Chesme, y comanda una nave en el Caribe.

Jaume se quedó estupefacto. Durante aquellos meses estuvo fantaseando con la idea de regresar a Maó, encontrar la forma de acceder al teniente y vengarse. Pero ahora el objeto de su odio se había alejado definitivamente de él. A no ser que viajara también al Caribe.

—¿Su gran actuación? —preguntó Jaume.

—Sí, fue él quien envió el único brulote que llegó a la nave capitana turca cuya explosión destruyó la flota otomana.

—¿Que él hizo qué? —inquirió el joven—. Él no hizo nada. ¡Lo hicimos todo nosotros!

Pero David le hizo callar insistiendo ante el oficial en que la cantidad que les daban era mucho menor que la justa. Jaume comprendió que no ganaría nada indignándose y se unió a la reclamación. La conversación duró poco, hasta que el británico los echó.

Desde que volvieron de Turquía, los supervivientes de la Coloma se estuvieron contratando como marinos en viajes a Sicilia, Cerdeña y Nápoles, donde se cargaba trigo para Menorca y se traficaba con distintos artículos. Eran rutas comerciales de la extinta Corona de Aragón que ahora estaban cerradas para España, pero abiertas para los británicos. Habían alimentado durante ese tiempo la esperanza de poder comprar una nave del estilo de la Coloma para comerciar por su cuenta, pero esta se acababa de ver frustrada.

—Nos han vuelto a robar —murmuró Jaume con lágrimas en los ojos—. Mi familia no tendrá otra goleta.

Fuera les esperaban dos compañeros de la Coloma, armados, para ayudarlos a proteger el dinero en el camino de vuelta.

—¡Malditos ingleses! —repetía Jaume durante el trayecto—. Ojalá pierdan todas sus guerras.

—Son unos soberbios que nos miran por encima del hombro —gruñó Pep—. Se creen superiores.

—En especial ese desgraciado de Wolf —añadió David—. ¡Qué malas entrañas tiene! Ojalá Dios le castigue como se merece.

—Algún día le he de encontrar —masculló Jaume—. Y cuando eso ocurra, juro que seré yo quien haga justicia.

—Lo tienes difícil —sentenció Javier, el cuarto miembro del grupo.

Y prosiguieron el camino en silencio, aunque el joven no dejaba de rumiar.

—Los menorquines debiéramos rebelarnos contra los británicos y echarlos de la isla —dijo al rato—. Estoy seguro de que el rey Carlos nos acogería con agrado.

—Tú estás loco —repuso Pep—. ¿Has visto bien la fortaleza de San Felipe? ¿Cómo quieres tomar esa plaza? Se necesitarían miles de hombres, grandes naves y muchos cañones. Y no tenemos nada de eso.

—El rey de España nos ayudaría.

—Estoy seguro de que no le faltan ganas —replicó David—. Pero, junto a los franceses, fue derrotado por los ingleses hace ocho años y no creo que esté en situación de enfrentarse a ellos de nuevo.

—Además, en Maó están muy contentos con los ingleses —añadió Pep—. Y en general aquí se vive mejor que en Mallorca. ¿No recuerdas cuando hacíamos el contrabando?

—Lo que nos ha hecho ese teniente es una infamia —prosiguió David—. Y los británicos son unos engreídos. Pero en Menorca la mayoría piensa lo contrario que tú. Cesc, tu padre, emigró desde Mallorca hace treinta años. ¿Por qué crees que lo hizo? Pues porque aquí se vive mejor. Las condiciones en la isla grande son malas sobre todo para los braceros del campo. Cuando hay malas cosechas les falta la faena y, si no trabajan, no ganan. Y si no ganan, no comen. Entonces se mueren de hambre, pero de verdad. Los cadáveres aparecen en cualquier rincón. Mira la prosperidad que tenemos en Menorca. Los piratas berberiscos no se atreven a atacarnos por temor a la flota británica y podemos vivir junto al mar sin murallas. Eso no ocurre en las costas españolas. Tenemos las rutas del Mediterráneo abiertas. Vivimos como antes de que los Borbones ganaran la guerra porque aquí se mantienen nuestras leyes e instituciones y también nuestra lengua. Lo único que han hecho los ingleses ha sido eliminar la Inquisición.

—Pero nosotros somos españoles, no británicos —sentenció Jaume—. No tienen ningún derecho a estar aquí.

—Necesitan suministros para su gente y sus naves. Y han propiciado la diversificación de cultivos, por lo que el riesgo de hambrunas es menor —prosiguió David sin escucharle—. Además, el comercio con el resto del Mediterráneo es bueno y en caso de necesidad se importa. La mayoría, tanto campesinos como menestrales y comerciantes, están contentos.

—Sí, pero esa bonanza la tienen en Maó, no en Ciutadella.

—Nuestra ciudad, aunque menos, también se beneficia.

—Pero no somos ingleses —insistió Jaume—. No tenemos nada que ver con ellos. Somos españoles.

David se encogió de hombros.

—Bueno, quizá…

—¡Somos españoles! Menorca ha sido española toda la vida.

—¡Pero ahora no! —saltó Javier—. El primero de los Borbones le cedió nuestra isla al rey de Inglaterra.

—Seguro que no quería —se defendió Jaume—. Le obligaron.

—No somos ni españoles ni ingleses —sentenció David—. Somos menorquines.

Javier asintió y Pep dijo que ya se sentía algo británico.

—Pues yo sí que soy español —repuso Jaume enfadado—. Y mucho. Espero que Carlos III entre en guerra contra esa gente y les dé su merecido.

Y siguieron discutiendo hasta llegar a Ciutadella sin que el chico se apeara de sus convicciones. A partir de entonces, sus amigos pasaron a llamarle Jaume el Español.

—Lo lamento, madre —murmuró el chico mostrándole las monedas—. No hay para comprar otra goleta.

Había estado temiendo aquel momento durante todo el camino de vuelta. La mujer miró a su hija Llúcia, para después bajar la cabeza.

—Lo lamento mucho —repitió el joven.

—¿Y qué haremos ahora? —preguntó la madre al rato.

Hasta la captura de la Coloma, la familia vivía de forma acomodada y Marina guardaba unos ahorros. Pero no les daban para adquirir otra nave.

—Me seguiré contratando como marino, madre —dijo Jaume—. Quiero llegar a ser capitán, como padre. Y de barcos más grandes que los suyos.

—Para barcos mayores se necesitan estudios, ¿verdad? —inquirió Llúcia.

—Sí, pero por ahora voy aprendiendo con la práctica —repuso él.

—¿Y tú qué? ¿Habéis decidido ya la fecha de boda?

Llúcia tenía dieciocho años y llevaba uno de noviazgo.

—La decidiremos cuando tenga una dote —dijo ella enrojeciendo.

—Lo de la dote no era un problema cuando teníamos ingresos —dijo la madre, agobiada—. Pero ahora no sé cómo juntarla.

Como hijo varón, Jaume hubiera heredado la Coloma y compensado a su hermana mayor con una dote que aportar al matrimonio. Teniendo la nave era fácil obtener un préstamo. Sin ella, el asunto quedaba en el aire.

—¡La solución es sencilla! —repuso el joven—. El dinero que haga falta se coge de la compensación que he traído de Maó.

—¿Y tú? —le preguntó la hermana.

—Yo gano como marino y algo quedará para madre y para mí. No se hable más, quiero ir de boda.

El resentimiento de Jaume hacia Wolf, y por extensión hacia todo lo británico, no disminuía. Y ese rencor acumulado afectaba a su carácter. Frecuentaba las tabernas, y de la combinación del vino y el juego surgían frecuentes trifulcas. Se había convertido en un pendenciero. En Ciutadella los ingleses eran escasos en comparación con Maó, pero el joven buscaba pelea cuando coincidía con ellos en alguna tasca.

—¡Hay que tener narices! —exclamó David.

Habían transcurrido unos meses y se encontraban frente a un vaso de vino, en la taberna más frecuentada del puerto de Ciutadella, celebrando el regreso del último viaje en el que se emplearon como marinos.

—¿Qué pasa? —inquirió Jaume.

—Ese que acaba de entrar…. —Lo señaló con un movimiento de cabeza—. Es un fanfarrón.

Era un tipo alto con una gorra roja de marino y se sujetaba los calzones con una faja ancha de tela negra. El chico sospechó de inmediato que escondía un arma bajo la chaquetilla. Iba con otros tres. Después de echarle un vistazo, Jaume miró a su amigo esperando una explicación.

—Se llama Andreu, es un conocido contrabandista catalán. No sé cómo tiene el valor de mostrarse en público con tanto descaro. Si le pillan puede costarle la cárcel o incluso la horca, si es cierto lo que cuentan de él.

—Ha entrado como si fuera el amo de la casa —murmuró Jaume—. Tendrá comprados a los oficiales de la ciudad. Los únicos que persiguen lo que ellos llaman «contrabando» son los británicos.

—Dicen que ese les tiene la misma manía que tú.

—¿A los ingleses?

—Sí.

—Pues ya me cae simpático.

—También dicen que es un gran marino y muy amigo de Sinibald Mas.

—¿Y ese quién es?

—Un famoso piloto que acaba de abrir escuela en Barcelona.

—¿Una escuela de pilotos? ¿Y cómo no me había enterado yo?

Jaume vio que los recién llegados ocupaban una mesa de un rincón y le dijo a su amigo:

—Voy a preguntarle por la escuela.

Pidió una jarra de vino y se fue donde los contrabandistas.

—Amigos —les dijo mirando al tal Andreu—, permitidme que os invite a unos vinos.

Él le observó unos momentos en silencio antes de responder, en tono alto y desdeñoso:

—No. Nosotros pagamos nuestro propio vino.

Jaume se quedó inmóvil con la jarra en la mano. La negativa equivalía a un insulto. Las conversaciones se detuvieron a su alrededor; la gente escuchaba.

—En Menorca no acostumbramos a rechazar un gesto de amistad —repuso, ofendido.

—Pues yo sí. Además, tú no eres mi amigo.

Jaume lo miró desafiante y el otro le sostuvo la mirada. Por menos de eso el joven ya se habría enzarzado en una pelea y se contuvo para no tirarle la jarra a la cabeza a aquel chulo. El enfrentamiento visual se mantuvo unos instantes más, hasta que el chico se dijo que ellos eran más y tenía las de perder, y decidió dar media vuelta y regresar a su mesa con el rabo entre las piernas. Esperaba encontrar en aquel hombre un aliado, y su actitud le dolió tanto como la ofensa.

—¡Hey, chico! —gritó Andreu a su espalda.

Jaume se giró para mirarle. Aquel tipo era un pendenciero y, a pesar de que él se había conducido con prudencia, no pensaba arrugarse si volvía a ofenderle.

—Te apuesto el vino a los dados —le dijo el contrabandista—. Si gano, me bebo tu vino, y si pierdo, tú te bebes el mío.

—Muy bien —repuso, sorprendido.

El trato no solo le parecía justo, sino incluso amistoso.

—Anda, siéntate y deja la jarra en la mesa, que la vas a perder.

Andreu sacó un par de dados de su faltriquera y se los enseñó a la luz del candil, mostrándole una a una todas sus caras. Luego se los dio y le dijo que los echara. El joven obedeció y el contrabandista lo hizo después. Andreu le fue ganando tirada tras tirada hasta que, al cabo de un rato, guardó los dados.

—Has perdido, chico —dijo.

—Esos dados están trucados —repuso Jaume, molesto.

El otro arrugó el cejo, se incorporó apoyando las manos en la mesa y, tras acercar su cara a la de Jaume, rugió:

—¿Tendrás los cojones de llamarme tramposo?

—Sí.

—¡Bah! —dijo Andreu volviendo a sentarse y relajando la expresión—. Lo que te pasa es que no tienes buen perder. Pero me caes bien y por eso no te parto la cara. Anda, sírvenos de tu vino.

Jaume dudó un momento y después decidió llenarles los vasos. Para su sorpresa, aquel fanfarrón le resultó simpático.

—Brindo por tu mala suerte con los dados, chico —proclamó con un potente vozarrón para que lo oyeran en toda la taberna.

Los demás se echaron a reír y Jaume los acompañó con una sonrisa. Aquel individuo era un tramposo y no se molestaba en ocultarlo. Andreu apuró su vaso y se lo acercó a Jaume para que lo volviera a llenar.

—Ahora dime qué buscas. Porque algo quieres ¿verdad? Un desconocido no te invita a beber gratis.

—Quiero que me hables de Sinibald Mas.

16

Ciutadella, 1772

El recuerdo de su padre no abandonaba a Jaume. Le imaginaba en sus buenos tiempos, capitaneando la Coloma, bromeando con la tripulación y pasándole el brazo por encima del hombro para aconsejarle, contándole los secretos del mar. Le veía navegar viento en popa con la goleta cortando las aguas soleadas y las blancas gaviotas cruzando alegres por encima de las velas hinchadas. Y también con un cielo de oscuros nubarrones capeando una tormenta, con las velas recogidas y las olas cruzando toda la cubierta. Su voluntad era que su hijo fuera como él, o incluso mejor, un capitán capaz de comandar naves mayores que la Coloma.

También le veía siendo abofeteado por el miserable de Wolf cuando se le resistió, y después herido de muerte dirigiendo impávido su querida goleta en llamas hacia el desastre de la flota turca. No podía olvidarlo, nunca podría, y se había hecho el propósito, en su honor, de ser un buen marino e ir en busca de Wolf, estuviera donde estuviese, para mandarle al infierno, que era donde debía estar.

La boda de Llúcia se celebró en febrero de 1772. Se casó con un comerciante local. Ella siempre dijo que no quería casarse con un marino porque sus mujeres sufrían demasiado. Marina le pedía a Jaume, que iba a cumplir ya los diecisiete, que sentara la cabeza, buscara novia y se casara. Quería tener nietos. Sin embargo, el chico tenía otros planes y le dijo que quería estudiar con aquel Sinibald Mas para ser un piloto titulado y llegar a capitanear grandes barcos.

A la madre le dolía que se fuera.

—Pero volverás cuando tengas el título, ¿verdad?

Jaume respondía con evasivas. Los únicos grandes barcos que había en Menorca eran británicos y no pensaba trabajar para los ingleses. Tampoco ellos dejarían que un español comandara una de sus naves, por mucho que jurara fidelidad a su rey. Cosa que en ningún caso iba a hacer.

—Quiero ir al Caribe y capitanear allí un gran barco —le decía a su amigo David.

—Ya sé por qué el Caribe —le respondía él—. Tú intentas encontrarte con Wolf. Estás obsesionado. Olvídate, por favor. Esa manía tuya se ha convertido en enfermedad.

—Haré todo lo que esté a mi alcance —respondía—. Lo demás está en manos de Dios. Él decidirá si lo encuentro.

—¿Sabes que yéndote tan lejos seguramente jamás regreses a Menorca? Aquí tienes a tu familia, a tus amigos, tus raíces.

—No se pueden tener raíces y alas al mismo tiempo —razonó el chico—. Y yo quiero volar. Al Caribe.

Llegó el verano y David y Jaume se encontraban otra vez frente a un vaso de vino, en la taberna más frecuentada del puerto de Ciutadella, celebrando el regreso del último viaje.

—Mira quiénes acaban de llegar —le dijo David con una sonrisa—. Tu amigo Andreu y sus forajidos.

En efecto, allí estaban el contrabandista y cuatro de sus marinos cruzando la puerta con su habitual desparpajo.

Jaume había tenido varias ocasiones de charlar con ellos y desarrollar cierta amistad. El catalán le había contado maravillas sobre la escuela de pilotos de Sinibald Mas.

—Sigue jugándosela —murmuró su amigo—. Vaya narices. ¿Cómo se planta aquí cuando sabe que es el lugar favorito de los ingleses?

El joven observó el par de mesas en las que un grupo de británicos, pertenecientes a una fragata guardacostas atracada en el puerto, bebían gin menorquín muy animados, riendo, dando voces y palmeándose las espaldas.

—Pues no sabrá dónde se ha metido o es un insensato —dijo el chico.

—Entonces es un insensato, porque sabe moverse muy bien por Ciutadella.

Andreu observó a la concurrencia, a ellos los saludó con la mano, tras lo cual se sentó junto a los suyos en una mesa y pidió la ginebra local. Jaume y David prosiguieron la conversación sobre el viaje sin dejar de observar a unos y otros, la tarde podía complicarse.

Los británicos seguían bebiendo, cada vez más animados, y los recién llegados los miraban con desdén. Parecía molestarles su presencia. Al rato, un marino británico se puso de pie y, con su vaso de ginebra en alto, gritó:

—¡Larga vida al rey Jorge de Inglaterra!

—¡Larga vida! —corearon media docena de hombres levantándose de sus sillas—. ¡Hurra! ¡Hurra! ¡Hurra!

Jaume les contemplaba con una mueca de desagrado. Los ingleses se sentaban cuando se oyó el estrépito de una silla arrastrada. El contrabandista se había levantado con su vaso de gin en alto y una sonrisa en el rostro. Por un momento Jaume creyó que le dedicaría un brindis, irónico, al monarca británico. Pero no.

—¡Que viva el rey Carlos III de España! —gritó desafiante—. Y a la mierda el rey Jorge.

—¡Que viva! —gritaron los suyos a coro levantándose también.

Jaume le miró estupefacto mientras se hacía un silencio hostil. Entonces reaccionó y, como impelido por un resorte, se puso también de pie y soltó un enardecido y solitario viva.

—¡No te metas en esto, que va a acabar mal! —le advirtió David sujetándole del brazo para que se sentara.

Los ingleses habían entendido a Andreu y empezaron a insultarle. Los insultos fueron devueltos con gestos soeces y alguien lanzó un vaso que le dio al marino británico que brindó por el rey Jorge en plena frente. Y lo que le siguió fue una batalla campal donde se usaron los puños y volaron las jarras y las sillas. Los ingleses eran siete, superaban a los españoles en dos hombres, y Jaume no pudo evitar juntarse con los de Andreu y atizarles a los británicos. Les tenía ganas a aquellos arrogantes.

—¡Para! —le decía David tratando de apartarle sin éxito de la trifulca—. Esos se volverán a España, pero tú te quedas aquí y pagarás las consecuencias.

Finalmente, los contrabandistas, ya fuera por su especial fiereza, porque estaban menos bebidos o porque eran más duchos en peleas de taberna, ganaron. Los ingleses huyeron, abandonando a un par de los suyos en el suelo de la tasca. Estaban ensangrentados y el chico comprendió que los habían acuchillado.

—Hola, Jaume —le dijo Andreu ofreciéndole la mano.

El joven se la estrechó con fuerza y lanzó una mirada preocupada a los heridos.

—Me conozco esto —dijo el catalán—. Y es el momento de salir corriendo, muchacho. El suyo es un barco de guerra grande, esos han ido a por ayuda y volverán a por nosotros armados y con ganas. Me temo que querrán ahorcar a alguien.

El chico se quedó indeciso y miró a David, que le contemplaba desolado. Entonces Jaume entendió el lío en el que se había metido.

—Vente con nosotros a Barcelona —le dijo Andreu—. Aquí te conocen y, cuando te pillen, te harán pagar por toda la fiesta.

Se oían gritos en la calle. Jaume miró al contrabandista, dubitativo, jamás pensó que tuviera que huir de su isla. Por otra parte, llevaba tiempo soñando con asistir a la escuela náutica de Barcelona.

—¡Salgamos de aquí! —le gritó David—. Tienes que huir.

—No puedo irme sin despedirme de mi madre y mi hermana —le dijo al contrabandista.

Este le premió con una sonrisa condescendiente. Le faltaban varios dientes.

—Una madre es una madre —le dijo—. Y tú eres ya uno de los nuestros, tenemos un contrato firmado con sangre... británica. —Le puso una mano en el hombro y añadió—: No te dejaré aquí. Espéranos esta noche a la entrada de la bahía, del otro lado del castillete de San Nicolau, con un farol. Tres luces y una oscura. Tres luces y una oscura.

—Madre. Me voy a Barcelona —le dijo tan pronto llegó a su casa acompañado de David.

—¿Qué te ha pasado en la cara? —quiso saber Marina, alarmada, sin reparar en lo que le acababa de decir.

Sabía que lo de la escuela de náutica le rondaba por la cabeza a su hijo desde hacía tiempo, pero no terminaba de creérselo. Jaume se lamió los labios y sintió el sabor de la sangre. Notaba también un ojo hinchado. Ambos trataron de hacerle entender a la mujer lo sucedido y que, de quedarse en la isla, su hijo como poco daría con sus huesos en la cárcel.

—¡Dios mío! —se lamentó ella—. ¿Por qué te metes en esos líos? ¿Y ahora qué?

—Voy a estudiar en la escuela naval de Barcelona. Quiero ser capitán como lo fue padre. Y no solo eso, ya sabéis que mi sueño es comandar grandes barcos.

—Todo el mundo habla de esa escuela —le apoyó David, que ya veía la huida de su amigo como inevitable—. El maestro, un tal Sinibald, es muy famoso.

—¡Ay, Dios mío! —repitió Marina, anonadada.

Tardó en comprender que la marcha de su hijo era la única opción. Y cuando lo hizo, se apresuró a ayudarle a preparar un hatillo con su ropa.

—Te daré parte del dinero que te corresponde —le dijo, y al poco apareció con una bolsa—. Con esto tendrás para vivir una temporada.

—¿Y vos, madre? —inquirió preocupado.

—Me queda suficiente y tengo a tu hermana —repuso entre sollozos—. No te preocupes por mí. Escribe, hijo, y que Dios te proteja. Rezaré y rezaré por ti. A ver si sientas la cabeza.

Arriesgándose, Jaume se acercó al comercio de su hermana y se despidió de ella con un fuerte abrazo y más lágrimas. Cuando su cuñado se enteró de lo ocurrido, no disimuló su disgusto.

—Sí, mejor vete —dijo—. No vayas a perjudicar a la familia con tus líos.

El joven no se lo tuvo en cuenta. Su cuñado tenía raíces y él acababa de arrancar las suyas para ponerse unas alas.

17

Jaume no tuvo que esperar mucho tras lanzar las señales al oscuro mar con su farol; una chalupa acudió a recogerle y le llevó a bordo de una goleta que resultó ser bastante mayor que la Coloma. Supuso que los contrabandistas conocían alguna cala cercana donde ocultarla de la vista de los ingleses.

Andreu le recibió en la cubierta con un abrazo como si fueran amigos de toda la vida. El chico entendió que para aquella gente una buena pelea creaba vínculos.

—¿Has estado alguna vez en Barcelona?

—Nunca he pisado el continente —confesó Jaume—. Viajábamos con la goleta de mi padre a Mallorca y comerciábamos. Él era de allí y teníamos familia y contactos. A eso los británicos le llaman contrabando. Un día nos apresaron y nos quitaron la nave.

—Son unos mierdosos —afirmó Andreu—. Pero no te creas, el rey de España también cobra impuestos si pasas por la aduana —añadió riéndose.

El chico dio por sentado que su nuevo amigo evitaba aduanas e impuestos.

—Quiero asistir a la escuela naval de Sinibald Mas.

—Ya te dije que era amigo. Pero ¿hablas castellano?

—No. Solo menorquín e inglés. Lo cierto es que nunca he oído hablar castellano.

—Pues tendrás que aprenderlo. De lo contrario no podrás asistir a su escuela. Desde hace unos sesenta años es obligatorio para todo lo oficial, incluso para el catecismo y los sermones del cura.

—¿Y todos lo hablan?

—¡Qué va! En la calle la gente habla catalán y en los pueblos pocos entienden castellano.

—Pues lo aprenderé lo más rápido que pueda. Quiero conocer la capital de España y ver el palacio del rey.

Andreu hizo una pausa para tratar un asunto con el piloto. Y una vez embarcada la chalupa pusieron rumbo a Barcelona. Navegarían toda la noche, no había luces a bordo y se guiarían por las estrellas.

—Cuéntame más sobre el señor Sinibald Mas —le pidió Jaume cuando regresó—. Quiero oír de nuevo su historia.

Andreu le dijo que el maestro era un apasionado del mar y que ya de muy joven quería el título de piloto. Esas enseñanzas tenían entonces carácter militar, no se impartían en Barcelona, y se fue hasta la Escuela de San Telmo en Sevilla. Pero no le aceptaron y tuvo que estudiar los libros por su cuenta, mientras trabajaba como marino mercante, primero, y en una fragata de la armada española después. Y al fin, gracias a las recomendaciones y los avales de sus superiores, logró ser admitido en la Real Escuela de Cartagena. Superó los exámenes con éxito en Cartagena y a continuación en Cádiz y en Madrid. Llevaba unos años en la marina española como piloto y artillero cuando fue apresado por una fragata inglesa durante una travesía al Caribe. Navegó un tiempo con ellos y en su viaje de regreso, ya libre, los piratas argelinos abordaron su nave en el Mediterráneo.

—Ya es mala suerte.

—Así de arriesgada es la vida del mar, ya lo sabes.

Jaume afirmó con la cabeza.

—Los piratas apreciaron su saber y le obligaron a ponerse a su servicio —continuó el contrabandista—. Le ofrecieron la libertad y el mando de un barco con la condición de que se convirtiera al islam. Se negó en redondo y tuvo que pasar seis años con ellos antes de ser liberado tras el pago de un rescate por los mercedarios. Conoce el mar como nadie. Además de marino, es un gran cosmógrafo.

—Ha de serlo —afirmó Jaume, impresionado—. Ha navegado bajo las banderas española, inglesa y berberisca. Los mejores marinos del mundo.

—Así es.

—Espero que me admita —dijo el chico, ilusionado.

—Bueno, al contrario que la Real Escuela de Cartagena, que es militar, esta es privada. Pertenece a la Junta de Comercio, pero tiene condiciones de acceso. ¿Has traído papeles?

—Mi madre puso entre mis cosas la fe de bautismo.

—¿Tienes un certificado de pureza de sangre? Hay que ser cristiano viejo.

—Lo soy, pero no tengo ese certificado. En Menorca nadie lo pide.

—No creo que te valga con solo la fe de bautismo —dijo Andreu con un bostezo—. Pero no te preocupes, lo arreglaremos. Me voy a acostar. Tengo un coy para ti, te mostraré dónde puedes colgarlo.

Jaume se dijo que aquel debía de haber sido un día rutinario para su nuevo amigo. Pero no para él. A pesar del cansancio, no creía que fuese a conciliar el sueño y, cubierto con un buen capote, se dispuso a contemplar las estrellas, la luna y los reflejos de los astros en el mar. Pero lo que en realidad veía, más allá de la oscuridad de la noche, eran sus sueños y sus esperanzas. Ahora tenía alas.

Al rato se tumbó en el coy que tenía asignado, pero su sueño fue muy corto y el amanecer lo encontró ya de pie.

Y se asombró al ver, a la luz del día, que la goleta montaba cuatro cañones en cada borda. Cuando lo mencionó, el capitán sonrió divertido antes de decirle:

—Me puedo permitir el lujo. A pesar de su peso, no hay fragata inglesa que me atrape.

Se dijo que Andreu podía ser, si se daban las circunstancias, algo más que un simple contrabandista. No quiso preguntar.

Jaume estaba impaciente por ver una gran ciudad. El trayecto era más largo que a la costa mallorquina y llegaron a media tarde. Lo primero que divisó fue un gran castillo en la cima de un monte que le dijeron que era Montjuic. Después, al fin, vio la ciudad. Una poderosa muralla construida en la playa sobre una escollera protegía la urbe de ataques desde el mar y por encima de ella se divisaban varias torres.

—Esa es la iglesia de la Merced —le señalaba el capitán—. Aquellos los campanarios de Santa Eulalia, la catedral, y más allá el de Santa María del Mar...

—¡Qué puerto tan raro! —se extrañó el joven.

Era un brazo de tierra que se adentraba en el mar en perpendicular a la línea de la muralla, de forma que el puerto consistía en dos playas en ángulo casi recto. Aquel fondeadero, demasiado abierto, daba un amparo somero a las naves mientras el viento no soplara del sur. Él estaba acostumbrado a los puertos de Maó y Ciutadella que, al encontrarse en profundas calas naturales, ofrecían gran protección a las embarcaciones. Incluso el puerto de Palma, mucho más abierto, era mejor que el de Barcelona.

—Esa tierra que se adentra en el mar y que tiene el faro en el extremo es artificial —le explicó Andreu—. Hace años no existía, la orilla era recta; pero una vez construida la escollera, el mar culmina el trabajo al depositar arena.

El joven observaba aquello con asombro. Solo se podía

desembarcar por las playas, y Jaume divisó allí un grupo de casas alineadas y simétricas al amparo de una gran iglesia.

—Es la Barceloneta —le indicó el capitán—. Mañana podrás verla. Pero ahora hay que pasar la aduana.

—¿La aduana? Creía que éramos contrabandistas.

Arnau rio.

—Como repitas eso dejaremos de ser amigos —le dijo—. Si lo soy, es solo para los británicos. Aquí mi negocio es legal.

La aduana se encontraba en el llamado Portal de Mar, el único acceso a la ciudad desde el puerto. El joven observó que Arnau, en connivencia con los oficiales, declaraba su mercancía como procedente de Valencia cuando eran productos extranjeros, británicos en su mayor parte. Sin duda pagaría unas tasas mínimas.

Jaume era un desconocido para la guardia y lo retuvieron. Cuando le interrogaron, su acento levantó sospechas, pero Andreu intervino diciendo que su amigo era un español de la Menorca ocupada, fiel al rey Carlos III. Y le dejaron entrar.

—Ve a Canvis Vells, la calle de los cambistas, y pregunta cuánto te ofrecen por tu dinero, pero no se lo entregues sin antes hablar conmigo —le dijo Andreu—. Te espero de vuelta en la goleta, puedes alojarte con nosotros hasta que volvamos a zarpar. Tienes el coy que te ofrecí a tu disposición. —Después le dio unas monedas—. Para que te tomes un vaso de vino a mi salud.

Jaume se lanzó ilusionado a explorar la ciudad. Quería ver los edificios principales y no le importaba preguntar. La gente se extrañaba al escuchar su acento y le preguntaban a su vez. Y comprobó que ser menorquín despertaba simpatías.

Le sorprendió ver muchas construcciones en ruinas, mientras que un buen número de las restantes parecían edificadas recientemente. Inquirió sobre ello y supo que, unos sesenta años antes, la ciudad había sufrido un devastador asedio por parte de las tropas borbónicas francesas y españolas que destruyó más de la mitad de los hogares. Y la población se redujo a treinta y cinco mil habitantes. Pero que en los últimos años se estaba recuperando con rapidez, pronto llegaría a los cien mil, y se requerían viviendas.

No se gastó las monedas en vino, sino que se tomó una taza de chocolate caliente. Era una novedad para él. No hacía tanto solo estaba a disposición de los ricos, que se lo hacían preparar en casa, pero ahora se vendía en establecimientos abiertos al público que, al contrario de las tabernas, tenían cierta clase y en los que podían entrar las señoras. Se habían puesto de moda. También le sorprendió la diversidad de pastas que se ofrecían; algunas como las ensaimadas, los roscos y las cocas ya las conocía, pero otras como las *neules*, los melindros y los biscotes de huevo las veía por primera vez.

Al atardecer, Jaume regresó radiante a la goleta. Cuando le contó a Andreu cuánto le ofrecían los cambistas, este le dijo:

—Menorca es mi principal destino comercial y necesito moneda inglesa, así que te doy un quince por ciento más de lo que esos te ofrecen. No dejaré que esas ratas se hagan ricas con tu dinero.

El chico estaba encantado con su nuevo amigo.

18

Al día siguiente, impaciente por conocer al famoso Sinibald, Jaume estaba listo para salir al amanecer. Deseaba de todo corazón que le admitiera en su escuela y aprender lo más sofisticado del arte de navegar. Pero temía que no le considerara adecuado. Nunca antes había oído hablar de aquel certificado de pureza de sangre del que carecía, pues nadie lo pedía en Menorca. Y para colmo, ni hablaba ni entendía el castellano.

La espera se le hizo eterna. Andreu, que había pasado la noche en la ciudad, no se dejaba ver. Pensó que estaría ocupado vendiendo las mercancías desembarcadas y decidió ir por su cuenta. La guardia del Portal del Mar, distinta a la del día anterior, no le dejó pasar, así que se dedicó a explorar el puerto y la Barceloneta. Le sorprendieron las calles rectilíneas formando largos rectángulos con sus casas adosadas uniformes de planta y un piso, bien ventiladas, ya que tenían puertas y ventanas que daban a dos calles. Aquella modernidad distaba mucho de lo que él conocía. Ciutadella y Maó tenían, a menor escala, un laberinto de calles y callejas parecido al que había visto en Barcelona.

El conjunto estaba dominado por la iglesia de San Miguel del Puerto, con su armonioso frontispicio decorado con columnas y que se elevaba muy por encima del resto de las casas. En el puerto había muchas barcas y allí estaba el hogar de marineros, pescadores y personal portuario. Vivir en aquel barrio era un lujo inconcebible para la gente humilde que lo habitaba, y se dijo que eran muy afortunados. Preguntando, supo que se había construido hacía pocos años para alojar a los desplazados por el derribo de sus casas cuando el rey decidió erigir una gran fortaleza.

Siguió por la playa en dirección norte y cruzó una riera. Más allá le esperaba una sorpresa. Un gran bastión, del tamaño de un castillo pequeño, construido sobre una escollera de enormes rocas que llegaba hasta el mar, le cortaba el paso hacia el norte. Tenía forma triangular por delante y cuadrada por detrás, de donde partía un gran muro con un corredor superior que protegía por tierra toda la zona de la Barceloneta y el puerto. Siguió hacia el oeste y vio unos enormes terraplenes. Empezó a subir uno de ellos y recibió el alto de un soldado. Entonces comprendió que se encontraba en la contraescarpa, la zona anterior de un gran foso que pertenecería a una fortaleza enorme. Asombrado, se dijo que era mucho mayor que la de San Felipe, con la que los ingleses protegían la entrada del puerto de Maó y su flota del Mediterráneo. Supuso que sería aquella de la que le habían hablado.

Así que regresó a la Barceloneta y aprovechó los cuartos que le quedaban para comprar unas sardinas a la brasa, pan y vino en un figón del lugar.

Después fue a la goleta y se encontró con Andreu, que al fin había llegado.

—¿Dónde te habías metido? —inquirió el capitán. Y sin esperar respuesta añadió—: Ahora es un buen momento para ver a Sinibald.

Le hizo un gesto para que le siguiera y, después de avalar a Jaume ante la guardia del Portal del Mar, se internaron en Barcelona.

—El director de la escuela naval es un fiel cumplidor de las normas y te hablará en castellano —le repitió por el camino.

—No sé castellano —se lamentó el joven.

—Ya te dije que tenías que aprenderlo.

—¿Cómo voy a aprenderlo si nadie lo habla?

—Pues Sinibald sí. Y más te vale que sea rápido, porque es un hombre de poca paciencia que no gusta de perder el tiempo con los torpes.

Jaume tragó saliva. Dejaron atrás el Portal del Mar, giraron a la izquierda y siguieron por una tortuosa calleja hacia el interior de la ciudad. Tras doblar una esquina, Andreu le anunció:

—Esta es la Bajada de Viladecols. —Y le señaló un edificio de tres pisos—. La casa es propiedad de un tal Raimon Bosch y se la tiene alquilada a la escuela desde hace dos años. Antes estaba en la Barceloneta, donde se fundó.

El lugar no poseía señal o cartel que la distinguiera y el capitán llamó a la puerta. Al poco abrió una mujer madura, con delantal, que saludó a Andreu con afecto.

—Queremos ver al maestro Sinibald —dijo él.

Entraron y Jaume se maravilló, a pesar de la poca luz, al ver el interior. Las paredes estaban cubiertas de mapas y cuadros que representaban distintos navíos. Sobre una mesa y en anaqueles había instrumentos de navegación. Algunos ya los conocía: cuadrantes y sextantes que se usaban para determinar la altura de los astros; corredera y ampolleta, para calcular la velocidad del buque, o sondas para medir la profundidad del fondo marino o averiguar su naturaleza. Pero otros los desconocía por completo. Le impresionó el enorme globo terráqueo en el que se apresuró a buscar la silueta de la península ibérica. Y pegada a ella, como apenas un punto, estaba su querida isla de Menorca. Y después localizó su objetivo: el Caribe. Algún día iría allí en busca del miserable de Daniel Wolf. En la sala también había varias sillas que miraban a una pizarra y maquetas de distintos buques, desde un navío de línea como en el que él navegó en Turquía, con todo su velamen, hasta embarcaciones menos complejas. Incluso vio una pequeña pieza de artillería. El joven se dijo que aquel lugar era fascinante. Se inclinaba sobre las maquetas para verlas de cerca cuando oyó a Andreu saludar. Se giró y allí estaba el famoso Sinibald Mas y Gas. Era un hombre alto y delgado que no llegaba a la cuarentena, de ojos claros y mirada penetrante, que se cubría con una peluca empolvada. No llevaba casaca, aunque, sobre una camisa blanca cerrada en el cuello con un pañuelo del mismo color, lucía una chupa azul marino con los ojales bordados en oro. Su aspecto resultaba aún más impresionante de lo que el chico había imaginado.

—Este es Jaume Ferrer, de Menorca —le presentó Andreu en catalán—. Es fiel a nuestro señor el rey Carlos III y desea solicitar la admisión en la escuela.

Sinibald hizo un pequeño gesto con la cabeza que podía interpretarse como un saludo y Jaume correspondió con una profunda reverencia. En cuanto se incorporó, le dijo en menorquín:

—Es un honor conoceros, señor.

—¿Por qué quieres estudiar aquí? —le preguntó cortante, en castellano, Sinibald.

El chico miró a su amigo en una callada petición de ayuda, y este le tradujo.

—Porque quiero ser capitán de barco y combatir, por nuestro señor el rey Carlos III, a los piratas ingleses del Caribe.

—Muy patriota —murmuró el maestro. Y añadió enérgico de nuevo en castellano—: ¿Qué experiencia tienes en el mar?

Jaume creyó entender algo, pero esperó a la traducción. Y contó que empezó a navegar con su padre a los ocho años, su aventura en Turquía y la desventura que le siguió. Aquello pareció interesar a Sinibald, que le hizo un par de preguntas más, y cuando quedó satisfecho le entregó un libro.

—Estúdiatelo y regresa con él dentro de un mes, que te voy a examinar. Además, tendrás que repetirme todo lo que me has contado hoy, pero en castellano. Y si en ese tiempo no eres capaz de eso, no vuelvas por aquí. Por cierto, hay normas en el vestir. No te quiero ver más con gorra de marino, pantalones, chaquetilla y alpargatas. Llevarás tricornio, camisa con chupa y casaca, calzones, medias y zapatos de hebilla. —Lo miró con severidad y concluyó—: Puedes irte.

Cuando Andreu se lo tradujo, Jaume se quedó helado. El libro, naturalmente, estaba en castellano. ¿Cómo podía lograr todo aquello en un mes?

—¡Puedes irte! —repitió enérgico Sinibald.

Andreu le cogió del brazo y tiró de él hacia la calle. El chico se sentía abrumado y le repitió en alto a su amigo la pregunta que se acababa de hacer.

—¿Cómo puedo lograr todo lo que me pide?

—Trabajando mucho —repuso este—. Y los papeles. Habrá que ver si te admite solo con la fe de bautismo. Tendrás que gastar en vestuario y alojamiento, y pagarle al maestro por sus clases.

El joven soltó un resoplido.

—¿Y por qué tú y él habláis en catalán y a mí no me deja?

—Ya te lo dije. Lo tuyo, como aspirante a alumno, es oficial. Lo nuestro no, somos amigos.

—A partir de ahora háblame en castellano —le pidió el chico.

—No. El mío no es bueno.

—¿Cómo voy a aprenderlo si nadie lo habla? —inquirió desesperado.

—Ve al cura de la iglesia de la Barceloneta. Él está obligado a dar sermones en castellano. —Y añadió con una sonrisa—: Y también a practicar la caridad cristiana.

19

Andreu le ayudó a encontrar alojamiento y comida a un precio económico en el hogar de un carpintero de ribera de la Barceloneta.

—Esta es la casa donde dio clases Sinibald el primer año, antes de mudarse a donde está ahora —le explicó Andreu—. A ver si se te pega la sabiduría de estas paredes.

Tenía una habitación pequeña en el primer piso, donde apenas cabía su camastro y una exigua mesilla que usaba para estudiar cuando no podía hacerlo en el comedor de la planta baja. Pero al menos disponía de una ventana. Andreu obtuvo también un certificado de Sinibald en el que constaba que era aspirante a estudiar en su escuela, lo que le permitía entrar y salir de la ciudad.

Jaume consiguió lápiz y libreta y se puso a la tarea con ansia. Se dio cuenta de que muchas de las palabras del libro eran parecidas al menorquín. Y las que no, las escribía en su libreta y cuando tenía un buen número de ellas se iba a ver a Vicens, el cura de la parroquia de San Miguel, en la Barceloneta. Anotaba su significado cuidadosamente y las pronunciaba varias veces. Su actividad era febril. Empezaba la tarea con la primera luz y proseguía con un candil por la noche. Pero solo tenía al sacerdote de interlocutor.

—Mira, Jaume —le dijo un día el párroco—. Mi castellano no es bueno, me vale solo para dar los sermones y el catecismo cuando así se me requiere. Al obispo le gustaría que lo usara siempre, pero pocos feligreses lo entienden bien. Tú necesitas que te ayude algún natural de Castilla.

Jaume, que veía al cura cansado de sus visitas, pues se repetían varias veces al día, ya había anticipado que terminaría diciéndole algo parecido.

—¿Y dónde puedo encontrar a alguien así?

—Muy fácil. Los militares de la Ciudadela son en su mayoría castellanos. Hazte amigo de alguno.

—¿Y cómo?

—Frecuentan las tabernas del barrio de la Ribera, que está enfrente de la fortaleza. Asegúrate de que sea un oficial, porque pocos soldados de tropa saben leer.

—Pero ¿cómo voy a hacerme amigo nada menos que de un oficial?

El cura se encogió de hombros.

—Tú sabrás —le dijo.

El joven dedicó un día a preparar su estrategia y al siguiente por la tarde se fue al barrio de la Ribera. Estuvo explorando las tabernas y vigilando quiénes parecían ser asiduos. Al final escogió a un grupo de cuatro oficiales jóvenes que entraban en una de ellas. Llevaban el tricornio sobre una peluca empolvada y lucían las vistosas casacas de sus uniformes. Esperó un tiempo antes de entrar y los encontró sentados a una mesa en animada charla frente a unos vasos de vino. Compró una jarra del vino más caro, se acercó a ellos y les soltó lo que llevaba ensayado en castellano.

—Señores, quisiera que aceptaseis mi invitación para brindar, con el mejor vino de esta taberna, por la salud de nuestro señor el rey de las Españas Carlos III.

Se hizo el silencio y los cuatro observaron con atención

al muchacho fornido, de pelo oscuro recogido en coleta, ojos castaño claro, cejas en arco y nariz recta que les sonreía. Vestía una chaquetilla azul de marino sobre camisa blanca, calzones también azules y medias.

—¿Y tú quién eres para pedir tanto? —inquirió uno de ellos con desdén—. ¿Y de dónde has sacado ese acento raro?

—No nos dejamos invitar ni bebemos con cualquiera —dijo el mayor del grupo—. Y tampoco bridamos por nuestro amadísimo rey con el primer pelagatos que se cruza en nuestro camino.

Jaume no entendía lo que le estaban diciendo, pero por el tono y la actitud lo intuyó. Y tenía estudiada la respuesta.

—Soy un español de la Menorca ocupada por los ingleses —dijo con calma—. Y he venido a Barcelona a estudiar navegación para ir al Caribe a combatirlos bajo las banderas de nuestro rey Carlos. En mi isla nadie habla castellano y preciso aprender para ser admitido en la escuela de pilotos.

Tenía comprobado que ser un menorquín que se oponía a los ingleses proclamándose español despertaba muchas simpatías. Los oficiales se miraron entre sí.

—¿Qué edad tienes, muchacho? —preguntó uno de ellos.

—No entiendo, señor.

—¡Años! Que cuántos años tienes.

—Diecisiete, señor.

Entonces, con un gesto teatral, el que parecía más joven de los cuatro levantó su vaso y lo vació derramando el vino en el suelo.

—Yo sí que bebo y brindo contigo —dijo acercándole el vaso.

Jaume, aliviado, le sirvió de su jarra.

Otro de los oficiales hizo lo mismo, pero el más veterano llenó su vaso de su propia jarra y el cuarto le imitó.

—Voy a brindar por el rey —explicó—. Pero no con tu vino.

—¡Larga vida a nuestro rey Carlos III! —dijo en alto el oficial más joven.

Los demás se pusieron de pie y le corearon. Respetuoso, Jaume elevó su vaso y lo acercó sin tratar de chocarlo. Los que habían aceptado su vino brindaron con él, mientras que los otros dos lo hicieron solo con sus compañeros.

—Su vino es bastante mejor que el nuestro —dijo el oficial joven con una sonrisa a los que lo habían rechazado—. No saben ustedes lo que se pierden.

El chico comprendió que no le invitarían a sentarse, así que se dirigió al joven que tan bien le había recibido y le dijo:

—Me gustaría contaros en otro momento mi historia, señor. Os va a interesar.

—Seguro —repuso él—. Quiero saber sobre Menorca y sobre los británicos.

—¿Cuándo puedo volver a veros?

—Aquí mismo, mañana a la misma hora —repuso él—. ¿Cómo te llamas, amigo?

—¿Qué?

—Tu nombre. Que cómo te llamas.

—Jaume.

—¿Qué? —inquirió uno de los militares.

—Jaime —le tradujo otro.

—Pues si quieres ser español tendrás que llamarte Jaime —le advirtió el oficial más veterano.

—Yo me llamo Miguel López de Heredia —dijo el más joven tendiéndole la mano.

Jaume se la estrechó con fuerza y con una sonrisa feliz. Había logrado su objetivo.

—Y yo Arturo Pérez de Miranda —dijo el otro que también había brindado con él.

Los otros dos no participaron en las presentaciones.

Cuando Jaume se reunió con Andreu y le contó lo sucedido, este se sorprendió.

—¡Vaya! —dijo admirado—. Mucho es lo que has logrado. La mayoría de los oficiales son más o menos nobles. Y si los británicos son arrogantes, esos también. Se creen que cagan flores en lugar de mierda como nosotros.

El chico rio.

Al día siguiente, Jaume esperaba desde una hora antes a Miguel sentado a la misma mesa con una jarra de buen vino y su libreta repleta de palabras de las que quería saber significado y pronunciación.

Miguel apareció junto con Arturo. El primero era algo más alto y tenía los ojos azulones. En esta ocasión Jaume se fijó en sus vistosos uniformes: la casaca era amarilla, en el centro se veía una pechera negra con los ojales en blanco, y las mangas terminaban en unos amplios puños también negros sobre los que iba bordada en blanco una calavera con dos tibias cruzadas. Después supo que era un uniforme de caballería, el del Regimiento de los Dragones de Lusitania.

Le saludaron amistosos y Jaume les invitó a compartir su vino y una butifarra cocida que había troceado con su navaja y colocado en platos.

—Jaime, estamos impacientes por oír tu historia —le dijo Miguel—. Queremos saber cómo se vive con los ingleses.

El joven le pidió que se lo repitiera más despacio.

—Se vive y se muere —les dijo cuando lo entendió bien.

Ayudándose de sus notas, empezó a relatarles un primer ensayo de lo que pensaba contarle a Sinibald para que le admitiera en la escuela. Las interrupciones eran frecuentes porque a los oficiales les costaba seguirle, pero eran unos oyentes entusiastas. Estaban muy interesados en todo lo relativo a la marina inglesa, sus modos y costumbres. El inicio de la aventura que le había llevado a Turquía los tenía en vilo, pero hubo que dejar el relato hasta el día siguiente porque se hacía tarde y el esfuerzo para el orador y sus oyentes era excesivo. Jaume se llevó anotadas las palabras que no conocía en castellano para recabar, a la mañana siguiente, la ayuda del párroco.

Y así, sesión tras sesión usando su libreta, más las horas de estudio en casa y las visitas al cura, fue mejorando su castellano a la vez que consolidaba la amistad con los militares, y en especial con Miguel, que era un joven subteniente de veinte años. Aquella no era una relación entre iguales porque, aparte de la edad, su graduación y su origen noble le hacían estar muy por encima. Eso no le importaba a Jaume, que iba advertido sobre la arrogancia de los oficiales y se alegraba de que Miguel no lo fuera demasiado. Le agradecía mucho que no solo tratara de entenderle, sino que corrigiera constantemente su pronunciación.

Cuando logró relatarles todo lo ocurrido en Turquía y luego en Menorca, sintió que se había ganado el respeto de sus interlocutores. Y les pidió, por favor, que le dejaran un par de días para reconstruir la historia y así poder contársela de un tirón y de forma comprensible.

—Pues claro —dijo Miguel riendo—. Nos parece muy interesante y tenemos ganas entenderla de una vez.

El día acordado, Jaume se presentó con el libro prestado y su libreta en la escuela de Sinibald. Vestía conforme a lo requerido. Y lo acompañaba Andreu.

—Buenos días, maestro —dijo el joven en castellano.

—¿Vienes a despedirte o te atreves a pasar el examen?

—Estoy listo.

Jaume respondió con acierto la mayor parte de las preguntas sobre vientos, corrientes, instrumentos de navegación y navíos, según el libro. A continuación, Sinibald le hizo explicar su historia. El joven lo estaba esperando, la había ensayado una y otra vez.

—¿Seguro que no sabías algo de castellano antes? —le preguntó el maestro, sorprendido, al terminar.

—La primera palabra en castellano que oí salió de vuestros labios.

En un gesto poco elegante para alguien de su estilo, Sinibald, estupefacto, se rascó el cuero cabelludo por debajo de la peluca.

—Ven mañana a las ocho de la mañana —murmuró—. Estás admitido.

—No tengo certificado de pureza de sangre.

—No importa. Te conseguiré uno —aseguró Andreu, feliz con el resultado de la prueba.

—Prefiero no saber nada de eso —anunció Sinibald arrugando el cejo.

20

La escuela de náutica se había creado tres años antes a propuesta de Sinibald, que convenció a la Junta de Comercio de Barcelona para financiarla. Y empezó a funcionar una vez obtuvo el permiso de la Real Junta General de Comercio y Moneda de Madrid y la bendición del rey.

Jaume pasó a ser el alumno número veintitrés y se dispuso a aprovechar al máximo el saber del experto piloto. Además de náutica enseñaba otras materias como tiro artillero o economía. Y le daba mucha importancia a las cartas de navegación, que debían actualizarse teniendo en cuenta no solo la geografía de costas y las profundidades, sino también las corrientes y las mareas. Para impartir cartografía tenía contratado a un hábil dibujante y delineante que daba las clases en la sala situada en la tercera planta, la cual gozaba de una buena luz natural, algo que escaseaba en las estrechas callejuelas del barrio.

—Con la derrota de 1714 y el advenimiento de los Borbones, el Consulado del Mar desapareció en todos los antiguos reinos de la Corona de Aragón y, habiendo perdido España Córcega, Sicilia y Nápoles, se perdieron también las rutas comerciales mediterráneas —explicaba Sinibald—. El trato con América estaba prohibido debido al monopolio de Cádiz, así que la larga tradición marinera catalana, a excepción de la pesquera, se extinguió.

Los alumnos le escuchaban con profundo respeto.

—Pero el marqués de Esquilache comprendió que el monopolio de Cádiz no hacía más que fomentar el contrabando extranjero con nuestra América y la pérdida de tributos para la Corona —proseguía el maestro—. Y hace siete años, en 1765, aunque con bastantes limitaciones, permitió a ocho puertos españoles, además del de Cádiz, el comercio con América. Y el elegido en Cataluña fue Barcelona. Por eso necesitamos otra vez buenos pilotos y capitanes.

Las lecciones se impartían tanto en la casa de la Bajada de Viladecols como a bordo de un viejo bergantín llamado *Anna*, que tenía como mascarón de proa la estatua de una ampulosa y sonriente dama. La nave poseía no solo velas latinas como la *Coloma*, sino también cuadradas, y el maestro hacía trepar a sus alumnos por las jarcias como si fueran monos. A Jaume, acostumbrado desde muy pequeño a navegar, se le hacía fácil, no así a otros sin tanta experiencia de mar. Las prácticas de tiro de cañón sobre barriles flotantes le interesaban en gran manera, aunque el estampido y el tufo a pólvora le traían malos recuerdos. Entonces regresaba el fantasma del arrogante teniente y todos sus músculos se tensaban.

—Te he de matar, maldito Wolf —murmuraba apretando los puños y con la vista perdida en el horizonte—. Aunque te escondas en el mismísimo infierno. Pagarás por tus crímenes.

La navegación nocturna era una de las materias en las que el menorquín destacaba. Las estrellas en Barcelona eran las mismas que en Ciutadella y Turquía, llevaba años contemplándolas y se las sabía de memoria.

Al depender la escuela de la Junta de Comercio, la economía era fundamental, y los principales productos fabricados en la zona, motivo de estudio. Sinibald les hacía visitar comercios y talleres para que aprendieran sobre precios y calidades.

En una ocasión, el maestro llevó a sus pupilos a lo alto de una torre de las murallas del lado de tierra, desde donde se divisaban, más allá de fosos y otros elementos defensivos, una multitud de coloridos campos que sorprendieron a Jaume.

—¿Qué crece allí? —preguntó el maestro.

—No crece nada —repuso uno de los alumnos—. Son campos de telas.

—Sí que crece —le corrigió Sinibald—. Crece la riqueza de la ciudad y de la región. En esos campos se secan al sol los estampados que se imprimen en las telas. Son las indianas, nuestro principal producto de venta y exportación.

Jaume pudo observar desde allí las murallas de la ciudad. Veía ahora, con más detalle, a su derecha, la enorme fortaleza con la que se topó el primer día. Junto a los bastiones que la rodeaban, formaba una estrella gigante de veinte puntas y era tan grande que ocupaba el espacio equivalente a un tercio de la ciudad y sus defensas. Mirando a la izquierda contempló en lo alto el castillo de Montjuic. Estaba impresionado.

—El rey debe de querer mucho a Barcelona para tenerla tan protegida —comentó.

—¡Ja! —dijo por lo bajo un tal Eduald, uno de sus condiscípulos—. Con los Austrias, los grandes enemigos de España eran los Borbones franceses, que nos invadían, robaban, cometían todo tipo de crímenes y bombardeaban la ciudad con sus ejércitos. Y ahora, después de que perdiéramos la guerra, esos mismos Borbones son nuestros reyes. El rey no protege Barcelona con esos muros, sino que se asegura de su posesión. Están ahí por si nos rebelamos.

—La ciudad es una cárcel —dijo otro—. El ejército nos tiene encerrados.

Sinibald los oyó y gritó con enfado:

—¡Silencio!

Todos callaron intimidados.

—¡Sois unos insensatos y la ignorancia habla por vuestras bocas! Si bien hace sesenta años los ejércitos borbónicos sometieron a la ciudad durante la guerra, destruyendo buena parte de ella, el ejército ha sido también el origen de la prosperidad presente.

—¿Y cómo es eso, maestro? —inquirió un alumno que se atrevió a hablar.

—La construcción de la fortaleza de la Ciudadela y las necesidades de las tropas aquí estacionadas reactivaron la economía —explicó—. Al principio los suministros les llegaban de Zaragoza y Madrid. Pero los soldados comen, y el pan tiene que ser local. Así que buscaron contratistas fiables para el pan de munición.

—¿Qué es el pan de munición?

—Es un pan de baja calidad, casi tan duro como la galleta marinera. Hay que darle a cada soldado cuatro onzas al día. Y de esos contratos vinieron otros más que permitieron desarrollar la industria. Ahora se suministra al ejército desde uniformes hasta pólvora y armas. Y no solo para los estacionados aquí, sino también para el resto del reino. Esas industrias han traído más industrias y prosperidad. Por eso exportamos tejidos, aguardiente, papel y un montón de cosas más a América y Europa. La gente está contenta. —E hizo una pausa para elevar de nuevo la voz—: ¡Y no quiero oír más tonterías!

En la escuela había estudiantes procedentes de toda la costa. Eran de familias con recursos, hijos de marinos o de comerciantes, con la excepción de uno cuyo padre era un militar destinado a la fortaleza de la Ciudadela. Jaume puso especial interés en relacionarse con él porque hablaba un buen castellano.

Por otro lado, seguía considerando a los dos jóvenes oficiales, a pesar de la diferencia social, sus amigos. Sobre todo a Miguel. Incluso, fuera de lo que marcaba la costumbre, había llegado a tutearlo.

—Tienes que ir a Madrid y ver lo hermoso que es el Palacio Real —le decía este—. Allí sabrás más que en ningún otro lugar lo que es España.

—¡Cómo se nota que eres madrileño! —se reía Jaume.

Pero le picaba la curiosidad. ¿Cómo sería la capital?

También iba con algunos de sus compañeros a jugar a pelota a los trinquetes, unos frontones de tres paredes que abundaban en Barcelona. Allí se daban partidas de dados o cartas como en las tabernas y se apostaba, pese a que era ilegal. Jaume no se lo podía permitir. Contaba moneda a moneda el dinero que, a un cambio tan favorable, le había entregado su amigo Andreu. Además, de tanto en tanto, este le conseguía algún trabajillo fuera de las horas de clase.

—Cuando se te acabe el dinero enrólate en uno de los barcos que, con escala en Cádiz, van a América —le aconsejaba—. Seguro que te contratan de piloto.

—Primero quiero conocer Madrid —le respondía.

Andreu se encogía de hombros.

—Tú sabrás. A mí no se me ha perdido nada por allí. —Y le sonreía guasón—. Pero si ves a nuestro rey, salúdalo de mi parte y dile que Andreu se pega por él y por España con los ingleses. A ver si me lo agradece.

21

Madrid, diciembre de 1772

Almudena cosía en el taller oyendo a sus compañeras cantar a coro:

—«La mujer que no come, *oui, oui...* con su marido, dengue, dengue, dengue, con su marido *chioui...*».

Mientras ella se preguntaba: «¿Cómo he podido llegar a esto?».

—«Lo mejor del puchero, *oui, oui...* se lo ha comido, dengue, dengue, dengue, se lo ha comido *chioui...*» —proseguían las otras.

Y las modistillas reían. Pero ella no estaba para risas, su vida había cambiado mucho desde su boda hacía ya casi un año. A peor. Su pensamiento volvió al inicio de todo. Cuando les dijo a sus compañeras que se iba a casar con Julio, resultó que varias le conocían tanto a él como a su familia.

—Guapo chico —le dijeron algunas—. Tiene buena planta y es muy simpático.

—Todo un manolo —comentaban otras—. Encantaría hasta a una serpiente.

A Almudena se le hinchaba el pecho de felicidad. Pero también oyó que por lo bajo se chismorreaba alguna otra cosa.

—¡Menuda pieza el Julito!

A punto estuvo de encararse, no le hubiera costado nada tirarle a esa del moño, pero decidió contenerse para no empañar la noticia de su boda montando bulla. Todas la felicitaron, aunque alguna sonaba falsa. «La envidia es muy mala —pensó entonces—. Me llevo al majo más majo de todo Madrid».

La recién casada se mudó a la fonda de los Marcial, pero como se negaba a abandonar a su madre le cedieron a Paca un cuarto sin ventanas a cambio del mismo alquiler que pagaba en la corrala.

Los primeros días fueron muy felices. Almudena seguía cosiendo junto a su madre, pero sin sufrir la angustia económica de los últimos años. Aunque pronto aparecieron los primeros síntomas de lo que estaba por venir. En alguna ocasión, Julio salía por la tarde, cuando más se le necesitaba en la fonda, y no volvía hasta altas horas de la noche. Aquellas fugas indignaban a los hermanos, que trabajaban duro en el negocio, lo que terminaba en discusiones y peleas que alteraban a la madre.

—Niña, tienes que hacer que se quede contigo —le decía su suegra—. Que para eso le hemos casado. Está enamorado de ti y tu obligación es hacer que siente la cabeza.

La joven lo intentaba con carantoñas, a las que Julio reaccionaba cariñoso cumpliendo bien como marido. Pero por mucho amor que le diera, por muchas buenas palabras que le dedicara y por mucho que le tentara, seguía esfumándose alguna tarde sin que nadie le viera.

Entonces entendió por qué los Marcial aceptaron un enlace con alguien de pocos recursos como ella. Como era bonita, cumplidora y religiosa, pusieron sobre sus hombros la responsabilidad de guiar a la oveja descarriada al buen camino y hacerle trabajar las largas horas que el resto de la familia le dedicaba al negocio.

Pero Julio no era como los otros, Almudena no conseguía encauzarle y pronto los Marcial empezaron a mostrar su frustración con comentarios y malos humores.

Almudena acudía a don Andrés a contarle sus cuitas.

—Cuánto lo lamento, no sabía eso de Julio. ¿Al menos, te trata bien?

—Él sí.

—¿Le sigues queriendo?

—Sí, padre. Estoy muy enamorada.

—Pues no te apures, que hablaré con la señora Carmen.

Pero las cosas apenas cambiaban.

A ello se le sumó que la tos de Paca se agravó hasta el punto de que tuvo que dejar de trabajar y no podía pagar el cuarto que le habían cedido en la fonda. Eso le sentó mal a la familia. Pero esa situación duró poco; la pobre falleció antes de Navidad y dejó a Almudena en un profundo desconsuelo. No paraba de llorar. Su mayor apoyo en aquel momento tan difícil fueron el párroco y, en menor medida, su marido, que ponía buena voluntad tratando de consolarla y animarla.

Ella mantenía la correspondencia con su padre y decidió callar la enfermedad de Paca para no apenarle. Así que no quiso compartir con él su inmenso dolor y fingió que la madre seguía viva. Las pocas cartas que llegaban de Lorenzo le mostraban con apenas ánimos y mala letra. Temía que el disgusto le mandara también a la tumba. Decidió contárselo cuando saliera del Arsenal de la Carraca, si Dios les concedía la gracia de sobrevivir a algo tan duro. Su padre era el único de la familia que le quedaba, le adoraba, y se sentía muy angustiada por él.

Don Andrés consideraba aquella mentira como un pecadillo venial que se perdonaba por su buena intención. El cura seguía preocupado por el matrimonio de la joven y con frecuencia le preguntaba por Julio.

—No es malo —le decía ella—. Se esfuerza, pero no termina de gustarle el trabajo de la fonda.

—Y de cuando en cuando se escapa, juega y bebe —sentenció un día el cura.

—¿Y cómo sabéis eso?

—Me he informado. Y lamento no haberme enterado antes —repuso apurado—. La señora Carmen es muy de misa, al igual que sus dos hijos mayores; son buenos cumplidores todos. Me fijé en su piedad y en sus posibles. Lo siento, no sabía de él.

—No es malo.

—Dile a tu marido que venga a confesarse. A ver qué puedo hacer.

Pero Julio no fue a verle.

En su aniversario de boda, Almudena no podía reír junto a sus compañeras. Recordaba con añoranza los tiempos felices de antes del motín. Y aquellas tertulias de sus padres con su tío Ignacio y el buen cura. Su madre había muerto, su padre estaba preso y podía morir en cualquier momento, y su tío andaba perdido en algún lugar de Italia ganando una miseria como maestro. Y ella se había dado de bruces con la realidad: se había casado con un hombre al que no le gustaba el trabajo de la fonda y que, según el cura, jugaba y bebía.

La cosa fue a peor cuando ella empezó a exigirle, enérgica, como le pedía su suegra, que se quedara todas las tardes y noches a trabajar en lugar de salir. Él se incomodaba y en una ocasión en que ella le agarró de la casaca para evitar que se fuera, se puso violento y se atrevió a levantarle la mano. Almudena sabía por sus compañeras de la agresividad de algunos maridos. Muchas llegaban por la mañana con marcas en la cara o cojeando. Unas lo contaban llorando y otras callaban, pero era evidente. Almudena no creía que su marido fuera de esos, pero se dijo que a ella nunca la pegaría, estaba preparada y, ni corta ni perezosa, cogió un cuchillo y le amenazó.

—Como me toques te saco un ojo —le dijo.

Él la miró asombrado y después se echó a reír. Y sin decir nada, le lanzó un beso con la mano y se fue.

Un día no apareció, ni por la noche ni a la mañana siguiente. La familia Marcial, inquieta, se puso a buscarlo con toda discreción por Madrid.

Almudena compartía su angustia hasta que un zagal, al salir del taller por la tarde, le entregó una nota:

> Tengo que abandonar la ciudad. Me voy a América. Me duele en el alma tener que dejarte. Volveré a buscarte, sabes lo mucho que te quiero.
>
> Queda con Dios y reza por mí.
>
> Te adoro.
>
> JULIO

No se lo podía creer. ¡La había abandonado! Era algo inconcebible para ella. Una vez leído, el papel se le escapó de las manos y tuvo que apoyarse en una pared para no caer también. Tardó en recuperar la respiración.

No era del todo feliz en su matrimonio, pero tampoco desgraciada. Le habían enseñado que marido y mujer formaban una sola cosa, una unidad indisoluble, algo para siempre, según dictaba la Santa Madre Iglesia y según lo prometido en su boda. Recordaba aquella frase: «Me entrego a ti y prometo serte fiel en la prosperidad y en la adversidad, en la salud y en la enfermedad, hasta que la muerte nos separe». Entonces, si había tenido que irse de la ciudad, ¿por qué no la llevó con él? Su sorpresa y su angustia se transformaron en decepción y en un profundo sentimiento de soledad. La ansiedad le atenazaba el pecho y sus ojos se llenaron de lágrimas.

Sola, estaba sola. Antes al menos le tenía a él, que, aunque no le diera mucho, era su marido. Pero había perdido a su padre, a su querido tío, y luego sobrevino la muerte de su madre. Y ahora se iba él, dejándola con una suegra y unos cuñados que no la apreciaban. Era terrible. Aparte de dos amigas, solo le quedaba su confesor, don Andrés.

Se fue a la fonda y le entregó la nota a su suegra. A punto estuvo de darle un vahído a la mujer, pero de inmediato recuperó la serenidad y dijo que lo primero era el trabajo y que en aquel momento estaban todos muy ocupados. Sin embargo, aquella noche tendrían reunión familiar.

—Le buscan por una deuda muy abultada de juego —informó Juan, el hermano mayor, una vez supo lo ocurrido—. Y esa gente que no se anda con chiquitas. Se trata de la banda del Lobo; es muy peligrosa y tiene aterrorizada a la ciudad.

—Y peor aún, hay otros que le quieren rajar como a un cerdo —añadió Pepe, el mediano—. Julio es bien conocido en los garitos y parece ser que le pillaron haciendo trampas.

—Pero, niña, ¡cómo le has dejado llegar a eso! —le reprochó la señora Carmen entre lloros a Almudena—. Mira que te pedí que no le dejaras salir por las tardes.

La joven la miró sorprendida. ¿De verdad la culpaba a ella? Su genio vivo disipó su tristeza y se levantó de la silla.

—¡Y bien que lo intenté! Hice lo que pude —se defendió airada—. Pero ¿que se cree usted, señora Carmen? ¿Que soy un alguacil de mosquete y bayoneta?

—No, pero una buena mujer, guapa como tú, tiene que saber lo que hay que hacer para tener al marido pegado a sus faldas. Igual el pobre tuvo que buscar por ahí algo que no tenía aquí.

—¡¿Quééé?! —chilló Almudena furiosa—. ¿Me va a enseñar usted lo que hay que hacer en la alcoba? Nada de eso tenía que buscar por ahí vuestro Julito, que bien apañado salía de casa. No es mi culpa que usted pariera a un golfo.

Pepe la agarró del brazo y la hizo sentarse a la fuerza.

—A ver si respetas a nuestra madre —le dijo amenazándola con el dedo.

—¡Que empiece por respetarme ella a mí!

—Tranquilizaos —dijo Juan haciendo gestos con las manos para que rebajaran el tono—. No nos peleemos, debemos pensar con claridad. —E hizo una pausa para asegurarse de que tenía la atención del resto—. La situación es la siguiente: Julio se ha largado a América dejándonos con el pufo. Conozco a ese Lobo y a los suyos. Son mala gente, lo peor de Madrid. Tan pronto como se enteren de que Julio está a la fuga vendrán a por nosotros; cuando estaba buscándolo, me advirtieron de que si él no cumplía esta casa asumiría sus deudas.

—¡Ay, Dios mío! —se angustió la madre—. ¿Y qué nos pueden hacer?

—Cualquier cosa. Desde quemar la fonda hasta rajarnos la cara.

—Será vuestra fonda y vuestra cara —les advirtió Almudena, que seguía molesta—. Yo me gano el pan con el sudor de mi frente cosiendo y no tengo nada que ver.

Pepe se echó a reír.

—Pero ¿qué te crees, desgraciada? ¿Que te puedes ir de rositas? Pues entérate de que no.

—¿Y por qué no?

—Porque te has casado con él —le aclaró con una sonrisa maligna—. Eres su mujer, lo tuyo es suyo y lo suyo es tuyo, incluidas las deudas. Así que, según la ley, la única que le debe a esa gente eres tú, Almudenita.

Ella se quedó boquiabierta.

—Yo... no sabía.

—Pregúntaselo a don Andrés —le dijo su suegra—. Verás que así es.

—Y se lo haremos saber a esos maleantes —prosiguió Pepe—. Así que la primera cara que rajen será la tuya, hermosa.

—Yo no tengo nada —alegó ella.

—Seamos prácticos —dijo Juan—. Porque después vendrán a rajar la nuestra y a quemarnos la fonda. Así que tendremos que proponerle un trato a ese Lobo. Si pagamos a plazos con interés, quizá acepten. ¿Todos de acuerdo?

Almudena estaba muy asustada y se unió a los demás afirmando con la cabeza.

—Tendremos que esforzarnos más —prosiguió Juan—. Y la primera tú, Almudena. A partir de ahora, cuando salgas del taller vendrás a trabajar a la fonda. Eres la que más peligra y estoy seguro de que quieres salvar tu linda carita.

La joven no dijo nada, pero pensó que tenía narices que, encima, pareciera que le estaban haciendo un favor. Rezaba para que, además de abandonarla con la deuda, Julio no la hubiera dejado preñada. Y le prometió unas velas a la Virgen de la Almudena si eso no sucedía.

22

Barcelona, verano de 1773

Al año de residir en Barcelona, a Jaume le sorprendía lo bien que se había integrado, algo que, a su llegada, no esperaba. Su acento menorquín y el uso de ciertas palabras infrecuentes llamaba la atención y le caía bien a la gente. Además, conocía a los británicos y eso despertaba curiosidad en los ámbitos que frecuentaba.

Uno de sus condiscípulos, Joan Ortador, le invitó a un baile en su casa al quinto mes de estar en la escuela. El muchacho era hijo de un armador y, aunque tenían una buena relación, distaban mucho de ser íntimos.

—Conozco a la familia Ortador —le dijo Andreu cuando se lo comentó—. Y no gastan pólvora sin bala. Tienen un par de hijas y quizá te consideren un posible candidato.

—¿Yo? —se extrañó el chico—. Ya sabes que mi familia perdió su barco por culpa de un maldito inglés. Poseo solo lo suficiente para, con los trabajitos que tú me encargas, mantenerme y pagar las clases de la escuela de náutica. El nivel de esa gente está muy por encima del mío.

—No cuentan con lo que tienes ahora, sino con lo que puedes ofrecer en un futuro —le explicó el capitán—. Sinibald habla muy bien de ti, lo saben y tienen barcos. También saben que dominas el inglés y que te relacionas con la oficialidad de la Ciudadela. Y todo eso cuenta.

—¿La oficialidad de la Ciudadela? Sí, tengo amigos allí, pero después de lo ocurrido en la guerra de sucesión, con el asalto y la destrucción de Barcelona, percibo resentimiento en la ciudad.

Andreu rio.

—¿Resentimiento? Quizá algunos lo tengan, pero no esa gente.

—¿Y por qué ellos no?

—Porque de aquello hace ya sesenta años y la de tu amigo es una familia de negocios. Los negocios empiezan a ir bien y van mejor cuando tienes amigos poderosos. Y esos oficiales acceden al gobernador y a otros altos cargos. Les importa poco que sean nobles o finjan serlo, a ellos los títulos no les impresionan demasiado. Pero sí que respetan el dinero que hay detrás del poder. Créeme, tus amigos militares serán bienvenidos en sus saraos. —E hizo una pausa para sonreír—. Tampoco te pedirán un certificado de pureza de sangre. Eso les trae sin cuidado. Pero sí que les interesa tu reputación y que se te vea juicioso y honrado. Por lo tanto, no presumas de ser mi amigo. —Y esta vez se rio abiertamente.

Jaume pasó apuros consiguiendo la indumentaria adecuada para la fiesta. De nuevo, Andreu le ayudó, pero quería hacerle llevar peluca, a lo que él se negó.

No estaba falto de razón su amigo y el joven fue bien recibido en aquel baile en el que pocos de sus condiscípulos habían sido invitados. Se sentía apreciado por las muchachas casaderas, que le sonreían, y observado con detalle por los padres.

Cuando Joan le presentó a su hermana Eulalia, una muchacha alta de ojos claros, esta le dijo, sin que él se lo pidiera:

—Os reservaré un baile.

Jaume enrojeció.

—Lo siento mucho, señorita. No sé bailar.

Ella lo miró risueña.

—Mejor, así no se lo pediréis a ninguna otra. Y os tendré que reservar dos bailes, me impongo la misión de enseñaros.

El menorquín se sorprendió al ver todo lo que unos criados con librea y peluca servían. No solo había café, té y chocolate a la taza, sino también, enfriadas con nieve, naranjadas, limonadas, agua de albaricoque y horchata. Todo ello acompañado de las mismas pastas que descubrió a su llegada a Barcelona en el establecimiento donde se tomó el chocolate.

Diez días después fue invitado a una tertulia en casa del mismo amigo, donde hubo una lectura de poesía y se escuchó música interpretada por Eulalia y su hermana en un sorprendente instrumento de gran tamaño y de reciente aparición llamado piano. Y él se convirtió en el centro de atención cuando llegó el momento de la charla, contando sobre Menorca, los ingleses, sus barcos y sus propios deseos de tomar venganza dándoles su merecido.

A partir de la reunión en casa de su amigo, las invitaciones para él, en un principio, y para sus amigos los oficiales de la Ciudadela, después, se fueron sucediendo en distintos bailes y tertulias, y no solo de la familia Ortador. Y al poco, gracias al interés de Eulalia, Jaume podía presumir de ser un bailarín bastante decente de «contredanse», como ella decía. No era ese el único divertimento social que compartían los jóvenes de la burguesía de ambos sexos, sino que también participaban en distintos juegos. Los de rueda eran de los más populares. Damas y caballeros se cogían de la mano alternados y danzaban alrededor de uno de ellos al que se le habían vendado los ojos. El cegado trataba de quitarles el polvo a los danzantes con un cepillo y estos, sin soltarse de la mano, de esquivarlo. Aquello provocaba muchas risas. Los juegos de mesa como la oca y las cartas eran también habituales.

Todo aquello estaba muy bien y le hacía a Jaume la estancia en Barcelona agradable. Pero seguía sorprendido de que aquella sociedad rica y elitista admitiera a un pobre estudiante como él. Y se decía que quizá estuviera de moda por ser menorquín y que dentro de poco le darían de lado. Él sabía quién era y de dónde venía, y no dejaba que aquellos fastos y oropeles le distrajeran de su objetivo. Estaba allí para aprender náutica al más alto nivel. Añoraba a su familia y a sus amigos de Menorca, con los que mantenía una correspondencia que entraba y salía de la isla de contrabando con Andreu. Había arrancado sus raíces para tomar las alas. Aquello había dolido y seguía doliendo, y si estaba en Barcelona era con un propósito, un firme propósito. La ciudad era solo la primera parada de su vuelo hacia el Caribe.

Allí tenía una misión que cumplir, un hombre al que matar.

23

Barcelona, junio de 1774

Cumplidos los dos años en Barcelona, todo le iba bien al joven menorquín, menos la economía, cuando de pronto le llegó la sorpresa:

—¿Te vienes conmigo a Madrid? —le preguntó Miguel.

Se encontraban en plena partida de pelota en un trinquete cercano a la Ciudadela. Por instinto, Jaume le pegó a la bola que le venía. El oficial se la devolvió, pero el joven, al comprender el alcance de la pregunta, la dejó pasar.

—¿Quééé? —inquirió mirando a su amigo.

—Que si te vienes conmigo a Madrid —recalcó el subteniente con una sonrisa.

—¿Pero te vas allí?

—Pues claro, por eso te lo pregunto. Me acaban de comunicar un cambio de destino y tengo que pasar por el ministerio y visitar a la familia. ¿Me acompañas?

—Me encantaría, pero no creo que mis caudales lo permitan.

—No importa. —Miguel volvía a sonreír—. Te contrato como asistente y, aparte de la manutención, te ganarás algún dinerillo.

—No sé mucho de caballos.

—Yo te enseñaré lo que tienes que saber.

—¡Pues claro que voy! —exclamó entusiasmado—. Ese es mi sueño.

—¿Y tus estudios de náutica? —quiso saber Arturo.

—Estos dos años me he esforzado mucho porque no puedo permitirme calificaciones mediocres. Espero que el maestro Sinibald me dé el título de piloto. Pero con título o no, no me pierdo la oportunidad de visitar la capital de las Españas.

—¿Qué se te ha perdido allí? —inquirió Andreu cuando se lo contó—. Más te valdría embarcarte en un bergantín rumbo a América antes que perder el tiempo en Madrid. Dependiendo del tamaño de la nave, puedes ir de primer o segundo piloto. Es un buen dinero.

—Tarde o temprano tendremos guerra con los ingleses y ya sabes que yo quiero luchar contra ellos por nuestro rey —repuso el joven—. La corte está en Madrid y quiero conocerla.

—¡Ah, perdona! —repuso guasón su amigo—. No sabía que nuestro rey Carlos te había concedido audiencia. —Y después, cambiando de tono, refunfuñó—: No sé qué diablos ha de hacer un marino en Madrid.

A pesar de su reticencia, Andreu le hizo al joven unos últimos favores y uno de ellos fue hablar con Sinibald.

—Bueno, solo dos años de escuela es poco para el título de piloto de altura —le dijo—. Sin embargo, señor Ferrer, su amigo me lo ha pedido. Y tengo que reconocer lo bien que ha aprovechado mis enseñanzas y su rápido aprendizaje del castellano. En su caso estoy obligado a decir que está preparado.

—Gracias, maestro —repuso el joven recogiendo su título, emocionado—. Jamás olvidaré lo aprendido aquí.

Abandonar la escuela, a sus compañeros y la ciudad le producía sentimientos encontrados. Para él aquellos habían sido dos años memorables. Reconocía que a su llegada estaba asilvestrado y que participó en un par de peleas de taberna, pero la escuela, el temor a que Sinibald le considerara indigno y las relaciones sociales le habían moderado.

Cuando se lo hizo saber a su amigo Juan Ortador, este compuso una expresión de disgusto.

—Harías bien en hablar primero con mi padre —le dijo—. Tiene planes para ti. Y no es el único en mi familia. Quédate en Barcelona, te espera un futuro brillante.

Jaume le miró sorprendido.

—Vaya —murmuró—. Me siento muy honrado. Pero bien sabes que tengo una promesa que cumplir. Y esta me lleva al Caribe.

—Lo sé, pero te merece la pena escuchar antes a mi padre.

—Lo siento. Agradéceselo mucho, dile que me honra, pero nunca llegaría a ser quien quiero ser si no cumplo esa promesa.

—La gente cambia de opinión…

—No puedo, Joan. Simplemente no puedo.

El menorquín se despidió de la familia Ortador, que tan bien le había acogido, y en especial de Eulalia, con la que había intercambiado besos furtivos en el jardín y por la que sentía un gran cariño. La mirada acuosa de ella le dijo que el cariño era más que correspondido. Se preguntaba cuáles serían los planes del padre de Eulalia que no quiso conocer, pero intuía que ella podía encontrarse en ellos. Lamentaba no poder quedarse. Hubiera sido un gran futuro.

Una vez resignado a su partida, su amigo Joan le dijo:

—Quizá algún día nos veamos en América. —Y le dio un abrazo.

Jaume se lo devolvió emocionado.

—Me haría muy feliz —murmuró.

Hizo balance. Sentía una gran pesadumbre. Abandonaba Barcelona y a sus amigos casi como lo había hecho con los de Menorca. Allí tenía sus raíces y sentía que las había arrancado de la tierra madre para convertirlas en alas. Casi una traición. Cierto que había escrito a su familia y a su amigo David, aunque eran pocas las cartas recibidas de vuelta. Quizá la distancia matara los sentimientos.

Deseaba volar, ver mundo, era una inquietud interior que le llevaba lejos, hacia América. ¿Era solo la venganza? Se decía que había mucho más y su melancolía desaparecía al pensar en el futuro. Arrancaba de nuevo sus raíces, ahora en Barcelona. Volvía a doler, pero tocaba volar.

Su amigo Andreu le despidió visiblemente emocionado.

—Ve con Dios, Jaume —le dijo con su ruda voz tomada—. Que cumplas todos tus sueños.

Y como regalo de despedida le entregó un certificado de pureza de sangre a su nombre.

—Te hará falta en Madrid. —Y le hizo saber—: Es falso pero convincente.

Aquello era muy propio de Andreu, que adecuaba el mundo a su voluntad. El joven no pudo contener las lágrimas y le dio un fuerte abrazo. El capitán correspondió con tanta o más fuerza que él. Jaume sabía que para aquel personaje sus camaradas eran su familia y se sintió orgulloso y honrado de pertenecer a ella.

Y con su título de piloto y el certificado en el bolsillo, a punto de salir hacia Madrid, Jaume se sentía el amo de las Españas y del mundo.

24

Madrid, verano de 1774

—¡Ay, padre! —suspiró Almudena—. Qué triste vida la mía.

Y rompió a llorar. Se sentía encerrada en una cárcel, humillada y despreciada. Estaba en la iglesia, de rodillas en el lateral del confesionario, y más que confesar sus pecados buscaba aliviar la angustia con el buen cura.

—Trabajo como una esclava —prosiguió—. Porque además de coser en el taller, me toca limpiar y servir las mesas en la fonda, incluso los domingos.

—Tuve una larga charla con la señora Carmen. Esperaba que después de eso te trataran mejor.

—¡Qué va! Mi suegra es una arpía y mis cuñados no me dejan respirar, siempre me persiguen cargándome con más trabajo. Imaginaos, me culpan a mí de la vida secreta que llevaba Julio y de que tuviera que irse.

—¿Te pegan?

—No se atreven —dijo alzando la voz—. Les tengo dicho que si alguien me levanta la mano le abro las tripas con un cuchillo.

—¡Virgen santa! —exclamó el sacerdote espantado—. ¿Serías capaz?

—Aunque después me maten.

El hombre se persignó y musitó un padrenuestro.

—¡Que lo hago, padre! —insistió ella ante su silencio—. ¡Que lo hago!

—¿Y te gritan? —inquirió él una vez recuperado.

—Sí, pero yo también a ellos.

—Pues estáis igual.

—Pues no, porque la bruja de mi suegra siempre me pincha. Y lo hace tanto dando la cara como a través de sus hijos. Se ponen todos en mi contra.

—Pues yo la creía buena mujer, parecía una santa.

—De puertas para fuera. Son todo apariencias. Es una bruja.

—¡Cómo se engaña uno!

—Lo peor es que me siento sola, muy sola.

—¿Y tu padre?

—Está muy mal. Se nota en su letra temblorosa. Casi no escribe.

—Pronto cumplirá su pena, ¿verdad?

—Le falta poco más de un mes. Está enfermo y quiero ir a recogerle. ¡El pobre! No sabéis cuánto le quiero, padre. Tengo que hacerlo.

—Eso estaría muy bien, hija —afirmó melancólico—. Sé el gran amor que os profesabais.

El cura añoraba las comidas familiares a las que a veces le invitaban los Román, y las tertulias posteriores con el impresor y su hermano jesuita. Fueron muy buenos tiempos.

—Pero no me dejan ir. Nadie quiere acompañarme y dicen que una mujer sola no puede hacer este viaje.

—Viajar tiene sus peligros para hombres hechos y derechos. Y para una chica guapa como tú muchísimos más, Almudena. Tienes buenos sentimientos, hija. Pero por muy buenos que sean no te puedes exponer a ir sola.

—Pues lo necesito. Mi padre es lo único que me queda en la vida y le adoro. No me importan los peligros.

El párroco suspiró.

—Además, mis cuñados no me dejarían salir de Madrid ni sola ni acompañada —prosiguió ella.

—¿Y eso por qué?

—Hasta que no se cancele la deuda. Dicen que cuando lo haga, me puedo ir a donde quiera. Pero que hasta entonces lo impedirán por todos los medios.

—Es injusto que tengas que pagar tú por los pecados de tu marido. Tu suegra y tus cuñados deberían entenderlo. Por lo que cuentas, tardaréis años en pagarlo todo.

—Seré una vieja entonces —sollozó ella.

El llanto de la joven le producía un agobio indecible a don Andrés. La quería como a una hija, sentía su desgracia como propia y, a pesar de su edad y de todo lo que llevaba oído en aquel confesionario, estaba tan apenado que los ojos se le llenaban de lágrimas. Se mantuvo en un compungido silencio.

—Pero es que también están los otros —prosiguió Almudena.

—¿Los otros? ¿Qué otros?

—Sí, esos. Dos embozados altos como un san Pablo que se cruzaron en mi camino hace unos días exigiéndome el dinero. Yo les dije que no tengo nada y que no hago otra cosa que trabajar para poder pagar. Entonces uno se descubrió y su jeta daba miedo. Era horrible, tenía una cicatriz de oreja a barbilla y una mirada oscura de asesino. Me dijo que era el Lobo. Me mostró una navaja y la abrió para después acercármela a la cara. Yo temblaba de miedo.

Un sollozo la interrumpió. Recordarlo le revolvía las tripas y el llanto la acometió de nuevo. El cura no sabía cómo consolarla y aguardó a que se recompusiera. Se sentía responsable de ella y culpable por la situación en la que se encontraba, porque él había insistido en aquella boda. Trataba de aparentar serenidad para que ella no percibiera su afectación; bajo ningún concepto quería que supiera de sus lágrimas.

—Dijo que como no trabaje más me rajarán la cara —musitó tras calmarse un poco—. Y que tienen controladas todas las salidas de Madrid y me matarán si intento escapar.

—Tranquilízate, niña —musitó don Andrés tratando de infundirle ánimos—. Todo tiene solución en la vida.

—¿Cómo sabía ese matón que me quiero ir? —inquirió ella entre sollozos sin atender a las palabras del cura.

—No lo sé.

—Solo hay una explicación: mis cuñados le avisaron. —De repente hablaba serena, con rabia—. Me amenazaron con hacerlo, dicen que ese asesino verá un intento de huida como un robo. Y ahora esa gente me vigila.

—¡Dios mío! —Don Andrés hizo una larga pausa, reflexionando antes de preguntar—: ¿Y qué sabes de tu marido?

—¡Nada! Ya os dije que recibí su primera y última carta medio año después de irse. Y han pasado dos. Decía que me quiere mucho y que La Habana es muy bonita. ¡Pero nada de venir a buscarme como me prometió en su nota de despedida!

—¡Qué panorama!

—Me siento sola, padre, muy sola. Tengo dieciocho años y estoy vieja. Vieja de corazón.

25

Madrid, agosto de 1774

—A partir de ahora olvídate de llamarte Jaume —le advirtió Miguel a su joven asistente durante el camino—. Con ese nombre y tu acento te tomarían por extranjero. Y no te conviene. Hace ocho años, cuando lo de Esquilache, el pueblo de Madrid se levantó contra los ministros italianos del rey, peleó contra su guardia valona y hubo muertos en ambos lados. Así que desde ahora serás Jaime.

El muchacho decidió hacerle caso a su amigo.

Jaime iba dispuesto a asombrarse con Madrid y realmente lo hizo.

—¡Qué murallas tan raras tiene la capital de España! —se extrañó cuando divisaron la ciudad desde un altozano—. Ni torres, ni bastiones, ni escarpas, fosos o contraescarpas. No aguantarían un solo cañonazo.

Su amigo rio.

—Cumplen su propósito —le dijo—. Aunque no resistan ni el primer cañonazo.

—¿Y cuál es?

—Que nadie entre o salga con mercancías sin pagar impuestos. Y no es una muralla, sino una cerca.

—¿Y la ciudad no tiene una fortaleza o un castillo?

—No.

—¿Y cómo se defiende?

—Con el largo camino que hay desde el mar y las fronteras. Y si finalmente un gran ejército llega hasta aquí, la corte y los nobles se van y dejan que ocupen la ciudad. Como ocurrió por dos veces en la pasada guerra de sucesión.

—¿De verdad? —inquirió el menorquín, incrédulo.

—Sí.

Lo primero que vio Jaime al llegar fue una gran construcción con unos aparatosos andamiajes.

—¿Qué es? —quiso saber.

—Están edificando una gran puerta. La puerta de Alcalá.

—¿Una puerta? —volvió a sorprenderse Jaime—. ¿Tan grande?

—Sí, será como un arco triunfal, y lo que ves a la derecha es la plaza de toros. Y detrás de la cerca, a la izquierda viniendo, no está la ciudad, sino un gran parque con un palacio, montes, árboles, lagos, jardines y flores.

—¿Un parque? Ni Barcelona, ni Maó, ni Ciutadella tienen parque. Ni puertas como esa.

—Bueno, esta es la capital del reino —dijo sonriente Miguel—. Y el rey quiere que esté a la altura de la de sus primos los reyes de Francia.

Había un gran tráfico de gentes y carruajes. Los alguaciles les dejaron pasar sin mayor trámite tras echar una ojeada a sus papeles y ver que las caballerías solo cargaban sus equipajes. Después de un corto tramo siguiendo la cerca del parque, cruzaron un hermoso paseo arbolado llamado Salón del Prado y se encontraron con la entrada a una calle que volvió a asombrar a Jaime.

—Es la calle de Alcalá —le anunció Miguel.

Nunca había visto una avenida tan ancha, larga y recta; las había en la Barceloneta, pero no tenían ni punto de comparación con la longitud ni con la amplitud de aquella.

Sin embargo, a medida que avanzaban, le sorprendió que poco a poco se estrechara hasta llegar a una plaza alargada más pequeña que la entrada a la calle de Alcalá, del lado del Salón del Prado.

—Es la Puerta del Sol —informó Miguel. Y, mientras señalaba una fuente con una estatua de mármol coronándola, dijo—: Y esta, la Mariblanca.

Más que una plaza, parecían dos plazuelas pegadas, donde destacaba un armonioso edificio de planta y dos pisos. Su amigo le dijo que era la Casa de Correos. Sobre aquella plaza confluía un gran número de calles y el lugar bullía de actividad: puestos de melones y sandías, buhoneros, ropavejeros, vendedores de bebidas, aguadores camino de la fuente. Unos y otros anunciaban sus mercancías a grito pelado.

—Aquí se vende de todo —le hizo saber Miguel—. Tanto cosas nuevas como viejas, les llamamos «los baratillos».

Saliendo de la plaza para tomar la calle Mayor, le señaló un edificio a la izquierda.

—Ese es el convento de San Felipe y sus famosas gradas. Es el mayor mentidero de Madrid. Aquí la gente intercambia noticias, comidillas y bulos.

Era un gran edificio religioso que se elevaba sobre una balaustrada sostenida por unos arcos bajo los que se habían instalado tiendecillas que contribuían al bullicio. Miguel le dijo que eran las covachuelas.

Pero la plaza Mayor le produjo incluso mayor asombro. Tampoco había visto nunca una plaza porticada de ese tamaño, ni edificios tan armoniosos, ni tan altos. Tenían cinco pisos.

—Como ya sabes, a mí me hospedan unos parientes que tienen su residencia cerca del Palacio Real —le recordó Miguel, interrumpiendo su pasmo.

—Me encantaría ver el Palacio Real, todo lo que he oído son maravillas —dijo Jaime.

—Lo verás, pero solo por fuera —rio Miguel—. Al palacio solo se puede acudir con invitación del rey. Y no creo que esté ahora. Para poco en Madrid en verano y por lo tanto no podrá invitarte. Seguro que lo lamenta.

Jaime sonrió. Algo parecido le dijo su amigo Andreu.

—Solo me quedaré un par de días o tres. ¿Qué puedo hacer para viajar después a Cádiz?

—Mira, aquí los transportes salen de los mesones. Los de la calle Alcalá van al norte, y los de la Cava Baja y la calle Toledo, al sur. Creo que los de Sevilla y Cádiz salen del Mesón de la Herradura y de un par más de la calle Toledo. Tendrás que ver el horario de ordinarios y galeras.

—¿Galeras? ¿Eso no son naves?

—Los ordinarios son particulares que hacen rutas fijas llevando recados y alguna mercancía. Alguno puede dejarte hueco en su carro o prestarte una montura. Y las galeras son carros con fondo de paja donde transportan de diez a doce personas. Es lo más barato. En todo caso, te aconsejo que no viajes solo. La ruta es peligrosa.

—¿Y para hospedarme?

—Algunas fondas dan también alojamiento, pero si lo quieres barato, ve a una posada.

Miguel le acompañó a la Cava Baja, allí negociaron en distintas posadas y Jaime decidió quedarse en la de la Virgen.

—Te mandaré una nota para vernos antes de tu partida —le dijo Miguel al despedirse.

—No tardes mucho, que mi economía da para poco en Madrid —repuso él.

—No pases cuidado.

Jaime bajó su saco marinero de la mula con la que había viajado y, tras echárselo a la espalda, entró en la posada.

La Posada de la Virgen tenía unos cuartos alrededor de un patio tipo corrala. A Jaime le acompañaron a uno, sin ventana, en el segundo piso.

—Si dejas la puerta abierta te entra la luz del patio —le dijo el hombre que se lo mostró y le dio una llave—. Lo que pagas no da para más.

El joven salió a pasear por los alrededores y descubrió, admirado, una plaza, llamada de la Cebada, que, aunque irregular, era más grande que la plaza Mayor y tenía dos fuentes monumentales. Había visto tenderetes en la Puerta del Sol, pero viendo los de la Cebada supo que allí estaba el gran mercado de Madrid.

Después se fue a descansar un rato antes de la cena y se tumbó en el catre. Al fin estaba en la capital de las Españas.

La posada no tenía comedor y al atardecer escogió una fonda cercana llamada del Dragón. El interior estaba iluminado con unas lámparas de aceite de cuatro mechas que colgaban del techo y varios candiles sobre unas largas mesas con bancos corridos. Allí flotaba la típica brumilla de los lugares de comidas, mezcla del humo de los leños que quemaban en una chimenea situada en un extremo y el de las pipas y los cigarros que muchos fumaban. A las mesas se sentaban arrieros, carreteros y algunos mercaderes, todas gentes de paso, los más en animada conversación. Pronto supo que de aquella fonda partían los ordinarios de Extremadura.

Un hombre y dos muchachas servían las mesas, y una de ellas atrajo de inmediato su atención. Y vio que no era el único. Los clientes no la perdían de vista y uno le dijo:

—¡Pero qué guapa y rumbosa estás hoy, Almudena!

La muchacha no sonreía, ni respondía fuera de un esporádico gracias a media voz, sin reparar en el adulador. Se concentraba en servir las mesas con rapidez y energía. Y en eso que se acercó al rincón donde él había tomado asiento y le puso pan y una jarra de vino. Jaime no pudo evitar fijarse más en ella; a pesar de su semblante serio, era muy bonita. Tenía una hermosa melena azabache y unos vivaces ojos verdes que en la penumbra del lugar brillaban con luz propia.

—Muchas gracias —le dijo con una sonrisa.

Ella le observó durante un instante, intensa y seria, antes de volver a su tarea. El joven intuyó el porqué de esa mirada: su acento extraño. Aquello le incomodaba, porque no quería que le creyera extranjero. La mirada de la chica, aunque breve, le había alterado. Fue como un chispazo que le dejó sin aliento. Nunca antes le había ocurrido algo parecido. Se sirvió un vaso de vino para serenarse y, una vez recuperado el ritmo de su respiración, se puso a comer el pan a la espera de la cena. Y para quitarse a la muchacha de la cabeza, entabló conversación con un vecino de mesa sobre los transportes disponibles hacia el sur.

Al poco, ella apareció con una marmita que sujetaba por las asas, protegiéndose del calor con unos trapos, y de la que sobresalía el mango de un cucharón. Apoyó el recipiente en la mesa y le lanzó a Jaime una mirada tan intensa como la anterior antes de llenarles la escudilla a él y a su compañero de mesa.

—Muchas gracias, señorita —dijo él de nuevo, ceremonioso.

Ella le miró otra vez a los ojos, como interrogante, y sin decir nada tomó el perol, se dio la vuelta y, garbosa, se dirigió a otra mesa. Jaime la siguió con la vista y, al pasar por delante de varios hombres que comían sin dejar de observarla, uno le dijo:

—¡Estás mejor que el pan! Yo te cenaba.

A lo que otro añadió:

—¡No! Incluso mejor que el vino. Yo me la bebía.

Y se rieron.

Ella prosiguió su tarea, seria, sin hacerles el menor caso. Y Jaime se dijo que se trataba de una muchacha hermosa acostumbrada a ese tipo de piropos de mal gusto, ofensivos. Era el centro de atención de los comensales, entre los cuales solo había un par de mujeres que no podían competir con la juventud y la lozanía de aquella chica.

No la perdió de vista y, cuando se acercó a la cocina, un tipo alto y malcarado, que vestía un delantal, la increpó en voz alta. Desde donde se encontraba solo pudo oír que le decía que debía ir más aprisa. No entendió la respuesta, pero la joven protestó y discutieron antes de que ella entrara en la cocina. Pensó que aquel individuo era un mal patrón, la chica se mostraba diligente y él no veía ningún motivo para censurarla.

La joven no volvió a aparecer por aquella parte del comedor y, para decepción de Jaime, fue el tipo malcarado quien terminó de servirle.

Aquella noche reflexionó sobre lo que llevaba visto de Madrid. Como ya suponía, la ciudad había cumplido sus expectativas, pero no contaba con la impresión que le había causado aquella muchacha de ojos verdes. Y se dijo que no podía partir sin volver a verla.

26

Jaime dedicó la mañana siguiente a recorrer Madrid y luego fue a almorzar a La Fonda del Dragón. Pero no vio a la muchacha y, como no creía que el patrón la hubiera despedido solo por la discusión que presenció la noche anterior, dedujo que al mediodía estaría ocupada en otra cosa. Pero sí vio a dos hombres que parecían mandar allí, y uno era el tipo malcarado. Otra chica, que no recibía la misma atención de los comensales que la de los ojos verdes, le sirvió pan, vino, unos callos con garbanzos y queso. Una comida barata de dos reales.

Probó otra vez a la hora de la cena y, en efecto, allí estaba ella. Trabajaba seria, con la barbilla alta, sin inmutarse ni por los ojos que la seguían ni por los piropos más o menos inocentes que le dedicaban.

Jaime la observaba con interés. No se planteaba tutearla como hacía todo el mundo, quería llamar su atención de forma agradable. Y decidió dedicarle los modos aprendidos en las tertulias burguesas de Barcelona, donde se trataba a las mujeres de señora o señorita.

Ella también lo vio. Estaba intrigada, le extrañaba su acento raro y que la llamara, con un respeto desconocido para ella, «señorita». Era un joven atractivo, aunque su apreciación era meramente estética porque estaba casada y era impensable que lo viera como otra cosa que no fuera un cliente.

Cuando le puso el pan y la jarra de vino, él repitió lo de «muchas gracias, señorita». Ella lo miró con intensidad un instante antes de volverse a la cocina. Luego regresó con la sopera del cocido y le llenó el plato. Y él volvió a darle las gracias con una sonrisa. Esta vez ella le miró muy seria y, de pronto, le espetó:

—¿Qué es ese acento raro? ¿Es que eres valón o qué?

Su amigo Miguel le había advertido de la antipatía que sentían los madrileños por la guardia valona del rey.

—No, en absoluto —se apresuró a responder—. Soy español y muy español.

Ella premió su declaración con una amplia sonrisa, la primera que él le veía. Era lo más hermoso del mundo y le llenó el corazón de alegría.

—También hay españoles en el Mediterráneo y en América —prosiguió él—. Yo soy de una isla llamada Menorca. Y allí hablamos así.

—Menorca… —murmuró ella como si no le constara—. Pues que os aproveche la comida…, señorito —añadió divertida.

Aquella noche se mantuvo ocupada por otras zonas del comedor, soportando los comentarios de los clientes y de su jefe, aquel hombre malcarado. Él la seguía con la mirada y observó que ella, al contrario del primer día, también le miraba.

El día siguiente lo pasó visitando Madrid y cerciorándose de dónde partían los ordinarios y las galeras. Dada la importancia de Cádiz como puerto para las Américas, salían todos los días menos el domingo. De pronto, le daba pena no volver a ver a aquella muchacha. Sin embargo, debía partir. Tenía un deber que cumplir en el Caribe. Aun así, regresó aquella noche a La Fonda del Dragón diciéndose que sería la última vez.

Allí estaba ella y, en esa ocasión, al servirle el pan y el vino, le sonrió levemente al tiempo que le preguntaba:

—¿Y qué haces en Madrid?

—Voy camino de Cádiz y quería conocer la capital de las Españas.

—Cádiz... —murmuró pensativa. Y endureció su expresión al añadir—: Allí tienen preso a mi padre, una injusticia. Lo están matando. —Y se le llenaron los ojos de lágrimas.

Él la miró con cara de no entender, pero ella se dio media vuelta y se fue a la cocina. La pena de la muchacha le entristeció y dos palabras quedaron revoloteando en su mente: «padre» e «injusticia». Y se identificó con su pesar. Su padre también había sido víctima de una gran injusticia. E injusta era la forma en que la trataban en aquel lugar. A la atracción que le producía se unieron la empatía y la compasión.

Al rato la vio venir con la marmita del cocido, y cuando pasaba frente a un individuo ruidoso que reía y charlaba a voces con su compañero de mesa, este le toqueteó las nalgas mientras le decía:

—Cada vez más guapa y maciza. —Y rio.

La joven dio un paso más, pero de repente se giró, elevó el perol y le echó su contenido por la cabeza. El hombre aulló diciendo que se quemaba.

—¡El culo se lo tocas a tu mujer! —le gritó ella con voz potente—. ¡O a tu madre!

Los comensales se reían, pero aquel tipo se levantó para lanzarle un puñetazo que ella esquivó. La joven quiso defenderse tirándole la marmita, ya vacía, pero él la interceptó de un manotazo, y fue a parar al suelo, donde se rompió en mil pedazos con gran estrépito. Entonces la agarró del vestido con la mano izquierda y levantó su puño derecho para estrellárselo en la cara. Ella chilló. Pero el agresor no tuvo tiempo. Otro puño le machacó la nariz y el siguiente le acertó en el mentón. Cayó de espaldas sobre la mesa con más estruendo de platos y vasos.

Jaime, que no podía apartar la mirada de la chica, vio cómo se había propasado aquel individuo y pensó, al principio, que ella lo soportaría como acostumbraban a hacer las posaderas. Su reacción le sorprendió. Aquella joven no era solo hermosa, sino también digna y valiente. Y en cuanto se inició la trifulca, se puso de pie como un rayo y de dos zancadas alcanzó a aquel tipo dándole en la cara con toda su alma.

El hombre, que parecía haber bebido bastante, se quedó como aturdido sobre la mesa, pero su acompañante, también ebrio, se levantó para enfrentarse a Jaime. En aquel momento aparecieron los patrones de la fonda, seguidos de otros más.

—¡Aquí no se pelea! —gritó uno de ellos—. ¡Los tres fuera! ¡Mataos en la calle!

Jaime no se movió, observaba a la joven. Y vio cómo el malcarado se dirigía a ella para regañarla.

—¿Cómo te atreves a montarla otra vez? ¡Maldita seas! ¡No traes más que problemas!

—¡Lo que tendrías que hacer tú es defenderme, mamarracho! —repuso ella airada—. ¡A mí no se me toca!

En aquel momento Jaime notó que uno de los hombres le agarraba de un brazo y que otro le empujaba hacia la calle. Y lanzó una última mirada que se encontró con la de ella. Fue muy breve, pero una leve sonrisa de agradecimiento se dibujó en los labios rosados de la muchacha. Jaime no opuso resistencia, de pronto se sentía feliz.

En la calle le esperaban el agresor, que parecía recuperado, y su amigo.

—¡Te voy a matar! —le dijo.

Jaime se puso en jarras apartando las solapas de su chaquetilla para dejar ver la navaja que llevaba en la faja.

—Puedes empezar cuando quieras —respondió con una sonrisa amenazadora.

Pero el amigo tiró del hombre, que de pronto ya no era tan valiente.

27

—¡No le puedes hacer eso a un parroquiano! —le espetó la suegra tan pronto como la fonda se vació.

—¿Ah, no? —inquirió Almudena levantando la barbilla—. Pues claro que puedo. Hecho está.

—¿Pero estás loca? —dijo Pepe acercándose amenazante—. ¿Es que nos quieres arruinar?

—No dejaré que ningún borracho me toque, por muy parroquiano que sea. —Y puso los brazos en jarras—. Ya estoy harta.

—Pues nos lo dices y nos encargamos —dijo Juan—. ¿Cómo se te ha ocurrido esa barbaridad?

—¡Menudo escándalo! —se horrorizó la madre—. ¡La gente hablará! Igual ese ha tenido que ir a que le curen. ¡Imagínate!

—Pues eso, que hablen —repuso la joven con brío—. Así sabrán que en La Fonda del Dragón no se toca a las mujeres. ¡Porque muerden! —Y entonces se encaró a Juan—. ¿Y tú qué hubieras hecho? Lo de siempre, ¿verdad? Decirle amablemente a ese borracho que se portara bien y darle palmaditas en la espalda. ¡Ja! No es la primera vez que pasa, ni la segunda. Y ya veo el caso que os hacen.

—Lo que se hace o no en La Fonda del Dragón lo decidimos nosotros. No tú, desgraciada —saltó Pepe.

—¿Así defendéis a vuestra cuñada? —Las lágrimas acudieron a los ojos de Almudena—. ¿A la mujer de vuestro hermano? No os importo nada. Solo os interesa el dinero que traigo.

—¡Aquí trabajamos todos para pagar tu deuda! —dijo la madre.

—¿Mi deuda? No es mi deuda. Es la de vuestro hijo. Ese que se fue y que solo me ha escrito una vez en dos años. Dijo que vendría a buscarme. ¿Quién se lo va a creer? ¡Me quiero ir de aquí!

—Te tenemos dicho que de aquí no te vas hasta que la deuda esté saldada —le advirtió Juan acercándose demasiado—. Y ni se te ocurra intentarlo. Te vigilamos.

—Y también te vigilan los otros —añadió Pepe—. Y esos no se andan con chiquitas.

—Se lo dijisteis vosotros, ¿verdad? —Y se deshizo de Juan de un empujón—. Mi padre está a poco de cumplir su condena. Se encuentra enfermo y es mi obligación estar allí con él.

Solo recordar a su padre angustiaba a Almudena, y el pensamiento de que ella no estuviera en Cádiz cuando lo soltaran, débil y enfermo, le producía una ansiedad atroz. Habían sido ocho largos años percibiendo su decadencia, carta a carta, y la debilidad y la desesperación que notaba en las últimas extremaban su zozobra.

—¡Ni lo sueñes! —saltó la suegra—. Como intentes irte te matarán. En todos los mesones tienen gente que vigila quién va y quién viene a Madrid.

—¡Ni siquiera mi padre! —se lamentó la muchacha—. No os importa que él muera. Sí, ya veo vuestro plan. De aquí solo me dejaréis salir con las piernas por delante. ¡Muerta! Los esclavos negros viven mejor que yo.

Las lágrimas asomaban a sus ojos y sentía una opresión en el pecho que la ahogaba.

Aquella noche le costó dormir recordando lo sucedido. Habían tratado de manosearla muchas veces. Nunca lo había consentido, pero la respuesta dada ese día había sido la más contundente. Estaba harta. Sus cuñados no solo no la defendían, sino que parecían alegrarse de que se metieran con ella. Sí, era una mujer hermosa, lo sabía. Y quizá ellos pensaran que atraía clientes a la fonda. ¡Qué asco le daban! Se sentía muy triste. Sin futuro y desesperada. ¿Sería así el resto de su vida? Había soñado que Julio regresaba a rescatarla. Pero no daba señales de vida. Además, si apareciera por Madrid sin el dinero para saldar la deuda le iban a matar y él lo sabía.

El borracho que la agredió era un matón, ya se había propasado con ella antes, infundía miedo y nadie movió un dedo cuando la atacó. Ni los que se suponía que eran su familia. El único que la defendió fue aquel forastero. Un muchacho que primero se mostró educado y después valiente. No tenía la guapura de su marido, pero tampoco era feo. Le llegaba al corazón que aquel desconocido se arriesgara por ella. Suspiró al revivirlo. Sus cuñados echaron al chico de la fonda junto al brabucón y seguramente se habían visto las caras en la calle. Rezaba para que no le hubiera pasado nada.

Y también rezaría por su padre. Cada vez que pensaba en él sentía que se le cerraba el estómago. Recordaba cuando ella era pequeña y le venían las lágrimas. ¡Fue un tiempo tan feliz! Tenía que devolverle algo de lo mucho que las quiso a ella y a su madre. Del cariño que les daba. Sabía que estaba muy mal y tenía que encontrar la forma de socorrerle. Y no podía dejar de pensar en que aquel muchacho tan considerado iba precisamente a donde ella ansiaba ir. ¡Cádiz!

28

Jaime pasó una noche intranquila. La imagen de la muchacha de La Fonda del Dragón se le aparecía tanto en sueños como en vigilia. Se decía que no podía estar enamorado cuando apenas la había visto tres veces y habían mantenido una corta conversación. Pero el recuerdo de su sonrisa de agradecimiento, cuando a él le echaban de la fonda, le asaltaba constantemente.

Al día siguiente reanudó sus paseos por Madrid, pero no podía apartarla de su pensamiento. Regresó a cenar a la fonda y allí estaba ella, sirviendo mesas, y al verla el corazón le dio un vuelco. Cuando sus miradas se cruzaron, ella pareció no reconocerle y él se sintió muy decepcionado. Tomó asiento en un extremo desocupado de la mesa, apartado de los otros comensales, y esperó sin perderla de vista.

Al rato, ella fue a poner los cubiertos y le dijo a media voz:

—Te agradezco mucho lo que ayer hiciste por mí.

—Aquel tipo se merecía el cocido en la cabeza —repuso él—. Fue un justo castigo. En mi tierra, a lo que mostraste le llamamos dignidad y valor.

—Tienes pinta de marino.

—Marino soy. Y además, piloto titulado.

—Bueno, eso debe de ser importante... —dijo en un

tono que evidenciaba que no sabía lo que era un piloto—. ¿Y qué se te ha perdido por aquí? ¿Vienes a navegar por el Manzanares? —inquirió ahora sonriente.

Jaime rio.

—No. Ya te dije que quería conocer Madrid.

—¿Y qué vas a hacer a Cádiz? —quiso saber ella.

—Voy a embarcarme para La Habana.

—Cádiz... —musitó ella, de repente seria—. La Habana...

Tenía la mirada perdida. Aquellos dos lugares encarnaban sus sueños.

—¡Almudena!

Un bramido la hizo volver de su ensoñación. Era Pepe, que los observaba adusto.

—¡Déjate de parloteos, que hay faena!

—¡Voy! —Y se alejó presurosa hacia la cocina.

Jaime se dijo que aquel tipo era muy desagradable y vio que se le quedaba mirando con cara de pocos amigos, como evaluándole. Le mantuvo la mirada e instintivamente se palpó la navaja que llevaba en el cinto. De ningún modo iba a estropearle la cena, aunque se lo propusiera. Allí había quien se la endulzaba. Otra sonrisa de ella le bastaría para sentirse feliz.

Pero se desencantó cuando la otra muchacha vino a servirle la comida. Almudena se ocupaba ahora del otro extremo del comedor. Ya pensaba que no volvería a verla y estaba a punto de irse cuando ella llegó con una manzana.

—Falta el postre —dijo muy seria.

Depositó la manzana en el plato y puso su mano derecha encima de la que él tenía apoyada en la mesa. ¡Le tocaba! Jaime sintió que el corazón le saltaba del pecho y se quedó mirándola mientras su mano libre buscaba la otra de ella. Pero Almudena lo evitó y, llevándose rápidamente el dedo a los labios en señal de silencio, movió su mano derecha de forma que él notara que le había dejado un trocito de papel.

—¡Almudena! —volvieron a gritar.

A Jaime se le hizo evidente que la vigilaban y la vio marcharse presurosa sin decir nada más. Estaba intrigado. En ese momento le pareció que la mirada de aquel individuo era de odio y se dijo que, al estar Almudena de espaldas, por fortuna, no había visto su gesto. Cuando aquel tipo dejó de observarle, Jaime aparentó rascarse para guardar el papel en la parte posterior de sus calzones. Cogió la manzana y se fue hacia la puerta. No vio a ninguno de los patrones, le entregó a la otra chica tres reales y salió.

Allí le esperaban tres hombres, entre los que se encontraba el malcarado, que, sin mediar palabra, le propinó un bofetón. La manzana rodó por el suelo.

—No vuelvas más por aquí —le dijo—. Has tocado a mi cuñada. Está casada con mi hermano. Si hablas otra vez con ella, te saco las tripas.

Jaime aparentó estar conmocionado, se llevó la mano izquierda a la mejilla, puso un pie atrás como si perdiera el equilibrio, pero dándose impulso le sorprendió con una patada. Le dio en el muslo, muy cerca de su objetivo, los testículos, y el tipo soltó un alarido y se apoyó en el que tenía a su izquierda porque le fallaba la pierna. El joven aprovechó para sacar la navaja.

—Sois tres —gruñó—. Y yo muy bueno con esto. Me cargaré a uno o dos antes de que podáis tocarme.

Y buscó proteger su espalda contra un muro. Los otros empezaron a gritarle toda clase de insultos y amenazas mientras él les iba apuntando alternativamente con el filo de su arma.

—¡Muy bien! —decía tranquilo—. Venid, venid.

Les invitaba con un gesto de su mano izquierda. Y despacio, sin perder la concentración, se quitó la chaquetilla de marino y se envolvió el brazo. Estaba listo para pelear a navajazos.

—Míralo, es un matón —le dijo uno de los patrones al otro al ver cómo se ponía en posición—. Y nosotros, honrados hosteleros. Déjalo, que ahora ya sabe lo que tiene que saber.

—Como te vuelva a ver el pelo llamo al Lobo —le dijo el malcarado, que cojeaba después de la patada—. Ese sí que es un matasiete; no como tú, desgraciado. Y como se entere de que rondas a Almudena, él y su cuadrilla te arrancarán los huevos y te los harán comer.

Jaime no dijo nada y mantuvo la espalda contra la pared y su actitud amenazante. Ellos se miraron y uno dijo:

—Vamos.

Una vez les perdió de vista, sin guardar la navaja, se puso la chaquetilla, recogió la manzana, la limpió con la mano, le dio un mordisco y se fue a su posada.

29

Jaime estaba impaciente por leer la enigmática nota que le había entregado la muchacha de la fonda con tanto sigilo. Y lo hizo en cuanto entró en su cuarto, a la luz de un candil.

Habla mañana por la tarde con el padre Andrés de la parroquia de la Santa Cruz. Te lo suplico. Y sé discreto, por favor.

El joven no entendía nada. Por un momento se hizo la ilusión de que se trataba de una cita romántica. Pero resultaba que era con un cura. Y si era así, ¿por qué tanto secreto? Empezaba a comprender que aquella amistad comportaba un alto riesgo. Podía perder algo más que la cabeza en la aventura. Pero si aquella mujer le atraía ya de por sí, hasta el punto de no poder dejar de pensar en ella, ahora se le sumaba el misterio que escondía. De nuevo le costó dormir.

—Pero ¡qué me cuentas, muchacha! —exclamó el cura—. ¡Tú estás loca!

A la mañana siguiente, Almudena salió de la fonda hacia el taller de costura como de costumbre, con un fardo de la ropa que cosía en casa. Sin embargo, no fue al taller sino a la iglesia de la Santa Cruz, donde sorprendió a don Andrés con su presencia en la sacristía. Pero cuando le contó su plan, el buen hombre se escandalizó. Movía la cabeza sin parar.

—¡No! ¡No! —decía—. Eso no puede ser. No cuentes con mi ayuda.

Ella se arrodilló llorando.

—¡Padre, os lo suplico! Sí que puede ser, dejadme que os lo cuente de nuevo. Es mi única oportunidad. ¿No veis lo miserable que es mi vida?

—Pero eso es muy peligroso y nada decente...

—Peligroso quizá, pero merece la pena —insistía entre sollozos—. Y será tan decente como lo sea yo. Y os aseguro que lo soy, vos y mis padres me habéis educado bien.

—¡Pues no! —reiteró al cura—. Claro que tú eres decente, pero esa idea no lo es. Ni tampoco creo que lo sea ese joven. No cuentes conmigo.

—¿Cómo que no?

Almudena se levantó, se secó las lágrimas con la manga del vestido y se puso en jarras.

—Por vuestra culpa estoy donde estoy, don Andrés —le espetó al cura.

El párroco la miró asombrado por el cambio de tono y de actitud.

—Vos me buscasteis esa «buena familia» que me hace trabajar como una esclava, que me maltrata, que deja que sus clientes me manoseen como si fuera una furcia y que me impide ir a ver a mi padre ahora que se está muriendo.

El cura la contemplaba pálido. Quería a esa muchacha, la había visto crecer y, de repente, a sus ojos, se había convertido en toda una mujer que le hería con sus palabras. La culpabilidad que ya de por sí sentía se le hizo insoportable.

—Y me casasteis con un «buen chico» que me ha abandonado en la miseria. —Y a continuación le apuntó con el dedo—. Vos sois responsable de mi desgracia. Y como no dudo de que sois un buen hombre, que queríais a mi familia y me queréis a mí, sé que Nuestro Señor Jesucristo y su Divina Madre os harán ver que esa es la única forma en que podéis ayudarme a salir del pozo de lágrimas en el que me estoy ahogando.

Bajó los brazos y le mostró las palmas de las manos.

—¡Son tantas las veces que me acometen los deseos de morir!

El párroco, abrumado, se cubrió la cara con las manos y suspiró, como si quisiera borrar lo que acababa de escuchar.

—Esta tarde vendrá ese muchacho a veros —dijo Almudena antes de marcharse—. Y sé que me ayudaréis.

—¿Cómo se llama?

—No lo sé.

—¿Tan poco os conocéis? —se desesperó el cura.

Jaime esperó a que terminara la misa vespertina en la Santa Cruz para encontrarse con el sacerdote.

—Vengo a veros por petición de una muchacha del mesón del Dragón.

—¿Y cómo se llama?

—Bueno, creo que la llaman Almudena.

El párroco resopló.

—¿Cuánto hace que no te confiesas?

—Algunas semanas...

—¡Pues ya es hora de que lo hagas! Ven conmigo al confesionario.

El muchacho vaciló, no sabía qué le esperaba al entrevistarse con el cura, pero aquello era lo que menos. Al final decidió obedecer. Le picaba la curiosidad. El párroco se metió en el confesionario, se sentó, colgó la estola por fuera y con un gesto le pidió que se arrodillara.

—Ave María Purísima —musitó Jaime, que pasó a santiguarse.

—Sin pecado concebida —repuso el cura santiguándose también—. Te recuerdo que a partir de ahora estás bajo el secreto de confesión y obligado a decir la verdad y solo la verdad, so pena de la perdición de tu alma.

—Sí, padre.

Y don Andrés procedió a un profundo interrogatorio sobre las convicciones religiosas del joven, su familia, su vida anterior y sus propósitos. Finalmente, en un tono más suave y relajado, le dijo:

—Vuelve mañana a media mañana con tu fe de bautismo, tu certificado de pureza de sangre y tu título de piloto.

Jaime, después de aquel repaso a su vida y aquella inesperada petición, le miró escamado y le dijo con cierta guasa:

—¿Es que sois el rey y me queréis hacer ministro?

—¡No! Es algo mucho más importante. Al menos para mí, y para alguien que se lo merece todo.

—¿Quién?

—Ya sabes quién. Y es posible que mañana te pida un gran favor.

—¿Cuál?

—No busques saber más por hoy. Que si Dios quiere lo sabrás mañana… o nunca.

Jaime salió más intrigado de lo que había entrado de la iglesia de la Santa Cruz y dio un largo paseo por Madrid observándolo todo al tiempo que se lamentaba de no poder ver a Almudena aquella noche. No sería bien recibido si regresaba a La Fonda del Dragón, y tampoco deseaba verle las fauces a aquel Lobo humano con el que le amenazaron la noche anterior. Se había informado. Era el tipo que movía los hilos de los bajos fondos de Madrid. Un asesino.

Presentía que lo más prudente sería no regresar a la iglesia, olvidarse de la muchacha y salir de Madrid lo antes posible. Pero la prudencia no era su mejor virtud.

30

—Me pareces un muchacho honrado —le dijo don Andrés a Jaime al día siguiente, una vez hubo revisado los documentos exigidos—. Almudena me contó cómo la defendiste el otro día de aquel borracho y te lo agradece mucho.

El joven le escuchaba en silencio, a la espera de que se desvelara el misterio.

—Ya que fuiste tan generoso al afrontar aquel peligro por ella, sin ni siquiera conocerla, te suplica que afrontes otro más. Le va la vida.

—¿Que le va la vida? —se extrañó Jaime.

—Sí. Necesita salir de Madrid y no la dejan.

—¿Esos tipos del mesón?

—Sí, su familia política. La hacen trabajar como una esclava y no le permiten ir a Cádiz, donde se encuentra su padre enfermo, quizá moribundo. Está como secuestrada.

La mención al padre le hizo sentir a Jaime de nuevo una profunda solidaridad con la joven. Recordaba cómo había perdido al suyo, y la promesa que se había hecho de matar al miserable de Wolf. No pudo evitar apretar los puños al identificar al maldito teniente con los patronos de Almudena.

—Esos individuos no me caen bien —dijo arrastrando las palabras.

—Pero no son solo esos —prosiguió el cura—. También está una banda de peligrosos delincuentes liderada por un tipo llamado el Lobo, que le reclaman una deuda y que no la dejarán escapar. Tienen ojos y oídos en todo Madrid.

—El Lobo... ¿Y cómo puede ella tener deudas con ese matón?

—Bueno, tienes que saber que Almudena es una mujer casada.

—¿Está casada?

Uno de los dueños de La Fonda del Dragón lo mencionó, pero la forma en que ella se comportaba, y sus propios deseos, le hicieron pensar lo contrario y no quiso creerle. Pero ahora debía asumirlo. Sintió una profunda decepción, que se trasformó casi al instante en un dolor sordo del alma. Se sentía, a la vez que atraído por la joven, traicionado.

—Sí.

—¿Y por qué no estaba su marido allí para defenderla de aquel miserable? —inquirió resentido—. ¿Por qué tuve que acudir yo?

—Esa es la cuestión. Contrajo una gran deuda de juego y se fugó a América. Ahora ese Lobo se lo hace pagar a la familia y a Almudena. Y sus parientes políticos la explotan para ir saldando la deuda.

—¿Y qué culpa tiene ella? Que lo pague la familia del marido.

—La ley dice que los bienes de uno de los cónyuges son también del otro. Y lo mismo ocurre con las deudas. Por lo tanto, ella es responsable de los desmanes de su marido.

—¿Así funcionan las cosas aquí? No me lo puedo creer. En Menorca no ocurre eso. Nuestras leyes dicen que cada uno tiene lo suyo.

—Pues aquí no. El caso es que está atrapada por la deuda de su marido...

—¿Y el marido se ha fugado? Ese tipo es un miserable.

—Ya ves, no solo la vigila su familia política, sino también los secuaces del Lobo.

El joven movió la cabeza frunciendo los labios disgustado.

—Y me pide que te pregunte, ya que estuviste dispuesto a defenderla, si la ayudarías a escapar. —El párroco hizo una pausa—. Sería una buena obra.

Jaime guardó un silencio reflexivo.

—Tendré que pensarlo y evaluar el riesgo —dijo al rato—. ¿Una mujer casada? No creo que me convenga.

—Sí, lo está. Y claro que debes valorarlo —le aclaró el sacerdote—. Porque si piensas que puedes sacar ganancia de Almudena, estás muy equivocado. Es una mujer casada, muy católica y decente. La conozco de toda la vida. No te hagas ilusiones. Todo lo más que puedes lograr de ella es su agradecimiento y unas oraciones por tu alma.

Jaime soltó un bufido.

—Lo pensaré —murmuró—. Mañana os digo algo.

Por alguna razón, el joven no terminaba de creer al cura en aquello último. Una mujer era una mujer y tenía sus necesidades. Almudena había sido abandonada, se encontraba sola como él y el camino a Cádiz era muy largo. Se repetía que estaba casada, pero eso no evitaba que siguiera pensando en ella de continuo.

Pasó otra noche inquieta. ¿Quién le mandaba a él meterse en la vida de una mujer casada? Por mucho que ella le atrajera y que a él le gustaran los riesgos. Como decía el cura, no tenía nada que ganar. Y seguramente mucho que perder. Él no era uno de esos caballeros andantes de los romances. Ni siquiera era un caballero, ni un espadachín. Con los británicos había participado en una guerra, y por su cuenta se había visto envuelto en un buen número de trifulcas de taberna. Sabía pelear, pero no era un soldado.

Y en esos pensamientos estaba cuando de repente irrumpía ella. La veía con aquella sonrisa que le dedicó y se estremecía. Se decía que si fuera un pez se habría tragado el anzuelo. Y bien tragado. Pero debía mantener la cabeza fría y dejar los sentimientos a un lado.

Le daba vueltas y vueltas al tema y se iba convenciendo de que sería suicida aceptar la propuesta del cura. Iría a verle temprano por la mañana para decirle que se olvidaran de él.

31

Jaime traspasó el umbral de la iglesia de la Santa Cruz antes de la misa de ocho y se dirigió decidido a la sacristía. Iba a finiquitar aquel enojoso asunto.

Pero al entrar se tropezó con alguien que salía. ¡Era ella, con una mantilla cubriéndole el cabello! Le miró con las pupilas de sus ojos verdes agrandadas por la sorpresa y de sus labios brotó una sonrisa. Sin más, le cogió de la mano y tiró de él hacia el interior del templo, desierto a aquella hora.

—¡Que no nos vean! —musitó.

—Almudena... —acertó a decir él.

—¡Te envía Dios todopoderoso!

—Yo... —musitó incómodo.

No lograba recuperarse de la sorpresa, iba decidido a negarse, pero viéndola más hermosa incluso que en la fonda se sintió vacilar. Ella le leyó el pensamiento.

—¡Por el amor de Dios, Jaime! —dijo cogiéndole la otra mano.

Él se extrañó de que supiera su nombre y dedujo que el cura se lo había dicho.

—¡Por el amor de Dios! —repitió ella en súplica mirándole a los ojos—. ¡Ayúdame! ¡Eres mi única esperanza!

El menorquín guardó silencio. No podía decirle que sí, pero era incapaz de pronunciar un no.

—Me libraste de aquel borracho —prosiguió sin soltarle las manos—. Eres un hombre valiente. ¡No me abandones! Mi vida depende de ti.

—Yo...

—Por favor, por favor, por favor, Jaime. —Las lágrimas acudieron a sus ojos—. Líbrame de este infierno. Si tú no lo haces, nadie más lo hará. ¡Por favor! —añadió ya en llanto.

—Pero es que...

—Tengo que irme corriendo, si me echan en falta estoy perdida. El cura conoce el plan. ¡Por favor, dile que sí! —Y salió apresurada.

Jaime se quedó con los brazos caídos, desarmado. ¿Qué tenía aquella mujer? Si no estuviera en sagrado diría que era el mismísimo diablo. ¿Cómo podía hacerle aquello? En aquel momento supo que iba a jugarse la vida por ella. Y lamentaba ser incapaz de evitarlo.

Aquella tarde estaba citado con su amigo Miguel, que le había enviado una nota a la posada. Se encontraron en el Salón del Prado, la frondosa alameda que había visto a su llegada. Era el lugar al que acudía todo el buen Madrid para ver y ser visto.

Hermosas calesas con altivos cocheros desfilaban pausadas, transportando a elegantes damas y señores bien ataviados, mientras que los jóvenes caballeros lo hacían en briosos corceles. Pero la gran mayoría paseaba a pie. Unos y otros saludaban a quienes conocían, ellas con la cabeza, una sonrisa o un gesto de su abanico, y ellos descubriéndose o solo tocándose el tricornio por temor a que se moviera su empolvada peluca.

Allí se podía contemplar la última moda llegada de París, que alternaba con la local. Muchas señoras presumían de finísimas cinturas producto de ajustados corsés, que algunos hombres también usaban. Abultadas faldas de seda cubiertas de bordados, pañoletas de vivos colores y peinados imposibles. Los hombres vestían a la francesa, con chupas floreadas y casacas de doradas botonaduras, calzones y medias de seda.

—¡Qué despliegue de elegancia! —comentó Jaime—. En Barcelona no tienen una alameda como esta ni la gente luce tanto como aquí.

Miguel rio.

—No olvides que Madrid está cercana a tener cinco nobles por cada cien habitantes —le explicó—. Y los nobles están obligados a lucirse, aunque no tengan con qué. La imagen cuenta más de lo que parece. Tenemos mucho petimetre que solo piensa en exhibirse a la última moda; también hay gente adinerada que quiere parecer noble, y luego hay otros que no son ni lo uno ni lo otro pero que los imitan.

—Será porque aquí están el rey y su corte, ¿verdad?

—Cada vez más nobles fijan su residencia en Madrid, aunque mantienen sus propiedades en provincias. En la corte se reparten y se compran cargos. El aspecto y los amigos ayudan bastante, por eso hay tanto interés por la imagen y la moda.

—¿Y Barcelona?

—Bueno, Barcelona tiene poco más de dos nobles por cada mil habitantes. —Y movió la mano como quitándole importancia—. Allí se preocupan más de fabricar cosas y venderlas. Pero dime, ¿qué más has visto?

—Me han impresionado gratamente el Palacio Real y las muchas construcciones en curso que hay por toda la ciudad.

—Madrid crece rápido y el rey la está embelleciendo. Aquí mismo, en la alameda, ha decidido construir tres fuentes monumentales: Cibeles, Neptuno y Apolo.

—Es una ciudad muy hermosa, digna capital de un imperio. Es más grande que Barcelona y me sorprende lo distinta que la veo.

—¿En qué la ves distinta?

—Donde en Barcelona hay una gran fortaleza que nada tiene de bonita, Madrid posee un gran parque con un palacio, una fábrica de porcelana fina, fuentes, arboledas y lagos. Donde Barcelona tiene, encaramado en un monte, un castillo erizado de cañones, aquí está el Palacio Real y sus cuidados jardines. Y mientras que Madrid se rodea de una simple cerca con alguaciles en sus puertas, Barcelona tiene una poderosa muralla con todo: bastiones, torres, fosos... y soldados en guardia recorriendo día y noche su parte superior.

Miguel se sonrió. Jaime no se cansaba de comentar las muchas cosas que le llamaban la atención y su amigo le escuchaba complacido; le gustaban sus reflexiones. Pero de repente el menorquín cambió de asunto.

—Miguel, necesito tu ayuda.

—¿Y eso? ¿Estás en algún apuro?

—Pues sí.

Y le contó lo de Almudena, la triste situación en la que se encontraba, su fascinación por ella y su decisión de ayudarla.

—Te vas a meter en un buen lío —le dijo Miguel—. Y más siendo una mujer casada. Lo sensato es que la olvides. Además, he oído hablar de la gente que mencionas; es peligrosa, no perdona deudas. Ni siquiera a los nobles.

—Tienes razón, me estoy metiendo en un lío. Quería negarme, pero cuando la vi esta mañana... me faltaron las fuerzas, fui incapaz. Es que no dejo de pensar en ella. Se ha convertido en mi obsesión, en el centro de mi vida.

Miguel resopló.

—¿Con solo verla un par de veces o tres? Tú estás loco.

¿El centro de tu vida, dices? Como te descuides será la causa de tu muerte.

—Me es imposible abandonarla. Me lo reprocharía el resto de mis días.

—¡No seas tan dramático! Eso es ridículo, no tiene ni pies ni cabeza. ¡Déjala y sigue tu camino!

—De acuerdo, es ridículo. Pero no la abandonaré. —Jaime hizo una pausa antes de preguntarle, enérgico—: ¿Me vas a ayudar o no? Por lo visto la gente del Lobo controla todos los mesones de donde salen los ordinarios y las galeras. Y seguramente también las puertas de la ciudad. Su familia me amenazó y sospecha de mí. Si ella desaparece, nos buscarán a los dos y seremos fáciles de identificar; a mí por mi acento y a ella por su aspecto. Si usáramos cualquiera de esos transportes, nos localizarían de inmediato.

El subteniente se encogió de hombros y pareció considerarlo.

—Insisto en que no debes hacerlo —murmuró al rato.

—Lo haré con o sin ayuda —sentenció Jaime.

Miguel volvió a rumiar.

—Bueno, pues tendré que echarte una mano —dijo al fin—. No quiero que te maten.

32

Temblaba al recordarlo. El día anterior, al regresar del taller, poco antes de llegar a la plaza de la Cebada, dos hombres la abordaron y la llevaron a una calleja lateral donde no había ningún farol. Iban embozados y el primero la empujó contra la pared y le puso una navaja en el cuello.

—Si chillas te mato —le dijo—. Calla y escucha.

El otro se descubrió, no le importaba que le viera. Y en la penumbra se enfrentó de nuevo a aquel rostro horrible, mal afeitado y con una cicatriz que lo cruzaba. Sonreía mostrando unos dientes escasos.

—Me he enterado de que sigues diciendo que quieres irte —gruñó.

Ella pensó que eran sus cuñados quienes mandaban a aquel asesino para que la asustara. Pero su reflexión se vio interrumpida cuando aquel individuo le levantó la falda. Soltó una exclamación que quedó truncada al notar el filo del arma hiriéndole la garganta.

—Calla —repitió el primero—. O te corto el pescuezo.

Y el Lobo empezó a manosearla sin miramientos mientras se reía por lo bajo. Trató de pararlo con las manos, pero el dolor en la garganta se hizo más intenso. Sabía que no vacilarían en matarla. Dejó caer los brazos y sintió que sus piernas se negaban a sostenerla. Pensaba que iban a violarla. Él le palpaba con violencia el sexo, dolía.

—Hoy es solo un aviso —dijo entonces el Lobo—. Y no te hagas la mártir, que ya veo que no eres virgen.

Aquello la tranquilizó un poco y recobró fuerzas, pero el toqueteo continuaba y la navaja no aflojaba. Él sabía que estaba casada y que no podía ser virgen.

—Como me entere de que sigues con la idea de escaparte, te daremos un repaso bien dado los dos —prosiguió—. La próxima será de verdad. Y si te pillo fuera de Madrid o saliendo, te mato. Por la Virgen de Gracia que te mato.

Tras escupir esa amenaza se fueron. Almudena se dejó caer al suelo y rompió a llorar. Le dolía el cuello y donde aquel malnacido había puesto sus manazas para humillarla. Sentía más que miedo. Pánico.

Porque el día siguiente era el marcado para su huida. Y no se detendría, por mucho miedo que tuviera. La muerte era preferible a aquella vida miserable.

—Llegas tarde, ¿en qué te has entretenido? —le espetó Juan cuando la vio entrar en el mesón—. ¡Vamos! ¡Ponte el delantal, que tenemos la casa llena!

Ni siquiera le preguntó por el corte que mostraba en la garganta. Almudena no llevaba ese día ningún fardo de ropa del taller y se dirigió a la cocina para coger un trapo limpio y quitarse la sangre. Se puso a trabajar mientras pensaba que sus amigas decían que ella era una mujer de carácter, que no se arredraba. Pero el Lobo y sus secuaces la tenían intimidada, la asustaban de verdad, sabía no les costaría nada matarla o violarla; quedarían impunes. Tal era el dominio que tenían no solo de los bajos fondos, sino también de otros estamentos de la ciudad. Sus amenazas no eran simples baladronadas. En el taller contaban historias horribles sobre ese asesino y sus secuaces. Se sentía agotada, pero debía superarlo: al día siguiente se decidiría su vida o su muerte.

Por la noche apenas pudo dormir. No paraba de repetirse lo mismo: «¡Es una locura! Lo más que me he alejado de Madrid ha sido para ir al otro lado del Manzanares. Voy a lo desconocido. Y con un desconocido».

Su reflexión coincidía con la que le había hecho don Andrés varias veces. ¡Una locura! Sin embargo, había logrado convencerle para que la ayudara. Cuando él le decía que su plan era un sinsentido, un desvarío, ella replicaba recordándole la vida miserable que llevaba, insistía en que prefería arriesgarse a cualquier cosa antes que seguir soportando aquello, y a continuación le responsabilizaba de su situación. Sabía que aquello le dolía al buen párroco, que se sentía culpable. Y con esos argumentos, aunque a regañadientes, don Andrés al final accedió a ayudarla.

Y luego estaba aquel chico, Jaime. En el mesón veía a muchos y observaba su comportamiento. Y sintió que él era especial. Pero podía estar equivocada. Se lo jugaba todo a una carta. Una carta bocabajo.

Hizo que lo interrogara don Andrés, esperaba que lo investigara y lo aprobara.

—No parece un mal chico —dijo el cura con el ceño fruncido de preocupación—. Pero las apariencias engañan y te puede salir con cualquier cosa. Es un muchacho fuerte que podrá hacer contigo lo que quiera si le da por ahí.

—No tengo otra opción. Quiero ver vivo a mi padre y si no corro ese riesgo siento que jamás volveré a verlo. —Al decirlo se le llenaban los ojos de lágrimas—. Y viajaré con una navaja.

—¿Y te crees, niña, que él no tiene una?

A ella también le preocupaba el asunto. ¿Qué buscaba el chico? ¿Por qué aceptaba un riesgo innecesario para él?

Sabía bien que el deseo de los varones era, en general, más perentorio que el femenino, aunque ella también lo tuviera. Hacía más de dos años que estaba sin marido y llamaba la atención de los hombres. Había despreciado las muchas insinuaciones, más o menos veladas, que le hacían tanto en el mesón como fuera. Y alguno la atraía. Pero en ninguna circunstancia se le pasaba por la cabeza pecar contra el sexto mandamiento. En realidad, ni contra el sexto ni contra ningún otro.

Preveía que tarde o temprano el tal Jaime apuntaría en la misma dirección. Y ella no pensaba ceder, por muy agradable que fuera o por mucho que le gustara, porque se trataba de un muchacho apuesto. Pero ella sabría mantenerle a raya. Y si lo que había detrás de su papel de caballero rescatando a una doncella en apuros era que aspiraba a su cuerpo, se desharía de él. Necesitaba que la sacara, a toda costa, de aquella trampa en la que Madrid se había convertido para ella y después, si no había más remedio, seguiría el camino sola.

Poco después del amanecer, Jaime, junto a un arriero y dos mulas, cruzaba la puerta de Segovia cubriéndose de la llovizna con su capote. Los guardias prestaron poca atención a los papeles del joven porque conocían bien al arriero y sabían que trabajaba para una casa noble, la de los López de Alzada. Después siguieron por el puente de Segovia para detenerse en un pinar cercano al borde del camino, frente a un humilladero con una imagen en losetas cerámicas de la Virgen María.

Era un día feo que le traía al joven malos presagios. Su amigo Miguel le había advertido: trataba de burlar a un poderoso asesino que haría todo lo posible para evitar que escaparan. No sería suficiente con alejarse de Madrid, la reputación del maleante estaba en juego y les perseguiría hasta el infierno.

En el cinto, bajo su chaquetilla, llevaba una pistola cargada que le había proporcionado Miguel. En ese momento Jaime se preguntó por qué lo hacía. Él mismo desconocía la verdadera razón que le empujaba a jugarse la vida por esa mujer. ¿Era amor o locura? No podía ser amor, solo se habían visto tres o cuatro veces. Pero sentía hacia ella una atracción insuperable. Nada tenía que ganar y mucho que perder, y se dijo que aún estaba a tiempo de seguir el camino sin esperarla. Sin embargo, se sabía incapaz de abandonarla. Contempló la dulce imagen de la Madre de Dios y se puso a rezar.

Almudena abandonó La Fonda del Dragón un poco antes de lo que acostumbraba. No cargaba con el habitual fardo de ropa, pero llevaba una bolsa cosida en su refajo interior con unos cuantos escudos de oro. Eran los que su padre escondió y los alguaciles de la Inquisición no encontraron. Ella y su madre guardaron con celo aquel dinero, a pesar de las adversidades, para una emergencia y, gracias a Dios, tanto Julio como su familia nunca supieron de su existencia. Por un momento estuvo tentada de coger algo de la caja del mesón, como pago por su trabajo de esclava, pero lo descartó de inmediato. Aunque moralmente era suyo, se habría considerado un robo. Y robar era un pecado muy grave. Así que su trabajo le había salido gratis a aquellos miserables.

Entró en la iglesia de la Santa Cruz, que a aquellas horas estaba desierta, y se dirigió a la sacristía.

—¿De verdad vas a hacerlo? —le espetó don Andrés tan pronto la vio—. Aún puedes ir al taller y aquí no ha pasado nada.

—Sí, padre —dijo convencida—. Ahora o nunca.

Ya no quería darle más vueltas. La suerte estaba echada. Se dirigió a un cuarto anexo a la sacristía, desanudó un hatillo que tenía allí guardado, se quitó sus ropas y vistió las que contenía el fardo. Era ropa que Julio abandonó en su precipitada huida y que ella fue arreglando a escondidas. En sus visitas de la mañana a la iglesia las llevaba disimuladas en el fardo de lo que cosía para el taller y las dejaba en la sacristía. Estaba especialmente orgullosa de la confección de un par de camisetas que le presionaban el pecho, que por suerte no era muy abundante, de forma que con la chupa y la casaca apenas se apreciaba. Después se ató el pelo con un lazo en una coleta masculina y con un trozo de carbón se ensució un poco el labio superior para aparentar el bozo de un adolescente.

—¡Dios mío, si pareces un chico de verdad! —se sorprendió el cura.

—Debo parecerlo, padre —repuso ella impostando voz masculina—. De lo contrario estoy perdida.

—Bueno, pero habla poco, por si acaso. Y aquí tienes el certificado del alcalde de barrio.

Después del motín de Esquilache se creó el cargo de alcalde de barrio, que no dependía del ayuntamiento, sino de la corte. Lo ostentaba un vecino, de lealtad a toda prueba, que era responsable de controlar quién se hospedaba en el grupo de bloques de casas que tenía asignado. Y también de vigilar que se mantuviera el orden, que se encendieran los faroles en la noche y que los serenos de su barrio cumplieran. En realidad, consistía en un cuerpo de policía real. Almudena no quiso saber cómo el buen cura lo había conseguido.

—¡Gracias, padre!

—Ahora te llamas Julio de Andrés.

A la joven no se le escapó la intención de aquella identidad. El cura le otorgaba su propio nombre, como si de un apellido se tratara, porque la quería como un padre. Pero al ponerle Julio, como su marido, también le recordaba que estaba casada. Almudena lamentó no tener tiempo para comentarlo con el párroco.

—Gracias otra vez.

Y le besó la mano, como acostumbraba, solo que tratando de transmitirle todo su cariño. Pero él, prescindiendo del recato habitual, la abrazó con todas sus fuerzas.

—¡Que Dios te ampare, mi querida niña!

Al separarse, vio que estaba llorando. Las lágrimas también inundaron sus ojos. Le quería decir tantas cosas..., pero no podía entretenerse.

—Rezaré por vos, padre, habéis sido mi consuelo todo este tiempo. Y no sé cómo podré agradecéroslo.

—Y yo rezaré por ti, mi niña —repuso lloroso—. No tienes que agradecerme nada; tú has sido la alegría de mi vejez, estoy bien pagado.

Se acercó a la puerta de la sacristía, se asomó a la nave y le dijo:

—Ya puedes. No hay nadie.

Almudena salió de la iglesia protegiéndose de la lluvia con la capa por encima del tricornio y se dirigió presurosa a la puerta de Segovia, distante una media hora, tratando de no ensuciar demasiado de barro sus medias y sus zapatos de hebilla.

En la puerta le dieron el alto y el alguacil revisó con cuidado sus papeles. Ella trataba de hablar solo lo imprescindible y notaba su corazón acelerado.

—¿A dónde te diriges, muchacho? —inquirió el oficial.

—A la real villa de Navalcarnero, señor —repuso ella.

—¿Y qué vas a hacer?

—Voy a ayudar a mis tíos en el campo.

El alguacil la escrutó y al final le devolvió el certificado.

—Ve con Dios, hijo.

Almudena respiró hondo. Había pasado la primera prueba. Y miró hacia el puente de Segovia. Seguía lloviznando, el día llevaba una hora amanecido, pero la luz era pobre, triste, y una tenue neblina lo deslucía más. Cruzó el puente despacio, con el corazón encogido, contemplando primero el río y después el camino al frente. Ambos eran oscuros. Y sintió tanta pena como miedo. Se detuvo. Abandonaba su ciudad, su hogar, para internarse en las tinieblas de lo desconocido. Se dijo que estaba en las manos de Dios, a Él se encomendó, y se puso a rezar al tiempo que iniciaba la marcha.

33

Almudena escrutaba ansiosa el camino. ¿Dónde estaba Jaime? Él le había dejado recado a través de don Andrés de que aguardaría en un humilladero de la Virgen que había en el margen derecho. Pero avanzó un trecho sin verlo. Se sentía sola, muy sola, desamparada, pisando el barro bajo la llovizna. ¿Qué sería de ella si el joven había cambiado de idea y no la esperaba? Don Andrés tenía razón: no le conocía. Su aspecto era bueno, pero, como dijo el cura, las apariencias engañaban. Y si estaba engañada, también estaba perdida. Porque tan pronto como se reuniera con él quedaría en sus manos. Se lo jugaba todo a una corazonada. Anduvo un rato más y cerca de un pinar, al lado derecho, frente a lo que parecía una capillita, vio a dos hombres cubiertos con capotes junto a dos mulas. Ella creía que solo iba a encontrar a Jaime, pero aquel tenía que ser el lugar y no veía a nadie más. Rezó para que uno de aquellos hombres fuera él. La lluvia no le permitía distinguir bien sus rostros, pero se acercó y les dijo fingiendo voz masculina:

—Dios os guarde, amigos.

—¿Qué se os ofrece? —inquirió uno de ellos observándola inquisitoriamente.

Aliviada, reconoció aquel acento extraño.

—Soy Julio de Andrés —musitó ella—. Y creo que me esperabais.

Se produjo un silencio mientras el escrutinio seguía. Después Jaime la tomó del brazo y la apartó un trecho para que no les oyera el otro.

—Vaya, vienes disfrazada de hombre —constató—. Buena idea, no he advertido al arriero de quién nos acompañaba y nos irá mejor si le haces creer que eres un muchacho. Solo lo tendremos hasta Navalcarnero y después iremos por nuestra cuenta.

Volvieron junto a él y Jaime le dijo:

—Diego, este es el que esperábamos, Julio de Andrés.

—Buenos días —saludó Almudena tocándose el tricornio, y el otro correspondió con una leve inclinación de cabeza.

—¿Venís sin equipaje? —se extrañó Diego.

—Está cargado en la mula con el mío —aclaró Jaime.

Así era, el joven había recogido la tarde anterior, en la iglesia de la Santa Cruz, un bulto con ropas de la muchacha, tanto femeninas como masculinas.

—Hay una venta a un cuarto de legua de aquí —informó el arriero—. Será mejor que paremos a tomar algo mientras escampa. Allí se quedan los que llegan después del atardecer y se encuentran la puerta de la ciudad cerrada.

—¿La cierran toda la noche? —inquirió Jaime.

—Tenéis que ser un noble, un enviado del rey o de un ministro para que os dejen pasar —aclaró Diego—. Los demás dormimos fuera.

—Emprendamos la marcha —dijo Jaime—. Julio irá en la mula.

Almudena no había montado nunca y no las tenía todas consigo. No dijo nada, pero le lanzó una mirada de socorro a Jaime, que la ayudó a subir y tomó las riendas del animal.

—No conviene que paremos demasiado —le dijo Almudena, ya en camino, cuando Diego se adelantó con la otra mula y no podía oírla—. El Lobo saldrá a buscarme en cuanto se entere de que me he ido. Presume de que nunca se le escapa una presa.

—Llevamos provisiones, pero con este tiempo es mejor comer a cubierto —repuso él.

Después de tomar un par de rebanadas de pan con chorizo y un vaso de vino en la venta, Almudena se sentía más animada. Observaba con cuidado cómo hablaba, sonreía y se comportaba su protector; era un joven decidido y sus miradas la perturbaban. Anticipaba que cuando se quedaran solos tendría problemas con él. Estaba segura de superarlos, aunque quizá no le fuera fácil, no tanto por culpa del muchacho, sino porque le resultaba muy agradable, y ella estaba casada.

Al salir de la venta el mundo le parecía distinto. Había clareado, la atmósfera era diáfana y un rayo de sol iluminaba una arboleda al frente, más allá, en el camino. Los charcos reflejaban un cielo azul con nubes blancas y grises, y en el campo la hierba húmeda, moteada de pequeñas flores, brillaba. Respiró hondo y el miedo que aún la atenazaba empezó a diluirse conforme contemplaba extasiada el fascinante paisaje, inédito para ella hasta aquel momento. Y sintió que había un mundo hermoso, fuera de Madrid, esperándola. Era la primera vez que se alejaba de la ciudad, todo le era nuevo; miró al joven que tenía a su lado y se dijo que le apetecía su compañía, descubrir todo aquello junto a él. El corazón se le aceleró con algo que se podría llamar alegría, sentía la emoción en las tripas en forma de suaves y placenteros retortijones, y tuvo que controlarse para no avanzar dando saltitos como una niña. «Todo irá bien. Todo tiene que ir bien», se repetía. Y Almudena, a pesar del peligro y de sus temores, por un momento se sintió libre. Y hasta feliz.

34

—¿Dónde está Almudena? —inquirió la señora Carmen, inquieta.

—No la he visto —repuso Pepe.

—Es la hora de la comida. ¿Dónde se ha metido?

—Yo tampoco la he visto —gruñó Juan.

—Seguid atendiendo a los clientes —les dijo a sus hijos.

Subió corriendo al cuarto de su nuera y se puso a revisarlo.

—Creo que falta ropa —murmuró—. ¡Esta nos la ha jugado!

Bajó a toda prisa al mesón y se llevó a un lado a Pepe para que no la oyeran los clientes.

—¡Se ha fugado! Esa desgraciada se ha fugado. Déjalo todo y ve corriendo a avisar al Lobo. Que no nos eche la culpa a nosotros.

—Igual ha tenido un problema en el taller.

—No lo creo. Ya lo sabríamos. Una compañera habría venido a avisarnos. Esa se ha largado.

Al rato apareció el Lobo con dos de sus secuaces. Y en un rincón del mesón empezó a interrogarles con una brusquedad mayor de la habitual, lo que denotaba su enfado.

—¿Adónde puede haber ido? —inquirió después de que le explicaran cómo descubrieron su ausencia.

—No lo sabemos —dijo Pepe, intimidado.

—¡Tenéis que saberlo, carajo! ¿Qué amigas tiene? ¿Se ha ido a casa de una de ellas o se ha fugado con alguien?

—No creemos que esté en Madrid —dijo la madre—. Mi hijo Juan ha ido al taller y no ha aparecido por allí. Estaba empeñada en ir a buscar a su padre, que está encerrado en el Arsenal de la Carraca y al que están a punto de soltar.

—¡Cádiz! —gruñó el Lobo—. No me creo que una mujer joven se atreva a ir sola a Cádiz.

—Puede que la acompañe un hombre —dijo Juan—. Vi que uno le cogía la mano el otro día y que ella no protestaba. Eso es raro, porque no deja que la toquen. Es uno que se peleó con otro por defenderla.

—¿Y ese quién es?

—Un chico con pinta de marino. Creo que es valón, francés o algo así porque tiene un acento raro.

—Un parroquiano que estuvo hablando con él dijo que preguntaba por transporte a Cádiz —añadió Juan.

—¡Sois unos borregos! —estalló el Lobo—. ¡Cádiz y Cádiz! ¡Pues claro que se ha ido con ese!

Los mesoneros se encogieron de miedo.

El Lobo, dirigiéndose a sus secuaces, les ordenó:

—Id a los mesones de donde salen las galeras y los ordinarios para Andalucía y preguntad por una pareja en la que el hombre tiene acento extranjero. Y también a los alguaciles de las puertas del sur, desde San Bernardino hasta Atocha.

Luego se quedó unos momentos pensando.

—Esa no se burla de mí —dijo al rato—. Recibirá un escarmiento, así todos sabrán que nadie se la juega al Lobo. No esperaré a que me vengan con noticias. Hay tres caminos posibles a Cádiz. Enviaré a mis hombres tras ellos y, si han salido por la mañana, por mucho que avancen andando o a caballo les alcanzaremos bastante antes de que anochezca. Yo iré por la ruta de Navalcarnero, presiento que es la que han tomado. Les voy a dar una sorpresa.

Se levantó para dirigirse a la puerta, pero de repente se dio media vuelta y, apuntando a los Marcial con el dedo, les advirtió:

—Rezad para que la encuentre, porque si no la pagaréis vosotros.

El trayecto había sido agotador, Almudena no estaba acostumbrada ni a los calzones ni a aquellos zapatos de hombre ni a andar tanto. Por fortuna, gran parte del camino lo hizo a lomos de la mula. Jaime se mostraba amable y caballeroso, pero no en exceso, pues no quería que el arriero que le había facilitado su amigo Miguel descubriera la condición de la muchacha. Era verano, el día superaba las doce horas y llegaron a una venta de Navalcarnero al atardecer. Jaime estaba satisfecho, habían cubierto un buen trecho.

El arriero conocía el lugar y acordó con el mesonero unos catres para dormir y la comida. El comedor era largo y estrecho, tenía una mesa y bancos corridos y, en el centro, una chimenea. La temperatura exterior era buena y la lumbre servía solo para mantener calientes unas ollas de cocido que colgaban de unos hierros. Al igual que en el mesón del Dragón, que tan bien conocía la joven, una neblina de humo de chimenea y de tabaco empañaba las luces de los candiles, a pesar de que los ventanucos de la estancia se mantenían abiertos. El ambiente era ruidoso, los hombres hablaban en alto y se oía el entrechocar de las cucharas con la loza. La cena consistía en pan, vino, puchero y queso. Era común en el lugar que los comensales mojaran el pan, negro y más bien duro, tanto en el vino como en el cocido.

Estaban en mitad de la cena cuando oyeron unos gritos reclamando silencio. Unos comensales seguían hablando y dos de los recién llegados les hicieron callar a golpes.

—¡Cerrad la puta boca!

Esta vez se hizo el silencio y Almudena, cuando vio quién lo ordenaba, notó un nudo en el estómago. Era el Lobo. Le acompañaban tres de sus hombres y uno de ellos mostraba una pistola.

—¿Hay alguna mujer aquí? —inquirió el Lobo.

Almudena y Jaime intercambiaron una mirada.

—Es él —murmuró ella muy bajo.

El joven palpó la pistola que llevaba al cinto. También tenía una navaja. No dejaría que se la llevaran.

—Aquí hay una —dijo uno de los secuaces.

Estaba al otro extremo de la sala y el Lobo se acercó a verla.

—No es esa —dijo, y empezó a pasearse por el comedor.

Ellos se encontraban al otro lado y los miró fijamente. Almudena se sintió morir de miedo cuando la oscura mirada del matón se clavó en ella. Aquel momento se le hizo eterno. Se quedó sin fuerzas, ni siquiera era capaz de rezar. Trataba de leer en la expresión de aquel individuo su vida o su condena a muerte. Por su parte, Jaime, con todos los músculos en tensión, se aferró a la culata de la pistola, que mantenía cargada por debajo de la mesa. Al Lobo le engañó el aspecto de Almudena, solo acertó a ver a un muchacho y dos hombres, y pasó a escrutar a los siguientes.

—Estoy buscando a una pareja —clamó para que todos lo oyeran—. Ella es guapa y no tiene más de dieciocho. Él es un tipo con pinta de marino y acento extranjero. Quien me dé razón de ellos tendrá dos ducados de oro de recompensa.

Hubo un murmullo en la sala, era mucho dinero para aquella gente. El bravucón hizo una pausa para comprobar el efecto de sus palabras. Había captado toda la atención.

—Corred la voz. Van hacia Cádiz. Mis hombres estarán por los mesones, preguntad por ellos o por mí. Por si no me conocéis, me llaman el Lobo. —Y alzando aún más la voz, gritó—: ¡Dos ducados de oro!

Jaime notó que el arriero le observaba, quizá por lo del acento. Y rezaba para que no sospechara del supuesto muchacho. Estaba convencido de que les vendería por ese dinero. Se alegraba de que aquel hombre hubiera negociado todo con los mesoneros y que, por lo tanto, no le hubieran oído hablar a él. Tendría que vigilar al que había sido su guía. A partir de aquel momento el peligro sería constante.

35

Pasaron la noche en un galpón de paredes de piedra y techumbre de madera; por un extremo era un dormitorio con varios camastros tendidos en el suelo y, por el otro, servía de cuadra. El olor de las heces de las caballerías dominaba el recinto y, viendo el aspecto de quienes allí dormían, Almudena se dijo que al menos el hedor de los excrementos le ahorraba tener que soportar el de aquellos hombres. Al parecer los matones del Lobo se alojaban en otra posada, y con esa tranquilidad y el agotamiento que tenía se durmió de inmediato. No estaba sola, se sentía protegida por el joven menorquín.

No era el caso de Jaime, que, a pesar del cansancio, tuvo una noche inquieta y se despertaba con frecuencia para vigilar el camastro del arriero. Temía una traición. Estaba seguro de que aquel hombre sospechaba de ellos y se alegraba de no tener que preocuparse por él en cuanto amaneciera. El acuerdo con su amigo Miguel era que el arriero, que pertenecía a la servidumbre de la casa de sus parientes, regresara al día siguiente llevándose una de las mulas; Jaime había comprado la otra.

—Tenemos que marcharnos de aquí —le susurró a Almudena antes del alba para despertarla—. Corremos peligro.

La joven se sobresaltó, pero no dijo nada y se puso a

recoger su equipaje. Ya había movimiento en el galpón, los huéspedes eran carreteros y gentes de camino que preparaban sus caballerías para emprender la ruta. Jaime se despidió del arriero, que les observaba con mirada interesada, y el menorquín se dijo que por fortuna los hombres del Lobo no estaban a la vista. Pero aquel individuo podía ir a buscarlos para ganarse los escudos de oro; había que irse de allí.

Cargó el equipaje en la mula y, como cena y alojamiento se pagaron por anticipado, salieron al camino real con las primeras luces del alba sin detenerse a desayunar. Jaime no quería verse obligado a hablar con nadie.

—Está bien tu disfraz de muchacho —le dijo a Almudena—. Pero eres demasiado mujer para que alguien no se dé cuenta. Y también está este acento mío que no puedo disimular. Me temo que ese arriero nos ha descubierto y que irá a por la recompensa.

—¿Y qué podemos hacer? —inquirió ella alarmada.

—Meternos por el monte. En lugar de seguir el camino real buscaremos senderos.

—Pero no los conocemos y terminaremos perdidos.

—Perdidos estamos si nos pilla el tal Lobo. Yo soy piloto de altura y nosotros nos orientamos en el mar por el sol y las estrellas. Tengo un dibujo de la ruta, la seguiremos, pero a través de los campos.

Almudena se sintió aliviada. Su compañero parecía un hombre de recursos y eso no solo la confortaba, sino que le añadía méritos.

El sol se mostraba ya en el horizonte iluminando las copas de los árboles y coloreando en rojo y rosa unas nubecillas que vagaban por el cielo. Y a pesar de los temores que embargaban a la joven, de nuevo se dijo que el mundo era hermoso.

Al cruzar Navalcarnero, un aroma colmó su olfato.

—¡Pan! —exclamó.

Y el intenso olor les guio hasta una tahona, donde cargaron varias hogazas ante la duda de cuándo podrían volver a abastecerse. También llenaron las botas de vino y compraron chorizo, tocino, queso, arroz y otras viandas. Después siguieron por el camino principal y, tras comprobar que no se divisaba a ningún otro caminante, tomaron una vereda que se perdía por un pinar.

Acababan de burlar el poder del Lobo.

Al llegar a un riachuelo que transcurría por un pequeño prado se detuvieron a desayunar bajo unos álamos. Y allí, con la tranquilidad de haber sorteado, aunque fuera por el momento, el peligro y en compañía de aquel joven agradable y decidido, Almudena se extasió con el paisaje. Las flores del campo, los verdes de la hierba y las hojas, el rumor del agua, las mariposas, el canto de las aves libres…, para una chica de ciudad aquel era un insólito regalo del cielo. Y se dijo que en Madrid habría estado encerrada en el taller gastando la vida y la vista enhebrando la aguja y cosiendo. Y soportando la tiranía de suegra y sus cuñados.

Todo aquello colmaba sus sentidos y se tumbó sobre la hierba para ver pasar las nubes. Luego, con una sonrisa en los labios, cerró los ojos tratando de guardar en su interior aquellas delicadas imágenes y sensaciones. Se sentía libre y, por primera vez en mucho tiempo, feliz. No le importaba el peligro, ni lo que ocurriera después, solo quería gozar del momento.

Jaime ató la mula a un tronco y contempló el éxtasis de su compañera. Semejante deleite le provocó una sonrisa. Se le hacía extraña con aquellos ropajes de hombre. Jamás alguien con aquellas prendas le había provocado lo que ella en esos instantes. Era raro. Habría preferido que vistiera la ancha falda y la camisa de cuando la conoció. Pero allí, tumbada con los brazos en cruz y las piernas separadas, como queriendo abarcar el mayor espacio posible para absorber la naturaleza que les rodeaba, le parecía una criatura exquisita. No gozaba de la luz de sus pupilas, pero a cambio podía observarla al detalle sin que ella se incomodara: su cabellera azabache, que se había soltado al deshacer la coleta y flotaba sobre la hierba; sus cejas, que sin llegar a ser gruesas mostraban vigor en su curvatura; sus largas pestañas, su nariz algo respingona y su enérgica barbilla. Pero lo que superaba a todo eran sus labios generosos y sonrosados. Si ya de por sí era una mujer hermosa, al sonreír alcanzaba un nivel superior. Su sonrisa le había cautivado desde la primera vez que la vio. Sentía que aquel sencillo gesto le hacía su esclavo.

Deseaba con una dolorosa intensidad besar aquellos labios. Y se la imaginó, tal como estaba, con él encima abrazándola y acariciándola. Pero sabía que no sería bienvenido y era un pecado imperdonable romper el instante mágico que vivía su compañera de viaje. Suspiró resignado. Claro que la deseaba, pero lo suyo iba mucho más lejos del deseo. En su momento trataría de robarle un primer beso, con la esperanza de que el siguiente no solo fuera consentido, sino también ansiado. Porque lo contrario no le servía. Podría imponer su cuerpo sobre el de ella, pero lo que lograra no valdría nada si perdía su sonrisa.

Así que, resignado, extendió un capote sobre la hierba, cortó unas rebanadas de pan y tocino, llenó un par de cuencos con agua del riachuelo y colocó al lado una bota de vino. Y esperó a que ella despertara de su ensueño.

Almudena lo hizo temiendo que aquello hubiese desaparecido, que lo hubiera soñado, y abrió los ojos con cuidado, incorporándose. Todo seguía allí. El cielo y las nubes, el prado, el riachuelo, los árboles y las flores. Y aquel muchacho que la observaba atento. Como si hubiera estado velando su sueño. Se sintió agradecida con él y con Dios. El chico tenía el inicio de una sonrisa en los labios y ella se la devolvió en todo su esplendor. Y después vio la comida sobre la capa. Se dio cuenta de que tenía un hambre atroz, aunque hasta entonces ni lo había notado. Era lo que le faltaba para la total plenitud.

—Gracias, Jaime —le dijo a punto de llorar—. Muchas gracias.

Él afirmó con la cabeza ampliando su sonrisa. También se sentía feliz, y se dijo que se dejaría matar por gozar de nuevo de aquella sonrisa de agradecimiento.

Anduvieron toda la mañana por senderos y veredas, viéndose obligados a veces a desandar el camino porque les conducía a un barranco intransitable. A la hora de comer, la joven, sabiendo que en el equipaje traían una marmita, quiso cocinar. Deseaba devolverle a Jaime con su trabajo algo del gran favor que le hacía.

—Estamos aún cerca del camino real y andan buscándonos —le respondió él—. El humo llamaría la atención, no es prudente encender fuego.

Ella lo aceptó y se sentaron a comer bajo una encina.

—¿Por qué corres tantos riesgos por mí? —inquirió ella al rato, después de dar un trago de vino de la bota—. Sin mí hubieras podido viajar en una galera y llegar a Cádiz mucho antes y con menos fatiga. ¿Por qué esas molestias y ese gasto? Ya sabes que yo soy pobre y apenas podré ayudarte.

Él se quedó mirándola unos instantes antes de responder con tranquilidad:

—Porque me caes bien.

—¿Por eso solo? La gente no se juega la vida porque alguien le caiga bien.

—La verdad es que me gustas mucho —reconoció—. Hasta diría que estoy algo enamorado.

Ella conocía bien la atracción que ejercía sobre los hombres, y no se le escapaba que él no era una excepción. Pero no esperaba una declaración tan contundente y se quedó turbada por unos instantes.

—Jaime, sabes que estoy casada y que respeto los mandamientos de la Iglesia. No tienes posibilidad alguna. Y olvídate ahora mismo de mí si vienes a por mi cuerpo. Y si no aceptas eso, abandóname aquí y sigue tu camino.

—¿Y si fueras viuda?

Almudena compuso una expresión de sorpresa, eso nunca se lo había planteado.

—Lo pensaría —dijo para salir del apuro—. Pero ya sabes lo que hay. ¿Te vas sin mí o qué? —concluyó mirándole desafiante.

Él sonrió.

—Sabes que te podría tomar por la fuerza, ¿verdad?

Ella arrugó el cejo y apretó los labios en un rictus que mostraba una firme decisión.

—No lo harás, porque si lo haces te mataré. —Y buscó la navaja en su cinto para mostrársela.

—Te puedo.

—Ya veremos.

Se desafiaron con la mirada. Después de unos largos instantes, él se echó a reír.

—No te preocupes, no te he traído a este monte para violarte.

—¿Me lo juras por Dios y por la Virgen?

—Ya te he dicho lo mucho que te aprecio. Y no se le hace daño a quien se quiere.

—¿Pero lo juras? —Ella seguía ceñuda.

—Sí, lo juro. No te forzaré.

Una sonrisa de alivio apareció en el rostro de Almudena, que se apresuró a guardar su navaja.

—Gracias, Jaime. Muchas gracias.

Su sonrisa y su agradecimiento le llenaban el alma, le dejaban indefenso. No iba a violarla, eso ni pensarlo. Pero sabía que no acostumbraba a serle indiferente a las muchachas y notaba que a ella le agradaba. Tenían por delante un largo camino y no había prisa. Una vez estuviera en América las cosas serían distintas: allí tenía una promesa que cumplir. Pero, mientras durara el viaje a Cádiz, ¿dónde iba a estar mejor que a su lado? Confiaba en encontrar el momento en el que ella sintiera, aunque solo fuera por un instante, lo mismo que él y se dejara amar.

36

Jaime calculaba la hora por la posición del sol y a eso de las cuatro de la tarde decidió concluir la jornada; percibía el cansancio de Almudena. Habían transcurrido casi once horas desde que abandonaron la posada y, al cruzar por un lugar que consideró idóneo, anunció:

—Pasaremos aquí la noche.

Almudena suspiró y le sonrió aliviada. Llevaban mucho tiempo andando y, aunque con frecuencia montaba en la mula y su acompañante proponía paradas, estaba agotada. Notaba a cada paso unas agujetas que también castigaban otros lugares de su cuerpo al montar. Estaba acostumbrada a trechos más cortos y siempre por calles. Pero disimulaba, no quería que el chico la viera flojear.

—¡Qué lugar tan bonito! —apreció.

Se trataba de una alameda al final de un montículo de cuyas rocas brotaba una rumorosa fuente. En realidad, era solo un chorrillo de agua que saltaba por las piedras hasta un reguero casi seco. El suelo estaba cubierto de hierba y la joven comprendió que aquella sería su cama.

—Estamos lo bastante alejados para poder encender un fuego —dijo él—. Si lo hacemos bajo la arboleda, las hojas y el vientecillo dispersarán el humo.

Ella contempló temerosa el entorno. Había dejado de apreciar su belleza.

—¿Y cómo nos protegeremos de los animales? —inquirió—. Aquí habrá lobos, jabalíes, zorros, culebras, escorpiones...

Jaime no sabía qué responder. Conocía bien el mar, pero muy poco el monte. Sus viajes por tierra se limitaban al interior de Menorca y al camino real de Barcelona a Madrid, trayecto que hizo montado junto a su amigo Miguel y pernoctando en posadas. Pero no iba a admitirlo. Almudena parecía confiar en él creyendo que sabía qué hacer en cada momento. No pensaba desengañarla, porque leía el temor en su mirada y, si empezaba a desconfiar, su miedo se multiplicaría.

—¡Bah! —dijo moviendo la mano como para descartar el pensamiento—. De los únicos animales que hay que preocuparse es de esos que vimos en la posada.

—Pero aquí hay lobos de cuatro patas... y jabalíes.

—Los jabalíes no nos van a comer.

—Pues cuentan que se comen a los niños.

—Pero no somos niños y estaremos protegidos.

—¿Cómo?

Eso mismo estuvo pensando todo el camino y no estaba seguro, tendría que improvisar.

—Mira, esas zarzas nos protegerán la espalda, ningún animal las puede cruzar. Para cubrir los flancos cortaré algunas ramas con hojas y pondremos el fuego a los pies —le dijo—. Dormiré con la pistola cargada a un lado y la navaja al otro. Además, la mula hará de centinela. Si se siente amenazada, se pondrá a bramar y nos despertará. No te preocupes, ningún animal se atreverá a acercarse.

En realidad, Jaime no sabía si la mula bramaba o rebuznaba, lo más que le había oído eran bufidos y algo parecido a un débil relincho. Pero no importaba, se trataba de tranquilizar a su compañera.

—Y ahora, ¡vamos a por leña!

Quería mantenerla ocupada para que se olvidara de sus temores. Y ambos se aplicaron en encontrar madera. Jaime también buscaba ramas con mucha hoja o matas para cortarlas, al tiempo que exploraba los desniveles por si había alguna cueva en la que pasar la noche con más seguridad.

Mientras caminaban, apenas charlaban, pues seguían senderos que les obligaban, las más de las veces, a ir uno detrás del otro. En esos silencios, Almudena no dejaba de darle vueltas a su situación y llegó a decirse que quizá Jaime esperara a la noche para abordarla. Pero luego comprendió que de querer asaltarla lo podía haber hecho en cualquier momento; no se habían cruzado con nadie. Como le advirtió el padre Andrés, estaba en sus manos. No le quedaba otra que fiarse de él. Pero todas sus desconfianzas con respecto a su acompañante se disiparon de inmediato al pensar en los animales salvajes. Temía la noche y se dijo que sin el menorquín sentiría pánico.

Al rato habían juntado leña y ramajes. Encendieron un fuego y ella puso un perol con tocino, arroz, cebolla y unas acelgas.

—Es una pena que no dé tiempo a cocer los garbanzos —murmuró—. Hay que tenerlos mucho al fuego y antes en remojo.

—No te preocupes —la consoló él—. Es estupendo tener algo caliente de cuchara, y con el pan, el queso, el vino y las manzanas andamos sobrados.

Y mientras ella cocinaba, él trataba de mejorar la seguridad de lo que sería su dormitorio. Pero no pudo más que amontonar ramas y arbustos alrededor, sin posibilidad alguna de construir un techado.

Ella no dejaba de pensar. Llevaban dos días juntos sin que él hubiera intentado tocarla, ni siquiera fingiendo un contacto accidental. Se tocaron solo cuando ella le dio la nota en La Fonda del Dragón y en la iglesia, cuando le tomó la mano para suplicarle. Nunca fue iniciativa del joven. Estaba acostumbrada a que los hombres lo intentaran. No solo mientras servía las mesas, sino también los que la requebraban en la calle y los jefes en el taller. Incluso sus propios cuñados. Tuvo que abofetear a Pepe y lanzarle alguna mirada de advertencia a Juan. Estaba a la espera de que lo hiciera Jaime para pararle los pies, pero hasta el momento había sido en vano.

Cuando empezó a caer la tarde, Almudena contempló por primera vez en su vida cómo se ponía el sol sobre un horizonte arbolado y cómo se iba escondiendo tras un monte. Unas nubes coloreadas hacían el momento incluso más bello. Arropada con una rebeca, lo observaba extasiada. ¿Cómo había podido llegar a los dieciocho años sin gozar de semejante maravilla? Y de nuevo, a pesar de sentir su cuerpo dolorido, experimentó un acceso de felicidad y no pudo evitar compartirlo con Jaime, que se encontraba a su lado disfrutando del espectáculo.

—Espera a ver la puesta del sol sobre el mar —le dijo—. O el amanecer.

Aprovecharon la luz que quedaba para cenar y charlar. Ella le contó sobre su padre, cuánto le quería, cuánto le admiraba, y el injusto castigo que recibió cuando lo único que hizo fue imprimir lo que el pueblo de Madrid, y de España, sentía. También le manifestó su ansiedad. Estaban a punto de soltarlo, medio moribundo y sin recursos, y temía no llegar a tiempo de encontrarlo vivo.

El joven se mostró comprensivo y le dijo que la ayudaría en lo que pudiera. Que hacía lo que una buena hija debía hacer y que era muy valiente al emprender aquel viaje con un desconocido.

—Ojalá pudiera hacer yo lo mismo por mi padre —murmuró él con lágrimas en los ojos.

Y pasó a contarle su propia historia. Le relató el gozo de los tiempos felices cuando su familia estaba al completo y los maravillosos momentos con los camaradas de la Coloma, y después el trágico fin de todo aquello por culpa de un miserable que obtuvo ganancia y galones provocando su desgracia.

Almudena sentía sus ojos humedecerse por la angustia y la pena que le provocaba el relato de su amigo. Estaba deseando darle consuelo, agarrándole de la mano o abrazándole, pero no se atrevía. Y lo lamentaba. No era tan valiente como él decía, o quizá solo fuera prudencia.

Él terminó contándole el motivo de su viaje: terminaría con la vida de aquel maldito. Ella guardó silencio, no sabía qué decirle. Percibía en aquel joven una herida difícil de sanar, un afán de venganza que marcaría sus pasos. ¿De verdad iba a jugarse la vida por eso? En todo caso, esa era una conversación para otro momento. Miró al cielo, era ya de noche, y el espectáculo del firmamento estrellado le pareció tan hermoso como el de la puesta de sol. Después de descargar su alma y escucharle a él, se sentía triste pero feliz, y notó que el cansancio le hacía cerrar los ojos.

—Me voy a acostar —anunció.

—Yo también —asintió Jaime.

Y atizó el fuego y apiló unas ramas para alimentarlo durante la noche.

Dormirían uno al lado del otro, sin tocarse. Y Almudena se dijo que le habría gustado que aquel muchacho fuera su marido para acurrucarse en sus brazos. Seguía con miedo, pero confiaba en él. Se despertó un par de veces al sentir frío al final de la noche, pero no disponía de más mantas. Alargaba la mano para comprobar que Jaime seguía allí, se arrebujaba como podía y caía de nuevo en el sueño, no sin antes lamentar no poder gozar del calor de su amigo.

Jaime también estaba cansado, pero antes de dormirse

estuvo escuchando la noche para habituarse a sus sonidos. El murmullo del viento acariciando las hojas de los álamos, el lejano ulular de un búho, los resoplidos de la mula y el ruido de sus cascos cuando se movía... Contempló a Almudena, sumida en el sueño y apenas visible entre las sombras, pero no necesitaba verla para repetirse cuánto le gustaba. Y cuando se dijo que todo estaba bien, cayó en un duermevela del que se despertaba para alimentar el fuego y asegurarse de que todo seguía en orden.

37

Jaime fue el primero en despertarse al despuntar el alba; avivó el fuego y se puso a calentar lo que había sobrado del puchero de la noche anterior. Al poco se le unió Almudena, que cortó pan, queso y chorizo al tiempo que se deleitaba contemplando las primeras luces del día. Habían pasado frío y deseaban recuperar el calor llenando el estómago. Sobrevivieron a la noche al raso y las tristezas de la víspera se habían disipado con el sueño. Se sentían optimistas, bromeaban y reían. Todo iría bien.

Jaime se orientó por el sol, calculó su situación sobre el dibujo que tenía de la ruta y, una vez lo recogieron todo, reemprendieron el viaje. Debían seguir los senderos andando uno detrás del otro. Almudena se concentró en disfrutar del paisaje mientras Jaime se decía que cuanto más la miraba, más le atraía. Era consciente de que había caído en una especie de fascinación. Pero debía ser muy cuidadoso. Ella era una mujer casada y se lo tomaba muy en serio. Él no, y se disculpaba diciéndose que no podía evitar sentir lo que sentía, aunque estuviera casada. Pero no quería hacer un movimiento en falso. Había algo más en su relación aparte de ser un hombre y una mujer. Ambos tenían en común la dolorosa ausencia del padre. Y la soledad. En aquellos momentos, perdidos en la inmensidad de aquellos campos y aquellos montes, solo se tenían el uno al otro. Para Jaime, Almudena no era solo un objeto de deseo, sino también su compañera y amiga.

Hacia el mediodía el paisaje cambió, se hizo más llano y avanzaron por encinares, jarales y campos de trigo. El tiempo de siega había pasado y solo quedaban los rastrojos y algunos pajares al aire libre. Sus largos palos centrales le recordaban a Jaime el mástil de una nave y su amontonada paja rubia, las velas. Añoraba el mar.

Almudena se sentía feliz, pero no dejaba de pensar. Iba ya por su tercer día con Jaime. Nunca antes había compartido tanto tiempo con un hombre que no fuera su padre o su marido. Y no pudo evitar las comparaciones entre Julio y Jaime. Eran muy distintos. Su marido era atrevido en muchos aspectos, y no lo imaginaba mostrando una actitud tan recatada estando a solas con una mujer que le gustara. De no ver al menorquín tan viril, se plantearía si aquello era recato u otra cosa. Porque sabía que ella le atraía. También veía a Julio capaz de engañar y timar al mismísimo Lobo, pero nunca le plantaría cara, ni lo desafiaría como lo estaba haciendo Jaime. A su marido se le daba mejor huir, como había hecho dos años antes. Huir dejándola a ella atrás. Al contrario que Jaime. Y le sorprendía que, aparentemente, el menorquín no buscara una compensación por ello.

Se encontraron con un par de campesinos y un pastor e intercambiaron saludos. Los miraban extrañados, no era frecuente ver gente yendo campo a través. Algo tendrían que esconder.

A veces el viaje dejaba de ser tan idílico para Almudena, cuando se angustiaba pensando en su padre. Entonces dejaba de percibir la belleza del paisaje; olvidaba el blanco de las nubes, el azul del cielo, los infinitos verdes y terrosos, y se sumía en sus temores. ¿Llegaría a tiempo? ¿Lo encontraría vivo? Compartir su inquietud con Jaime la aliviaba.

—Le rescataremos, no lo dudes —le aseguraba él.

Se iban conociendo poco a poco, ella era más locuaz y en cada parada aprovechaba para compartir con él sus esperanzas e inquietudes. Le hablaba de sus padres, de su tío Ignacio y de don Andrés, y de aquella terrible noche en la que se llevaron a Lorenzo. De la sinrazón del castigo. Y él reflexionaba diciéndose que no eran solo los británicos, también los poderosos cometían injusticias en España. Para consolarla y consolarse él, le abría su corazón y volvía a hablarle de los tiempos felices con su familia y sus amigos en Menorca, le relataba el fin de la Coloma y le describía la trágica muerte de su padre. Guardaba todas y cada una de las imágenes en su retina. Lo revivía de nuevo. Y después venía el miserable de Wolf. Y sus deseos de venganza, convertidos en propósito de vida y promesa. Ella veía su sufrimiento y su rabia y le recomendaba:

—No condiciones tu vida a una venganza. En eso no hallarás la felicidad.

Él negaba con la cabeza e insistía. A Almudena le gustaba mucho Jaime, pero una alerta se activó en ella. Tenían caminos divergentes. El destino de aquel joven era recorrer el mundo por una deuda de sangre y llevaría el diablo en el corazón hasta cumplir su propósito. Pero lograrlo no garantizaba que se librara del maligno. En cambio, su único deseo era llegar a tiempo para socorrer a su padre, para después buscar la paz y, a poder ser, la felicidad.

Pasado el mediodía se toparon con una cabaña de pastor, de reducidas dimensiones, con paredes de piedra seca y cubierta de ramas, sin que se viera a nadie por los alrededores.

—Pasaremos aquí la noche —anunció Jaime—. La jornada habrá sido corta, pero este lugar nos da seguridad.

Ella lo agradeció, le vendría bien un descanso. Se quitó

los zapatos y se dijo que sus pies merecían también una tregua. Se pusieron a buscar leña y Jaime ablandó el suelo de tierra de la choza con su cuchillo cerciorándose de que no quedaran piedras. Tenían el espacio justo para tenderse los dos y compuso dos camas con las mantas y los capotes.

—¿Vamos a estar tan pegados? —inquirió Almudena ceñuda.

—Sí.

—¡Pero nos vamos a tocar!

—Y qué quieres, ¿que yo duerma fuera?

Ella se dijo que no podía pedirle eso, ni tampoco parecía que él fuera a aceptar. Además, su presencia la tranquilizaría durante la noche.

—No soy tan mala. Pero, por favor, compórtate.

Prepararon la cena, charlaron un rato y aguardaron a que se pusiera el sol, notando cómo caía la temperatura. Con el último rayo, Jaime dijo:

—Será mejor que nos acostemos ya. A ver si mañana recuperamos el tiempo que hemos perdido hoy.

Ella se tendió, se arropó y se puso de espaldas.

—Buenas noches —murmuró.

Después de atizar el fuego situado a la entrada, Jaime se tumbó bocarriba. El contacto era inevitable. Aquella noche amenazaba con ser más fría que la anterior y, a pesar de las paredes, el techado y las ropas con que se cubría, Almudena se estremeció. Quizá no fuera el frío; no era para tanto. Pero Jaime estaba esperando algo así. Y poco a poco fue acercándose a ella hasta que sus cuerpos se tocaron. Era la primera vez que sucedía.

—¡Qué haces! —gritó ella, chocando con las piedras de la pared al separarse bruscamente.

Su calor era lo que ella echaba en falta, pero se dijo que, si lo reconocía, su amigo querría algo más la próxima vez. Debía dejarle muy claro su recato.

—Es lo que hay que hacer para no morirse de frío —repuso él.

—¡Estamos en verano! ¡Ni lo sueñes!

—¡Pero parece invierno! —apostilló, enérgico—. ¿Quieres cogerte un frío que te mate? En estos montes baja la temperatura de repente y hay quien ha muerto en pleno verano de un enfriamiento. Si fueras un hombre, haría lo mismo. No se trata de deseo, sino de supervivencia.

—¡No te creo!

—Pues sal a dormir fuera. —Él seguía autoritario—. No sé por qué me molesto por alguien que quiere morir de un mal resfriado.

La perspectiva de pasar la noche fuera, a merced de los animales, la sobrecogía. Pero no quería ceder sin antes resistirse.

—¿Por qué no sales tú?

—No. Yo me quedo aquí.

Y se acercó de nuevo hasta tocarla. A ella no le quedaba espacio para separarse. Y calló. Él ajustó su cuerpo al de ella. Almudena sintió su calor. Era agradable.

—¡Contente! —le dijo a pesar del placer que le proporcionaba—. ¡Estoy casada!

—Mira, Almudena, si hubiera querido violarte, ya lo habría hecho. No ocurre nada por tocarse. Estamos obligados, no queda más remedio. No es pecado.

«No pasará nada. No es deseo, es supervivencia. No hago nada malo. No es pecado», se repetía ella. Se sentía confortada con su calor, casi envuelta, protegida. Pero de pronto se preguntó cómo podía saber él que la gente se moría de frío en aquellos montes en verano si nunca antes había estado allí. Pero el cansancio la venció y se quedó dormida.

Él también estaba cansado, pero tardó un poco más. Se sentía demasiado feliz para malgastar el momento durmiendo. Pero finalmente le pudo el sueño. Tenían un largo viaje por delante.

A la mañana siguiente él se despertó primero y, cuando ella lo hizo, no mencionó lo ocurrido en la noche. Jaime se sonrió. Aquel era un avance importante. Se trataba de su primer contacto físico y que ella lo hubiese aceptado, aunque solo fuera por «supervivencia», le daba la oportunidad de repetir. Quizá llegara a enamorarla. Estaba convencido que le rechazaba solo porque era muy beata y estaba casada. Ya se lo había advertido el cura, e incluso ella misma. Sin embargo, su marido estaba lejos y ella tenía todo el aspecto de ser una mujer apasionada. La paciencia sería su aliada.

38

A media mañana de aquel cuarto día de viaje tuvieron que soportar algo de lluvia que cesó pronto. Pero eso no les detuvo porque tampoco encontraron dónde refugiarse.

—Espero que los del Lobo se hayan cansado de buscarnos —dijo Jaime cuando pararon para comer—. Porque por estos montes no avanzamos ni la mitad de lo que lo haríamos por el camino real.

—Pero ¿cuánto tiempo tardaremos en llegar a Cádiz?

Jaime sacó su mapa, quería ser lo más preciso posible.

—Cinco semanas.

—¡No puede ser! —exclamó angustiada—. Mi padre va a salir del Arsenal de la Carraca en unos días. Está enfermo, necesita ayuda. No podemos tardar tanto, podría morir antes de que llegue.

De repente el hermoso verano se esfumaba otra vez para Almudena. En aquellos días que llevaba sola con Jaime se había sentido tan feliz que con frecuencia se olvidaba de su padre y de su obligación como hija. Y ahora se sentía culpable por ello.

—¿Cuánto falta para que lo suelten?

—No lo sé, quizá diez días, quizá veinte. Sale en los primeros días de septiembre.

—Tranquila, haremos lo posible por estar allí —dijo Jaime tomándose la libertad de cogerle la mano—. Ya verás, llegaremos a tiempo.

En lugar de retirarla, ella puso su otra mano sobre la de él. Las lágrimas asomaban a sus ojos y lo miraba agradecida. Era consciente de que todo dependía de su amigo.

—¿Seguro? —preguntó suplicante.

—¡Seguro! Pero debemos seguir uno o dos días más por estos montes a ver si los secuaces del Lobo se vuelven a Madrid. Porque si nos pillan no llegaremos nunca.

Ella afirmó con la cabeza. Él señaló un punto en el mapa.

—Como poco, hasta Talavera de la Reina.

Cuando reemprendieron el viaje, se cruzaron con un rebaño de unas cuarenta cabezas entre cabras y ovejas. Lo vigilaban un par de pastores.

—Buen día os dé Dios —saludó Jaime.

La respuesta fue un gruñido que quizá significara lo mismo. El mayor era un hombre malcarado de unos cuarenta años y el otro, de aspecto bobalicón pero con una sonrisa inquietante, no llegaba a los veinte. El más viejo se apoyó en su cayado y preguntó:

—¿Qué hacéis por aquí?

—Vamos a Talavera —repuso Jaime.

—Pues estáis lejos del camino. —Y sonrió mostrando la falta de varios dientes—. ¿Os habéis perdido?

—No. Sabemos por dónde ir.

—Pues no sois de aquí. ¿Eres francés?

—¡No! Soy español.

El otro hizo un gesto de extrañeza.

—¿Y quién es ese que va contigo?

Jaime tardó en contestar. Demasiadas preguntas. No le gustaba.

—Es mi primo, soldado como yo —dijo en tono desafiante.

—Pues no lo parece —rio el más joven.

—¡Pues lo es! —cortó Jaime.

—¿Ah, sí? —inquirió el otro, guasón—. Por aquí no vemos mucha gente, y menos soldados.

—¡Quedad con Dios! —se despidió Jaime—. O con el diablo —susurró para que solo lo oyera Almudena.

Ellos rieron por lo bajo viendo cómo los forasteros se alejaban.

—No me gustan esos tipos —dijo ella.

—A mí tampoco.

Cuando les perdieron de vista, Jaime le dijo:

—¿Has visto cómo te miraban? No tienen buenas intenciones.

—¿A mí? Si soy un hombre.

—Eres un joven demasiado guapo.

—Pero soy un hombre.

—Cómo se nota que no has estado en un barco con marineros que no han visto mujeres en semanas. Recuerda la pinta que tenían. Esos se acuestan con sus cabras.

—¡Jaime! —se escandalizó ella—. Bromeas, ¿verdad?

Estaba serio; no bromeaba.

—Abre tu navaja y póntela en el cinto —le dijo él—. Quizá no nos den tiempo a reaccionar.

—¿Quieres decir que...?

—Esos tratarán de robarnos. Y también lo otro.

Él hizo lo mismo con su navaja y sacó la pistola. Revisó la piedra de sílex del percutor, abrió la cazoleta de la parte superior y puso un poco de pólvora del cuerno donde la llevaba. A continuación, echó más pólvora por la boca del cañón, colocó un pequeño pedazo de tela y presionó con la baqueta hasta el fondo. Introdujo la bala y después otro trozo de tela para que no se cayera. Y de nuevo usó la baqueta para atracar bien el arma.

—¿Lo otro? ¿Qué quieres decir? —inquirió ella de pronto.

—Sí, lo que te he contado que hacen con las cabras.

Almudena soltó una exclamación, acababa de entenderlo. Miró nerviosa a su alrededor, tenía miedo. Jaime tomó las riendas y reanudó el camino azuzando a la mula para que fuera más rápido. Quería salir de allí lo antes posible.

Pero no había transcurrido una hora cuando se los encontraron de frente. De sus fajas asomaban las empuñaduras de grandes cuchillos. Jaime no aminoró la marcha.

—Creo que nos quedaremos con la mula —dijo el mayor.

—Y algo más —rio el otro.

—Y algo más… —repitió alguien a sus espaldas.

—¡Date la vuelta y amenázalos con la navaja! —le ordenó Jaime a Almudena deteniéndose—. ¡Amenázalos!

Ella lo hizo, asustada, y a unos veinte pasos vio a dos hombres que empuñaban cuchillos. Extendió su brazo apuntándoles con su arma y tratando de no temblar.

—¡Son dos! —murmuró.

—Pues yo creo que te mataré a ti primero —le dijo Jaime al más viejo, alzando la voz para que todos le oyeran y sin ni siquiera girarse para ver a los otros.

Sacó la pistola y le encañonó al tiempo que les mostraba su navaja con la izquierda.

—¿No te dije que éramos soldados? —prosiguió Jaime ante la sorpresa de los pastores, que se habían quedado mudos—. Pues sabemos matar y lo hacemos bien. Como te muevas, mueres. Y si alguno de tus amigos lo hace, también mueres. Y después nos cargaremos al resto en un santiamén.

Los cuatro se quedaron inmóviles. Esperaban sorprender, pero ahora eran ellos los sorprendidos. Una pistola era un arma cara, no la tenía cualquiera. Jaime había apostado a que no eran bandidos profesionales, sino unos miserables oportunistas. Y se dijo que había acertado. Pero no por eso bajaba la guardia, tenían pinta de asesinos. Se hizo el silencio.

—Y ahora vas a tirar el cuchillo si quieres vivir. —Jaime siempre se dirigía al que consideraba el cabecilla—. Y tu compinche hará lo mismo. Entonces, cuando yo os lo diga, os apartareis para dejarnos pasar. Y diles a los de atrás que si dan un paso más te vuelo la cabeza.

El hombre no se movía. Ni él ni su acompañante habían mostrado aún los machetes que llevaban en el cinto. Se miraron entre ellos como no dando crédito a lo que les sucedía.

—¡Tirad los cuchillos de una puta vez! —ordenó de pronto Jaime dando una voz.

Ellos siguieron inmóviles.

—Veo que tendré que matarte —prosiguió Jaime en tono tranquilo mirando al capitoste. Dio un par de pasos hacia él y extendió el brazo apuntándole a la cabeza—. Pues vamos a ello. Tienes tres segundos. Uno... Dos...

Con un movimiento rápido, el mayor se quitó el arma del cinto y la tiró al suelo. El otro seguía quieto.

—Bueno, pues al que tendré que matar será a ti, carabobo —le dijo al segundo.

El joven pareció despertar y tiró su arma como si fuera un hierro candente que le quemara. Jaime giró el torso para apuntar con la pistola a los que tenía a su espalda, sin dejar de amenazar con su navaja a los de delante.

—Estos acaban de tirar sus cuchillos —advirtió Almudena.

—Pues coge las riendas de la mula con tu mano libre, no guardes la navaja, y sígueme —dijo Jaime.

E inició la marcha acercándose a los dos primeros.

—¡Apartad del camino! —ordenó sin dejar de amenazarles.

Ellos obedecieron y, cuando se alejaron lo suficiente, Jaime le dijo a Almudena:

—Coge ese par de machetes y mételos en las alforjas.

—¡Oye, que son nuestros! —se quejó el cabecilla.

—¿No me digas? —repuso Jaime con una sonrisa amenazante—. Pues ya ves, os ha salido el tiro por la culata y ahora son nuestros. —Y alzando la voz para que los de atrás le oyeran, les advirtió—: ¡Como le vuelva a ver la jeta a alguno, se la vuelo!

Emprendieron el camino en silencio y, cuando ya les habían sacado una buena distancia, le dijo a Almudena:

—Te has comportado. Te felicito.

La joven estaba aún en proceso de asimilar lo ocurrido. Había pasado miedo, pero no le tembló la mano y se vio capaz de herir al menos a uno de aquellos hombres. Jamás se había encontrado en una situación semejante, pero sabía que si salieron tan bien parados fue porque ella cumplió con su parte. Claro que quizá su entereza provenía de la confianza que le tenía a él. Admiraba la forma en que supo manejar a esos tipos, pero no quiso reconocérselo, su comentario le había parecido condescendiente.

—Y tú también te has comportado —repuso en tono chulesco—. Mejor de lo que me esperaba.

Él se echó a reír ante semejante bravuconada. Ella le acompañó con su risa. Aquella complicidad animó al joven y, sin más preámbulos, sosteniendo aún la pistola en la mano, le depositó un beso en la boca.

—¡Qué haces! —dijo ella apartándolo de un empujón—. ¡Que estoy casada!

Era un momento de euforia y Jaime, aliviado, vio que a pesar de la supuesta ofensa ella no había perdido la sonrisa.

—¿Y cómo sabes que estás casada? —replicó él.

Ahora ella se puso seria y le miró con severidad.

—¿No lo sabré yo? Don Andrés nos casó. Estoy casada y bien casada. ¡Ni te atrevas a cuestionarlo!

—¿Ah, sí? ¿Y cuándo fue la última vez que supiste de él?

Esta vez le miró de reojo, intuía por dónde quería ir.

—Hace ya tiempo —repuso remolona.

—¿Y cómo sabes que sigue vivo? ¿Que no eres viuda?

—Él está vivo y yo casada —insistió sin dar su brazo a torcer.

—No lo sabes —afirmó él—. Y si fueras viuda, ¿me querrías a mí?

Ella se dijo que no le convenía afirmar semejante cosa.

—No te voy a responder a eso ni a nada parecido —le cortó enérgica.

Pero él no se intimidó y le dio otro beso rápido.

—¡Aparta, mastuerzo! —Le empujó. Sonaba muy molesta—. Como vuelvas a hacerlo te cruzo la cara. O te pego una cuchillada.

—No puedo evitarlo.

—¡No me importa si puedes o no! ¡Compórtate!

Y siguieron el camino en silencio. Ella se decía que no era tan retraído como parecía al principio; solo le había dado una tregua. Pero aun así la respetaba.

—No nos hemos librado de esos —dijo Jaime al rato—. Volverán más preparados.

—¿Y por qué piensas eso? Creía que les habíamos quitado las ganas.

—Aunque tengamos la pistola seguimos siendo vulnerables. Quizá se junten con otros o quizá usen otra táctica.

—¿Otra táctica?

—Sí, como agredirnos a pedradas.

Ella se detuvo y lo miró extrañada.

—Los pastores saben lanzar piedras —le explicó—. Cuando una oveja se aleja demasiado y el perro no está a mano, son capaces de acertarle con una pedrada a mucha distancia. El animal se da por enterado y regresa. Practican cada día. No sé aquí, pero en mi tierra algunos usan hondas. Llegan muy lejos y pueden ser letales, igual que un tiro.

—¿Qué es una honda?

—Una tira de cuero con la que se le da impulso a la piedra, así sale con más fuerza.

—¿Y qué podemos hacer? —preguntó inquieta.

—Regresar al camino real y allí buscar una posada. No quiero pasar otra noche al raso. Esos individuos saben que estamos aquí, conocen el terreno y volverán, incluso en las tinieblas de la noche.

Almudena se estremeció al pensarlo.

—Pero podemos encontrarnos con el Lobo y su gente...

—No creo que el Lobo tenga intención de matarte. Pero esos tipos lo harán después de robarnos y violarte. Tenemos que arriesgarnos.

Ella resopló.

—Eso es huir del fuego para caer en las brasas... —murmuró recordando el horrible aspecto de aquel matón y su último encuentro con él.

Aquel incidente la hizo pensar. El mundo más allá de la cerca que rodeaba Madrid no era tan hermoso como lo había percibido en sus primeras horas de libertad. Se dijo que el Lobo no era el único peligro que la acechaba y que sin la ayuda de Jaime nunca llegaría a Cádiz. Le había impresionado su forma de enfrentarse a la amenaza y no pudo evitar pensar en qué hubiera hecho Julio, para concluir que con el menorquín se sentía más segura. Pero Julio era su marido y se repetía no solo que estaba enamorada de él, sino que su obligación era honrarle y respetarle. Y no importaba cuánto la pretendiera Jaime, ella cumpliría con su deber pasara lo que pasase.

Su acompañante sabía moverse por el mundo, pero ella conocía más sobre hombres y mujeres. No en vano había oído, durante años, infinidad de historias de sus compañeras modistas. Ellas le habrían dicho que Jaime buscaba en ella lo que buscaban todos los hombres. Y pensó que debía ofrecerle, sin comprometerse, un pequeño resquicio de esperanza. Pero después de que él le contara, emocionado, la muerte de su padre y le confesara su propósito de venganza, sabía que era un hombre con una obsesión. Y que no cejaría hasta terminar con aquel individuo. Mal asunto… Alejó esos pensamientos; mientras la respetara como hasta el momento, todo iría bien. Tenía que mantenerle a su lado, al menos hasta Cádiz.

39

Jaime se tomó unos momentos para orientarse y decidir qué camino seguir. Y después emprendieron la marcha apretando el paso, vigilantes y preparados para otro posible mal encuentro. Al cabo de un par de horas salieron a un camino ancho.

—Tiene que ser el camino real —dijo Jaime. Y mirando al sol añadió—: Nos quedan dos horas de luz. En ese tiempo tenemos que alcanzar Talavera o al menos alguna posada.

—Dios lo quiera.

La facilidad que mostraba su compañero para desplazarse sin perder el rumbo seguía fascinándola. Para ella, moverse en campos y montes era toda una ciencia. Pero no la acomplejaba. «Aprenderé», se dijo a sí misma.

Anduvieron un tiempo sin cruzarse con nadie hasta que vieron un carro detenido con dos mulas. Al acercarse, observaron que tenía una rueda trasera rota. Un hombre de unos cuarenta años, algo panzón y de aspecto franco, les saludó.

—Dios os guarde, hermanos.

—Y que esté contigo —repuso Almudena.

Jaime guardaba un silencio expectante y vigilaba tratando de identificar cualquier peligro. No quería evidenciar de inmediato su extraño acento.

—Tengo que arreglar la rueda —dijo el hombre—. ¿Me podéis ayudar?

—Sí —repuso escueto Jaime.

Y aprovechó para echar un vistazo al interior del vehículo. Fuera de cuatro barriles de vino y unas cajas precintadas, estaba vacío.

—Gracias, muchachos —dijo el hombre tendiéndoles la mano—. Me llamo Tomás.

Ellos se la estrecharon presentándose como Julio y Jaime. Después descargaron las barricas y, haciendo palanca con una viga de madera, lograron levantar el carro para que Tomás pudiera sacarla. La rotura no era grave y con un martillo el hombre consiguió apañarla.

—Con eso podemos llegar a Talavera —dijo—. Allí un herrero la dejará bien.

Y repitieron la operación para que pudiera montarla.

—Vuelvo de Madrid de entregar un pedido de nuestra famosa cerámica talaverana —les informó después de agradecerles de nuevo la ayuda—. Allí solo he podido cargar lo que veis detrás y tengo espacio. ¿Vais a Talavera?

—Allí vamos —afirmó Jaime.

—Pues subid al carro con vuestras cosas y así descansará vuestra mula.

Aceptaron encantados. Tomás parecía buena persona y no les observaba como lo haría un cazador de recompensas que les hubiera identificado. Ataron la mula a la trasera del carro, Jaime subió al pescante junto al carretero y Almudena se instaló en la caja detrás del hombre.

—¿Vienes de entregar cerámica en Madrid? —inquirió Jaime en tono sorprendido tan pronto como el carro se puso en marcha—. Si ya se hace en el Retiro.

—¡No, hombre! Aquello es la Real Fábrica de Porcelana. Trabajan para reyes, nobles y ricachones. De hecho, ahí detrás, aparte del vino, llevo unas cajas de porcelana fina.

—Y añadió, ufano—: Nosotros hacemos llegar el arte a ricos y pobres. Lo que tenemos en Talavera para gente de dinero es la Real Fábrica de Sedas. Eso sí que es lujo. Hacemos desde medias, terciopelos y damascos hasta prendas confeccionadas con seda, plata y oro. Tú debes de ser uno de esos tejedores franceses o valones que vienen a trabajar a esa fábrica.

Jaime se sonrió por lo locuaz y curioso de su nuevo amigo.

—No, yo soy marino y español, solo que vengo del Mediterráneo y allí hablamos así.

—¡Ah! —se sorprendió Tomás—. ¿Y qué se le ha perdido a un marino en plena Mancha?

—Vamos de camino a Cádiz y allí embarcaré hacia el Caribe. Quiero combatir a los ingleses.

—¿Eres soldado? ¿Vas armado?

—Soy soldado cuando se precisa y mi amigo también. Y llevo esto —dijo mostrándole la pistola.

El hombre silbó admirado.

—Pues se me ocurre algo que os puede interesar. Mi próximo destino será Cádiz. Cargaré sedas y porcelana para embarcar hacia América. Y mientras que de aquí a Madrid el camino es bastante seguro y la cerámica no demasiado cara, la seda y la porcelana son todo lo contrario y la vía a Cádiz está llena de peligros. Os puedo llevar a cambio de protección.

—Si nos asaltan, será una cuadrilla de cuatro o cinco y dos no bastamos —objetó Jaime.

—¡Quiá! ¿Te crees que estoy tan loco para ir solo? Nos juntaremos varios carros y vendrán cuatro hombres armados de escolta. Pero no sobran las armas y sois bienvenidos.

Jaime se giró y miró a Almudena, que había estado escuchando y le guiñó el ojo. Ella le sonrió de oreja a oreja sin que lo viera el cochero. Aquel era un golpe de suerte inesperado. Aunque disimulaban su alegría.

—¿Qué opinas, Julio? —le preguntó al supuesto muchacho.

—Bueno, depende… —respondió ella con voz gruesa y haciéndose la remolona—. ¿Cuándo salís?

—En un par de días.

Almudena miró a Jaime, interrogante.

—De acuerdo, pero con una condición —dijo él.

—¿Cuál?

—Que nos alojes en tu casa hasta que partamos. La comida la pagamos nosotros.

—De acuerdo, pero mi casa no es una hospedería. Tendréis que dormir en los bancos de la cocina o en la cuadra.

—Trato hecho.

40

Alcanzaron Talavera antes de que cerraran las puertas y, como Tomás era bien conocido en la ciudad, la guardia ni siquiera les pidió los papeles.

—Si los del Lobo nos siguen buscando, lo harán en las posadas y los mesones, y no en una casa privada —le dijo Jaime a Almudena cuando se quedaron un momento a solas—. Por eso he querido que Tomás nos aloje. Además, estamos lejos de Madrid y hay otros caminos a Cádiz. Creo que podemos empezar a relajarnos.

—Eso siempre y cuando aquel arriero no nos delatara —repuso Almudena.

—¿No quieres vestirte ya de mujer? Si aquel tipo nos traicionó, sabrán que vas de hombre.

—Mis papeles están a nombre de Julio. Y voy más tranquila con este disfraz.

Jaime no insistió, a pesar de que le apetecía verla de nuevo con faldas. Por otra parte, la sentía tan mujer que le costaba entender cómo los demás podían confundirla con un muchacho. Pero parecía funcionar.

La casa de Tomás no tenía lujos, pero sí patio y cuadra para carro y caballos. La cocina gozaba de una amplia chimenea que cubría no solo el hogar, sino gran parte de la estancia, que servía también de comedor. Había una mesa con dos bancos largos y anchos que su anfitrión dijo que les podían servir de cama. El hombre le contó a su mujer el acuerdo que tenían, que incluía el pago de las comidas, y ella les acogió de buen talante. Parecía que estaba acostumbrada a que Tomás llevara gente a la casa.

Les facilitaron un par de jergones que llenaron en el establo con paja fresca. Todo un lujo después de las noches que llevaban durmiendo en el monte. Durante la cena, la pareja les contó que tenían dos hijas y un hijo, pero ellas estaban casadas y el muchacho, también carretero, se encontraba de viaje. Cuando terminaron, el matrimonio se retiró y los dejaron solos en la cocina.

Jaime animó el fuego con unas ramas y acercaron a la lumbre los bancos que les servirían de cama.

—Te voy a echar de menos esta noche —le dijo Jaime una vez apagado el candil.

—Hoy no tienes excusa.

La joven no quería confesar lo agradable que le resultó la noche anterior el contacto y el calor del cuerpo de Jaime.

—Que Dios nos dé una buena noche —se despidió ella, ya acomodada en su improvisada cama.

Pero antes de que pudiera darse la vuelta, él la abrazó buscando sus labios y ella lo apartó de un empujón, sin que él se resistiera.

—¡Jaime! —le reprendió sin levantar la voz para que Tomás y su mujer no se enteraran—. ¡Maldita sea! ¿Cuántas veces tengo que decirte que estoy casada?

—No lo estás —repuso él, acalorado—. ¿Dónde diantre está tu marido? Eres viuda. De lo contrario, él estaría contigo. ¿Qué clase de hombre podría abandonar algo tan hermoso como tú? Si yo fuera tu marido, me hubiera dejado matar antes que separarme de ti.

El joven se detuvo. La pasión volcada en aquellas palabras le había dejado sin aliento. Almudena lo miraba sorprendida.

—Yo no podría vivir sin ti —prosiguió Jaime después de recuperar fuerzas—. Y tu indiferencia me mata.

Almudena sabía lo mucho que ella le gustaba, él nunca lo había ocultado, pero de repente aquel inesperado estallido de pasión la halagaba al tiempo que la asustaba. Y se dijo que no, que no le era indiferente, pero no le convenía que él lo supiera. Entonces notó lágrimas en sus ojos. ¿Cómo podían enternecerle tanto aquellas palabras? No, no le era indiferente.

Pero de pronto el dolor del muchacho pareció transformarse en ira.

—Si yo hubiera tenido que huir, lo habría hecho contigo. ¡Jamás te habría dejado atrás para que pagaras mis malditas deudas! Y estás viuda, te aseguro que estás viuda. Porque si alguna vez me encuentro con él, te juro que lo mato. Por miserable, por dejarte tirada, por hacerte daño. ¡Se lo merece!

Ella estaba conmovida, pero se dijo que tenía que detener aquello.

—¡Jaime! —repuso con un enérgico susurro—. Retira eso. ¡Retira eso de que le vas a matar!

—¡No! Lo haré.

—Si no lo retiras ahora mismo, me vuelvo a Madrid. ¡Que haga el Lobo lo que quiera conmigo! No puedo seguir con alguien que tenga esas intenciones. ¡Condenaría mi alma al infierno!

Él la miró a la luz de las brasas del hogar tratando de ponderar hasta qué punto pensaba cumplir lo que proclamaba con tanta energía y determinación.

—Yo ya estoy en el infierno —murmuró él.

Ella soltó un bufido.

—¡No seas tan dramático, por Dios! Menuda tontería.

Y ahora retira lo que has dicho o me voy de aquí en este mismo instante.

Jaime no creía que ella cumpliera su amenaza, pero se dijo que no quería tener un conflicto innecesario. Guardaba aún esperanzas de seducirla.

—Retiro lo de matarle. Pero lo que no puedo hacer es dejar de quererte.

—¿Cómo? ¿Te has enamorado de mí de repente? Si llego a saber eso, no me habría venido contigo.

—No ha sido de repente. Creo que te quise la primera vez que te vi y ese amor ha crecido con el tiempo.

—¡Tonterías! —le cortó ella—. ¡Olvídate de eso! Buenas noches.

Y le dio la espalda. Estaba muy inquieta preguntándose qué haría él, si todo el respeto mostrado hasta el momento se traduciría en una reacción violenta por su parte. Pero notó que permanecía inmóvil de pie, como dudando, y que al final se tumbaba en su propio jergón y se acurrucaba bajo el capote.

A pesar del cansancio, a Almudena le costó conciliar el sueño. Las palabras de su compañero le habían llegado muy adentro. ¡La quería! Con la lengua recorrió sus labios en busca del sabor del beso furtivo que había rechazado sin encontrarlo. Temía enamorarse. Le traería un gran sufrimiento, el mismo que parecía padecer él.

«¡Debería alejarme de él ahora mismo!», dijo para sí.

Pero no podía, tenía que seguir el camino porque al final se encontraba su querido padre. Y para eso necesitaba a Jaime.

Se puso a rezar suplicando fuerzas para no arrojarse a los brazos de aquel hombre. Desde que le conocía, el recuerdo de su marido se le hacía más distante, más ingrato. Pero su deber era serle fiel y lo cumpliría costara lo que costase.

El Lobo regresó frustrado a Madrid y lo primero que hizo fue presentarse en La Fonda del Dragón. Se instaló con tres de sus hombres en una mesa y llamó a Juan.

—Sírvenos —le ordenó, y pidieron todo lo que les apeteció.

Al terminar, hizo que la familia se reuniera en un cuarto que tenían más allá del comedor.

—No la he encontrado y os hago responsables a vosotros —les dijo.

—Señor, nosotros hemos hecho todo lo posible —dijo la madre, temblorosa.

—La dejasteis escapar.

—No había nada que pudiéramos hacer —se lamentó Juan.

—Parece que va a Cádiz —prosiguió el Lobo sin atenderle—. Tengo negocios y amigos allí. Iré a buscarla. A caballo llegaré antes que ella.

—Deseamos de todo corazón que la encontréis de una vez —intervino la madre—. Y que le deis su merecido. Imaginaos, se ha fugado con un hombre, porque sola no se hubiera atrevido. Está engañando a mi hijo, la muy zorra.

—Eso a mí no me importa. Sabed que sois responsables y que los gastos que yo y mis hombres tengamos durante la búsqueda aumentarán vuestra deuda.

Ellos le miraron desolados.

—Y rezad para que la encuentre, porque si no…

—Rezaremos, señor —dijo Juan—. Os aseguro que vamos a rezar.

El Lobo afirmó con la cabeza y esbozó una sonrisa siniestra. Estaba convencido de que lo harían.

41

Los jóvenes emplearon la mayor parte del tiempo de espera en pasear por la orilla del Tajo. Almudena se inquietaba pensando en la inminente liberación de su padre y la necesidad de auxiliarlo.

—Este tiempo lo recuperaremos de sobra yendo en carro, no te preocupes —la consolaba Jaime.

Querían ser discretos y no permanecían en las calles de la ciudad más que lo justo, por si los tentáculos del Lobo llegaban hasta allí. Así que se acercaban a la orilla del gran río y charlaban contemplando el paisaje.

Almudena temía que Jaime volviera a las andadas, pero él parecía dispuesto a comportarse.

—¿Quieres que nos encierre la Inquisición? —le advirtió, divertida, la primera vez que él trató de agarrarle la mano durante el paseo—. ¡Somos dos hombres! Y como descubran que soy una mujer vestida de hombre... estamos perdidos.

Él desistía, pero cuando estaban sentados en la orilla viendo el transcurrir del agua, a veces le robaba la mano para besársela apasionadamente. Y ella se lo permitía durante unos momentos antes de apartarla con suavidad. Había que dar algo, se decía. Y que aquello no era grave. ¿No le besaba ella siempre la mano a don Andrés? Aunque el placer y la ternura que sentía con el contacto de los labios del joven la alarmaba. Tenía que esforzarse para no responderle con el mismo cariño.

Sin embargo, cuando finalmente cruzaron el Tajo por su majestuoso puente montados en el carro de Tomás, Almudena iba bastante tranquila. Aparte de muestras furtivas de cariño, como tomarle la mano o buscarle los labios al darle las buenas noches, no había habido más desde su intento la primera noche que llegaron. Confiaba en que esa fuera la tónica del resto del viaje.

La caravana constaba de ocho carros con distintas mercancías y una guardia de cuatro hombres a caballo armados con mosquete y espada. Alguno de los conductores y sus acompañantes portaban también armas de fuego.

—Esta noche pararemos en La Nava de Ricomalillo —les contó Tomás—. Hasta allí el camino es bastante seguro.

—¿Y por qué no más allá? —inquirió Almudena.

Iba sentada junto a Tomás en el pescante y no se perdía detalle de cómo este conducía las mulas. La de Jaime se alternaba con las demás para que se cansaran menos.

—Porque allí se extrae oro y veremos alguaciles a tramos. Cuenta con la protección del rey. Pero de allí a Sevilla podemos encontrarnos con bandidos en cualquier recodo.

—Creía que el oro venía de América —dijo Jaime.

—Pues ya ves que no todo.

En carro y por el camino real se avanzaba rápido, y antes de caer la noche se detuvieron en una venta con un gran patio cerrado y todo lo necesario para las caballerías y los viajeros.

—Aquí tienen buena cocina —dijo Tomás—. Vamos a celebrar el inicio del viaje. Dejadlo todo y descargamos después. Los mozos del lugar lo vigilan.

Almudena se sentía feliz con el rápido progreso de la

caravana y la compañía. Le gustaba el carretero y los demás parecían gente agradable. Ella siempre había atendido las mesas y la única vez que alguien le sirvió la cena fue en la venta de Navalcarnero, pero la inquietud que sentía por si descubrían su disfraz y por el Lobo no la dejaron apreciarlo. Ahora estaba dispuesta a disfrutar de ser ella a la que sirvieran.

Tanto la comida como el vino eran mucho mejores que los que daban en la fonda de su suegra. Tomás era muy gracioso, y Jaime y otros se unieron a él con chanzas y chascarrillos mientras ella no podía dejar de reír. Hacía años que no lo pasaba tan bien. El menorquín se mostraba ocurrente y con su particular acento provocaba carcajadas. Todos bebían y ella les seguía; quería parecer un muchacho, pero no deseaba emborracharse y paró justo a tiempo.

Y al retirarse supo que Jaime había alquilado una habitación en el primer piso.

—Después de tantas malas noches merecemos dormir al menos una bien.

—¿Hay una sola cama? —se sorprendió al verla.

—Sí, pero muy amplia. Aquí caben varios.

—No creo que debamos dormir juntos.

—Ya lo hicimos en el monte. ¿A qué vienen esos reparos ahora?

Ella estaba un poco achispada y no tenía ganas de discutir.

—Pero tú en un extremo y yo en el otro.

—De acuerdo.

Entonces Almudena se enfrentó a otro imprevisto. En el establo y en el monte dormían vestidos, y también en casa de Tomás por guardar las apariencias, pero en la habitación de la posada, con el equipaje a mano, ambos buscaron la comodidad de una bata de noche. Ella por un momento se planteó dormir vestida de hombre; sin embargo, después se dijo que era estúpido despreciar la comodidad y optó por la bata. Se acurrucó en el lado derecho de la cama y se giró de espaldas. Al poco notó que él abordaba el lecho por el otro lado y se mantuvo alerta un momento, atenta a sus movimientos. Se quedó quieto, pero cuando ella empezaba a dormirse notó que él se acercaba para abrazarla por la espalda, tal como hizo en la cabaña.

—¡Jaime! ¿Qué haces?

—Lo mismo que hicimos, agarrarte por detrás.

—¡No! No es lo mismo.

No era lo mismo porque en el monte, al contrario que ahora, les separaban sus gruesos ropajes.

—¡Vuélvete hacia tu lado! —le ordenó.

—Tengo frío.

—¿Cómo vas a tener frío? ¡Apártate!

Pero él no se movió. Parecía decidido a quedarse allí y ella se sentía demasiado cansada para discutir.

—Vale, pero estate quieto... Tengo mucho sueño.

Lo estuvo, aunque no por mucho tiempo. Al poco empezó a acariciarla con suavidad, el cabello, el vientre, las piernas... Ella lo vivía en un ensueño del que se despertó al notar la excitación de él en sus nalgas.

—¡Jaime! —exclamó incorporándose ligeramente.

Y él aprovechó para besarla en la boca. Ella quiso apartarlo, pero él insistió y, de pronto, sin quererlo, se encontró devolviéndole el beso. Aquello era delicioso y su cuerpo empezó a actuar contra su voluntad. Sin dejar de besarla, Jaime le levantó la bata para acariciar su piel desnuda. Ella tenía la mente confusa y por un momento pensó en gritar, pero de inmediato comprendió que eso la delataría como mujer. Sintió que todo su raciocinio desaparecía cuando él se deslizó para besar su cuerpo por debajo de la bata. Era incapaz de pararle, lo único que podía hacer era acariciarle el cabello mientras él la llevaba a lugares desconocidos. Ni su noche de bodas ni las siguientes con Julio, que presumía de ser un maestro en la cama, se parecían a aquello. El deseo contenido estalló de golpe en un éxtasis inimaginable. Boqueaba, le faltaba el aire. Y se estremeció en una explosión de placer. Pero en ese instante se percató de que él se incorporaba para ponerse encima y penetrarla. Y una palabra horadó su mente confusa: «¡Adulterio!». Y después «lujuria», «pecado», «ofensa a Dios» y muchas otras que tantas veces le habían repetido en la iglesia. No supo de dónde sacó las fuerzas para gritar:

—¡No!

Y de un empujón tumbó a un desprevenido Jaime. Saltó de la cama para buscar su navaja a la mortecina luz del candil y, amenazándole con ella, se colocó de espaldas a la pared.

—¡Como te acerques te mato! —le dijo.

—Pero Almudena... —murmuró Jaime, que acababa de caer del cielo para dar con sus huesos en el duro suelo.

Lo había planeado todo al detalle para hacerla su mujer. El vino, las bromas, la intimidad, la cama... Y le había salido a pedir de boca hasta aquel momento. Jamás se le había pasado por la mente forzarla, por lo que le parecía ridículo que ella le amenazara.

Se incorporó adolorido.

—Baja la navaja, que no te voy a hacer nada.

—No me fío.

—Pues quédate ahí. —Y se tumbó de nuevo, dándole la espalda.

Jaime fingía tranquilidad, aunque no creía que pudiera conciliar el sueño con la excitación que sentía. Sin embargo, se consolaba. No pudo poseerla, pero había llegado muy lejos y ella estuvo consintiendo hasta el último momento. No sabía lo que ocurriría después, pero guardaría esa noche en sus recuerdos, y en su corazón, para el resto de su vida.

Ella se sentía abrumada. Le costaba reponerse y se decía que, a pesar de haberle parado a tiempo, había pecado, y mucho, al ceder hasta el último momento. Y por fuerza tenía que ser una gran ofensa a Dios y a la Virgen María. Cuanto más placer, mayor era el pecado. Necesitaba confesarse.

42

Almudena permaneció de pie, con la espalda contra la pared, un rato más. Vigilaba a Jaime, pero este parecía dormir plácidamente y ella estaba agotada. Hasta que decidió acostarse en su lado de la cama, aunque en alerta, manteniendo la navaja junto a ella. Sin embargo, el sueño la venció enseguida. Y esa noche no ocurrió nada más.

—No volveremos a dormir juntos —le dijo a Jaime cuando se despertó al día siguiente.

—Pues no sé cómo lo harás cuando pida una habitación en la próxima posada —repuso él, de lo más tranquilo—. ¿Te irás a dormir a la cuadra? Si a tu aspecto le añades ese comportamiento raro, sabrán que no eres un hombre. Quizá alguno lo sospeche ya.

Ella se quedó pensativa.

—Ya veré cómo lo hago.

—¿Y si te doy mi palabra de no intentarlo de nuevo?

—No me fío.

Esa mañana emprendieron el viaje muy temprano.

—Tenéis mal aspecto —les dijo Tomás, socarrón, una vez montaron en el carro—. ¿Es que no habéis dormido bien?

—La cama era buena —dijo Jaime—. Pero no sé qué tenía que me ha costado conciliar el sueño. ¿Te ha pasado lo mismo, Julio?

—Sí —repuso ella, escueta.

Unas horas más tarde, Almudena empezó a sentir unos dolores familiares. Los de la menstruación. Temía su llegada, estaba preparada, pero aquello complicaba su fingimiento. Tendría que lavar paños y conservar los sucios cuando no hubiera otra alternativa. Necesitaría más que nunca la ayuda de Jaime para no descubrirse. Así que debía contárselo. Pero de repente comprendió la ventaja que representaba. Julio, su marido, se alejaba de ella durante el periodo. Y por los comentarios de las modistillas, sabía que la mayoría de los hombres se comportaban igual, en especial los más jóvenes. Y ese era el caso de Jaime.

Y se lo contó aprovechando que cruzaban un riachuelo y se detuvieron para que abrevaran las caballerías.

—Me tienes que ayudar, Jaime.

—Dime qué quieres que haga.

—Cubrirme en cuanto lave los paños y trate de secarlos.

—¡Hecho!

—Además, estaré impura. Imagino que no vas a querer tocarme.

—¿Tocarte? —se sorprendió él—. Yo te adoro. ¿Cómo no iba a querer tocarte si tú me lo permites? Aunque tuvieras lepra, te besaría y te acariciaría si me dejaras.

Ella lo contempló con fastidio. No había forma. Debía reconocer que aquella pasión la halagaba y que sentía la necesidad de corresponderla. Pero estaba obligada a negarse.

—Oye, ¿tú has estado alguna vez con una mujer a la que le pasaba eso?

—Supongo. No es algo que vayáis contando.

—¡En la cama!

—Pues no, que yo sepa.

—¡Lo sabrías!

El chico no tenía ni idea, como ella suponía.

—Pues es algo muy muy desagradable. Molesto para la mujer y asqueroso para el hombre.

—¿Con tocarte te referías a lo de ayer noche?

—¡Sí!

—Pues no te preocupes. Te prometo que no lo haré, aunque solo porque tú no quieres. —Y añadió con una sonrisa—: Lo que no impide que una vez pase eso que tienes ahora no trate de convencerte.

Almudena soltó un bufido. Mitad de alivio y mitad de cansancio. Seguiría teniéndole encima. Pero por lo menos ahora gozaba del argumento perfecto para mantenerle a una distancia razonable. Aunque tampoco deseaba tenerle lejos.

Y así siguieron el camino. Gracias a las mulas y a las largas jornadas llegaron a Sevilla ocho días después de salir de La Nava. Allí se quedaron tres de los carros y uno de los guardias a caballo. Las jornadas que faltaban hasta Cádiz eran bastante seguras. A Jaime le hubiera gustado visitar aquella ciudad que todo el mundo elogiaba, pero Tomás dijo que no iban a eso y que no podían permitirse hacer una parada.

Almudena coincidía; estaba ansiosa por encontrarse con su padre. Jaime seguía mostrándole discretamente su afecto, pero sin intentar nada, aunque los últimos días le preguntaba, irónico, si su regla era eterna. Ella le decía que no fuera tan descarado, le aseguraba que seguía allí y lavaba paños como si en realidad los necesitara.

43

Conforme se acercaban a su destino, la ansiedad de Almudena iba en aumento.

—No sé si le habrán soltado ya, ni en qué condiciones se encuentra.

—Estará bien, ya lo verás —la consolaba Jaime tomándole la mano.

Le estaba muy agradecida; sin él no hubiera podido escapar de su cautiverio y realizar aquel viaje. Y aunque había invertido en él parte de sus menguados ahorros, Jaime se había hecho cargo de casi todo. Bien sabía cómo deseaba él que le pagara, y lamentaba no estar soltera para poder complacerle. Casándose antes, claro. Ella también le deseaba. Y mucho. Pero tenía marido y acceder sería adulterio. Y eso la aterrorizaba, era lo peor que una mujer podía hacer. El pecado más horrible.

A veces fantaseaba con la idea de que Julio estuviera muerto. Si así fuera, no resistiría la tentación de echarse a los brazos de Jaime. Y se decía que lo haría incluso antes de casarse con él, aunque fuera pecado. Porque ese sería leve. Le gustaba como hombre, como amigo y como compañero de viaje. Y le encantaría poder compartir con él un viaje más largo: el de la vida. Pero al llegar a ese punto recordaba a Julio y se decía que, a pesar de su ausencia, le seguía amando, y trataba de olvidar aquellos pensamientos. Eran pecaminosos y debía confesarse.

Lo único que podía ofrecerle a Jaime era lo que había consentido hasta ese momento: algún beso furtivo, alguna caricia y dormir acurrucados. Pero nada semejante a lo ocurrido en La Nava. ¡Era pecado! Y debía ir con mucho cuidado porque los mimos no eran inocentes. La encendían y le costaba mucho disimular. Se refugiaba en el rezo pidiéndole fuerzas a la Virgen y a todas las santas.

La última parada antes de Cádiz fue a poca distancia de Jerez de la Frontera. El intenso tráfico del camino evidenciaba lo poblada y activa que era la zona.

Adelantaron a un grupo muy lento de carros que llevaba protección militar.

—¿Qué son? —quiso saber Almudena.

—Traen piedra para construir el Arsenal de la Carraca —repuso Tomás.

—¿Y tan valiosa es que tiene que ir custodiada? —inquirió Jaime irónico.

—No particularmente. Es piedra ostionera de las canteras de Puerto Real. Cádiz se ha edificado con esa piedra, que está formada por multitud de conchas, algunas de ostras grandes a las que llamamos «ostiones». Y los soldados no vigilan la piedra, sino a los forzados del Arsenal que la cargan.

A la joven se le hizo un nudo en el estómago al pensar que uno de aquellos hombres podría ser su padre. Trataba de verles el rostro, ansiosa, cuando adelantaban a los carros o se cruzaban con ellos. No reconoció a ninguno. Su angustia crecía.

Pasado el mediodía, después de atravesar frondosos pinares, llegaron a unos cursos de agua.

—Aunque lo parezcan, no son ríos —aclaró Tomás—. Estamos en las marismas de Sancti Petri y esos canales se llaman «caños». La bahía está muy cerca y el agua entra y sale por los caños según la marea. —Y al llegar a uno más ancho les dijo—: Este es el caño principal al que llaman Sancti Petri. Encontrareis el Arsenal de la Carraca siguiendo el camino que recorre su orilla hasta el mar.

Había llegado el momento de despedirse. Y lo hicieron con abrazos y deseándose lo mejor.

—Muchas gracias, Tomás —le dijo Jaime con una sonrisa—. Que se te rompiera la rueda fue una desgracia para ti, pero una fortuna para nosotros. Ha sido estupendo conocerte y tener tu amistad.

—Vuestra compañía me ha alegrado el viaje. Estaré unos días en Cádiz, si me necesitáis, me encontraréis en La Posada del Marrajo.

Cuando se despidió de Almudena con un abrazo, la estrechó fuerte y le dijo:

—Cuídate, muchacha. Te deseo que encuentres a tu padre con salud. —Y le sonrió.

Ella le devolvió la sonrisa. Comprendió que Tomás llevaba tiempo sospechando y que con aquel abrazo acababa de constatar que, bajo la camisa y la faja, tenía pecho.

Con su equipaje en la mula, la pareja siguió el camino que bordeaba el caño. Al final se toparon con un muro en el que se abría una gran puerta, donde unos soldados montaban guardia.

—Venimos a preguntar por mi padre —le dijo Almudena con voz angustiada al que mandaba—. Se llama Lorenzo Román. Vengo de Madrid y hace ocho años que no le veo.

—No se permiten visitas sin autorización previa.

—Ha cumplido ya su pena, solo quiero saber si sigue aquí. Se lo suplico.

El oficial lo consideró en silencio.

—Por favor —insistió ella—. Se encuentra muy enfermo. Jaime le mostró unos reales de plata.

—Bien, en todo caso quien sabrá de él es el intendente —dijo al fin el hombre—. Pasarás tú solo, muchacho, y uno de mis soldados te acompañará. Los reclusos se alojan en el Penal de las Cuatro Torres, en la isla de Santa Lucía. Y allí está el intendente.

El astillero se asentaba en una base compuesta de lodos y arena, aportados por el mar y los caños, que se consolidaron alrededor de una nave de transporte de las llamadas carracas, hundida en aquel lugar muchos años antes. De ahí le venía el nombre a la isla. Lo que vio Almudena en el interior fue un gran recinto en construcción en el que trabajaban los penados. Y el trabajo era particularmente duro porque tenían que afianzar con madera y piedra una base cenagosa que se hundía y en la que había que bombear el agua de continuo.

Al islote de Santa Lucía se accedía por una pasarela de madera y los edificios estaban ya terminados, tanto el presidio, un edificio cuadrado de planta y piso flanqueado por cuatro torres, como el muro de defensa a la orilla de la bahía.

Allí tuvo Almudena que aguardar hasta que el intendente, un militar de casaca blanca con botonadura y hombreras doradas, la recibió. Ella le agradeció profusamente su amabilidad por atenderla y le preguntó por su padre. El oficial puso en la mesa un grueso libro de registro para buscarlo, pero al oír su nombre dijo:

—¡De él me acuerdo! Justo anteayer vino un sobrino suyo preguntando lo mismo.

—¿Sobrino? —se sorprendió ella—. Ignoraba que yo tuviera primos.

Se estremeció. No eran los únicos que aguardaban a Lorenzo. E imaginó quién podía ser.

—Sí, eso dijo.

—¿Y está aún mi padre aquí o ha salido ya?

—Salió hace tres días.

—¿Y cómo se encontraba? —inquirió angustiada—. ¿Cómo estaba de salud?

El oficial la miró y compuso una media sonrisa. Iba a soltarle una inconveniencia, pero al leer la ansiedad y el desconsuelo en su rostro se apiadó.

—¿Cómo quieres que lo sepa, muchacho? Ni soy médico ni esto es un hospital. Para mí es solo un sin rostro, un nombre en una lista.

—¿Y dónde puede estar ahora? —Se maldecía por haber llegado tarde.

—A los que han cumplido con el rey los llevamos a Cádiz y los animamos a embarcarse para América.

—¿Pero tienen un alojamiento en la ciudad o algo?

—La Corona deja de ser responsable de ellos. Tu padre es un hombre libre que ha de cuidar de sí mismo.

44

—Está en Cádiz y no tiene de nada —le dijo Almudena, angustiada, tan pronto vio a Jaime—. ¡Llegamos tarde! ¡Maldita sea, llegamos tarde! —Y se puso a llorar.

—Tranquila, mujer, le encontraremos.

—¡Vamos! Hay que llegar antes de que cierren las puertas de la ciudad.

Y emprendieron el camino, ella en la mula y Jaime a pie, dándose toda la prisa que pudieron.

—Un hombre preguntó por mi padre diciendo que era su sobrino.

—¿Es eso posible?

—¡No! No tengo primos con los que nos tratemos.

—¿Quién sabía cuándo salía tu padre?

—Mi familia política.

—Luego también lo sabía el Lobo, ¿verdad?

—¿Crees que puede estar aquí? —preguntó con voz temblorosa.

—No puede ser otro. Me contaste que es muy orgulloso y que nadie se la juega. Le burlamos en Madrid y en Navalcarnero. Pero ha venido hasta aquí.

—¡Ay, Dios mío! ¿Crees que le hará daño?

Jaime soltó un resoplido.

—¡No, no lo creo! Tu padre no le interesa, le sigue solo para encontrarte a ti. ¡Es a ti a quien quiere!

Almudena le miró, entre lágrimas, y se alegró de tenerle a su lado.

El menorquín palpó la pistola que llevaba al cinto para asegurarse de que, aunque descargada, seguía allí.

Cruzaron el caño mayor de Sancti Petri por el puente Zuazo y cuando llegaron a San Fernando les dijeron que en realidad se encontraban en una isla, mucho más grande que la de la Carraca y Santa Lucía, la llamada isla del León. Jaime le repetía a Almudena que no se preocupara, que sortearían todos los peligros y recuperarían sano y salvo a su padre. Ella le agradecía sus palabras, le daban confianza, la serenaban. Continuaron hasta uno de los extremos de la isla donde el camino seguía por una larga y estrecha franja de tierra.

—¡El mar! —exclamó Almudena—. Es la primera vez que lo veo. Y, por si fuera poco, lo hay a ambos lados.

Empezaba a caer la tarde, el día era luminoso y las aguas se veían de un profundo azul. El espectáculo la animó y quiso librarse de la angustia que la atenazaba y suscribirse al optimismo de su amigo. ¡Encontrarían a su padre! ¡Y vivo! Y si tenían que enfrentarse al Lobo, lo harían. Con Jaime a su lado se sentía capaz de todo.

—Bueno, no es el mar; lo que tenemos a la derecha es una bahía —puntualizó el joven—. Y el camino transcurre sobre un tómbolo, que es un brazo de tierra que une la isla con el continente.

—No me seas sabiondo, señor piloto —replicó ella tratando de superar su angustia—. Para mí, a la izquierda hay mar y a la derecha también, y es impresionante.

El joven se sonrió.

Al cabo de más de tres horas de salir de la Carraca, llegaron a unos poderosos bastiones. Jaime pasó la mano por la piedra vista para tocar el conglomerado de grandes ostras que la formaba. Tras los bastiones se hallaba la única puerta de tierra de Cádiz, que era casi una isla. El trasiego de carros y personas era intenso y los guardias no les pidieron la documentación. Estaban pendientes de las mercancías, echaron un vistazo por encima a su limitado equipaje y les dejaron pasar.

Lo primero que hicieron fue preguntar por La Posada del Marrajo, que, como Jaime intuía por su nombre, era un lugar marinero. Se encontraba cerca de una de las puertas de la muralla que daba a una playa y al puerto, situado en el lado norte, mirando a la bahía.

—¡Mira quién está aquí! —dijo Tomás con una sonrisa al verlos—. Y yo que creía que me había librado de vosotros.

Y Almudena, angustiada, le contó lo sucedido.

—Pues si tu padre carece de recursos, su única opción es recurrir a la caridad —concluyó el carretero.

—¿Y a dónde iría aquí en Cádiz?

—Aquí, como en todas partes, los conventos reparten la sopa boba con las sobras de las comidas de los frailes. Tendréis que buscarlo allí.

—¡Vamos! —dijo Almudena.

—A esta hora ya la han repartido y tu padre se habrá acomodado para pasar la noche.

—¿Dónde?

—Muchos lo hacen sobre la arena de la playa y otros en la calle.

—¡Vamos! —repitió ella.

—Ahora no —dijo Jaime—. Está a punto de anochecer y no podemos pasearnos con un candil despertando a todos los que duermen en la playa o en las calles. Mañana seguirán allí, le buscaremos tan pronto amanezca. Y si no lo encontramos, iremos a los conventos al mediodía. Seguro que lo vemos en una de las colas.

Almudena no estaba de acuerdo. Sufría pensando en la

miseria que pasaba su padre, cuya salud empeoraría durmiendo a la intemperie. Pero después de discutir con el menorquín y oír el consejo de Tomás, se convenció de que era mejor posponerlo hasta el día siguiente.

Aquella noche compartieron habitación sin que los avances de Jaime pasaran de las muestras habituales de cariño que ella aceptaba. Almudena se sentía tentada de devolverlas, pero se contenía para evitar que la cosa llegara a mayores. Él durmió como de costumbre, pero a ella la inquietud apenas le dejó pegar ojo.

Al alba, estaba ya de pie y arrastró a Jaime fuera de la cama.

—¡Vamos!

Y fueron a la playa. Allí, desperdigados, los indigentes dormían entre las barcas o resguardados al pie de las murallas. Algunos lo hacían solos y otros en grupos, protegiéndose del relente como podían, con mantas hechas de harapos o capas raídas. Y cuando la joven los vio de cerca, el alma se le cayó a los pies. Los hombres mostraban rostros demacrados, con el cabello sucio y la barba descuidada. Y la apariencia de las mujeres, en menor número, no era mucho mejor. Entonces una nueva angustia se añadió a la que ya sentía: ella tenía diez años cuando la desgarradora despedida de su padre, atado a la cuerda de presos que lo llevaba al Arsenal. Lorenzo sufrió ocho años de trabajos forzados y su aspecto habría cambiado dramáticamente. ¿Sería capaz de reconocer a su propio padre? ¿Sería capaz él de reconocerla a ella?

Se acercaba a cada hombre y observaba su rostro. Algunos seguían envueltos en sus precarias ropas de cama. Almudena, sintiéndose protegida por Jaime, los despertaba.

—¿Sois Lorenzo Román?

Cosechaba negativas y algunos insultos, pero ella persistía. Registraría toda la playa hasta dar con él. Al fin, un hombre de unos cincuenta años y aspecto gruñón pareció reconocer el nombre.

—¿Lorenzo?

—¡Sí! —repuso Almudena, esperanzada.

—¿Lorenzo Román?

—¡Sí! ¿Qué sabéis de él? ¿Dónde está?

El hombre tendió la mano en un gesto inequívoco. Jaime le mostró dos monedas de un real sin dárselas.

—¿Me las darás aunque no te guste lo que te cuente?

—Si tiene relación con el asunto, sí.

—Pues no sé nada de ese hombre —aclaró—. Pero alguien estaba preguntando por él anteayer.

Jaime y Almudena se miraron. Sus temores se confirmaban.

—¿Cómo era?

—No era uno, sino que eran dos hombres bastante fortachones.

—¿Y qué más?

—Vestían capa y chambergo.

—¿Tenía alguno cicatrices? —quiso saber Almudena.

—Pues sí, una cicatriz le cruzaba a uno la cara. Y hablaba como tú, seguro que venía de Madrid.

Jaime le dio los dos reales al hombre y se apartaron para hablar.

—El Lobo busca a tu padre para encontrarte a ti —le recordó mientras, con disimulo, aprovechaba para cargar su arma.

—Me cuesta creer que ese asesino haya venido desde Madrid a por mí. ¿Tan importante le soy? ¿Tanta rabia me tiene?

—Eso parece. Pero no vamos a dejar por ello de buscar a tu padre, ¿verdad?

—¿Y si lo ha secuestrado?

—Es posible. Pero no lo creo. A quien quiere es a ti, no sabe dónde estás, y espera dar contigo cuando encuentres a tu padre. Por eso lo habrán dejado libre pero vigilado.

Siguieron buscándolo en la playa, pero ahora mirando hacia atrás con frecuencia. No querían verse sorprendidos. Muchos de los menesterosos empezaron a abandonar la playa y cruzaban la puerta del mar en grupos para entrar en la ciudad, sin que ellos pudieran verlos a todos. Decidieron ir a los conventos que repartían comida al mediodía para los pobres. Les habían dicho que el más popular era el de los franciscanos y allí se dirigieron.

Una cola de indigentes, cada uno con un cuenco de madera o loza, esperaba a que los frailes abrieran la puerta del convento que daba a la plazoleta de San Francisco. Unos aguardaban sentados en el suelo y otros de pie, charlando entre ellos, pero los más se mantenían en silencio, cabizbajos. Almudena empezó a recorrer la fila intentando reconocer a su padre y alguno se molestó ante su mirada escrutadora.

—¿Y tú qué quieres, chaval?

Ella no respondía, iba concentrada, rezando por encontrarle, y ni se inmutó cuando un hombretón colérico le propinó un empujón. Sabía que muchos de aquellos infelices estaban locos y no se asustaba porque detrás tenía a Jaime. El menorquín le devolvió a aquel individuo un empellón que le hizo trastabillar y casi caer.

De repente, el corazón le dio un vuelco a Almudena. Le pareció reconocer la capa de su padre, solo que ya era un harapo. El hombre miraba a la puerta por la que saldría la comida y no la vio. Ella aprovechó para observarle con atención. Aparentaba más de los cuarenta y un años que le correspondían, tenía la barba y el pelo desordenados, y los ojos verdes se hundían en una faz demacrada. Parecía enfermo.

—¡Dios mío, que sea él! —murmuró. Y preguntó sin elevar la voz—: ¿Lorenzo Román?

Él se giró despacio.

—¿Qué se te ofrece, muchacho? —inquirió con voz débil y ronca.

Ella se quedó muda mirándole, y notó lágrimas en sus ojos. ¡Era él! ¡Él de verdad! Le habría abrazado gritando de alegría, pero temía que estuviera vigilado. Y permaneció con los ojos acuosos sin saber qué hacer.

—Señor —intervino Jaime—. Queremos invitaros a comer en una buena mesa.

Él le miró extrañado.

—¿Y por qué ibas a hacer eso, francés? —inquirió, vacilante.

—Porque tenemos que hablar. Y no soy francés, sino español.

—¿Y de qué vamos a hablar?

—¿Queréis comer bien o no? —le cortó el menorquín.

—¿Te molesta esta gente, Lorenzo? —intervino un hombre corpulento que esperaba junto a él con un cuenco.

Tendría unos cuarenta años y mucho mejor aspecto que el resto.

—De momento no, Juan —le dijo con confianza.

—¿Vais a venir? —insistió Jaime.

Aquel Juan había estado pendiente de la conversación sin tratar de disimularlo. Como también lo estaba Almudena, con el corazón acelerado.

—No sé por qué me invitas —respondió Lorenzo—. No entiendo qué quieres; los únicos que dan comida gratis son los frailes. Pues que sepas que no tengo nada que puedas robar. Y que, si me invitas a mí, tendrás que incluir también a mi amigo Juan. Me cuesta andar y él me ayuda. Si no, comeré lo que me echen los frailes.

Jaime observó al tal Juan, supuso que sería uno de los hombres del Lobo.

—¿Es amigo vuestro del Arsenal? —quiso saber para asegurase.

—¿Y a ti qué te importa? —repuso Juan sin dejar que Lorenzo respondiera levantando la voz—. Ya le has oído: él no va sin mí.

—Pues vamos los cuatro —dijo Jaime—. Nuestra posada está en esa dirección.

Y ante la extrañeza de Almudena, tomó el sentido contrario. Lorenzo los siguió arrastrando los pies y apoyándose en el brazo de Juan.

Por el camino, ya alejados de la plaza de San Francisco, Jaime tiró del brazo de Almudena y le murmuró al oído sin que los otros le oyeran:

—Creo que ese es un hombre del Lobo. Es inútil que finjamos, díselo ya a tu padre y librémonos de él.

Una mezcla de sentimientos bullía en el corazón de la joven; el enorme esfuerzo por contenerse, la tremenda emoción que la embargaba y la sensación de peligro la tenían fuera de sí, no era ella. Al fin había llegado el momento tan ansiado y sentía tanta felicidad como temor.

Puso su mano en el hombro de su padre y le miró a los ojos, con los suyos vidriosos.

—¿Qué haces, muchacho? —inquirió él, extrañado y con voz débil.

—¿No me reconoces?

Él la miró con atención.

—No, no puede ser… —murmuró negando con la cabeza.

—¡Sí que lo es! No soy un chico. ¡Soy tu hija! ¡Soy Almudena!

—¡Almudena! ¡Dios mío! No puede ser… —La observaba con ojos desorbitados.

—¡Soy yo, papá! ¡Soy Almudena!

Parecía que Lorenzo se fuera a desplomar y ella lo sostuvo con un gran abrazo.

—¡Cuánto tiempo he estado esperando esto, papá! —Y rompió en llanto.

—Yo también —sollozó él.

Almudena volvía a ser aquella niña de diez años que despidió a su querido padre con el corazón destrozado. Entonces lloraba de una pena que la desgarraba, pero ahora lo hacía de alegría. Estuvieron un tiempo abrazados, hasta que él la apartó para mirarla.

—¿Eres tú de verdad? —musitó.

—Sí, papá, sí que soy yo. —Y empezó a cubrirle de besos.

—¡Qué guapa estás! —exclamó él con una sonrisa débil después de devolverle algunos.

—¿Cómo te encuentras? ¿Estás enfermo?

—Me siento débil, cansado, agotado. Pero ahora que estás aquí me repondré. —Hizo una pausa antes de preguntar—: ¿Y dónde está tu madre? ¿Dónde está mi Paca?

Almudena había temido aquel momento. Y respiró hondo para buscar las fuerzas que necesitaba antes de responder:

—Mamá ya no está con nosotros. ¡Cuánto lo siento! Nuestro Señor se la llevó con Él.

Lorenzo la miró con el rostro desencajado antes de cerrar los ojos y soltar un prolongado lamento, para después proferir, quedo, un quejido de dolor que partía el corazón, como el de una bestia herida. Ella revivió la pena por su madre al tiempo que sentía la de su padre. Le había engañado fingiendo que aún vivía y él en sus cartas repetía que seguía muy enamorado de su esposa, que le transmitiera su amor y lo mucho que ansiaba verlas a las dos, volver a estar con ellas. Nunca se cumpliría.

—¡No puede ser! —musitó cubriéndose la cara con una

mano, como no queriendo ver, no queriendo aceptarlo—. No puede ser.

Iba a desplomarse y Almudena se apresuró a sostenerle. Pesaba poco, demasiado poco.

Jaime era testigo emocionado de lo que ocurría entre padre e hija y acudió en su auxilio, permaneciendo con ellos hasta que él, sumido en llanto, fue capaz de mantenerse en pie con la ayuda de Almudena. Sin embargo, no había dejado de vigilar a Juan.

—Gracias por todo, Juan —le dijo el menorquín—. Como puedes ver, esto es muy íntimo. Entiéndelo, la comida será estrictamente familiar.

—Lorenzo me ha invitado —repuso él frunciendo el cejo—. Pienso ir con vosotros.

—Ya no estás invitado, te pido que te vayas.

—He perdido mi lugar en la cola de la sopa boba —insistió obstinado—. Y no me quedo sin comer, voy con vosotros.

—Toma dos reales. —Y se los dio—. Con eso puedes comer bien en cualquier fonda. Mil veces mejor que la comida de los frailes.

—Yo no dejo a mi amigo en un momento tan triste.

—¿Amigo? —Jaime empezaba a irritarse—. ¿Amigo de qué? ¿Cuánto hace que os conocéis? Dos días, ¿verdad?

—He estado cuidando de Lorenzo todo ese tiempo. —Le miraba desafiante, elevando el tono—. Quién sabe qué hubiera sido de él sin mi ayuda. No merezco que se me despida así, no merezco este trato.

Las sospechas de Jaime acababan de confirmarse. Se conocían de apenas dos días, cuando el supuesto sobrino preguntó por él en el Arsenal. El sobrino era el Lobo o uno de sus secuaces, quizá el propio Juan. Jaime no pensaba permitirle que los siguiera hasta La Posada del Marrajo y supiera dónde se alojaban.

—Ya tienes para comer, vete. —El menorquín elevó también el tono.

—No. Voy con mi amigo.

—¡Que te vayas! —Y le propinó un empujón.

Juan era un tipo corpulento y se lo devolvió. A lo que Jaime respondió dándole un puñetazo que lo tumbó.

—¡Hijoputa! —dijo el hombre levantándose navaja en mano.

El marino lo esperaba y por un instante dudó si sacarse la pistola del cinto, pero llamaba mucho la atención y prefirió confrontar a su oponente con la navaja.

—Esperadme en la posada —le gritó a Almudena, que presenciaba la disputa junto a su padre.

Juan hizo amago de seguirles, pero Jaime le bloqueó el paso.

—Anda, ve a comer y tómate unos vinos a nuestra salud —le dijo—. Y también a la tuya, porque como trates de ir tras ellos te rajo.

El matón corrió a un lado de la calle para evitar a Jaime, pero el muchacho era más ágil y se lo encontró de frente de nuevo portando la navaja. Pensaba contenerle el tiempo suficiente para que Almudena pudiera llegar a la posada con su padre. Les había conducido en dirección contraria para despistar a Juan, pero sabía que Lorenzo y su hija, a pesar de no conocer la ciudad, llegarían sin problemas preguntando.

Al rato de porfiar, Juan pareció desistir y se quedó a la espera. Jaime comprendió que pretendía seguirle a él. Pero no le preocupaba, él era más joven y podría despistarlo echando un par de carreras.

45

Así fue, Jaime corría más y no le fue difícil burlar a aquel hombre. Y cuando llegó a La Posada del Marrajo se encontró a Almudena comiendo con su padre en una estancia lateral que permitía discreción. Por el camino, la joven le había explicado su situación y el motivo por el que vestía de hombre. En aquellos momentos porfiaba con Lorenzo porque el hombre no tenía apetito; cerraba los ojos y se echaba hacia atrás diciéndole que ya había comido demasiado. Y a ella le asustaba lo flaco que le veía. Jaime les contó cómo se había librado de Juan y Almudena le pidió hablar a solas mientras su padre parecía reposar con los ojos cerrados.

—Está destrozado —le dijo—. No sé si superará la muerte de mi madre. Ni tampoco la desnutrición y el agotamiento.

—Sí que lo hará, mujer —la animó él—. Si superó el Arsenal de la Carraca, superará el dolor y la debilidad.

—Tengo que pedirte un favor.

—Dime.

—Alquila otra habitación y saca tus cosas de la mía. No quiero que las vea mi padre y sepa que hemos dormido juntos.

Él la contempló antes de responder. Cada vez estaba

más convencido de que lo suyo no era simple atracción física, sino amor. Pero sabía que no era suya y que seguramente jamás lo sería. Y ella le pedía más y más, y él se lo daba, pero no recibía nada a cambio. Se repitió lo que desde el principio se dijo: debía alejarse, huir de ella. Sin embargo, hizo lo contrario.

—Bien, lo haré ahora mismo. Pero tengo una pregunta para ti.

—¿Cuál?

—Me pediste que te ayudara a encontrar a tu padre y lo he hecho...

—Sí, muchas gracias. ¿Y...?

—Quiero saber qué piensas hacer ahora.

El ansia, rayana en obsesión, que Almudena tenía por encontrar y socorrer a su padre le había impedido plantarse los pasos siguientes.

—Quiero que mi padre recupere la salud y buscar un lugar seguro donde vivir —dijo después de meditarlo.

—Pues yo quiero embarcarme para La Habana tan pronto encuentre un puesto de primer piloto en una nave comercial. En esta posada paran capitanes y armadores y ya he hablado con alguno.

La alarma agrandó las pupilas de Almudena.

—¿Y nos abandonarás aquí, en manos del Lobo?

—Tú sabías que yo venía a Cádiz para eso. Y también sabes que tengo algo importante que hacer allí. Mi único compromiso fue traerte conmigo. Y aquí estás. Cuando acepté, ni siquiera sabía que me jugaría la vida por ti como lo estoy haciendo.

—Pero si nos dejas, estamos perdidos.

—Lo siento.

Almudena evaluó rápidamente sus alternativas. Eran pocas. Si lograba escapar del Lobo en Cádiz, se lo encontraría en Madrid. Y si por un milagro lograba su perdón, caería de nuevo en manos de su odiosa familia política. No podía regresar. Tampoco sabía a qué otro lugar de la España peninsular podía ir. Sin embargo, en La Habana se encontraba su marido y, aun si como decía Jaime había muerto, allí estarían fuera del alcance del matón que la perseguía. América era su única opción.

—¡Llévanos contigo! Te lo suplico. Cuando lleguemos a La Habana ya no seremos más una carga para ti.

Escuchar «La Habana» de sus labios le revolvió las entrañas a Jaime. Allí era donde se suponía que se encontraba su marido. Almudena le pedía que la dejara en brazos de aquel individuo al que él odiaba antes de conocerlo.

—¡No! —dijo tajante—. Apáñatelas tú misma. Casi todas las naves que salen de este puerto van a América.

—No tenemos dinero, Jaime —dijo llorosa, y buscó la mano de él para sujetarla entre las suyas. Le miraba con sus intensos ojos verdes vidriosos—. Ayúdanos una vez más, te lo suplico.

El solo pensamiento de llevarla con su marido le alteraba.

—¡No!

Almudena sentía que el mundo se hundía a su alrededor. Acababa de comprender que seguía dependiendo de Jaime. No era libre.

—¡Por favor! Estoy desesperada. Dime qué quieres que haga y lo haré.

Él se dijo que le llegaba el momento de pedir.

—Quiero que seas mi mujer.

Almudena temía aquella petición.

—Me encantaría, Jaime. De verdad. Pero tú sabes que estoy casada. No puedo.

—A mí eso no me importa. Te quiero. Y deseo tenerte con la bendición de la Iglesia o sin ella. Tú estás desesperada por ir a Cuba y yo por que seas mía. Si quieres que te lleve a La Habana, ese es el precio.

Ella respiró hondo mientras consideraba la situación. Jaime le gustaba mucho. Y le había costado un gran esfuerzo contenerse, frenarle durante el viaje. Ahora él la estaba obligando. Porque si no cedía a su pretensión, arriesgaba su vida y la de su padre, que dado su lamentable estado no sobreviviría sin ella. Y honrar a los padres era el cuarto mandamiento. Mientras que el adulterio iba contra el sexto. Hiciera lo que hiciese, iba a pecar. No había otra opción. Prefería mil veces el adulterio con Jaime antes que abandonar a su padre.

—Esta noche acudiré a tu habitación —le dijo ella con frialdad.

—¿De verdad? —Sus ojos se iluminaron y sonrió acariciando las manos de ella—. No sabes lo feliz que me haces —prosiguió—. Te amo, te adoro. No tengo palabras para explicarte lo que siento…

—Quiero que me prometas ahora mismo que nos llevarás a La Habana —le cortó.

—Te lo prometo.

—Y que allí quedaré libre de cualquier compromiso contigo.

Jaime reflexionó. La deseaba. Muchísimo. Sin embargo, lo que quería por encima de todo era enamorarla. Había comprobado que Almudena era una mujer pasional. Y abrigaba la esperanza de que el placer del amor físico le ayudara a seducirla. Le bastaba con tener aquella oportunidad.

—Acepto.

Ella apartó las manos de él, afirmó varias veces con la cabeza y se irguió en actitud desdeñosa.

—¿Estás contento? —inquirió cortante.

—Sí.

—¿Te das cuenta de lo que esto representa? ¿De que es casi una violación?

Él guardó un silencio compungido.

—Lo encuentro miserable —concluyó ella, altiva.

Y dio media vuelta para regresar con su padre.

46

Aquella tarde Almudena se vistió de mujer. Ya no necesitaba fingir y se dedicó al cuidado de su padre, hablando con él y tratando de que comiera algo más.

Le había instalado en la salita anexa al comedor. Era un lugar agradable con una ventana que daba a la calle, con unos visillos que permitían pasar la luz a la vez que impedían que los vieran, y unas rejas de protección como tenían todos los pisos bajos de la ciudad. Allí le ofrecería los mejores cuidados.

—Sabes, papá, no volveremos a Madrid. Los parientes de mi marido son unos miserables. Nos iremos a La Habana. Dicen que es una ciudad rica y seguro que hay oportunidades para un buen impresor como tú. Podrías abrir otra imprenta.

—No sé, hija —murmuró él—. Me siento viejo.

—¿Viejo con solo cuarenta años?

—Sí, pero mucha pena encima.

—Pues se te quitará y volverás a ser quien eras.

Él sonrió.

—Teniéndote a ti, hija, seguro.

Se sentía agotado físicamente y desolado por la pérdida de su esposa. Pero no quería desilusionar a su hija. Unas horas antes, consumido y desnutrido, se veía incapaz de regresar a Madrid y se había resignado a morir allí, en la playa de Cádiz. Nunca imaginó que ella pudiera hacer un viaje tan largo y peligroso con solo dieciocho años. Aún le costaba creerlo, pero desde que la encontró todo había cambiado para él.

—Quizá tenga esperanza —murmuró sin que ella lo oyera.

Antes de salir para el puerto, Jaime pasó a interesarse por Lorenzo. Y se sorprendió al ver a Almudena con sus ropas femeninas, como cuando la conoció. El corazón le dio un vuelco al pensar en lo que iba a ocurrir esa noche. Silbó de admiración y le dijo que estaba hermosísima. Ella le miró, altiva, desdeñosa y acusadora. Ni le respondió.

Se marchó desanimado. Así era Almudena, se dijo. Lo pedía todo y no quería dar nada. Le hacía sentir culpable, miserable. ¿Por qué? ¡Con todo lo que había hecho por ella! Caminaba sumido en esos tristes pensamientos, pero con su pistola cargada en el cinto y sin descuidar la vigilancia. Salió de la ciudad por la misma puerta que daba a la playa norte y al puerto. Con solo ver desde lejos las jarcias de los veleros recuperó el ánimo. Era un marino, el mar era su hogar y lo había echado en falta todo el tiempo que estuvo rodeado de tierra por todos lados.

El puerto era un reflejo de lo cosmopolita de la ciudad. Muchos hablaban con suaves acentos sudamericanos, pero otros lo hacían en francés y en italiano, en especial en genovés. No oyó hablar inglés, pero sí catalán. El aspecto de los marinos y los mercaderes era variopinto; sin embargo, los comerciantes vestían a la moda, la francesa. También vio a hombres negros, muchos más que en Madrid y Barcelona. La mayoría eran esclavos, pero la vestimenta de algunos le decía que eran libres.

Iba deteniéndose en los grandes navíos para hablar con capitanes y armadores, y le llamó la atención un hermoso bergantín de tres palos y bauprés. En la proa tenía pintado su nombre: «Paloma», que en menorquín era «Coloma», como la nave de su padre. Aquello le recordó la tragedia vivida y su promesa de tomar venganza en la persona del teniente Wolf, con el que esperaba tener la fortuna de encontrarse en el Caribe. De todos modos, lo encontrara o no, pensaba pelear contra el Reino Unido tan pronto España entrara en guerra.

Habló con el capitán de la Paloma. Rondaría los sesenta años, una edad avanzada para la época; era delgado, de barba canosa, y usaba peluca bajo su tricornio. Se llamaba Fernando Bouza, era del Grove, tenía un marcado acento gallego y admitió que precisaba de un buen piloto para su próxima travesía a La Habana.

—Un título de piloto civil es muy raro —dijo mientras contemplaba, admirado, el documento—. Los buenos pilotos son de la armada. Y los pilotos comerciales aprenden de los veteranos. Es la primera vez que veo un título como el tuyo.

Le puso a prueba planteándole una serie de preguntas y Jaime respondió con una suficiencia que impresionó al capitán.

—Viajaré con mi prometida y mi suegro —le dijo al negociar las condiciones—. Y quiero un camarote.

—Hablaré con el armador y ya te diré algo.

Jaime regresó a la posada contento por las buenas perspectivas de embarque, y allí se encontró con la expresión adusta de Almudena. No le habló durante la cena. Ni siquiera le miraba, y las pocas veces que contestó a lo que él preguntaba lo hizo con monosílabos. Ponía toda su atención y cuidado en su padre, al que dedicaba encantadoras sonrisas. El joven sabía que ella le castigaba, que quería que se sintiera como un miserable, y lo estaba logrando.

Se interesó por la salud y el ánimo de Lorenzo, quien, al contrario que su hija, se mostraba amable y agradecido por todo lo que el menorquín hacía. Mantuvieron una agradable conversación hasta que el impresor mostró signos de cansancio, seguía frágil. Jaime se retiró pronto, no sin antes preguntarle a Lorenzo si quería que le acompañase a la habitación del primer piso que compartía con la joven.

—Gracias, mi hija me ayudará —repuso él con una débil sonrisa.

Ya en su habitación, Jaime inició una tensa espera. Iba a hacer el amor con la mujer que le había robado el corazón. Pero en lugar de gozar, anticipando uno de los mejores momentos de su vida, estaba inquieto. Almudena, según sus palabras, se sentía violada. Y el trato que ella le había dispensado durante la tarde le hacía muy infeliz. La deseaba, mucho, muchísimo, pero no de aquella forma. No quería seguir sufriendo aquel desdén, aquel desprecio.

Después de un día tan intenso, Lorenzo se quedó dormido de inmediato y Jaime no tuvo que esperar demasiado antes de oír un discreto golpecito en su puerta. Se apresuró a abrir y allí estaba Almudena. Llevaba un vestido distinto al de la cena, su hermoso pelo azabache flotaba suelto y sus generosos y apetecibles labios brillaban discretos a la luz del candil. Nunca antes la había visto tan femenina y hermosa. La hizo pasar, cerró la puerta y respiró hondo. «¡Dios mío! ¡Cuánto la quiero! ¡Cuánto la deseo!», se dijo.

Ella le miraba con la barbilla elevada, desafiante, seria. Jaime pensó que las mártires cristianas en el circo de Roma, imbuidas de fe, debían de presentar el mismo aspecto digno y circunspecto frente a la muerte. Seguramente Almudena estaba rezando en silencio, como hacían ellas.

Y allí la tenía, de pie, fría, inmóvil, mirándole acusadora a la espera de acontecimientos.

Jaime respiró hondo de nuevo y notó los ojos empañados. «No. Así, no», se dijo de nuevo.

—Almudena —murmuró—. No va a ocurrir. No hace falta que te sacrifiques. Os llevaré a tu padre y a ti a La Habana, a los brazos de tu marido, a cambio de nada. Porque te quiero, te deseo lo mejor y no puedo soportar que te sientas violada.

La joven lo miró estupefacta y tardó en reaccionar. Él era un año mayor, pero no comprendía ciertas cosas. Era un bobo que no sabía de mujeres. Ella sí. De mujeres y de hombres, no en vano había pasado años en el taller con compañeras mayores y experimentadas que hablaban sin tapujos ni pelos en la lengua. Y que gustaban de escandalizar a las jóvenes vírgenes contando sus relaciones tanto amorosas como sexuales. Al contrario de lo que aparentaba, ella sí que había anticipado con placer aquel encuentro. Y se había acicalado cuidadosamente y puesto el mejor de los dos vestidos que tenía para impresionarle. Deseaba a Jaime, y el papel de digna víctima ante un varón poderoso le producía morbo. Pero el chico se acababa de desinflar. ¿Tanta historia para al final nada? Quizá se había excedido con su teatro. En todo caso, ahora se sentía defraudada, frustrada y furiosa.

Jaime contemplaba con atención el rostro de su amada, pero, en lugar de la sonrisa de agradecimiento que esperaba, vio que sus rasgos se endurecían.

—Tú eres tonto —le soltó despechada.

—Cómo... yo —musitó, estupefacto y confuso.

—¡Dime que no has dicho lo que acabas de decir!

—Yo...

—¡Dime que jamás lo he oído!

Él comprendió que la situación estaba dando un inesperado y sorprendente giro y, al igual que un buen un marino aprovechaba un viento favorable, de inmediato se unió a la farsa obedeciendo.

—No. Yo no he dicho nada, ni tú has oído nada.

—Y dime que si no cumplo, nos dejarás a mí y a mi padre en manos de ese asesino.

—¡Si no cumples, os abandonaré para que os mate el Lobo! —pronunció enérgico metiéndose en el papel.

—Eres un miserable —sentenció ella.

—Sí, soy muy miserable —confirmó él.

Ella dejó el candil sobre el baúl que amueblaba la habitación y le besó con una pasión que desbordó al joven. E hicieron el amor sin ningún límite, con ella tomando la iniciativa en más de una ocasión. Jaime experimentaba una felicidad inmensa. Aquella mujer le volvía loco. En muchos sentidos.

Por su parte, ella compartía mucha de esa felicidad, pero a veces su mente se ponía a pensar sin su permiso. Sentía que había hecho lo correcto a pesar de destrozar sus principios morales. El chico lo merecía. Y tenía la excusa de que lo hacía obligada. Una excusa bastante deslucida después de que Jaime se arrugase. Le deseaba y mucho. Pero el pensamiento de que estaba casada y pertenecía a otro hombre la seguía acuciando. Temía enamorarse. Y eso, al igual que lo que acababa de ocurrir, lo tenía prohibido.

47

Debía ser ya de madrugada cuando Jaime cayó dormido. Al despertar, ella no estaba y por un momento se dijo que todo había sido un maravilloso sueño. El amor, la pasión…, ella.

Se vistió con rapidez para ir a la salita donde padre e hija habían instalado su discreto refugio. Se los encontró desayunando unas gachas, pan con aceite y una copa de vino. Lorenzo sonrió respondiendo a los buenos días del menorquín, pero Almudena se mantuvo seria y silenciosa. Aquello preocupó a Jaime, temía que volviera a las andadas, pero de pronto la joven dejó escapar una sonrisa.

—Buenos días, Jaime. ¿Has tenido una buena noche?

—Maravillosa —respondió él tratando de expresar todo su sentimiento—. ¿Y tú?

—No ha estado mal.

Su expresión era tranquila y el joven comprendió que ella pretendía disimular delante de su padre. Pero él no podía ocultar su felicidad, de modo que fue a pedir que le trajeran el mismo desayuno. Mientras iba y volvía, pensaba en cómo estrechar los vínculos con su amada. Y recordó que le dijo al capitán Bouza que era su prometida. Así que al regresar a la salita se dirigió a Lorenzo:

—Señor, tengo entendido que pronto hará dos años que vuestra hija no recibe noticias de su marido.

—Eso me ha contado ella —repuso Lorenzo preguntándose a qué venía aquello.

—Pues bien, para justificar que tanto vos como ella viajéis conmigo a La Habana, le he dicho al capitán del buque que Almudena era mi prometida.

El impresor se quedó en silencio ponderando aquello y después miró a su hija.

—Me acabo de enterar —murmuró ella.

—¿Era necesario…?

—Sí, lo era —confirmó rotundo Jaime, e hizo una pausa antes de proseguir—: Es muy probable que el marido haya fallecido y que esa sea la causa de su silencio. Pues bien, quiero pediros la mano de vuestra hija si se da esa circunstancia.

Lorenzo pensó con rapidez. Si realmente aquel Julio había muerto, Almudena quedaría desamparada en un lugar desconocido como La Habana. Él no se sentía con fuerzas para ayudarla y se dijo que era una buena oportunidad de asegurar el futuro de ambos. Miró a su hija.

Almudena trataba de recuperarse de la sorpresa, pero sus pensamientos recorrían un camino paralelo al de su padre. La promesa de sangre que el marino había hecho le alejaba mucho de ser el marido ideal. Pero de Jaime le gustaba todo lo demás. Y se dijo que no perdía nada aceptándole con aquella condición. Afirmó con la cabeza.

Entonces, con voz débil, Lorenzo le concedió su mano, pero recalcando lo que debía ocurrir antes.

—Eso no te concede derecho alguno —quiso enfatizar ella—. Solo se hará realidad si Julio ha muerto.

Aquella mañana Jaime regresó al puerto para negociar su empleo y el pasaje de padre e hija, y visitó otras naves aparte de la Paloma. Su saber reconocido con un certificado sorprendía y admiraba a partes iguales y se le ofrecieron varias oportunidades.

Mientras, Almudena y su padre evitaban, en lo posible, exponerse a salir a las calles, pero un paseo para respirar aire fresco les era necesario. Aunque tomaban todas las precauciones, pues temían la aparición del Lobo.

Al tercer día de haber localizado a Lorenzo, ocurrió. Estaban almorzando en su salita cuando les sorprendieron. Eran el Lobo y tres más. Uno de ellos, Juan, el presunto indigente, se quedó en la puerta apuntándoles con una pistola. Los otros entraron exhibiendo navajas.

—Que aproveche, señores —dijo el matón con una sonrisa siniestra.

La mesa era pequeña, Jaime y Almudena estaban frente a frente y Lorenzo a un lado. Y en un movimiento rápido, aquel tipo se acercó a la joven y le puso el puñal en la garganta.

—¿Creías que me la podías pegar? ¿Que no te íbamos a encontrar?

Ella no respondió, pero el temor se reflejó en su rostro. Jaime y Lorenzo, pasmados, se mantuvieron en silencio.

—No pensabas que vendría a buscarte aquí, ¿verdad? —prosiguió—. Pues resulta que tengo amigos y negocios que atender en Cádiz.

Desde la entrada se oyó la risa de Juan.

—¿Qué quieres? —inquirió Jaime sabiendo la respuesta.

—Me la voy a llevar a Madrid, le rajaré esa cara tan bonita y la exhibiré para que todo el mundo sepa lo que les pasa a los listos.

—¿Qué quieres para dejarla en paz? —insistió el marino en tono reposado.

—¿Me la quieres comprar? —Su sonrisa se amplió. Era tan intimidante como repulsivo.

—Tengo algo de dinero, acabo de vender mi mula.

—Ni por todo el oro del mundo —gruñó el matón.

—Pero haces bien en decirlo —dijo Juan desde la entrada—. Nos llevaremos también el dinero de tu mula.

—Sí, para compensar las molestias —confirmó el Lobo.

—¿Qué podemos hacer para que la perdones y la dejes tranquila? —Jaime no se daba por vencido—. Para siempre.

Almudena, con el puñal pinchándole la garganta, se preguntaba de dónde sacaba su amigo esa sangre fría. Estaba demasiado tranquilo. Si de verdad la quisiera, no mostraría semejante entereza. Ella estaba aterrorizada. Notaba el corazón acelerado y le palpitaban las sienes. Su miedo rozaba el pánico. Pero tenía que hacer algo. No se dejaría secuestrar para que aquel monstruo la desfigurara y la exhibiera como un mono de feria. Antes prefería la muerte. Aquella determinación la serenó lo suficiente para pensar. Y lo hizo rápido. Encima de la mesa estaba la sopera con un gran cucharón de madera, grueso y pesado. Y junto a su plato, un cuchillo. Eran armas. Tenía que usarlas, cualquier cosa antes de que aquel asesino se la llevara. Pero aguardaría al momento propicio. Lo intentaría, aunque solo tuviera una posibilidad entre diez.

—¿Que la perdone y la deje libre para siempre? —repitió el Lobo. Y se echó a reír—. ¡No! —clamó de pronto arrugando el cejo—. No habrá perdón. De lo contrario dejaría de ser el Lobo.

—Seguro que hay algo que quieres y que te podamos dar —insistió Jaime.

—¡No!

—Lo hay, piensa bien.

—Me estás cansando, y como no cierres el pico te mataré antes de llevármela.

—Cometes un gran error. Te equivocas de plano.

Almudena se dijo que Jaime, a pesar de sus formas tranquilas, estaba a punto de recibir una puñalada por su insistencia. Con aquella palabrería inútil se jugaba la vida, tonta e innecesariamente. No iba a conseguir que aquel criminal cambiara de parecer.

—¡Cállate de una puta vez! —chilló el matón.

—¿Y por qué tendría que callarme?

Los ojos del Lobo echaban chispas cuando clavó su mirada en Jaime, que ahora captaba toda su atención. Aquel estúpido le estaba desafiando. Seguía con el cuchillo en la garganta de Almudena, pero perdía la paciencia. La mano le temblaba de cólera.

En aquel momento se oyó un leve quejido y el rufián, ya alterado, miró hacia la puerta. Como si hubiera estado esperando aquello, Jaime dio un salto y aferró la mano del Lobo que sostenía la navaja. Y una vez logró apartarla de la garganta de la muchacha, le soltó un puñetazo en la cara con la derecha. El Lobo le agarró del cuello y empezaron a forcejear, él para liberar su mano armada y Jaime para impedírselo.

Almudena se recuperó de inmediato de la sorpresa. Tomás había aparecido de repente por detrás del tal Juan poniéndole un cuchillo en la garganta y apoderándose de su pistola. Le seguían tres hombres armados con mosquetes que penetraron en la habitación amenazando a los del Lobo. Los reconoció. Eran los contratados para proteger la caravana desde Talavera de la Reina. Pero ella ya había tomado una decisión. Cogió el pesado cucharón de madera y empezó a golpear, con toda la fuerza de la que era capaz, la cabeza del que quería secuestrarla y mutilarla. Desahogaba, en cada golpe, todo el miedo que ese canalla le había hecho pasar y la vergüenza y el dolor de cuando manoseó sus partes íntimas. Él seguía bregando con Jaime y no podía defenderse. Los demás se quedaron inmóviles contemplando la paliza que la joven le propinaba al maleante, cuya cabeza empezó a sangrar por varios lugares sin que ella, inmisericorde, se detuviera. Eran como impactos de una maza. Jaime seguía aferrando su mano, hasta que la navaja cayó al suelo y el menorquín la alejó de una patada. Entonces el pesado cuerpo del asesino se derrumbó desvanecido. Se hizo el silencio mientras todos contemplaban, estremecidos, a Almudena, que continuaba golpeando al postrado en el suelo con fiereza extrema. Los golpes sonaban como martillazos.

—¡Para! —le dijo al poco Jaime sujetándola—. No quieres matarle, ¿verdad? Se lo merece, pero te meterías en problemas.

Ella le miró como si regresara de un trance y luego desvió la vista hacia el Lobo. Parecía considerar la posibilidad de acabar con aquel miserable, y tras propinarle dos golpetazos más, el último en la boca y que sonó a dientes rotos, se detuvo. Había soltado su miedo y su ira, y aquel despojo humano yacía en el suelo, ensangrentado, medio muerto. Después observó, uno a uno, a los compinches del matón, blandiendo el cucharón lleno de sangre. La contemplaban con el temor en sus rostros. Ninguno de los hombres de la salita, y menos Jaime, se esperaban un comportamiento tan salvaje de aquella hermosa muchacha.

—Desarmad a esos truhanes —ordenó Jaime, ya recuperado de la impresión—. Nos quedaremos con la pistola y sus navajas, por las molestias. —Y dirigiéndose a los malhechores, les dijo—: Como os vea de nuevo me encargaré de que terminéis como vuestro jefe. Y ahora sacadlo de aquí.

Una vez registrados y requisadas sus armas, mohínos, pero lanzando miradas asesinas, cargaron con el Lobo, que seguía inconsciente.

—Pagaréis por esto —amenazó Juan al irse.

—Reza para que no me vuelvas a encontrar —le dijo Jaime después de propinarle un empujón que le estampó contra el quicio de la puerta.

Los guardias se aseguraron de que salieran de la posada y se quedaron fuera vigilando. Almudena se derrumbó sobre una silla, parecía que las fuerzas la hubieran abandonado. Lorenzo hizo lo mismo, y Tomás y Jaime les imitaron.

—Cuéntanos qué ha pasado —le pidió Lorenzo a Jaime.

—Sabía que tarde o temprano nos encontrarían —explicó el joven—. Le vendí la mula a Tomás, que me la compró a muy buen precio, y empleé el dinero para contratar a los guardias de la caravana. Ellos están autorizados a portar armas en Cádiz y aguardaban con discreción. Con el Lobo no iban a servir las buenas palabras.

—¡Nos podías haber avisado! —se quejó Almudena.

—Tenías que asustarte de verdad. Si no, ese individuo habría sospechado.

La joven frunció el cejo. No le gustaba la respuesta.

—Si sabías que nos iban a encontrar, ¿por qué no pusiste a los guardias a la vista para que no se atrevieran a atacarnos? —inquirió Lorenzo—. Nos habrías ahorrado este trance.

—Habrían buscado la forma de burlar la guardia. Son gente con recursos. He querido sorprenderlos, cuando creían que nos iban a pillar desprevenidos, y darles un escarmiento. El Lobo no atiende a razones y ese es el único lenguaje que comprende.

—¿Y por qué le dabas tanto palique? —insistió Almudena.

—Para ganar tiempo y que el guardia que estaba vigilando avisara a Tomás y al resto.

—Me temo que el Lobo no se va a conformar —dijo Tomás—. Volverá.

—Claro que no se va a conformar —admitió Jaime—. Pero calculo que necesitará semanas, o incluso meses, para recuperarse, eso si Almudena no le ha dejado tarado para siempre. La he parado justo a tiempo. No quería que lo matara, nos habría traído problemas. Lo de Almudena es un asunto personal para el Lobo. Y esos individuos, sin él, y con la protección que tenemos, no se atreverán a volver. —Y sonriéndole a ella, le dijo—: Has hecho un buen trabajo, Almudena.

Hizo una pausa. Todos le miraban pensativos, en silencio.

—La Paloma levará anclas para La Habana en dos días —añadió el menorquín—. Y espero que los tres estemos a bordo. Tomaremos precauciones, pero no creo que se atrevan a intentarlo otra vez.

48

Camino de Cuba, octubre de 1774

La Paloma aprovechó la bajada de la marea y la brisa para hacerse a la mar. Amanecía y unas nubes rojizas flotaban sobre la bahía de Cádiz. Las oscuras aguas se llenaron de brillantes reflejos y las blancas gaviotas, cruzando el cielo, coreaban con sus graznidos los gritos de los marinos. Salir del puerto era una maniobra complicada para un velero, requería toda la atención del capitán y del piloto, y la diligencia de los hombres con las jarcias. Habían arriado la chalupa que, a remo, remolcaba la nave, que aprovechaba la ayuda del viento y de la marea.

Almudena y su padre contemplaban el espectáculo desde el lugar que el capitán había asignado al pasaje acomodado. Era la primera vez que embarcaban y todo era sorprendente y excitante para ellos.

—Empieza un nuevo día y una vida nueva —murmuró la joven, esperanzada.

Por un lado, sentía alivio. Pensaba que se había librado de una vez por todas del acoso del Lobo. Los hombres armados los escoltaron hasta la nave, pero tuvo que esperar a encontrarse a bordo para relajarse del todo. Tenía la seguridad de que ese canalla deseaba vengarse, pero no estaría en condiciones físicas en mucho tiempo. El pensamiento le producía un placer indescriptible. Sentía que le había burlado, que le dejaba definitivamente atrás y que le había dado su merecido, cobrándose el miedo que ese rufián le había hecho pasar.

Pero también estaba inquieta. ¿Qué le esperaba en La Habana? Solo había recibido una carta de su marido en más de dos años. Tenía que suponer que seguía vivo. ¿Qué ocurriría cuando lo encontrara? Ella se debía a él y Jaime no tendría un lugar a su lado, ni como amigo.

Julio era un hombre bien parecido, alto, apuesto, simpático y con don de gentes. En la fonda de sus padres llamaba la atención tanto de los hombres como de las mujeres, aunque mucho más la de ellas. Sentía que sus amigas la envidiaban y enseguida se enamoró de él. Y pensaba que seguía queriéndolo a pesar de sus ausencias en Madrid y de su súbita huida dejándola atrás. Pero lo definitivo para ella era que estaban casados. Ya solo por eso estaba obligada a quererle y respetarle.

Pero le había cogido cariño a Jaime. No era ni tan alto ni tan guapo ni el centro de la atención como Julio. Sin embargo, la cuidaba con una devoción nunca vista en su marido, se había jugado la vida por ella y había puesto su menguada hacienda a su disposición. Y cuando se acostaron, demostró un entusiasmo y unos deseos de satisfacerla que jamás había apreciado en Julio, quien, pese a que presumía de experto, se preocupaba más de sí mismo. Seguía sorprendida de lo placentero que le había resultado el primer encuentro con el marino. Y se decía que quizá no fuera él, como hombre, sino los dos años de abstinencia forzada la causa de un goce que no recordaba con Julio. O quizá fuera la emoción de lo prohibido. Se culpaba, y mucho, por aquello. Sin embargo, se excusaba diciéndose que era una manera de comprar su vida y la de su padre. Aunque le costaba justificar por qué la noche siguiente a su primer encuentro no podía conciliar el sueño rememorándolo. Y que saliera a hurtadillas, al ver que su padre dormía, para sorprender a Jaime llamando de nuevo a su puerta. Lo cierto era que experimentaba un gran placer con él, un placer que superaba el simple acto carnal. ¡Se encontraba tan bien en sus brazos! Sentía que, acurrucada en ellos, no le podía ocurrir nada malo. Pero también sabía que en el corazón de aquel hombre existían unas ansias de venganza que no le dejarían vivir en paz...

Por eso debía convencerse de que era a su marido a quien quería. Y así debía ser porque estaban casados. Pero Jaime...

Junto a ellos contemplaban el amanecer el resto de los pasajeros de primera. El capitán los presentó ceremonioso; iban a convivir durante dos meses. Clotilde era una elegante dama, de unos treinta años y de ojos claros, a la que acompañaban su hijo de cinco y su esclava negra. Viajaba para reunirse con su marido, que tenía una plantación de cacao en Cuba. Luego estaban un comerciante llamado Ramiro, de unos cincuenta años, y su hijo Jorge, cercano a la treintena, que transportaban mercancías. Almudena comprendió de inmediato que aquellas gentes pertenecían a una clase social muy por encima de la suya y se dijo que debía ponerse a su altura. No en vano su padre, sin ser universitario como su hermano Ignacio, era un hombre de una cultura superior a la media. En su casa había libros, entre ellos el *Quijote*, que había leído dos veces. Desde niña estuvo expuesta a la cultivada manera de hablar de su padre, de su tío y del cura, un lenguaje bastante más refinado que el de sus vecinos de barrio, el de las modistillas y el de la taberna de su suegra. Y esa forma de hablar fue la que empezó a usar con ellos.

—Mi hija es la prometida del primer piloto. Yo soy maestro impresor y viajamos a La Habana para instalar allí la mejor imprenta de la isla de Cuba —declaró Lorenzo a instancias de su hija.

Sin embargo, poco podía presumir ella de burguesa, y menos de dama, dado que solo tenía dos vestidos, mientras que su padre usaba la ropa que le había prestado Jaime, que tampoco iba sobrado de vestuario.

Sin duda su «prometido» se había esforzado en la negociación con el capitán Bouza para conseguir una cabina. Porque, por sus propios medios, con suerte hubieran podido viajar en la bodega, junto a las mercancías, como ocurría con el puñado de emigrantes humildes instalados en ella, los cuales solo podían salir a cubierta a las horas establecidas por el capitán, y eso si el tiempo lo permitía. Al asomarse, Almudena se estremeció al aspirar el aire viciado de aquel lugar que olía a salitre y vómitos.

Su camarote, todo un lujo, era un habitáculo estrecho, sin ventanas, con tres literas y el espacio justo para un baúl que servía de asiento. Estaba bajo el puente de mando, junto a la cabina del capitán y las del resto de pasajeros acomodados. Se llegaba a ellos desde la cubierta principal, donde se ubicaban las escotillas que daban a las escaleras que bajaban a la bodega.

El capitán Bouza le dijo a Jaime que como Almudena y él aún no estaban casados, no podían dormir juntos aunque el padre ocupara el mismo camarote.

—Es lo correcto —dijo él—. Somos gente de bien.

Así que el menorquín les cedió a padre e hija su camarote y él descansaría en un coy, la hamaca de marino que usaba la tripulación y que se recogía por la mañana para no entorpecer los movimientos en la nave.

—Dime qué hay entre tú y ese chico —le preguntó Lorenzo a su hija.

El impresor, gracias a la buena alimentación, el descanso y el cariño de Almudena, empezaba una lenta recuperación a pesar de una tos que no le abandonaba.

—Nada —dijo ella enrojeciendo.

Temía aquella pregunta y, aunque odiaba mentir a su padre, no pudo evitar negar en un acto reflejo. Como cuando de pequeña cometía una travesura. Amaba con todo su corazón a aquel hombre. Era lo único hermoso que conservaba de su vida anterior.

—Vamos, hija —repuso él con una sonrisa triste—. Ese muchacho se está dejando su sueldo de piloto para que tengamos el lujo de un camarote. Nos ha pagado protección y posada. Y me ha dicho que te ama con desesperación. Me cuesta creer que, por mucho que te quiera, lo haga por nada.

—Pues así es —afirmó apurada.

No se atrevía a confesarle la verdad, se avergonzaba. Él, aunque menos que su madre, era fiel cumplidor de los preceptos de la Iglesia. Temía su repulsa. Y que esta enturbiara la felicidad de su reencuentro.

—¿Seguro? —inquirió él escéptico.

Lamentaba tener que engañarle, pero debía reafirmarse en lo dicho, convencerle.

—Bueno, le dejo que mantenga la esperanza y no le rechazo cuando viene con una caricia o un beso honesto. Solo muestras de cariño entre dos prometidos.

—¿Solo eso?

—Solo eso, papá. Siento si falto a la virtud de una mujer casada, pero sin él no hubiera podido ir a buscarte a Cádiz, y menos embarcarnos para América. Le necesitamos.

—¿Y qué harás con él cuando llegues a La Habana y te encuentres con Julio?

—¿Y qué quieres que haga? Lo que debo hacer, irme con mi marido y olvidar que he conocido a Jaime.

—¡Pobre chico! —se compadeció Lorenzo—. No estás siendo honesta con él manteniéndole en la esperanza. No es justo.

—Lo sé, papá, y lo lamento —repuso, agobiada—. Pero aún precisamos de él. ¿Qué otra cosa puedo hacer? —Y tomándole las manos y mirándole a los ojos, le dijo—: Debes de pensar que soy una mala persona, ¿verdad? ¿Te avergüenzo?

Él suspiró, cerrando los ojos y negando con la cabeza.

—No, no eres una vergüenza, cariño. —E hizo una pausa—. No sabes por lo que he pasado. Ocho años hundiéndome en el barro de la isla de la Carraca, entumecido por el frío y la humedad, clavando estacas, cargando piedra y vigas, comiendo mierda, soportando azotes y enfermedad. Ha sido horrible. Cuando me soltaron, estaba seguro de que en pocos días moriría, tirado en alguna calle de Cádiz o sobre la arena de la playa. No tenía fuerzas para nada, y menos para regresar a Madrid.

La sujetó de las manos para que le mirara a los ojos, donde ya asomaban las lágrimas.

—No eres una vergüenza, Almudena, eres una bendición del cielo. Y sé que todo lo que haces es por mí. ¡Con lo religiosa que siempre has sido! Te agradezco infinito el sacrificio.

Al verle tan agobiado estuvo tentada de decirle que su relación con Jaime no estaba siendo un sacrificio, más bien lo contrario. Pero calló para seguir escuchando.

—Me parece un buen chico —prosiguió él—. Pero ¿por qué arriesga su vida y su hacienda por ti? Está pagando un precio muy alto.

—Creo que es sincero cuando dice que me quiere.

—¿Que te quiere? Eso es poco. Te adora.

—¡Pero siento que le soy infiel a mi marido!

Lorenzo se encogió de hombros.

—Yo no conozco a ese Julio —murmuró—. No sé cómo es. A quien conozco es a Jaime. Me gusta y le estoy agradecido.

—¡Pero es que estoy casada, papá!

—¿Qué sientes por Jaime?

—Me gusta. Pero eso no es suficiente.

—¿Y qué sientes por Julio?

—Es mi marido —respondió taxativa—. Y le quiero.

—¡Ufff! —resopló Lorenzo.

A Almudena le pareció que a su padre le habría gustado oír otra respuesta.

49

Al salir del puerto Jaime presenciaba el mismo amanecer que Almudena, pero sin la emoción que producían en ella los colores del cielo y el mar. Se encontraba al timón de la Paloma y toda su atención se centraba en la maniobra de salida del puerto. Le flanqueaba el capitán Bouza, que poseía una incisiva mirada de ojos verdes y una sonrisa fácil, entre bondadosa y socarrona. Pero el joven no se engañaba, el capitán tenía fama de duro.

El menorquín había considerado la altura de la marea, su movimiento y la fuerza del viento, y había estudiado con detenimiento las últimas cartas náuticas, memorizando las profundidades de cada tramo. Las corrientes marinas y las procedentes de los caños de la marisma, que confluían en la bahía, cambiaban el fondo continuamente y la tarde anterior había mandado a la chalupa a sondar las aguas. Tenía la absoluta seguridad de que, si se seguían al pie de la letra sus instrucciones, cosa que asumía dada la disciplina que imponía el capitán, la salida a mar abierto se llevaría a cabo sin contratiempos.

A pesar de no conocer el bergantín, Jaime, bajo la atenta mirada de Bouza, maniobró con pericia y recibió como premio un gruñido de satisfacción del capitán. Sabía que debía demostrar su saber, que a pesar de su contrato seguía a prueba y que cada maniobra realizada y cada palabra intercambiada con él representaban un examen.

Su cargo como primer piloto le convertía en la segunda autoridad del barco. Pero la nave poseía otro piloto, de más edad que Jaime pero menos instruido, llamado Juan Menéndez, que sin duda sería su sustituto si el capitán le veía cometer errores. Juan, natural de Palos de la Frontera, era corto de estatura, pero tan fornido que Jaime lo veía cuadrado. Era temperamental tanto para lo bueno como para lo malo y poseía un gran vozarrón que hacía llegar sus maldiciones al otro extremo de la nave. Pero también sus carcajadas. Era el tercer oficial y parecía más temido que querido por los marinos.

Jaime supo de inmediato que tenía que hacerse respetar por aquel individuo porque seguramente le veía como un intruso. Algo de aquello le había enseñado Sinibald en la escuela de pilotos, y el resto, la vida misma, en especial las numerosas trifulcas de taberna en las que había participado. No se dejaba amilanar.

Cuando la Paloma empezó a surcar mar abierto respiró aliviado, la maniobra se había desarrollado a la perfección y, después de que Bouza gritara las órdenes de izar la chalupa, desplegar unas velas y recoger otras, le cedió el timón. El joven se acercó a la barandilla del puente de mando y desde allí observó el resto de la nave. El viento era favorable y el capitán había mandado extender las gavias, las velas cuadradas o en forma de trapecio de los tres masteleros principales, y los foques, las triangulares del bauprés. Navegaban ligeros.

Fue entonces cuando se dio la vuelta para contemplar la ciudad de Cádiz. Sus altas murallas y sus bastiones, sus casas blancas y sus esbeltas torres de iglesia parecían flotar sobre el mar azul. Lamentaba no haber podido gozar de un lugar tan hermoso debido a las circunstancias. Se decía que quizá nunca regresara a aquella España que tan deseoso estaba de conocer: Barcelona, Madrid, Talavera, Cádiz y los paisajes de los largos caminos recorridos.

Aquella aventura empezó en su Ciutadella natal peleando contra los ingleses por el rey de España. Un rey al que tampoco conocería y del que nada sabía entonces.

Lo que sí sabía era que la paz entre España e Inglaterra era frágil y que pronto los cañones tronarían en el Caribe. Y él quería estar con su patria cuando eso ocurriera. Y vengar en la medida que pudiera a su padre. Había recorrido las tierras de la España peninsular y le gustaban sus gentes. Ahora podía decir que los quería tanto como odiaba a los británicos que causaron la muerte de su padre y la ruina de su familia. Aunque la decisión de que aquellas eran sus gentes y aquella su tierra ya la había tomado mucho antes de salir de Menorca. Se sentía español y así le llamaban sus amigos de allí.

Otra cosa era aquel rey por el que se peleó en la taberna. Muchos con los que había hablado, y en particular sus amigos militares, se decían fieles a Dios y al rey, y que darían su vida por los dos, como si pertenecieran a la misma categoría. Nunca mencionaban España como un conjunto de tierras y gentes. Y cuando él se lo hacía notar, respondían:

—El rey y España son lo mismo. Si sirves a uno, sirves al otro.

Pero después de percibir en tantos lugares la mano autoritaria y controladora del rey, él no estaba de acuerdo. Había visto la fortaleza de la Ciudadela y el castillo de Montjuic amenazando permanentemente a Barcelona y a sus habitantes. Y los alcaldes de barrio que, en nombre del rey y no de la ciudad, espiaban y controlaban a los vecinos de Madrid. Además, Almudena le había contado que el rey usaba la Inquisición como instrumento de dominio del pueblo. Y también la injusta represión y el castigo ejercidos sobre Lorenzo por expresar unas simples críticas. No, para él el rey y España no eran lo mismo. Él estaba con España, y con el rey solo como representante de su patria y sus habitantes. Y esperaba que el monarca fuera digno de ellos...

Ahora deseaba conocer la otra España, la que estaba al otro lado del Atlántico, y hacia allí iba. América le atraía. Había escogido tener alas en lugar de raíces. Y esa decisión tenía un precio. Tuvo que dejar a su madre, su hermana y sus amigos allí en Menorca. Los recordaba con un doloroso cariño. Quizá nunca volviera a verlos. También dejó atrás a los amigos que conoció en la península. Su destino era arrancar sus raíces cada vez que estas trataban de amarrarse a la tierra. Y eso dolía. Mucho. Pero allí estaba, batiendo sus alas, como hacían las gaviotas que le sobrevolaban, camino de América. Camino de encontrar al hombre que había causado la muerte de su padre, camino de cumplir con la promesa de matarlo.

Aunque en esta ocasión no volaba solo. Almudena iba con él. Bueno, en realidad volaba, pero no con él; debía aceptar que lo hacían en paralelo. Sin embargo, él estaba decidido a que sus vuelos coincidieran y que su destino fuera el mismo.

Tenía esperanzas. Que ella hubiera vuelto a su lecho por propia voluntad era un maravilloso regalo que le compensaba cualquier fatiga. Quizá lo hizo solo por agradecimiento. O por la necesidad de que la llevara a La Habana... para quedarse con su marido. Aquella duda le retorcía las tripas, le desgarraba. La amaba. Y en sus rezos pedía que fuera viuda. Le habían enseñado que jamás se podía pedir al cielo el mal para otros. Pero no podía evitarlo.

50

Una vez salieron del puerto, Almudena vio a Jaime asomándose a la barandilla del puente de mando. Le sonrió, él le devolvió la sonrisa y ella, sin proponérselo, aumentó ligeramente la presión de la mano que sujetaba la de su padre. Lorenzo también sonrió al comprender el motivo de ese leve apretón. Había algo hermoso, algo profundo, en aquellas miradas que se intercambiaban. Por mucho que ella lo negara.

La joven experimentaba un sentimiento que en los últimos años le había estado prohibido: la felicidad. Disfrutaba de los azules del cielo y del mar, y del sol que iluminaba las velas de la nave… Aquel era un momento de paz. Tenía con ella a su padre, aunque débil y demacrado, y se decía que en Cuba reconstruiría su vida junto a él, encontrara a Julio o no. Porque si él no estaba, si se le daba por muerto, si el destino la libraba de aquella obligación, se echaría en brazos de Jaime. Oía el graznido de las gaviotas cruzando por encima de su cabeza que le decían: «Todo irá bien, todo irá bien».

Pero al poco se torcieron las cosas. Ella trataba de mantener la vista a lo lejos, en el horizonte o en el menguante pedazo de tierra que se alejaba, siguiendo las recomendaciones de Jaime. Pero no pudo evitar sentir algo nuevo para ella: el mareo. Era horrible y tuvo que correr a la borda para desahogarse. Lorenzo siguió el mismo camino y ninguno pudo comer ni aquel día ni el siguiente.

—¡Qué fugaz es la felicidad! —se repetía.

El malestar físico le perturbaba el alma.

Trataban no solo de mantener la vista en el horizonte, sino que se refugiaban del sol a la sombra de las velas y aspiraban mucho aire por la nariz para soltarlo poco a poco por la boca. Pero a pesar de seguir aquellos consejos, hasta pasados dos días sus cuerpos no empezaron a acostumbrarse al permanente balanceo de la nave.

Y al tercer día de navegación, una vez los pasajeros de primera habían superado sus mareos y aprovechando que el mar estaba en calma, el capitán Bouza hizo montar una mesa en el puente y les invitó a todos, incluido su primer oficial, Jaime. Doña Clotilde acudió con un hermoso vestido rosa acampanado, según la moda francesa, y un complicado peinado adornado con vistosas cintas, producto del buen hacer de su esclava. Don Ramiro y su hijo aparecieron con pelucas bajo sus tricornios, y unas vistosas casacas rojas, amarillas y azules a juego con los calzones. Y el capitán, con casaca azul marino y lazo del mismo color en la peluca que lucía bajo del tricornio. Más humildes vestían Almudena, Lorenzo y Jaime: ellos con tricornio y coleta y ella con el mejor de los dos vestidos que poseía. Clotilde la recibió con una sonrisa altiva, pero los mercaderes, padre e hijo, la miraron complacidos.

—Me alegro de que hayáis superado el mareo —les dijo el capitán con su sonrisa socarrona—. A partir de ahora se os puede considerar verdaderos lobos de mar.

—Brindemos por ello —propuso don Ramiro elevando la copa.

Todos lo hicieron y Almudena percibió que Jorge, el hijo del mercader, no dejaba de mirarla. Y se dijo que aquella

Clotilde sería más rica, pero por muchos lazos y sombreritos que se pusiera la que interesaba era ella. Levantó la barbilla sintiendo que recuperaba su confianza.

—¿Cuánto falta para llegar a Santa Cruz de Tenerife, capitán? —inquirió con una sonrisa.

Bouza inclinó la cabeza ligeramente, como si la saludara, antes de responder:

—Siete u ocho días, señorita —respondió con su marcado acento gallego y su habitual sonrisa—. Depende de qué vientos soplen.

—¡Gracias, capitán! —dijo ella, satisfecha con la atención que también parecía dedicarle Bouza.

El resto de la conversación, en la que apenas participaron las mujeres, giró sobre las condiciones del mar y la carga que transportaban en la bodega. Ramiro y su hijo eran comerciantes de vinos y licores, y por su parte, a instancias de Tomás, Jaime se había hecho responsable de las sedas de la Real Fábrica de Talavera que enviaba su amigo. Y también de la porcelana fina de la Real Fábrica del Retiro. Sin embargo, la carga de esos géneros españoles, sofisticados y de alto valor, era minoritaria frente a las telas y otros artículos manufacturados extranjeros. La industria española era escasa y en general no satisfacía el consumo interno. Aunque peninsulares eran el papel, la cera y los productos agrícolas, dominados por el aceite de oliva, el vino y los aguardientes.

Doña Clotilde y Almudena trataron de derivar la conversación a otros temas sin éxito, porque los hombres siempre regresaban a los negocios. La joven quiso hablar de libros para que su padre demostrara su cultura. Esperaba con ello darle importancia y así excusar su pobre vestuario. Pero no tuvo ocasión.

Su condición de prometidos obligaba a Almudena y Jaime a tener largas conversaciones contemplando el mar. Todos en el bergantín lo esperaban y los miraban, benévolos unos, condescendientes otros y envidiosos los más. Esas charlas eran especialmente placenteras para él, y, aunque no quisiera admitirlo, también para ella.

Lorenzo vivía la felicidad de sentirse libre y de ver a su hija convertida, a sus dieciocho años, en una espléndida mujer. Aunque seguía con inquietud su relación con Jaime. Le asombraba que el joven, con solo diecinueve años, fuera capaz de pilotar una gran nave como aquella. Y de imponerse a los veteranos de colmillo retorcido de la tripulación. Pero lo que le llegaba al alma era su insistencia en enamorar a Almudena. Lo daba todo. No había visto nunca antes semejante pasión por una mujer. Y que fuera menos correspondida. Su hija era testaruda, muy testaruda, siempre lo había sido. Y también, al igual que su fallecida mujer, muy de misa. Y aquella combinación era veneno para las pretensiones de Jaime. Porque estaba casada.

Sabía que Almudena era de sangre caliente. Así se manifestaba de niña y suponía que, al llegar a la pubertad que él no había podido presenciar, su fogosidad tenía que redundar en sentirse atraída por los hombres. No era bobo y, a pesar de estar exhausto y enfermo, en la posada de Cádiz había notado no solo las miradas que intercambiaba con Jaime, sino también su ausencia al menos una de las noches. El destino de su hija solo podía ser uno: el lecho de él. Lorenzo le estaba muy agradecido al joven por todo lo que hacía por ellos y sabía que ella también. Intuía, de nuevo por sus miradas, que si se había acostado con él no era solo para pagar una deuda. Él conocía de Julio lo poco que ella le había contado. No tuvo la oportunidad de bendecir aquella unión y pensaba que era difícil que el marido fuera tan de su gusto como Jaime.

Pero no todo contaba a favor del menorquín. Aquel joven recorría el mundo alegremente, sin una verdadera necesidad. Solo la de cumplir una obsesiva venganza que le envenenaba el alma. Era un marino. Un hombre sin raíces al que le daba lo mismo navegar por el Mediterráneo, su cuna y la de su familia, que hacerlo en el Caribe, dejándolo todo atrás. Era lo que Lorenzo entendía por un aventurero.

Y lo que él quería, para él y su hija, era echar raíces en Cuba, tener su casa y su imprenta, y jugar con los nietos que ella le diera. No parecía un futuro compatible con el de un marino con una deuda de sangre. Y que fácilmente le llevaría a su propia muerte, porque le había confesado que quería matar a aquel Wolf cara a cara para que supiera que moría por sus pecados. A Lorenzo le parecía una locura. Una aventura sin pies ni cabeza.

Él había sido un hombre de convicciones, muy religioso y con un estricto sentido de la justicia. Pero lo ocurrido tras el motín y durante el infierno vivido en la Carraca le habían obligado a cambiar sus paradigmas. En la vida las cosas no eran blancas o negras, sino casi siempre grises, y él se había visto obligado a cometer muchas indignidades para sobrevivir. Y a comportarse con cinismo a pesar del desprecio que antes sentía por ello.

Lo que hizo al imprimir aquellos pasquines era lo correcto. Criticaba a un mal gobierno que traía el hambre al pueblo. No solo su castigo representó una gran injusticia, lo realmente demoledor para sus convicciones fue que lo administrara la Inquisición. ¡La guardiana de la fe! Eso le afectó mucho. De nada le sirvió ser un fiel cumplidor con Dios y con la Iglesia. De nada le sirvió rezar y rezar.

Una de las coplillas que cantaban los penados decía:

Vinieron los sarracenos
y nos molieron a palos;
que Dios ayuda a los malos
cuando son más que los buenos.

Se consideraba subversiva y la tarareaban en la oscuridad de las celdas, porque se castigaba severamente al que descubrían cantándola. Pero Lorenzo estaba de acuerdo. Se había vuelto un escéptico.

Por lo tanto, no iba a criticar la relación de su hija con Jaime. Ni tampoco pensaba intervenir. Por mucho que fuera adúltera. Almudena era una mujer abandonada que precisaba sobrevivir en un mundo hostil. Igual que él lo había hecho en la Carraca.

51

A los nueve días de su partida del puerto de Cádiz, la Paloma llegaba a Santa Cruz de Tenerife. Los pasajeros ansiaban ver tierra y contemplaron curiosos el verdor de aquella costa de arenas negras y rocas cenicientas. La capital de la isla destacaba por los colores claros del encalado de sus fortificaciones y sus campanarios, que sobresalían por encima de los muros. Era la última parada antes de gran la travesía atlántica.

Almudena estaba deseando pisar tierra firme y confesarse. La sensación de peligro, el cuidado de su padre y la premura por embarcar se lo habían impedido en Cádiz y se sentía en pecado mortal. La relación con Jaime le era placentera, y si el chico le gustaba como hombre, más lo hacía como persona. Sin embargo, una nube de culpa flotaba sobre ella. Por una parte, estaban sus profundas convicciones religiosas y, por otra, el pensamiento de que pagaba con su cuerpo lo que Jaime estaba haciendo por ella y por su padre. Necesitaba aliviar su alma.

El puerto de Santa Cruz se encontraba en una cala protegida por el castillo de San Cristóbal, del que partían los restos de una escollera que un temporal destrozó años antes, según les contó el capitán Bouza. Almudena, Lorenzo, doña Clotilde, su hijo y su esclava pasaron sin dificultades por la

Real Aduana, uno de los edificios más grandes de la ciudad, de dos pisos y decorado con mármol. No así don Rodrigo y su hijo Jorge, que descargaron parte de sus licores para venderlos en la isla y tuvieron que registrar la mercancía y abonar los correspondientes impuestos. Por su parte, el capitán y sus dos oficiales, Jaime y Juan, iniciaron los trámites para la compra de suministros. La travesía del Atlántico hasta Cuba llevaría, como mínimo, seis semanas, y debían abastecerse de lo suficiente para un posible imprevisto.

Almudena experimentó una sensación rara. Tras casi dos semanas en alta mar notaba que la tierra firme se balanceaba como si estuviera en un barco y hasta temió marearse, pero se le pasó pronto. Preguntó a una mujer por la iglesia de más prestigio y ella le respondió, con el suave hablar isleño, que, por antigüedad y tamaño, lo era la de la Concepción. Le propuso a su padre, que ya era capaz de andar trechos cortos, que fuesen hasta ella paseando y hacia allí se encaminaron.

Santa Cruz le pareció pequeña, nada que ver con Madrid, pero en su mercado pudo comprobar que era pujante y alegre. La ciudad vivía de un bullicioso puerto lleno de actividad con mozos de cuerda que no paraban de cargar y descargar. Las mercancías que allí llegaban se distribuían por el resto de la isla y por otras del archipiélago. Y a la vez abastecía las naves de suministros para sus largas travesías.

Almudena pudo gozar de la libertad que le habría gustado tener en Cádiz. En su paseo observó las casas y se dijo que el cuidado encalado era parecido. Aunque algunas tenían remates, fachadas de piedra basáltica local y unos primorosos balcones de madera oscura que destacaban sobre el blanco de las paredes y el rojizo de sus tejados.

En la iglesia, Almudena, cubierta con la preceptiva mantilla, se arrodilló frente al altar mayor junto a su padre. Se sentía en pecado, culpable y temerosa, y al tiempo que rezaba observaba los confesionarios. Aún no habían empezado las confesiones y había gente aguardando. Y se fijó en los dos sacerdotes que los ocuparon. Había uno más joven y otro mayor de aspecto benévolo que tenía más fieles esperándole. Y se dijo que no importaba cuánto tiempo se demorara, por la naturaleza de lo que iba a contar prefería que lo escuchara un cura mayor y comprensivo. Le habría gustado que fuera don Andrés, que la conocía de toda la vida y la comprendería, pero se imaginó su apuro al oír que la lujuria había hecho presa en ella. Se disculpaba diciéndose que la razón por la que había abandonado su virtud de una forma tan abominable era por la falta de un guía espiritual durante su agitado viaje.

Vio que su padre fue a confesarse con el otro cura, pero ella aguardó al elegido. Estaba muy nerviosa. Cuando llegó el momento, se acercó y saludó con el ritual «Ave María Purísima» y se santiguó.

—Sin pecado concebida. ¿De qué te acusas, hija? —inquirió el sacerdote con un dulce acento.

—Padre, he cometido un pecado horrible —anticipó, angustiada, desde el lateral del confesionario.

—Cuéntame, hija —repuso él con un tono que le dio confianza y serenidad.

Y ella, al borde de las lágrimas, pasó a exponer lo ocurrido con todo detalle. Cómo era Jaime, que le había salvado la vida, que se sentía protegida y atraída por él, y cómo, estando casada, había pecado con su cuerpo. El sacerdote estuvo callado unos instantes para después murmurar para sí una oración. Almudena volvió a agobiarse.

—Hija —dijo al fin el cura, y su voz ahora era firme, carente de la dulzura anterior—. Los pecados de concupiscencia, lujuria y adulterio son de los peores que se pueden cometer. Y en el caso de una mujer son diez veces peores. Equivalen a asesinar a un ser humano.

La joven no sabía qué quería decir «concupiscencia», pero sonaba a algo espantoso, peor incluso que los otros dos pecados. Por un momento se quedó sin respiración, como si la hubieran golpeado en el pecho, y notó que las lágrimas acudían a sus ojos. ¡Aquello era terrible! Y se puso a llorar.

—Sí, llora, llora —prosiguió el cura, implacable—. Has ofendido y has insultado con tu pecado no solo a la Virgen María, sino a todas las santas vírgenes cristianas. ¿Te crees que muchas de ellas no sentían deseos como tú? Pero hicieron de su sufrimiento y su penitencia una virtud que las llevó al cielo. No como tú, que te arrastras al camastro de otro hombre causándole el peor daño que se puede infligir a un marido.

El llanto de Almudena se hizo más evidente.

—Sí, llora, llora —repitió—. Date cuenta de lo horrible que es lo que has hecho.

—Pero, padre, mi marido puede estar muerto —dijo entre sollozos—. ¿No haría esto mi crimen menos horrendo?

—¡No! Porque no es solo el acto, sino la intención.

—Yo no tenía intención, padre, pero me sentí arrastrada, no tuve fuerzas para evitarlo.

—Al infierno es adonde te vas a arrastrar como no te arrepientas y cumplas la penitencia.

—Me arrepiento, padre, me arrepiento mucho. Por eso he venido y os lo he contado todo.

—¿Algún otro pecado?

—Casi mato a un hombre con un cucharón.

—¿Con un cucharón?

Almudena le contó la historia.

—Eso es leve —sentenció—. Lo verdaderamente malo es lo otro. ¿Te arrepientes?

—Sí, padre.

—¿Cumplirás la penitencia?

—Sí, padre.

—Pues no volverás a ver a ese hombre, evitarás por todos los medios su presencia.

—Eso no puede ser, viajamos en el mismo barco. Y es amigo de mi padre.

—¡Tu padre! Lo que tiene que hacer es ser el guardián de tu honra. Dile que venga a verme. —Hizo una pausa reflexiva antes de proseguir—: Bueno, pues si te es imposible dejar de ver a ese joven, al menos no hables más con él.

—Eso también es difícil.

—¡No volverás a hablar con él! Ya sabes el dicho: «El hombre es fuego, la mujer estopa, viene el diablo y sopla».

—Sí, padre.

La idea la abatía, las charlas con Jaime eran lo mejor de su día.

—Rezarás quinientos padrenuestros y avemarías, le pondrás diez velas a la Virgen pidiendo su perdón y dejarás caridad en el cepillo de la iglesia. Que sea generosa.

—Sí, padre.

—¿Te arrepientes y estás dispuesta a cumplir?

—Sí, padre.

—*Ego te absolvo a peccatis tuis* —declamó el cura—. Ve en paz, hija, y no vuelvas a pecar.

Almudena puso las velas, dio limosna y salió de la iglesia sintiendo el alma aliviada, pero con una gran losa sobre su cabeza. ¿No hablar nunca más con Jaime? Estarían juntos en el barco casi dos meses más. Era un castigo terrible.

52

Lorenzo esperaba a su hija en la calle y la vio salir llorosa de la iglesia.

—¿Qué ha pasado? —inquirió, alarmado.

Y Almudena se lo contó todo, incluidos sus encuentros con Jaime y lo mucho que se arrepentía. Lorenzo hizo como si aquello le viniera de nuevas, aunque lo sabía e incluso había participado en ello disimuladamente. Quería que su hija contara con la protección de Jaime en el caso de que no dieran con Julio o que este estuviera en una situación tan miserable que no pudiera hacerse cargo de ella. Y una noche de luna casi llena, con buena temperatura y el mar en calma, antes de que se acostaran, le pidió a Jaime que le prestara un buen capote porque pensaba quedarse viendo la luna y las estrellas hasta pasada medianoche como poco. Y después, haciendo que contemplaba el mar, vio por el rabillo del ojo una sombra discreta que llamaba quedo a la puerta de su cabina. De aquello no se había confesado, no veía el porqué.

—¿Te ha pedido ese cura que vaya yo a verlo? —se asombró cuando ella terminó—. ¿Y por qué tendría que ir?

—Porque tu obligación es ser el guardián de mi honra.

Lorenzo se sonrió.

—Mira, hija —repuso, taxativo—. Yo ya me he confesado. Y quien decide cuáles son mis pecados soy yo. Y de esos ya me han absuelto. ¿Sabes qué pecado es en verdad grave?

—¿Cuál?

—Ser desagradecido, no corresponder a quien te hace el bien. ¿Que no hables más con Jaime? Eso es absurdo. Vuelve a confesarte, pero con otro cura que tenga más sesos.

Almudena resopló.

—Pero ¿qué religión profesas tú?

—La católica.

—Pues me suenas a hereje, papá.

—No, no soy un hereje, cariño —repuso él con una sonrisa—. Soy una persona católica que piensa. Y me dan ganas de partirle la cara a ese cura.

Regresaban paseando hacia el puerto cuando se encontraron con Jaime, Juan y el capitán Bouza, que, terminados los trámites en la aduana, iban a los proveedores habituales para encargar suministros.

—Señorita, señor —saludó el capitán con su habitual sonrisa, que no siempre era alegre—. ¿A que es esta una ciudad bonita? Os aconsejo que aprovechéis, pues no tocaremos tierra en mucho tiempo.

Lorenzo le devolvió saludo y cortesías. Cuando ya se despedían, Jaime les dijo a sus compañeros:

—Adelantaos, que ahora os alcanzo.

Así lo hicieron, y el joven se dirigió a padre e hija con una sonrisa:

—Todo este tiempo doña Clotilde ha lucido vestidos, lazos y sombreritos para el pelo. Me han hablado de una buena modista, tengo algo de dinero y te voy a comprar un vestido digno de ti, Almudena. Quiero que mi prometida esté al nivel de lo guapa que es.

—¡Ahórrate tu vestido, Jaime! —repuso ella, tajante—. No soy tu prometida, bien sabes que todo esto es una comedia. ¡Se acabó! Hazte a la idea de que no me conoces. Tienes todo mi agradecimiento por lo que has hecho por nosotros, pero no vengas a buscar pago por ello porque no puedo darte nada. Estoy casada y he puesto en peligro mi alma por ti. ¡Olvídame! Y nunca más me hables, porque yo tampoco te hablaré.

Jaime se quedó helado, sin palabras. Lorenzo sintió piedad por él, era la imagen de la desolación.

—Acaba de confesarse y parece ser que le ha tocado un cura duro —la disculpó.

El joven ni le miró, ni siquiera parecía escucharle, para él solo estaba su amada.

—No... no me puedes decir esto —masculló.

—Lo siento, Jaime. Es lo que hay. Y, por favor, no me hables más.

—¡No pienso hacerlo! —repuso él, ahora enérgico—. Antes me tiro al mar que dejar de hablarte. Y quieras o no te voy a comprar ese vestido. Eres mi prometida.

—¡Que no!

Almudena se dio la vuelta y se alejó a toda prisa. Lorenzo se quedó mirando a Jaime y abrió los brazos en gesto de incredulidad.

—Voy a ver si puedo hacer algo —masculló, y fue tras ella.

Al tercer día la Paloma abandonó el puerto de Santa Cruz rumbo a Cuba. Para entonces Lorenzo había conseguido un pequeño avance en la actitud de su hija.

—No vamos a hacer una escena delante del capitán y el resto del pasaje, ¿verdad? —le repetía—. No quieres que Jaime pierda la cordura, nos monte un drama y que todos se enteren de la verdad: que estás casada y que te has hecho pasar por la prometida de otro hombre. Sé solo amable y responde cuando ese chico te hable. Tener educación no va contra la doctrina cristiana, ¿no?

Aun así, los intentos por entablar conversación por parte de Jaime terminaban en frustración para él. Ella evitaba mirarle y solo cuando estaban acompañados le respondía con un sí o un no, y una falsa sonrisa que no iba dirigida a él. El menorquín le había comprado un hermoso vestido, con las medidas de uno suyo que le cogió de su baúl a hurtadillas y llevó de muestra. Almudena se negó a aceptarlo, pero Lorenzo lo hizo en su nombre.

—Espero que entre en razón en unos días —le decía a Jaime—. Pero desengáñate, nada será como antes. Hazte a la idea.

El joven no se podía hacer a esa idea ni a ninguna otra donde no apareciera Almudena.

—Si estuviera viuda, cambiarían las cosas, ¿verdad?

—No lo sé, Jaime. No lo sé, no quiero engañarte. Es muy testaruda. Lo más probable es que hayas gastado tu dinero en vano y nunca luzca este vestido tan bonito.

53

Los siguientes días transcurrieron en la misma línea, Almudena evitaba mirar a Jaime y hablaba con él lo imprescindible.

—Esa no es la actitud que se espera de unos novios —le reprochaba su padre—. Todo el mundo se dará cuenta de que es un engaño.

—Pues di que nos hemos enfadado y que se ha roto el compromiso.

Sin embargo, ella echaba de menos las conversaciones que antes mantenía con el menorquín mirando al océano. A él le apasionaba el mar y acostumbraba a hablarle sobre vientos, corrientes marinas y países lejanos de los que había oído contar innumerables historias y que quería visitar. Y ella correspondía contándole sobre el taller, sus amigas y cosas del barrio. Le era muy agradable. Ahora trataba de conversar con doña Clotilde, que se mostraba estirada, y con don Ramiro y su hijo Jorge, que eran asequibles y caballerosos, pero terminaban aburriéndola. Observaba con nostalgia a Jaime cuando él no la miraba; le veía al timón, impartiendo órdenes o buscando en el cielo estrellas, sol y luna para calcular con sus instrumentos la posición de la nave, y lamentaba no haberlo conocido de soltera. Y entonces se decía que quizá él tuviera razón y en realidad fuera viuda. Pero desterraba de inmediato ese pensamiento; se parecía demasiado a desearle la muerte a su esposo, lo que era un horrible pecado, aunque solo ocurriera en su mente y durante un instante.

Jaime estaba acostumbrado al rechazo de Almudena. Lo había sufrido varias veces antes y había logrado superarlo. Y aunque en esta ocasión ella se mostraba más enérgica y tajante, confiaba en que acabaría convenciéndola y trataba de desplegar toda la seducción de la que era capaz. Ella le evitaba, pero en la mesa, cuando el capitán comía con los pasajeros de primera, estaba obligada a verle y a escucharle. Él mantenía aquel acento que le hacía tan particular, y su conversación y su sentido del humor encandilaban a sus oyentes. A todos menos, en apariencia, a Almudena.

A doña Clotilde le gustaba sentarse al lado del menorquín, reía sus gracias, aunque para Almudena alguna no la tuviera, y cuando le hablaba acostumbraba a tocarle, con elegancia, la mano o el brazo. Eso empezó a percibirlo la madrileña con desagrado. No era propio de una dama tomarse esas confianzas, y menos con un joven diez años menor.

Un calmado día en que Lorenzo miraba pensativo el mar, doña Clotilde se le acercó, perfumada y protegida por su sombrilla. Y tras una conversación insustancial le dijo:

—Perdonad la indiscreción, don Lorenzo, pero parece que el noviazgo de vuestra hija con el piloto no va por buen camino. ¿Es así?

El impresor tragó saliva mientras pensaba qué contestar. A él le disgustaba aquella situación y tenía la esperanza de que a su hija se le pasara el efecto de las palabras del maldito cura. Debía de ser un inquisidor de tomo y lomo.

—Bueno, parece que están enfadados —dijo—. Pero se arreglarán, señora.

—Pero ¿están juntos o no? He observado que no se hablan desde hace unos días.

—Eso no puedo precisarlo. Quizá se hayan distanciado temporalmente.

La dama pareció aceptar la respuesta, luego cambió de tema y empezó a quejarse del cocinero del barco para, por fin, despedirse cordialmente y reanudar su paseo por cubierta.

El tiempo se hacía eterno para los pasajeros de primera, que solo charlaban entre ellos, con el capitán o con el primer piloto. A veces jugaban a las cartas, pero terminaban cansándose incluso de socializar y entonces las dos únicas actividades que se podían permitir eran dormir en sus camarotes o contemplar el mar. Y Almudena se encontraba en esa última situación cuando, al día siguiente de hablar con Lorenzo, doña Clotilde se le acercó. La joven había aprendido algo de ella y en Santa Cruz de Tenerife se compró una sombrilla para prescindir del plebeyo pañuelo en la cabeza y protegerse del sol de una forma más elegante. Y así, con ambas mirando al océano bajo sus sombrillas, la mujer entabló conversación.

Empezó hablando sobre el tiempo y comentó que el piloto pronosticaba que pronto sufrirían una tormenta. Almudena arrugó el cejo; Jaime no le había dicho nada a ella. Después siguió con su queja favorita: la comida. Y al rato le dijo:

—No quiero ser indiscreta, pero todo indica que tenéis algunas diferencias con vuestro prometido. No es el comportamiento habitual de unos novios.

Almudena no esperaba una pregunta sobre su vida íntima y se dijo que sí, que la mujer era una indiscreta. Pero pensó que la distancia que ponía con Jaime quedaba a la vista de todos y que era imposible mantenerlo en secreto.

—Sí. Hemos roto nuestro compromiso —confesó.

—¡Qué pena! ¡Hacíais tan buena pareja! Vuestro padre me dijo ayer que quizá fuese temporal.

—No lo creo.

De poco más habló, y la joven se quedó con la impresión de que el propósito de la charla había sido enterarse de aquello.

—¿Qué le has contado a la Clotilde esa? —inquirió Almudena cuando se encontró con él.

Y Lorenzo le relató la conversación.

—No me habías dicho nada.

—No lo creía importante.

—Creo que esa mujer se está interesando demasiado por Jaime.

—¿Y qué te importa a ti eso? Lo que unos tiran otros lo recogen.

—Pero tiene un hijo pequeño y va a La Habana a reunirse con su marido.

Lorenzo se encogió de hombros.

—Además, es diez u once años mayor que él —prosiguió ella—. Se hubiera podido encaprichar de ti, que le sacas diez.

—No seré su tipo —dijo Lorenzo con una sonrisa divertida, estaba claro que a su hija le seguía importando Jaime.

El pronóstico se cumplió y una potente tormenta descargó sobre la Paloma. Tras varias horas de sufrir los violentos embates de vientos y olas, amainó algo, pero dejó un mar agitado y fuertes vendavales que impidieron al pasaje salir de sus camarotes durante tres amargos días. Allí se les llevaba el agua y la comida, fría, pues la cocina no funcionaba. Encerrados, sufrieron mareos y algunas contusiones debido a las sacudidas de la nave.

Los pasajeros ansiaban pisar la cubierta y, cuando el mar volvió a la calma y el capitán lo autorizó, salieron al aire libre como si hubieran resucitado al tercer día. Y regresó la rutina, y con ella el coqueteo de doña Clotilde con Jaime. Aun respetando el distanciamiento que Almudena le imponía, el joven seguía pendiente de ella y observó la irritación que le producían los avances de la dama. Aquello le halagaba, así que decidió seguirle la corriente a aquella mujer.

—¿Tú la encuentras atractiva? —le preguntaba Almudena a su padre.

—Bastante.

—Es una fresca. Todo el mundo puede ver que está coqueteando con Jaime. ¡Y está casada!

—¿Y qué te tiene que importar eso a ti? Es su vida, la de ellos, ya no es la tuya.

—¿La vida de ellos? —gruñó la joven—. ¿Qué quieres decir con «ellos»?

Lorenzo se sonreía.

Y el juego prosiguió. Hasta el punto en que se le hizo evidente al capitán Bouza y llamó a un aparte a su piloto.

—Jaime —le dijo—, no consiento las relaciones de mi tripulación con el pasaje. Hice una excepción con tu novia porque estabais formalmente comprometidos, pero el juego que te traes ahora con doña Clotilde se pasa de castaño oscuro.

—No soy yo quien toma la iniciativa, capitán, solo le sigo la corriente.

—Aun así. Y para empeorarlo es una mujer casada.

—Entiendo vuestra preocupación —respondió el menorquín—. Pero os ruego me permitáis al menos mostrarme educado y caballeroso con ella.

—¿Y eso por qué? —Bouza fruncía el cejo.

—Porque como vos mismo habréis comprobado, capitán, mi prometida se me muestra distante. Creo que pretende abandonarme y la amo con locura. Y veo que doña Clotilde la pone celosa.

El hombre le miró con su ambigua sonrisa en los labios.

—Ya veo… —murmuró—. Sea. Pero que no me entere de que entras en el camarote de la doña.

La angustia de Almudena prosiguió. Y su padre estaba allí para empeorarlo.

—Parece que lo de esos dos va en serio —le decía.

—No me lo creo.

—Lo vas a perder.

—No me importa.

—Como resulte que sea verdad que eres viuda, te arrepentirás mucho de esto. No sabes nada de Julio desde que te envió aquella carta. ¿Qué será de ti en La Habana si tu marido está muerto y Jaime se va con ella?

—No me importa mi futuro. Lo que me molesta es que esa bruja, que está casada, le engañe así. Tengo que hacer algo.

—¿Tú crees que engaña a Jaime? —Lorenzo la miraba divertido—. Quizá al que engañe sea a su marido…

Desde ese día, Almudena volvió a sonreír al menorquín y a buscarle para hablar. Pero ahora era él quien respondía con monosílabos, no le devolvía la sonrisa y la evitaba. En cambio, se desvivía por doña Clotilde, que se mostraba feliz y glamurosa. La joven veía a aquella mujer cada vez más guapa y elegante. Jaime se había olvidado de ella y solo tenía ojos para la doña. Aquello la deprimía. Había juzgado mal sus sentimientos y no podía soportar más aquella situación.

Un día en que ella se encontraba frente a su cabina vio acercarse a Jaime. Le sonrió y él le respondió serio, con solo una leve inclinación de cabeza. Ella miró a su alrededor, no vio a nadie observando y, tras cogerle del brazo, tiró de él hacia el interior del camarote. Cerró la puerta y le besó apasionadamente. Él reaccionó como ella esperaba e hicieron el amor como nunca antes.

«Llegaremos a La Habana en una semana. Si Julio está muerto, no estoy pecando de gravedad. Y si está vivo correré a confesarme. Asumo quinientos padrenuestros y avemarías más», se decía ella para aplacar su mala conciencia.

SEGUNDA PARTE

54

La Habana, 12 de enero de 1775

La Paloma llegó a La Habana un atardecer de enero, el cielo estaba despejado y la temperatura era buena. Todos ansiaban desembarcar, la travesía había durado más de lo previsto y las provisiones escaseaban, el capitán había racionado el agua y estaban hartos de comer la dura galleta marinera y cocidos de legumbres con unos escasos salazones de carne o pescado.

—Tendremos que esperar al amanecer —dijo Bouza—. La bahía se cierra con una cadena que impide el paso de las naves durante la noche.

Y les señaló los castillos del Morro y el de la Punta, de donde partía la cadena que cerraba la entrada a la amplia ensenada.

—Los ingleses, durante la guerra de los Siete Años, en la que nos metimos para ayudar a los parientes franceses del rey, atacaron por sorpresa La Habana. Vinieron con cincuenta navíos y treinta mil hombres, que superaban en mucho nuestras fuerzas —explicó—. Y después de dos meses de asedio en los que hubo una heroica resistencia, lograron tomar la ciudad. Fue un desastre. Se apropiaron de una gran fortuna y de muchos barcos.

—¡Se lo devolveremos! —murmuró Jaime.

—Para recuperar la ciudad tuvimos que darles hace diez años la Florida y otros territorios al este del Mississippi —prosiguió el capitán tras afirmar con la cabeza sin convicción—. Y el rey de Francia nos compensó dándonos Nueva Orleans y lo poco que les quedaba de la Luisiana.

Hizo una pausa antes de continuar. Todos le escuchaban atentos.

—Ahora La Habana es la ciudad más protegida de América, y quizá del mundo. Antes ya tenía el castillo de la Fuerza, al lado de la plaza de Armas, además de los del Morro y la Punta que vemos ahí. Y tiene la mayor fortaleza del continente, la de La Cabaña, que domina no solo la entrada, sino gran parte de la bahía, al final de la cual hay otro castillo, el de Atarés. Todo esto sin contar las murallas, con bastiones, que protegen la ciudad.

—¡Cinco fortalezas! —exclamó Lorenzo.

—Así es. Al menos La Habana no nos la vuelven a quitar —concluyó el capitán.

Almudena contempló las tenues luces de la ciudad que se iban encendiendo conforme el día se apagaba. Quería estar sola. Al ver La Habana desde el barco notó un nudo en el estómago. ¿Qué le esperaba en aquel lugar? Tenía que buscar a su marido, era su obligación, pero no era algo que la ilusionara. Había vivido momentos demasiado intensos con Jaime. Pero aquello había terminado y debía olvidarlo. Le pesaba en el alma el adulterio cometido, necesitaba confesarse, pero sabía que con eso no bastaba. Tenía que obtener el perdón de su marido, aunque él jamás supiera lo ocurrido, y estaba decidida a compensarle siendo una devota esposa. Tal como dictaba la Santa Madre Iglesia.

Aquella noche apenas pudo dormir. A la mañana siguiente tendría que despedirse de Jaime. Sería muy doloroso. ¿Qué le iba a decir?

El menorquín, por su parte, también estaba inquieto y se preguntaba qué ocurriría cuando pusiera el pie en América. Y qué decisión tomaría al final Almudena. Ella le había dejado claro que su obligación era quedarse con su marido si lo encontraba. Y que pensaba buscarle. También él tenía sus propios planes, aunque en ese momento no concebía la vida sin ella. La actitud amorosa de la joven durante los días anteriores le había hecho inmensamente feliz y albergaba nuevas esperanzas. Las necesitaba porque no podía renunciar a ella. Esperaba que aquel maldito Julio no apareciera por ningún lado. Y que, si lo hacía, ella cambiara de idea. Para él no era obstáculo que fuera una mujer casada; huirían, aunque fuese al último rincón del mundo. Sin embargo, sin darle explicaciones, le había rehuido el último día, conforme La Habana se aproximaba. Era una mala señal.

El día amaneció despejado y la Paloma fue a atracar en el muelle situado entre las plazas de Armas y de San Francisco, donde se encontraba la aduana.

—Esperad a que cumpla los trámites —les dijo Jaime a Lorenzo y Almudena—. Además de los papeles del barco tengo que gestionar las mercancías de Tomás. Sé que vais cortos de dinero, dejad que os invite a almorzar.

—Gracias, Jaime —replicó la joven antes de que su padre pudiera contestar—. Ya has hecho mucho y te lo agradecemos. Quien nos tiene que invitar ahora es mi marido. Si lo encontramos. Y cuando eso ocurra, tú y yo ya no nos veremos más.

Él se quedó mirando a su falsa prometida con el alma en los pies y la decepción pintada en el rostro. La actitud cariñosa y apasionada de ella en los días previos acababa de esfumarse.

—No le busques —le suplicó tratando de cogerle las manos—. Quédate conmigo.

Ella lo evitó y replicó enérgica:

—¿Estás loco, Jaime? El adulterio no solo es un gravísimo pecado, sino también un delito perseguido por la justicia y la Inquisición.

—Vayamos a otro lugar, tú, tu padre y yo. Donde no nos conozcan, hay muchos sitios en América. Nadie sabrá que estás casada con otro.

—Quizá podamos huir de la justicia de los hombres, pero nunca de la de Dios. Además, ¿vas a renunciar a cumplir con esa venganza en la que llevas años pensando?

Jaime se quedó paralizado al oírla. No había vuelto a hablar con ella de ese tema, pero era obvio que no lo había olvidado.

—Gracias por todo, Jaime —cortó ella aprovechando su silencio—. Has sido nuestra salvación. Lo siento mucho, pero ahora he de cumplir con mi obligación. Como también tú querrás cumplir con la tuya…

Y se giró dándole la espalda. No quería que él viera las lágrimas en sus ojos.

—Espero que nos sigamos viendo, Jaime —le dijo Lorenzo ofreciéndole una mano mientras con la otra le sujetaba el brazo en un gesto amistoso—. Tenemos una gran deuda contigo. He de acompañar a mi hija para ver si localizamos a su marido. Y tan pronto tenga un trabajo de impresor pienso devolverte la ropa que me prestaste. ¿Dónde te podré encontrar?

Jaime tardó en contestar, no le quedaban argumentos para retener a su amada, estaba desolado. Estrechó con fuerza la mano a Lorenzo, le miró a los ojos tratando de recomponerse y le dijo:

—Mientras no termine de gestionar las mercancías de Tomás y otros trabajos para Bouza me quedaré en la Paloma. —Hizo una pausa y, sin soltarle la mano, murmuró—: Es posible que La Habana tenga ochenta mil habitantes. ¿Creéis que será fácil dar con él?

—Almudena está decidida a hacerlo.

—No puedo desearos suerte —dijo mirando a Almudena, que se había alejado y permanecía de espaldas—. Espero que no lo encontréis, ni aquí ni en ningún lado.

Los vio partir con sus menguadas pertenencias en los hatillos que cargaban. De repente caía sobre él una soledad que nunca antes había sentido, ni siquiera al abandonar Menorca. Mantenía aún la esperanza de que Julio estuviera muerto o perdido en algún lugar ignoto de aquel vasto continente y que Almudena regresara a él. Y se preguntaba qué podía hacer ahora. Su destino como marino era volver a embarcar, pero no iba a abandonar La Habana antes de saber si Almudena se había reunido con su marido.

Almudena se sentía triste abandonando a Jaime. Se negaba a sí misma haberse enamorado y se decía que le había cogido cariño porque había sido su protector. Reconocía que le proporcionó abrigo, seguridad y comprensión, y que recorriendo los caminos con él se había sentido libre y feliz. Una felicidad que hacía mucho tiempo que no experimentaba. Dejaba mucho atrás con Jaime, pero había que mirar hacia delante. Ahora tenía que encontrar a Julio y después ir a la iglesia a confesarse para obtener el perdón de sus muchos pecados. Se decía que a quien de verdad amaba era a su marido y que sin Jaime no le costaría el menor esfuerzo seguir una vida recta. Respiró hondo y se lanzó a conocer La Habana.

Aquella era una ciudad vibrante y vital, con un puerto que recibía y distribuía mercancías no solo para el Caribe, sino para toda la España americana. Las calles eran, al contrario que en Madrid, todas largas y al cruzarse formaban cuadros. Los edificios le recordaban mucho a los de Santa Cruz, con sus tejados terrosos, sus paredes encaladas y sus balconadas de madera. Las gentes eran una mezcla de razas donde predominaban los blancos, seguidos de negros y distintos tipos de mulatos y mestizos. Los de color eran tanto esclavos como libres y su condición se distinguía en sus vestimentas.

A Almudena le sorprendió el barro de las calles, resultado de las frecuentes lluvias, y a pesar de levantarse la falda como vio que hacían las mujeres no pudo evitar ensuciarse. Las calesas y otros carruajes tenían ruedas mucho mayores que las de Madrid precisamente para circular por el lodo, que en ciertos lugares llegaba hasta casi la rodilla. Aquí apenas había calles con adoquines, pero las principales estaban cubiertas de largas tablas de maderas duras. Los viandantes se quejaban porque acostumbraban a estar húmedas, resbalaban y con frecuencia daban con sus huesos en el suelo.

Lorenzo indagó sobre ello y supo que el gobernador estaba tan preocupado por la lluvia y el barro que temía que la ciudad se derramara sobre la bahía haciéndola impracticable. Las maderas trataban de evitarlo. En vista de aquello, le dijo a su hija:

—Creo que deberíamos pedirle a Jaime que guardara nuestros hatillos hasta encontrar una posada. No podemos pasearnos con ellos sin que terminen en el barro.

—Llévalos tú —repuso muy digna—. No quiero volver a verle.

Almudena esperó curioseando en los tenderetes de la plaza de Armas, en uno de cuyos extremos se alzaba el castillo de la Fuerza y en el otro las ruinas de la antigua iglesia mayor, destruida a causa de una explosión de la santabárbara de un navío en el puerto. Allí se maravilló ante unos pájaros que llamaban «loros», que hablaban como las personas aunque de forma estridente, y vio frutas extrañas como el ananás, las guayabas y los mangos. La gente tenía un hablar dulce pero ruidoso, parecido al canario, y los vendedores pregonaban a gritos sus artículos para llamar la atención de la multitud que paseaba, curioseaba y compraba regateando.

—Sé cómo podemos encontrar a Julio —le dijo a su padre cuando este regresó.

—¿Ah, sí? —se interesó él.

—Se lo pregunté al capitán —prosiguió ella—. Le dije que buscábamos a un primo.

—¿Y cómo lo encontraremos?

—Estabais ya preso, pero después de la revuelta el rey instauró en Madrid los alcaldes de barrio. Pues aquí en La Habana también los hay y se llaman «comisarios de barrio». La ciudad está dividida en dos cuarteles con un alcalde cada uno, que dependen del gobernador, y cada cuartel está dividido en cuatro barrios con un comisario. Son los responsables de mantener el orden, del cumplimiento de las normas religiosas, de conocer a todos los vecinos y de vigilar a los forasteros. Julio llegó hace dos años, luego el comisario de su barrio tiene que saber de él.

—De acuerdo —dijo Lorenzo—. Pues empecemos.

Averiguaron que se encontraban en el barrio de la Estrella, perteneciente al cuartel de la Punta. Luego preguntaron por el comisario.

—Se llama don Antonio Carnero y vive en la casa que hace esquina dos cuadras más allá —les dijo una guapa mulata de blanquísima sonrisa que vendía frutas señalando hacia el lugar.

Hacia allí se dirigieron.

—Don Antonio no está —les hizo saber desde una ventana una mujer cuando llamaron a la puerta.

—¿A qué hora se le puede ver? —quiso saber Almudena.

—Hoy no recibe.

Y tomaron cita para el día siguiente.

—Esto nos puede llevar días —dijo Lorenzo—. Si no encontramos hoy a tu Julio, tendremos que volver a alojarnos en el barco.

—¡No quiero ver más a Jaime!

—No seas cabezota. Le has estado viendo de seguido más de cuatro meses. ¿Y ahora me vienes con esas?

—Es que aquí está mi marido.

—No lo sabes.

Y reemprendieron la búsqueda en el barrio de Dragones, situado más al norte, y así siguieron hasta que el día llegó a su fin. Estaban agotados.

—El capitán Bouza aceptó reservarnos el camarote mientras la Paloma permanezca en el puerto —dijo Lorenzo—. Y no tenemos dinero. Así que es donde yo voy a dormir, y no creo que tú quieras hacerlo sobre el barro de la calle.

Almudena tuvo que aceptar, pero al cruzarse con Jaime evitó mirarle y no le saludó. Se sentía culpable, le había costado mucho despedirse de él manteniendo la serenidad, fue muy doloroso, y no quería tener que volver a hacerlo.

55

Al día siguiente reanudaron la búsqueda y durante la mañana hablaron con dos comisarios de barrio sin que les dieran razón de Julio Marcial.

—Tendrás que empezar a considerar que no esté en La Habana —dijo Lorenzo—. O que haya fallecido.

—Está aquí, seguro —sentenció la joven—. Si no damos con él, recorreremos las iglesias por si está muerto y enterrado.

Por la tarde, cuando ya habían logrado entrevistarse con otros dos, localizaron al quinto comisario, el del barrio de San Francisco de Paula, perteneciente al cuartel de Campeche. Era un hombre fornido de unos cincuenta años que lucía peluca bajo un tricornio de ribetes dorados y vestía una hermosa casaca con chupa a juego. Los comisarios eran vecinos blancos y acomodados del barrio, que recibían el título de don y vestían bien. Pero la elegancia de don Martín Atienza destacaba en aquella zona de población mayoritariamente mestiza y por lo tanto humilde.

Cuando Almudena le preguntó, la miró con atención y después observó a Lorenzo, para regresar de nuevo a ella.

—¿Y quién lo quiere saber?

—¡Soy su esposa! —dijo alzando la barbilla.

—¿Su esposa? —inquirió él con el cejo arrugado.

Almudena notaba el corazón acelerado. Aquel hombre le conocía, ¡Julio estaba allí! ¿Era para bien o para mal que sabía de él? Y aguardó ansiosa durante la larga pausa que hizo el comisario mientras seguía observándola. ¿Era su humilde vestido lo que le sorprendía?

—¡Qué bribón! —dijo al fin—. ¡Menuda mujer guapa!

—Entonces ¿le conocéis? —inquirió ella sin poder contener la impaciencia.

—Señora —dijo él descubriéndose e inclinando la cabeza.

Ella le devolvió el saludo al tiempo que doblaba levemente las rodillas y se levantaba la falda para que no tocara al suelo.

El comisario señaló a Lorenzo.

—¿Y quién es este señor?

—Soy el padre de ella —se presentó el aludido.

Don Martín le saludó, esta vez solo tocándose el tricornio e inclinando la cabeza, a lo que Lorenzo correspondió. Después sonrió a Almudena.

—Pues claro que conozco al ingeniero don Julio Marcial. Somos amigos.

Padre e hija se miraron boquiabiertos. Julio no tenía estudios. Se decía que América era una tierra de oportunidades, pero aquello superaba cualquier imaginación.

—¿Ingeniero? —inquirió ella—. No lo era cuando dejó Madrid hace poco más de dos años.

El hombre rio.

—¡Pues claro! En Madrid no hay ingenios de caña.

—¿Ingenios de caña? —se sorprendió Lorenzo.

—Un ingenio es una plantación que tiene ingenios, o sea, máquinas que trituran la caña de azúcar para extraer la melaza y después obtener azúcar.

—¿Tiene una plantación? —se extrañó.

—No, pero se encarga de una. Lleva en La Habana los intereses de un gran ingenio.

Almudena le sonrió. A una buena noticia le seguía otra, estaba exultante.

—¿Podéis decirnos dónde vive?

—Siguiendo esta calle encontrareis la iglesia del Espíritu Santo. Una vez pasada, giráis a la derecha y en la esquina con la calle Jesús María está su casa.

Al llegar al cruce indicado, les señalaron una de las pocas casas de planta y piso de la calle. Tenía un balcón de madera oscura que destacaba sobre el blanco del encalado. Era bonita y Almudena la vio incluso lujosa.

—Este será nuestro hogar —le dijo a su padre.

Se dirigió a la puerta y llamó con el picaporte. Hubo un momento de silencio en el que el corazón de la joven se aceleró. Deseaba ver a su marido, abrazarle. No podía con la impaciencia.

—¿Quién es? —respondió una voz femenina desde el balcón.

Almudena y su padre dieron unos pasos atrás para ver a la mujer. Era una hermosa mulata clara con el pelo rizado que adornaba con una cinta roja. Y estaba amamantando, sin importarle mostrar el pecho por entero, a un bebé blanco de unos tres meses. Almudena se quedó helada.

—¿Qué deseáis? —inquirió la mujer.

—¿Es esta la casa de Julio Marcial? —preguntó Lorenzo ante el silencio de su hija.

—Es la casa de don Julio Marcial —le corrigió ella.

—Queremos verle —dijo Lorenzo.

—¿Y quién le busca?

—¡Soy su esposa! —saltó Almudena.

—¿La esposa de don Julio? —La mulata parecía asombrada.

—Sí. Y yo soy el padre de ella. Acabamos de llegar de España.

—¿Y quién sois vos? —le preguntó a su vez Almudena.

—Yo soy su mujer —repuso ella, tajante.

—Bueno, no es forma de presentarnos, así desde la calle —razonó Lorenzo para evitar el conflicto que parecía a punto de estallar—. Decidle que queremos verle, por favor.

—No está.

—Pues le esperaremos —dijo Almudena—. ¿Nos abrís la puerta, por favor?

—¡No!

—Os hemos dicho que somos su familia, dejadnos pasar, por favor —intervino de nuevo Lorenzo.

—No puedo dejar pasar a desconocidos, digan lo que digan.

—¿A qué hora regresa? —inquirió Lorenzo.

—Don Julio está con sus negocios hasta tarde en la noche. Amenaza lluvia y los alguaciles no dejan que la gente se quede ahí plantada. Os aconsejo que volváis mañana.

—¿Le diréis que hemos venido? —preguntó Almudena.

—¡Pues claro! —Y la joven entró cerrando ruidosamente la puerta del balcón.

Padre e hija se quedaron sin palabras, mirándose el uno al otro.

—Será mejor que volvamos al barco —propuso Lorenzo.

Y empezaron a andar en silencio.

—No cuentes nada de esto a nadie —le dijo ella al rato—. Y menos a Jaime.

Por el camino ella iba rumiando, mientras que Lorenzo respetaba el silencio de su hija a la vez que trataba de asimilar lo ocurrido.

Los pensamientos de la joven eran un torbellino. ¡Qué inocente era! ¿Qué esperaba? Se había llevado un gran chasco, enorme. Sí, estaba vivo, tenía una bonita casa y parecía haber hecho fortuna. Pero esa hermosa mulata decía ser su mujer y tenía un hijo, con toda seguridad de él, mientras que ella no se quedó preñada en el año de matrimonio que estuvieron juntos. Y la cubana se comportaba como la dueña de la casa. Pero él no podía haberse casado. Porque de haberlo hecho sería un bígamo, y la bigamia se castigaba severamente. Así que ella seguía siendo su esposa legal, poseía los documentos y podía hacer valer su derecho. Pero claro, tener que recurrir a eso sería terrible, porque no podía obligarle a quererla si amaba a la otra.

¿Cómo reaccionaría Julio cuando la viera? Eso era lo fundamental. ¿La seguía queriendo después de esos dos años? Viendo lo visto, quedaba claro que su marido le había sido infiel. Los hombres eran así. Pero había una gran diferencia entre suponerlo y constatarlo. Ella, como mujer, sí que estaba obligada a una estricta fidelidad; no había cumplido y se sentía culpable. Según la ley de los hombres era una mujer adúltera, pero según la de Dios los dos habían pecado y algo le decía que, por mucho que él fuera un hombre y ella una mujer, ahora estaban en paz.

Temía la noche. No iba a pegar ojo. Le hubiera gustado encontrarle hoy y que la viera tal como estaba. Porque al día siguiente, sin haber dormido, tendría ojeras, estaría fea. ¡Y la mulata era tan guapa! Sentía que tendría que competir con aquella mujer que se mostraba tan segura. No esperaba aquello. Y una lágrima se deslizó por su mejilla. Encima eso, se dijo; si lloraba empeoraría su aspecto.

Por su parte, Lorenzo no compartía la inocencia de su hija y lo sucedido no le había sorprendido. Esperaría al día siguiente; antes de sacar conclusiones debía ver cómo era su desconocido yerno y cómo reaccionaba. Por otro lado, Jaime estaría ansioso por saber cómo les había ido y su hija le acababa de prohibir contarle nada. Y cumpliría. Parecía que ella deseaba borrar al menorquín de su vida, como si nunca hubiera existido. Pero aquel muchacho seguía allí, esperando. Y el fervor casi obsesivo que profesaba a su hija le conmovía.

—¿Cómo os ha ido? —inquirió el joven tan pronto como subieron al barco.

Almudena cruzó con la barbilla levantada sin mirarle, pero deseando que no viera lo enrojecido de sus ojos. Lorenzo le puso una mano en el hombro, afectuoso, y le dijo:

—Aún nada, pero creo que está vivo y que lo vamos a encontrar. Buenas noches, Jaime.

Quería advertirle sin darle explicaciones, vio su expresión de decepción y se apresuró a retirarse antes de que llegaran más preguntas.

56

Almudena pasó la mayor parte de la noche dándole vueltas a su situación y rezando angustiada. El día siguiente se decidiría su futuro. Y esa decisión estaba en manos de su esposo. Si quería a la mulata y la rechazaba a ella, ¿de qué le servía estar casada y tener el derecho? Su único recurso sería denunciarle a la Inquisición por estar amancebado. Y en el caso de que llegaran a castigarle, algo que no creía que hicieran de forma severa al tratarse de un hombre, ¿de qué le valdría a ella si él no quería volver? No tenía más remedio que competir con aquella hermosa mujer que vivía con Julio y que le había dado un hijo.

Lorenzo y ella acordaron regresar a media mañana a la casa y ella se compuso lo mejor posible antes de salir; miró su rostro en el espejo y se arregló el pelo con la ayuda de su padre, al que indicó cómo ponerle unos lazos rosas y azules a juego con el vestido. Porque iba llevar el vestido que le había regalado Jaime, ese que ella en un principio rechazó y que, sin embargo, se había ajustado, gracias a su saber de modista, cuando retomaron su relación los últimos días del viaje. Al llegar a La Habana decidió no ponérselo nunca y así olvidar aquella pasión de la que no se sentía orgullosa. Pero después de la sorpresa del día anterior había cambiado de idea; necesitaba presentarse con el estilo de una señora para realzarse frente a aquella mujer. Le avergonzaba usar el vestido que le había regalado su fiel enamorado para seducir a su marido, pero precisaba de todas las armas a su alcance para competir con la mulata.

Le pidió a su padre que la avisara cuando Jaime estuviese ocupado y no pudiera verla al salir. Sabía que él estaba atento a sus movimientos y su vergüenza habría sido aún mayor si la hubiera visto con su vestido.

Al poco se encontraba, con el corazón en un puño, en la misma esquina de la tarde anterior. Almudena respiró hondo, se irguió, levantó la barbilla y, armándose de valor, se dirigió a la puerta. Por el camino había apreciado que los hombres la miraban más que de costumbre y había oído algún silbido, a pesar de ir acompañada por su padre. Eso le infundía moral. Llamó a la puerta. Y estuvo observando su madera, la misma que la del balcón, durante unos minutos que se le hicieron eternos. Se sentía como un cordero en el matadero. Y de pronto se abrió.

Era la mulata, llevaba un vestido ligero verde, que sugería unas hermosas caderas, y la misma cinta roja en su melena rizada. Su expresión era seria y se quedó mirándola sin decir nada. Tenía los ojos enrojecidos.

—Pasad, por favor —dijo.

Y de pronto oyó desde el interior de la casa:

—¡Almudena! ¡Qué alegría!

Y apareció él. Alto, sonriente, más guapo aún de lo que le recordaba. Y elegante, muy elegante. Vestía una vistosa casaca azul, con bordes y botonadura dorados, y calzones a juego. Las medias eran de seda rosa y su blanca camisa se cerraba en el cuello con elaboradas puntillas. No llevaba chupa y se cubría con una peluca con lazo, también azul, en la coleta. Nunca lo había visto con peluca en Madrid y se dijo que su aspecto era el de alguien adinerado; lo que llevaba debía de ser caro.

—Julio… —musitó ella.

—¡Ven aquí, mi amor! —Y le abrió los brazos ampliando la sonrisa—. ¡Pero qué guapa estás! ¡Qué alegría!

Ella corrió a sus brazos y se besaron apasionadamente. Y después él la abrazó con fuerza. Sintiendo su calor, Almudena no pudo contener las lágrimas.

—¡Al fin! —murmuró.

Al deshacer el abrazo, Julio se fue a Lorenzo.

—Vos sois el padre de Almudena, ¿verdad? —Y le tendió la mano—. Encantado, señor.

Lorenzo se la estrechó.

—¿Y cómo lo sabes? —inquirió.

—Porque Mercedes y Matilda me han contado vuestra visita de ayer. —Y señaló a la joven mulata, que lo presenciaba todo en silencio, cabizbaja, y a una mujer negra de unos cuarenta años con una gran bata blanca y un pañuelo cubriéndole el pelo a modo de cofia—. Os esperaba impaciente.

—¿Y quién es Mercedes? —preguntó Almudena.

—La chica que, con la ayuda de Matilda, se encarga de la comida y de la casa.

—¿Y vive aquí? —insistió.

—Claro, lo mismo que Matilda.

—¿Y el niño?

—Es mi hijo. —Y sonrió, no parecía apurado—. Ya sabes, son cosas que pasan.

Y se hizo el silencio, que al poco él rompió.

—¡Qué alegría, qué alegría, qué alegría! —Y dirigiéndose a Almudena añadió—: ¿Por qué no contestaste a las cartas que te envié?

—Solo recibí una, Julio. Y no sabía dónde escribirte. No ponía domicilio.

—¡No puede ser!

—Pues sí, solo una. ¿De verdad me escribiste más veces?

—¡Pues claro! No he dejado de pensar en ti. Temía que me hubieras olvidado. Te pedía que vinieras porque yo no podía ir a buscarte. Ya sabes que si regreso a Madrid el Lobo me matará. Pero nunca respondiste.

—Solo recibí la primera. Y no tenía dirección donde escribirte —repitió.

Julio hizo un gesto contrariado.

—Qué pena —murmuró.

—Alguien interceptó las cartas —repuso ella con disgusto—. Imagino quién.

Se hizo de nuevo el silencio mientras intercambiaban miradas.

—¡Pero eso no importa ahora! —dijo Julio mirando al padre—. Tengo una buena habitación para vos, señor. ¿Dónde tenéis vuestras cosas?

—Están en el barco —dijo Lorenzo—. Iré a buscarlas.

—Que os acompañe Mercedes, ella cargará con todo.

—No hace falta, es poco y puedo yo. —Y yendo hacia la puerta, les dijo—: Ahora vuelvo.

A pesar de sus ocupaciones, Jaime permanecía atento a las idas y venidas de Almudena y de su padre. Pero aquella mañana se le habían escurrido sin que se diera cuenta. Sabía que en algún lugar de La Habana se estaba decidiendo su futuro y le era muy difícil centrarse en lo que hacía. Estaba tenso, aquella espera era un sinvivir. No dejaba de mirar al muelle aguardando noticias.

Las campanas de las iglesias llamaban a misa de doce cuando vio llegar a Lorenzo. Solo. El hombre no se anduvo con rodeos, se fue hacia él y, cogiéndole cariñoso del brazo, le dijo:

—Lo siento mucho, Jaime. Hemos encontrado a Julio. Ha alcanzado una buena posición en La Habana, tiene una bonita casa y nos mudamos allí. Yo no lo conocía y me ha sorprendido gratamente. Es un mozo apuesto y gallardo y parece que Almudena lo ama como el primer día. Y él a ella. No tienes la más mínima posibilidad. Olvídala.

El joven se mantuvo en silencio, esforzándose por encajar el golpe con dignidad. Pero el dolor que sentía en el alma era demasiado intenso. De repente, con los brazos caídos, se notó sin fuerzas, ya nada importaba. Los brillantes colores de La Habana se apagaron y sintió como si se hundiera en un pantano oscuro. No había futuro sin ella.

—He venido a buscar nuestras cosas —prosiguió Lorenzo, que sentía una profunda pena por Jaime. Era la imagen del abatimiento, de la derrota, le entristecía ver a un joven vigoroso como él tan hundido. Pero su hija tenía ahora el futuro que él le deseaba y su misión era alejarlo de ella. Para siempre—. Sé que las ropas que llevo son tuyas. Te las devolveré en cuanto pueda. No sabes cuánto te agradezco todo lo que has hecho por nosotros. Has sido para mí un amigo, un gran amigo. Tengo contigo una deuda perpetua y si alguna vez te lo puedo compensar, no dudes de que lo haré. Aunque espero que la vida te sea tan venturosa que nunca necesites de mi ayuda. —Hizo una pausa—. Sin embargo, tengo que pedirte un último favor.

—¿Cuál?

—Olvídala. Sé que habéis vivido momentos muy intensos, pero te ruego que hagas como si no hubieran existido. No manches su reputación de mujer casada.

Jaime se quedó mirándolo sin poder evitar que una lágrima resbalara por su mejilla, le costaba incluso articular las palabras.

—¿Cómo voy a olvidarla si ella ha sido lo mejor que me ha ocurrido en mi perra vida? —murmuró al fin.

—Guárdalo al menos para ti, te lo suplico. No mancilles su honra.

—Nunca le haría daño, Lorenzo.

—¡Muchas gracias! Y tengo un mensaje suyo.

—¿Cuál?

—Que no hagas nada por volver a verla. Si lo haces, ella dirá que no te conoce y que la estás importunando. Y si se ve obligada llamará a los alguaciles.

—¡Por Dios! —exclamó él, indignado—. ¿Hacía falta eso?

A Lorenzo se le partía el alma y sus ojos se humedecieron.

—Y ahora adiós, te deseo lo mejor. —Y le dio un fuerte abrazo—. Estoy seguro de que te recuperarás y que encontrarás a una mujer que te haga feliz.

—¿Os ha pedido ella que me digáis algo más aparte de eso?

—No. —Y lo pensó un segundo antes de seguir—: Bueno, insistió en que quiere que la olvides y que no trates de verla. Ella ya te ha olvidado.

Y se fue.

57

Tan pronto como Lorenzo abandonó la casa de Julio, este le guiñó un ojo a Almudena y tendiéndole la mano le dijo:

—Ven, voy a enseñarte la casa. —Y le sonrió con una calidez que la enterneció—. Y el dormitorio...

Ella, confortada, le tomó la mano y rio. En aquel momento el niño, que estaba en una cuna, se puso a llorar. Mercedes lo cogió y Almudena vio que la joven también lloraba, pero en silencio.

Una vez en el dormitorio se desató la pasión. Él la besó y le levantó las faldas con impaciencia, y como ella no llevaba ropa interior consumaron una primera vez. Después se desnudaron y siguieron gozando de sus cuerpos.

—¡Qué guapa que estás! —murmuraba él.

—Y tú también.

Cuando terminaron, ella se sentía henchida de felicidad. Era la señora de la casa y, en la pausa que siguió, llena de cariños, abordó el asunto que la preocupaba.

—¿Mercedes es una esclava?

—¡No! Es libre.

—¿Y qué hace en tu casa?

—Ya te lo he dicho.

—¡Me has sido infiel! —le reprochó—. ¡Me has engañado!

Y olvidándose de sus propios actos, sintió de repente indignación, rabia y celos.

—No sabía de ti, mi amor... —se defendió él—. No contestabas a mis cartas. Creía que no volvería a verte. Compréndeme, me sentía muy solo.

Sus argumentos eran buenos y notó que su repentino enfado se moderaba. Pero no pensaba dejar las cosas así.

—Sácala de aquí. Échala.

—Pero ¿qué dices? ¡El niño es mío!

—Trátala bien, dale lo que necesite, pero no la quiero ver en la casa.

—¿Y eso por qué?

—¿Qué ocurre? —inquirió ella con enfado—. ¿Es que quieres tener a dos mujeres a tu disposición? Es guapa y la veo pendiente de ti. No puedo soportar eso.

Él rio.

—No seas boba. ¿Acaso crees que no me acostaría con ella si la tuviera en otro lugar? ¡Con mucha más facilidad! Si vive aquí y lo hiciera, tú te enterarías.

Almudena lo consideró, pero no la convencía.

—Mira, cariño, ella es tu criada —prosiguió él—. Como Matilda, pero más blanca. Sé que nunca has tenido sirvientas y que debes aprender a comportarte como una señora. ¡No sabes cómo te voy a lucir! ¡Cómo presumiré! Eres una española, llegada de Madrid, y guapísima; tú me darás prestigio, una mulata nunca podría. Te haré la reina de La Habana. Ninguna, por muy noble que sea, te va a superar en clase y estilo. Eres lista y solo tienes que ponerte a ello.

De pronto Almudena sintió compasión por aquella chica a la que poco antes consideraba su rival, y por su bebé. No quería que les ocurriera nada malo y menos por su culpa. Su marido la convencía con su labia. Él se levantó del lecho y mirándola a los ojos, erguido y sonriente, le dijo:

—Eres la dueña de la casa, dispón de ella.

—¡Mercedes! ¡Matilda! —gritó Julio al salir del dormitorio—. ¡Preparad una buena comida para mi esposa y mi suegro!

Las mujeres se apresuraron y pusieron la mesa en el primer piso con mantel, servilletas, un candelabro y una botella de vino. Almudena no se avenía a tanto lujo.

Cuando llegó Lorenzo, se sentaron a la mesa y Julio brindó sonriente.

—¡Por mi querida esposa y por la gran felicidad que siento al tenerla conmigo!

Lorenzo brindó contemplando el rostro radiante de su hija. Se sentía feliz por ella, pero apenado por Jaime. Recordaba sus palabras y su mirada; no se merecía aquello, pero solo había una Almudena y Julio le parecía más conveniente. Su hija tendría un gran futuro a su lado, mucho mejor que con un aventurero menorquín.

Las mujeres sirvieron una carne de res desmenuzada en salsa sobre una base de arroz, lo que allí se conocía como «ropa vieja». Iba acompañada de un tipo de judías, pequeñas y de color negro, cocinadas con distintos ingredientes.

—Al arroz con frijoles aquí le llamamos congrí —explicó Julio.

Todo estaba bueno, pero lo que más apreciaron tanto Almudena como su padre fue el pan de trigo. Después de pasar dos meses engullendo las durísimas galletas marineras, con frecuencia habitadas por gorgojos, aquel pan era un manjar largamente añorado.

—Está todo riquísimo —dijo Lorenzo.

La pareja se contó lo que habían vivido a uno y otro lado del Atlántico en aquellos años de separación. Julio se escandalizó cuando supo el trato que su familia le había dado a su esposa y lamentó profundamente que hubiese tenido que trabajar para pagar su deuda.

—Te voy a compensar aquí en Cuba —le dijo sentido cogiéndole de la mano.

Lorenzo esperó a que terminaran con los cariños para abordar lo que no paraba de dar vueltas en su cabeza.

—Te felicito, Julio, por lo bien que vives. ¿Cómo has podido progresar tanto en solo dos años?

—La verdad es que he sido afortunado —reconoció con una sonrisa—. Represento en La Habana a una importante explotación de caña de azúcar con varios trapiches.

—¿Qué es un trapiche? —quiso saber Almudena.

—Es una máquina con varios rodillos que muelen y prensan la caña de azúcar, que previamente se ha machacado. El jugo se llama melaza, y una vez cocido se deja cristalizar. Y es ya azúcar.

—¡Ah! —exclamó complacida.

—¿Y cómo has logrado semejante responsabilidad siendo un recién llegado? —insistió Lorenzo.

—Le caigo bien a la gente —repuso sonriendo.

—Tengo entendido que tuviste que huir de Madrid por una deuda de juego —prosiguió el suegro—. ¿Cierto?

—Así es.

—¿Juegas aquí en Cuba?

—El juego fue mi perdición en Madrid —reconoció—. He aprendido. Pero, lo que son las cosas, eso mismo ha sido mi salvación aquí.

—¿Qué me dices? —se extrañó Lorenzo.

Almudena asistía a la conversación un poco cohibida por la agresividad soterrada de su padre, pero muy interesada. Quería creer a su esposo, quería que todo fuera bien y había decidido callar y escuchar. Lo único que esperaba era que aquellos dos hombres, a los que amaba, no se enzarzaran.

—Pues sí. Soy un buen jugador de cartas. —Miró a Almudena y le mandó un beso—. Y también soy afortunado en amores, gracias a su hija.

Ella le sonrió.

—Aquí hay mucha afición y juegan tanto pobres como ricos —prosiguió—. Si sabes frecuentar a estos últimos, te ven listo y te ganas su confianza, enseguida aparecen oportunidades y detrás de ellas los negocios. Yo uso el juego en mi beneficio.

—Me han contado que las apuestas, al igual que en la Península, están prohibidas en Cuba.

—No, siempre y cuando la apuesta sea poco significativa, solo para dar emoción. Arriesgo poco. Mi dinero no proviene del juego, sino de los negocios y sobre todo de la plantación. —Y sonrió de nuevo—. La gente acomodada busca diversión y reconozco que tengo como amigos a los juerguistas más ricos de La Habana. Por eso me toca trabajar cuando los demás descansan. —Y miró a Almudena—. Lo siento, querida, pero así es como me gano la vida.

Ella hizo un gesto de resignación y el padre afirmó con la cabeza. No solo no negaba que era jugador, sino que hasta parecía celebrarlo. Aquella era una sinceridad que Lorenzo no esperaba y que le desarmaba. Miró a su hija. Parecía feliz. Y se dijo que no debía buscarle tres pies al gato.

—Vamos a ver, Lorenzo. —Ahora era Julio el que tomaba la iniciativa—. Sé que erais impresor.

—Soy impresor —confirmó con una sonrisa triste—. Solo que no tengo imprenta.

—¿Estaríais dispuesto a empezar trabajando para otro?

—Pues sí. Pero con intención de volver a tener mi propia imprenta.

—Lo segundo no depende de mí. Para lo primero hablaré con don Martín, el comisario de barrio. Creo que por aquí hay una imprenta, pero es él quien lo sabe todo.

Lorenzo afirmó con la cabeza, no esperaba que su yerno llegara a gustarle, pero no dejaba de sorprenderle gratamente. Levantó la copa de vino para celebrarlo y dijo:

—Muchas gracias, Julio. —Y bebió—. Sería estupendo.

—Yo soy buena modista —dijo entonces Almudena—. He trabajado desde siempre; si voy a tener criadas, me gustaría montar un taller de costura.

—Estoy seguro de que eso también lo podremos arreglar. Pero creo que ahora deberíamos salir a dar un paseo para bajar la comida. ¿Qué te parece, querida?

—Encantada.

Lorenzo decidió quedarse a descansar. No se había recuperado del todo y habían sido demasiadas emociones. Y se dijo que parecía como si hubieran llegado los Reyes Magos y todos los deseos se cumplieran.

58

Jaime no podía asumir las palabras de Lorenzo. ¿Que olvidara a Almudena? Le era imposible, y se preguntaba cómo sería aquel hombre que le arrebataba lo que más quería. Así que esperó a que el impresor se sumergiera en la muchedumbre del puerto para seguirlo. Le vio entrar en una casa y esperó un tiempo, lejos, pues no deseaba ser descubierto. Además, temía que su carácter le empujara a hacer algo de lo que después se arrepintiera.

La espera se hizo interminable. Pasó la hora de la comida y después los vio salir. Apenas podía distinguirles a causa de la distancia que se había impuesto y de la gente que se cruzaba entre ellos. Le pareció que su rival era un hombre alto y elegante. Almudena se cogía de su brazo y creyó reconocer el vestido que él le había comprado. Aquello le partía el corazón, no quería saber más de aquel individuo, no quería verle la cara.

De pronto toda su pena se transformó en rabia. Una rabia desesperada producto de la frustración, del sentimiento de injusticia. Una rabia asesina. Aquel miserable había abandonado a Almudena dejándola en una situación peor que mísera, casi de esclavitud. Y solo le había escrito una maldita carta en dos años. ¿Y ahora decía que la quería? Cuando alguien ama de verdad se preocupa de la persona amada, por muy lejos que esté. No, estaba seguro de que no la amaba. Solo la lucía como un objeto de lujo, como una valiosa posesión de la que presumir.

Él sí que la quería, la quería de verdad. Se había jugado la vida por ella, la había sacado de situaciones críticas, prácticamente le había dado de comer. Si se paseaba del brazo de aquel individuo en La Habana era gracias a él. ¡Y aquel tipo la lucía con el vestido que había soñado que se pusiera para él!

A punto estuvo de abordarlos y escupirles en la cara lo que sentía. Pero no quería causarle daño a ella. A él, sí. De estar muerto, la situación hubiera sido diametralmente opuesta. Y ella estaría ahora en sus brazos. Porque quería pensar que le quería más que a él y que la única ventaja que tenía su rival era ser su marido ante la ley y la Iglesia. Entonces se dijo que la condición de muerto no se puede cambiar porque la gente no resucita, pero la de vivo sí. Se le podía matar.

Sabía que debía alejarse de allí, poner mar de por medio y serenarse. De lo contrario acabaría haciendo una barbaridad. Le mataría. Porque no pensaba renunciar a ella. Volvería. Aunque necesitaba tener la mente fría y rumiar un plan, pero en ese momento la rabia y la frustración le superaban y se lo impedían. Y se dirigió al puerto para terminar de cumplir sus obligaciones en la Paloma y cumplimentar los últimos trámites de los negocios de Tomás. Después, se embarcaría. Pero sin ir demasiado lejos.

«¿Cuándo empezará la maldita guerra? Necesito pelear, combatir a los ingleses», estalló por el camino. En aquellos momentos no le importaba ni matar ni morir. Su rabia, su venganza, era lo único que le quedaba. Pero al menos la decisión de Almudena le dejaba el campo libre para emprender el propósito que se impuso hacía años: buscaría al maldito Wolf.

—O sea que tu prometida te ha dejado y se ha ido con otro... —repitió el capitán Bouza.

—Así es.

Se encontraban en una de las tabernas del puerto frente a una botella de aguardiente, tal como la ocasión requería. Tan pronto como el capitán supo lo ocurrido, quiso mantener esa conversación en un lugar más acogedor y propenso a las confidencias que la cubierta de la Paloma. Era un sitio de marinos, ruidoso, y la luz del candil hacía brillar el interior de la botella. Pero incluso con los gritos y el barullo, aquella mesa pegada a la pared permitía la intimidad.

—Y que, a pesar del plantón, tú no renuncias...

—No, señor.

—Brindemos por eso —dijo levantando su vaso.

Entrechocaron los vasos y Bouza cerró los ojos con fuerza al notar el ardor en la garganta, y a continuación mostró su ambigua sonrisa.

—Y que quieres un trabajo con base aquí en La Habana, para explorar el Caribe y poder seguir rondando a la chica.

—Más o menos.

—Muchacho, no sé si reír, llorar, felicitarte por tu determinación o compadecerte. Desde luego que la moza es guapa, pero ya sabes que ese asunto va de lo que ella decida, no importa lo testarudo que tú seas.

—Tengo la esperanza —dijo Jaime.

Y tomó otro trago de aguardiente, cuyo ardor le hizo cerrar los ojos, al igual que a Bouza.

—Le haré saber que no me he ido, que la estaré esperando —continuó el joven.

Ambos se miraron con los ojos vidriosos. La botella estaba casi vacía.

—Te voy a presentar a un paisano nuestro.

—¿A quién?

—A don Juan de Miralles.

—¿Y ese quién es?

—Cómo se nota que eres un recién llegado, todo el mundo lo conoce aquí. Es un alicantino que se ha convertido en uno de los mayores comerciantes y armadores de La Habana. Y le tiene tanta o más manía a los ingleses que tú.

—Más que yo es imposible.

—Miralles es capaz de hacer amigos hasta en el infierno —prosiguió Bouza—. Y gracias a eso, estando en Londres por negocios, vio indicios de los planes de los británicos para apoderarse de La Habana, y sus sospechas se confirmaron estando en la isla neerlandesa de San Eustaquio. Desde allí escribió al rey y al capitán general de Cuba, pero por desgracia su mensaje le llegó a este solo un día antes de que se presentara la flota enemiga. Trató de regresar para alertar en persona, pero su nave fue apresada por los ingleses. Consiguió engañarles diciendo que espiaría para ellos y lo soltaron cerca de La Habana. Y él se fue directo al gobernador para darle todos los detalles sobre las fuerzas británicas sitiadoras.

—Supongo que conoce a los ingleses como los conozco yo, por eso opinamos lo mismo.

—Él, junto con la totalidad de los comerciantes y los nobles habaneros expoliados por los británicos, sienten como tú. Además, nos quitaron la Florida. Pero Miralles, gracias a su conocimiento del inglés, ha desarrollado el comercio con sus colonias. —Bouza soltó su famosa sonrisa—. Entre tú y yo, a eso se le llama contrabando.

—No pueden sentir como yo quienes solo perdieron parte de su propiedad cuando yo, además de la hacienda de mi familia, perdí a mi padre. No he venido al Caribe para hacer negocios, sino en busca de un inglés malnacido.

El capitán volvió a sonreír y levantó el vaso.

—Pues brindemos para que me perdones si te he ofendido —dijo muy serio—. Sé que un padre vale mil veces más. Pero vete a ver a Miralles.

59

—Uno de mis capitanes ha enfermado y tengo un cargamento de esclavos esperando en Jamaica —le dijo don Juan de Miralles en inglés—. El capitán Bouza me ha hablado muy favorablemente de vos. Dice que podéis asumir la capitanía de una goleta de dos palos sin ningún problema.

—El capitán Bouza es un gran marino y me honra su aprecio —repuso Jaime también en inglés—. Aquí traigo mi diploma de piloto de altura certificado por la Escuela Naval de Barcelona. Además, mi familia tenía una goleta en Menorca. Nací, crecí y viví en ella.

Juan de Miralles era un hombre de sesenta años, bajo de estatura, de facciones agradables, penetrantes ojos oscuros, nariz aguileña y amable sonrisa. Despertaba confianza y a Jaime no le extrañó su fama de persona bien relacionada y gran anfitrión. Se encontraban, dos días después de la conversación con Bouza, en su palacio cercano a la plaza de Armas, donde fue recibido por un enorme y solemne mayordomo de color vestido casi como un almirante, que le condujo, a través de una amplia escalinata alfombrada con paredes cubiertas de cuadros, hasta la primera planta donde don Juan tenía su despacho.

—Bien, veo que habláis inglés como un nativo —prosiguió Miralles—. Mucho mejor que yo. Eso y que sepáis capitanear una goleta os hace idóneo para el viaje a Jamaica. Ya sabéis que una nave bien tripulada puede llegar a Kingston en un par de días.

—Lo sé, señor. Pero no me convence el cargamento. Creo en la libertad.

—¿Libertad? ¡Qué hermosa palabra! Yo también creo en ella, en el desarrollo de las naciones y en ayudar a quienes lo necesitan.

—¿Y cómo cuadra eso con la esclavitud? —Jaime arrugaba el cejo.

—Vamos a ver, creo que aún no conocéis cómo funcionan esas cosas. Nosotros no arrancamos de sus familias a los africanos para esclavizarlos. Eso lo hacen otros africanos. Sus tribus están en guerras continuas y se masacran entre ellos. Pues bien, los esclavos son prisioneros de guerra que salvan la vida porque los vencedores los venden. De lo contrario, serían torturados y asesinados.

—Eso siempre que las guerras entre africanos no se produzcan a causa del negocio esclavista.

—En todo caso, a los vencedores les interesa que los vencidos estén vivos y saludables para obtener un buen precio —prosiguió Miralles sin atender al comentario—. Es cierto que hay patrones que no tratan bien a sus esclavos. Pero los mantienen vivos. Mala gente, igual que buena, la encontramos tanto entre blancos como entre negros. También hay buenos patrones y muchos esclavos terminan ganando su libertad. En algunos oficios, aquí en La Habana, los blancos, tanto criollos como peninsulares, se quejan de la competencia de negros y mestizos. Les enseñamos nuestra lengua y nuestra cultura, les damos oficios y los cristianizamos, salvando sus almas. Cerca de la mitad de los morenos en La Habana son libres. Y no tenemos noticia de que ninguno haya querido volver a África. Los necesitamos, ellos contribuyen al progreso de nuestra nación con su trabajo. Y os digo una cosa: hay mucho campesino que vive en la Península en condiciones peores que los esclavos que peor viven en Cuba.

—Y si ser esclavo es tan bueno, ¿por qué hay tantos que huyen?

—Unos porque han cometido alguna fechoría y temen el castigo, y otros porque su amo es un desalmado, que por desgracia los hay. Pero estoy seguro de que en un futuro dejaremos de tener esclavos. Y entonces los negros de aquí vivirán mucho mejor que su gente en África.

Dada la pasión con la que argumentaba Miralles, Jaime no quiso discutir, pero no estaba convencido.

—Quizá tengáis razón y les hagamos un favor trayéndolos como esclavos, pero yo no me siento cómodo.

—¿No buscáis un trabajo? —Ahora el tono de Miralles era enérgico—. Pues os diré que el mayor negocio del Caribe, ya sea de ingleses, franceses, holandeses o portugueses, es la trata de esclavos. Y os la encontrareis en todas partes. —Hizo una pausa—. Mirad, si no os sentís cómodo con los negros os puedo dar otras cargas en un futuro. Pero ahora tenéis que resolverme este asunto.

El menorquín quería quedarse en La Habana, y si Miralles le daba la espalda, la ciudad también haría lo propio. No podía despreciar aquella oportunidad.

—De acuerdo, señor. Pero no sé nada del negocio.

—No os preocupéis, tengo gente con experiencia de muchos años. Vuestro trabajo es llevar la goleta a Kingston y traerla de nuevo a La Habana sana y salva. Y hacer de traductor a los que saben del negocio, si llegaran a necesitarlo. De la mercancía se encargan ellos.

—Lo haré, señor. Pero solo capitanear la nave y traducir. Gracias por la oportunidad.

Miralles le premió con una sonrisa.

—Por cierto, mantened el oído afinado en Jamaica y

observad qué ambiente se respira, los ingleses han sido nuestros enemigos y volverán a serlo. En realidad, nunca han dejado de serlo. Hay descontento en las Trece Colonias de Norteamérica y cualquier información relevante será bienvenida.

—Lo haré con mucho gusto, señor.

A pesar de sus reticencias, Jaime estaba ansioso por llegar a Jamaica. Era una posesión inglesa en el Caribe y quizá el maldito Wolf se encontrara allí. Se esforzaba en pensar en él y en su venganza para quitar a Almudena de su cabeza.

60

La vida de Almudena empezó a seguir unas pautas establecidas. Giraba en torno a las entradas y salidas de su marido y la administración de la casa. Él no tenía una rutina fija, pero generalmente se levantaba alrededor de las diez, con frecuencia hacían el amor, y se marchaba sobre las seis. Cenaba fuera y a veces aparecía a la una o las dos de la madrugada.

—Ese es el trabajo que tengo, mi amor —le decía disculpándose—. Lo siento.

Los primeros días lo esperaba inquieta, pero la rendía el sueño y pasadas unas cuantas noches decidió acostarse sobre las diez, cuando lo hacía el resto de la casa. Y en la cama, a la luz del candil, leía. Por la mañana estaba pendiente de él y por la tarde, una vez se iba, salía pasear con su padre por la hermosa alameda ajardinada de Extramuros, que se extendía al exterior de la muralla de tierra. Allí se dejaba ver toda la gente de postín, y los desocupados del pueblo llano acudían a admirar la exhibición de los ricos. Era el lugar para ver y ser visto. Los más pudientes paseaban en sus calesas o volantas, vehículos de dos grandes ruedas tirados por un solo caballo, típicos de Cuba. Aunque, en general, los jóvenes preferían ir a pie. A Almudena le encantaba observar los vestidos de las mujeres e imaginar cómo podría ella, como modista, mejorarlos o crear algo distinto. Tomaba nota mental y en casa los dibujaba añadiendo sus propios retoques.

Conservaba el recuerdo de Jaime, pero si alguna vez su padre lo sacaba en la conversación, nunca en presencia de Julio, le cortaba de inmediato. Su obligación como esposa era olvidarlo, borrarlo de su pasado. Pero no lo conseguía. Y, para su desdicha, se le presentaba como un maldito fantasma cuando hacía el amor con Julio. Imaginarlo en esos momentos era una traición, una ignominia, un pecado del que debía confesarse. Y justo por lo prohibido del pensamiento, por el temor a que se repitiera, le era recurrente. Su marido era demasiado rápido, a veces precipitado, y ella no se atrevía a pedirle nada fuera de lo establecido por él. No quería ofender su orgullo masculino, ya que presumía de habilidad y potencia amatoria. Ni tampoco quería que sospechara que había conocido otra forma de amar que le era más placentera. Porque en su mundo, injustamente, las infidelidades femeninas importaban y las masculinas no.

Lorenzo se ofreció como cajista en las dos únicas imprentas que funcionaban en La Habana. Ese puesto consistía en colocar los tipos, que eran las letras de plomo y sus espacios del mismo metal, sobre una caja donde se sujetaban para imprimir la página. Era un trabajo delicado y requería de un buen conocimiento de ortografía. Él dominaba el oficio por completo y podía demostrarlo. Pero pronto comprobó que era un gremio cerrado a los forasteros. Tampoco poseía el capital para establecer una tercera imprenta, que además hubiera requerido un permiso del gobernador porque aquella era una actividad controlada.

—Me avergüenza que tu marido me ponga el plato en la

mesa —decía—. Una comida que no me he ganado. Tengo que encontrar trabajo, aunque sea cargando fardos en el puerto.

—Pero ¿qué dices? —le respondía su hija—. ¿Cómo vas a competir con esos esclavos enormes, jóvenes y musculosos? Además, aún no estás recuperado del todo y Julio jamás te lo permitiría, sería una deshonra.

—Necesito trabajar.

—Se lo diré a Julio. Mencionó que el comisario de barrio es amigo suyo y tiene mucha influencia.

Unos días más tarde, don Martín acudió a comer como invitado. Al entrar se quitó el tricornio haciéndole una reverencia a Almudena. Ella le sonrió y dobló ligeramente las rodillas al tiempo que se levantaba un poco la falda para no arrastrarla.

—Señora —dijo.

—Señor —saludó ella.

A continuación le estrechó con fuerza la mano a Julio y le dio una palmada en el hombro, y este pasó a presentarle formalmente a su suegro y a su mujer.

—Tuve el placer de conocerlos cuando me preguntaron por ti, hombre afortunado —repuso con una sonrisa, y miró con intensidad a Almudena—. Jamás olvido a una mujer hermosa.

El hombre tiraba a grueso y sudaba bajo su peluca. Parecía conocer bien la casa porque, sin más preámbulos y con toda confianza, colgó su tricornio de una de las perchas de la pared para después quitarse la casaca y hacer lo mismo, quedándose solo con la chupa. Y no por ello interrumpió la conversación iniciada con Julio y Lorenzo sobre la actividad artesanal en el barrio.

—No os apuréis, hay una imprenta aquí cerca y tendréis empleo en ella —le dijo a Lorenzo.

—Visité las dos que hay en La Habana y en ambas dijeron no tener lugar para mí.

La sonrisa del comisario apareció de nuevo.

—¡Que no paséis apuro, hombre! —insistió.

—Don Martín tiene mucha mano —intervino el yerno.

Julio también mencionó que Almudena quería montar un taller de modista y él dijo que podría ayudar. Pero lo hizo de pasada y la conversación se fue por otros derroteros.

Al día siguiente por la tarde, Almudena quiso hablar a solas con Mercedes.

—Tú eras la señora de la casa y yo te he quitado el puesto —le dijo—. Tiene que ser duro. ¿Cómo te sientes?

La mujer se quedó pensando antes de responder.

—Me había hecho ilusiones, había soñado, tonta de mí —murmuró al fin—. Pero no puede ser. Don Julio es un señorito de Madrid y yo una pobre mulata. En el fondo sabía que tarde o temprano esto iba a ocurrir. Me puso en mi lugar cuando le conté que no os dejé entrar cuando llegasteis. Pasé a ser la criada. Aunque de alguna forma nunca había dejado de serlo.

—¿Me odias?

Mercedes volvió a pensar.

—No, señora. Sois su esposa. Este es mi sitio.

—¿Sientes algo por él?

—Algo siento, señora. —Esta vez no vaciló.

—¿Y te acostarías con él?

—Tan pronto como me lo pidiera.

Almudena resopló.

—Pero no temáis por mí, señora —prosiguió la chica—. Él posee una buena planta, es guapo, tiene labia y viste elegante. Hay muchas en La Habana dispuestas a lo mismo. Lo sé de buena fuente. Os enteraríais si vuestro marido lo hiciera conmigo porque estoy en la casa, pero no si lo hiciera con otra. El peligro no soy yo, señora.

Almudena dio por terminada la conversación, necesitaba considerar lo que acababa de escuchar. Al menos la chica era honrada y decía la verdad; mejor eso a que ocultara sus sentimientos. Era muy guapa y tenía razón, de momento no la veía como un peligro. La mulata había logrado en poco tiempo, siendo humilde y sincera, disipar el temor y la rivalidad cercana al odio que le produjo en su primer encuentro. Julio seguía siendo el apuesto manolo de Madrid y Mercedes podía convertirse en un valioso apoyo durante sus primeros pasos en La Habana. Trataría de hacerla su aliada.

61

Jamaica, primeros de febrero de 1775

La Curiosa, una goleta de dos palos y bauprés, bastante más grande que la Coloma menorquina de la familia Ferrer, abandonaba La Habana rumbo a Jamaica con Jaime de capitán. Contaba con una tripulación de quince hombres y un segundo de a bordo, Manuel, un criollo de Cuba de unos cuarenta y cinco años, delgado, de hablar dulce aunque firme y seguro. Tenía barba canosa y se recogía el pelo con una coleta. La cicatriz que le cruzaba el rostro era testimonio de una juventud agitada.

—Esta es una carga de solo cincuenta esclavos —comentaba con buen conocimiento del negocio—. Es un trayecto de apenas dos días, los morenos ya están aclimatados al Caribe y no se nos morirá ninguno. Las buenas cargas son las de los bergantines que fletamos para África Occidental y en los que traemos a quinientos. Son travesías de dos y tres meses y nos pagan por negro que llega vivo, pero se pierden bastantes.

—¿Y de qué mueren?

—De muchas cosas. Hay hombres de distintas tribus que, como no estén bien encadenados, se matan entre ellos. Los más mueren de escorbuto y otras enfermedades, las mismas que nosotros. Y si la travesía es mala, falta viento y se retrasa demasiado, les mata la sed. Antes bebe el blanco que el negro.

Jaime había revisado la bodega, compartimentada para separar a los hombres de las mujeres y los niños, y contempló los cepos, las cadenas y los grilletes que usarían con ellos.

—Mucho hierro es ese para unas gentes a las que les hacemos el favor de civilizarlas y cristianizarlas para que vayan al cielo —comentó con ironía.

—Ya lo veis —murmuró Manuel, siguiéndole la corriente—. Es que los pobres son aún paganos y salvajes.

Durante la travesía, Manuel le contó que Jamaica había sido española hasta que los ingleses se apoderaron de la isla para convertirla en un nido de piratas y prostitutas.

—Su propósito era debilitar a España, atacando su comercio sin que a ellos les costara nada —decía—. Quien tuviera un barco y mala sangre podía instalarse aquí, protegido por los cañones británicos. No importaba de dónde llegara.

Divisaban Port Royal y lloviznaba.

—Es una pequeña isla fortificada —comentó Jaime decepcionado.

—Antes del castigo divino, era tan grande como Cádiz —explicó Manuel.

—¿Qué castigo divino?

—Sí. El Señor hizo justicia con esa Sodoma y Gomorra y mandó un maremoto que se tragó casi toda la isla y a sus habitantes con ella, todos pecadores. Después los ingleses, que ya tenían suficiente fuerza para enfrentarse a nosotros, echaron a los piratas, que empezaban a molestarles también a ellos, y su negocio pasó a ser la trata de esclavos y el contrabando hacia territorios españoles. Ahora la isla es una fortaleza y el comercio está en Kingston, en el interior de la bahía.

Jaime no se fiaba de las cartas marinas y, pese a que la Curiosa no tenía la quilla profunda, entró en la ensenada, al timón, avistando con el catalejo y sondando la profundidad. Aquella amplia rada le recordaba mucho a Cádiz. Una estrecha y larga franja de tierra conectaba Port Royal con el resto de la isla formando casi un lago de aguas tranquilas.

—La fortaleza de Port Royal tiene al menos cien cañones —calculaba Manuel—. Y esa del otro lado del estrecho, la de los Doce Apóstoles, tiene quince. Y la que está de frente es Punto Mosquito y tiene setenta. En el interior de la bahía está el fuerte de la Roca con al menos quince más. Al que pretenda entrar por la fuerza le dejan hecho un colador.

—Hacemos bien en venir de buenas…

Atracaron en el puerto de Kingston. A Jaime le sorprendió que no tuviera murallas como La Habana, Cádiz y el resto de ciudades costeras que conocía.

—Esta es la base de la flota inglesa —repuso Manuel—. ¿Quien sobreviva a los cañones de los fuertes y de sus barcos no iba a poder con las murallas de la ciudad por muchas que tuviera?

—También tienes razón.

Jaime anotó en su libro todos los datos sobre la fortificación y las naves de guerra, con el número de cañones y su porte. Después en tierra se enteraría de sus nombres y el de sus capitanes y oficiales. Quizá tuviera la suerte de encontrar a Wolf allí.

Dejó que Manuel y los suyos se ocuparan del negocio y él empezó su búsqueda.

La ciudad formaba un rectángulo perfecto, con manzanas también rectangulares y una plaza con una iglesia en su centro. Las construcciones eran, casi en su totalidad, de madera pintada de blanco y de una o dos plantas.

Estaba llena de marinos, tanto de navíos de guerra como comerciales; las tabernas y los burdeles abundaban. Jaime se paseó por la zona, acosado por las ofertas de unas prostitutas cuyos colores iban del blanco más intenso al negro más oscuro. Entró en un local y se dirigió a unos marinos de aspecto británico que, dado su acento nativo y su disposición a perder el dinero con los dados y las cartas, lo acogieron como a un paisano. La cerveza y el licor hicieron el resto.

—Quiero encontrar una buena mujer y establecerme en las colonias del norte —le confesó a un rubicundo escocés llamado Richard y a un inglés de cara huesuda que respondía por Paul—. Pero aún no he estado allí. ¿Cómo son?

—Las colonias son muy ricas, amigo —le dijo Richard—. Todo aquello crece muy rápido. Pero hay descontento con la metrópoli.

—¿Y eso? Cuando hay riqueza acostumbra a haber alegría.

—Quieren más y no les gusta que les tratemos como colonias —dijo Paul—. Pero eso es lo que son, ¿no? ¡Colonias!

—¿Y qué quieres decir con que se les trata como colonias?

—Se quejan de que Londres no les deja ocupar nuevos territorios al oeste —explicó el escocés—. Allí hay abundancia de pieles, madera, pastos, tierras de cultivo, caza, minería... de todo. Y nuestras tropas lo impiden porque hay pactos firmados con los indios que nos ayudaron a echar a los franceses.

—Y también se quejan de que ahora Londres otorga los cargos políticos y militares solo a los nacidos en el Reino Unido, en especial a los ingleses, dejando a los americanos sin oportunidades —explicó Paul—. Mientras que antes eran los mismos colonos quienes elegían esos cargos entre los suyos. Y nos acusan, además, de usar un tono afectado y de ser soberbios y arrogantes. Pero lo principal son los impuestos. No quieren pagarlos.

—¿Y eso por qué?

—Porque quieren que se les consulte a ellos.

—¿Desde cuándo un rey consulta sobre los impuestos?

Los marinos le miraron extrañados.

—¿De dónde sales tú? —le preguntó el flacucho.

—Soy de Menorca. Y fiel súbdito de Su Majestad Jorge III —dijo para salir del apuro.

—¿Y eso dónde está? —inquirió el pelirrojo.

—En el Mediterráneo, al igual que Gibraltar.

—¡Bah! Es otra colonia —concluyó el inglés—. Con razón no te has enterado. En Inglaterra tenemos un Parlamento, que ahora es de la Gran Bretaña. Las colonias no lo tienen.

—¿Un Parlamento?

—Es una institución con dos cámaras, la de los lores y la de los comunes. Una representa a los nobles y la otra al pueblo.

—¿Y para qué sirve?

—Limita los poderes del rey, con los votos de los diputados —dijo el huesudo—. En realidad, el Parlamento está por encima del rey en muchas cosas, como en decidir los impuestos.

—¿Y eso qué tiene que ver con los colonos?

—Ya te lo he dicho. Los colonos no están representados en el Parlamento —explicó el escocés—. Por eso dicen: «Si no votamos, no pagamos».

El inglés rio.

—Pero tienen que pagar por narices —dijo.

—Y eso tiene a muchos colonos de mala leche —añadió el otro—. Y como los impuestos siguen subiendo en las colonias, la leche está cada vez más agria.

Jaime guardaba en su memoria los datos de interés y los anotaba por la noche en su libreta. Pero no hallaba ni rastro de Wolf, aunque en todas sus conversaciones tabernarias inquiría discretamente por él. ¡Tenía que encontrarlo!

—Pues me suena —le dijo al fin un marino bostoniano, rubio y regordete, que se declaraba fiel a Su Majestad Jorge III—. Podría ser el capitán de una fragata de veinticuatro cañones que persigue contrabandistas en las costas de Carolina del Sur.

A Jaime le dio un vuelco al corazón, pero trató de disimular.

—¿Hay mucho contrabando? —preguntó adoptando el papel de recién llegado.

—Sí. Londres nos obliga a comprarlo todo en Inglaterra y la gente se queja de que los precios son más caros. Eso enfada a muchos y da lugar a incidentes.

—¿Como cuáles?

—El de la Liberty, por ejemplo, hace unos años. Su propietario fue acusado de contrabando y los ingleses le expropiaron la nave y le pusieron delante del nombre «HMS», que la identifica como propiedad del rey de Inglaterra.

Jaime sintió la sangre latiendo en las sienes, aquello le dolía. Era lo mismo que hicieron con la Coloma.

—Luego la HMS Liberty atrapó a varios contrabandistas —prosiguió el hombre sin percibir la emoción del joven—. Pero aprovechando que estaba atracada en puerto, una muchedumbre decidió vengarse asaltándola y quemándola. Quisieron castigar a los culpables, pero resulta que nadie recordaba nada.

El marino se puso a reír a carcajadas.

—Pero eso no es nada en comparación con lo que ocurre ahora —añadió.

—¿A qué te refieres?

—A raíz de que unos rebeldes asaltaran un barco de té en Boston y tiraran la carga al mar, la armada bloqueó el puerto como castigo. Empezaron a desembarcar soldados y más soldados para someter a los descontentos. Y los rebeldes reaccionaron con un congreso en el que se reunieron los representantes de las Trece Colonias y prohibieron la compra de productos británicos.

—Vaya, parece que la situación está caliente.

—¿Caliente? A punto de estallar.

Jaime siguió recopilando información durante aquellos días, sin obtener nada más sobre Wolf. Pero al menos ya tenía una pista. Y también una interesante conclusión para don Juan Miralles: los británicos se sentaban, en el norte, sobre un barril de pólvora con una larga mecha. Que quizá España pudiera prender.

62

La Curiosa atracó en el muelle de La Habana a mediados de febrero; era un día bochornoso y llovía. Jaime dejó que Manuel se ocupara de los papeles y saltó a tierra sin desprenderse de la capa con capucha que le mantenía relativamente seco. Tomó el camino hacia la casa de Almudena, ansiaba verla. Pero nada más llegar se dio la vuelta. Le bastaba con contemplar la fachada, anticipaba que hasta que no dejara de llover ella no saldría. Así que se dirigió a la casa de don Juan Miralles para informarle.

Después de media hora de espera, Miralles le recibió. Ya sabía del feliz regreso de la Curiosa y que el cargamento estaba pasando aduanas. Pero Jaime le vio más interesado por los ingleses que por el negocio. Y el marino le informó de lo visto en cuanto a naves e instalaciones militares y lo recopilado en las tabernas.

—Muy buen trabajo, Jaime —le felicitó, y con una sonrisa añadió—: Parece que el descontento aumenta. La fruta está madura.

—Las posturas se radicalizan, en uno y otro bando.

—Los angloamericanos están muy molestos con el monopolio del té que la metrópoli ha concedido a su Compañía de Indias, y el Parlamento británico se indigna con el boicot a los productos ingleses —prosiguió Miralles—.

Creen que tienen derecho sobre América y que sus ejércitos harán entrar en razón a los colonos.

—Ya que mencionáis el Parlamento...

—¿Qué?

—¿Por qué España no tiene Parlamento?

—Será porque no lo necesita.

A Jaime no le gustó la respuesta.

—Vamos a ver —prosiguió, vehemente—. Me he enterado de que el Parlamento británico tiene dos cámaras: la de los lores, que representa a la nobleza, y la de los comunes, que representa al pueblo.

—Así es.

—Y ellos opinan e influyen en las decisiones del rey, en especial sobre los impuestos.

—Cierto.

—¿Así que nuestro querido monarca puede fijar impuestos y hacer lo que quiera sin consultar a nadie?

—Sí. Pero tiene ministros que le aconsejan.

—¿Y quién los nombra?

—Él.

—Así que todo revierte en su persona.

—Nuestro rey es un monarca sabio y juicioso. Y trabaja por el bienestar del pueblo.

—¿Pero no tomaría mejores decisiones si participara más gente en ellas y se produjeran consensos? Y que no intervinieran solo los ministros, todos nobles, y ese fray Alpargatillas que tanto influye en el rey.

—No le deis más vueltas. Aquí servimos a Dios y al rey.

—¿Y no debiéramos servir a Dios y a España?

—El rey es España.

—Eso ya lo he escuchado antes. Pero no estoy de acuerdo. España también es su gente, y sus representantes tendrían que tener voz.

—Me estáis defraudando, Jaime. —Ahora Miralles parecía molesto—. ¿Con quién estáis vos? ¿Con los británicos o con nosotros?

—Con España.

—Pues entonces estáis con el rey. Id a descansar y reflexionad, y si seguís pensando así haréis bien en volveros a Menorca.

—Señor, Menorca es española, pero está ocupada sin derecho, ni justificación, por los ingleses —dijo Jaime bajando el tono—. Y no tengo nada que reflexionar. Soy español y deseo combatir a esos infames.

Miralles le estuvo observando unos momentos en silencio y después sonrió.

—Me alegro. Un gran trabajo de información el vuestro. ¿Queréis seguir en ello?

—Esteré encantado de hacer cualquier cosa para servir a mi país y perjudicar a los británicos. Además, estoy deseando conocer sus colonias.

—Bien, pues aseguraos de que la Curiosa esté en perfecto estado porque pronto saldrá de viaje.

—Gracias, señor.

Jaime comprendía que, fuera de opinar, no podía hacer nada para cambiar un sistema con el que sus compatriotas parecían estar contentos. Quizá lo estaban porque, como le ocurría a él hasta hacía apenas unos días, desconocían la existencia de otras formas de gobierno. Sin embargo, sabía que aquellas opiniones podían considerarse subversivas y que expresarlas le traería disgustos. Y no había viajado a América para buscarse ese tipo de problemas. Deseaba ir a las Carolinas y encontrar al miserable de Wolf. Pero era pronto, primero debía ganarse la confianza de Miralles y aguardar la ocasión. De momento se ocuparía de que la Curiosa estuviera en condiciones óptimas para partir. Y de Almudena. No iba a renunciar a ella, por muy difícil que se lo pusieran. Seguía convencido de que le prefería a él antes que a su marido.

Como ya disponía de dinero, alquiló una habitación en una pensión muy cercana al puerto, y el tiempo que no empleaba en la nave lo pasaba charlando con Manuel y otros marinos en alguna taberna o paseando. Su itinerario le llevaba siempre a la esquina desde donde veía la casa de Almudena y no podía evitar echar un vistazo. Verla, aunque fuera a distancia, le produciría un doloroso placer. Sin embargo, fue con el padre con quien se encontró una tarde, dos calles antes de llegar a la casa.

—¡Jaime! —se alegró Lorenzo al verle.

Le dio un abrazo y el marino le invitó a un vino en una taberna.

—No estaré mucho porque no quiero que mi hija se inquiete.

Y frente a una botella, Jaime le contó su viaje y Lorenzo le dijo que estaba a punto de encontrar trabajo en una imprenta. El menorquín se alegró mucho y le felicitó efusivo. Apreciaba de todo corazón al padre de su amada.

—¿Y cómo está Almudena? —inquirió al fin.

—Se encuentra bien y feliz. —Fue la tajante respuesta.

—Necesito verla, hablar con ella, no puedo quitármela de la cabeza.

Lorenzo terminó de un trago el contenido de su vaso y suspiró.

—Mira, muchacho, te estoy muy agradecido por todo lo que hiciste por nosotros, pero tienes que olvidarla. Ella no quiere ni oír hablar de ti. Te ha borrado de su memoria y su marido no sabe de tu existencia, y así debe ser.

—Lo que vivimos juntos es imborrable. No creo que me haya olvidado, estoy seguro de que me quiere.

—No te engañes, amigo. Eso es lo que tú crees, no lo que ella piensa. Hazme caso. Embárcate y no vuelvas a La

Habana. Aquí te espera mucho sufrimiento. Búscate una buena mujer, blanca, negra, mulata o mestiza. De cualquier color. Tienes buena pinta y ganas bien, te será fácil. El mejor remedio para curar las heridas que te deja una mujer es otra mujer.

Jaime negaba con la cabeza.

—No puedo...

—Sí que puedes —le cortó Lorenzo, tajante—. Y yo me tengo que ir.

Se levantó, le estrechó la mano y le dejó solo frente a la botella.

63

—Navegaréis hasta Veracruz —le informó días después don Juan Miralles—. Es el puerto más cercano a Ciudad de México, que es donde tiene su sede don Antonio María de Bucareli, el virrey de Nueva España. Esta primera parte del viaje será puramente comercial. Cargaréis telas, sedas, papel y aguardiente de la Península. Después seguiréis hasta Nueva Orleans, donde dejaréis lo mismo, además de un lote de mosquetes, balas y pólvora.

—¿Mosquetes? —se sorprendió Jaime.

—Sí, hace cinco años hubo un incidente en Boston en el que los ingleses mataron a cinco hombres que protestaban por la subida de los impuestos; desde entonces hay gran demanda entre los colonos. Y las represalias de Londres contra las colonias hacen que tengan prisa por armarse. Los británicos controlan muy de cerca la venta de armas, hasta el punto de tenerla casi prohibida. Pero nuestro gobernador de Luisiana, don Luis de Unzaga, las suministra a través de la ruta del Mississippi y San Luis.

—Contrabando.

—Todo lo que les vendemos a los colonos es contrabando, puesto que Londres pretende tener el monopolio.

—Me parece justo. Ellos nos hacen lo mismo.

—En todo caso os entrevistaréis con don Luis, que sigue

muy de cerca lo que ocurre en las colonias británicas. Tiene una red de informadores y también colaboraréis con él.

—Lo haré complacido.

—Bien —dijo Miralles con una sonrisa.

—Tengo una petición que haceros.

—¿Cuál?

—Quiero llevar a Manuel como mi segundo de a bordo. Aunque no tenga título oficial, le veo capaz de comandar una nave.

—Estoy de acuerdo. Podéis contratarlo para el viaje.

A principios de marzo, la Curiosa estaba cargada y lista para partir, pero Manuel advirtió a Jaime:

—Yo esperaría. Huele a huracán y haríamos bien en tomar precauciones.

Otros marinos opinaban lo mismo y Jaime ordenó amarrar bien la nave, guardar en la bodega todo aquello que el fuerte viento pudiera arrancar, asegurar las partes débiles con tablones clavados sobre ellas y descargar los artículos más valiosos para almacenarlos en un lugar seguro. Al día siguiente, una gran tormenta se abatió sobre La Habana, con una lluvia y unos vientos como Jaime nunca había visto. Las olas se encaramaban por encima de los muelles y cubrían las naves. Se alegraba de que La Habana se encontrara en una bahía tan cerrada porque en su interior la furia del mar se moderaba.

—Ha habido suerte, creo que el huracán no nos ha pillado de lleno —dijo Manuel cuando todo hubo pasado—. Los he visto peores.

—No me habría gustado vivirlo en alta mar —comentó Jaime.

—En alta mar es mejor que cerca de la costa. Si te empuja contra las rocas, estás muerto.

Llevó unos días reparar los desperfectos, aunque, por suerte, fueron menores.

Jaime calculaba que el viaje le llevaría al menos un mes. Un mes en el que no vería a Almudena, ni siquiera espiándola a escondidas. Lorenzo le repitió que la olvidara, pero no podía. ¡Qué más quisiera él! Así que decidió encontrarse con ella antes de partir. Conocía su rutina. Si la tarde era buena, solía pasear por la alameda ajardinada de Extramuros, acompañada de su criada mulata. Y aquella tarde parecía propicia. Se situó a la derecha de la puerta principal, fuera del recinto amurallado, y se puso a esperarla medio escondido detrás de un árbol mientras observaba a la multitud que deambulaba.

Al verla, le dio un vuelco el corazón. Lucía el pelo con tirabuzones y llevaba un pequeño sombrerito. Seguramente su marido le había provisto de vestidos, pero aquella tarde llevaba el que él le regaló. Sentía que no solo la prenda, sino que también ella era suya. Tanto como lo fue antes en el barco. Y no pensaba renunciar.

Almudena paseaba abanicándose con gracia mientras miraba los carruajes y a la gente que desfilaba por el paseo. Con una sonrisa, comentaba discretamente con la chica lo que le llamaba la atención.

Jaime presentaba su mejor aspecto. Lucía casaca, calzones y tricornio nuevos y zapatos con hebilla de plata. Se había hecho afeitar en el barbero y, como seguía sin usar peluca, llevaba el pelo cuidadosamente recogido en una coleta con una cinta azul, a juego con el resto de su indumentaria, excepto la camisa y las medias de seda. Esperó a que estuvieran tan cerca que no pudieran retroceder y les salió al paso.

—Almudena... —saludó elevando su tricornio—. Buenas tardes.

Ella se detuvo en seco y lo miró con sorpresa y temor. Había dejado claro que no quería volver a verle. Bajo ningún concepto. ¿Qué pretendía? ¿Destruir su felicidad? Cuando pudo reaccionar, se dirigió a la mulata con un susurro.

—Mercedes, dile a este señor que no le conozco de nada y que no deseo hablar con él.

—Pero Almudena… —murmuró él con el corazón roto y el tricornio en la mano.

—Ya habéis oído a la señora —le dijo Mercedes dando un paso adelante y propinándole un fuerte empujón—. ¡Apartaos!

—Pero… —musitó Jaime dejando su alma en la súplica.

Fue entonces cuando ella le miró brevemente. Y él vio sus bellos ojos verdes, acuosos, a punto de que una lágrima los desbordara. Almudena giró la cabeza antes de que eso ocurriera y se alejó apresurada seguida de la mulata.

Y allí se quedó él, abatido, como si hubiera recibido una puñalada en el pecho. Tenía razón Lorenzo, ella le quería lejos. Y lejos se iría. Por el momento. De repente sintió una rabia que le hizo recobrar las fuerzas y se dirigió al puerto a grandes zancadas. ¡Maldito Julio! No conocía a aquel individuo, ni quería conocerlo porque temía cometer una locura. Le había robado lo que más le importaba en la vida. Dios quisiera que no se cruzara en su camino.

64

—¿Y ese quién era? —inquirió Mercedes al reanudar el paseo.

Almudena esperaba y temía aquella pregunta. La mulata era lista y, a falta de una amiga con quien charlar e intimar, había desarrollado confianza con ella. Las dos eran jóvenes del pueblo llano, una de Madrid y la otra de La Habana, tenían mucho en común. Tardó en responder, quería ser convincente.

—Un marino. Un pesado que conocí en el barco y que me pretendió.

—¿Y qué ocurrió?

—Nada. Le dije que estaba casada.

—¿Y se conformó?

—Parece que no.

—Pues su aspecto no es el de un simple marino, está muy bien. Tiene que ser algo más. Ni tampoco me ha parecido pesado. Se fue con el rabo entre las piernas cuando le dijimos que se alejara.

Almudena se encogió de hombros mientras se abanicaba rápido. Mercedes hizo lo mismo, pero algo le rondaba la cabeza.

—¿Seguro que no pasó nada más? ¿No hubo relaciones íntimas?

—¡Mercedes! —se escandalizó Almudena, y le lanzó una mirada severa—. ¡Soy una mujer casada! ¿Cómo te atreves siquiera a pensarlo?

—¿Sí o no? —Había una malicia divertida en sus ojos.

—¡No! Está claro que no.

—Bueno, casarse no es hacerse monja... Como si las casadas no...

—No sigas por ahí —la cortó. Y decidió defenderse atacando—. Si se te ha ocurrido eso será porque tú sí que hubieras hecho algo más con él.

—¿Con él? —inquirió la mulata con una sonrisa. Parecía imaginarlo con agrado—. Pues de habérmelo pedido con educación, seguramente —admitió con descaro.

Aquello irritó a Almudena. Mercedes no solo era una mujer guapa y sensual, sino que tenía muy buena planta. Y la imaginó amándose con Jaime. Eso la disgustó incluso más que cuando supo que había sido la amante de su marido.

—Le he visto muy afectado —prosiguió la criada al rato.

—No sé. Será que él es así.

—Pero es que también os he visto afectada a vos.

—¿Yo? ¡Te equivocas!

—Bueno, bueno...

Demasiado lista y descarada la habanera, se dijo Almudena. Le estaba cogiendo afecto, sentía que era una desdichada, un objeto para su marido, a pesar de su gran hermosura y de su sensatez. Pero era una mujer inteligente con la que podía conversar de cualquier cosa. De hecho, ya la consideraba su amiga y estaba a punto de pedirle que la tuteara. Sin embargo, notaba cierta acidez, un resentimiento soterrado en ella. Pero se decía que si estuviera en su lugar sentiría lo mismo.

La vida transcurría monótona para Almudena. Julio no quería alternar con las gentes de su trabajo y tampoco parecía tener otras amistades, y por lo tanto la vida social de la pareja era nula. Ella intentó relacionarse con las vecinas con alguna excusa, pero no se mostraron interesadas. Quizá sabían el asunto que su marido tuvo con Mercedes y lo censuraban. En Madrid estaba acostumbrada al trabajo y a charlar con las modistillas, pero en La Habana su conversación con Matilda se reducía a los temas domésticos y su único desahogo era Mercedes, que tenía sus propias amigas con las que se veía y con las que Julio no quería que tratase. No eran de su clase, decía. Sus únicas opciones aparte de la mulata eran su padre y su marido, que no era muy hablador y se ausentaba tarde y noche. Ansiaba ocuparse en algo y soñaba con su taller de costura. Tomaba nota mental de los vestidos que veía en la alameda y en casa hacía los dibujos. De ellos sacaba patrones y Mercedes la ayudaba a seleccionar las telas. Al menos su marido no le escatimaba el dinero para eso. Diseñaban y confeccionaban vestidos para ambas que nada tenían que envidiar a los de las señoras más distinguidas de La Habana.

—¿Qué ocurre con el comisario? —le preguntaba a su marido—. Dijo que le conseguiría un trabajo a mi padre, ya ha pasado más de un mes y no tenemos noticias. Y mencionó que podía ayudarme a conseguir clientas para mi taller de costura y tampoco ha dicho nada sobre eso.

—No quiero agobiarle —respondía él—. Es un hombre muy ocupado.

—Hay que recordárselo.

—Una cosa a la vez. ¿Qué prefieres, trabajo para tu padre o le pido por tu taller?

—Trabajo para mi padre, lo veo muy agobiado.

—Pues habrá que empezar por eso.

Ella tendría que esperar para poner en marcha su taller. Paciencia.

65

A primeros de marzo la Curiosa levó anclas. El tiempo era bueno y llegaron a Veracruz sin incidentes, a pesar de las velas que con cierta frecuencia divisaban en el horizonte. Jaime nunca las perdía de vista, preparado para huir si se dirigían hacia ellos. Aún quedaban piratas en el Caribe, estaba alerta, pero no le preocupaban demasiado, la Curiosa era una excelente goleta a la que se había adaptado a la perfección. Sentía como si ambos fueran una sola cosa, era muy marinera y la veía capaz de escapar de los grandes navíos en mar abierto. Si no se dejaba encerrar en alguna cala, se mantendría alejada de cañones piratas e ingleses. Gracias a sus velas triangulares, tipo tijera y cangrejas, poseía una gran maniobrabilidad y podía navegar con viento de costado o incluso en contra.

El trayecto hasta Veracruz, el único puerto atlántico de México autorizado para el comercio con la Península y los territorios españoles de América, les llevó poco más de una semana. Descargaron y cargaron mercancías y al cabo de tres días partieron hacia su siguiente destino.

—Nueva Orleans es española desde hace unos diez años —le contaba Manuel durante la travesía—. El rey francés nos la cedió, junto con toda la región de la Luisiana, como compensación por la pérdida de la Florida por haberle ayudado contra los ingleses. Sus habitantes no querían ser españoles, se rebelaron y el anterior gobernador tuvo que aplicar mano dura para someterlos. Pero el actual, don Luis de Unzaga, puso paz y es muy querido. Entre otras cosas porque está comprometido con una criolla de origen francés, respeta su habla y sus costumbres y ha decidido que la enseñanza se dé en ambas lenguas.

—Sé algunas palabras en francés —informó el joven capitán, que ya conocía la historia—. Menorca fue ocupada por los franceses durante varios años. Y se la devolvieron a los ingleses al mismo tiempo que Francia le cedía a nuestro rey Nueva Orleans.

—Bueno, todo eso fue el resultado de la derrota que sufrimos en la última guerra.

—Pero tomaremos venganza, Manuel. Estoy seguro de que, en la próxima, les daremos una paliza.

Alcanzaron la desembocadura del Mississippi en siete días, después de soportar una tormenta menor. Aquel era un río enorme que parecía un mar, con un gran delta sobrevolado por cientos de aves entre las que destacaban unos gigantescos pelícanos. Era una experiencia nueva para Jaime porque nunca había navegado por agua dulce y se dispuso a tomar las precauciones necesarias para no encallar en un banco de arena. Aguardaron al amanecer para penetrar en el río, cuya corriente retrasaba el avance, y al cabo de casi diez horas y muchas maniobras para superar los meandros llegaron a Nueva Orleans, que se encontraba en una de las revueltas.

La ciudad formaba un rectángulo y estaba rodeada de una muralla con cuatro bastiones, uno en cada esquina. Del lado del puerto se accedía a la plaza de Armas, donde se ubicaban la catedral y los edificios oficiales, entre los que destacaban la aduana y el palacio del gobernador.

Jaime instruyó a Manuel para que descargara las mercancías y pasara aduanas, exceptuando las armas, que debían permanecer en la bodega. Tenía una carta de don Juan de Miralles para el gobernador y se dirigió hacia su palacio.

Jaime entregó la carta al mayordomo que le abrió la puerta y tras una corta espera le hicieron subir a la primera planta, donde don Luis Unzaga le recibió. El gobernador se levantó de detrás de su mesa de despacho para tenderle la mano y Jaime se dijo que tan buena acogida tenía que deberse a la recomendación que le hacía Miralles.

—Así que me traéis trescientos mosquetes modelo 1752, ¿verdad? —dijo el gobernador iniciando la conversación.

Era un hombre alto de ojos marrones, cercano a los sesenta años y que lucía una cuidada vestimenta, casi militar, y una austera peluca.

—En efecto, señor —respondió Jaime—. Además de balas, pólvora y saludos de don Juan de Miralles.

—Me dice en su carta que estáis interesado en lo que ocurre en las colonias británicas del norte y que deseáis combatir a los ingleses.

—Así es, señor.

—Compartimos el deseo.

—¿Es cierto que los colonos, y en especial los de Boston, se han levantado contra los británicos?

—Sí, es cierto. A raíz del monopolio del té decretado por Londres, las colonias boicotean su compra, y hace año y medio unos colonos disfrazados de indios asaltaron una nave en Boston y arrojaron los fardos de té al mar.

—Eso me contaron en Jamaica.

—Como castigo, la flota británica ha bloqueado el puerto de Boston para matar de hambre a la población. Y no dejan de desembarcar tropas. Hay ya más de diez mil casacas rojas en tierra, los cuarteles se han quedado pequeños y los americanos se ven obligados a alojarles.

—¿Es por eso por lo que se les envía ese cargamento de armas?

—Es solo el principio. Las pocas armas con las que cuentan son de procedencia diversa, tienen siete tipos distintos de munición y necesitan unificar. He abierto el comercio en todo el Mississippi y los británicos tratan de impedirlo desde la orilla derecha. Pero no pueden frenarlo y a través de su afluente, el río Ohio, las armas llegan a Pensilvania, cuya capital es Boston. Es una ruta larga, de casi dos meses, y por ella recibimos las noticias de nuestros agentes americanos.

—Así que el ambiente es de confrontación.

—Los periódicos muestran mucha agresividad hacia la Corona británica y apoyo total a los Hijos de la Libertad, o «patriotas», que son, entre otras cosas, los responsables del sabotaje del té en Boston.

—¿Cómo? —Jaime no salía de su asombro—. ¿Los periódicos hablan en contra del rey? ¿Quiere eso decir que la gente puede reunirse para criticar las leyes y las decisiones de Londres?

—Así es. Y el ambiente es tal que las publicaciones que apoyan a los británicos, las llamadas «lealistas» o «realistas», han tenido que cerrar intimidadas.

Al joven le costaba asimilar aquello.

—Conozco a un impresor de Madrid que cuando lo de Esquilache, sin meterse en política, solo por imprimir un pasquín para ganarse la vida, le requisaron la imprenta y le condenaron a ocho años en el Arsenal de la Carraca.

—Sería porque atacaba al rey.

—¡Era solo una crítica, y ni siquiera era suya, señor! Y no iba dirigida al rey, sino a sus ministros y al mal gobierno que traía la miseria al pueblo.

—Nuestro rey opina que Jorge III recibirá su merecido por someterse a un Parlamento y permitir esas liberalidades.

—¿Y no sería bueno un Parlamento para España también?

—No lo es para los británicos, y menos para nosotros.

Jaime no quiso insistir y cambió de conversación.

—Sé que recopiláis información para nuestro señor el rey. Y quisiera ayudaros en lo posible. Habéis dicho que la ruta del Mississippi a Boston dura casi dos meses. Me comprometo a llegar a Boston por mar en mi goleta en menos de quince días.

—¿Y la armada británica?

—Creo que la puedo sortear. Y si salgo de La Habana, puedo llegar en diez u once días.

Don Luis se frotó la barbilla, pensativo.

—Sois audaz.

—Tengo mucho pendiente con los ingleses, sobre todo con uno en particular. ¿Habéis oído hablar de un teniente o capitán de marina llamado Daniel Wolf?

—No.

—Parece que comanda una fragata que vigila las costas de Carolina del Sur.

—Charleston —murmuró Unzaga, reflexivo—. Apenas tenemos información del sur. Pero todas las colonias, incluidas las sureñas, se han mostrado solidarias con Boston enviando suministros por tierra. Lo único que consiguen los británicos es que todos esos territorios se unan. Tienen asambleas en las que toman decisiones comunes, las llaman «Congresos Continentales». Creedme, pronto dejarán de ser colonias para convertirse en estados que se unirán para combatir a los británicos. Y precisarán armas, muchas armas, tanto en el norte como en el sur.

—Señor, conozco a los ingleses y hablo su lengua tan bien

que podría pasar por uno de ellos —dijo Jaime después de meditarlo brevemente—. Creo además que soy capaz de sortear a los guardacostas británicos. Puedo hacer un viaje comercial, establecer contactos y armar también al sur. Si la revuelta llega a algo más, será porque los patriotas estén armados.

Unzaga se quedó pensativo.

—Me parece acertado —dijo al fin—. Deberéis coordinarlo con don Juan de Miralles. Voy a revisar mis archivos y hablaré con un par de angloamericanos que se encuentran en la ciudad para daros los contactos en Charleston antes de que regreséis a La Habana.

66

La Curiosa llegó a La Habana a finales de marzo con una importante carga de pieles, la moneda con la que los indios, y muchos colonos, pagaban a los comerciantes del Mississippi.

Jaime fue a entrevistarse con Juan de Miralles para contarle lo hablado con Unzaga.

—Don Luis me ha dado los nombres de los representantes de Carolina del Sur en los Congresos Continentales —le dijo—. Si vos estáis dispuesto a arriesgar la Curiosa para establecer contacto con ellos, yo pondré mi vida al servicio de esta empresa. La excusa será comerciar.

—Es contrabando, bien sabéis que los ingleses solo permiten comerciar con la metrópoli. Y que si os capturan no se andarán con chiquitas.

—La costa de Carolina es muy recortada y la Curiosa es rápida y fácil de maniobrar —dijo Jaime con seguridad—. Podemos movernos por donde un bergantín no sería capaz. Estoy convencido de que podré burlarlos.

—Sea, hablaré con el marqués de la Torre, el gobernador, para obtener apoyo oficial. Si es así, pasaréis a trabajar para el rey de España.

Jaime salió satisfecho de la reunión. Estaba seguro de que recibiría la autorización para el viaje a Charleston. Si no le habían engañado, aquella era la base del maldito Wolf. Tenía que encontrar la forma de hacerle pagar su crimen. Y quería hacerlo cara a cara. La venganza era lo único que en aquellos momentos daba sentido a su vida.

Además, deseaba embarcar hacia Charleston lo antes posible. En La Habana sentía la necesidad de ver a Almudena, salir a su paso, espiarla. Pero después de su último encuentro y del cruel rechazo sufrido, verla era impensable, y observarla a hurtadillas, muy poco digno.

Su recuerdo le había acosado durante todo el viaje, no podía dejar de pensar en ella. Lamentaba profundamente haber llegado tarde a su vida, cuando estaba ya casada. Y que ella no pudiera abandonar sin más a su marido para irse con él porque su exagerado sentimiento religioso se lo impedía. ¿Qué solución había? Le pasaba por la cabeza encontrarse con el marido, provocarlo, obligarle a batirse y matarle o morir. Pero sentía que ella jamás querría ser suya de saber que era el asesino.

Cuando estaba embarcado la acción le ocupaba la mente, pero en tierra, tan cerca de ella, su recuerdo le era obsesivo. Porque Almudena, aunque por poco tiempo, fue suya. Y aquella felicidad hacía más profunda su desgracia.

Se sentía solo en La Habana, como nunca antes desde que dejó su isla. Aparte de Manuel, no tenía con quién relacionarse. Aquella era una sociedad clasista, y los miembros de su tripulación, aunque a veces se juntara con ellos a tomar vino o aguardiente en una taberna, no le consideraban un igual, estaban por debajo. Y don Juan de Miralles estaba demasiado alto. Manuel se había convertido en su único amigo, pero como tenía familia solo le acompañaba en ocasiones.

Debía enfrentarse a la soledad y al desesperante sentimiento de que ella le quería a él pero estaba con otro. ¡La tenía tan cerca!

Era muy triste buscar consuelo pagando a una prostituta. Se le acercaban cuando bebía, algunas eran buenas conversadoras y comprensivas, y resultaba fácil abrir el corazón para contarles las penas. La inactividad le consumía y la compañía femenina de pago no evitaba que se diera a la bebida y a fumar. Aguantaba bien el alcohol y era buen jugador. Se había habituado a ello de muy joven, a su regreso de Turquía, en las tabernas donde soltaba su rabia peleando. Y ahora volvía a las andadas. No solo los ingleses eran objeto de su rencor, también el desconocido marido de su amada. Y al no poder desahogarse contra ninguno de ellos, buscaba usar los puños con quien se le mostrara arrogante. Asociaba la arrogancia con Wolf.

—Las peleas de taberna son propias de marinos de jarcia —le advertía Manuel—. Nunca de un capitán. Puedes dar miedo, pero jamás obtendrás respeto así. Ya he visto que sabes pelear y que no temes las navajas, pero por muy bueno que seas, un día te darán una puñalada por la espalda. O quizá te destripen entre dos o tres.

—Eso ya me lo decía mi madre hace unos años —respondía él con una sonrisa irónica—. Y aún sigo aquí. Gracias por tu amor, Manuel.

—No debes frecuentar esas tabernas de mala muerte. Hay lugares y gente con más clase, de tu nivel. Yo no he estado en ninguna, pero tú no desentonarías en las tertulias de la sociedad habanera.

—Solía a ir a algunas en Barcelona, y si no lo intenté en Madrid fue por la brevedad de mi estancia.

—Sé que aquí las hay, aunque unas son más cerradas que otras. No podrás asistir a las de la aristocracia, pero siendo capitán y con lo que has viajado y vivido, seguro que a las burguesas sí. Serías el centro de atención.

—No será fácil que admitan a un forastero.

—Pues claro que es fácil para ti —rio Manuel—. Eres

un peninsular y con un billete manuscrito de don Juan de Miralles dirigido a los anfitriones se te abrirán todas las puertas. Y él no te lo negará, es evidente que le caes bien.

Tres días después, sin haber recibido aún la autorización del gobernador para el viaje a las Carolinas, Jaime se presentó ante don Francisco de Omaña. Este poseía una plantación de tamaño mediano en el interior de la isla que visitaba de tres a cuatro veces al año y que gestionaban sus encargados. El resto del tiempo residía en La Habana, donde contaba con un amplio círculo de amistades y hospedaba una tertulia en su casa. Se trataba de un palacete cercano a la plaza de Armas, en el barrio de La Estrella, el mejor de la ciudad. Era un personaje de unos cuarenta años, afable y entrado en carnes, que gesticulaba y lucía una ampulosa peluca.

—Sed bienvenido, amigo —le dijo una vez leyó la nota—. Por lo que me dice don Juan, aportaréis colorido a nuestras charlas.

—Será un placer hacerlo.

—Solo quisiera pediros, con todo respeto, que os hicierais con una peluca —prosiguió—. Es la costumbre para los caballeros en esta casa.

—Compraré una, don Francisco. Perded cuidado.

—Os recomendaré un buen peluquero.

Jaime consideraba las pelucas un adorno inútil. Él podía presumir de una buena cabellera y poseía un elegante tricornio. Pero sabía que tarde o temprano tendría que usarlas, en especial si iba a tratar con los congresistas de Carolina del Sur. Todos ellos pertenecían a la alta sociedad y con toda seguridad las usaban.

En efecto, cuando apareció en la tertulia de don Francisco, los hombres, que eran mayoría, vestían a la francesa y usaban peluca. Las mujeres también iban a la moda y llevaban el tontillo o «panier» que ahuecaba las faldas. Don Francisco presentó a Jaime como «un bravo capitán de fortuna auspiciado por don Juan de Miralles» y se convirtió en el centro de atención tanto por su acento como por sus aventuras en el más lejano Mediterráneo. Al contrario que en Barcelona, su conocimiento de los ingleses no despertaba curiosidad, puesto que los habaneros los habían tenido que soportar como señores de la ciudad durante casi un año.

Se convirtió en un personaje popular, y no llevaba una semana en la tertulia cuando ya recibía invitaciones para asistir a otras. Uno de los habituales, que se presentó como César Atienza, le preguntó al cuarto día:

—A una persona de acción como vos, ¿no os aburre tanta charla insulsa?

—Soy un hombre curioso —respondió Jaime—. Y doy la bienvenida a lo nuevo.

—Pues id mañana sobre las siete a la tertulia de madame Filipa, yo estaré allí.

Era un joven alto y apuesto, y con su encantadora sonrisa se hacía acreedor de las miradas de las señoras, que se abanicaban con más energía en su presencia, como si les diera calor. Y le entregó una nota de presentación para madame Filipa con su dirección.

Como Jaime tenía poco que hacer mientras seguía a la espera del permiso de embarque, al día siguiente se encontraba en el lugar a la hora señalada. La casa de madame Filipa se ubicaba en el barrio de San Francisco de Paula. Estaba alejado del centro y era más popular que el de don Francisco.

Jaime acudió con peluca, tricornio y sus mejores ropas, y una vez se dio a conocer y mostró la nota, el mayordomo le condujo al salón principal situado en la primera planta. La estancia estaba muy concurrida y el criado le acompañó hasta donde se encontraba don César, que le saludó con efusividad para después presentarle a madame Filipa. Era una señora de ojos azules y hermosa sonrisa que superaba los cuarenta años. Vestía a la moda, lucía una gran peluca con lazos, se adornaba con joyas, iba cuidadosamente maquillada y mostraba un lunar postizo cerca de la boca.

Le recibió ofreciéndole la mano para que la besara y, tras cogerle suavemente del brazo, le condujo a la mesa de las bebidas.

—Contadme algo de vos, joven —le pidió.

Jaime le explicó de forma breve de dónde venía y a qué se dedicaba mientras una criada les servía un ponche. Después ella le presentó a varios señores y damas e inició una charla sobre la ocupación británica de La Habana diez años antes, y rogó a Jaime que la comparara con la de Menorca y Gibraltar. Pero al poco de comenzar el diálogo, la señora solicitó a los caballeros que contaran anécdotas jocosas relacionadas con los ingleses, con lo que el ambiente se tornó ligero y alegre, coreado por las risas de las jóvenes damas. A Jaime le llamó la atención la poca participación en la charla de las mujeres, que en general se limitaban a mostrarse empáticas sonriendo o riendo. Al rato, madame Filipa anunció:

—Caballeros, en los salones contiguos se abren las mesas de cartas y dados. Recordad que está prohibido apostar más de dos reales por envite. Y que en este salón podéis disfrutar de música y baile.

Y uno de los asistentes se puso a tocar un minué al piano. Jaime vio que César, su anfitrión, sacaba a bailar a una de las jóvenes que lucían un atrevido escote. Después otros se unieron a la danza.

En una sala lateral, no tardó en comenzar una partida

de dados donde se jugaba dinero. Jaime participó con moderación intuyendo que iba a perder. Aunque, como también esperaba, no fue así al principio con las apuestas bajas, pero cuando estas llegaron al límite decidió abandonar en el momento en que los dados se le mostraron ingratos una y otra vez. Tenía suficiente experiencia en tabernas como para saber que aquellos dados estaban cargados y que, si lo denunciaba, el que dirigía la partida los haría desaparecer en las amplias mangas de su casaca para presentar unos legales. Y que eso le podía traer problemas. Mientras estuvo jugando, le acompañaba una hermosa mulata llamada Graciela, que celebraba sus ganancias y lamentaba sus pérdidas. Al retirarse de la mesa, ella le cogió de la mano:

—¿Bailamos? —le sugirió—. ¿Conocéis el fandango cubano?

La amabilidad de la muchacha le haría olvidar por un rato su soledad y sus rencores. Y aprovechó el corto pasillo que unía una sala con la otra para, sin más preámbulos, besarla.

—No sé bailarlo —respondió al terminar.

—Si preferís otra cosa... —Ella sonreía.

—Sí, la prefiero.

Jaime adivinó desde un principio el juego y estaba dispuesto a seguirlo, por placer y por curiosidad. Graciela le pidió una cantidad considerable que él no regateó. Más tarde, en una habitación del segundo piso, entre las sábanas y aplacado el primer impulso del deseo, el marino buscó la conversación. Era una joven alegre que no se inhibió en la charla y al poco Jaime tenía una clara idea de quiénes eran sus huéspedes y el par de «protectores» que aparentaban ser invitados.

Ella le contó que César, el caballero que había invitado a Jaime a aquel lugar, la había enamorado, pero supo muy pronto que no era la única en su situación. Ella creció sin padre, su familia era muy humilde y empezó a trabajar para él en una taberna del puerto. Pero al poco César, reconociendo sus cualidades, la introdujo en aquella casa donde madame Filipa la enseñó a vestir y a comportarse. La madama se quedaba con buena parte de sus ganancias, pero ella se sentía agradecida por aquel trabajo que consideraba temporal. Aspiraba a reunir un dinero para una dote, conocer a un buen hombre y casarse.

—¿Dejarán que te vayas sin más? —inquirió Jaime escéptico.

—A las chicas de más edad las dejan. Tendré que esperar.

Jaime hizo un gesto ambiguo. Quizá la muchacha estuviera contenta, pero aquello era otra forma de esclavitud. Siendo tan hermosa era fácil entrar, pero no salir. Graciela tenía encanto y Jaime no pudo evitar encariñarse con ella. No le habría importado enamorarse de ella, a pesar de su oficio, con tal de olvidar a Almudena. Algo que le era del todo imposible, pero durante el tiempo pasado con ella se había sentido más cerca de la felicidad que en ningún otro momento desde su llegada a Cuba.

Al regresar a la primera planta, la partida de cartas estaba en su apogeo y las apuestas superaban el límite. Jaime reconoció los indicios. Algunos merodeaban por la sala y, por mucho que los jugadores trataran de ocultar sus cartas, pasaban discretas señales. Tenía también la seguridad de que aquellos naipes estaban marcados. Uno de los asistentes abandonó el juego desplumado. Jaime ocupó su asiento y, como esperaba, después de ganar un par de vueltas ya estaba perdiendo. Cuando consideró que llevaba suficiente, abandonó cortésmente. En otro lugar y otras circunstancias habría montado bulla, pero sabía cómo terminaría aquello y se dijo que lo perdido venía a compensar lo gozado.

Al despedirse, madame Filipa le cogió de nuevo cariñosamente del brazo para acompañarle hasta las escaleras y le preguntó si lo había pasado bien.

—Ha sido una velada muy agradable, madame —repuso él con una gentil sonrisa.

—En ese caso os agradeceré vuestra generosidad con una contribución para mis gastos —dijo ella señalando un jarrón chino de boca ancha—. Soy una pobre viuda.

Jaime, ante el compromiso, recurrió a su bolsa para depositar una cantidad en su interior. Filipa le hizo una señal a Graciela, que acudió para tomar el brazo que ella soltaba y acompañarle escaleras abajo hasta la puerta que guardaba el mayordomo. Allí le despidió con un cálido beso pidiéndole que volviera.

De camino a la posada, Jaime se preguntaba quién era quién en aquel negocio. Si lo dirigía Filipa o César.

67

La promesa del comisario de conseguirle un empleo a Lorenzo tardaba demasiado en hacerse realidad y Almudena, impaciente, insistió a Julio para que se la recordase. Y al fin, a principios de abril, recibieron recado de don Martín para que Lorenzo se presentara en la imprenta del barrio.

Al regresar de la entrevista, Lorenzo confirmó que ya tenía trabajo y Julio se alegró tanto como Almudena.

—Tienes que invitarle a comer —le dijo Almudena a su marido—. Hay que agradecerle este gran favor.

—Esperemos un poco hasta que tu padre se habitúe al trabajo. —Y se dirigió a Lorenzo—. Aseguraos de que estáis cómodo y de que todo va como tiene que ir. Y si algo no funciona, tendremos la oportunidad de decírselo en esa comida.

—Me parece muy buena idea —convino el impresor—. Pero muy mal tendrían que ir las cosas para pedirle un nuevo favor. Sé valerme por mí mismo.

—No tengo dudas, Lorenzo —repuso Julio—. Pero por si acaso.

Almudena le hizo llegar la invitación al comisario a mediados de abril. Acudiría solo, como la primera vez, porque era soltero. Aquello sorprendía a la madrileña, ya que su posición le permitía un casamiento ventajoso. Llegó a pensar que quizá no le gustaran las mujeres y que disimulaba su condición por razones obvias; la Inquisición estaba al acecho y era muy peligroso.

Don Martín apareció el día señalado muy ufano y, ya en la puerta, al recibirle, empezaron a agradecerle su gestión, a lo que él respondía que era un placer, que había que ayudar a los amigos y que no merecía tanto reconocimiento. De nuevo se fijó Almudena en la forma en que colgaba el tricornio y la casaca en las perchas de la entrada, como si estuviera en su casa. Luego empezaron a subir la escalera para ir al comedor. Arriba, Mercedes acababa de arreglar la mesa y esperaba a que llegaran para bajar ella, y al ver al comisario inclinó la cabeza en un tímido saludo.

—¡Hola, Mercedes! —exclamó él.

Cuando se cruzaron, él se giró y le palpó el trasero con fruición. Ella no dijo nada, pero salió disparada escaleras abajo.

—Sigue dura —comentó riendo don Martín, como si acabara de palpar una fruta en el mercado.

Almudena no daba crédito a lo que había presenciado y miró a su marido, que sonreía aparentemente divertido. Toda la simpatía que sentía hacia aquel hombre acababa de esfumarse. Aquella actitud prepotente y abusona con una criada era inaceptable para Almudena, por muy común que fuera en Cuba. Además, comportarse así en casa ajena representaba, en su opinión, un insulto. Pero calló por prudencia, aquello sería motivo de una conversación con su marido. No entendía el papel de Julio. ¿Dejaba que trataran así a Mercedes, que había sido su amante, sin intervenir? Sentía pena por la que al principio consideraba su rival. La tenía como una mujer de carácter y le sorprendía su actitud sumisa.

La comida se desarrolló en un ambiente cordial y hablaron del trabajo en la imprenta y de la diferencia de costumbres entre La Habana y Madrid. Almudena intervenía solo cuando era interpelada, se sentía incómoda con aquel individuo, le costaba asimilar lo que había visto. En un momento determinado llevó la conversación hacia su habilidad como costurera y su sueño de tener un taller propio, pero don Martín no se dio por aludido, parecía haberse olvidado de su promesa.

Al día siguiente, Almudena le seguía dando vueltas al comportamiento del comisario y recordó que en la primera comida Mercedes se había mantenido lo más alejada posible, sin darle oportunidad de manosearla.

—¿Y cómo dejas que ese Martín te toque? —la abordó.

La mulata estaba amamantando a su bebé y la miró asombrada.

—¿Y qué iba a hacer yo?

—No sé. Soltarle un bofetón, gritarle, decirle que no...

La muchacha sonrió triste.

—¿Pero de qué mundo vienes? —preguntó Mercedes, tuteándola como Almudena le había pedido—. Esto es La Habana. Él es un hombre poderoso, amigo de tu marido, y yo una criada mulata. No puedo hacer nada.

—En Madrid también hay hombres así y mujeres que los soportan. Pero tenemos que defendernos. En una ocasión le eché encima una olla de cocido ardiendo a uno de esos guarros.

—¡Madre de Dios! —se espantó Mercedes—. Le hago yo eso a don Martín y me meten en la cárcel. Ya solo con levantarle la voz habría hecho que don Julio nos pusiera a mí y a mi hijo en la calle y nos abandonara.

—No lo creo en absoluto.

—Pues yo sí.

Almudena verbalizó lo que llevaba sospechando desde el día anterior.

—¿Te acostaste también con él?

—Sí, más de una vez. Pero no por mi gusto.

—¿Por el gusto de quién, entonces?

—De ellos.

—¿Ellos?

—Su amistad le conviene a los negocios de tu marido.

—¡Virgen santa!

Aquella misma tarde trató el asunto con Julio.

—¿Cómo permites que ese hombre trate así a Mercedes? —le reprochó—. Es la madre de tu hijo.

—No veo que le haya hecho ningún daño, no tiene heridas, ni tampoco sangra… —contestó, guasón.

—Además, me ha dicho que la empujaste a acostarse con él —prosiguió ella.

Julio rio.

—¿Eso te ha dicho? Menuda fullera. Mira, Almudena, Mercedes es una chica de mala reputación. No solo se ha acostado con él, también con otros. No es como tú, y eso entra en su naturaleza. La tengo aquí como criada por caridad. Si lo hizo fue porque quiso.

—No me lo ha parecido a mí…

—En cambio, don Martín es un hombre que tiene una gran reputación en La Habana. Y mucho poder —prosiguió sin atender la objeción de Almudena—. Al que le debo favores y cuyo apoyo favorece mi negocio. No compares. Anda, tonta, no te creas las historias que cuentan negras y mulatas. —Y volvió a reír—. Terminarías haciendo vudú.

68

Concentrarse en el trabajo y en sus deseos de venganza era la mejor forma de paliar el dolor que le producía a Jaime su amor frustrado. Y se ocupó en preparar su expedición a las colonias británicas. La ruta de Georgia y las Carolinas desde La Habana estaba cerrada en los últimos años y buscó en el puerto y en las tabernas a marinos y oficiales de los tiempos en que la Florida era española y Savannah y Charleston se visitaban con cierta frecuencia. Encontró a algunos veteranos que le advirtieron de los bancos de arena existentes no solo en el acceso a la bahía de Charleston, sino también en su interior. Estos formaban casi un muro a la entrada, e incluso una nave sin demasiado calado como la Curiosa podía quedar atrapada en los bajíos. Había varios canales que permitían el paso de grandes naves con quillas profundas, pero era preciso conocerlos. Después de charlar con unos y otros, llegó a la conclusión de que quien mejor conocía en La Habana aquel destino era precisamente Manuel.

—No puedes hacer contrabando si no tienes los contactos necesarios en tierra —le señaló—. Y menos en Charleston.

—Lo sé, tengo conocimiento del negocio.

Recordaba bien lo aprendido con su padre en sus viajes a la isla de Mallorca.

—No lo dudo —repuso Manuel—. ¿Pero a que nunca has estado en la bahía de Charleston?

—No, pero me he informado y conozco bastante.

—No lo sabrás hasta que navegues en ella —prosiguió Manuel—. Puede ser una ratonera si una fragata británica anda vigilando.

—Estoy seguro de que nuestra goleta la superaría en velocidad.

El veterano marino rio.

—¿Vuela más rápido que una bala de cañón?

Jaime negó con la cabeza.

—Pues el estrecho de entrada, una vez superados los bancos de arena, apenas alcanza una milla. Y el lugar más ancho en el interior de la bahía no llega a dos. ¿Conoces el alcance de una bala de cañón?

—Pues claro —murmuró Jaime—. Con alguna precisión es de casi una milla y con menos puede llegar a dos. Depende del calibre.

—Una fragata tendrá unos treinta cañones. Si te pilla dentro, estás frito.

—Entonces ¿qué puedo hacer para establecer contactos en tierra?

—Ve a comprar esclavos.

—Ya sabes que no me gusta ese comercio.

—¡Menuda tontería! Comprar y vender morenos es legal en todo el mundo.

—Y les hacemos el favor de salvar su alma, ¿verdad?

—Pues sí.

Jaime volvió a negar con la cabeza.

—Mira, Charleston es el mayor centro negrero de Norteamérica —prosiguió Manuel—. Más de la mitad entran por ahí. En el interior hay grandes plantaciones de arroz, pero también de índigo. En toda la colonia hay bastantes más morenos que blancos. Si vas con la excusa de comprar un lote y pagas con buenos reales españoles no tendrás problemas con los aduaneros británicos. En las colonias inglesas hay mucha falta de plata.

—Sigue sin gustarme. Además, Jamaica está más cerca. ¿Qué excusa pongo?

—Bueno, solo son dos días más de navegación y te creerán si les dices que en Jamaica el precio es más alto y te compensa el viaje. Y una vez contactes con los rebeldes y te digan dónde descargar sin peligro, podrás plantearte burlar a la fragata británica y venderles lo que quieras.

—Hablas algo de inglés, ¿verdad?

—Ya lo viste en Jamaica, lo chapurreo. Antes de la última guerra iba con cierta frecuencia a Charleston.

—¿Te atreves a volver?

Manuel se quedó mirándolo. En sus ojos había un brillo especial. Jaime sabía que era uno de los suyos, de los que gozaban con el riesgo y la aventura. La cicatriz de su cara lo atestiguaba.

—Depende del dinero.

—El marqués de la Torre ha aprobado vuestra misión a Charleston. También están informados el virrey en México y el ministro en Madrid —le dijo don Juan de Miralles—. Sois, oficialmente, agente del rey de España.

Estaban a primeros de mayo y el alicantino le había convocado en su despacho a través de un criado. El joven sonrió satisfecho.

—Os lo agradezco, señor, es un honor. Y debo pediros no solo la Curiosa, sino también a Manuel, y disponer de la mayor parte de la tripulación actual además de algún otro. Necesito gente dispuesta a asumir riesgos y que sean los mejores.

—Contad con ello.

—Es una misión de contrabando en una zona que pronto será de guerra, y si somos apresados se nos considerará enemigos —prosiguió Jaime—. Creo que conviene que la primera visita sea oficial para comprar un lote de esclavos a cambio de reales de plata. En esas condiciones me han asegurado que seremos bienvenidos. Y contactaré con las personas que me indicó el gobernador de Nueva Orleans para establecer las bases de viajes futuros.

—Bien, pero no se lo paguéis todo en plata, llevaos barricas de aguardiente, vino y melaza de caña.

—Así lo haré. Pero es preciso que mis hombres sean compensados generosamente.

—Lo serán.

A través de Manuel pudo hacerse con una carta marina de la costa de Carolina del Sur y de la bahía de Charleston. Después de comentarla con él, la memorizó y mandó hacer una copia a pesar de que era capaz de recordar cada detalle de la bahía con los ojos cerrados. No por eso iba tranquilo. Una buena tormenta podría cambiar los fondos arenosos.

69

Mientras proseguían los preparativos, Jaime se hizo habitual de ambas tertulias. Sentía una curiosidad no exenta de fascinación por aquel César. Admitía que su propio temperamento era propenso al riesgo, y las apuestas en el juego entraban en ese capítulo. Pero necesitaba algo más que el azar. Por eso jugaba a los dados en contadas ocasiones, y casi siempre por compromiso. Prefería las cartas, que requerían de cierto cálculo y comprensión del rival. Tenía práctica e intuición y quizá por ello, desde el primer día, presintió que las actividades de César no se limitaban a la supuesta tertulia de madame Filipa, donde no se jugaba fuerte.

Así que no le sorprendió su siguiente invitación. Fue varios días después, a las diez de la noche, hora en que la tertulia de la madame Filipa cerraba.

—¿Tenéis sueño, amigo Jaime? —quiso saber César.

—Aún no.

—Pues venid conmigo. No es una tertulia, pero a un buen jugador como vos le divertirá más.

El lugar era poco más que una taberna establecida en un gran sótano que recibía el pomposo nombre de Salón. Allí se servían bebidas alrededor de mesas de juego de cartas, dados y biribí. Este último consistía en colocar dinero sobre una casilla numerada en un tablero, después se extraía una bola de un bombo y quien tuviera su apuesta sobre el número que indicaba la bola era premiado con varias veces las monedas allí depositadas. La puerta la guardaban dos sujetos de mala catadura que sin duda escondían armas bajo sus capas. Y en cuanto a la clientela, era variopinta: desde humildes marinos que iban a jugarse lo ganado en una larga travesía hasta personajes con aspecto de menestrales, comerciantes e incluso terratenientes. Jaime supo que allí se jugaba fuerte y que por lo tanto era ilegal. Había bastantes mujeres y algunas servían vino y aguardiente en las mesas. Estas, al contrario que las de madame Filipa, no disimulaban su condición de prostitutas, su aspecto era menos lucido y sus tarifas más económicas. Aquello tan a la vista era también ilegal. El Salón tenía candiles en el techo y candelabros en las mesas que se esforzaban en iluminar el local, cubierto de una neblina de humo de tabaco.

—¿Qué juego preferís, Jaime? —le preguntó su anfitrión.

—Cartas.

Y le introdujo en una partida después de presentarle a los participantes. Jaime estuvo un rato y se retiró cortésmente tras obtener unas ligeras ganancias. Le interesaba conocer la dinámica del lugar y se movió apostando algo a los dados o al biribí, juegos que no precisaban de concentración, mientras observaba. Luego se entretuvo cargando su pipa de caolín mientras atendía a las evoluciones de César.

Su medio amigo no se sentó a jugar, sino que iba de un lado a otro saludando tanto a hombres como a mujeres. También ellas, en ocasiones, jugaban. Parecía controlar un negocio que no solo se desarrollaba en la sala principal, sino en cuartos anexos donde se apostaba en privado. A Jaime le llamó la atención lo que parecía una puerta cubierta por una cortina tras la que, en un momento determinado, César desapareció. Le siguió y al levantarla se encontró con una escalera. Cuando quiso entrar, notó que le agarraban del brazo desde atrás.

—Eso es zona privada, amigo —le dijo el individuo que le sujetaba.

Jaime lo miró con cara de no entender, a la espera de una explicación. Era un tipo corpulento y mal afeitado que le mostró unos escasos dientes negruzcos al sonreír.

—Búscate una jeba y podrás subir —le informó amistoso.

—Gracias, no lo sabía —repuso devolviéndole la sonrisa.

El otro afirmó con la cabeza y Jaime inició un trayecto itinerante en el que se detenía para observar el juego y a los jugadores, pero sin perder de vista la cortina. Quería saber qué más había allí, aparte de los camastros que suponía al final de la escalera. Así que se fijó en las muchachas. Algunas atendían al juego animando a los apostantes y otras, sentadas con la espalda pegada a la pared, charlaban o simplemente buscaban la mirada de los varones para invitarles con una sonrisa. Eran muy jóvenes y Jaime se preguntaba a cuántas el amor por un hombre las había llevado a aquel lugar. Una se le acercó, era alta, blanca, pecosa, y no tendría más de dieciocho años.

—He visto que has llegado con Cara de Ángel —le dijo.

—¿Quién?

—Cara de Ángel.

—No sé a quién te refieres.

—¡Sí, hombre! César «Cara de Ángel». —Tenía una sonrisa bonita—. Para sus amigos tengo un precio especial. Y para ti, que eres guapo y nuevo en la ciudad, incluso mejor.

—¿Cuánto?

—Cinco reales.

Jaime sabía que ella esperaba tener que regatear, pero él no quiso hacerlo.

—Gracias. Tú vales mucho más.

La sonrisa desapareció del rostro de la chica. Seguro que se estaba reprochando no haber pedido más. La dejó hacer. Ella le tomó de la mano y le llevó hacia la cortina. Jaime miró al hombre que antes le había detenido, ahora asentía.

Antes de subir las escaleras pasaron por delante de una habitación con la puerta entreabierta, en cuyo interior se oía a unos hombres conversar y reír. Aquella debía de ser la sala de mandos del local y el lugar donde se encontraba César Cara de Ángel. Subieron al piso de arriba. Allí, sentada en una silla, atendía una mujer de unos cincuenta años que saludó a la chica.

—Hola, Jacinta. Toma, el tercer cuarto.

Encendió un candil y le dio una toalla. Jacinta, sin soltarle de la mano, le llevó a través de un pasillo oscuro hasta un cubículo amueblado con un camastro y un palanganero con una jofaina y un aguamanil.

—Aguarda aquí —le dijo Jaime antes de que ella empezara a desnudarse—. Tengo que orinar.

—¿Ahora? Eso los hombres lo hacéis después. ¿No habrás cambiado de opinión?

Él le sonrió.

—No, mujer. —Sacó su bolsa y le dio los cinco reales—. Y si te portas bien, habrá más.

—¡Gracias! —dijo sorprendida. Y después sonrió con picardía—. Pero no te lesiones por el camino, que aquí tengo mucho trabajo para ti.

Jaime abandonó la estancia y, cuando estaba a punto de cambiar su rumbo, una voz lo interrumpió.

—¿Adónde vais? —preguntó la mujer de la entrada.

—A la letrina.

—Aquí tengo un orinal.

—No me gustan las bacinas, y además quiero echar un trago.

Ella le mostró una botella.

—Tengo vino, si no os importa beber a morro...

—Prefiero aguardiente.

—Pues hala, que el aguardiente te anime... —Y rio—. Si es eso lo que te hace falta...

Bajó y se quedó escuchando por la puerta entreabierta. Oía tres voces distintas y de inmediato identificó la de César. Otro hombre, al que llamaban General, tenía una voz más grave. Y el tercero, de timbre agudo y que sonaba más joven, respondía por el Víbora. Escuchó decir que la noche iba bien y de repente el Víbora se puso a bromear importunando a César.

—Cara de Ángel —le dijo—, aquí el General dice que se va a tirar a tu mujer. ¿No es así, General?

—¿A cuál de ellas? —oyó responder jocoso a César—. Tengo algunas de oferta.

—¡Pero gratis, hombre! —gruñó el de la voz grave—. Para algo somos amigos y te hago rico con esto.

—Bueno, veremos... ¿A cuál?

—No es una de aquí —informó el Víbora—. ¡Quiere beneficiarse a la que tienes en casa! ¡A tu mujer!

Se oyó una risa.

—¿Es verdad eso, General? —inquirió César.

—¡Pues sí! Eso quiero. Es una de las mozas más guapas de La Habana.

—Bueno... —razonó César—. Tendremos que hablar. Quizá me interese. Porque los cuernos son como los dientes: duelen cuando te salen, pero después te ayudan a comer.

Los otros dos le rieron la gracia. Jaime había oído suficiente. Recordaría aquella frase siempre; resumía un modo de vida. El principio de admiración que sentía por aquel conquistador de mujeres se convirtió en asco.

Cruzó la cortina, le dijo al matón que iba a la letrina y se tomó un par de vasos de aguardiente. Regresó de nuevo hacia la escalera y, aparentando ir bebido, entró en la habitación donde estaban aquellos hombres. Su aliento apestaba a alcohol.

—¡Oh! —dijo—. Creo que me he equivocado de puerta.

Le miraron sorprendidos. Aparte de a César, vio a un hombre grueso de unos cincuenta años con peluca. Supuso que era el General. Y el otro, que estaría en la treintena, era delgado, se recogía el pelo con coleta y tenía aspecto de asesino. Le miró de tal forma que el menorquín se dijo que su curiosidad le podía costar la vida.

—Perdón, me he perdido. He bajado a la letrina y en el cuarto me espera mi jeba —se disculpó usando el argot del lugar.

—¡No bebáis tanto, amigo! Desde aquí huelo el alcohol —le dijo César tapándose la nariz con el índice y el pulgar pero sin perder su habitual sonrisa—. Que después no vais a encontrar eso que os interesa.

—No os preocupéis. Eso lo acierto siempre y en cualquier estado.

Y prosiguió escaleras arriba.

70

Bahía de Charleston, mediados de mayo de 1775

Una nubecilla se elevó del costado de la corveta inglesa y al poco se oyó el estampido del cañonazo. Era mediodía y la Curiosa se encontraba ante el banco de arena previo a la bocana de la bahía de Charleston. Unas nubes se deslizaban por un cielo muy azul y el mar, en marejada, estaba tranquilo. Al frente podían ver playas distantes con palmerales.

—Todavía no estamos al alcance de sus cañones —murmuró Manuel—. Si huyéramos, no nos atraparían.

—Precisamente que nos atrapen es lo que queremos, ¡capitán! —Jaime sonrió.

Bajo la Union Flag, la bandera de la corveta, izaron otra amarilla y negra.

—Nos ordenan detenernos —informó Manuel.

Habiendo combatido en una nave de guerra británica, Jaime conocía bien sus señales.

—¡Nave al pairo! ¡Izad bandera blanca bajo la española! —ordenó a su vez.

El navío británico se fue acercando y se colocó en paralelo a la Curiosa. Tenía tres palos y en su costado de proa se podía leer «HMS Tamar». Sus troneras estaban levantadas y mostraba las bocas de los ocho cañones de ese lado apuntándoles.

—¡Identificaos! —gritó un oficial desde el puente de la nave.

—Goleta Curiosa —voceó Manuel—. De La Habana.

—Manteneos al pairo, os abordaremos para inspeccionar.

—¡De acuerdo! —volvió a gritar Manuel en su papel de capitán.

Los británicos descolgaron una chalupa en la que se acomodaron una docena de soldados con las bayonetas caladas en sus mosquetes, un sargento y el capitán. A Jaime le dio un vuelco el corazón cuando lo reconoció. ¡Tenía razón el marino de Jamaica! No podía creer su suerte. Aquel hombre era el mismísimo teniente Daniel Wolf, ahora capitán, aunque de una nave bastante más pequeña que la de Turquía. El asesino de su padre, el causante de la desgracia de su familia y la razón por la que él había viajado a América. Se sentía afortunado de haberlo encontrado. El menorquín se había vestido de marino para confundirse con la tripulación y no ser reconocido. Aguardaba tenso a que aquel miserable subiera a la nave y crispaba los puños, sin ni siquiera percibirlo.

Los primeros en abordar la Curiosa, por las escalas de cuerda que les facilitaron los españoles, fueron los soldados seguidos del sargento, que los distribuyó de forma que controlaran toda la cubierta. Wolf esperó en la chalupa con los remeros y fue el último en subir, cuando se aseguró de que sus hombres se habían apoderado de la nave. Manuel le saludó.

—¡Quiero a toda la tripulación en cubierta! —ordenó sin devolverle el saludo.

Manuel dio las instrucciones pertinentes y todos quedaron bajo las armas británicas. Los soldados les apuntaban como si fueran a fusilarlos. Jaime se mantenía entre sus hombres con una gorra marinera calada hasta las cejas y el corazón acelerado. Confiaba en que el inglés no le reconociera, pero él no podía dejar de mirarle. Allí estaba, con la barbilla elevada, altivo, bajo su tricornio decorado con una guirnalda y luciendo sus galones de capitán. Mantenía aquella pose suya insultante, desdeñosa hacia el resto, y Jaime se dijo que en eso no había cambiado, se creía con el derecho de pisotear a los demás. Los recuerdos regresaban como dardos que se le clavaban en el corazón. Le abrumaban. Veía a aquel individuo abofeteando a su padre, enviándolos a él y a sus amigos a la muerte y amenazándolos con la horca si no lograban llegar a la nave turca. Y después veía, horrorizado, a su padre con un madero atravesándole el cuerpo y cómo afrontaba, heroico, sus últimos momentos para librarlos a todos de ser ejecutados. Los ojos se le llenaron de lágrimas, de pena y de rabia. Los puños y la mandíbula le dolían de tanto apretarlos para contenerse. Estaba allí, a su alcance, solo tenía que lanzarse sobre él blandiendo el cuchillo que llevaba en la faja y acabar con su vida. Podía hacerlo si se movía rápido. Sí, podía. Puso la mano derecha sobre el arma que su chaquetilla ocultaba y entonces se dijo que no. Era una locura. Una ensoñación. Seguramente le dispararan o le atravesaran con una bayoneta antes de alcanzarle. Y si tenía éxito, los británicos no solo le matarían a él, sino también a sus compañeros. Y con razón, ya que traicionaban la bandera blanca que ondeaba sobre sus cabezas. Tal como le trataba el amor, a él no le importaría demasiado, pero no tenía ningún derecho a condenar a sus hombres y a sus familias. Sería tan infame como el propio Wolf. Además, el inglés moriría sin saber por qué le mataba y Jaime no quería eso. Respiró hondo tratando de serenarse.

—¿Qué hace una nave española en estas aguas? —le espetó a Manuel.

—Venimos a comprar esclavos —contestó el marino.

—El comercio extranjero con las colonias está prohibido.

Manuel no le entendió y le pidió que repitiera la frase.

—Traemos buena plata española para pagar y esperamos que vos, milord, nos deis vuestra autorización —repuso cuando logró entenderle—. Estoy seguro de que será un buen negocio para los súbditos de Su Majestad el rey Jorge.

Wolf gruñó.

—¿Y por qué no habéis ido a Jamaica? —inquirió.

—Es lo que acostumbramos, pero dicen que Charleston tiene mejores precios. No hay ningún inconveniente, ¿verdad?

El británico volvió a gruñir. No era lo mismo. Jamaica estaba bajo férreo control de la Corona, no así Charleston y Carolina del Sur.

—Abrid las escotillas. Vamos a registrar la carga.

Mandó a cuatro de sus soldados por delante y bajó junto a Manuel.

—¿Qué lleváis en esas barricas?

—Buen vino español, buen aguardiente y melaza. Esperamos que lo admitan como parte del pago.

—¿No habéis dicho que pagaríais con plata?

—Así será la mayor parte. Por cierto, milord, esta barrica contiene el mejor aguardiente español. Para vos.

Sin responder, el oficial inglés terminó de revisar la bodega y cuando se dio por satisfecho le ordenó a uno de sus hombres que cargara con la barrica.

—Podéis comprar esclavos —dijo antes de descender al bote—. Pero solo eso.

Y lo hizo con aquella arrogancia que tanto indignaba a Jaime. Ni se había molestado en mirar a la tripulación. La rabia que le producía aquel individuo se alojaba en su estómago como si una poderosa mano se lo agarrotara.

Su vida tenía como ejes el amor y la venganza o, mejor dicho, la justicia. En el primero se sentía impotente de momento, estaba fracasando. Aunque no se planteaba renunciar. Y en cuanto al segundo, encontraría la forma de triunfar en su empeño. Haría lo que fuera para que aquel miserable pagara por sus crímenes.

71

Una tarde que Julio había salido para su trabajo y Lorenzo no había regresado del suyo, llamaron a la puerta y resultó ser el comisario.

—Señora, don Martín está aquí y dice que quiere hablar con vos —le comunicó Matilda.

Almudena se extrañó de que preguntara por ella. Bajó al recibidor buscando a Mercedes con la mirada, pero la mulata había desaparecido.

—Buenas tardes, Almudena —la saludó él quitándose el tricornio.

—Buenas tardes, don Martín. Lo siento, pero mi marido no está.

—No importa. Con quien quiero hablar es contigo —repuso él sonriendo.

—¡Ah! —exclamó, sorprendida por el tuteo.

—Es sobre tu taller de costura.

—Vos diréis.

—Sé que el asunto te interesa. ¿Me invitas a una copa de vino en el salón?

El salón, que era también comedor, se encontraba en el primer piso, al igual que su dormitorio. ¡Y Mercedes había desaparecido! Se sentía incómoda. El comisario, dando por sentado que ella aceptaría, se acercó a la percha para colgar su tricornio y después su casaca como era su costumbre. La inquietud de Almudena aumentó, pero sentía que no podía negarse.

—Sí, claro —balbució, para después gritar—: ¡Matilda! Sube al salón dos copas y una botella de vino.

Se acomodaron en una mesa camilla a la que rodeaban cuatro sillas y al poco apareció Matilda con la botella y los vasos.

—Vos diréis —repitió Almudena en tono de señora de la casa.

—¿Está contento tu padre con el trabajo que le procuré?

—Mucho, don Martín. Todos os estamos muy agradecidos. La inactividad desespera a cualquiera y ya empezaba a estar nervioso.

El hombre sonrió y le dio un sorbo a su vino.

—¿Sabes? No sé en Madrid, pero aquí en La Habana los favores se pagan.

—¿Queréis dinero? —inquirió Almudena, aunque ya sospechaba sus intenciones.

—Esa no es la única forma en que se pagan las deudas. Además, yo ya tengo dinero...

—¿Entonces?

—¿Cuánto deseas tu taller de costura?

—Mucho...

—Pues el favor a tu padre te saldrá gratis, pero ese tendrás que pagarlo por adelantado.

—Decidme cuánto cuesta y, si es razonable, mi marido os lo pagará.

El comisario rio de buena gana.

—Lo que yo quiero no lo puede pagar tu marido. —Y alargó el brazo para sujetar la mano que Almudena tenía sobre la mesa—. Tú, en persona, eres quien me lo tiene que dar.

Ella se dijo que no podía hacerse la tonta por más tiempo. Se levantó de un salto y, señalándole la escalera, le gritó:

—¡Fuera de aquí! ¡Fuera de mi casa!

Él no se movió de la silla y le dio otro trago al vino.

—Piénsalo bien, la ocasión la pintan calva y con un solo pelo. Si cuando pasa no lo agarras, la pierdes para siempre.

—¡He dicho que os vayáis! ¡Fuera!

—Piénsalo, piénsalo. —No parecía cohibido, más bien divertido—. Las mujeres sois volubles, cambiáis de idea.

—¡Fuera de aquí! ¡Mercedes!

Él se levantó sonriendo.

—Mercedes. ¡Vaya pedazo de hembra! Si está por aquí, quisiera saludarla. Pero que conste que tú me gustas más.

¿Cómo podía aquel hombre comportarse de esa forma, y en casa ajena? Almudena no se lo podía creer. Tentada estaba de empujarle escaleras abajo, pero solo pensar en tocarle le repugnaba.

—¡Marchaos de una vez!

Y él empezó a bajar las escaleras con tranquilidad.

—Piénsalo, piénsalo —iba diciendo—. Que torres más altas han caído.

Una vez en el recibidor, se puso la casaca y, antes de encasquetarse el tricornio, se despidió de Almudena con una reverencia.

Ella fue de inmediato en busca de Mercedes.

—¿Dónde diablos estabas? —le preguntó Almudena, sofocada.

La mulata sostenía a su bebé en brazos y tenía un pecho al descubierto.

—Dándole de comer a Julito…

—¡Te necesitaba! El niño podía esperar.

—Bueno, parece que te has apañado bien sola —sonreía.

Almudena se dijo que era una descarada.

—Pero... Sabías que te necesitaba y te has escondido...

—No me gusta ese hombre. —Ahora se mostraba seria.

Almudena iba a responder que, al parecer, ella sí que le gustaba a él, pero se mordió la lengua. Allí pasaba algo más.

—¿Qué más hay, Mercedes?

—Le tengo miedo.

—¿Miedo? En esta casa estás protegida.

—No lo creo.

—No será para tanto, mujer. Exageras.

—Tú no sabes muchas cosas.

—¿Qué cosas?

—Cosas que no puedo decir.

—Somos amigas, ¿verdad? Puedes confiar en mí, no te traicionaré.

—Perdóname. Lo siento, quiero vivir para ver crecer a mi hijo.

Cuando Lorenzo llegó del trabajo aquella tarde, Almudena le esperaba para contarle la inesperada visita de don Martín y sus groseras insinuaciones. Él frunció el cejo y sus labios se contrajeron en un rictus de rabia.

—Tu marido debería partirle la cara —dijo—. ¡Háblalo con él!

—Igual no hace nada.

—Eso sería inadmisible. ¡Es tu marido! Has cruzado el Atlántico en su busca. Él te debe respeto y tiene que defender tu reputación.

—Parece ser que don Martín es muy poderoso y que quiere estar a bien con él.

—¡Venga, venga! Hay cosas con las que no se juega. Sé que tienen negocios, pero a la mierda con ellos. Tú eres lo importante.

Y Almudena pasó a contarle la relación que aquel hombre tuvo con Mercedes contra la voluntad de ella, y que ahora estaba atemorizada.

—Es una buena chica que ha crecido sin padre y ha llevado una vida muy dura —dijo él—. Pero no por eso ha de aceptar abusos, ni de ese don Martín ni de nadie.

—¿Y tú cómo sabes de su vida? —preguntó sorprendida.

—Me cae bien y a veces hablamos.

—Papá, os lleváis más de veinte años. Casi le doblas la edad.

—¿Y qué? Los dos hablamos el mismo idioma. ¿Es que no puedo charlar con gente joven?

—Que no quiero tener un hermano a estas alturas... —dijo ella con una sonrisa.

Lorenzo rio.

—No hemos llegado a eso.

Conociendo como conocía a Mercedes, Almudena se dijo que en cualquier momento podían llegar a eso. Pero, por otra parte, le gustaba la idea de que la mulata hiciera compañía a su padre.

—Solo hablamos —prosiguió el padre—. Es una chica lista y de buena conversación, a pesar de no tener estudios. Me agrada.

Almudena esperó con impaciencia a que Julio se despertara al día siguiente para referirle lo sucedido durante la visita del comisario. Y abordó el tema en el desayuno, frente a un café. Su marido la escuchó con atención sin interrumpirla y solo al final preguntó:

—¿Le echaste de casa? —Había una mezcla de sorpresa y temor en sus palabras.

—¡Pues claro! Y tendría que haberle roto algo en la cabeza. Lo considero un insulto. Y no solo hacia mí, sino también hacia ti, que eres mi marido. Y al ser tu amigo, te falta al respeto por partida doble.

—Estoy seguro de que no quería ofenderte.

—¿Que no quería ofenderme? ¡Se quería acostar conmigo! Como hizo con Mercedes.

—Lo habrás interpretado mal. Él es mi amigo y tú no eres Mercedes.

—¡Rompe con ese individuo!

—No veo motivos. Además, me causaría un gran perjuicio económico.

Almudena se levantó y se puso en jarras.

—¿Cómo que no ves motivos?

—Hablaré con él. No creo que tuviera la intención que le atribuyes.

—¿Cómo puedes decir eso?

—Serénate, por favor. Compórtate como una persona adulta. Te he dicho que hablaré con él y verás que las cosas no son como tú las entiendes.

No le pudo sacar de ahí y no volvieron a hablar en todo el día.

Almudena aguantó hasta que él se fue por la tarde. Entonces clavó los codos en la mesa del comedor y soltó su pena y su rabia llorando. Al poco notó un contacto suave, le acariciaban el pelo. Se giró y era Mercedes.

La mulata le dio un beso en la mejilla y le dijo:

—Os escuché esta mañana, Almudena. Lo siento. Lo siento mucho.

72

Charleston se hallaba sobre el extremo de una península situada entre dos ríos, el Ashley y el Cooper, y al fondo de una gran rada, casi cerrada, en la que desembocaba otro río, el Wando. La bahía contenía varias islas bajas, zonas pantanosas y bancos de arena, y los anchos ríos fluctuaban según la marea, mucho más poderosa que su corriente.

—Esta es una de las cuatro ciudades más habitadas de las Trece Colonias —comentó Manuel—. Aunque La Habana es mucho mayor que cualquiera de ellas.

Cuando llegaron, Jaime vio que Charleston estaba amurallada, poseía bastiones y su puerto se encontraba sobre el río Cooper. Dejó que Manuel se encargara de tratar con los oficiales portuarios y él desembarcó con la marinería, portando su saco marinero, dispuesto a camuflarse y explorar la ciudad haciéndose pasar por británico. Buscaba información tanto para Miralles como para satisfacer su propia curiosidad, y sabía que en las tabernas era donde podría charlar libremente con la gente local.

En la primera de ellas entabló conversación con un pequeño tratante de arroz, el mayor cultivo de la zona, que aceptó de buen grado la invitación de Jaime. Él se presentó como un británico recién llegado de Europa que quería establecerse en América y le preocupaba la inestabilidad política.

—Le agradeceré, amigo, que me cuente cómo andan las cosas por aquí —le dijo el menorquín.

—La población está dividida —le explicó el hombre—. La mitad más o menos somos los leales, fieles al rey Jorge, y nos llaman *tories*; los otros son los *whig*, los revolucionarios que buscan la independencia y que se llaman a sí mismos «patriotas».

—¿Y por qué quieren ser independientes cuando parece que aquí se vive bien? —inquirió Jaime con fingida inocencia.

—Algunos demasiado bien —repuso el hombre con el énfasis que da el alcohol—. Aquí en la costa hay grandes plantaciones de ricachos *whig*, tienen muchos esclavos y se creen más nobles que los aristócratas ingleses de toda la vida. —Hablaba con cierto desdén hacia ellos—. Y les molesta que los de Londres impongan sus leyes. Y también hay mucho mercader al que le van bien las cosas y que se siente perjudicado por las restricciones británicas al libre comercio. Nos quieren forzar a que compremos solo lo que viene de Inglaterra, que es más caro. Unos y otros están en la costa y quieren la independencia.

—¿Y los que apoyan al rey Jorge? —siguió preguntando el menorquín.

—Somos los de corazón noble y estamos agradecidos a la madre patria —le expresó vehemente el hombre, que se iba animando con la bebida—. Muchos son gente del interior con granjas pequeñas que trabajan con sus propias manos y no acostumbran a tener esclavos. Su vida es dura y no les caen bien los señoritos ricos que dominan la colonia. Por eso están con la Corona.

—¿Y qué va a pasar? —inquirió Jaime—. En Boston los británicos han bloqueado el puerto y están desembarcando tropas. Parece que se prepara algo grande.

—No lo sé —respondió el hombre después de rascarse

la cabeza como si aquello le activara las ideas—. Quizá no pase nada. Los rebeldes han mandado representantes al Congreso Continental de Filadelfia. Pero los británicos se están aliando con los granjeros y las tribus indias del interior. Y amenazan con liberar a los esclavos de las plantaciones para que luchen a su lado en caso de que estalle la guerra. Los rebeldes, los Hijos de la Libertad, no lo tienen fácil.

Jaime pasó un par de tardes y noches recopilando opiniones como un británico recién llegado. Y tanteando el interés por la compra de licores y melazas españolas, sin pretender comerciar. Al mismo tiempo Manuel, a sabiendas de que ese comercio estaba prohibido, buscaba compradores abiertamente como español, aunque se presentaba como esclavista. Unos y otros negocios, en especial la trata de seres humanos, se cerraban en las tabernas de Charleston.

Una vez que Jaime se hizo una composición de lugar, se sintió preparado para abordar el principal motivo de su viaje: su entrevista con John Rutledge. Se trataba de un brillante abogado que había estudiado y ejercido en Inglaterra y que ahora lo hacía en su ciudad natal. Representaba, junto con uno de sus hermanos, a Carolina del Sur en el Congreso Continental de las Trece Colonias. Preguntó por su domicilio y le dirigieron a un hermoso edificio de dos plantas, de nueva factura, situado en la calle principal, la Broad Street, y cercano a la muralla oeste de la ciudad. Estaba a menos de quince minutos de su hospedaje en el puerto.

Le recibió un mayordomo de color que tomó pomposamente la carta de presentación expedida por el gobernador de Nueva Orleans, don Luis de Unzaga, y le pidió que aguardara. Jaime era consciente de que iba a representar a

España y quería causar buena impresión. Se había hecho afeitar por un barbero y lucía su mejor traje, recién planchado, tricornio y peluca empolvada.

—Señor —le dijo Rutledge tendiéndole la mano—. Sed bienvenido.

Le esperaba de pie en su despacho del primer piso y Jaime le observó mientras se estrechaban la mano, consciente de que su interlocutor hacía lo mismo. La amplia estancia estaba dominada por una gran mesa de despacho, y tenía cuatro altas ventanas que, a pares, daban a distintas calles. De las dos paredes sin ventanas colgaban cuadros de paisajes y retratos de un hombre y una mujer. Jaime se dijo que el lugar estaba pensado para impresionar a clientes ricos. Se sentaron frente a una mesita en unos sillones laterales, destinados, dedujo el joven, a conversaciones más cercanas, sin la barrera de la gran mesa. Aquella era una buena señal.

—Así que sois español —dijo el americano para iniciar la conversación.

—Así es, señor.

—No vemos españoles por aquí desde que los ingleses os quitaron la Florida —explicó con una leve sonrisa.

Era un hombre en la mitad de la treintena, de nariz recta, facciones regulares y alta frente que terminaba en una cuidada peluca.

—Me consta —contestó Jaime prudente—. Y presumo que si vos me habéis recibido es porque sabéis quién es el gobernador Unzaga y adivináis los motivos de mi visita.

—No conozco al gobernador personalmente, pero sé de él gracias a mis colegas del Congreso de Filadelfia, y también sé lo que nos hace llegar por el Mississippi y el río Ohio.

—Quizá os interese lo mismo aquí en las Carolinas.

—Habláis inglés como uno de nosotros —dijo Rutledge,

también prudente ahora—. Si no llegarais con esa carta de presentación, pensaría que sois un agente del rey Jorge.

—Estad tranquilo. Agente del rey soy, pero del de España. En el puerto hay una goleta con enseñas españolas. Quizá la primera que se ha visto aquí en más de diez años. Es la mía y podéis comprobarlo. Pero con discreción, no conviene que los británicos nos relacionen.

Y pasó a contarle su origen menorquín, la coartada de la compra de esclavos que habían utilizado y las posibilidades que una relación con España ofrecía a los rebeldes.

—No hace falta que os extendáis, señor —cortó el abogado la explicación—. Comprendo perfectamente los beneficios de esa relación, que coinciden con nuestras necesidades. El ejército inglés tiene uniformes, armas modernas de calibres unificados, cañones y barcos. Nosotros no contamos con nada de eso. Algunos de nuestros reclutas andan descalzos por la calle. Nuestras armas son las que cada ciudadano tiene para cazar y nos encontramos con siete u ocho calibres distintos que requieren municiones distintas. Una pesadilla de intendencia. Los británicos controlan con rigor la compra de armas, y aquí no las fabricamos porque los súbditos del rey Jorge hacen todo lo posible para evitar que florezca la industria local y obligarnos así a comprarles a ellos.

—¿Cuáles son vuestras necesidades más urgentes?

Rutledge soltó una risa triste.

—¡Todo! Este enero hemos celebrado el primer Congreso de Carolina del Sur, donde se aprobó la formación de dos regimientos de setecientos cincuenta hombres cada uno y un escuadrón de cuatrocientos cincuenta rangers montados. Por lo tanto, precisamos dos mil mosquetes con urgencia, pólvora de calidad, balas, bayonetas y sables. Y más adelante, cañones.

En aquel momento apareció el mayordomo con un juego de café de porcelana fina y unas galletas. Ceremonioso, le sirvió primero a Jaime, preguntándole cuánto azúcar quería, y después a su señor.

—Estoy acostumbrado a ver a los anglosajones tomar té en lugar de café —comentó Jaime sorprendido.

—No sé a qué anglosajones os referís —repuso Rutledge sonriendo de nuevo—. Pero los que nos consideramos buenos americanos boicoteamos el té junto con otros productos que los británicos nos quieren hacer comprar.

—Bien —dijo Jaime, satisfecho con la explicación—. Lamento tener que preguntaros lo siguiente…

—¿Qué?

—¿Cómo pensáis pagar todos esos artículos?

—Como sabéis, la circulación de moneda es muy limitada en las colonias. Espero que el rey de España le conceda crédito al Congreso Continental.

El menorquín comprendió que se encontraba frente a un buen negociador.

—El rey de España tiene sus propias guerras que financiar. El hecho de que asumamos el riesgo de llegar hasta aquí ya supone concederos crédito.

—Algo tendrá que darnos. Los ingleses no son sus amigos y lo que hagamos con sus armas irá en su beneficio.

—No puedo cederos armas gratis. Eso supera mis atribuciones e incluso las del virrey de Nueva España. Lo que sí puedo es acordar un pago a cambio.

Se hizo un silencio en el que ambos se mantuvieron las miradas.

—Como os he dicho, no tenemos bastante efectivo y muchas de las transacciones se hacen trocando productos…

Jaime aguardó en silencio a que continuara.

—En el norte se ha desarrollado alguna industria a pesar de las dificultades, pero aquí no. Todo lo que puedo ofrecer son productos agrícolas o ganaderos.

—¿Como qué?

—Como arroz, nuestra mayor producción.

—Ya tenemos arroz en Cuba.

—También hay índigo, y algo de tabaco y algodón en el interior.

—Eso nos interesa. ¿Y carne y pescado?

—Tenemos carne ahumada de ciervo. También de reses, y pescado salado del norte, además de pieles de calidad.

—Llegaremos a un acuerdo, señor —concluyó Jaime con una sonrisa.

Quedaba mucho que negociar y había que establecer una sólida logística para el contrabando, pero Jaime salió satisfecho. Sus objetivos se habían cumplido con creces: había localizado al maldito Wolf y establecido vínculos con los rebeldes.

73

Almudena no podía decir que fuese feliz, pero tampoco desgraciada. Julio le daba una vida cómoda, pero su tibia reacción a las insinuaciones de don Martín le causó una gran decepción. Ya no lo veía con los mismos ojos que a su llegada.

Se encontraba sumida en una rutina en la que solo existían su padre, su marido, la antigua amante.de este y la esclava. Almudena acompañaba a Mercedes al mercado, aunque la mulata se bastaba ella sola para escoger lo mejor y regatear, pero al menos se entretenía, veía a otra gente y hablaba con ella.

También escribió a don Andrés en cuanto pudo; esperaba que el buen cura se encontrara bien, pero sabía que su respuesta, con suerte, se demoraría como poco cinco meses. A pesar de ello, siguió mandándole una carta por semana. Tentada estuvo de escribirle a su suegra y a sus cuñados, le habría gustado que supieran dónde estaba y oírlos maldecir después de que se escapara de sus garras. Pero la contuvo el temor de que decidieran emigrar también a Cuba. Estaba segura de que si el Lobo seguía vivo, habría tomado represalias contra ellos. No le daban pena. Por otro lado, añoraba a su tío Ignacio y le escribió a la última dirección que tenía de él en su exilio de Italia. Su padre y ella se sentirían felices sabiendo que estaba bien.

Iba a misa cada día a la parroquia del Espíritu Santo. Le confesó su infidelidad a don Luis, el cura, tan pronto como se asentó en la ciudad y cumplió su penitencia al completo. Aunque mantenía a Jaime en su mente. Se sentía mal por ello y culpaba al aburrimiento, que la obligaba a encontrar aventura y excitación en sus recuerdos. Porque los meses vividos con el menorquín en aquel azaroso viaje habían sido los más memorables de su vida. Así que siempre tenía un pecado que confesar. Tanto que llegó a cansar al sacerdote.

—Quedas absuelta, a perpetuidad, del pecado de recordar a ese hombre, mientras no lo vuelvas a ver y siempre que reces un padrenuestro y un avemaría cada vez que pienses en él —le dijo el cura con enfado—. Te estás poniendo pesada. Parece que te gustara hablar de ese muchacho y busques, confesándote, una excusa.

Algo vino a romper su rutina. Hacía unos meses que no tenía la menstruación. No le quedaban ya dudas: estaba embarazada, mostraba todos los síntomas y se le empezaba a notar. Se reservó la noticia porque le producía cierto temor y quería tener la absoluta seguridad. Pero ya no podía aplazarlo más y lo anunció un domingo durante la comida.

Julio la cubrió de besos, pero sintió que la ilusión de Lorenzo, que la abrazó llorando, era mucho mayor. Almudena se sentía feliz. Tener un bebé llenaría las ausencias de su marido y la falta de relaciones sociales.

Matilda y Mercedes la felicitaron, la primera besándole la mano y la segunda con un abrazo y un beso. Y aquel se convirtió en tema principal de conversación.

—Debiste de quedarte embarazada justo al llegar —le dijo Mercedes a la mañana siguiente mientras observaba el género en los puestos del mercado en la plaza de Armas.

—El primer día o el segundo. —Y rio.

—Ya es fortuna, porque imagino que también lo hacíais en Madrid, ¿verdad?

—Pues claro. —Almudena perdió la sonrisa.

—No te quedaste embarazada en más de un año y aquí, en La Habana, resulta que a la primera...

—¿Qué quieres decir? —La madrileña se detuvo y agarró a la mulata del brazo.

Pero Mercedes no se intimidaba fácilmente.

—Que igual Julio no puede tener y tú llegaste preñada —repuso elevando la barbilla, altiva.

Almudena le cruzó la cara con un sonoro bofetón.

—Vaya, esto duele —dijo Mercedes como si nada—. Y no me refiero al sopapo, que también. Te duele a ti, porque si tú no lo sospecharas te habrías reído en lugar de tomártelo a mal.

Lamentaba su reacción impulsiva, estaba delatando una inquietud que deseaba ocultar por todos los medios.

—Discúlpame, Mercedes —le dijo—. Me he sentido muy ofendida. Además, si Julio no pudiera tener hijos, no habría nacido Julito.

La habanera se echó a reír.

—Que Julio crea que es suyo no quiere decir que yo lo crea —aclaró.

74

Eran los últimos días de mayo cuando la Curiosa surcaba el Atlántico frente a las costas de Florida rumbo a La Habana. Tenían viento de popa, y amplios claros se abrían en el cielo que, entre las nubes y el mar en marejadilla, mostraba un azul intenso. Todo hacía prever un regreso apacible. Los africanos de la bodega estaban tranquilos y Jaime ordenó que salieran por turnos para que respiraran la brisa y sintieran la agradable caricia del sol en su piel.

El menorquín y su amigo Manuel hacían balance del viaje.

—No han dejado de vigilarnos —comentó el criollo—. El puerto de Charleston solo tiene espacio para ocho atraques de grandes buques y la primera noche tuvimos al HMS Tamar durmiendo a nuestro lado.

—Sí, y está claro que los agentes del gobernador británico tomaron el relevo en el control cuando la corbeta se hizo a la mar —repuso Jaime—. Fue una suerte que pudiera escabullirme sin que se dieran cuenta.

—Las cosas iban bien si hablaba de comprar esclavos en las tabernas, pero cuando trataba de vender lo nuestro sentía que pisaba arenas movedizas —recordó Manuel.

—Bueno, pero pudiste colocar nuestro alcohol. De haberles pagado todo con plata habrían sospechado. En fin, creo que hemos cumplido sobradamente. Ya sabemos cómo burlar al HMS Tamar en nuestro próximo viaje, hice los contactos que queríamos y tengo noticias frescas para don Juan de Miralles.

Jaime observó a Manuel. Las canas en su pelo y su barba, y su rostro franco con el toque enérgico que aportaba su vieja cicatriz, le daban seguridad. Había comprobado que en todo podía contar con él. Desde que llegó a La Habana, no tenía a nadie más con quien compartir sus sentimientos, se había convertido en su amigo. Almudena fue su confidente durante la primera parte de su viaje y después lo fue Lorenzo; sin embargo, la rabiosa distancia que la muchacha le imponía ahora le alejaba también del padre. De nuevo lamentó su destino itinerante que le obligaba, con dolor, a dejar amigos atrás. Y se dijo que Manuel era su colega, su camarada. Decidió confiarse a él.

—Me temo que no te lo he contado todo, Manuel.

—¿Qué es lo que no me has contado?

—Te dije que vine al Caribe porque deseaba luchar contra los ingleses, ¿verdad?

—Cierto.

—Pues vine buscando a uno en concreto…

Y le detalló lo ocurrido con Wolf.

Manuel le escuchaba en silencio, arrugando en ocasiones el cejo.

—Me parece bien que quieras vengar a tu padre —dijo al fin—. Yo haría lo mismo. Pero eso no te da derecho a poner en peligro a la tripulación de la Curiosa.

—No pienso hacerlo. Solo correrán los riesgos que conlleva el contrabando. Ni más ni menos. Y todos han aceptado.

—Cierto. —Manuel hizo una pausa—. ¿Y cómo piensas matarlo?

—Lo he estado pensando. A mi regreso a Charleston, podía descerrajarle un tiro en la cabeza en la primera ocasión que se presentara. Y los soldados que le escoltan no podrían hacer nada.

Manuel negó con la cabeza.

—Un suicidio… —murmuró—. Sería imposible huir y los demás sufriríamos las consecuencias.

—Aun si tuviera posibilidades, tampoco lo haría. —Jaime miró a su amigo con un brillo especial en los ojos—. Porque quiero que sepa por qué muere y quién lo mata.

—Te entiendo, pero eso es incluso peor… porque en un cara a cara podría matarte él a ti.

—No me importa. Cuando volvamos a La Habana me ejercitaré en esgrima con sable y tiro a pistola.

—¿Pretendes desafiarle? —se asombró Manuel—. ¿Un duelo a sable o pistola con un oficial británico? Otra locura. Tú eres marino, no militar de carrera.

—Me da igual.

Jaime no temía a la muerte. Sin Almudena, lo único que daba sentido a su vida era la venganza. Y ni siquiera eso le haría feliz. La necesitaba a ella.

Ya en La Habana, Jaime delegó en Manuel las gestiones de ese negocio que tanto le desagradaba y se fue a ver a don Juan de Miralles.

—Tal como quedamos, he establecido contacto con John Rutledge, que preside el Congreso de Carolina del Sur.

—¿Y bien? ¿Cuál es su posición?

—Están formando una milicia local y quiere dos mil mosquetes.

Miralles sonrió afirmando con la cabeza.

—Bien. ¿Y qué más?

Jaime le expuso punto por punto lo hablado con Rutledge y el sentir de las gentes con las que conversó. La satisfacción de Miralles se hizo evidente.

—Informaré al gobernador, que a su vez se lo comunicará al virrey en México y al rey en España.

—También debería saberlo don Luis de Unzaga, en Nueva Orleans.

—Lo sabrá. Preparad el siguiente viaje, esta vez la carga será de quinientos mosquetes, bayonetas y munición.

—¿No hay que esperar autorización de México o de España?

—Los tenemos disponibles en La Habana y, como no se trata de un regalo sino de un trueque, el gobernador tiene la autoridad. Poneos en marcha.

—Tengo algo que pediros.

—¿Qué?

—Mientras yo permanezca en La Habana quiero entrenamiento militar.

—Entrenamiento militar… —Miralles lo miró interrogante.

—Es muy probable que de un modo u otro tengamos que enfrentarnos con los ingleses. Sé de sable y pistola, y conozco el manejo de la artillería. Pero quiero que me enseñen los mejores militares de nuestro ejército. Creo que como agente del rey de España tengo ese derecho. Arriesgo mi vida por él.

El alicantino afirmó con la cabeza, pensativo, y después sonrió.

—Yo también lo creo —dijo—. Hablaré con el gobernador.

75

—Don Martín vendrá a comer mañana —le dijo Julio a Almudena—. Asegúrate de que Matilda y Mercedes preparen un buen almuerzo y que la casa esté adecentada.

—¿Qué? —Almudena no salía de su asombro—. ¿Cómo puedes invitar a ese individuo después de que aquel día se presentara aquí y se me insinuara?

Julio sonrió.

—Es un bromista. Ya le dije que no te sentó bien y se disculpó.

—¿Y eso es todo? Se disculparía contigo, porque conmigo no lo hizo.

Se puso en jarras, tenía las cejas fruncidas y los ojos en llamas. Se le notaba ya el embarazo.

Él dejó de sonreír.

—Sí, eso es todo —enfatizó elevando la barbilla—. Haz lo que te digo.

Almudena se cruzó de brazos.

—No lo quiero aquí.

La silla de Julio cayó con estrépito cuando se levantó de un salto, cogió a su esposa de la pechera del vestido y la trajo hacia sí.

—Haz lo que te digo —gruñó.

Ella no daba crédito a lo que oía y no supo reaccionar. Aquella violencia desconocida hasta entonces la desarmó.

Disgustada, Almudena cumplió las instrucciones y al día siguiente todo estaba listo para el almuerzo. Se aseguró de que su padre asistiera a aquella comida. Don Martín se presentó con su habitual desparpajo, como si fuera el dueño de la casa. A Almudena le pareció que sus labios esbozaban una sonrisa burlona cuando se quitó el tricornio para saludarla con una reverencia.

Se sentaron a la mesa sin demasiados preámbulos y al principio la conversación giró en torno a las novedades y otras anécdotas del barrio que don Martín, dada su posición, conocía bien. A Almudena le molestaban las insistentes y descaradas miradas de aquel hombre, que no le quitaba el ojo de encima. Mercedes, con delantal y cofia, también recibía de cuando en cuando alguna mientras servía. Inusual en ella, se fijaba en el suelo o en la mesa evitando cruzar los ojos con el comisario.

—¿Cómo va vuestro negocio de costura, señora? —inquirió don Martín al llegar el segundo plato.

—Aún no he podido empezar —murmuró Almudena.

Se dijo que aquello era una provocación. Aquel individuo quería hacer evidente su fracaso. Ella le pidió ayuda, él la ignoró y después lo utilizó como excusa para presentarse en su casa cuando no estaban los hombres.

—Sin embargo, tengo dibujos, diseños y patrones, estoy lista —añadió, porque no quería que creyera que había renunciado a su sueño.

—Ya se sabe —siguió el comisario, haciendo caso omiso a su último comentario—. Para ese tipo de negocios hay que ser conocido. O tener amigos con influencia…

Y continuó con ese discurso. Almudena estaba indignada, le volvía a hacer la misma oferta, con la desvergüenza de repetirla ahora sin importarle la presencia del resto. Una oferta que, aunque insinuada, y que ya había rechazado, era obvia para ella. Era un insulto. Al final, harta, le dijo:

—Sabed que no me gustó vuestra actitud cuando os presentasteis aquí sin ser invitado, y mucho menos vuestras insinuaciones.

—Ya hablamos de eso don Martín y yo —intervino Julio—. Todo era una broma. Él disfruta con las chanzas.

—Así es —dijo el aludido—. Quería conocer vuestra rectitud, señora. Y que un caballero se interese por una dama es un elogio para ella.

—Depende de qué forma y con qué intención, señor —repuso Almudena.

—Mi esposa está embarazada, don Martín. Y ya sabéis que las mujeres son más sensibles en ese estado.

—¡Ah! Ya lo he notado, felicidades. —El comisario sonreía—. Pues sabed que encuentro a las mujeres preñadas muy atractivas. En especial si son guapas como vos. Me vuelven loco.

Su mirada era lasciva.

—No es muy usual eso, señor —intervino Lorenzo, molesto.

—Pues yo no lo puedo remediar —dijo sin apartar la vista de Almudena.

—¡Julio! —exclamó Lorenzo—. ¡Párale los pies a tu invitado! Su actitud y la forma en que se dirige a mi hija no son ni correctas ni decentes.

Se hizo un silencio embarazoso.

—Aquí en Cuba la gente se toma las cosas de otro modo que en Madrid —dijo Julio cortándolo—. Las palabras de don Martín no buscan la ofensa, sino el elogio.

—Así es, señor —dijo el comisario—. No deberíais ser tan susceptible, y menos con la persona a la que le debéis el favor de tener un trabajo. Hay que ser agradecido.

—No estamos hablando de mí, sino de mi hija. Y os pido que la respetéis.

—¿Respetarla? ¡Claro que la respeto! ¿No lo ves así, Julio?

—Así lo veo. Y ya basta de este asunto. Querido suegro, no seáis tan picajoso.

Lorenzo, desoyendo a su yerno y lejos de apaciguarse, se levantó y, mientras apuntaba con el índice al comisario, le dijo amenazante:

—Dejad de insinuaros a mi hija. Habéis sido rechazado y eso debería ser suficiente.

—Y si no ¿qué? —preguntó él con su sonrisa altanera—. Solo manifiesto mi admiración por la señora de la casa. Y expresarle que su embarazo la hace incluso más atractiva suma otro elogio.

Lorenzo miró a su hija, y ella le hizo un gesto para que desistiera.

—Déjalo ya, papá —dijo—. Hablemos de otra cosa.

Tras dudar un instante, Lorenzo se sentó. La sonrisa del comisario se hizo más amplia, triunfal. Él lo miraba agresivo y, cuando sus miradas se cruzaron, se produjo otro choque: la de don Martín era de amenaza.

—Te quieren hacer lo que a mí —le dijo Mercedes a Almudena cuando pudieron hablar a solas.

La mulata lo había presenciado todo mientras servía la mesa.

—Estoy segura de que eso es lo que busca el comisario —murmuró Almudena pensativa—. Pero no puedo creer que Julio lo consienta. No lo hará. Él solo trata de mantener una buena relación por el negocio.

Mercedes rio.

—¿No te das cuenta de que el negocio eres tú?

—No te entiendo. Él solo le sigue la corriente para no enfrentarse.

—¿Enfrentarse como hizo tu padre? Eso es lo que tendría que haber hecho Julio. Si fuera un marido decente, le habría partido la cara. Tu padre sí que es un hombre. No como ese con el que te has casado. —Hizo una pausa para después repetir—: Te quieren hacer lo que a mí. Solo que en tu caso es peor.

—Si es lo mismo, será igual de malo, ¿no?

—No, porque yo ya había corrido lo mío. No era medio virgen como tú. —Sonrió maliciosa—. Medio virgen si quitamos lo del marinerito —añadió.

A Almudena le dio un vuelco el corazón al recordarlo.

—No vuelvas con esa historia.

—Os acostasteis y tienes a su hijo en la tripa.

—¡Mercedes! —La agarró del vestido—. Como repitas eso, seré yo quien te parta la cara a ti.

—Hazlo, pero así no cambiarás lo que es. Mi hijo no es suyo y el tuyo tampoco.

—Se lo contaré a Julio y le pediré que te eche de casa.

—Díselo. Pero antes deja que te explique por qué tu hijo no es suyo.

Almudena se quedó en silencio. La miraba con los ojos desorbitados, con temor.

—Estuvisteis un año casados sin que te preñara —prosiguió—. Y cuando él llegó a La Habana tuvo mucho éxito con las mujeres jóvenes. Y con las mayores también si se lo proponía. Venía de Madrid, era apuesto, elegante y blanco. Y él les daba coba a todas. Unas cuantas se enamoraron y quisieron quedarse embarazadas de él, creyendo, las muy estúpidas, que así le retendrían. ¿Y sabes quiénes lo consiguieron?

La madrileña se mantuvo en silencio.

—Pues las que no le fueron fieles y lo hicieron con otros. Él no tenía cuidado alguno y, sin embargo, no pudo preñar a ninguna. —La miró a los ojos y concluyó—: Así que tu hijo es del marinerito. Y si quieres decirle a Julio que me eche, hazlo.

76

El mundo de Almudena se trastocó por completo después de aquella infausta comida y la posterior conversación con Mercedes. Hasta aquel momento había deseado que su hijo fuera de Julio. Era lo decente, lo legal, lo que la Iglesia exigía. Y llegó a convencerse de que era suyo, pese a los insistentes recuerdos de Jaime, que trataba de abortar con rezos tan pronto como se iniciaban, tal como el cura le había prescrito. Solo pensar en él le parecía pecado.

Nunca había sentido un amor muy apasionado por Julio, y eso que su guapura, apostura y simpatía lograban encandilar y enamorar a todas. Había algo oculto, algo oscuro en él que no se traslucía a primera vista. Pero después del último encuentro con don Martín, la parte sombría de su marido se había manifestado descarnadamente. En la comida se sintió primero incómoda, después ultrajada y al final decepcionada al ver que él no hacía nada por defenderla. Solo justificaba a aquel individuo.

Era un pajarillo encerrado en una jaula de oro. Si antes había querido a Julio, o había intentado quererle, ahora se decía que no podía. Le producía un rechazo difícil de explicar. Su vida monótona y aburrida había pasado a ser insoportable. Su única ilusión era el bebé que esperaba. Y que ya no quería que fuera de su marido.

Necesitaba huir, escapar de su realidad. Y de la misma forma en que no pudo evitar entregarse a Jaime, aun siendo pecado por estar casada con otro, ahora tampoco podía dejar de pensar en él. Pero ya no le importaba. Un pecado de pensamiento era leve en comparación con acostarse con él. Al menos, si dejaba de censurarse cuando pensaba en Jaime, podía volar con sus recuerdos fuera de la jaula.

De pronto comprendía lo feliz que había sido con él, a pesar de los peligros, y se decía que, cuando lo vivió, ni supo apreciarlo ni entenderlo. Una felicidad comparable solo, aunque muy distinta, a la experimentada en su infancia, con el amor de sus padres, de su tío y del buen párroco. Recordaba con placer la aventura que vivieron al huir del Lobo burlándole. Y también el fascinante viaje hasta Cuba, conociendo lugares, ciudades y gentes nuevas. Su padre decía que el menorquín tenía un temperamento aventurero, y eso es lo que sentía ella en ese momento. Sería un privilegio revivir aquellos días aunque les acechara el peligro. Y eso solo podría hacerlo con Jaime, nunca con Julio. Recordaba bien cómo, sin conocerla siquiera, salió en su defensa cuando se propasaban con ella en la fonda de su suegra. O cómo la protegió durante todo el viaje a cambio de nada. Hasta que ella decidió dárselo. Jaime sí que la quería. ¿Qué la llevó a rechazarlo de ese modo? Solo había una respuesta: debía cumplir con su obligación, hacer lo que Dios y la Iglesia le exigían. Pero se sentía tan mal...

Trataba de alejar aquellos pensamientos observando en los paseos de la tarde los vestidos de las damas, para dibujar nuevos modelos y crear patrones. Solo le quedaba soñar con el imposible de su taller.

—Empezaré a trabajar de nuevo —le dijo Mercedes días después.

—¿Trabajar? Si ya haces la casa y me ayudas con los patrones y cosiendo...

—Me refiero en algo que dé algún dinero.

—Le diré a Julio que te pague más.

—¿Julio? Si es él quien quiere que vuelva al trabajo. Y que sepas que no me ha pagado este tiempo que he hecho de criada, bastante era con que me alojara con mi hijo.

Almudena estaba asombrada.

—Él supone que es su hijo...

Mercedes se encogió de hombros.

—Pues aun así...

—¿Y de qué trabajarás?

—Algunas de mis amigas siguen en la fábrica de picadura de tabaco y rape donde yo trabajaba antes, y me han conseguido un turno de cinco a diez.

—¿Tan tarde? Pero si aún estás amamantando a Julito.

—Tendrá que apañarse con el biberón. No puedo escoger. Quiero volver a ganar mi dinero. No quiero ser una mantenida de Julio.

Ella se sentía igual y envidiaba a su amiga.

—¿Y no habría lugar para mí?

—Olvídate. Julio jamás te lo permitiría, y menos estando embarazada.

—Qué rabia no haber podido empezar con el taller. Lo habríamos llevado entre las dos.

—A mí también me hubiera gustado, Almudena. Pero de momento no puede ser.

—¿Qué haré sin ti?

—Durante un tiempo estaré aquí por la mañana.

—¿No pensarás mudarte?

—Si por mí fuera... Pero alguien tiene que cuidar a Julito, que tiene solo ocho meses, y Matilda se ha ofrecido. Además, no quiero dejaros solos a tu padre y a ti.

—¿A mi padre? —Almudena sonrió.

—Ya te he dicho que somos amigos. Muy amigos. Me impresionó la forma en que se enfrentó al comisario y a Julio, pese a los problemas que eso le pueda acarrear.

—¿Problemas?

—No son buena gente. —Bajó la voz—. Tienen malas entrañas. Y me preocupa tu padre, habla con él. Les ha cogido mucho odio a esos dos y no es alguien que disimule ni se calle.

Una nueva preocupación vino a ensombrecer la vida de Almudena.

—Trataré de calmarle —murmuró.

77

—¡Jaime! ¿Cómo estás?

El menorquín vio avanzar a Lorenzo con una sonrisa en los labios y la mano tendida.

—¡Hombre! Me alegro de verte —le saludó tutéandolo por primera vez y le estrechó la mano con fuerza.

Esa tarde se encontraba en el puerto comentando con Manuel la seguridad del cargamento de armas que iban a transportar a Charleston. Jaime les presentó y, tras un intercambio de palabras, Manuel se disculpó y los dejó para que charlaran a solas.

—¿Te apetece un vino? —le ofreció Jaime intuyendo que Lorenzo quería hablar.

—¡Mucho!

Y se dirigieron a la taberna del puerto, que estaba junto a la pensión de Jaime.

—¿Qué tal tus viajes? —inquirió Lorenzo, ya sentados a una mesa y frente a una jarra de vino—. Hace mucho que no hablamos.

—No será porque yo no lo desee —murmuró Jaime.

Y pasó a ponerle al día sobre sus actividades, obviando el tráfico de armas.

—¿Y qué tal la imprenta?

—Estoy de cajista. Como bien sabes, yo tenía una imprenta propia y era de calidad. Podría hacer trabajos más cualificados, pero es todo lo que he conseguido por ahora; este es un gremio muy cerrado aquí en La Habana y mis compañeros me ven como alguien impuesto desde arriba que les quita oportunidades.

—Vamos, que no es tan fácil.

—El trabajo sí; las relaciones no.

—Pues ven a verme más a menudo. Yo no puedo ir a tu casa porque allí soy un proscrito.

Lorenzo afirmó con la cabeza comprensivo. Esperaba que el menorquín continuase, pero no lo hizo y, ante su silencio compungido, prosiguió él.

—¿Y qué tal tu vida? ¿Has encontrado ya alguna mujer?

—Ninguna que dure más de una noche. ¿Y tú?

—He sido más afortunado.

—¿Y eso?

—Me he enamorado.

—¡Cuéntame! —Jaime sonreía ilusionado.

—Es una mujer joven, una mulata muy atractiva. Justo estamos empezando.

—¿Y cómo la has encontrado?

Lorenzo rio.

—Vivimos en la misma casa.

—¡Ah! —murmuró Jaime. Adivinaba quién era—. ¿Y qué dice tu hija?

—Aún no sabe hasta dónde hemos llegado, pero lo sospecha.

—No sabes cuánto me alegro. Te felicito.

Se incorporó por encima de la mesa y, con ambas manos, estrechó con fuerza las suyas. Y lo miró con una sonrisa que se fue diluyendo hasta que preguntó:

—¿Qué tal está Almudena? —Había ansia en la petición.

—Embarazada.

La noticia le cayó a Jaime como un mazazo, sus pupilas se dilataron por la sorpresa y se quedó mirando a Lorenzo mientras la asimilaba.

—¿De mucho?

—No demasiado —repuso el impresor, cauteloso.

—Bueno, de todas formas se ha dado prisa.

—Sí, pero su marido no es lo que esperábamos.

—¿En qué sentido?

—Es un hombre de negocios, más interesado en su trabajo que en la familia.

—Vaya, no puedo decir que personalmente lo sienta. Pero lo lamento por ella. Bien sabes que la sigo queriendo. Me encantaría verla, pero no lo intento por su radical y despiadado rechazo. —Hizo una pausa para masticar su dolor—. La amo y deseo su felicidad, aunque sea con otro.

Lorenzo le escuchaba atento, y guardó silencio cuando su amigo terminó de hablar.

—Dile que aún la quiero —prosiguió Jaime al rato—. Que deje a ese tipo si no la hace feliz, que se venga conmigo. No podré darle los lujos que le da ese, pero me desviviré por ella. Que no me importa ni que esté casada ni preñada de otro. —Había emoción en su voz y tenía los ojos húmedos—. Dile que seré un buen padre para su hijo y un buen marido para ella.

El impresor asentía levemente con la cabeza. Le enternecía la entrega del joven.

—Te seré muy franco, Jaime. Me encantaría que ella aceptara tu oferta, te aprecio y lo sabes. Pero también sabes cómo es mi hija. Está casada con ese y le importa más la religión que su felicidad. Lo lamento.

Ahora era Jaime quien afirmaba apesadumbrado con la cabeza.

—Además, hay algo oscuro detrás de ese hombre, de su

marido —prosiguió el impresor—. Y de sus amistades. Algo que pienso desvelar.

—Yo también te aprecio, Lorenzo. Por ti mismo y por ella. Si en algo te puedo ayudar, dímelo.

Siguieron hablando un rato más sobre la vida en Cuba y cuando se despidieron lo hicieron con un abrazo.

Jaime se quedó pensativo. Las palabras de Lorenzo iban más allá de lo que decían. Eran un aviso. Una llama de esperanza iluminaba su corazón. Estaría atento.

78

Jaime y Manuel calcularon el valor de las mercancías con las que los rebeldes pagarían las armas y lo que obtendrían de su venta en La Habana. Una vez descontada la parte de don Juan de Miralles, su armador y patrocinador, resultaba un negocio muy lucrativo.

—Este asunto tiene sus riesgos —advirtió Jaime, sabiendo que Manuel los conocía bien.

—El beneficio los compensa con creces —dijo este—. Por ese dinero te consigo una tripulación dispuesta a luchar.

El menorquín rio. Lo sabía.

La eficiencia de su amigo conllevaba un problema para Jaime: tenía demasiado tiempo libre. Lo ocupaba por la mañana con el ejercicio de las armas y por la tarde con las tertulias y el juego. La tertulia de don Francisco empezaba a las cinco y terminaba a las ocho. Madame Filipa tenía la suya de seis y media a diez, y la del llamado Salón abría a las ocho y seguía hasta la madrugada. Jaime decidió acudir a las tres.

Pero su pensamiento volvía una y otra vez a Almudena. No quería correr como un perrito faldero detrás de ella, aún tenía dignidad. Pero su rechazo le partía el corazón. Hacía más de un mes que, gracias a sus viajes, no había ido a espiarla. Él mismo se despreciaba por ese impulso, a veces incontenible, sabiendo que ella no deseaba verle. Seguía pensando que su amor tenía un único obstáculo: su marido. Y para evitar que ese pensamiento le generara un odio asesino se decía que aquel hombre no era en realidad el culpable, sino la beatería de ella, que la encadenaba a aquella relación. Porque estaba convencido de que le quería más que al tal Julio. A él le daba igual que estuviera casada o no, lo único que deseaba era poder estar con ella. La conversación con Lorenzo le había abierto una rendija de esperanza, pero tenía que reflexionar antes de llevar a cabo ninguna acción. No quería sufrir un nuevo rechazo.

Don Francisco de Omaña le acogió con muestras de alegría. Era un afable anfitrión que le tenía una especial consideración a Jaime, dada su relación con Miralles. Debido a su acento al hablar y a su trayectoria, le consideraba un personaje que aportaba exotismo a la tertulia.

—Tenéis que venir siempre que vuestros viajes os lo permitan —le decía—. Esta es la tertulia de La Habana donde más damas solteras acuden. Y vos sois un hombre sin compromiso, ¿verdad?

—Cierto, y os agradezco vuestro interés, don Francisco. —Y le sonrió al preguntarle—: ¿A qué se debe vuestra fortuna con el género femenino?

El hombre le devolvió la sonrisa haciendo un gesto magnánimo y amanerado con ambas manos, y luego se acercó más a Jaime y le hizo una confidencia a media voz:

—No todo el mérito es mío, sino de ese caballero, César. Las atrae como la miel a las moscas.

—Lo conozco.

—¿Sois amigos?

—Solo nos tratamos. Tiene otro tipo de tertulias, más nocturnas que la suya, don Francisco.

—Lo sé, lo sé. Entre vos y yo, no estoy seguro de que sea

un caballero. Ni tampoco aporta a la conversación, pero lo cuido como a una joya. Gracias a él tengo muchas caras bonitas en mi casa. Y ellas, a su vez, atraen a los señores.

Jaime rio. El personaje era un simpático indiscreto.

—¿Sabéis? Creo que tiene algo con una dama muy importante —prosiguió su anfitrión.

—¿Quién?

—¡Ah! Se dice el pecado, no el pecador. Pero estad atento.

Al rato apareció César, luciendo sonrisa y con su habitual elegancia. Y se acercó amistoso a estrecharle la mano.

—¿Estáis ya de vuelta, señor Ferrer? —le dijo—. ¿Cómo os ha ido?

—A pedir de boca —repuso sin devolverle la sonrisa.

Quería mantener la distancia, no podía quitarse de la cabeza aquella frase indigna que provocó la risa de sus compinches: «Los cuernos son como los dientes: duelen cuando salen, pero después te ayudan a comer». ¿Qué clase de hombre podía decir aquello? Era un miserable. Él defendería a su mujer, si la tuviera, hasta las últimas consecuencias. Sin embargo, por muy despreciable que fuera, las andanzas de aquel tipo le permitían ocupar su mente y no volverse loco pensando en Almudena.

—Pues tenéis que venir esta noche a la tertulia de madame Filipa. Os echamos en falta —dijo antes de irse a saludar a otra gente.

Jaime se repitió irónico lo mucho que le apreciaban a uno cuando gastaba su dinero alegremente o lo perdía en el juego. Pero él, gracias a sus viajes, empezaba a tenerlo y sabía que esa clase de amigos no le iban a faltar. Triste pero cierto.

La conversación en la tertulia de don Francisco se centró en la reciente inauguración del Teatro Coliseo y hubo elogios para el gobernador, el marqués de la Torre, y su brillante gobierno, que llevaban a La Habana a convertirse en una ciudad al nivel de las mejores de Europa y muy por encima de cualquiera de América. Especialmente apreciado por la concurrencia era el alumbrado público, que hacía las calles más seguras y permitía la vida nocturna.

La atención de Jaime, en cambio, la acaparó el reto que su anfitrión le había propuesto: descubrir a la gran dama que se relacionaba con César. A las señoras y a las señoritas les gustaba jugar con los abanicos incluso en invierno. Él no era experto en su lenguaje, pero le resultaba evidente que en la sala había dos conversaciones en paralelo. Alguna dama intervenía en la charla al tiempo que no dejaba descansar su abanico, y a él le admiraba aquella sorprendente habilidad; alguna otra reforzaba sus palabras con aquel elegante artilugio, pero sospechaba que otras decían con él lo contrario que con los labios.

Se fijó en una dama de unos cuarenta años que conservaba figura y atractivo y que le lanzaba a César miradas más intensas que otras señoras. Vio que cuando se cruzaba con la del petimetre, su abanico se movía más rápido.

—Decidme, don Francisco, quién es esa dama del abanico floreado color sangre.

El anfitrión rio.

—No es color sangre; es color pasión, amigo. Sois observador.

—¿Quién es? La encuentro muy seductora.

—No tenéis posibilidades frente a vuestro rival. Ya sabéis a quién me refiero.

—Solo decidme quién es ella.

—Doña Magdalena de Usía. Posee un importante patrimonio y se niega a vivir en la plantación con su marido.

El éxito de César Cara de Ángel no dejaba de asombrarle. Y se preguntaba qué obtenía con los amores de aquella dama, porque algún beneficio tendría. A Jaime le resultaba obvio que era un jugador y un proxeneta profesional, y que hasta el momento solo había conocido su cara amable. Pero estaba seguro de que tenía otra muy distinta. Conocía ya a algunos de sus compinches del tugurio al que llamaban Salón y su aspecto siniestro. El suyo era un oficio de desalmados.

Aquella tarde César se ausentó de la tertulia de madame Filipa, que recibió a Jaime tan cordialmente como acostumbraba y le invitó de nuevo a tomar un ponche. Como entre la concurrencia había un buen número de marinos, la anfitriona propuso como tema las tormentas y los grandes vientos. Y los lobos de mar allí presentes empezaron a contar sobre huracanes, tifones y olas gigantes. Las señoritas lanzaban exclamaciones de horror. Jaime observaba a unos y a otras. Todas las mujeres del lugar vestían bien, pero de pronto apareció una mulata clara particularmente hermosa y elegante. Y al verla, el menorquín se sobresaltó. La conocía.

Se acercó a ella y la saludó.

—Señorita… —dijo inclinando la cabeza.

Ella le sonrió.

—Vaya, si es el marinerito…

Era la mujer que le apartó de Almudena en la alameda de Extramuros. Solo que ahora parecía una señora.

—¿Qué hacéis vos aquí? —inquirió él, asombrado.

—No. La pregunta es qué hacéis vos. No os aconsejo que os quedéis.

—No os había visto antes en esta casa —prosiguió él sin hacer caso de la advertencia.

—He estado bastantes meses fuera.

—¿Bastantes meses? Si nos vimos a finales de febrero.

Guardaba muy bien en su memoria la última vez que quiso hablar con Almudena y la triste condena que le impuso. La muchacha sonrió, era bonita de verdad.

—Quería decir fuera de este lugar —aclaró—. Es lo que tiene quedarse embarazada y tener un niño. Y ahora he vuelto.

—¿Cómo está Almudena?

—No sé a quién os referís.

La miró sorprendido. Ella mantenía su sonrisa.

—¿Podemos ir a un reservado? —Deseaba hablar en privado con ella—. No importa el precio.

—Ni por todo el oro del mundo me iría con vos. Seguid mi consejo y marchaos de aquí.

—¿Y con otro os iríais al reservado?

—Sí.

—¿Tiene que ver con Almudena?

—¡Dejadme en paz! ¿Es que no entendéis lo que os digo? No queréis que llame a uno de esos matones, ¿verdad? Pues dejad que siga tranquila con mi negocio.

Jaime se quedó perplejo observando las evoluciones de la muchacha, que se acercó a los que contaban sus aventuras en la tertulia para sonreír y soltar un par de exclamaciones ahogadas. Al poco vio que ella y uno de los caballeros, tras mantener una discreta conversación, se dirigían al pasillo, no sin que antes ella le lanzara una mirada de desafío. Al menorquín le acosaban un sinfín de preguntas: ¿qué relación podía tener una prostituta con Almudena? ¿Por qué la mulata, contra su negocio, le rechazaba a él por un tipo mayor y, sin duda, de peor aspecto? Y de pronto recordó algo que le hirió como un balazo. ¿No era aquella mujer de quien se había enamorado Lorenzo? Rezó por equivocarse. Si lo era, seguro que su amigo ignoraba aquello. ¡Le había hablado de ella tan ilusionado! No quería imaginar su dolor si se enteraba.

79

Jaime debía embarcar para Charleston y no tenía tiempo de investigar aquel misterio. Almudena era muy religiosa y no se la imaginaba siendo amiga de una prostituta, por mucha clase y por muy elegante que fuera.

Al día siguiente, la Curiosa levó anclas con la marea y pasó por delante de la enorme fortaleza de La Cabaña y después por las del Morro y la Punta. Jaime era consciente de que en aquella aventura se jugaban la vida o como poco la libertad. Y se maldecía por tener su mente ocupada con lo que unía a la hermosa mulata y a Almudena en lugar de con la estrategia que seguir al llegar a Charleston.

Ya en mar abierto navegaron cautelosos, sin prisa, escrutando continuamente el horizonte y manteniendo las distancias con cualquier vela que divisaban. Llevaban seis días de viaje cuando llegaron a la entrada de la bahía de Charleston. Pero no se adentraron en ella. Sabían que la corbeta HMS Tamar, del capitán Howe, merodeaba por la zona o estaría atracada en el interior. Iban cargados de armas y querían evitar aquel encuentro.

La costa cercana a Charleston era muy recortada, con un buen número de islas separadas entre ellas y el continente por pantanos y ríos de marea. Jaime se dijo que lo que vio en la bahía de Cádiz era parecido, pero a escala reducida.

Según lo acordado con Rutledge, la Curiosa se dirigió a la entrada del río Stono, cercano a la bahía de Charleston, y sondearon el fondo. Los ríos de marea en el Atlántico eran peligrosos por su fluctuación, la fuerza que tomaba la corriente y la formación de bancos de arena.

—Es muy ancho, podemos penetrar pero con cuidado —dijo Manuel una vez lo inspeccionaron—. Cuando estemos dentro, la isla de la entrada impedirá que nos vean desde el mar.

—En realidad es prácticamente un canal y estamos entre dos grandes islas. John Rutledge dijo que el Stono es navegable hasta más arriba de la altura de Charleston —le informó Jaime—. Descargaremos en la James Island, que está entre el río y la bahía y tiene una plantación de arroz. Allí almacenarán las armas para su distribución.

Poco antes del mediodía abandonaron el estuario del río sin dejar de vigilar el horizonte, y distinguieron un barco de pesca faenando en aquella zona.

—Tiene que ser ese —dijo Jaime.

Le hicieron señales con unas banderolas y los pescadores respondieron positivamente. Era su contacto. La Curiosa bajó la chalupa y Jaime subió al barco de pesca. Iría como uno más de los pescadores a Charleston, donde se reuniría con Rutledge, mientras la Curiosa regresaba al mando de Manuel al río Stono para ocultarse.

—El Stono nos trae malos recuerdos —le dijo John Rutledge—. Pero es la mejor alternativa para desembarcar las armas.

Se encontraban en su mansión, a la que Jaime había llegado felizmente.

—¿Malos recuerdos?

—Una rebelión de esclavos, hace unos treinta y cinco años. Quemaron seis plantaciones, y mataron a unos treinta blancos por el camino y a otros veinte en la batalla en la que nuestra milicia los derrotó. Desde entonces no traemos más negros del Congo y Angola. Son católicos y más peligrosos que el resto.

Jaime no quiso comentar sobre el asunto, no era de su agrado.

—¿Qué novedades hay sobre los Hijos de la Libertad?

—La acción está en el norte y el invierno lo paralizó todo, pero con la primavera se han producido las primeras batallas en Lexington y Concord, y tomamos Fort Ticonderoga, casi en la frontera con Canadá. La suerte está echada y no hay marcha atrás. Como podéis ver, nuestro compromiso de librarnos de los británicos es firme. Por si lo dudabais.

—Y como también podéis ver, el rey de España está de vuestro lado.

Rutledge sonrió.

—Al menos comercia con nosotros. Espero que el viaje y el riesgo os salga rentable.

—Yo también —dijo Jaime devolviéndole la sonrisa.

El americano no terminaba de entender la petición de Jaime de pasar una noche en Charleston.

—Quiero conocer los movimientos del HMS Tamar.

—Igual no toca puerto estos días.

—Pues conoceré un poco más de Charleston.

Pero la corbeta atracó aquella misma tarde y el menorquín estuvo estudiando la rutina de la nave y del capitán Wolf. El inglés fue a visitar al gobernador británico y después de tomar unas cervezas con otros oficiales se retiró a su hospedaje. Estaba soltero y en la ciudad se alojaba en un hostal. Espiarle, teniéndole ignorante de su presencia, y tramar la mejor forma de hacerle pagar sus traiciones le producía a Jaime un doloroso placer. Regresaría a Charleston y haría justicia.

Siguiendo las órdenes de Rutledge, un grupo de patriotas transportaron a Jaime en un bote a través del Wapoo

Creek, otro canal de marea, de la bahía de Charleston al río Stono y descendieron, atravesando zonas pantanosas, hasta encontrar a la Curiosa. Desde allí, con la ayuda de un práctico, la goleta remontó el Stono hasta un embarcadero de la James Island, donde se realizó la descarga de las armas y la carga de las mercancías acordadas.

Manuel observaba atento cómo la bodega se iba llenando y afirmaba con la cabeza mientras calculaba el valor de las mercancías. Sonrió a Jaime y le dijo:

—Habrá que hacer más viajes, ¿verdad?

—Por descontado —repuso el menorquín.

Manuel era buen conversador y, en las largas horas de navegación tranquila, Jaime y él charlaban. Tomando un vino a su regreso, antes de la cena el cubano quiso saber qué era lo que Jaime había visto y oído de los rebeldes y los motivos que les llevaban a romper con la metrópoli. Y cuando el menorquín se los refirió, le dijo:

—Pues sus quejas se parecen en mucho a las que tenemos los criollos.

—¿Y eso, Manuel? —inquirió sorprendido.

—Pues sí. Ellos dicen que últimamente Londres nombra a todos los cargos civiles o militares de sus colonias, que son británicos y en su mayoría ingleses. Cuando antes eran los colonos quienes los elegían entre los suyos.

—¿Y qué tiene eso que ver con nosotros? Que yo sepa, los cargos importantes de Nueva España nunca han sido elegidos por los criollos, siempre los ha nombrado el rey.

—Eso es cierto, pero en el pasado nombraba también a americanos. Sin embargo, incluso antes de que empezaran las revueltas en las colonias británicas, eso ha cambiado y el rey solo nos manda gachupines para que nos gobiernen. Ningún criollo. Parece que ya no se fía de nosotros.

—Bueno…, no será por eso. —Jaime no sabía qué responderle.

—Y no les gusta que la mayoría de los que envían a las colonias para que gobiernen sean ingleses porque se sienten superiores a los colonos, hablan con acento afectado y les miran por encima del hombro, ¿verdad?

—Cierto.

—Pues a nosotros nos pasa algo parecido. De los mandamases que nos envía Su Majestad, la mayoría son de esos que pululan por la corte de Madrid. Y los más, madrileños o castellanos.

—¿Y qué tiene eso de malo?

—Que los que vienen de la corte son nobles o lo aparentan, hablan con ese acento áspero de zetas duras y sus formas nos parecen muchas veces ofensivas. En cambio, los hablares canarios, andaluces o incluso los del norte, gallegos y vascos, son mucho más dulces, suenan más como el nuestro y nos agradan. Y si me apuras, hasta el acento levantino como el que habla don Juan de Miralles es más dulce.

—Pero eso es irrelevante, es un asunto de orgullo local.

—Te equivocas. Las buenas maneras y el cariño son muy importantes. No se puede ofender al gobernado. Las formas que se usan allí, que se dan por aceptadas, aquí molestan. Vienen y se ponen a mandar sabiendo poco de América y nada de nosotros. Pero esa es solo una parte del asunto y no lo principal.

—¿Y qué es lo principal?

—Aquí, los del norte están obligados a comprar a Inglaterra, ¿verdad? Y eso les sale mucho más caro, ¿cierto?

Jaime afirmó con la cabeza. Manuel era un hombre viajado y con una claridad de ideas poco frecuente. Intuía por dónde iba.

—Pues a nosotros nos ocurre lo mismo —continuó—. Pero con un agravante.

—¿Cuál?

—En el Reino Unido se fabrica mucho mientras que en la Península casi nada.

—¿Y?

—Que hay miles de comerciantes que se enriquecen comprando al extranjero, cargando un margen alto y embarcándolo para venderlo aquí. Y encima de esos precios hinchados, el rey cobra sus impuestos. Antes todo pasaba por los especuladores de Cádiz; ahora, desde que otros puertos de la Península pueden comerciar, los precios de los fabricados industriales han bajado algo, pero aún son más del doble que el mismo género comprado de contrabando.

El menorquín se quedaba sin argumentos.

—Pero el rey os protege con sus ejércitos y la mayoría son peninsulares.

—¿Nos protege? ¿La misma protección que Jorge III da a las colonias del norte? Pues ya ves el resultado…

Jaime apuró el vino de su vaso y lo volvió a llenar. Y se preguntó si los reyes de Francia y España hacían bien apoyando a los rebeldes de Norteamérica. Su revolución promulgaba algo radicalmente opuesto al absolutismo borbónico. Y cambió de conversación. Al fin y al cabo, aunque de una isla y con un acento particular, él también era un gachupín. Y estaba obligado a defender al rey de España.

80

—Hazme caso, Lorenzo, olvida lo ocurrido, de eso hace ya tiempo —le decía Mercedes—. Tu nieto está a punto de nacer, disfruta de algo tan bonito.

—¿Cómo me voy a olvidar de aquella comida? —respondía él, alterado—. La prepotencia, el descaro de ese individuo, representa un insulto. Es inaceptable.

Estaban desayunando los dos solos en la cocina porque Almudena se encontraba indispuesta por su embarazo y no había salido de su dormitorio, donde Julio, que había llegado tarde esa noche, seguía durmiendo. Y Matilda había ido a llevar un cesto de ropa al lavadero público.

—Déjalo, es una mala persona y tiene poder. —Mercedes tendió la mano por encima de la mesa para tomar la de él—. Te lo pido por favor. Te puede hacer mucho daño. Ya te enfrentaste a él y lo pusiste en su sitio. Déjalo como está.

—No, no lo puse en su sitio. Tendría que haberle partido la cara.

—Bastante hiciste. Y gracias a Dios que supiste parar a tiempo.

—¿Y Julio? —prosiguió Lorenzo sin escuchar a la mulata—. Se me ha caído a los pies. ¿Cómo puede consentir eso? ¿Cómo puede un hombre, un hombre como es debido, permitir que le hablen así a su mujer?

Mercedes suspiró y se quedó mirándolo unos instantes.

—Mira, Lorenzo, ese Martín te ha dado trabajo y Julio te pone casa. Vives bien, olvídate y sigue con tu vida.

—¡A la mierda el trabajo y la casa! ¡Yo no vendo a mi hija!

La mulata puso su otra mano sobre la de él y la acarició.

—Cálmate, por favor. No ganas nada haciéndote mala sangre.

—Lo que hay entre esos dos es algo sucio —prosiguió Lorenzo después de unos momentos de silencio—. Nunca he sabido exactamente cuál es el negocio de Julio y me da que depende del comisario. Y pienso averiguarlo.

—¡Ni se te ocurra! Te he dicho que dejes las cosas como están. Son mala gente. Mantente lo más lejos posible, hazme caso.

Lorenzo tiró de la mano de la joven para besársela.

—¡Oh, Mercedes, Mercedes! Gracias por tu preocupación, por tratar de calmarme. No sabes el consuelo que me das y lo bien que me siento a tu lado. Ya sé que te doblo la edad, pero quizá... podamos ir un poco más allá.

La muchacha lo miró con sus grandes ojos muy abiertos y tardó en contestar.

—Lorenzo, yo también estoy muy bien contigo..., pero creo que estos días hemos ido demasiado lejos tú y yo. No deberíamos habernos acostado.

—¿Y por qué no? Yo te quiero.

—Yo también a ti. Pero prefiero que me veas como una hija. No tengo padre y te querré como tal.

—No es eso lo que yo deseo...

—Mira, vuelvo a trabajar y creo que es mejor que lo dejemos así. Ya sé lo mucho que me aprecias, pero yo tampoco soy buena.

—No sé por qué dices que no eres buena. ¿Porque has

sido la amante de Julio? ¿Porque has tenido un hijo sin estar casada? No me importa.

—Pues a mí sí. Ya te he dicho que no soy buena y no es solo por eso.

En aquel momento se oyó un llanto desde un cuarto de la planta baja. Mercedes fue ahora la que tiró de la mano de Lorenzo para besársela.

—Tengo que atender a Julito —dijo levantándose.

El impresor se quedó pensativo con los brazos encima de la mesa. La negativa de la mulata le descorazonaba. Pero lo entendía. Era una mujer joven y muy atractiva. ¿Por qué iba a complicarse con un hombre que le doblaba la edad y con un sueldo escaso? Aunque el cariño que parecía tenerle le animaba. No le gustaba la idea de hacerle de padre, pero si eso le permitía mantener aquella tierna relación, lo haría.

De repente su pensamiento regresó al origen de la conversación.

—Tengo que averiguar qué se traen entre manos Julio y ese Martín —murmuró.

—Don Luis, quiero dejar a mi marido —susurró Almudena.

Se encontraba arrodillada en un confesionario de la iglesia del Santo Espíritu.

—El matrimonio es sagrado, hija —repuso el cura—. Y no hay vuelta atrás.

—No me quiere.

—No pienses eso. ¿Verdad que te da cobijo y comida? Pues te quiere.

—El otro día permitió que un hombre me hiciera proposiciones... Parecía que quería que me acostara con él.

—¡Por Dios, nuestro Señor, hija! No digas estas barbaridades. Son imaginaciones tuyas. No puedes separarte de él, y menos ahora que vas a tener un bebé.

—No es suyo.

—¿Qué?

—Que es de otro hombre.

—¿De ese en el que tanto pensabas?

—Sí. Él me quería de verdad. Y si aún me quisiera, me iría con él.

—¡Ni se te ocurra! Es pecado de adulterio y está castigado por la ley de Dios y por la de los hombres. Si tu marido te denuncia, estás perdida. Olvídate de todas esas tonterías. El niño es de tu marido y no pienses más en ese otro. Reza a la Virgen, reza mucho a la Virgen, que ella te ayudará a cumplir con tu obligación de esposa y madre. Como penitencia, reza cien avemarías de rodillas y enciende veinte cirios en el altar mayor.

Su embarazo hacía que su habitual seguridad se viera afectada, se sentía vulnerable. Y se dijo que lo prudente sería esperar a que naciera su hijo. Cumpliría la penitencia.

81

Los peligros del segundo viaje a Charleston hicieron que Jaime casi olvidara a Almudena por unos días. Pero ya en alta mar, de vuelta, el dolor de su amor frustrado regresaba y se hizo más intenso al divisar La Habana. Allí se encontraba su amada.

Lo primero que hizo al saltar a tierra fue visitar a don Juan de Miralles para darle cuenta del feliz viaje. El alicantino se mostró muy satisfecho al saber que las armas se habían entregado sin contratiempos.

—Le estáis haciendo un gran servicio a la Corona, Jaime —le dijo.

Pero también estaba complacido por el negocio y por la información. El marino le contó que la guerra había empezado ya en el norte y Miralles le sometió a un severo interrogatorio. Quería saber no solo lo ocurrido, sino también los más mínimos detalles de las conversaciones que había mantenido. Era evidente que preparaba un informe para el gobernador y el virrey.

—Espero que la rebelión se extienda —repuso Miralles con una sonrisa—. Tengo la carga preparada para el tercer viaje. El gobernador ordena que el buque zarpe tan pronto como se avitualle.

Apenas tocaban tierra y tenían que hacerse de nuevo a

la mar. Y Jaime se alegraba, porque deseaba con toda su alma ver a Almudena. Pero se decía que, si su relación con su marido se estaba deteriorando, tal como pareció insinuar Lorenzo, lo mejor sería esperar a que ella mostrara algún interés.

A mediados de julio, Jaime llegó a Charleston siguiendo la misma ruta. Después de evitar al HMS Tamar, que seguía vigilando la costa, y localizar al barco de pesca amigo, se mezcló con su tripulación para desembarcar como parte de ella y acudir de incógnito a la casa de Rutledge. Y entonces se ponía en marcha la maniobra para descargar las armas de la Curiosa, que, al mando de Manuel, se encontraba fondeada en las aguas ya conocidas del río Stono.

En esta ocasión su misión no se limitaba solo a la entrega de armas a cambio de mercancías, sino que don Juan de Miralles le había encargado un informe sobre los rebeldes de Carolina, de quienes la Corona española se había convertido en aliada secreta. El menorquín acogió el encargo con satisfacción, se consideraba una persona observadora y sentía gran curiosidad por conocer el tipo de gente que promovía la insurrección contra Jorge III de Inglaterra. Aquello requería unos días de estancia en Charleston, John Rutledge le acogió en su mansión y organizó un encuentro con algunos de los miembros más destacados entre los patriotas, como les gustaba llamarse. La reunión tuvo lugar una tarde, en una amplia estancia que disfrutaba de ventanales a dos calles. Era el salón de baile de la casa, en el que se apreciaban una gran lámpara, elegantes cortinajes y una única mesa en el centro decorada con un gran jarrón de ramajes y flores. Las sillas y los sillones, con alguna mesita, estaban situados junto a las paredes y las ventanas. Dos músicos al piano y al violín tocaban piezas de Georg Friedrich Händel, y tres esclavos, un hombre y dos mujeres, cuidadosamente ataviados, servían ponche, vino y limonada. Jaime acudió a la reunión con su peluca empolvada y su mejor indumentaria.

John Rutledge era el abogado más solicitado de Charleston y, como casi todos los líderes del movimiento antibritánico, había estudiado en Londres. Él le fue presentando a sus colegas:

—Chris, este es el señor Jaime Ferrer, embajador del rey de España. —Y dirigiéndose al menorquín añadió—: Jaime, os presento al señor Christopher Gadsden. Es propietario de dos plantaciones de arroz, varios buques y establecimientos comerciales. Además es fundador de los Hijos de la Libertad de Charleston y representante de Carolina del Sur en los Congresos Continentales.

—Es un placer conoceros, señor —le saludó el terrateniente estrechándole efusivamente la mano—. Estamos muy necesitados de armamento y no dudéis de que este será bien empleado contra los británicos y en beneficio del rey de España. El norte está ya en guerra. Es solo el inicio y pronto se luchará también en Carolina del Sur.

Gadsden era uno de los hombres de más edad del grupo, sobrepasaba los cincuenta, lucía una cuidada peluca blanca terminada en unos laterales que se elevaban en medio rizo, y su prominente barbilla y sus cejas apuntadas le daban un aspecto enérgico. Jaime supo después que no solo poseía plantaciones, buques y comercios, sino que también era el dueño del principal muelle de la ciudad. Había sido marino de profesión y oficial del ejército británico en las guerras india y francesa.

—El señor Rutledge me honra inmerecidamente dándome el título de embajador, que no poseo, aunque sí estoy al servicio de la Corona española —respondió Jaime—. Represento los intereses de España, por delegación de don

Juan de Miralles y de los gobernadores de Cuba y de Nueva Orleans.

—¡Ah, el gobernador Luis de Unzaga! —dijo Gadsden—. No tenemos el honor de conocerlo en persona, pero nuestros colegas George Washington y John y Samuel Adams nos han hablado muy positivamente de él. Apreciamos mucho todo lo que nos envía a través del Mississippi.

—Seáis o no embajador oficial, señor Ferrer, os agradecemos los riesgos que asumís por nuestra causa —dijo Rutledge.

Y era cierto, porque todos querían saludarle y agasajarle. Luego le presentaron a Henry Laurens, miembro del Congreso Provincial de Carolina del Sur. También había estudiado en Londres, poseía una plantación y era socio del mayor negocio negrero de Charleston, el mismo con el que Manuel cerró la compra de esclavos en el primer viaje de la Curiosa. Había superado los cincuenta, sufría gota, tenía la pierna vendada y se ayudaba de un bastón. Su presencia allí hizo consciente a Jaime de la importancia que le otorgaban y de la responsabilidad de ofrecer una buena imagen como representante extraoficial de España.

A continuación le presentaron a William Moultrie, coronel del segundo regimiento de Carolina del Sur, un poco más joven que los anteriores y propietario asimismo de una plantación; a Charles Cotesworth, abogado ilustre y dueño de otra plantación, y a Edward, hermano menor de John Rutledge y miembro del Congreso Continental. A todos ellos les siguieron el resto de los invitados, una cuarentena en total.

La conversación giró en torno a los últimos sucesos bélicos y al nombramiento, en el segundo Congreso Continental, de George Washington como comandante jefe de los ejércitos de las Trece Colonias.

—¿Y cuál es la situación actual en Carolina del Sur? —inquirió Jaime.

—Aparte de la fragata HMS Tamar, que trata de evitar

el contrabando, el nuevo gobernador británico tiene un destacamento de casacas rojas a sus órdenes —repuso Gadsden—. Y con ellos pretende mantener la autoridad de la Corona británica.

—Pero nuestro mayor obstáculo son los fieles al rey Jorge III, que se hacen llamar «leales» —intervino Moultrie—. Los oficiales del rey los mantienen bien armados y nos igualan en número. Estamos seguros de que entrarán en combate junto a los británicos tan pronto como nos declaremos independientes.

Y así prosiguió la conversación, en la que Jaime tomaba nota mental tanto de los asistentes como de sus actitudes y opiniones para preparar su informe. En un momento determinado le preguntaron si el rey Carlos de España entraría en guerra contra los británicos en apoyo a su causa. El menorquín desconocía las intenciones del monarca, pero respondió por instinto.

—Estoy seguro de que cuando se den las condiciones propicias lo hará. Pero exige pruebas de vuestro compromiso inquebrantable de expulsar a los británicos de América. Y eso solo lo demuestran los hechos.

Hubo gruñidos de aprobación. Los patriotas entendían muy bien aquello. Jaime se sentía satisfecho de cómo se manejaba, siendo, con solo veinte años, el más joven de la reunión. El siguiente en edad, de unos veinticinco años, y también capitán de una nave, era Downham Newton, un hombre alto que llevaba recogido su cabello rubio en una coleta. En la reunión solo intercambiaron algunas frases e intervino poco porque la voz cantante la llevaban los veteranos, sin embargo, Jaime se dijo que se llevarían bien y que obtendría de él una versión menos oficial y más real de la situación que la ofrecida por Gadsden, Laurens o Rutledge. Así que al terminar el encuentro le propuso ir a una de las tabernas del puerto para charlar. Y el marino aceptó encantado.

82

Al salir de la casa de John Rutledge, Downham Newton y Jaime se dirigieron a la zona portuaria, en el otro extremo de la ciudad. Charleston no era muy grande y sus calles, rectas como en toda ciudad colonial, separaban bloques rectangulares pero irregulares. A diferencia de La Habana, donde predominaban la piedra y el ladrillo, aquí las casas eran en su mayoría de madera y había alguna bonita. En poco menos de quince minutos se encontraban a orillas del río Cooper.

—Este muelle lo construyó Chris Gadsden, al que acabáis de conocer —dijo Newton señalando el embarcadero donde atracó la Curiosa en su primer viaje—. Es el más grande de América.

—¡No, hombre! —repuso Jaime con una sonrisa—. El de La Habana es bastante mayor. Como también lo es la ciudad con respecto a Charleston. Quizá tres o cuatro veces.

Downham Newton se mordió el labio inferior.

—Charleston es una de las cuatro mayores ciudades de América del Norte —murmuró.

—Además, vuestras murallas y baluartes son de juguete en comparación con los de La Habana —prosiguió Jaime inmisericorde.

—Pues no pudieron evitar que los británicos se apoderaran de ella —contraatacó Newton.

Jaime rio ante el pique de su nuevo amigo.

—Cierto. Pero ahora no podrían ni con el doble de tropas. La ciudad se ha reforzado con una fortaleza enorme y más castillos.

El menorquín echó una ojeada a las naves atracadas y distinguió al HMS Tamar, la de su enemigo el capitán Wolf. Y se lo hizo notar a Downham.

—Sí, pasa la noche en tierra cuando puede —repuso.

Y le condujo a una de las tabernas que Jaime ya conocía. A aquella hora el local estaba muy concurrido. Olía a humo de tabaco, cerveza y humedad, se oían risotadas, voces en alto y una brumilla empañaba las luces de las lámparas de aceite que colgaban del techo.

Al entrar, el corazón le dio un vuelco a Jaime al ver sentado a una mesa al mismísimo Wolf junto a dos de sus oficiales. Estaban frente a unas cervezas luciendo sus uniformes. El marino americano le saludó tocándose ligeramente el tricornio, al igual que hacía con otros que se encontraban de pie o sentados en el local. Wolf respondió con un pequeño movimiento de cabeza. Pero la mirada de sus inmisericordes ojos azules se clavó en Jaime, que se la mantuvo desafiante. El joven rememoró entonces su arrogancia, su desprecio hacia los menorquines y la muerte de su padre. Apretó los puños con rabia al tiempo que se preguntaba si le habría reconocido.

Downham Newton pidió a gritos una botella de aguardiente y lo condujo hasta una mesa desocupada al fondo del local. Una vez acomodados, sacó su cachimba y con una sonrisa le ofreció tabaco a Jaime, que extrajo del bolsillo de su casaca su pipa de caolín, y ambos se ocuparon de cargar las cazoletas para después encenderlas y, más relajados, añadir humo a la nube que flotaba en el ambiente.

—¿Conocéis al capitán Wolf? —inquirió entonces Jaime.

—¡Ja! ¿Cómo no voy a conocerlo? Menudo incordio. Lo tengo encima cada vez que entro y salgo de puerto, revisando la carga para asegurarse de que voy o vengo de un destino autorizado.

—Que son el Reino Unido y las Indias Occidentales.

—Eso es, la metrópoli y las colonias —confirmó el americano—. ¿Por qué ese interés en él?

—Detuvo y revisó nuestra goleta cuando vinimos de forma oficial a Charleston.

No tenía confianza aún para contarle que aquel hombre era el motivo de su presencia en América.

—¡Menudo buitre!

En aquel momento, uno de los taberneros dejó una botella y dos vasitos encima de la mesa con un enérgico golpetazo. Jaime, alerta desde que había visto a Wolf, se sobresaltó.

—¡Gracias! —dijo Newton, sin duda habituado a los modos del local.

Llenó los vasos y dedicó un brindis.

—Por España y la libertad de América.

Jaime no estaba seguro de que la segunda parte del brindis fuera del agrado de su rey, pero entrechocó su vaso y se tragó aquella agua de fuego. Era fuerte y quemaba la garganta. Y decidió sondear a su nuevo amigo.

—Os hacéis llamar los Hijos de la Libertad y todos tenéis esclavos.

—Bueno, algunos de los que habéis conocido hoy tienen más de trescientos —informó el marino con una sonrisa—. Y solo a los más radicales entre los patriotas se nos conoce como los Hijos de la Libertad.

—¿Y qué coherencia tiene poseer esclavos y luchar por la libertad?

—Es que ellos son negros. O todo lo más, por accidente de sus madres, mulatos.

—Pues no veo qué tiene que ver su color —insistió Jaime—. Son personas.

—Bueno…, a medio camino…

—No estoy de acuerdo. En España creemos que poseen alma como nosotros, los cristianizamos y los bautizamos.

—Pero siguen como esclavos, ¿verdad? —Y cortó—. En todo caso, luchamos por nuestra libertad, no por la suya. La riqueza de Charleston son las plantaciones y los necesitamos como mano de obra.

—Veo que muchos de los patriotas han estudiado en Londres —dijo Jaime para dejar atrás aquel tema espinoso—. Me han parecido más británicos que los propios ingleses.

Downham Newton rio.

—Precisamente por eso. En Inglaterra, los ciudadanos pusieron coto al rey gracias al Parlamento, que limita sus poderes. Allí se discuten los asuntos de Estado, se vota y se decide. Y nosotros queremos hacer lo mismo.

—Y no podéis…

—Nos han negado el derecho a tener representantes en el Parlamento de Londres. Y pretenden cargarnos con unos impuestos que solo ellos han aprobado y que, por lo tanto, rechazamos. Además, ahora ya no queremos estar representados allí, sino tener nuestro propio Parlamento y decidir nuestro futuro sin su interferencia.

—Bueno, por lo que he visto, algunos de los patriotas tienen más poder, al menos en lo económico, que muchos lores ingleses.

—¡Exacto! Algunos incluso tienen escudos de armas como si fueran nobles.

—O sea que se trata de la aristocracia continental frente a la británica.

—No os engañéis, amigo. El pueblo también nos apoya.

—Pero no los pequeños agricultores del interior.

—Los Hijos de la Libertad somos cada vez más. —Frunció el cejo—. Y esos terminarán estando con nosotros… o sometidos.

Y así siguieron charlando hasta que, casi terminada la botella de aguardiente, pasaron a tutearse.

—¿Sabes cómo te llamamos? —dijo el americano.

—¿Cómo?

—James the Spaniard.

—Muy de acuerdo con lo de «Spaniard». Me siento honrado porque lo soy, pero mi nombre es Jaime.

Newton volvió a reír.

—No te vas a librar del James. Ya eres de los nuestros, un hijo de la libertad, por lo tanto, eres James y no Jaime, que es difícil de pronunciar.

Fue entonces cuando uno de los oficiales que acompañaban a Wolf se acercó a la mesa y le dijo a Downham:

—El capitán Wolf quiere que vayas a verle.

El americano le mantuvo la mirada antes de responder:

—Que venga él a verme a mí. Ni él está en su barco ni yo en el mío. Aquí no tiene cañones y por lo tanto no estoy obligado a obedecerle.

—Quiere saber quién es ese que te acompaña.

Jaime se sobresaltó. Creía que pasaba desapercibido, pero al parecer no. Se preguntaba si Wolf le había reconocido; de ser así, las consecuencias no serían buenas y tendría que extremar las precauciones.

—Dile que no le importa —le contestó Downham.

El británico frunció el cejo, apretó los labios y se dio media vuelta.

Jaime se dijo que, si antes le gustaba su nuevo amigo, ahora mucho más.

—No parece asustarte el espadón ese —le dijo.

—En este lugar tengo más amigos que él —sentenció.

83

—Aquí tienes los setenta y dos reales de plata de esta semana en monedas de un peso —le dijo a Lorenzo el propietario de la imprenta aquel sábado a la hora de cerrar.

Había pagado antes al resto de los operarios, que ya habían abandonado el taller, y le había pedido a él que esperara. Y entonces apiló en el mostrador, contándolas, nueve monedas de un peso de plata.

—Y no vuelvas el lunes.

—¿Qué? —se sorprendió Lorenzo.

—Que ya no trabajas aquí.

—¿Me estáis despidiendo?

—Sí.

Lorenzo se quedó mirando al patrón sin dar crédito a lo que estaba ocurriendo. Pensaba que su trabajo era de gran calidad.

—Pero ¿por qué? —quiso saber cuando pudo reaccionar—. ¿He hecho algo mal?

—No, Lorenzo. Ya te dije que estoy contento con tu trabajo. Aquí no has hecho nada mal.

—¿Entonces?

—Piénsalo. ¿Hiciste algo mal en algún otro lugar?

—No.

—Mira, Lorenzo, los de la Península tenéis un hablar

duro, sois a veces bruscos y decís las cosas de una forma que ofende o molesta. ¿Crees que alguien importante puede haberse ofendido?

—¡El comisario!

—Tendría que haberte despedido hace casi un mes, pero me he resistido porque teníamos mucho trabajo y tú lo haces bien, pero ya no puedo demorarlo más. Lo siento, esto es todo lo que te puedo decir. Te deseo suerte.

Lorenzo salió a la calle y miró a un lado y a otro, como desorientado. Le habían advertido, pero nunca se imaginó algo semejante. Aquel individuo le perjudicaba solo por defender a su hija. No podía creer que alguien fuera tan miserable. ¿Esperaba con ello que cediera? ¿Que mirara hacia otro lado como hacía el desgraciado de Julio cuando ese tipejo se insinuaba a su mujer?

En ese momento a Lorenzo le habría gustado hablar con Mercedes, pero estaba trabajando. Y Jaime se encontraba embarcado. Así que se fue a casa a contárselo a Almudena.

—No me lo puedo creer —dijo ella indignada—. Julio tiene que hacer algo.

—Dudo que lo haga. Esos dos se traen algo oscuro.

Almudena opinaba lo mismo y se sentía atrapada en aquella casa. Suerte tenía de tener a su padre y a su amiga Mercedes.

El día siguiente era domingo y, antes de salir a misa de doce, Almudena le expresó su indignación a su marido y él dijo que hablaría con el comisario, que todo se arreglaría, pero que no convenía precipitarse. Al llegar al Espíritu Santo coincidieron en la puerta con don Martín. Él les saludó con una sonrisa altanera tocándose el tricornio como si nada hubiera ocurrido y entró en el templo.

—¿Le vas a decir algo? —le instó Almudena a Julio.

—Ahora no, querida —repuso él—. No es lugar ni momento.

—Pues se lo diré yo —murmuró Lorenzo.

—¡No! —Julio le sujetó del brazo—. Ni se te ocurra. Como montes un escándalo aquí, no tendrás futuro alguno en La Habana.

—Hazle caso, papá —insistió la hija.

Lorenzo aguantó la misa y a la salida cruzó una mirada airada con el comisario, pero decidió ser prudente, obedecer a su hija e ir al encuentro de Mercedes, que asistía a la eucaristía en otra iglesia junto con su hijo y Matilda. Las encontró al salir y las acompañó. Viendo que deseaba hablar, la mulata le pidió a Matilda que se adelantara con el niño.

—Tómatelo con calma, por favor —le suplicó—. No tienes nada que ganar con todo esto y sí mucho que perder, no empeores la situación.

Mercedes tenía un efecto relajante en él y decidió seguir su consejo. Pero solo de momento. Era domingo, el día del Señor.

84

Las visitas a Charleston se convirtieron en rutina para la Curiosa y, a finales de julio, Jaime se sentía afortunado de haber evitado un mal encuentro con el HMS Tamar. Habían avistado varias veces la corbeta, que reconocían a distancia por la forma de sus velas, y siempre lograron huir con éxito, para regresar al cabo de unas horas a probar suerte. La descarga de las armas y la carga de las mercancías en el río Stono quedaba en manos de Manuel y Jaime aprovechaba para estrechar lazos con Rutledge y los demás patriotas, y así poder informar a Miralles de los últimos sucesos y los cambios de actitud de unos y otros. Los contactos con los líderes eran de tipo formal, pero no así con el capitán Downham Newton, con el que había desarrollado una buena amistad.

Los orígenes de su familia eran británicos, pero él pertenecía a la segunda generación nacida en el Nuevo Mundo y se sentía muy americano. Su padre había sido marino y, aunque su familia vivía mucho mejor que en Europa, no hizo la fortuna de la que gozaban los grandes líderes de la revolución. El padre había muerto en un naufragio y él era el sostén de su madre y de una hermana, prometida a otro marino patriota. Jaime le contó su historia con el capitán Wolf y Downham se indignó; el inglés no era de su agrado y tras oír aquello pasó a despreciarle. Y correspondió a la confidencia de Jaime con otra propia.

—Hace un año estaba prometido con una mujer a la que amaba —empezó—. Pero su familia es *tory*, leal al rey, y yo siempre discutía con su padre y sus hermanos. Me contrataron para cargar negros en África, pero no los querían ni del Congo ni de Angola.

—Porque son belicosos, ¿verdad?

—Nos vendían prisioneros de guerra, soldados acostumbrados a luchar y a matar. Así que tuve que dar la vuelta al cabo de Buena Esperanza para ir a buscarlos a Mozambique, al otro lado de África. Eso, sumado a varias tormentas y las consiguientes reparaciones, añadieron mucho tiempo a un viaje que terminó superando los cuatro meses, casi cinco. ¿Y sabes qué me encontré al llegar?

—¿Qué?

—A mi amada casada con otro. —La voz se le quebró y tenía los ojos humedecidos.

—¡Qué mala jugada! ¿Y qué te dijo ella?

—Nada, no se atrevía a mirarme a la cara, y cuando lo hizo tenía lágrimas en los ojos. Fue su padre.

—¿Y?

—Él se disculpó diciendo que me dieron por muerto. Una excusa para casarla con un realista como ellos. No querían a un patriota. Rompieron su compromiso y la palabra de matrimonio dada.

—¡Qué miserables! Lo siento mucho, amigo.

—Puedes imaginar la simpatía que siento ahora por los *tories* y su puto rey.

—Lo imagino. ¿Tienes una nueva prometida?

—No, lo que tengo es una herida. Candidatas hay, pero me cuesta iniciar una nueva relación.

—Pues yo me siento como tú, amigo. Deja que te cuente ahora mis penas.

Tras relatarle su historia con Almudena, sus desventurados amores les unieron aún más.

En las tabernas que frecuentaban, Jaime no solo charlaba con Downham, sino también con sus amigos. Así pulsaba el sentir de las clases populares. Y un día estaban comiendo cuando la conversación adquirió un cariz político-filosófico.

—Vamos a ver, James —le dijo el americano—. Por lo que me han contado, España no tiene Parlamento como Inglaterra ni Congresos como aquí. Y la gente no se puede reunir libremente para discutir de política.

—Así es —reconoció Jaime.

—Aquí votamos y elegimos a nuestros líderes. Allí no.

—Tampoco todo el mundo vota aquí —le advirtió el menorquín—. Según tengo entendido, solo votan quienes pagan un mínimo de veinte chelines de impuestos. Y la cantidad varía dependiendo de la colonia.

—Sí. Y tiene todo el sentido. De esta forma, quienes deciden son los más sensatos.

—O los más poderosos.

Downham rio.

—Viene a ser lo mismo.

—No lo creo.

—El caso es que la revolución que propugnamos encarna los ideales de la democracia, una democracia mucho mejor que la griega o las de las repúblicas italianas como Florencia o Venecia, que son señoriales. Nuestros ciudadanos tendrán no solo derechos políticos, sino también civiles.

—Bien, entiendo que el voto da derechos políticos, pero ¿a qué te refieres con los derechos civiles?

—Son los que protegen al individuo frente al poderoso. Tu propiedad es inviolable, y puedes opinar lo que quieras y profesar cualquier religión. Hay libertad de expresión, de prensa, de reunión y manifestación. Tampoco el que manda te puede detener y encarcelar porque él lo decida. Debe ser por ley. Y hay mucho más... y en España no tenéis nada de eso.

—Será porque la gente no necesita esos derechos —se defendió Jaime.

—O porque nunca los han conocido. Una vez se tienen, no se renuncia a ellos. Eso es lo que ocurre con los británicos, nos quieren someter como a una colonia, sin voz ni voto, pero nosotros estamos acostumbrados a votar y a decidir. Y lo haremos, por mucho que les pese.

—No os critico por ello.

—¿Y no te gustaría lo mismo para España?

Jaime tragó saliva. Su amigo estaba hablando de un sistema político muy alejado, casi antagónico, de lo que practicaban los Borbones franceses y españoles. A él le gustaría, pero admitirlo sería traicionar a su rey.

—¿Y tú no has pensado que lo que puede ser bueno para las colonias de América del Norte no lo sea para España? —repuso.

—¿Y por qué no iba a serlo? Todo el mundo quiere ser libre.

—Pero antes que libre, la gente quiere ser feliz.

—¿Y qué tiene que ver eso?

—Que quizá aquí, acostumbrados a un sistema distinto, tengáis esos deseos y mis compatriotas no. Que tal vez sean más felices teniendo un rey que les guíe. Me estás hablando de libertad de religión. ¿Sabes que en España la gente apoya la defensa del catolicismo y la Inquisición?

—La Inquisición española...

—Sí, esa —prosiguió Jaime, enérgico—. Lucharás contra los británicos, Downham, pero, aunque americano, no dejas de ser un anglo. Y tienes sus vicios. Sois unos arrogantes.

—¿Qué quieres decir con eso? —Su amigo fruncía el cejo, molesto.

—Que os creéis superiores. Y que pensáis que hacéis las cosas mejor. Pues lo que crees bueno para vosotros, puede no serlo para los demás.

Downham movió la cabeza incrédulo. Y Jaime respiró aliviado, había salido con bien del atolladero. Él era el representante del rey de España y su deber era defenderlo.

—Lo que no entiendo es por qué vuestro rey, o el de Francia, nos apoyan, aunque de momento lo hagan en secreto —prosiguió el americano—. Nuestras ideas hacen peligrar el poder absoluto y despótico que ejercen sobre sus súbditos. Un poder que, no me cabe duda, desean mantener.

—¿Y tú cómo sabes todo eso? ¿Cómo te atreves a opinar de lo que no conoces?

Downham sonrió.

—Soy marino, ya sabes. Y los marinos viajamos. Estuve en La Habana cuando la ocupación inglesa y también en Veracruz. Soy curioso, me interesa la política y pregunto…

—Tú tendrás tus opiniones, pero nuestros reyes saben lo que hacen —afirmó enérgico Jaime, a pesar de no estar convencido—. Y nuestros pueblos no quieren lo mismo que el vuestro… Será el tiempo el que diga si lo precisan en un futuro.

—Si no lo reclaman es porque nunca lo han tenido… Nosotros no luchamos solo contra el rey Jorge o contra el Parlamento británico, sino contra lo que representan. Luchamos por unos ideales. A eso le llamamos la Revolución americana.

—En todo caso, el enemigo es el inglés, querido Downham —concluyó Jaime sin considerar el último comentario de su amigo, le incomodaba volver a ello—. Y entre todos le daremos su merecido.

Después de la comida, Jaime se despidió con un abrazo antes de abordar la chalupa que le conduciría a la Curiosa. Como de costumbre, saldría al mar al atardecer. Le sorprendía la simpatía mutua que habían desarrollado en tan poco tiempo.

—Que tengas buen viaje, James the Spaniard —le deseó Downham.

85

Llevaba tiempo deseando hacerlo. Pero su trabajo en la imprenta durante la semana y luego pasar el domingo en compañía de su hija se lo habían impedido. Y aquel lunes decidió seguir a Julio sin que este se percatara. Primero le vio entrar en una elegante casa del barrio de La Estrella, el más distinguido de La Habana, y observó que damas y caballeros llegaban paseando en cabriolés o calesas. Los chóferes se quedaban a la espera o regresaban más tarde. Preguntó a uno de ellos y le dijo que aquella era la tertulia de don Francisco de Omaña. Le sorprendió que Julio se relacionara con gente de tanta categoría, pero coincidía plenamente con lo que contaba sobre su trabajo como apoderado de una importante plantación en La Habana. Sin duda, aquel lugar era frecuentado por gente rica y con negocios. También supo que la tertulia finalizaba antes de las ocho, por lo que dedujo que algo más tendría que hacer Julio hasta entrada la noche, que era cuando acostumbraba a llegar a casa.

Dos horas después le vio salir acompañado por dos caballeros. Él bromeaba y los otros reían, Julio manifestaba su encanto en todo su esplendor.

Los siguió durante poco más de quince minutos hasta otra casa menos lujosa en el barrio de San Francisco de

Paula, el mismo en el que Julio tenía su casa. El portero saludó a Julio quitándose el tricornio e inclinando la cabeza. No solo era conocido allí, sino que parecía gozar de autoridad. Le picaba la curiosidad, pero no hizo por entrar para no coincidir con su yerno y decidió esperar discretamente. No creía que Julio se quedara allí hasta la madrugada. En aquel lugar solo veía entrar y salir hombres, y preguntando a un vecino se enteró de que era la casa de madame Filipa. Él quiso saber quién era aquella dama, y el otro se sonrió y le dijo con sorna:

—¿Tan inocentes sois los gachupines de Madrid?

Y Lorenzo se dijo que su yerno podía tener negocios allí, pero que no serían tan limpios como los de la tertulia de don Francisco de Omaña. Tampoco creía que su estancia en aquel lugar se prolongara hasta la madrugada y anduvo merodeando por la zona para no hacer su presencia ostensible, pero regresaba al poco para asegurarse de que su yerno no se le escabullera. Había algo que no entendía de esa casa. Veía entrar y salir solo a hombres. Por lo que le había insinuado el cubano, aquel era un local de alterne y por lo tanto en algún momento tendrían que entrar y salir las mujeres. Quizá lo hicieran al principio y al final, o usaran otra puerta que daba a la calle de atrás. Cerca de las diez de la noche, el lugar se fue despejando y, cuando ya debía de estar vacío, Julio salió acompañado de un tipo de aspecto siniestro que mostraba una ligera cojera. El portero volvió a saludarle antes de cerrar definitivamente las puertas.

Los dos hombres caminaron durante unos diez minutos hasta llegar a una casa, en un extremo del mismo barrio, con apariencia exterior de taberna, y entraron saludando a dos hombres de una catadura semejante a la del cojo. Aquello no encajaba con un sitio de negocios decentes. Lorenzo se dijo que su investigación terminaba por aquel día, ya que el toque de queda era a las once, aunque allí no parecía preocuparle a nadie. Estaba cansado y decidió que volvería a ese local cuando su yerno se encontrara en alguna de las paradas anteriores de un itinerario que tenía toda la pinta de ser rutinario.

Llegó a casa rumiando lo que había descubierto y tuvo que enfrentarse a Almudena, que le esperaba ansiosa.

—Pero ¿dónde has estado? ¿Cómo es que llegas tan tarde?

—Paseando con calma, cariño. Necesito pensar.

No iba a contarle nada sobre sus sospechas, no quería inquietarla.

—¿No habrás cenado?

—No. ¿Ha llegado Mercedes?

—Sí.

—Pues cenemos los tres.

Lorenzo seguía rumiando. ¿Qué vínculo tenía su yerno con los dos últimos lugares visitados? ¿Y qué relación, de verdad, tenía él con Mercedes? Ella le dijo que no era buena y que no investigara. Algo le decía que cuando terminara de atar cabos, el resultado no sería de su agrado.

A pesar de su inquietud, la cena con Almudena y Mercedes fue agradable, con una conversación intrascendente en la que la mulata les contó lo ocurrido en la tabacalera. Al terminar, Almudena anunció que iba a acostarse, el embarazo le pesaba. Lorenzo y Mercedes siguieron charlando, él sentía que ella correspondía a su amor, aunque fuera solo con cariño. Pero cuando le pidió compartir cama, la mulata se negó alegando que el trabajo la cansaba.

Al día siguiente, Lorenzo merodeó por la ciudad pensando qué ocupación digna podría desempeñar. Tenía solo cuarenta y un años, pero los ocho de trabajos forzados en el Arsenal de la Carraca le habían debilitado y no podía competir en fuerza física con gente más joven. Sin embargo, estaba capacitado para el trabajo intelectual. Leía y escribía bien, y eso no era demasiado frecuente. Y se dirigió al puerto a ver si en aduanas podía encontrar algo. No tuvo éxito, y lamentó que Jaime estuviera embarcado, quizá él le pudiera ayudar. Porque no se planteaba, en absoluto, volver a recurrir al indecente del comisario. Sabía lo que iba a pedir a cambio. Antes prefería morirse de hambre o matarlo.

Fue por la tarde cuando prosiguió su investigación. Y acudió primero a aquella taberna que tenía el ampuloso cartel de SALÓN. Los tipos de la entrada le cachearon por si llevaba algún arma y, sin más requisitos, le dejaron pasar. Era en realidad un gran sótano donde en distintas mesas se jugaba a dados, a cartas y al biribí. A esa hora, solo eran las seis, el local no gozaba de demasiada animación, pero estuvo jugando pequeñas cantidades a los dados y a las cartas mientras tomaba unos vasos de ron. En aquellos momentos el número de muchachas jóvenes superaba al de los hombres. Mostraban formas generosas y vestidos escuetos. Las había sentadas en sillas pegadas a la pared en busca de la mirada de los varones y otras merodeaban, observando a los que jugaban. Todas sonreían insinuantes y un par de ellas le propusieron subir a las habitaciones por cuatro reales.

—Otro día, preciosa —le respondió a una con una sonrisa—. Hoy solo vengo a jugar a las cartas. ¿En qué mesa se apuesta más fuerte?

Y ella le señaló una del extremo.

—Pero aún no hay nadie —añadió—. Más tarde.

—¿Y cuánto se juega?

—¡Uf! Mucho. Un montón de pesos de plata y escudos de oro.

Ya sabía lo que quería saber. Aquel antro era del todo ilegal, y no solo por la prostitución. Jugar dinero por encima de un par de reales estaba prohibido, nada al nivel de pesos y escudos. Ahora debía descubrir qué relación tenía Julio con aquel sitio y qué pintaba el comisario en todo aquello. Porque si el local funcionaba con toda impunidad era porque contaba con la protección de alguien poderoso. Y el comisario de aquel barrio, el de San Francisco de Paula, era precisamente don Martín. Lo siguiente que tenía que averiguar era la relación que unía al comisario con Julio, ya que todos los indicios indicaban que su yerno dependía de él. En aquel lugar no se gestionaban los asuntos de una gran plantación, el negocio era otro.

A la mañana siguiente, Lorenzo decidió seguir a don Martín. Se paseó por el barrio en busca del comisario hasta que lo encontró charlando, engolado, con un vecino. Se mantuvo a distancia y no le perdió de vista mientras entraba en un comercio y después en otro, hasta que al final se fue a su casa. Ya sabía dónde vivía. Lorenzo se quedó merodeando por el vecindario. A eso de las seis, volvió a salir y, durante cerca de una hora, se paseó, altivo, imponiendo su autoridad, antes de dirigirse adonde madame Filipa. Lorenzo se encontraba alejado y se giró para no ser reconocido cuando el comisario echó un vistazo a su alrededor antes de entrar por una puerta trasera. Sería la que usaban las mujeres. Dos cosas le quedaban claras ahora a Lorenzo: que don Martín no quería dejarse ver en público en aquel lugar y que tenía intereses en el negocio que prefería mantener ocultos. Y dedujo que Julio ponía la cara y traía clientes distinguidos mientras que el comisario garantizaba la protección. Aquel era su barrio, tenía la autoridad, y podía intervenir con sus alguaciles el negocio de la madama cuando quisiera.

De allí salió aproximadamente una hora y media más

tarde. Quizá el comisario hubiera echado cuentas o usado, gratis, los servicios de la casa. Le acompañaba el individuo cojo del día anterior, que, antes de que don Martín saliera, oteó los alrededores. Lorenzo supo a dónde iría a continuación. Al Salón. Y así fue. Solo que volvió a usar una puerta trasera. No quería ser visto.

A Lorenzo le podía la indignación. El respetable comisario era un proxeneta y quería prostituir a su hija. Mientras que Julio, sumiso, estaba dispuesto a consentirlo. Sentía que la rabia crecía por momentos en su interior, pero aquel día se contuvo.

86

Charleston, principios de agosto de 1775

—Esperábamos que la tensión disminuyera con la llegada del nuevo gobernador británico, el escocés lord William Campbell —le explicaba John Rutledge a Jaime—. Está casado con Sarah, la hija de un gran patriota que posee extensas plantaciones. Por eso creíamos que estaría más de nuestro lado. Pero ha sido todo lo contrario: Campbell ha declarado ilegal el Congreso de Carolina del Sur.

Estaban almorzando en el comedor del primer piso de la mansión de Rutledge, dando cuenta de una buena carne asada con patatas y regada con vino de Madeira. Les acompañaba Anne, la esposa del abogado, una mujer que no superaba los treinta años, de hermosos ojos azules y encantadora sonrisa. Sus intervenciones eran, por lo general, para apoyar las opiniones de su esposo. El mayordomo y una criada, ambos negros con guantes blancos, a pesar del calor de principios de agosto, cuidaban de que sus copas nunca permanecieran vacías. Los pesados cortinajes floreados del comedor, descorridos, permitían disfrutar de un día luminoso y Jaime se sentía cómodo con sus anfitriones.

—Durante la guerra de los Siete Años, Campbell fue destinado aquí y conoció a Sarah —intervino Anne con una risita—. Ella estaba comprometida con otro, pero un lord es un lord. Y al final se llevó la gata al agua.

Jaime rio cortés, complacido con el cotilleo.

—En esa época causó muy buena impresión, pero ahora es un inconveniente —prosiguió Rutledge—. Trata por todos los medios de debilitarnos y buscarnos enemigos.

—¿Y quiénes son esos enemigos? —inquirió el menorquín—. ¿Y qué ha hecho?

—Ha impreso y distribuido panfletos de forma masiva por el interior del estado, donde están las pequeñas granjas, diciendo que la aristocracia de la costa, refiriéndose a nosotros, les engaña y que solo el rey los protege. Nos pinta a los de Charleston como ricos, engreídos y mandones.

—¿Y no hay algo de cierto en esa descripción? —inquirió Jaime con una sonrisa.

Rutledge guardó silencio unos momentos molesto.

—Quizá algo de eso seamos, pero usar la envidia como arma es miserable.

El menorquín afirmó con la cabeza.

—Cierto —dijo para restablecer la armonía—. No puedo estar más de acuerdo.

—También incita a los indios cheroquis en nuestra contra dándoles armas —prosiguió—. Armas que nos prohíbe a nosotros. Y promueve la rebelión de los esclavos de las plantaciones a través de un liberto llamado Jerry.

—¿Y qué hace el ejército británico?

—Como sabréis, las hostilidades han estallado en el norte, en especial en la zona de Boston, donde el rey Jorge está concentrando su ejército.

—Sí, hubo choques en Lexington y Concord por marzo.

—Pues añadid la batalla de la colina Breed, frente a Boston, en junio. Hubo más de mil bajas en su bando y unas cuatrocientas en el nuestro.

—La guerra ha empezado —afirmó Jaime.

—Empezó ya en primavera —confirmó el americano—. Y el dieciséis de junio, el segundo Congreso, en Pensilvania, creó el ejército continental, que unifica las fuerzas armadas de todas las colonias y puso al frente al general George Washington.

—He oído hablar de él. Y aquí, ¿qué es lo que hacen los británicos?

—Intentan controlar la ciudad y persiguen el contrabando con el HMS Tamar.

—¿Y lo logran?

—Bastante, de momento.

Jaime contrastaba con Downham Newton y sus amigos todo lo que le contaban los notables de Charleston.

—La situación está cada día más tensa —le confesó Downham—. Algunos de los hijos de la libertad más radicales han llegado incluso a atacar los negocios de los *tories*. La cosa está que arde.

Los dos amigos entraban en una taberna, sumergiéndose en la brumilla de su ambiente cargado, cuando Jaime notó que le retenían del brazo. Al mirar al individuo que le agarraba, todos sus músculos se tensaron y se liberó de un violento tirón. Era el maldito Daniel Wolf, de pie al lado de la barra, con una jarra de cerveza en la mano. Mostraba su torcida sonrisa de superioridad, lucía su uniforme de capitán de la marina y estaba acompañado por varios de sus oficiales.

—Ya sé de qué te conozco —le dijo.

Allí estaba aquel miserable mirándole a los ojos.

—Yo también sé de qué te conozco a ti —repuso Jaime arrastrando las palabras y elevando la barbilla a la vez que contenía todo el odio que sentía hacia él.

—La última vez que te vi tenías el culo al aire y rojo, te

acababan de dar unos cuantos zurriagazos por orden mía —dijo elevando la voz para que todos le oyeran.

Sus acompañantes rieron a carcajadas y entrechocaron sus jarras de cerveza como si celebraran una victoria. Jaime hizo un esfuerzo para superar la rabia, que a punto estuvo de trabarle la lengua, y respondió vocalizando con claridad.

—Pues yo, lo último que recuerdo de ti es cuando te escupí en la cara y te acerté en un ojo —repuso aún más alto.

Ahora fue Downham quien se puso a reír a mandíbula batiente exagerando.

Los británicos se tensaron.

—¿Qué has venido a hacer aquí? —le preguntó Wolf, autoritario e inquisitivo—. ¿Ya te has presentado al gobernador para ofrecer tus servicios a nuestro rey Jorge, como debe hacer un buen súbdito?

—No soy súbdito del rey Jorge, nunca lo he sido. Y no te importa un carajo lo que haya venido a hacer aquí.

Refrenó sus deseos de proclamarse español, no quería perjudicar su misión secreta.

—El hijo de una rata es otra rata —dijo entonces Wolf, despechado—. El hijo de un ladrón contrabandista es otro ladrón contrabandista. Ya sé por qué estás aquí.

Jaime se contuvo para no cruzarle la cara de un bofetón.

—Mi padre era un hombre digno y honrado —repuso—. No como tú, un traidor miserable, sin palabra ni dignidad.

Y vio que el británico hacía también un esfuerzo de contención.

—Te tragarás tus palabras cuando tengas la soga al cuello —dijo—. No te ahorqué en Turquía, pero aquí no te vas a librar.

El tabernero salió de detrás de la barra con un par de empleados gritando:

—¡Las peleas en la calle!

—No me pillarás —prosiguió Jaime ignorando al hombre—. Pero si me quieres matar, te lo pondré fácil. Te desafío a un duelo, a pistola o sable. Ahora mismo. A mí también me apetece matarte.

—Eres un iluso. No gozarías de la menor posibilidad. Suerte tienes de que un oficial inglés no pueda batirse con el primer desarrapado que se lo pida. Sería darte un honor indigno de tu clase, rata. Prefiero ahorcarte.

—Sigue soñando.

Jaime se dio la vuelta y golpeó, como por accidente, la mano con la que el inglés sostenía la jarra de cerveza y esta se derramó sobre sus botas. Su amigo se interpuso cubriendo la retirada del menorquín, en previsión de que le quisieran atacar.

—Tranquilo, capitán —le dijo Downham a Wolf—. Que estás en América y aquí eres extranjero.

—Esta es una colonia británica —clamó rabioso—. ¡Es nuestra posesión!

Pero Downham le dio la espalda y siguió a Jaime sin escucharle.

Los oficiales británicos, indignados, se pusieron a hablar entre ellos. Y de repente uno, un cincuentón gordo y de potente voz, empezó a cantar:

—*God save our gracious King*, «Dios salve a nuestro glorioso rey» —intervino otro.

—*Long live our noble King*, «Larga vida a nuestro noble rey» —intervino otro.

—*God save the King*, «Dios salve al rey».

Los demás se unieron al canto con las jarras de cerveza en alto, y algunos de los parroquianos se sumaron, lo que elevó paulatinamente su entusiasmo. Jaime y Downham avanzaron hacia el fondo de la taberna y, al llegar junto a un grupo de amigos, el americano se detuvo. Los otros seguían cantando:

—*Oh Lord, our God, arise*, «Oh, Señor, nuestro Dios, levántate».

—*Scatter his enemies*, «Dispersa a sus enemigos».

—*And make them fall*, «Y hazlos caer».

Downham hizo un gesto a sus colegas y se puso a cantar a pleno pulmón:

—*Come, join hand in hand, brave Americans all*, «Ven y une tu mano a las nuestras, valiente americano».

Los ocupantes de la mesa se levantaron cantando al unísono. Era «The Liberty Song», el himno de los rebeldes. Jaime, que la conocía, se unió a ellos decidido.

—*And rouse your bold hearts at fair Liberty's call*, «Y eleva tu corazón audaz a la llamada de la hermosa Libertad».

Ambos grupos competían en volumen y todos en la taberna se pusieron de pie levantando copas, jarras y vasos, en apoyo a uno u otro bando.

—*No tyrannous acts shall suppress your just claim*, «Ningún acto tiránico acallará tu voz».

—*Or stain with dishonor America's name*, «O manchará con deshonor el nombre de América».

Cuando los británicos terminaron, los rebeldes seguían cantando y comprendieron, por la potencia del coro, que estaban en inferioridad. Finalmente, tras lanzar una mirada altiva y de desafío al fondo de la taberna, se marcharon despechados.

—¡Largaos de América! —les gritó Downham cuando salían.

Jaime, satisfecho, sentía que Wolf y los suyos se iban con el rabo entre las piernas. Les habían vencido. Y ahora que ya se sabía quién era cada uno las cartas estaban bocarriba. Se iba a jugar una partida que solo podía terminar con la muerte de uno de los dos.

87

Una sospecha atormentaba a Lorenzo: ¿cuál era el papel de Mercedes? Cuando llegaron a La Habana, era la señora de la casa y la amante de Julio, y tenía un hijo de él. Poseía una belleza y un estilo impropios de las prostitutas del Salón; pero si Julio era un proxeneta, ella debía de ser una de sus pupilas, la favorita, antes de que llegara Almudena. Ya no se creía que trabajara en la fábrica de tabaco. Se dijo que tenía dos formas de pillarla: la primera era presentarse en la tertulia de madame Filipa, aunque para eso tendrían que permitirle la entrada, cosa no tan fácil a raíz de lo que observó mientras espiaba desde la calle; los porteros no dejaban pasar a cualquiera. La segunda opción era seguirla cuando ella salía hacia el trabajo y cerciorarse de que iba a donde él se imaginaba.

Pero aquello le desagradaba demasiado, porque Mercedes no era Julio ni el desgraciado de don Martín, no se merecía ser espiada. Y decidió preguntarle directamente.

Le costó un par de días encontrar el momento adecuado. Julio aún dormía. Almudena había ido al mercado con Matilda, y Mercedes se quedó en la casa amamantando a su hijo. Esperó a que terminara y lo pusiera a dormir para abordarla en la cocina.

—Cuéntame, por favor, cuál es tu verdadera relación con Julio y con don Martín —le dijo.

Mercedes lo observó con expresión impasible. Hacía días que esperaba aquella pregunta.

—Julio es mi jefe y Martín es el suyo —contestó.

—¿Tu jefe?

Eso confirmaba que su yerno estaba metido en el juego y la prostitución.

—Luego… —murmuró Lorenzo.

—Luego soy una puta.

Se hizo el silencio.

—Ya te dije que no era buena —prosiguió ella al rato—. Y por eso no puedo corresponderte. Perdona si dejé que te hicieras ilusiones.

—¿Y cómo llegaste a eso?

—Ya te conté algo. Mi padre era un marino blanco que se embarcó y jamás regresó. Mi madre era una mulata libre que sobrevivía trabajando en la fábrica de tabaco y cosiendo en casa por encargo. Yo la ayudaba desde muy pequeña y con diez años también empecé a trabajar en la fábrica. Mi madre me hizo guapa, y creo que esa fue mi desgracia. Con catorce años los muchachos me decían cosas, gustaba a los hombres y tuve mi primer novio. Pero no fue del agrado de mi madre. Con diecisiete me vio en la calle un gachupín, guapo, elegante y simpático, que resultó ser Julio. Me piropeaba, pero con mucha gracia y estilo, y poco después me esperaba a la salida de la fábrica. Un día y otro. Hasta que le hice caso. Me dijo que se había prendado de mí, y con eso y con el palmito que lucía me enamoré locamente. Dejó que le presentara a mi madre, ella estaba encantada, y cuando me dijo que me fuera a vivir con él, a ella le pareció bien a pesar de que él no hablaba de matrimonio. Pero un día apareció don Martín en casa y empezó a hacerme proposiciones delante de Julio. Yo le miraba esperando su ayuda, pero él se reía. Hasta que ese hombre me cogió de la mano, me pidió que fuera cariñosa y tiró de mí hacia el dormitorio. Yo estaba asustada, volví a mirar a Julio y él, afirmando con la cabeza, dijo: «Si de verdad me quieres, ve con él. Lo necesitamos».

—¿Y qué hiciste?

—¿Qué iba a hacer? Le quería, y estaba tan sorprendida que no supe reaccionar.

—Te fuiste con él.

—Sí.

—¿Y qué pasó?

—Al día siguiente, cuando pude asimilar lo ocurrido, le dije a Julio que me iba, que le dejaba. Y él respondió que no podía irme. Y cuando insistí, me dio una paliza y me dijo que tenía que dejar la fábrica porque a partir de ese día empezaría a trabajar en el local de don Martín.

—¿El local de don Martín?

—Sí. El Salón. Yo me negué y me volvió a pegar. Me habría ido con mi madre, pero, por desgracia, había aparecido muerta una semana antes.

—¿Qué le pasó?

—Alguien la degolló.

Lorenzo se quedó en silencio asimilando la noticia.

—¿Sabes quién lo hizo? —inquirió al fin.

—No quiero pensar lo que pienso..., que don Martín lo ordenó...

—¿Y después?

—Decidieron que como tenía éxito y les parecía lista y simpática, debía vestir elegante e ir a otro sitio donde ganaría más.

—La casa de madame Filipa.

—Sí.

—¿Y qué ocurrió?

—Trabajé hasta después de quedarme embarazada. Julio seguía haciéndome creer que me quería, pero yo ya sabía que tenía a otras chicas viviendo en lugares distintos que también trabajaban para él. Les había ocurrido lo mismo. Pero como yo estaba en su casa, pensaba que era la primera. Y de verdad lo era. Después di a luz y me quedé como la señora hasta que llegasteis vosotros. Y ya sabes el resto.

El impresor sentía el rencor crecer en su interior.

—Lamento lo que esos dos te han hecho. No digas que eres mala, yo no lo creo. Lo que eres es una víctima de esos miserables. Deja a Julio y vente conmigo. Yo te quiero.

—No lo entiendes, Lorenzo. No dejarán que me marche. Otras chicas que lo han intentado terminaron mal. Además, no tienes trabajo. ¿De qué íbamos a vivir tú, mi hijo y yo?

Lorenzo se mordió el labio. No tenía nada que ofrecer a Mercedes. Le faltaban palabras para definir lo que esos dos canallas le hacían a su amada y a tantas otras. Precisamente, lo que pretendían hacerle también a su hija. Aquello no solo era detestable, sino un crimen. Tenía que pararles los pies.

—¿Qué tienes, papá? —le preguntó Almudena en el almuerzo.

Lorenzo miró a Mercedes. Él no iba a contarle a su hija lo que sabía, si alguien debía hacerlo era la mulata. Pero no parecía estar dispuesta.

—No tengo apetito, cariño —repuso.

Almudena arrugó el cejo, preocupada.

—¿Te pasa algo?

—He dormido mal esta noche.

—Descansa después de comer.

—Eso haré.

Un poco antes de las cinco, Mercedes salió supuestamente hacia la fábrica. Vestía normal, de calle. Lorenzo se despidió de su hija con un beso y le dijo que le apetecía dar un buen paseo, que iría a paso rápido y ella no podía acompañarle dada su preñez.

Se apresuró para alcanzar a Mercedes.

—¿Vas a trabajar con esa ropa? —le preguntó.

—No, Lorenzo. En esa casa hay que ir bien vestida y maquillada, allí tengo lo necesario y me compongo al llegar. Y, por favor, no te tortures más. Olvídame.

Y apretó el paso para dejarle atrás.

Él no quiso perseguirla y dio vueltas por la ciudad como un alma en pena, rumiando su rencor y su desesperación. Pensaba en Mercedes y se la imaginaba sonriendo a otros hombres, riendo sus gracias aunque no fueran graciosas, y todo lo demás. Le reconcomía la rabia y la impotencia. Y finalmente se fue hacia el Salón.

Cuando llegó lo encontró bastante concurrido y, después de algunos vasos de ron, ya no se sentía tan desgraciado y se dijo que quizá la suerte le sonriera. Empezó con el biribí sin éxito y siguió con las cartas y el ron. Era la hora de cenar con su hija y Mercedes, pero quiso recuperar lo perdido y tuvo aún menos fortuna. Fue entonces cuando vio a Julio, que hablaba con unos y otros repartiendo su famosa sonrisa.

—¿Qué tal, César? —le saludó uno dos mesas más allá.

Aún no había detectado su presencia y Lorenzo, extrañado, le preguntó al que repartía las cartas:

—¿Ese que está ahí no se llama Julio?

—Aquí le llamamos César. Por Julio César, el Conquistador. —Y se puso a reír—. De mujeres, claro.

Aquello le irritó profundamente. Se suponía que su hija estaba en la lista. Dejó el juego y se fue a por él.

—¡Julio!

Su yerno le miró sorprendido.

—¿Qué hacéis aquí?

—Lo que todos. Perder dinero con vuestras trampas y acostarme con esas jovencitas que vendéis por horas.

Julio miró a su alrededor, no quería un escándalo.

—Lorenzo, estáis bebidos. Será mejor que os vayáis a casa. Aquí tendréis problemas si vais de esa forma.

—He descubierto tu tinglado y el del comisario. Sois unos miserables.

—¡Id a casa! Hacedme caso, os conviene.

Y se dirigió hacia una puerta vigilada por un matón y se perdió tras la cortina que la cubría. Lorenzo, al reparar en el aspecto de aquel hombre, no trató de seguirle y aparentó decidir en qué mesa jugar. Entonces observó que se permitía el paso a quienes iban con una muchacha. Así que acordó un precio con una y atravesó la cortina sin problemas. Vio una puerta entornada y sospechó que allí se encontraba Julio. Olvidándose de la chica, la abrió de un empujón. Efectivamente, no solo estaba su yerno, sino también el maldito don Martín. Tenían monedas apiladas sobre la mesa.

—Así que aquí es donde recogéis ese dinero sucio del juego y de las chicas que explotáis, ¿verdad? —les increpó.

—¡Lorenzo! —le dijo Julio levantándose—. Estáis borracho. Os dije que os fuerais a casa. ¡Id ahora mismo!

—¡Y una mierda! —clamó él. Le dio un empujón para apartarlo y apuntó con un dedo al comisario—. ¿Y tú? ¡Cerdo! Tienes que hacer respetar la ley y no lo contrario. ¡Esto lo tiene que saber el gobernador! ¡Eres reo de arsenal!

No había reparado en el cojo, un individuo flaco y malcarado sentado al lado de don Martín, que se levantó de un salto y se fue hacia él.

—¡Y como te vuelvas a acercar a mi hija te mato! —prosiguió Lorenzo.

Un puñetazo en el estómago le hizo doblarse. Empezó a vomitar. Entre el flacucho y el que guardaba la puerta le golpearon con una porra y le propinaron puñetazos hasta dejarlo inconsciente. Entonces el cojo, a quien llamaban el Víbora, miró a don Martín.

—¿Qué hacemos, General?

Y el comisario se pasó un dedo por la garganta.

—No, por favor —murmuró Julio—. Dejadle, yo le convenceré. No dirá nada, lo juro.

—¿A ese? A ese tú no le convences una mierda.

Hizo un gesto con la cabeza a los otros dos. Y se llevaron a Lorenzo por la puerta trasera, que daba a un callejón oscuro.

88

Atardecía y la Curiosa enfilaba el río Stono camino del mar para emprender el regreso de su sexto viaje. En esta ocasión no solo había descargado mosquetes, sino también cuatro cañones de veinticuatro libras, que lanzaban balas de casi once kilos y metralla. Eran potentes cañones de marina, los más usados por las naves españolas, capaces de alcanzar objetivos a más de dos millas. Pesaban dos toneladas y media y la descarga y su posterior traslado habían sido todo un reto para los patriotas americanos.

—Gracias, amigo James —le había dicho Downham—. Necesito cuatro más de estos y otros cuatro de ocho libras para convertir mi balandro en una verdadera nave de guerra.

—Los tendrás —le prometió el menorquín.

Manuel manejaba el timón mientras Jaime contemplaba sol ocultándose a popa, tras los bosques de Carolina del Sur, creando reflejos dorados sobre las mansas aguas del río. La marea, que bajaba, y un ligero viento empujaban la nave hacia el océano.

—Ha sido otro buen viaje —murmuró Jaime.

—La tripulación se está haciendo rica —dijo Manuel, risueño—. Si seguimos así tendremos que buscar a otros marinos porque estos querrán disfrutar gastándose lo ganado y no arriesgarse más.

—Que todos los males sean como este.

—En cosa de media hora alcanzaremos el mar. Esperemos que tu amigo el capitán Wolf esté poniéndose fino de cerveza o aguardiente en alguna taberna de Charleston.

Jaime rio.

—Amén.

El río transcurría entre pantanos que se iban vaciando conforme bajaba la marea y el último tramo era el más complicado, ya que después de ensancharse, gracias a la confluencia de otro canal, se estrechaba al pasar entre dos islas con bancos de arena a poca profundidad. Y justo estaban a punto de superar ese tramo para salir al mar cuando vieron que se les venía encima el HMS Tamar, que había permanecido oculto por la línea de costa. La situación no podía estar más en contra para la Curiosa.

—No tenemos otra que volver atrás —murmuró Jaime sabiendo que era un imposible.

—Aun si lo lográramos, Wolf nos alcanzaría —respondió Manuel con desánimo—. Lo tiene todo a favor y el río es lo bastante profundo para que pueda entrar a perseguirnos.

—Cierto, no podemos dar la vuelta —constató Jaime—. La marea nos empuja al mar y tenemos el viento en contra. Y lo peor es que el HMS Tamar tiene dieciséis cañones y nosotros ninguno.

Como si Wolf le hubiera oído, se levantó a proa un chorro de agua seguido de un estampido.

—Izad la bandera española —gritó Jaime.

Y la enseña blanca con la cruz de san Andrés se elevó en el palo mayor de la Curiosa. La respuesta fue un tiro más cercano y otra detonación.

—No estamos en guerra con los británicos, no deberían dispararnos.

—Estamos en guerra con el capitán Wolf y él con nosotros —murmuró Jaime.

Un tercer disparo pasó entre las jarcias de la goleta para caer a popa.

—¡Nos va a freír! —dijo Manuel.

—Nave al pairo —gritó Jaime—. E izad bandera blanca.

La Curiosa quedó a merced de la marea mientras el HMS Tamar se acercaba hasta quedar a unos cincuenta metros, la distancia de un tiro de mosquete, situándose de forma que tanto sus cañones de babor como los soldados allí situados apuntaban a la goleta. Jaime levantó las manos en señal de rendición y su tripulación hizo lo mismo. La corbeta arrió la chalupa, a la que se subieron los remeros y una docena de soldados comandados por uno de los oficiales que el menorquín recordaba de las tabernas. Era el que Downham despachó diciéndole que a su jefe no le importaba quién era Jaime.

Con un altavoz, Wolf anunció:

—Daos presos en nombre del rey Jorge. Vuestra nave queda requisada.

—Es una nave española —gritó Jaime—. Y hay paz. Vuestro rey no puede abordarla ni requisarla.

—¡Pues claro que puede! —replicó el británico—. Y vais a pagar caro vuestro contrabando.

El menorquín comprendió que algún infiltrado entre los patriotas los había delatado.

El oficial y los soldados, con bayoneta calada en sus mosquetes, abordaron la nave y se hicieron con el control.

—Rumbo a Charleston —ordenó el oficial.

Cuando llegaron a la entrada de la bahía, el sol se había ocultado y Wolf decidió que las dos naves permanecieran al pairo en mar abierto hasta el amanecer. Jaime declaró ser el capitán y tanto él como Manuel fueron maniatados en el puente de mando. El resto de la tripulación debía permanecer en la cubierta de proa para evitar que alguien bajara a la bodega. Los británicos los vigilaban con sus armas listas.

Poco después del alba, penetraron en la bahía y fueron a atracar al muelle de Gadsden. Allí retuvieron de nuevo a la tripulación en la cubierta de proa e hicieron bajar a Jaime y a Manuel. Los condujeron hasta un edificio del puerto llamado Casa del Preboste, situado al inicio de Broad Street, que funcionaba como aduana y acuartelamiento de las tropas británicas, y los encerraron en una mazmorra subterránea.

—Será mejor que no les confesemos que descargamos armas para los rebeldes —murmuró Manuel—. Digamos que era aguardiente.

—De acuerdo, pero creo que ya lo saben. Alguien ha hablado.

Al rato se llevaron a Manuel para interrogarlo, sabían que hablaba algo de inglés. Y cuando lo devolvieron a la celda, sacaron a Jaime para evitar que se comunicaran. Lo condujeron a un despacho donde, sentado detrás de la mesa, le aguardaba el capitán Wolf. No había silla y el menorquín se quedó de pie entre dos soldados armados, sosteniéndole la mirada al oficial británico, a la espera de que hablara.

—Al fin has caído —dijo.

Él guardó silencio.

—¿Eres el capitán?

—Soy el capitán de la Curiosa y su único responsable. La tripulación sigue mis órdenes y solo las mías. Ellos son inocentes.

El inglés lo observó con su dura mirada durante un tiempo, afirmando levemente con la cabeza, antes de proseguir el interrogatorio.

—¿Qué hacías en el río Stono?

—Negocios.

—¡Contrabando!

—Negocios lícitos entre gente libre.

—Negocios de un ladrón, de una raza de ladrones, que no escarmienta —dijo Wolf arrastrando las palabras—. No aprendiste la lección cuando castigué a tu padre, y yo te la enseñaré de una vez por todas.

La mención a su padre hizo que Jaime se tensara.

—Mi padre comerciaba libremente entre españoles. Ningún derecho teníais de intervenir.

Wolf rio.

—Todo el derecho. El contrabando es robar al rey.

—No eres más que un traidor con uniforme —le espetó Jaime—. Engañaste a mi padre. Provocaste su muerte y la ruina de mi familia. Y por ello te desafío en duelo. Escoge sable o pistola.

El inglés rio de nuevo.

—¡Qué estúpido! ¿Cómo puedes ni siquiera pensar que yo vaya a aceptar?

—Aceptarás si te queda algún honor.

—¿Honor? Tú no me puedes quitar ningún honor. Los duelos se acuerdan entre iguales, ya te lo dije. Y tú eres inferior en todo.

Aquella pretendida superioridad era el mismo argumento que usó para traicionar a su padre y faltar a su promesa.

—¡Cobarde! —le espetó Jaime indignado.

Wolf se levantó con parsimonia de detrás de la mesa, se acercó a Jaime y le dio un sonoro bofetón. El menorquín se echó hacia delante con la intención de propinarle un cabezazo, pero los soldados le retuvieron.

—¡Cobarde! —repitió.

El inglés volvió a abofetearle y, a continuación, como si prosiguiera una tranquila conversación, le dijo:

—Sabemos que están llegando armas españolas. Y ahora queda claro que, cuando te vi en la taberna, no eras un honrado inmigrante en busca de fortuna en nuestras colonias, sino un traidor al rey que se dedica a armar a sus enemigos.

—Mi único rey es Carlos III de España.

—Menorca es una colonia británica, al igual que Carolina del Sur. Por lo tanto, tu rey es Jorge III de Inglaterra.

—Menorca es española, solo que ocupada por la fuerza de las armas. Y yo soy español…

—Tú eres un traidor a tu rey. Y proporcionar armas a los rebeldes es la peor de las traiciones.

—No quieras justificar tu cobardía —insistió Jaime con la esperanza de provocarle lo suficiente para que aceptara el duelo.

—¡Eres un iluso! —repuso él con una sonrisa, sin que le alteraran en nada las palabras del menorquín—. Practico con el sable de asalto desde los ocho años. Y lo he usado repetidas veces. No tienes la menor posibilidad.

—Pues acepta. De lo contrario eres un cobarde.

Wolf se quedó mirándolo mientras una sonrisa se dibujaba en sus labios.

—De acuerdo, acepto.

—Me alegro. No creía que te quedara dignidad.

—Pero será mañana, hoy tengo cosas que hacer.

Wolf ordenó encerrar a Jaime junto a Manuel, mientras que el resto de la tripulación fue encarcelada en otra estancia. Esa misma tarde hizo comparecer al menorquín en su despacho.

—Me he entrevistado con lord William Campbell, el gobernador, y ha delegado en mí su función de juez —le dijo el inglés sin más preámbulos.

Se quedó escrutando el rostro de Jaime a la espera de ver temor en él. Pero este apenas parpadeó y no movió un solo músculo.

—Y he decidido que mañana por la mañana seas ejecutado en la horca.

Volvió a observarle, y el menorquín se mostró tan impasible como antes. Decepcionado, prosiguió:

—Por traición al rey Jorge y suministrar armas a los rebeldes. Y los pregoneros lo anunciarán en toda la ciudad para que sirva de escarmiento a la población.

—Yo soy el único responsable —dijo entonces Jaime—. Mi tripulación solo acataba mis órdenes. ¿Qué les pasará a ellos?

—Se les sancionará con una elevada multa. Y dentro de un año ejecutaré a aquellos de los que no hayamos recibido el pago desde Cuba. Por cierto, la goleta ya es propiedad del rey Jorge.

—Es injusto, ellos solo cumplían órdenes. Déjalos libres.

—Está decidido.

—Y yo no he traicionado a nadie. Nunca he sido súbdito de tu rey, sino del de España.

—Está también decidido.

—¿Y qué hay del duelo que aceptaste por tu honor?

—Lo he aplazado hasta después de tu ejecución. —Sonrió.

Jaime lo miró con desdén al darse cuenta de la argucia.

—Eres un miserable traidor, no tienes dignidad ni palabra.

—Te enterraremos con el sable. A ver si te quedan ganas de usarlo. —Y mostró su sonrisa torcida.

89

Charleston, 15 de septiembre de 1775

Esa última noche Jaime escribió a su madre y a su hermana. Sus esperanzas de que recibieran la carta, dadas las circunstancias y la distancia, eran pocas. Sin embargo, confiaba en que a Almudena le llegara la suya. Ponía el alma en cada letra:

> Querida mía. Mañana estaré colgando de una horca británica en Charleston. Quiero que sepas que te sigo amando, que no he dejado de amarte desde el día en que te conocí. Y que después de rendir cuentas con el Señor confesándome, lo último que haré en esta vida será rezar por ti, por tu felicidad. Y la de tu hijo, que siento como mío. Como también siento que viviré en ti, en tu recuerdo, a través de él.

Escribía con el corazón en un puño por la emoción, y en aquel momento un sollozo le estremeció y de su pluma cayó una gota de tinta que se extendió en el papel. Por suerte tenía más, y ya con lágrimas en los ojos volvió a escribir:

Moriré recordando lo mejor de mi existencia, que has sido tú, Almudena. Y aquel viaje en el que fui tan feliz creyendo que eras mía.

No me quejo por morir a los veintiún años. Asumí el riesgo, la suerte me ha sido adversa y lo acepto. Lo que lamento es haber vivido estos últimos meses alejado, a la fuerza, de ti. He sido muy desdichado.

Espero que me recuerdes como alguien que hizo todo lo que pudo por ti. Y que si no hizo más fue porque tú no le dejaste. Te lo habría dado todo. Y te lo doy. Eres la heredera de todo cuanto poseo. Que son mis pertenencias guardadas en el cuarto de la pensión en la que me alojo y los reales depositados en el Monte de Piedad de La Habana. Sirva esta carta y el testimonio de mi amigo Manuel como documento oficial de herencia. Te agradezco los momentos felices, Almudena. Que Dios te bendiga, mi amor.

Le leyó la carta a Manuel antes de entregársela para que supiera sus últimos deseos y porque deseaba hablar de Almudena. La imaginaba recibiendo la noticia de su muerte junto con la carta y sus pertenencias. Y leyendo aquel escrito en el que había puesto todo su corazón. Quizá entonces comprendiera que nadie la había querido ni la querría como él. Y puede que derramara una lágrima al recordarle, diciéndose que ella había sido tan feliz en aquel viaje como lo fue él. Quizá reconociera, al fin, que también lo quería.

Pasó la noche hablando con Manuel, abriéndole su corazón. El veterano marino, que lo apreciaba de verdad, se emocionó y lo abrazó. Por unos instantes Jaime quiso sentir que aquel calor humano era el de ella. No era así, pero tener un amigo confortándole en los últimos momentos era un privilegio del que la mayoría de los condenados a muerte no gozaba. El menorquín se confesó con su amigo antes de hacerlo con el sacerdote. A Manuel le embargó de nuevo la emoción y se repitieron las lágrimas y los abrazos. Casi amanecía cuando, agotados, se adormecieron.

Al poco les despertó el cura católico de Charleston, un irlandés, cuando entró en la celda. Se quedó mirando interrogante a Manuel.

—No importa que esté aquí, padre —le dijo Jaime—. Mi amigo conoce mis pecados y me los ha perdonado antes de que lo haga Dios.

Y de nuevo descargó sus penas confesándose, esta vez en busca de la absolución. Sentía su alma aliviada.

Vinieron a buscarle cuatro soldados y, con el espíritu tranquilo, Jaime se irguió dispuesto a demostrarles a los británicos cómo afrontaba la muerte un español. Era la única satisfacción que le quedaba en la vida.

El cadalso se levantaba frente a la Casa del Preboste, en la confluencia de Broad Street y Exchange. La intersección se hallaba abarrotada de gente que llenaba ambas calles en un largo tramo. Las ejecuciones eran un espectáculo popular, al igual que el teatro, y Jaime se dijo que Wolf le daría al populacho la diversión que deseaba. Estaban cerca del muelle Gadsden e imaginó a la Curiosa allí atracada. ¡Cuánto le habría gustado navegar de nuevo en ella! Cuando llegó al pie de la horca, la gente hablaba animada, expectante y lista para evaluar el comportamiento del reo. El verdugo quiso vendarle los ojos, Jaime se negó, el hombre insistió, el menorquín volvió a negarse, y el cura, que le acompañaba, le rogó al ejecutor que le dejara. Aquel individuo cruzó una mirada con Wolf, vio que afirmaba con la cabeza y dejó de insistir. Jaime se dijo que podría ver su muerte reflejada en los ojos de aquellos para los que su ejecución era un simple entretenimiento.

Subió al cadalso, donde le esperaba el inglés, que leyó

la acusación de traidor y de traficante de armas para los rebeldes. El menorquín esperó a que terminara para gritar:

—¡No soy un traidor! ¡Soy español! ¡Viva Carlos III!

Un murmullo admirado se elevó de la multitud. Jaime hinchó el pecho y levantó la barbilla al pensar que aquello tenía que disgustar, a la fuerza, al maldito Wolf.

Cuando el verdugo le ponía ya la soga al cuello, Jaime buscó una cara amiga entre la multitud y la vio. ¡Era Downham! Quería acompañarle en sus últimos momentos. Se lo agradeció.

Pero de pronto el americano mostró una pistola, sonó un disparo y el verdugo se derrumbó agarrándose a la cuerda. Todo sucedió muy rápido. El tiro fue una señal y de entre los mirones aparecieron decenas, cientos de hombres armados disparando contra los británicos. Jaime vio el desconcierto en el rostro del capitán Wolf, aún de pie a su lado. Y los casacas rojas empezaron a retirarse de forma ordenada, devolviendo el fuego a los rebeldes que avanzaban mientras la multitud huía despavorida. También vio cómo Wolf, repuesto de la sorpresa, se disponía a bajar del cadalso para unirse a sus hombres. Él estaba maniatado, pero tenía los pies libres. Le puso la zancadilla y su enemigo se precipitó al suelo, manos por delante, desde una altura de metro y medio. Y cuando trataba de levantarse, vio a Downham, que le apuntaba a la cabeza.

—¡Alto! —Y el británico se incorporó lentamente elevando las manos.

Mientras tanto, uno de los patriotas desataba a Jaime, al que le costaba hacerse a la idea de que aún seguía vivo. Y libre. Pero el deseo de ver al arrogante y orgulloso Wolf humillado y prisionero le hizo reaccionar.

—¡Gracias, Downham!

—Toma —dijo dándole una pistola—. Mátalo por lo

que le hizo a tu padre y a tu familia. Y por lo que quería hacerte a ti.

—No, no morirá así —murmuró Jaime.

A los pies del patíbulo yacía el cadáver de un oficial inglés al que un tiro le había destrozado la cabeza. Le quitó el sable y lo mostró.

—Desafié a este hombre a un duelo a muerte —dijo alzándolo—. Pero lo rechazó. Ahora tendrá que aceptarlo sin remedio.

En el rostro del británico apareció su sonrisa torcida. Se sabía un maestro con el sable.

—Acepto, si se me promete la libertad si resulto vencedor. —Y desenvainó su propia arma.

—Esa es la petición que hago por ese hombre —clamó Jaime.

—Estás completamente loco, Spaniard —le dijo Downham—. Una cosa es ser valiente y otra temerario. Tienes las de perder.

—He practicado.

El americano resopló y dejó de apuntar con el arma a Wolf, que se puso en pie a poca distancia de Jaime.

—¡En guardia! —gritó Jaime sin esperar más.

Wolf atacó de inmediato. Después de media docena de sablazos, Jaime comprendió su error. Sufría tratando de defenderse de los golpes de su enemigo, que no le daba la más mínima oportunidad de pasar al ataque. Creía haber practicado en La Habana hasta alcanzar la excelencia, pero el británico estaba a otro nivel. Había sido una estupidez, pero ya era tarde, pagaría su orgullo con la vida. Veía su muerte en el reflejo de la hoja de su enemigo, trataba de esquivarla como podía y, en uno de los pasos atrás, tropezó y cayó. El siguiente golpe lo paró estando en el suelo, pero a costa de perder su arma. Vio la sonrisa de Wolf y su propia sangre reflejada en sus pupilas cuando se disponía a descargar el sablazo mortal. No le importaba que estuviera desarmado. Pero entonces sonó un disparo. Wolf, con el sable por encima de su cabeza, abrió los ojos desmesuradamente y se llevó la mano izquierda a la tripa. Y después cayó sobre Jaime, que apenas logró apartarse de un salto.

Por segunda vez, Downham había sido su ángel de la guarda.

—Gracias, amigo —dijo el menorquín—. Aunque eso no ha sido muy honorable.

—Una bala perdida, Spaniard —contestó con una sonrisa—. Como tantas en las batallas...

Jaime sonrió y movió la cabeza comprensivo.

—Eres valiente, James, pero no tienes seso —añadió el americano—. ¿A quién se le ocurre retar a un oficial de la marina inglesa a un duelo con sable? Me has obligado a disparar, ¿creías que iba a quedarme sin las armas que nos trae un *spaniard* loco? ¿A que no?

Ante la creciente agresividad de los patriotas, los británicos continuaban su ordenado repliegue siguiendo una estrategia que tenían preparada de antemano. Y se recogieron en el HMS Tamar, que se separó del muelle y elevó las troneras mostrando sus cañones a la población. Los últimos soldados británicos, con sus mosquetes apuntando a la multitud, embarcaron en chalupas. Nadie les molestó. Ni unos ni otros querían más muertes; habría sido una carnicería. Después se supo que de camino a la entrada de la bahía la corbeta se detuvo en el extremo sur de la península de Charleston para recoger a lord William Campbell, el gobernador británico, que no había asistido a la ejecución temiendo que estallara la revuelta en cualquier momento. Huyó junto a su guardia por un riachuelo cercano a su casa que pasaba por debajo de las murallas de la ciudad. Y dejó atrás a su esposa Sarah, natural de Charleston, hija y hermana de patriotas, con la que llevaba doce años casado.

Wolf estaba tendido en el suelo con un orificio en la tripa. Un médico que se encontraba entre la multitud acudió a examinarle.

—No puede mover las piernas —sentenció negando con la cabeza—. La bala no ha salido y se le habrá incrustado en el espinazo.

Una herida de aquel calibre en los intestinos y la columna vertebral, aparte de dolorosísima, garantizaba la infección y era prácticamente incurable. Wolf no necesitó oír el diagnóstico. Y clavó su mirada en Jaime.

—¡Mátame, rata! —le dijo—. Véngate de la muerte de tu padre, de la pérdida de vuestra goleta, de los azotes que te hice dar... Mátame.

Jaime lo consideró. Y se imaginó descerrajándole un tiro en la frente con la pistola de Downham. La mirada enturbiada por el dolor del moribundo contenía odio y rabia, pero también temor y desesperación. El menorquín se la mantenía, por fin aquel miserable orgulloso pagaba por sus crímenes.

—¡No! —dijo al rato—. Me siento vengado y te perdono. Además, yo no mato a sangre fría. Muérete tú solo.

—Mátame, hijo de rata.

—No. No te mato precisamente por todo eso: por el asesinato de mi padre, la pérdida de la Coloma y los azotes. Sufre, este es tu destino. Y ve rezando. Aunque eso no te librará del infierno; te lo has ganado.

Y lo dejó sin esperanza, en una dolorosísima agonía y maldiciendo.

Mientras, la mayor parte de la ciudad celebraba en las calles la liberación del yugo británico. La Revolución americana llegaba a Charleston.

90

Julio apareció en casa pasada la medianoche. El toque de queda en La Habana era a las once, aunque las casas principales estaban obligadas a tener un farol encendido al menos hasta las doce. Y quienes andaban por las calles después del toque de queda debían hacerlo con un permiso expreso y con un farol para guiarse. Como don Martín era la autoridad del barrio, Julio podía llegar a la hora que quisiera.

Almudena, junto a Mercedes, le esperaba angustiada.

—Mi padre no vino a cenar ni ha aparecido —le dijo.

—Qué raro —repuso él.

—Pídele al comisario que ordene una búsqueda.

—No se puede hacer nada hasta mañana. Y no te preocupes, igual se está tomando unos rones con algún amigo y le ha pillado el toque de queda. Mañana asomará por aquí tan feliz.

—No —insistió Almudena—. No tiene amigos que yo sepa. Le ha pasado algo.

—Aquí en La Habana se hacen amigos fácilmente —dijo él—. Me voy a acostar, estoy cansado.

Mercedes se mantenía en silencio observando con atención a Julio. Supo que mentía y presintió que Lorenzo estaba muerto. Había tratado de disuadirle, de convencerle para que no volviera a enfrentarse al comisario, pero estaba demasiado excitado y sospechaba que lo había hecho. Una lágrima se deslizó por su mejilla, después otra, y disimuló yendo al aseo. Ella quería a Lorenzo y soñaba con superar su presente para tener un futuro juntos. Pero no pudo ser, como tantas cosas en su vida. Cuando logró serenarse, regresó para acompañar a Almudena en su angustia diciéndole que todo iría bien, aunque sabía que no podía ir peor.

Al día siguiente, Julio se despertó a la misma hora de siempre y, ante la insistencia de Almudena, que no había podido dormir, dijo que hablaría con don Martín después de comer. Mercedes le seguía observando. A pesar de conocerle bien, le asombraba su indiferencia frente al sufrimiento de los demás. No tenía corazón, no sabía amar. Era un astuto jugador de cartas que mantenía todos sus sentidos alerta para engañar con la siguiente trampa, tanto con la baraja como en la vida.

No sabía qué decirle a Almudena, cómo consolarla. Ella también necesitaba consuelo, sufría, y no tenía el valor de expresarle a su amiga aquellas sospechas que, conforme pasaba el tiempo, se iban haciendo realidad.

Fue entonces cuando Almudena empezó a sentir dolores y rompió aguas.

—Dios mío —suplicaba—. ¡Que mi padre pueda ver al niño!

Matilda corrió en busca de una partera. Mientras, Mercedes trataba de tranquilizarla y la confortaba lo mejor que podía. Cuando llegó la comadrona, Julio cogió a Mercedes del brazo y la llevó a un aparte.

—Déjala con Matilda y la matrona. Tú no puedes llegar tarde a la casa de madame Filipa —le dijo.

—¡Vete a la mierda! —le respondió ella.

Julio le cruzó la cara de un bofetón y Mercedes se lanzó hacia él, uñas por delante. Su tristeza se había convertido en rabia. Él la apartó de un empujón, pero ella volvió a la carga y le quitó la peluca para tirarle del pelo. Julio le propinó un puñetazo en el estómago, no quería estropearle la cara. La mulata cayó al suelo doblándose de dolor.

—No voy a ir, aunque me mates —le dijo llorando.

—¿Y si mato a tu hijo?

—No iré antes de que nazca el niño. Y no me importa lo que me hagas.

Él la miró a los ojos y consideró la situación.

—Vale, irás mañana —dijo.

Recogió la peluca, se compuso el pelo frente al espejo y se fue a su trabajo.

Mercedes no podía más. No era el momento, no era el lugar, pero necesitaba sincerarse con su amiga. Se sentía muy culpable.

—Tengo que decirte algo importante —le dijo cuando estuvo junto a ella—. Algo que debería haberte contado antes.

—¿Qué?

—Lo haré cuando nazca el niño.

Almudena sintió otra contracción e hizo una mueca de dolor. Pero las palabras de su amiga la habían inquietado.

—¿Por qué me vienes con eso ahora? Si has empezado, no puedes callarte. Solo falta que vengas tú a darme más ansiedad.

Mercedes se arrepentía de haber abierto su bocaza en aquel momento tan inoportuno. Se había dejado llevar por la angustia, tanto por Lorenzo como por el parto de su amiga, y también por el enfrentamiento que acababa de tener con Julio.

—No es nada.

—Algo tiene que ser si te preocupa precisamente ahora. —Y con la rabia que le producía el dolor, le gritó—: ¡Habla!

La mulata vaciló un instante, pero sabía que no le quedaba más remedio que contarle algo.

—Soy puta. No trabajo en la tabacalera, sino en una casa de alterne.

Aquella no fue una gran sorpresa para Almudena. Había ido atando cabos y la confesión de su amiga era la pieza que le faltaba en el rompecabezas. Incluso llegó a pensarlo para después negarse a admitirlo.

—Así que lo de mi marido ofreciéndote a don Martín no fue casual.

—No. Pero fue la primera vez que me di a otro hombre después de Julio.

—Porque él está metido hasta el cuello, ¿verdad?

—Sí.

Almudena soltó un alarido de dolor.

—Dejémoslo para después —sugirió Mercedes acariciándole la mejilla.

Ella afirmó con la cabeza. Suficiente tenía con parir para pensar en más.

Julio regresó a las diez, más pronto que de costumbre, para acompañar a su esposa, según sus palabras. Aunque era Mercedes, que no le soltaba la mano, la que realmente la confortaba.

El niño nació al amanecer del día siguiente, después de una noche de contracciones y sollozos. Los dolores de Almudena eran de parto, pero las lágrimas eran por su padre. No podía librarse de la angustia que le provocaba su ausencia. La comadrona le dio las palmadas de rigor al recién nacido y este acompañó a su madre con su llanto. Poco después, la mujer se lo puso encima y el pequeño buscó y encontró el pecho. Al acariciarle y notar la succión, Almudena se relajó, se dijo que el niño había nacido bien y, a pesar de su preocupación, sonrió. Sentía que el vínculo de amor, que había crecido conforme lo hacía el pequeño en su seno, era ya indisoluble.

Y en un momento de los muchos en que Julio se ausentaba del dormitorio, Mercedes, viéndola más tranquila, le dijo:

—Tu hijo ha nacido antes de los nueve meses de tu llegada. —Y la besó en la mejilla—. No sabes cuánto me alegro. Y ahora me voy, tengo que encontrar a tu padre.

—¡El Señor lo permita! —exclamó Almudena—. Rezaré.

—Estoy segura de que lo harás —murmuró la mulata—. Yo también lo haré.

Mercedes inició una actividad febril a la vez que discreta; estaba decidida a encontrar a Lorenzo o al menos saber qué le había ocurrido. Y para ello fue a ver a las amigas que conocía de cuando empezó a trabajar en el Salón y que, al contrario que ella, seguían allí. Las alojaban en una casa contigua al local para evitar que anduvieran por la calle después del toque de queda. Quedó con la primera en un lugar donde no pudiesen ser vistas ni oídas por la matrona que controlaba a las mujeres y, con fingida indiferencia, le echó el anzuelo diciéndole:

—Parece que el otro día hubo lío en el Salón con un gachupín.

A pesar de que se encontraban en la calle, su amiga le respondió bajo, en tono de estricta confidencia. Había miedo.

—Sí que lo hubo. Ese hombre acordó precio con Rita y se fueron a los cuartos, pero una vez cruzó la cortina, en lugar de subir por la escalera tras ella, se metió en la estancia de los jefes y se puso a gritar. Estaba bebido.

—¿Y qué decía?

—Rita no pudo oírlo porque la sacaron de allí enseguida. Pero nadie volvió a verle.

—Hay una puerta trasera.

—Debió de salir por ahí, lo que no sabemos es si fue por su propio pie.

Mercedes se santiguó. Podía adivinar el resto, y se despidió intentando que su amiga no viera sus lágrimas. Lamentó de nuevo que Lorenzo hiciera caso omiso a sus advertencias. Le quería. Tenía que haber sido más contundente. Pero ya era tarde y no había remedio. La siguiente amiga con la que habló le corroboró la versión de la primera. Su sospecha pasó a ser una certeza.

Se sentía abatida, con una tristeza que la abrumaba, pero al regresar a casa no quiso angustiar más a Almudena. Deseaba acompañarla, aunque aquel presentimiento, aquella evidencia más bien, no dejaba de acuciarla. No podía quedarse en casa.

—Salgo a denunciar la desaparición de tu padre a las autoridades del puerto —le dijo a su amiga—. No me fío ni de Julio ni del comisario.

—Ni yo tampoco.

En La Habana, era en la bahía donde aparecían flotando los cadáveres de quienes no morían por causas naturales.

91

La Curiosa hizo la travesía de regreso sin incidentes. Jaime estaba ansioso por darle a don Juan de Miralles la noticia de la sublevación de los patriotas de Charleston y narrarle la huida del gobernador inglés y sus casacas rojas. Y Manuel se sentía feliz por el resultado de aquel viaje que a punto estuvo de terminar en tragedia. También por aquella carga que proporcionaría una excelente paga a la tripulación, resarciéndola del susto y la angustia vivida. Sin embargo, le inquietaba su amigo menorquín. Le abrió su corazón de par en par la noche previa a su ejecución y deseaba con verdadero fervor que conquistara a la mujer que amaba. Y mientras navegaban le preguntó abiertamente:

—¿Qué piensas hacer con esa mujer que te tiene enamorado?

—Está casada y se lo toma muy en serio. No voy a renunciar a ella, pero tengo que ir con cuidado. No quiero que me despida con cajas destempladas como cuando me acerqué a ella en el paseo de Extramuros.

—¿Pero sabe lo mucho que la quieres?

—A estas alturas debería saberlo.

—Lo dudo.

Mercedes iba cada mañana al puerto para revisar los cadáveres pescados en la bahía y que mantenían en un cobertizo un par de días. Si nadie los reclamaba, acababan en una fosa común del cementerio de Extramuros llamado de San Lázaro, o de los Infieles, de donde se contaba que a veces los cerdos desenterraban los cuerpos sepultados sin cuidado y se los comían. Al tercer día de la desaparición de Lorenzo, yendo al cobertizo vio la Curiosa en el puerto.

Aunque su amiga no quería hablar del marinerito, Mercedes se había informado sobre él a través de clientes y amigos relacionados con el puerto e identificó la nave. Se dijo que si aquel hombre quería a Almudena, como parecía quererla, le interesaría saber en qué situación se encontraba y que el niño que esperaba ya había nacido. Sabía que Lorenzo le tenía un gran afecto y que decía de él, comparándolo con Julio, que era un hombre cabal, como debía ser un hombre. Y pensó que, siendo casi desconocido para ella a la vez que íntimo para la familia, podría desahogar en él su ansiedad.

Así que fue en su busca. Acababan de atracar y lo encontró en la aduana junto a otro marino, revisando el inventario de las mercancías traídas de Carolina del Sur.

Se acercó y le dijo:

—Tengo que hablar contigo.

El menorquín la miró sin dar crédito.

—¿Quieres hablar conmigo? —inquirió, altivo y algo molesto por el repentino tuteo de la mulata una vez se recuperó de la sorpresa—. Recuerdo que la última vez que nos vimos era yo quien quería hablar y tú no quisiste.

Sintiendo que era alguien en quien podía confiar, Mercedes había abandonado el voseo que reservaba para los clientes.

—Déjate de historias, marinerito —cortó ella—. Esto es muy importante y lo tienes que saber. —Y viendo que lla-

516

maba la atención de los hombres del lugar, añadió—: Además es muy privado, así que busquemos donde podamos hablar a solas.

A Jaime le chocó el tono decidido, autoritario y casi agresivo de la hermosa mulata, a pesar de que sus dos encuentros anteriores se había conducido de forma semejante. Pero sabía de su relación tanto con Almudena como con Lorenzo y decidió obedecer.

Paseando por la muralla de la bahía, Mercedes le soltó a borbotones, y a tramos ahogada en llanto, todo. La actividad de Julio y la del comisario, sus sospechas sobre la desaparición de Lorenzo y también el nacimiento del pequeño Lorenzo, como Almudena quería ponerle a su hijo. Dado a luz, sano y completamente normal, antes de los nueve meses de su llegada a La Habana y del reencuentro con su marido. Aquello le supuso a Jaime demasiadas sorpresas y emociones al mismo tiempo. Sin embargo, tres sentimientos dominaron sobre todos los demás en su corazón: la rabia y la tristeza por lo que parecía haberle ocurrido a Lorenzo y la alegría por el nacimiento de aquel niño del que ya se sentía padre. Se decía que tenía en la mano un as ganador, una carta que quizá le hiciera recuperar el amor de Almudena. Compartían algo hermosísimo, una nueva vida que era producto de la de ambos.

Mercedes se despidió diciendo que regresaría al día siguiente y Jaime volvió al trabajo, aunque no lograba concentrarse. Estaba conmocionado. Se repetía que él era el padre del hijo de Almudena, no le quedaba duda alguna. Y aquella afirmación le abría las puertas a soñar que ella tal vez llegase a ser su mujer, a pesar de su matrimonio. También estaban las actividades del tal Julio, que según la mulata era uno de los responsables del Salón y de la casa de la madama. Y si eso había llevado a la muerte de Lorenzo, era del todo imperdonable. Tenía que hacer algo.

Dejó los trámites en manos de Manuel para ir a informar a Miralles. Don Juan estaba ya al tanto de la entrada de la Curiosa en el puerto, esperaba a Jaime y le recibió de inmediato.

—Los rebeldes han expulsado a los británicos de Charleston —le dijo—. Y el gobernador huyó, como pudo, en barco.

—¡Qué buena noticia! Nos han llegado informes a través de Nueva Orleans de que George Washington ha sido elegido jefe militar de las tropas rebeldes unificadas en el segundo Congreso Continental. Ya se combate.

Jaime sonrió.

—Son noticias viejas, don Juan. Eso ocurrió a mediados de junio y los combates se iniciaron bastante antes.

Miralles quería conocer todos los detalles y el menorquín se los contó. Después de escucharle atentamente, dijo:

—Tengo que informar al marqués de la Torre para que se lo comunique al virrey en México y al rey en España. Estarán todos contentos.

Jaime inclinó la cabeza con respeto cuando nombró al rey.

—A partir de ahora será más fácil suministrar armas a los rebeldes —añadió—. Pero estoy seguro de que los británicos volverán. En el interior de la colonia tienen muchos apoyos, y además dominan el mar. Los americanos no tienen nada para oponerse a su flota.

—Sí, hay que proporcionarles más armas. He de felicitaros por vuestro trabajo, Jaime. Y estoy pensando que sería conveniente que os establecierais en Charleston como representante informal de nuestro rey con la misión de coordinar los envíos, que les llegarán no solo en la Curiosa, sino también en otras naves. Además de acordar los pagos que deben hacer los americanos por las armas.

—Podría considerarlo, don Juan —repuso Jaime cuando se recuperó de la sorpresa—. Pero antes tengo que resolver asuntos personales urgentes. Son de vital importancia para mí.

—Si en algo os puede ayudar la Corona, decídmelo.

El menorquín se quedó mirando a su interlocutor mientras pensaba en lo que Mercedes le acababa de contar.

—Quisiera saber cuál es la función y la autoridad de un comisario de barrio aquí en La Habana.

Miralles arrugó el cejo, entre sorprendido y pensativo, para responder después:

—Tengo entendido que es una figura muy semejante a la de la Península. Según el bando de nuestro gobernador, el marqués de la Torre, el principal objetivo del rey y de su justicia es el servicio a Dios y el cumplimiento de sus mandamientos y preceptos. Así pues, los comisarios de barrio en su función de policía deben asegurar que el comportamiento de los vecinos respete tanto las leyes de Dios como las del rey.

—Las leyes divinas, o sea las de la Iglesia, y las humanas... las del rey.

—Así es. Y también deben velar por la salubridad de las calles y la calidad de los alimentos.

—¿Y con qué poder cuentan?

—Tienen alguaciles, y si es necesario pueden recurrir a su superior, el alcalde de la ciudad, para obtener más ayuda.

—¿Y qué ocurre si uno de esos comisarios de barrio usa su poder para todo lo contrario? Por ejemplo, para enriquecerse con el juego y la prostitución.

—Eso es imposible aquí en La Habana. Sería descubierto y castigado.

—No si el sistema está corrupto y tiene asegurados el silencio y la protección de sus colegas y su superior.

Miralles lo miró pensativo.

—¿Qué insinuáis?

—Nada de momento. Solo que habéis dicho que la Corona podría ayudarme.

—Quizá pueda, pero depende del asunto del que se trate.

—No lo tengo claro aún, don Juan.

92

Julio no era el padre y él lo sabía, reflexionaba Almudena. Ningún hombre, por muy descastado que fuera, abandonaría a su mujer cuando estaba a punto de parir a su hijo. Y ella se alegraba porque no tenían nada en común salvo la bendición de un cura, en maldita la hora. Pero en aquel momento no sabía qué otra cosa podía hacer más que cuidar del recién nacido y permanecer en aquel limbo infeliz que al menos les permitía disponer de techo y alimento. Tanto ella como su pequeño estaban bien de salud y una mezcla de felicidad y tristeza flotaba en la casa mientras su propietario se mostraba indiferente a lo uno y a lo otro.

La conversación que tuvo durante el parto con Mercedes no se retomó, parecía que ambas deseaban posponerla, y la mulata evitaba comentar lo que pensaba que le había ocurrido a Lorenzo.

Con todo lo vivido en Charleston, la revuelta y la muerte de Wolf, Jaime se había olvidado de la carta que escribió la noche previa a su ejecución. Manuel la conservaba en su poder. Era una carta llena de sentimiento que había arrancado las lágrimas al veterano marino, y estaba seguro de que su contenido sería capaz de ablandar el corazón más duro. Así que el día siguiente a su llegada se acercó a la casa de Almudena. La carta tenía su dirección. Le abrió una mujer de color.

—Traigo un recado para doña Almudena.

—¿De parte de quién?

—Mi nombre es Manuel, ella no me conoce, pero lo que traigo es muy importante.

—Esperad aquí. —Y le cerró la puerta.

Al rato apareció Almudena. Estaba bastante recuperada del parto, pero evitaba movimientos rápidos o precipitados.

—Vos diréis.

—Os traigo una carta.

—¿Una carta?

—Sí, os la escribió Jaime Ferrer la noche antes de su ejecución en Charleston.

Mercedes no le había dicho nada del encuentro con Jaime y en el rostro de la madrileña aparecieron la sorpresa y el dolor. Lo notaba en las entrañas.

—¿¡Le han matado!? —exclamó. Se le partía el corazón.

Manuel sonrió al ver la expresión de la joven. Sentía mucho por su amigo, mucho más de lo que él había anticipado, y esperaba que la carta terminara el trabajo.

—No. Los británicos estuvieron a punto, pero se salvó de milagro, cuando ya tenía la soga en el cuello. La noche antes de la ejecución me dio esta carta para que os la entregase una vez muerto. Se ha olvidado de ella y yo quiero que vos la tengáis. Él no lo sabe, se indignará cuando se entere, pero debéis leerla.

Almudena tomó la carta y se quedó mirando al marino a la vez que intentaba recuperarse de la sorpresa. Él se tocó el tricornio en señal de despedida.

—Quedad con Dios —dijo.

—Que Él os acompañe, señor —respondió ella.

Y se dijo que solo le faltaba aquella carta. Como si no tuviera suficiente con su reciente parto y la desaparición de su padre. Subió al primer piso, se acomodó en el salón cerca del balcón por el que entraba la luz de la tarde y leyó:

> Querida mía. Mañana estaré colgando de una horca británica en Charleston. Quiero que sepas que te sigo amando, que no he dejado de amarte desde el día en que te conocí.

Almudena rompió a llorar. Aquellas palabras le llegaban en un momento de grandes emociones, buenas y malas, y tenía el corazón en carne viva. Hizo un esfuerzo para seguir leyendo.

> Y que después de rendir cuentas con el Señor confesándome, lo último que haré en esta vida será rezar por ti, por tu felicidad. Y la de tu hijo, que siento como mío. Como también siento que viviré en ti, en tu recuerdo, a través de él.

Los sollozos le interrumpían la lectura. Era muy triste, pero hermoso. Y sacando fuerzas de flaqueza terminó de leer, sorprendiéndose de que, a pesar de lo mal que le había tratado, él le dedicara sus últimos pensamientos y le legara todo cuanto poseía. Besó la carta, la puso sobre su corazón y, deshecha en lágrimas, murmuró:

—Jaime, querido Jaime.

93

Fue al quinto día de su desaparición cuando Mercedes reconoció el cadáver de Lorenzo expuesto en aquel macabro cobertizo. A pesar de que el mar conservaba los cadáveres mucho mejor que la tierra, estaba muy deteriorado, pero se distinguía con claridad un prolongado corte en el cuello, una herida frecuente entre los cuerpos pescados en las aguas habaneras y marca de la casa de don Martín. Aunque sabía que tarde o temprano lo vería así, no pudo contener el llanto. Le quería mucho más de lo que jamás hubiera imaginado. Había vivido en un mundo cruel y admiraba a los hombres que defendían a sus mujeres, fueran madres, hermanas, esposas o hijas. Ella nunca había tenido ese privilegio. Y sabía que Lorenzo la habría defendido a muerte. Era un hombre como ella soñaba que debían ser los hombres. Por ese motivo, por ser como era, le tenía ahí tendido con aquella horrible herida en el cuello.

Tardó en serenarse. No se sentía con fuerzas para decírselo a Almudena y decidió buscar antes a Jaime, sabía que compartiría su dolor.

—Quiero que vengas conmigo a reconocer el cuerpo de tu amigo —le dijo cuando lo encontró.

El menorquín la miró a los ojos sin decir nada. Sabía lo que aquello significaba.

—Por aquí más de uno sabe a lo que me dedico y no se fían de mí —insistió ella—. Necesito tu apoyo para que me entreguen su cadáver.

A Jaime se le deslizaron las lágrimas por las mejillas cuando lo vio. Ni siquiera le habían cerrado los ojos y se acercó para hacerlo él. Después se arrodilló para tomar sus manos heladas y se mantuvo un tiempo rezando. Olía a descomposición.

—Descansa en paz, amigo —musitó—. No sé cómo, pero te he de hacer justicia.

Cuando regresó al lado de Mercedes, ella le dijo:

—Quise cerrárselos yo, pero no me dejaron tocarlo.

Jaime notaba la rabia bullir en su corazón.

—Cuéntame de nuevo todo lo referente al marido de Almudena y a ese comisario.

Ella lo hizo, interrumpida por las preguntas de Jaime. Él creía su historia y ahora comprendía quién era el marido de su amada: aquel chulo despreciable del que había oído aquella asquerosa frase sobre los cuernos. Solo que entonces no sabía que se refería a la mujer que él amaba.

—¿Cómo es que se llama Julio y en esos lugares responde como César?

—Cada jefe tiene su mote. El suyo es César o Cara de Ángel. El primero le viene del conquistador Julio César, porque conquista a jovencitas enamorándolas y después se las entrega a don Martín para iniciarlas en la prostitución. Una experiencia horrible. Una vez ahí, están atrapadas y ya no las dejan escapar. Julio es el mamporrero del comisario.

—Nunca tan bien dicho —murmuró Jaime con rabia.

Estaba furioso, ¿cómo se podía ser tan miserable? Pero no iba a pararse en ello, había algo urgente y muy desagradable que hacer. Reconoció el cadáver frente a los alguaciles y confirmó el derecho de Mercedes a recogerlo en nombre de su hija.

Al despedirse le dijo:

—¿Cómo lo llevarás a casa?

—Pagaré a uno de los estibadores del puerto con un carretón.

—Se merece algo más digno.

—No hay tiempo, ya huele mal. Hay que enterrarle cuanto antes.

Almudena desfalleció ante el cadáver de su padre, que colocaron sobre la mesa de la cocina, en la planta baja, donde se instaló una capilla ardiente con decenas de velas. Trataron de que tuviera el mejor aspecto posible, algo difícil porque el cuerpo se encontraba en muy mal estado.

Con el revuelo de la llegada, Julio se levantó antes de lo habitual y, compungido, le dio el pésame a su esposa seguido de un beso. Parecía haber salido de su indiferencia y estar verdaderamente afectado.

—Hay que darle un buen entierro —dijo.

—Tiene que ser hoy —le advirtió Almudena.

Julio sorprendió a las mujeres cuando se fue a toda prisa a la iglesia del Santo Espíritu para negociar el entierro con el cura. Los católicos recibían sepultura en tierra santa y las iglesias dividían su suelo interior en diez espacios cuyos precios variaban dependiendo de la cercanía al altar. Los más cercanos costaban ciento veinte pesos y los más alejados ocho pesos y dos reales.

A Jaime ya no le importaba la prohibición que pesaba sobre él de acercarse a Almudena. Lorenzo era su amigo y se iba a despedir de él pasara lo que pasase, por mucho que aquella fuera la casa del que llamaban César. Le enfurecía que fuera precisamente aquel miserable quien le separara de su amada.

Así que fue al barbero, tomó algo ligero de almuerzo, se vistió con sus mejores ropas, prescindiendo de la peluca, y se dirigió a casa de Almudena.

Cuando llegó, vio que en el balcón colgaba un paño negro en señal de luto, encontró la puerta entreabierta y pasó sin llamar, quitándose el tricornio por respeto. Lorenzo estaba tendido sobre la mesa, rodeado de velas, mientras que Mercedes rezaba arrodillada en el suelo y Almudena se encontraba sentada en una silla con las manos unidas en oración y la cabeza gacha, quizá estuviera dormida. En otra estancia lloraba un niño, al que alguien estaba atendiendo por el murmullo consolador que se oía. A Jaime le dio un vuelco el corazón.

—¡Mi hijo! —musitó.

Las mujeres parecían no advertir su presencia, se acercó al cadáver de su amigo y puso su mano sobre las manos frías de él, que las tenía unidas sobre el corazón. Empezó a rezar en silencio mientras los ojos se le llenaban de lágrimas. Cuando acabó, se giró para contemplar a Almudena. Iba de negro y tenía la cara demacrada, con profundas ojeras, pero para él seguía siendo la mujer más bella del mundo.

Le tocó suavemente el brazo para despertarla.

—Almudena, mi amor —murmuró.

Ella abrió los ojos y le miró con extrañeza.

—Almudena, no sabes cuánto lo siento —le dijo a media voz lloroso—. Le quería, era mi amigo.

—¡Jaime! —gritó ella.

Se levantó de un salto y lo abrazó con fuerza.

—¡Oh, Jaime, Jaime, Jaime! —sollozaba sin dejar de estrecharle contra su corazón.

El menorquín no se esperaba aquello y cuando se recuperó de la sorpresa sintió una felicidad casi física. Cerró los ojos gozando de aquel abrazo y le vinieron imágenes de momentos vividos en el pasado, y revivió la esperanza de un futuro juntos.

Al rato, Almudena se apartó con delicadeza y le miró a los ojos.

—Tú siempre has estado con nosotros y no he sabido agradecértelo lo suficiente —dijo.

—Pues págamelo ahora enseñándome al niño.

A pesar del dolor, el rostro de ella se iluminó con una sonrisa.

—¡Ven! —dijo, y le tomó de la mano para llevarlo a una estancia interior.

Mercedes, que lo había presenciado todo con una sonrisa en los labios, les siguió en silencio. No quería perderse la escena. El niño estaba en una cuna al cuidado de Matilda y Almudena lo cogió y se lo mostró sonriente. Jaime lo observaba extasiado, sin decir palabra. Y con suavidad le tocó los deditos.

—Puedes cogerlo si quieres —le dijo Almudena.

Él la miró entre indeciso y temeroso y ella, sin dejar de sonreír, afirmó con la cabeza. Jaime lo tomó en sus brazos con sumo cuidado y siguió contemplándolo extasiado. Después la miró a los ojos y le dijo:

—Gracias, muchas gracias, Almudena. No sabes lo feliz que me haces.

Asumía que era su hijo. Ella no respondió.

—Hay que volver al velatorio —dijo pasados unos minutos mientras cogía al niño de sus brazos y se lo entregaba a Matilda.

Y los tres regresaron a la cocina y se quedaron rezando, a la espera.

94

—El cura del Santo Espíritu celebrará la misa esta misma tarde —dijo Julio al entrar mientras colgaba su tricornio—. He contratado la tumba en la segunda línea desde el altar. Un lugar de categoría.

Las mujeres le observaban en silencio y de repente reparó en una tercera persona que se encontraba sentada junto a ellas.

—¡Señor Ferrer! —exclamó sorprendido—. ¿Qué hacéis aquí? No esperaba veros en el velatorio de mi suegro.

—Éramos amigos —dijo el menorquín sin levantarse para saludar.

—No lo sabía.

—Hizo la travesía desde la Península hasta aquí con nosotros —aclaró Almudena, que rompió el incómodo silencio que se produjo cuando Jaime, que miraba a Julio con cara de pocos amigos, no respondió.

—¡Ah! Pues sed bienvenido. Nos acompañaréis al entierro, ¿verdad?

—Eso haré.

De nuevo se hizo el silencio. Jaime juntó las manos e inclinó la cabeza olvidándose del propietario de la casa, y este, perplejo, se quitó la casaca, tomó una silla y se unió a ellos. Almudena se puso a rezar en voz alta y los demás la acompañaron, aunque en alguna ocasión su voz se rompía en un sollozo al que le seguía el llanto. Entonces Mercedes se levantaba para abrazarla y lloraban juntas.

Al rato llegaron unos hombres que amortajaron el cadáver, que tenía muy mal aspecto y olía aún peor. Aquello fue un alivio para las mujeres porque no querían recordarlo en ese estado. Después lo depositaron en una caja de madera que cargaron en un carro cubierto de colgaduras negras, con una cruz en el pescante y del que tiraban dos caballos negros. Y todos los de la casa, con excepción de Matilda, que se quedó cuidando a los niños, le siguieron. Era un exiguo cortejo fúnebre.

En la iglesia del Santo Espíritu les esperaba el cura en la puerta, que hisopó la caja con agua bendita. Esta se colocó frente al altar y el sacerdote procedió a oficiar una misa. Terminada esta, los hombres que habían transportado el féretro levantaron unas losas del pavimento a poca distancia del altar y extrajeron el cuerpo de la caja. El cura volvió a bendecirlo y Almudena y Mercedes acudieron a darle un último beso sobre la mortaja. Después bajaron el cadáver a la tumba y lo cubrieron de tierra antes de volver a colocar las losas.

Almudena miró con ojos acuosos a Mercedes y a Jaime. Aquello era todo. El cura que la había confesado tantas veces acudió a darle el pésame acariciándole las manos. Hizo lo mismo con los tres restantes y fueron saliendo de la iglesia a excepción de Julio, que terminó de acordar los trámites para el acta de defunción y los correspondientes pagos.

—Podemos irnos —dijo Mercedes—. No tenemos por qué esperarle.

Dejaba claro sus sentimientos hacia él.

—Pues yo sí creo que hay que esperarle —murmuró Jaime—. Quedaos conmigo, por favor.

Al poco salió Julio y les dijo:

—Todo resuelto.

—No, no está todo resuelto —le contradijo Jaime.

—¿No? —se sorprendió.

El menorquín le propinó un puñetazo en el estómago seguido de un par en la cara que le tumbaron. Y se evidenció que Julio no estaba habituado a pelear mientras que Jaime sí.

—Pero ¡qué hacéis! —chillaba mientras le pateaba en el suelo—. ¡Parad, por favor!

—¡Ha muerto por tu culpa!

—¡No! No he tenido nada que ver, ¡lo juro por Dios!

Se había hecho un ovillo y Jaime se detuvo. Quería oír lo que decía.

—¡No te creo!

—Juro por Dios que hice todo lo que pude por él. Le pedí que no se metiera en líos. ¡Traté de evitarlo! ¡Lo juro por mi madre y por lo más sagrado!

—Julio César... —dijo el menorquín con sorna—. Eres despreciable, un puto miserable.

El otro no respondió.

—Déjalo —le pidió Almudena—. Hoy se ha portado bien. Y le creo.

—¡Mírame! —le ordenó Jaime dándole una patada en la espalda.

Julio se giró.

—Como no trates bien a Almudena, a Mercedes y a sus hijos, ¡te mato! ¡Te arrancaré las tripas con mis propias manos! ¿Lo has entendido?

Él respondió afirmando con la cabeza entre sollozos. Jaime contuvo sus deseos de escupirle, le asqueaba, dio media vuelta y se fue.

Almudena se quedó para ayudarle a incorporarse, pero Mercedes siguió al menorquín.

—Creo que te has metido en un buen lío —le advirtió—. Ándate con cuidado, que no quiero tener que buscar a otro amigo en el cobertizo de los pescados en la bahía. Ese no tiene agallas con los hombres, solo con las mujeres, pero su jefe anda sobrado.

—Me cuidaré. ¿Dónde puedo encontrarte si te necesito?

—No lo hago con los enamorados de mis amigas, si es por eso.

Jaime rio.

—Aunque eres muy bonita, no es por eso. Es otra cosa.

—¿Qué?

—No tienes que saberlo ahora. Contéstame.

—En casa de Julio o en el mercado por la mañana. Y por la tarde ya sabes, en casa de la madama.

El menorquín se tocó el tricornio a modo de despedida.

95

—El señor Jaime Ferrer, nuestro agente en las Carolinas —le presentó Juan de Miralles.

El menorquín vestía su mejor traje, lucía peluca, sostenía su tricornio sobre el antebrazo izquierdo e inclinó respetuoso la cabeza.

—Don Felipe de Fonsdeviela y Ondeano, marqués de la Torre —prosiguió el alicantino.

El gobernador era un hombre de cincuenta años, de nariz recta, cejas arqueadas y aspecto agradable a la vez que enérgico. Su peluca tenía un tono grisáceo y se rizaba sobre las orejas. La casaca y la chupa que lucía, de seda, tenían el mismo gris a excepción del cuello de color rojizo y las mangas doradas de su casaca. Le tendió la mano a Jaime y este se la estrechó. Y con un gesto les indicó que se sentaran en unas sillas frente a su mesa de despacho.

—He oído hablar de vos, señor Ferrer —dijo una vez que se acomodaron—. Estáis haciendo un excelente trabajo para la Corona y sé que vuestro último viaje a las Carolinas estuvo a punto de costaros la vida.

—Así fue, señor. Pero tengo la satisfacción de decir que, a raíz de la intervención de nuestros amigos americanos para evitar mi ejecución, se produjo una revuelta en Charleston que terminó con la huida del gobernador y el resto de su gente.

—Excelente. Pero entiendo que debemos seguir suministrándoles armas.

—Así es. Todo el mundo sabe que los británicos dominan el mar y el interior de la colonia. Regresarán.

—Seguro. Sé que don Juan de Miralles está gestionando, por mediación vuestra, nuestra ayuda a los rebeldes.

—En efecto, señor.

—Sin embargo, el señor Ferrer no está aquí por ese asunto —intervino Miralles.

—Algo me adelantasteis, don Juan —dijo el gobernador—. Pero quiero que él me lo cuente con sus propias palabras.

—En La Habana se están cometiendo graves delitos contra Dios y contra Su Majestad nuestro señor Carlos III. Un buen amigo mío acaba de ser asesinado por querer denunciarlos. Y lo más deleznable es que hay autoridades de la ciudad involucradas en la prostitución y el juego ilegal, que recurren a amenazas, violencias y asesinatos.

La expresión del gobernador se tornó seria.

—Precisamente, la obligación de las autoridades es evitar esos delitos y castigarlos —gruñó—. Deben hacer cumplir las leyes de Dios y de la Corona.

—Me temo que la trama que esos individuos han tejido llega, como poco, al nivel de comisario de barrio y los alguaciles, y que unos cubren a los otros.

—Quiero nombres y pruebas.

Y Jaime pasó a contarle el funcionamiento de la trama, cómo las mujeres eran forzadas y las trampas y las agresiones que se cometían en el Salón.

—Quisiera, señor, que vos lo escucharais en la voz de Mercedes, una mujer humilde que ha sufrido y sufre, siendo libre, la esclavitud y la violencia sexual que atenta contra Dios y contra el bando de buen gobierno emitido por vuestra excelencia.

El gobernador arrugó el cejo y dijo:

—Quiero oír su testimonio.

—Está esperando abajo —advirtió Miralles.

Al poco entraba en el despacho Mercedes. Vestía discreta pero elegante, y mostraba, sin apenas maquillaje, toda su belleza. El gobernador la contempló impresionado y, sin levantarse ni invitarla a sentarse, le dijo:

—Cuenta todo lo que tengas que contar sobre lo que ha denunciado el señor Ferrer.

La mulata respiró hondo. Sabía que con aquella denuncia se jugaba la vida, pero necesitaba vengar a Lorenzo y que todos los atropellos que había sufrido y presenciado tuvieran su castigo. Y de pie, observada por aquellos hombres, empezó a describir cómo operaba la banda y relató los asesinatos que, aun sin presenciarlos personalmente, conocía a través de sus amigas y que incluían el del padre de Almudena. La prostitución obligada, las trampas en el juego y las ocasiones en que alguien que había ganado mucho dinero en el Salón era asaltado en la calle y asesinado si se resistía. Y no olvidó contar cuando el comisario en persona, junto a sus aguaciles, entró en el Salón para detener a un grupo de marinos que ganaban grandes cantidades y que, por su número y aspecto, no podían ser abordados en la calle. Don Martín les acusó de participar en apuestas prohibidas y los marinos tuvieron que ceder sus ganancias a cambio de conservar la libertad.

—Es intolerable —murmuró el gobernador—. Hay que acabar con eso.

—No sabemos hasta qué punto están implicados otros comisarios y sus alguaciles —dijo Jaime—. Sugiero que si decidís intervenir el Salón lo hagáis con una unidad del ejército. Conozco cómo funciona la trama y sé a qué hora se encuentran el comisario del barrio de San Francisco de Paula y sus compinches en el Salón. Y os ruego que me permitáis participar en la acción como oficial del rey. Precisamos atraparlos sin que se destruyan pruebas.

—Concedido. Os presentaré al comandante que se hará cargo, de manera confidencial, del asunto.

Al salir, Jaime le dijo a Mercedes:

—Has sido muy valiente. Me pareces una gran mujer, admirable.

—Gracias, marinerito —repuso ella—. Ni el cerdo del comisario ni el cobarde huevón de César Cara de Ángel sospechan que tienes esa influencia con el gobernador. Les va a caer la que se merecen.

—Julio puede saber de mi relación con Miralles. Debemos ser cautos y no contar nada a nadie.

—Seré una tumba.

96

Los días siguientes Jaime estuvo planeando la acción junto al comandante Antonio del Valle, de absoluta confianza del marqués de la Torre. Como primera medida enviaron a agentes a estudiar el terreno tanto en el Salón como en casa de madame Filipa. Serían además testigos de la acusación.

—El proxenetismo y las apuestas ilegales son evidentes en el Salón —le comentó el oficial al menorquín un par de días después—. En cambio, las cantidades apostadas donde madame Filipa, sin ser legales, se acostumbran a consentir.

—Allí se ejerce la prostitución.

—Sí, y encausaremos a esa señora por eso —afirmó el comandante—. Pero no parece que ella ejerza violencia sobre las chicas. Allí todo es más relajado, más elegante.

—Quien fuerza a las chicas es el comisario Martín Atienza y su banda. La madama es una simple alcahueta.

—Hay que detener a los cabecillas en el Salón y conseguir la declaración de las mujeres.

—Las nueve o las diez de la noche sería la mejor hora —dijo Jaime—. Es cuando más posibilidades tenemos de arrestarles en la estancia que usan detrás de la cortina.

—¿Y decís que tienen una salida de escape?

—Sí, en la parte trasera del edificio.

—La estaremos vigilando.

Mercedes le contó a su amiga su encuentro con Jaime y el marqués de la Torre.

—Tiene que ocurrir algo —murmuró Almudena—. Y pronto.

—Así es, y conociendo a esa gente habrá muertos —repuso la mulata.

Almudena sentía miedo y esperanza a partes iguales. Quería que el odioso de don Martín y sus compinches recibieran su merecido. Y se decía que si su marido moría en el asalto, ella quedaría libre de una vez. Libre para lanzarse a los brazos de Jaime, no había nada que deseara más. Julio no la quería y esa evidencia, y lo que iba conociendo de él, la había hecho despertar del autoengaño de su amor. Había intentado hacer de la necesidad virtud en una sociedad donde el matrimonio era sagrado y traicionarlo comportaba un severo castigo. A quien quería de verdad era a Jaime y, tras leer la carta que le entregó Manuel, su amor se había multiplicado. Ansiaba estar a su lado, sufría su ausencia.

—Si uno de los muertos fuera Julio... —musitó.

—Serías libre.

—No es de buena cristiana desearle la muerte a alguien, y menos al marido —prosiguió.

Mercedes se echó a reír.

—Hay muchas que desean precisamente eso y rezan por ello. Ya eres mayorcita, el mundo es como es y la vida pasa pronto. Déjate de tanta mojigatería. Dios es bueno y perdona que busquemos la felicidad.

Aquella mañana estaban de compras en el mercado cuando a Almudena le dio un vuelco el corazón. Era él, Jaime, plantado frente a ellas. Se encontraban en público y reprimió sus ardientes deseos de abrazarlo.

—¡Anda! —exclamó la mulata—. Pero si es el marinerito...

—Jaime... —murmuró Almudena.

—Toma —dijo él entregándole una pesada bolsa—. Te enseñé cómo cargar y usar una pistola, ¿recuerdas?

—Sí, en nuestro viaje a Cádiz.

—Aquí hay una caja con dos pistolas, pólvora y balas —les explicó con urgencia—. Hoy van a ocurrir cosas y quizá no salgan como queremos. Quedaos en casa con las pistolas cargadas. Y si le tenéis que volar la cabeza a alguien, ¡hacedlo!

—Si no voy a donde la madama, van a sospechar —dijo Mercedes.

—Ve, pero al poco finge que estás indispuesta y vuelve de inmediato a casa.

—Cuídate tú también, Jaime —le pidió Almudena. Intuía que estaría al frente de lo que iba a suceder.

—Que Dios os proteja —dijo el menorquín, y se alejó furtivo.

El encuentro había durado apenas dos minutos y las mujeres se quedaron con el alma en vilo.

Mercedes fue a casa de la madama y regresó sobre las siete de la tarde. Almudena había cargado las dos pistolas y se instalaron en el salón del primer piso con los niños y Matilda, quería tenerlos a todos cerca para protegerlos. Y esperaron los acontecimientos cosiendo en una mesita y con las armas escondidas debajo de las prendas.

Dieron de comer a Julito, Almudena amamantó al pequeño Lorenzo y, apenas cenaron en la cocina, regresaron al primer piso. Poco antes de las nueve oyeron que un coche de caballos se detenía ante el portal y una llave giraba en la cerradura.

—Es Julio —murmuró Mercedes.

—¡Ha escapado!

Subió las escaleras apresurado y se encontró a las dos mujeres observándole.

—¿Cómo llegas tan pronto? —preguntó Almudena haciéndose la ignorante.

—Están pasando cosas y tengo que irme —repuso él, jadeante.

Se precipitó al dormitorio y empezó a arrancar unos paneles de madera que cubrían las paredes. Y de allí sacó tres sacos que aparentaban pesar mucho.

—¿Qué pasa y a dónde vas? —quiso saber Mercedes.

—El ejército va a asaltar el Salón de don Martín.

—¿Cómo lo sabes?

—Hay que tener amigos hasta en el infierno. Y los tengo. Me han avisado y esta es mi oportunidad. Estoy harto del maldito comisario, es un desalmado y se merece lo que le estoy haciendo.

—¿Y qué estás haciendo? —inquirió Almudena.

—Me llevo todo el oro que guardábamos escondido en el Salón. Y también el de aquí.

—Vaya, este es el primer acto de valor que te conozco —dijo Mercedes irónica—. Nunca te habías atrevido con un hombre. Solo con mujeres.

—Era su esclavo. Tenía que obedecerle en todo por mucho que me desagradara. Ya no podía más. Y lo de Lorenzo fue la gota que colmó el vaso.

—Cobarde —murmuró la mulata, despectiva.

—¿Y a dónde vas? —insistió Almudena.

—Prefiero no decirlo. Si ese logra escapar, me buscará para matarme. Y es capaz de perseguirme fuera de Cuba.

—Así que te vas lejos, ¿verdad? —concluyó ella.

Él afirmó con la cabeza, sacó una bolsa pequeña de uno de los sacos, la puso encima de la mesa y les dijo:

—Esto es para vosotras. Que Dios os proteja, queridas. No me puedo entretener.

—¿Y vuelves a abandonarme? —La madrileña sacó la pistola y le apuntó.

A Julio se le cayeron los sacos del sobresalto. El fuerte golpe sonó metálico.

—Me abandonaste en Madrid en manos de tu familia y del Lobo. —Hablaba con frialdad—. Y aquí has querido prostituirme con ese hombre. ¿Y ahora vuelves a abandonarme? Eres un miserable. Te voy a pegar un tiro y me libraré de ti para siempre.

Él se quedó lívido y tardó en reaccionar.

—Pues ven conmigo —murmuró.

—¿Ahora lo dices? Porque te apunto con una pistola, ¿verdad? ¿Te crees que me fío de ti?

Y en aquel momento, notando el peso del arma en su mano, Almudena sintió el impulso de dispararle. Con él muerto sería libre. Su dedo se apoyó en el gatillo. Solo tenía que apretarlo y se acabaría todo. Ella lo despreciaba tanto como lo hacía Mercedes. Con solo un poquito más de presión, el mundo se libraría de otro malnacido.

—Pues si no vienes conmigo, deja que me vaya. —Estaba muy angustiado—. Una embarcación me espera en el puerto y no me verás más. Puedes darme por muerto.

—Sé manejar un arma, y si disparo estarás muerto de verdad.

Pero ya lo había descartado, el asesinato a sangre fría era un pecado mucho más grave que el adulterio. Sin embargo, a pesar del peligro que se cernía sobre aquella casa, disfrutaba de la situación, quería ver el miedo en su cara y lo vio.

—Por favor, Almudena. Nunca quise hacerte daño, y si

lo hice fue obligado. No tienes por qué matarme, desapareceré y nunca más me verás —dijo con voz temblorosa. Si algo tenía Julio, además de su encanto, era una charla convincente—. Si el comisario logra escapar, lo primero que hará será venir aquí a buscarme. Tengo que irme, o se quedará con el oro y nos matará a los tres. Y también a Matilda y quizá a los niños. Nunca deja testigos. Guarda la bala, la vas a necesitar.

—¿Y nos abandonas sin más? —inquirió Mercedes apuntándole también con su arma—. ¿De qué vamos a comer nosotras y tus hijos?

Una sonrisa triste apareció en su rostro.

—No son mis hijos y lo sabéis. En esa bolsa tenéis cincuenta pesos de oro.

Mercedes comprobó la cantidad.

—No quiero ese dinero sucio —dijo Almudena—. Se ha ganado con el sufrimiento y el abuso de muchas mujeres.

—Pues yo sí que lo quiero —dijo Mercedes—. Parte de ese oro proviene de mi trabajo. Y quiero más. ¡Más! —le gritó apuntándole de nuevo—. O te mato y me quedo con todo.

Julio, nervioso, abrió otra vez el saco y puso en el suelo tres bolsas del mismo tamaño que la que ya les había entregado.

—Tomad.

—¡Más! —ordenó Mercedes—. Estoy deseando pegarte un tiro y mandarte al puto infierno.

Y se estableció un regateo hasta que, cuando solo quedaba una pequeña parte, Julio se plantó.

—No me voy a ir sin nada —dijo.

—Tienes abajo el oro del comisario, ¿no? Seguro que con él vivirás como un rey.

—He trabajado mucho y he aguantado mucho por ese dinero. No pienso volver a la miseria. Prefiero que me mates, pero harás mejor guardándote la bala —insistió—. Cuando aparezca el comisario, y será pronto, la vas a necesitar.

—Déjalo ir —dijo Almudena—. Huir es lo que mejor hace. Es un canalla, pero no quiero ser responsable de su muerte. Dios se encargará de ajustarle las cuentas.

—Es cierto —acordó la mulata—. Muchas mujeres le hemos amado hasta darlo todo por él. Pero este infeliz nunca ha querido a nadie. Es un pobre miserable que no sabe lo que es el amor. Se pierde lo mejor de la vida.

En el suelo del salón se amontonaban las bolsas de oro.

—¡Gracias! —dijo él.

Y sin esperar más, tomó la cantidad que le restaba y se precipitó escaleras abajo. Ellas se asomaron a la ventana para ver cómo subía a una calesa que le estaba aguardando y partía a toda velocidad hacia el puerto. Almudena sintió que aquel hombre se iba definitivamente de su vida. Estaba muerto.

—¡Hay que esconder el dinero! —dijo Mercedes—. El comisario tiene más vidas que un gato y puede presentarse de un momento a otro.

97

Tres hombres que aparentaban estar bebidos se acercaron a la puerta del Salón. Los guardianes les dieron el alto.

—No se puede entrar con armas —dijo uno de ellos, y le propinó un fuerte empujón al que iba primero.

Y se dispusieron a cachearles.

—¿Armas como esta? —inquirió Jaime poniéndole una daga al cuello.

El hombre se quedó rígido al sentir el filo del arma en su piel. El otro portero fue neutralizado al mismo tiempo y de la misma forma.

—¡Daos presos en nombre del marqués de la Torre y del rey! —les advirtió el menorquín.

Y de la oscuridad aparecieron soldados de uniforme blanco, con cuellos y mangas verdes y tricornio negro, armados con mosquetes y bayoneta calada. Al frente iba, pistola en mano, el comandante Antonio del Valle. Tan pronto se hicieron cargo de los porteros, Jaime, seguido de los dos hombres que le acompañaban, se introdujo en el local y lo cruzó con rapidez empujando sin miramientos a quien se le ponía por delante. Quería llegar cuanto antes al matón que guardaba la puerta de la cortina. Sin mediar palabra, le propinó un empujón y, antes de que el hombre pudiera reaccionar, tenía encima a los otros dos. Desenfundó la pistola que llevaba bajo la casaca. Deseaba enfrentarse al guapo de César y al seboso y corrupto comisario, apodado el General.

Justo entonces se oyó un tiro seguido de chillidos de espanto. El comandante, después de disparar al techo, gritó:

—¡Todos manos arriba y de cara a la pared!

Los soldados, que seguían entrando en el local, empujaban a punta de bayoneta a los asistentes hacia las paredes. Jaime se detuvo frente a la puerta de la estancia en la que se reunían los proxenetas esperando que, tras oír el disparo, salieran. Pero no ocurrió nada. Dio una patada a la puerta y vio el lugar vacío.

—¡Maldita sea! —gruñó—. Alguien les ha avisado.

Y se encaró con el tipo que vigilaba la entrada de la cortina. Agarrándolo de la pechera con fuerza, le preguntó:

—¿Dónde están? ¿Dónde han ido César, el General y el Víbora?

El hombre se quedó mirándolo sin responder. Uno de los que acompañaba a Jaime le propinó un puñetazo en los riñones y él soltó un lamento.

—Como no hables ahora mismo te mataré a patadas —le dijo el que le acababa de golpear.

—César ha estado aquí hoy muy pronto —confesó el hombre, convencido de que la amenaza iba en serio—. Y los otros dos llegaron después. No sé dónde están. Los he visto entrar, pero no salir.

En aquel momento apareció el comandante.

—Todo está bajo control ahí fuera —dijo.

—Hay que registrar el edificio, don Antonio —le dijo Jaime—. No encontramos a los cabecillas.

El oficial dio las órdenes oportunas y las escaleras de madera resonaron con las pisadas de las botas.

—¿Dónde está la salida trasera? —interrogó Jaime al matón.

—Justo en esa habitación. —Y señaló al interior—. Detrás del panel de madera.

Allí había una puerta disimulada y tras recorrer un corto pasillo Jaime se encontró otra, la abrió y se vio frente a las bayonetas de un grupo de soldados. La salida trasera se encontraba justo donde él había anticipado y estaba vigilada.

—¡Soy oficial del rey! —gritó.

Conocía al sargento al mando y le preguntó:

—¿Ha salido alguien por aquí?

—¡No!

Era una pregunta inútil, se dijo Jaime. Aquel antro tenía otra salida. Y regresó para encararse de nuevo con el matón.

—¿Dónde está la otra salida?

—¡No lo sé!

Y recibió otro puñetazo en los riñones.

—¡Juro por Dios que no lo sé! —chilló—. A veces los he visto subir las escaleras sin ninguna chica y no volvían a bajar. ¡Puede que esté arriba!

—Solo hemos encontrado a esta vieja, comandante —dijo un soldado.

La tenía sujeta del brazo y Jaime reconoció a la mujer que guardaba los cuartos. Estaba temblorosa.

—¿Dónde han ido César, el General y el Víbora? —le preguntó Jaime, amenazante.

—No lo sé, señor.

—Pero hoy los has visto, ¿verdad?

—Sí, señor.

—¡Pues cuenta todo lo que sepas de una vez! —le gritó.

—Primero fue don César. Cargaba unos sacos y desapareció por el fondo del pasillo de las habitaciones. Hizo cuatro viajes.

—¿Hay una puerta allí?

—Sí, señor. Parece que da a la casa de al lado.

—Ya. ¿Y el General?

—Vino después, con el Víbora, y me preguntaron por él. Parecían muy enfadados y con mucha prisa. Se fueron por el mismo sitio que César.

—¡Almudena! —exclamó Jaime.

Acertó al suponer que cuando la redada empezara ella podría estar en peligro y se alegró de haberle proporcionado un arma. El destino de aquellos rufianes bien podía ser su casa.

—Creo que sé dónde pueden estar, don Antonio —le dijo al comandante —. Proseguid vuestra labor aquí y dejadme dos hombres, os lo suplico.

Y seguido por dos soldados, echó a correr hacia la casa de Almudena.

98

—Esto no ha terminado aún —murmuró Almudena, preocupada—. Si Julio está en lo cierto, nos las tendremos que ver con don Martín. Vendrá a por él. Le ha robado, estará furioso y lo querrá pagar con nosotras.

Mercedes lo sabía y se había apresurado a esconder, lo mejor que pudo, los pesos de oro en varios lugares de la primera planta, donde ellas, Matilda y los niños se refugiaban. Pero estaba segura de que con un simple registro darían con casi todo.

—Yo también lo creo, esto no ha terminado —confirmó la mulata—. He cerrado la puerta de la calle con dos vueltas. Es muy sólida y el comisario y su gente no podrán echarla abajo fácilmente. Hay que resistir aquí.

Almudena palpó la pistola que había escondido de nuevo bajo su costura. Al poco oyeron ruido en la calle.

—¡Hay alguien en la puerta! —exclamó Mercedes.

La madrileña se acercó al balcón para ver quién era, pero al mismo tiempo oyeron el sonido de la pesada cerradura.

—¡Alguien está entrando! —dijo Almudena, alarmada—. ¿Crees que es Julio que regresa?

Miró a Mercedes, que la contemplaba con el temor reflejado en su rostro.

—No. A ese ya no le vemos más, habrá embarcado y estará saliendo del puerto —repuso su amiga—. Alguien más tiene llave y no lo sabíamos.

—¡El comisario! —musitó Almudena.

Regresó a la mesita y puso su mano sobre la costura para notar debajo el sólido tacto de la pistola. Y se dijo, para cobrar ánimos, que no estaban indefensas.

—¡César Cara de Ángel! —oyeron gritar abajo—. ¿Dónde estás, cabrón hijoputa?

Las mujeres guardaron silencio, pero el pequeño Lorenzo, asustado por el vozarrón, se puso a llorar. De inmediato Julito le acompañó. Al poco aparecía en la escalera el voluminoso comisario. Llevaba una navaja en la mano y tenía una pistola en el cinto. Le seguía el Víbora armado de la misma guisa.

—¿Dónde está Julio? —quiso saber el comisario.

—¿Creéis que iba a esperaros aquí, don Martín? —repuso Almudena, formal, aparentando tranquilidad.

Se encontraba de pie con una mano sobre la pistola, oculta bajo la prenda que cosía, y levantó la barbilla.

—¡Me ha robado! —rugió.

—Pues llegas tarde —le dijo Mercedes, desafiante, tuteándole por primera vez en su vida—. Tenía un barco esperándole en el puerto. Estaba enterado de la redada y te la ha jugado. Nunca más le verás. Ni tampoco tu oro.

Estaba también de pie en el otro extremo de la mesa, ocultando su pistola igual que hacía Almudena. La expresión del comisario cambió de furiosa a iracunda. El tono habitual de su rostro tendente a rojizo intensificó su color. Se fue hacia Mercedes, con el Víbora tras él. Almudena estaba a punto de sacar su arma para defender a su amiga, pero entonces el hombre se detuvo. Contenía su rabia.

—Habíamos acordado huir juntos si surgían problemas —dijo dirigiéndose a Almudena—. Y esa rata me la ha jugado. Sé que tenía dinero escondido en esta casa y seguro que os ha dejado parte a vosotras. Me lo vais a dar. Y el resto nos lo cobraremos en vuestras carnes.

—No, señor —dijo ella con voz potente y segura.

Empuñó su pistola y le apuntó al pecho. El color del rostro del comisario bajó de tono, no se esperaba aquello. Su expresión cambió a astuta. Los niños seguían llorando desconsolados. Matilda trataba de calmarlos, pero estaba tan asustada que era incapaz.

—Una mujer no sabe usar eso —murmuró cuando se recuperó de la sorpresa—. Además, he cambiado de idea. Nos conformamos solo con el dinero. Pero ahora me darás esa pistola.

Y avanzó lentamente tendiendo la mano.

—No, señor —repitió la madrileña.

Don Martín la miró a los ojos y después a la pistola que empuñaba. No parecía intimidado.

—Mira, somos dos —le dijo—. Y si eso está cargado y disparas, aun si tienes la suerte herir a uno, os mataremos tanto a vosotras como a los niños.

Y trató de avanzar.

—¡Quedaos ahí! —le ordenó Almudena—. O disparo.

El comisario leyó en sus ojos su determinación. Supo que aquella mujer apretaría el gatillo, pero no pudo contener su rabia y con un rápido movimiento sacó la pistola de su cinto y apuntó a la madrileña. Sonó una detonación. Don Martín se llevó la mano al pecho a la vez que disparaba, y después se derrumbó.

La bala hirió a Almudena, aunque ella seguía aferrada al arma. El dolor era intenso, se sentía desfallecer, pero estaba decidida a permanecer de pie mientras persistiera la amenaza sobre su hijo. El Víbora, sabiendo que la pistola era de un solo disparo, se abalanzó sobre ella navaja en mano, y la joven reaccionó lanzándole la pesada arma al rostro. El sonido del impacto mostró que había acertado. El Víbora dio un paso atrás mientras el comisario, herido, intentaba incorporarse. Cuando el matón quiso volver a la carga, se encontró con la pistola de Mercedes apuntándole. Tenía el rostro ensangrentado.

—¿Tú también quieres una bala? —le dijo la mulata.

Aquello le detuvo y justo en ese momento se oyó gritar desde la planta baja:

—¡Alto en nombre del rey!

Era Jaime, que acababa de llegar, y al encontrarse la puerta abierta supo que sus amigas estaban en peligro. El grito detuvo al matón de nuevo. Oyó las pesadas botas de los soldados en la escalera de madera, guardó su navaja y levantó las manos.

El menorquín apareció seguido de los dos soldados, comprobó aliviado que las mujeres estaban bien y comprendió lo ocurrido. Los niños seguían llorando, y el comisario, herido, trataba de ponerse de pie en un rincón. La madrileña lamentó no haber acertado en su sucio corazón.

—Llevaos a ese —ordenó Jaime a los soldados señalando al Víbora—. Pero cacheadlo antes.

—Tiene al menos una navaja y una pistola —advirtió Almudena.

El rufián fue desarmado y, tras atarle las manos a la espalda, se lo llevaron escaleras abajo.

Almudena se acercó a Jaime y le sonrió.

—Está herida —le avisó Mercedes.

—Es solo un rasguño, aquí, en el hombro —dijo ella—. Gracias, Jaime.

Le tendió los brazos y él, feliz, la estrechó con más delicadeza que fuerza.

—Mi marido ha muerto —le susurró al oído.

—¿Cómo? —se extrañó él—. ¿Ha muerto?

—Para mí sí.

Mercedes no atendía a la tierna escena. Clavaba su mirada en el comisario, que había logrado ponerse de pie y taponaba la hemorragia de su pecho con una mano. Y recordó la primera vez que la violó, y cómo la obligaba a prostituirse para llevarse él el dinero, dejándola a ella solo las migajas, y el resto de abusos de todo tipo que durante tanto tiempo había sufrido. Sus miradas se cruzaron y levantó el arma apuntándole en el rostro. Quería ver el temor en sus ojos porque sabía que jamás leería arrepentimiento en ellos. Tampoco necesitaba sus disculpas ni que le pidiera perdón. Solo quería ver su miedo. Y lo vio.

De repente, Almudena y Jaime se sobresaltaron con un estampido. Miraron y vieron a Mercedes con su pistola humeando. Y tendido en el suelo, con los brazos en cruz, a don Martín con la cara destrozada.

—¡Vaya! —dijo la mulata, sonriente—. ¡Qué mala suerte! Se me ha disparado.

99

Jaime y el comandante Antonio del Valle informaron la mañana siguiente a don Juan de Miralles y al gobernador sobre el resultado de la redada.

—Ese grupo criminal ha sido descabezado —anunció solemnemente el militar—. Tenemos encarcelados a una treintena de rufianes que trabajaban para ellos.

—Les aplicaremos la ley de vagos, agravada —dijo el marqués de la Torre—. Un mínimo de quince a veinte años de pena de trabajos forzados en astilleros o presidios. Y si se prueba algún asesinato, la horca.

—Quedan muchos cómplices no identificados —apuntó Jaime—. Don Martín no pudo actuar con esa impunidad sin tener voluntades compradas.

—Veremos qué sale de los interrogatorios a esos hombres y de las cuarenta mujeres que hemos detenido en el Salón y en casa de la madama. Ella también está en la lista. Los interrogatorios serán duros.

Jaime sabía que eso muy probablemente implicara tortura.

—Os pido suavidad y comprensión con las mujeres. Esos individuos las obligaban a prostituirse. Después de mi amigo y los otros que han muerto a sus manos, ellas son las siguientes víctimas. Parece que incluso asesinaron a alguna para aterrorizar al resto.

—No pensaba usar la fuerza con las mujeres —dijo el comandante con una sonrisa condescendiente—. Con solo mostrarles la sala de interrogatorios y contándoles lo que hacemos, se mearán de miedo y cantarán.

—Antes de eso, os sugiero que les preguntéis con amabilidad. Creo que la mayoría está deseando abrir su corazón, contar sus penas y declarar.

—Estoy de acuerdo —sentenció el gobernador.

—¿Y qué les ocurrirá? —quiso saber Jaime—. Algunas son aún niñas.

—Tenemos el deber moral de ayudarlas si quieren rehacer su vida —opinó don Juan de Miralles.

—Cierto —convino el marqués de la Torre—. Las que no hayan sido cómplices de la banda pasarán un tiempo en un convento para conducirlas por el camino recto. Y después serán libres de elegir entre hacerse monjas o volver al mundo. Las niñas se quedarán allí hasta ser mayores, sin necesidad de profesar como religiosas.

Por la tarde, Jaime fue a visitar a Almudena y a Mercedes. Le invitaron a subir al primer piso y él buscó con la mirada el lugar donde murió el comisario; habían limpiado el suelo, pero se veía la madera con un color más oscuro. También comprobó en la pared la marca de la certera bala que le atravesó el cráneo. Matilda les sirvió café en la misma mesita donde ellas escondieron las armas bajo la costura. Estuvieron reviviendo los momentos de angustia pasados mientras Jaime tomaba nota; él redactaría el informe, había conseguido excluirlas de los interrogatorios.

—Vente a vivir con nosotras —le propuso Almudena de repente.

Jaime la miró a los ojos y sonrió antes de responder.

—Gracias. Nada me gustaría más, pero tengo que embarcar mañana mismo rumbo a Charleston.

—Hazlo cuando vuelvas.

—Me he anticipado y lo he comentado con don Juan de Miralles. El escándalo de lo sucedido en el Salón y en esta casa es mayúsculo.

—Lo hemos notado —dijo Mercedes—. En el mercado nos señalan con el dedo.

—Yo también he pasado a ser popular en La Habana. Se sabe que dirigí el asalto junto al comandante y que esta es la casa de Julio el proxeneta. Don Juan de Miralles me ha advertido de que si la gente se entera de nuestra relación, la maledicencia será terrible. Es un asunto de prostitución.

Almudena hizo un gesto de decepción. Jaime reaccionó poniendo una rodilla en tierra y cogiéndole las manos.

—Te sigo queriendo como siempre te he querido —le dijo mirando sus verdes ojos—. Cásate conmigo, te lo suplico. Si nuestra relación es legal, se callarán muchas bocas.

Mercedes palmoteó feliz.

Almudena le miró con tristeza y musitó:

—No puedo, sigo casada.

—Me dijiste que Julio estaba muerto.

—Y para mí lo está. Pero no para La Habana. La gente sabe que embarcó hacia quién sabe dónde. Sigue vivo para ellos. Ningún cura nos casaría.

—Pues sin estar casados no puedo vivir contigo —se lamentó Jaime—. Ya sabes que el adulterio es un delito muy grave, que la Inquisición tiene ojos y oídos en todos lados y que nuestros nombres ahora están en todos los cotilleos.

Almudena hizo un gesto de desánimo. Su amor seguía siendo imposible.

100

El siguiente viaje a Charleston fue apacible para la Curiosa y su tripulación. La ausencia temporal de naves británicas permitía operar con riesgos mínimos y atracó en el puerto principal de la ciudad, el Gadsden, mucho más seguro que el embarcadero del Stono. Todos sabían que era un privilegio de corta duración, pues la armada británica no tenía rival y, aunque ahora estaba ocupada apoyando a sus tropas en la zona de Boston y Nueva York, regresaría. Carolina del Sur no tenía nada con que oponerse a su poder, solo pequeñas naves artilladas como el Vixen, el balandro de Downham Newton. Gracias a las armas de Jaime, su amigo lo había pertrechado con dieciséis cañones y perseguía a las naves comerciales británicas, o americanas leales a Jorge III, tanto en las costas de las Carolinas como de Georgia, Florida y las Bahamas.

James the Spaniard era un personaje popular en Charleston, donde todos recordaban que estuvo a punto de ser ahorcado por su apoyo a la causa revolucionaria. Ahora no tenía que ocultarse y en ocasiones le paraban por la calle.

—Gracias por vuestra ayuda, James —le decían estrechándole la mano—. Que Dios os bendiga.

También tuvo tiempo para tratar y negociar distintos asuntos con los líderes de la revolución, sus amigos ya. Su actividad diplomática le permitía obtener información, que para sus superiores había pasado a ser más importante incluso que el suministro de armas en sí.

La ciudad quería el apoyo de España y su único representante era James the Spaniard. También la ideología detrás de la revolución en ciernes era motivo de largas conversaciones. A pesar de que Jaime no consideraba que los principios revolucionarios americanos fueran adecuados en aquellos momentos para España y sus territorios de ultramar, estaba seducido por ellos.

—Algún día todas las gentes del mundo se rebelarán contra la tiranía y exigirán decidir su futuro —aseguraba Downham—. Y podrán debatir ideas libremente y escoger lo mejor para sus naciones.

Lo mismo le repetían John Rutledge, Christopher Gadsden y el resto. James the Spaniard no tenía argumentos para rebatirlo y coincidía con ellos, aunque no quería reconocerlo.

—Nosotros somos los primeros, pero muchos otros nos seguirán —insistía Downham.

—Puede ser —admitía Jaime sin terminar de ceder.

Era una cuestión de fidelidad al rey de España.

Después de una prolongada estancia en Charleston, la Curiosa regresó a La Habana. Lo primero que hizo Jaime fue visitar a don Juan de Miralles para informar sobre el viaje. El alicantino se mostró complacido, tomó buena nota de las novedades y le reiteró a Jaime sus anteriores propuestas. El menorquín le escuchaba sin demasiada atención. Se moría de ganas de ver a Almudena, al pequeño Lorenzo y a los demás habitantes de aquella casa.

Sin embargo, cuando se dirigía hacia allí se notó ansioso. Tenía una propuesta para Almudena, no estaba seguro de que ella aceptara e iba pensando cómo planteárselo. Debía ser convincente.

Ellas sabían que la Curiosa había llegado a puerto, y cuando Almudena le vio aparecer se le lanzó al cuello para abrazarle. Eso le colmó de felicidad. Mercedes también le abrazó, y después de saludar a Matilda, tomó al pequeño Lorenzo en brazos para besarle. Era su hijo.

—Te esperábamos para bautizarle —le dijo Almudena.

—¿Quién figurará como padre?

—Tú —dijo Mercedes.

—Porque lo eres —añadió la madrileña.

—¿No será eso escandaloso en La Habana? —preguntó él.

—¿No quieres? —murmuró Almudena frunciendo el cejo.

—¡Pues claro que quiero! ¿Pero no dañará tu reputación?

Mercedes soltó un bufido de enfado.

—Nada puede dañar más nuestra reputación —le dijo Almudena—. No me importa, tú eres el padre y si aceptas lo serás legalmente.

—Ya he dicho que quiero —dijo él—. Pero ¿qué ocurrirá con vosotras?

—La gente nos considera putas a las dos —intervino la mulata—. No solo por la maldición que ha caído sobre esta casa al hacerse público a lo que se dedicaba Julio, sino porque los amigos de don Martín, que tenía muchos, no nos perdonan su muerte.

—Tenía cómplices que no han sido encausados y siguen libres —informó Almudena—. Había mucha gente beneficiándose de ese negocio.

—Que digan que soy puta, lo acepto porque lo he sido —prosiguió Mercedes—. Pero que se lo llamen a Almudena es muy injusto. En el mercado nos increpan y nos han llegado a escupir a la cara y a golpear fingiendo un accidente.

—¡¿Qué?! —se exaltó él—. Le pediré al gobernador que os escolte un soldado.

—No creo que eso cambiara las cosas —dijo Almudena—. Pienso que incluso las pondría peor.

Se hizo un largo silencio en el que todos parecían meditar sobre aquella difícil situación. La ciudad se había puesto en contra de aquellas dos mujeres.

—¡Cásate conmigo! —le propuso Jaime a Almudena de pronto.

—Ya hemos hablado de eso —dijo ella con gesto de cansancio—. Nos caerían encima la Inquisición y los alguaciles del rey, y seríamos condenados yo por bigamia y tú por adulterio. Otra divertida comidilla para nuestros enemigos.

—Me gustaría encontrar un lugar donde casarnos sin temor a represalias —prosiguió Jaime, haciendo caso omiso al comentario de Almudena—. Donde la gente pueda expresar libremente su opinión, criticar a sus gobernantes, imprimir esas críticas en pasquines y distribuirlos sin temer pena alguna, como el terrible castigo que sufrió tu padre. Un lugar donde los poderosos no puedan encarcelar sin más a quienes no lo son, porque unos y otros estén sometidos a la misma ley... Un lugar donde la gente pueda elegir a quienes les gobiernan...

—¡Deja de soñar! —le cortó Mercedes.

Jaime la miró primero a ella y después a Almudena. Sonrió y le dijo pausadamente:

—¿Quieres casarte conmigo en ese lugar?

Ella lo miró sorprendida.

—¿Qué lugar? —inquirió al fin con un murmullo.

—¡Charleston!

Almudena le observó un momento, no sabía si bromeaba o si había perdido el juicio. Después miró a Mercedes, que hizo un gesto de extrañeza.

—No entiendo.

—Don Juan de Miralles me ha propuesto que me instale en Charleston, Carolina del Sur, antigua colonia británica, para que represente los intereses de nuestro rey en los envíos de armas y el comercio con los rebeldes americanos. Y en este viaje he terminado de cerrar los detalles.

—¿Qué detalles? —quiso saber la mulata, intrigada.

—Tú, Almudena, eres viuda, ¿verdad? —prosiguió él.

—Para mí, él está muerto. Pero no para La Habana.

—Él estará muerto y tú serás viuda en Charleston. El cura católico irlandés que me confesó cuando me iban a ahorcar nos casará. Está deseando aumentar su número de fieles.

La madrileña lo miraba con asombro.

—Estaréis casados allí —intervino Mercedes—. Pero no cuando regreséis a La Habana.

—No volveremos a La Habana —dijo Jaime—. Al menos Almudena no; yo lo haré solo, por los negocios de la Corona. Pero nuestra casa estará en Charleston. Mis amigos de allí me ceden una.

Las dos mujeres se volvieron a mirar sin dar crédito a lo que oían.

—Pero ¿qué haré allí? —dijo Almudena—. Ellos hablan inglés y yo no tengo ni idea.

—Eres joven y aprenderás enseguida. Además, he localizado a una antigua esclava que vivió en Florida cuando era nuestra, y habla español e inglés. La pondré a tu disposición.

—¡Oh, Almudena! —exclamó Mercedes con lágrimas en los ojos—. ¡Tienes que ir! No puedes negarte. Vivirás con tu amor y te librarás del infierno que es La Habana para nosotras. ¡Cómo te envidio!

La madrileña le cogió las manos a su amiga.

—¿Y tú? Me rompe el corazón abandonarte. Si ahora lo pasas mal, sola será mucho peor.

—Estás invitada a venir con tu hijo a Charleston —intervino Jaime.

—¿Yo? —preguntó sorprendida—. ¿Y qué haría yo allí?

—Ayudar a Almudena como modista.

Las mujeres soltaron un «¿qué?» unánime.

—No entiendo —dijo la madrileña.

—El estilo de vestir a la inglesa es rechazado por las élites rebeldes —explicó él—. Lo que impera ahora es lo francés y la versión española es muy parecida. Tengo encargos de algunos de mis amigos que quieren vestidos para sus mujeres. Tendréis un taller de moda en Charleston.

—No me lo puedo creer —dijo Mercedes—. Nos tomas el pelo.

—No. Va muy en serio. Además, nadie sabrá de tu pasado allí. Eres muy guapa y reharás tu vida.

—Quizá —musitó la mulata, pensativa.

—¿Te vienes conmigo? —le preguntó Almudena.

—Ahora mismo —contestó ella—. Quiero dejar atrás La Habana y todo lo vivido aquí. Pero no termino de creérmelo.

La madrileña le tomó las manos a Jaime y le miró a los ojos.

—Yo tampoco me lo puedo creer —le dijo—. Ni en mis oraciones había llegado a pedir tanto. Parece imposible.

—Nos ocultas algo, Jaime —murmuró Mercedes frunciendo el cejo—. No puede ser todo tan bonito. Nunca me ha ocurrido algo tan bueno. Ni por asomo.

—Cierto —admitió Jaime—, hasta el momento solo os he contado lo bueno. Tenéis que saber también lo malo.

—¿Y qué es?

—Al principio tendréis dificultades con la lengua. Aunque no seréis las únicas, allí hay bastantes inmigrantes europeos que también las tienen.

—¿Y qué más?

—He dicho que tú, Mercedes, podrás rehacer tu vida. Pero no con un blanco. Al menos no de forma legal. Allí no existe la libertad de matrimonio entre razas que tenemos aquí. Y esas uniones están penadas.

—Así que esa gente no es tan libre como dices —murmuró Almudena.

—¿Pero tú te crees que después de lo ocurrido habría un blanco presentable que quisiera casarse conmigo aquí en La Habana? —repuso Mercedes.

Jaime afirmó con la cabeza, la entendía. Y prosiguió:

—Lo peor es que los patriotas americanos están en guerra con los ingleses. Que son mucho más poderosos. Serán tiempos difíciles, habrá escasez, y quizá los británicos bombardeen Charleston desde una flota que, hoy por hoy, no tiene rival. O puede que incluso tomen la ciudad y tengamos que huir. O que yo tenga que luchar.

Almudena miró a Mercedes y ella afirmó con la cabeza.

—Asumimos el riesgo —dijo decidida.

—Y la otra cuestión es sobre vuestro taller de costura.

—¿Qué?

—Tendréis pedidos iniciales. Pero si vuestro trabajo no gusta, el negocio no podrá seguir.

—¡Normal! —dijo Almudena—. No esperaba otra cosa. Y no te preocupes porque triunfaremos. ¿Verdad, Mercedes?

—¡Pues claro!

Y la mulata miró con intensidad a su amiga, como si quisiera hipnotizarla.

—Julio ha muerto —murmuró—. ¡César Cara de Ángel ha muerto! —dijo subiendo la voz—. ¡Eres viuda!

La madrileña le devolvió la mirada como encandilada. Después sonrió, afirmó con la cabeza y dijo:

—Sí, lo soy.

A Almudena y a Mercedes les costó un tiempo cerciorarse de que aquello era real, que no soñaban. Vivían en una nube de felicidad. Jaime las había convencido. E ilusionadas empezaron a ordenar los patrones y a tomar más notas de los vestidos que las damas lucían en la alameda de Extramuros.

—¿Qué le pasará a Matilda? —se preguntó Almudena.

—¿Estás contenta con ella? —quiso saber Jaime.

—Sí.

—Pues dale la libertad.

Pero cuando Almudena se la concedió, su reacción no fue la esperada.

—Señora —dijo—. Tengo cincuenta años y nadie me va a querer. No encontraré trabajo como persona libre y me moriré de hambre. Me gustaría seguir en esta familia, sois gente buena, de la que no abandona a sus esclavos enfermos o viejos.

Quince días después, la Curiosa cruzaba el mar con destino a Charleston. Almudena contemplaba el horizonte azul, las olas y la proa de la nave cortando las aguas. Notaba de nuevo el gusanillo de la aventura, como cuando huyó de Madrid y se embarcó en Cádiz hacia el Nuevo Mundo. Era consciente de que quizá Charleston tampoco fuera su hogar definitivo, entendía muy bien lo que implicaba una guerra. Aquel era un destino que había decidido compartir con el menorquín; no tener raíces a cambio de alas. Suspiró. Sentía una mezcla de excitación, miedo y felicidad. Y en aquel momento notó que Jaime, que había acudido junto a ella, le cogía de la mano. Le miró, se sonrieron, y cuando la besó todos sus miedos e inquietudes desaparecieron.

Nota del autor

Durante cuatro años de mi vida, en Estados Unidos, yo también fui «el Español». En Cincinnati, mi entorno laboral más cercano era completamente anglófono y yo, el único *spaniard*, además de ser también el único hispano. Me interesé por la herencia española en aquellas tierras y me convertí en el experto del mercado hispano en una de las divisiones de la compañía para la que trabajaba. A los dos años de recorrer el país y aprender sus formas y maneras, me nombraron responsable comercial del sur de California, que incluía Las Vegas, el distrito con mayor población entre los que dividían el territorio.

Aunque faltaba mucho para que me decidiera a escribir una novela, ya era un amante de la historia. Y mi equipo, en la fiesta con la que me despidieron antes de retornar a España, me obsequió con un cajón que contenía cuatro tomos, de gran formato e ilustrados, sobre sus guerras: la de Independencia, la de Secesión y los dos mundiales. Una maravilla. A mí me interesó particularmente el primer tomo y me indigné al ver que ese libro de cuatrocientas páginas no contenía referencia alguna a la participación de España en la independencia de Estados Unidos, y en cambio elogiaba la de Francia.

Unos años antes, me había topado en el golfo de México,

en el hermoso paseo marítimo de Pensacola, con un busto de un personaje del que por aquel entonces yo lo desconocía todo. Mostraba la siguiente inscripción, en español: «Yo solo». Me recordó lo de «¡Dejadme a mí el toro!». Y me dije que aquel señor tenía que ser paisano mío. Y, en efecto, era Bernardo de Gálvez, que durante la guerra de la Independencia estadounidense acosó a los británicos por el sur arrebatándoles, entre otras, Pensacola.

La curiosidad me llevó a investigar sobre Gálvez y la participación española en aquel conflicto. Y puedo decir categóricamente que las Trece Colonias no hubieran logrado la independencia sin la intervención de España. No al menos en el siglo XVIII. Y no fue tanto por las heroicas acciones de Gálvez, que recuperó la llamada Florida occidental para España, sometiendo a los británicos en el sur y debilitándolos, sino mucho más por nuestra ayuda en armas y distintos pertrechos. Y eso ocurrió desde Nueva Orleans a través del Mississippi y del Caribe por la costa atlántica.

La victoria rebelde en la batalla de Yorktown, el golpe definitivo a los británicos, fue posible gracias a la intervención de la escuadra francesa. Y su aparición en aquella batalla hay que agradecerla a España. Los franceses no podían zarpar de Cuba porque carecían de caudales para armar la escuadra y los ciudadanos de La Habana aportaron más de cuatro millones y medio de reales de plata, equivalentes a un millón de pesos. Así, ochenta y ocho navíos con tropas españolas y francesas partieron a enfrentarse a los británicos. Con ello los habaneros vengaban la ocupación británica de la ciudad años antes.

Busqué un personaje español distinto de Gálvez para escribir sobre el conflicto y me encontré con uno sorprendente: Jorge Ferragut.

A continuación, ofrezco una semblanza suya y de otros

protagonistas históricos de la novela, así como de algunos lugares relevantes.

JORGE FERRAGUT MESQUIDA, también Jordi Ferragut y George Farragut

El Español se inspira en este fascinante personaje y le sigue desde su adolescencia en Menorca hasta su participación en la guerra en Charleston. Lo hace a través de Jaime Ferrer, un personaje de ficción. Ambos luchan en la batalla de Chesme, en Turquía, a bordo de un brulote o *fireship*; viajan a Barcelona para estudiar náutica con Sinibald y pasan por Cádiz para embarcarse rumbo a La Habana. Desde allí capitanean una nave en el Caribe, suministran armas a los rebeldes y terminan estableciéndose en Charleston.

Para mí tiene un especial interés su trayectoria vital, tanto emocional como política. De eso nada cuentan las crónicas, pero como ser humano es evidente que amó y odió. No he querido hacer una biografía, puesto que ignoramos sus sentimientos, pero como novelista me puedo permitir adivinarlos por su comportamiento. «Por sus frutos los conoceréis», como dice el evangelista Mateo.

Su padre emigró de Mallorca a Menorca huyendo de las pobres condiciones de vida de la isla principal, y posiblemente también de la represión y el despotismo del gobierno borbónico de la época.

¿Por qué Ferragut decidió abandonar Menorca? Gracias a la flota inglesa, la isla estaba a salvo de las incursiones de los piratas berberiscos que azotaban las costas españolas. La diversificación de cultivos y la importación de grano de Sicilia y de otros lugares del Mediterráneo libraban a la isla de las frecuentes hambrunas que castigaban Mallorca y la Península. Y el mantenimiento de la flota empleaba, en distintos oficios, a muchos menorquines. Prueba de los buenos tiempos para los isleños es que durante la ocupación inglesa, cercana a un siglo, la población se duplicó. En el resto de España también creció, pero solo un cuarenta por ciento.

Algo debió de ocurrirle al joven Ferragut para que decidiera abandonar su tierra y tomar las armas contra los británicos.

Sin duda, su perfil es el de un personaje decidido y aventurero. Sus contemporáneos americanos lo definieron como un hombre valiente y con gran sentido del humor. Su vida da para varias novelas, puesto que después de instalarse en Charleston, momento en que termina *El Español*, se implicó en cuerpo y alma en la revolución americana. En sus palabras: «Puse mi vida y mi hacienda a su servicio». Luchó como capitán de barco, como comandante de artillería y como comandante de caballería. Pero esa es otra historia.

En *Dieciséis líderes de la independencia americana nacidos fuera de Estados Unidos*, la escritora Reneé C. Lyons dice que fue el héroe más versátil de la revolución y el más desconocido. Pienso que a Ferragut le afecta la ignorancia que se tiene de la ayuda española a los rebeldes, aunque el principal motivo es la existencia de otro héroe con el mismo apellido que le hace sombra. Su hijo, David Farragut, destacó en la guerra de Secesión y se convirtió en el primer almirante de la flota estadounidense. Se le han dedicado calles y plazas en muchas ciudades, alguna población lleva su nombre, e incluso estaciones de metro. También se alzan en Estados Unidos varias estatuas en su honor. Hasta tiene una en Ciutadella. En mi opinión, es Jorge, el padre, nativo de la ciudad, quien debiera tenerla. Su olvido es injusto, y sirva esta novela como recuerdo y homenaje.

Fray Eleta. Joaquín de Eleta y la Piedra, «fray Alpargatillas»

Durante veintisiete años fue confesor de Carlos III, sobre quien ejerció una influencia determinante. Fue nombrado obispo de Osma, su ciudad natal, e inquisidor general, siendo la Inquisición un elemento más del poder absolutista ejercido por la monarquía borbónica de la época, que controlaba a las autoridades religiosas. Lideró la llamada «pesquisa secreta» para encontrar y castigar a los promotores del motín de Esquilache, que concluyó, entre otras actuaciones, con la expulsión de los jesuitas. Era fraile francisano y el rey exigía su presencia permanente en el Palacio Real, por donde paseaba, dando ejemplo de pobreza, con una burda túnica y alpargatas al estilo monacal. Los cortesanos, dados al derroche y a los excesos de la moda francesa, le apodaban «fray Alpargatillas».

Sinibald Mas y Gas

De gran vocación marinera, empezó a navegar a los catorce años y a los diecinueve quiso ingresar en el Real Colegio de San Telmo de Sevilla para estudiar navegación. Pero no fue admitido y volvió a embarcarse, con los libros de la escuela, durante cinco años. Su buen desempeño en una fragata de la armada española le valió la recomendación de sus superiores y fue admitido en la Escuela Naval de Cartagena, donde obtuvo el título de piloto de altura. Posteriormente superó con honores los exámenes en Cádiz y en Madrid como jefe de pilotos. Tal como se cuenta en la novela, fue capturado por los ingleses y luego por los piratas argelinos, con los que navegó seis años. Una vez liberado presentó a la Real Junta de Comercio de Barcelona el proyecto civil de la Escuela Naval, que fue aprobado. Fue su director y formó a los futuros pilotos desde 1769 hasta 1806, año en que falleció a los setenta y un años.

Juan De Miralles Trayllón

Este ilustre alicantino llegó a La Habana a los veintisiete años con un capital que invirtió en distintos negocios, desde armador hasta tratante de esclavos, actividad que en la época se consideraba tan honorable como cualquier otro tipo de comercio. Tuvo un intenso intercambio comercial con los ingleses y con sus colonias americanas, y bajo su apariencia de comerciante escondía su faceta de espía para la Corona española. Creó una red de agentes en todo el Caribe, que usaban tanto tintas invisibles como mensajes en clave basados en códigos alfanuméricos, y suministró armas a los rebeldes americanos. En 1777 embarcó hacia Charleston y después hacia Filadelfia para coordinar la entrega de material de guerra, vestido, calzado y distintos pertrechos a los patriotas. Dado su carácter jovial y su dominio del inglés, hizo amistades entre la aristocracia colonial y muy notablemente con el general George Washington. Falleció de una pulmonía en 1780 a los sesenta y siete años, en la casa del futuro primer presidente de Estados Unidos. Se le rindieron honores de Estado en reconocimiento a la impagable ayuda prestada a la revolución estadounidense, cuyos principios él también abrazó.

Felipe de Fonsdeviela y Ondeano, II marqués de la Torre

En 1771, con cuarenta y seis años y una brillante trayectoria militar a sus espaldas, fue nombrado capitán general de

Cuba. Sus prioridades fueron el servicio a Dios y al rey, y el desarrollo de Cuba. Bajo su mandato se realizaron numerosas obras tanto militares como civiles, con las que La Habana alcanzó el nivel de una gran urbe europea. En el resto de la isla promovió obras públicas e impulsó el cultivo del tabaco ordenando y repartiendo tierras en la comarca de Vuelta Abajo. También invirtió su fortuna personal en obras sociales. Regresó a España en 1777.

IGLESIA DE LA SANTA CRUZ, Madrid

La iglesia de la Santa Cruz de la novela estaba situada a unos metros de donde se encuentra la actual, en lo que hoy es la plaza de la Santa Cruz, en cuyo suelo hay una placa que recuerda el lugar del campanario. La antigua iglesia tuvo una historia trágica: tres incendios la destruyeron por completo, y el desplome del altar mayor mató a más de ochenta feligreses.

CHARLESTON: JOHN RUTLEDGE, DOWNHAM NEWTON y otros personajes

John Rutledge fue uno de los independentistas que redactaron la Constitución de los Estados Unidos de América y la firmó posteriormente, por lo que es considerado un padre de la patria. Estudió abogacía en Londres y representó a Carolina del Sur en los distintos Congresos Continentales de los rebeldes. El resto de los personajes que presento en la casa de Rutledge son figuras destacadas de Charleston y de la independencia estadounidense.

En cuanto a Downham Newton, fue capitán de una goleta de guerra o *sloop of war*, llamada Vixen, que luchó capturando naves británicas y leales en las aguas que van desde Carolina del Sur hasta las Bahamas. Fue amigo de Jorge Ferragut y navegaron y combatieron juntos durante un tiempo.

Lord William Campbell, el gobernador británico, actuó tal como se cuenta en la novela, incluida su fuga el 15 de septiembre de 1775 cuando Charleston se rebeló. Un año más tarde regresó para recuperar la ciudad con una flota, que fue rechazada en la llamada «batalla de la Sullivan's Island», a la entrada de la bahía. En ella recibió heridas de las que nunca se recuperó, muriendo dos años después.

ANACRONISMOS

En la novela incurro en varios anacronismos. La razón es que primo el placer de la lectura, la fácil comprensión del lector, por encima de otras consideraciones. Por ejemplo, hablo de un cañón cuya denominación oficial es «de veinticuatro libras», que dispara balas de once kilos. Once kilos son veinticuatro libras, pero creo que al lector actual le es más fácil entender el peso en kilos que en libras.

El nombre de Charleston de la época era Charles Town. Los revolucionarios lo cambiaron al final de la guerra para no honrar a un soberano británico. He preferido usar el nombre con el que se la conoce hoy. Lo mismo ocurre con San Fernando en Cádiz. En la época se llamaba Isla del León, o simplemente La Isla. El nombre actual se puso después de la guerra de la Independencia en honor a Fernando VII, que le otorgó el título de ciudad.

Agradecimientos

Mi recuerdo y agradecimiento a Jorge Ferragut, que ha inspirado esta novela. Sin el legado de su asombrosa experiencia vital no habría podido escribirla.

Mi agradecimiento también a la facultad de Náutica de la Universitat Politècnica de Catalunya y en especial a su bibliotecaria, doña Anna Viña, y a su decano, don Agustí Martin, por su generosa acogida. Allí pude revisar cartas náuticas y otros documentos de Sinibald Mas y de sus alumnos del siglo XVIII, y conocer de primera mano su herencia.

Asimismo, mi aprecio al teniente coronel CIM don Antonio Gutiérrez por su hospitalidad en el Arsenal de la Carraca. La visita al Arsenal en la que me acompañó y la información que aportó son impagables.

También quiero agradecer su apoyo a mis editores Carmen Romero y Toni Hill, que con sus acertados consejos me han ayudado a mejorar este trabajo.

Y, por fin, mi agradecimiento y mi amor a Paloma. Es la primera lectora de mis manuscritos, a los que aporta muy oportunas críticas. También por su apoyo, por sus cuidados y por ser tan buena compañera de viaje e investigación.

Bibliografía

Libros

Alemany, Joan, *El puerto de Barcelona. Un pasado, un futuro*, Barcelona, Lunwerg, 2002.

Amo, Montserrat del, *Historia mínima de Madrid*, Madrid, Avapiés, 1985.

Capmany y Montpalau, Antonio, *Origen histórico y etimológico de las calles de Madrid*, Madrid, Imprenta de Manuel B. de Quirós, 1863.

Casasnovas, Miquel A., *Història Econòmica de Menorca. La transformació d'una economia insular (1300-2000)*, Palma, Moll, 2006.

Cermeño Soriano, Fernando, *Gracia y encanto del Madrid de antaño*, Madrid, Victoriano Suárez, 1953.

Chávez, Thomas E., *España y la independencia de Estados Unidos*, Barcelona, Taurus, 2005.

Corral, José del, *La vida cotidiana en el Madrid del siglo XVIII*, Madrid, La Librería, 2000.

Fernández Díaz, Roberto, *Carlos III. Un monarca reformista*, Barcelona, Espasa, 2016.

Ferreiro, Larrie D., *Hermanos de armas. La intervención de España y Francia que salvó la Independencia de Estados Unidos*, Madrid, Desperta Ferro, 2019.

García, Eva (coord.), *Farragut y Menorca, el legado español en la U.S. Navy*, Ministerio de Defensa, Secretaría General Técnica, 2016.

Garrigues López-Chicheri, Eduardo (coord.), *Norteamérica a finales del siglo XVIII: España y los Estados Unidos*; edición a cargo de Emma Sánchez Montañés, Sylvia L. Hilton, Almudena Hernández Ruigómez e Isabel García-Montón, Madrid, Marcial Pons, 2008.

Gibson, Carrie, *El Norte. La epopeya olvidada de la Norteamérica hispana*, Madrid, Edaf, 2022.

Gómez Urdáñez, José Luis, *Víctimas del absolutismo. Paradojas del poder en la España del siglo* XVIII, Madrid, Punto de Vista, 2020.

Hoock, Holger, *Las cicatrices de la Independencia. El violento nacimiento de los Estados Unidos*, Madrid, Desperta Ferro, 2021.

Hughes, Robert, *Barcelona*, Barcelona, Anagrama, 1992.

Lancaster, Bruce, *The American Heritage Book of the Revolution*, Nueva York, American Heritage Publishing, 1971.

Larrúa Guedes, Salvador, *Juan de Miralles: Biografía de un Padre Fundador de los Estados Unidos*, Createspace Independent Publishing Platform, 2016.

Lynch, John, *Historia de España. El siglo* XVIII, Barcelona, Crítica, 1991.

Lyons, Reneé C., *Foreign-Born American Patriots. Sixteen Volunteer Leaders in the Revolutionary War*, Universidad Estatal del Este de Tennessee, 2013.

Mestres, Apel·les, Josep M. Folch i Torres y Carles Soldevila, *Records de Barcelona, 1870-1930*, Barcelona, HMB, 1978.

Pascual Ramos, Eduardo, *El Decret de Nova Planta de Mallorca. Temps del Leviatan*, Palma, Lleonard Muntaner Editor, 2016.

Roca Barea, María Elvira, *Imperiofobia y leyenda negra*, Madrid, Siruela, 2017.

Rodríguez Soler, José, *Madrid, sus pleitos y los letrados de la Villa*, Madrid, Vassallo de Mumbert, 1973.

ESTUDIOS

Amores Carredano, Juan B., «La élite cubana y el reformismo borbónico», en Pilar Latasa (coord.), *Reformismo y sociedad en la América borbónica: in memoriam Ronald Escobedo*, Universidad de Navarra, EUNSA, 2003, pp. 133-154.

Apaolaza Llorente, Dorleta, «El gobernador necesita "vagos": los bandos de buen gobierno y el tema de la vagancia en cuba (1760-1825)», en Begoña Cava Mesa (coord.), *América en la memoria*, Universidad de Deusto, vol. II, 2013, pp. 327-336.

— «En busca de un orden de policía: los comisarios de barrio y las ordenanzas o reglamento de policía de La Habana de 1763», Universidad del País Vasco/EHU, *Temas Americanistas*, n.º 34, 2015, pp. 1-24.

— «"El primer objeto de la policía": religión y orden público en los bandos de buen gobierno de Cuba (1763-1830)», *Anuario de Historia de la Iglesia*, vol. 27, 2018, pp. 175-198.

— «La Habana ilustrada del siglo XVIII: sus transformaciones urbanas a través de la mirada de los bandos de buen gobierno. "Cambiando la imagen de poder"», Universidad del País Vasco/EHU, *Iberoamérica Social*, n.º extra 2, 2018, pp. 63-80.

Beltrán de Heredia Bercer, Julia, y Núria Miró i Alaix, *Jugar a la Barcelona dels segles XVI-XVIII: objectes de joc i joguines trobats a les excavacions de la ciutat*, Barcelona, Museu d'Història de la Ciutat de Barcelona, 2009.

Casanovas Camps, Miquel À., «La Transformació d'una economia insular. El cas de Menorca (1600-1920)», *Butlletí de la Societat Catalana d'Estudis Històrics*, vol. 12, 2003, pp. 145-160.

Céspedes Aréchaga, Valentín de, «Alcalde de barrio y diputado de barrio, actos positivos madrileños», *Anales de la Real Academia Matritense de Heráldica y Genealogía*, n.º 26, 2023, pp. 303-323.

Chaín-Navarro, Celia, «Navíos españoles del siglo XVIII» (I), 18 de octubre de 2012, en <blogcatedranaval.com>.

«El Siglo de oro de Cádiz, el siglo XVIII», s/f, en <todoababor.es>.

Garcia Espuche, Albert, Paloma Sánchez, Esther Sarrià, Julia Beltrán de Heredia Bercero y Núria Miró Alaix, *Jocs triquets i jugadors. Barcelona, 1700*, Barcelona, Ajuntament de Barcelona 2009.

Hernández Sobrino, Ángel, «Los presidiarios de los arsenales militares», 17 de noviembre de 2020, en <lanzadigital.com>.

López Barahona, Victoria, *Las trabajadoras madrileñas del siglo XVIII: familias, talleres y mercados* [tesis doctoral inédita]. Facultad de Filosofía y Letras, Departamento de Historia Moderna, Universidad Autónoma de Madrid, junio de 2015.

Lozano Armendares, Teresa, *La criminalidad en la Ciudad de México, 1800-1821*, UNAM, Instituto de Investigaciones Históricas (Historia Novohispana 38), 2021.

Naranjo Orovio, Consuelo, y María Dolores González-Ripoll, «Perfiles de crecimiento de una ciudad. La Habana a finales del siglo XVIII», *Tebeto. Anuario del Archivo Histórico Insular de Fuerteventura*, n.º 5 (1), 1992, pp. 229-248.

Pérez Samper, María Ángeles, «Espacios y prácticas de sociabilidad en el siglo XVIII: tertulias, refrescos y cafés de Barcelona», *Cuadernos de Historia Moderna*, n.º 26, 2001, pp. 11-55.

Puga Hermosa, Daniel A., y Caridad González Maldonado, «Malecón de La Habana: cronología de una historia urbana», *EÍDOS*, n.º 11, 2018, p. 100.

Quinziano, Franco, «Fin de siglo en La Habana: lujo, apariencias y ostentación en el *Papel Periódico de La Havana* (1790-1805)», Siena, Atti del XVIII Convegno [Associazione Ispanisti Italiani], 5-7 de marzo de 1998, vol. 1, 1999, pp. 421-432.

Ribes Iborra, Vicente, «La era Miralles: el momento de los agentes secretos», en Eduardo Garrigues López-Chicheri (coord.), *Norteamérica a finales del siglo XVIII: España y los Estados Unidos*, Madrid, Marcial Pons, 2008, pp. 143-169.

Ríos Delgado, Juan José, y Enrique Ríos Delgado, «Sinibald Mas i Gas, un torrenc il·lustre», *Recull de treballs*, n.º 16, 2015, pp. 16-64.

Sales, Nuria, «Les Illes durant el segle XVIII», en Albert Balcells (coord.), *Història dels Països Catalans, de 1714 a 1975*, Barcelona, Edhasa, 1980.

Sans, Isidro María, «El Motín de Esquilache y la Compañía de Jesús. Memorias sobre el origen del tumulto de Madrid del año de 1766; sobre la expulsión de los jesuitas y sobre la causa del marqués de Valdeflores y los abates Gándara y Hermoso». Texto procedente del «Diario» de Manuel Luengo (1735-1816), Biblioteca Virtual Miguel de Cervantes, 2010.

Vázquez Balonga, Delfina, «Antroponimia en la documentación madrileña de ámbito urbano y rural (siglos XVIII y XIX)», *Moenia: Revista lucense de lingüistica & literatura*, n.º 25, 2019, pp. 257-267.

Vázquez Martín, Juana, *El Madrid de Carlos III*. Edición conmemorativa del II centenario de la muerte de Carlos III, Biblioteca Virtual de la Comunidad de Madrid, 1989, en <www.madrid.org/edupubli>.

ARTÍCULOS

Alcalá, César, «Así empezaron los juegos de naipes, el "vicio" español del siglo XVII», *La Razón*, 11 de abril de 2023.

Antonanzas de Toledo, Diego, «Las antiguas cárceles de Madrid», 1 de septiembre de 2014, en <madridandyou.com>.

Caleo, Robert L., «A Most Serious Wound. The Memorial of George Farragut», *The Journal of East Tennessee History*, n.º 79, 2007, pp. 63-79.

Carbonell Relat, Laureano, «La Facultad de Náutica de Barcelona desde sus orígenes hasta el 2016» (autoedición), Barcelona, 2016.

Cardelús, Borja, «Bernardo de Gálvez: Yo solo», *ABC*, 20 de febrero de 2017.

Cervera, César, «Las razones por las que EE.UU. borró de su historia la contribución decisiva de España a su independencia», *ABC*, 4 de julio de 2019.

Cònsul, Arnau, y David Ferré, «Els catalans de Felip V», *Sapiens*, n.º 259, octubre de 2023.

Cònsul, Arnau, y Mariona Lloret, «The Farragut. Els heroins menorquins de les guerres ianquis», *Sapiens*, n.º 208, julio de 2019.

«El cementerio de Espada, primero de su tipo en La Habana», 2 de marzo de 2021, en <fotosdlahabana>.

Fernández, Lourdes, «El origen del alumbrado público en Barcelona», *La Vanguardia*, 25 de noviembre de 2021.

Forbes, Nathan, «Bernardo de Gálvez. Biography and Military Contribution», 21 de noviembre de 2023, en <study.com>.

Garrido, Fernando, *¡Pobres jesuitas!*, cap. XVII: «Expulsión de los jesuitas de España, en 1767», Madrid, 1881. Edición digital de Biblioteca Filosofía en español, 2000, en <filosofia.org>.

Gutiérrez Fernández, Ángel, «El Coliseo o Teatro Principal de La Habana», 1 de noviembre de 2020, en <fotosdlahabana.com>.

«Jorge Farragut. También conocido como Jordi Ferragut Mesquida y George Farragut», s/f, en <www.battlefieds.org>.

Lorenzo Arribas, Josemi, «El Madrid del siglo XVIII casa por casa», 11 de octubre de 2020, en <historia.nationalgeographic.com>.

«Madrid en el siglo XVIII», 14 de enero de 2021, en <revistamadridhistorico.es>.

Mitchell, Barbara A., «Bankrolling the battle of Yorktown», 28 de noviembre de 2012, en <historynet.com>.

Moll Juan, Luis M., «Juan Miralles Trayllón, el español que murió en la casa de George Washington», s/f, en <laalcazaba.org>.

Murillo, Luis, «¿España o las Españas?, 2 de septiembre de 2018, en <confilegal.com>.

Olmedo, Miguel Ángel, y Luz Trujillo, «Momentos Españoles en la historia universal», 2018, en <apuntessobrelamarcha.wordpress.com>.

Osorio, Carlos, «Las tabernas históricas de Madrid», 3 de enero de 2010, en <caminandopormadrid.blogspot.com>.

Palop Ramos, José Miguel, «Delitos y penas en la España del siglo XVIII», *Estudis: Revista de Historia Moderna*, n.º 22, 1996, pp. 65-104.

Pérez Hernández, Liobel, «Agroindustria azucarera cubana: Historia, cultura e identidad», 8 de febrero de 2024, en <cubadebate.cu>.

Rabon, John, «The History of Voting Rights in the United Kingdom», 23 de noviembre de 2020, en <anglotopia.net>.

«Reino de las Españas (1808: Huida a América)», s/f, en <althistory.fandom.com>.

Ruiz Trapero, María, «El real de a ocho: su importancia y trascendencia», Universidad Complutense de Madrid.

Sanz Rozalén, Vicent, «La ciudad de La Habana y el tabaco a comienzos del siglo XIX», *Anuario de Estudios Atlánticos*, n.º 64, 2018, pp. 1-14.

«The Provincial and State Government in SC During the American Revolution», s/f, en <carolana.com>.

Torres, Darío, «Posada del Dragón: una corrala para viajar en el tiempo», enero de 2024, en <haztedelalatina.com>.

Villarejo, E., «Las tres evidencias: Banderas del siglo XVII y XVIII», *ABC*, 23 de abril de 2014.

Villaplana Payá, Luis, «Juan Miralles Trayllón. El petrerense al que honró el general Washington», 17 febrero de 2010, en <petreraldia.com>.

Viña Brito, Ana, «El juego de naipes en el primer siglo de la colonización canaria. ¿Vicio o entretenimiento?», *Cartas Diferentes. Revista Canaria de Patrimonio Documental*, n.º 12, 2016, pp. 221-244.

Yo solo, Bernardo de Gálvez, Historia de España (xn--historiadeespaa-crb.net).

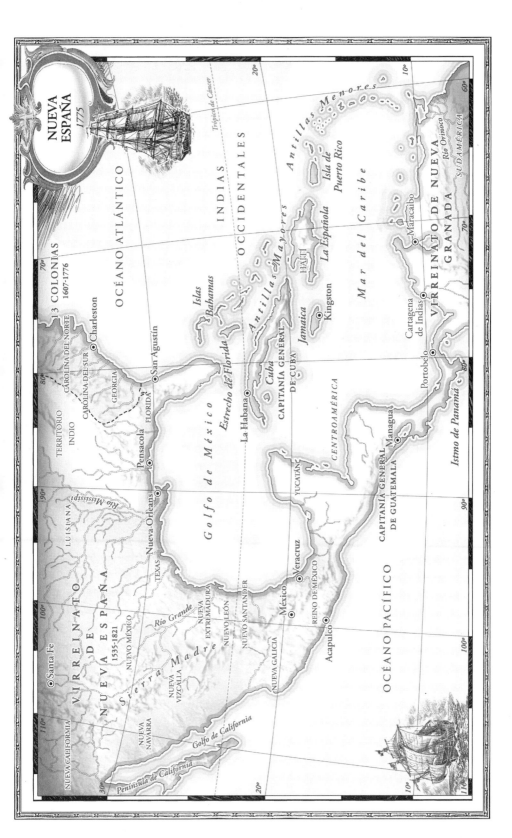

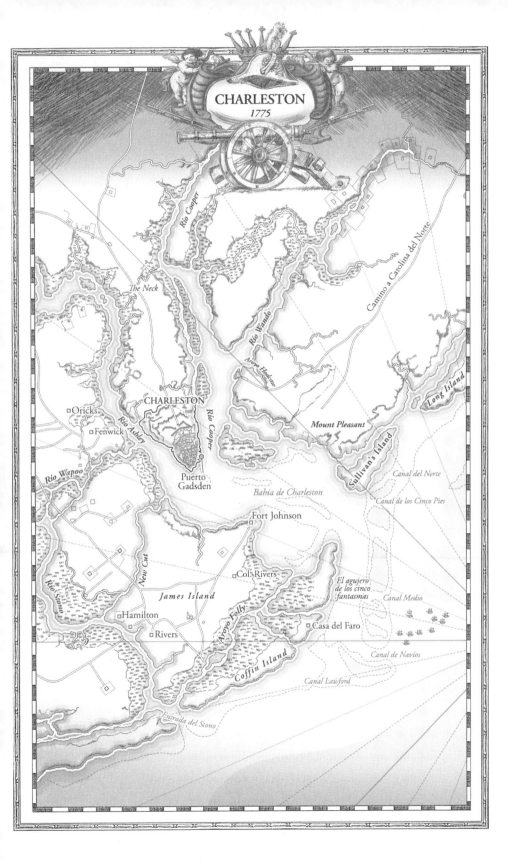

La batalla de Chesma de 1770 de Vladimir Kosov.

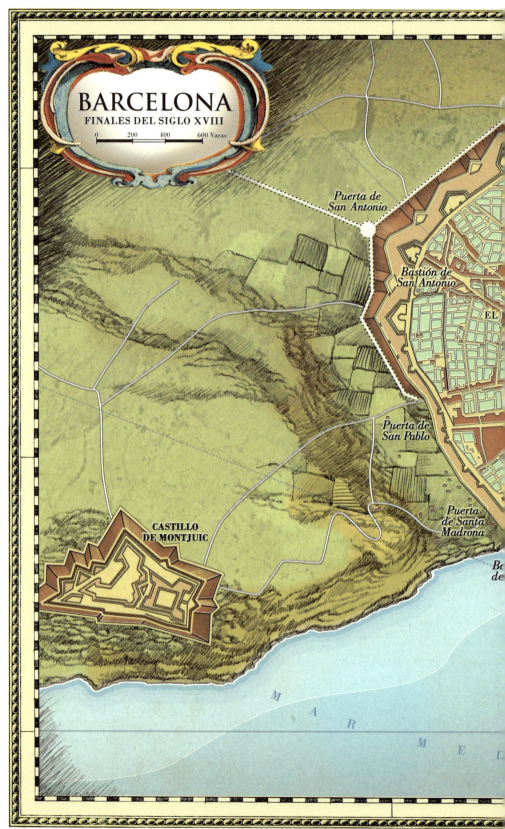